BLT

Mit der Welt
auf Buchfühlung

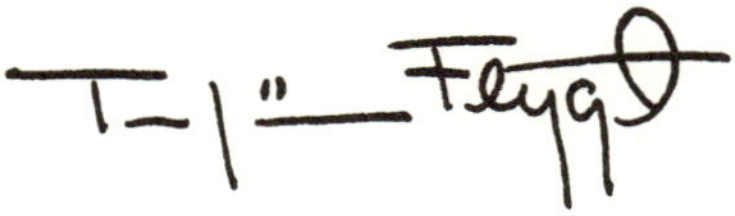

Torbjörn Flygt wurde 1964 geboren und lebt heute in Malmö. *Made in Sweden* ist sein dritter Roman, für den er mit dem »Augustpreis«, dem bedeutendsten Literaturpreis Schwedens, ausgezeichnet wurde und begeisterte Kritiken von Presse und Lesern erhielt. In *Made in Sweden* gelingt es Torbjörn Flygt, mit mündlich anmutender Erzählweise den Leser in seine eigene Kindheit zu versetzen, zum Lachen zu bringen und zu rühren. Ein Lesegenuss.

Torbjörn Flygt

MADE IN SWEDEN

Aus dem Schwedischen von
Paul Berf

BLT

B L T
Band 92 148

1. Auflage: Januar 2004
2. Auflage: Februar 2004
3. Auflage: Juni 2004

Der Verlag dankt dem *Svenska Institut*
für die Förderung der deutschen Übersetzung.

Vollständige Taschenbuchausgabe

BLT ist ein Imprint der Verlagsgruppe Lübbe

Deutsche Erstveröffentlichung
Die schwedische Originalausgabe erschien unter dem Titel
Underdog
bei NORSTEDTS, Stockholm

Einbandgestaltung: Gisela Kullowatz
Titelbild: Mauritius-Age
Autorenfoto: Peo Olsson
Satz: hanseatenSatz-bremen, Bremen
Druck und Verarbeitung: GGP Media, Pößneck
Printed in Germany
ISBN 3-404-92148-8

Sie finden uns im Internet unter
www.luebbe.de

Der Preis dieses Bandes versteht sich einschließlich
der gesetzlichen Mehrwertsteuer.

Es gibt einem Halt, Geschwister zu haben. Es ist, als könne man jederzeit zwei Strümpfe aus der Schublade ziehen, und selbst wenn sie nicht zusammenpassen, ist das immer noch besser, als halb barfuß herumzulaufen.

Mein Schwesterherz, Monika, ist fünfzehn, fünf Jahre älter als ich. Sie ist missmutig, ein bisschen hölzern und macht ein irgendwie gequältes Gesicht, als sie am Nachmittag nach Hause kommt und Tee kocht, Saft eingießt und uns Brote schmiert. Erst Jahre später werde ich den Grund für diese Düsterheit und ihren ausweichenden Blick verstehen. Ich könnte sie natürlich jetzt darauf ansprechen, aber freiwillig sagt Monika nie besonders viel, ist da nicht so spontan wie andere, die stundenlang über Belanglosigkeiten plaudern können, Typen oder Kleider oder Musik oder was in der Penne passiert ist; Monikas Freundin Hanne ist darin gut, und Mama, ganz zu schweigen von Großmutter, die in einem fort reden kann, wenn auch nicht unbedingt über diese Themen.

Monika hebt die Tasse mit der englischen Flagge an die Lippen und bläst vorsichtig über ihren Rand, und sobald sie sich kurz darauf ungefähr die halbe Tasse einverleibt hat, fällt die Anspannung langsam von ihr ab, und sie holt ihre Schultasche und nimmt sie und die Tasse mit in unser Zimmer, packt die französische Grammatik und das Physikbuch aus, was bedeutet, dass meine letzte Chance gekommen ist, etwas zu sagen und eine Antwort zu bekommen.

»Darf ich die Fische füttern?«

»Gib ihnen nicht zu viel.«

»Was kriege ich, wenn ich das Aquarium sauber mache?«

»Nichts.«

»Was passiert, wenn man sie ins Meer wirft?«

»Ich nehme an, sie sterben. Oder werden gefressen.«

»Es ist Tierquälerei, sie in einem so kleinen Aquarium zu halten.«

»Lass sie in Ruhe. Geh da weg.«

»Ich hab nichts angefasst!«

»Geh weg. Es geht ihnen gut.«

»Woher willst du das wissen?«

Aber jetzt hat Monika die Bücher vor sich liegen und ist nicht mehr ansprechbar, sie vertieft sich in die Seiten und liest, wie nur Monika lesen kann, stundenlang, ein ganzes Wochenende lang, wenn sie nichts Besseres vorhat, die Klassenbeste bei allen Arbeiten, derart begabt, dass es einen auf Dauer bestimmt ziemlich genervt hätte, wenn sie nicht mein Schwesterherz wäre, zeigt auf und berichtigt die Lehrer, stellt Fragen, die nach einer erschöpfenden Antwort verlangen, grundsätzlich *eine* Minute vor dem Pausenklingeln.

Über den Schreibtisch gebeugt sitzt sie im Lichtkegel der Lampe, und wenn ich sie zufällig einmal unterbrechen sollte, geschieht dies aus purer Fürsorglichkeit, denn es kann ihr nur gut tun, sich ein wenig zu entspannen. Aber Monika weiß solche Bemühungen nicht zu schätzen, und so ist Mama gerade erst zur Tür hereingekommen, als auch schon ein Aufschrei ertönt.

»Sag ihm Bescheid, Mama!«

»Was ist denn?«

»Er hat mein Notizbuch.«

»Hab ich gar nicht.«

»Gib es zurück, Johan.«

»Ich hab Monkans Sachen nicht angefasst.«

»Nenn sie nicht so, sie hat so einen schönen Namen. Sag Monika.«

Mama ist müde, wenn sie nach Hause kommt, ihre ganze Gestalt wird von den Einkaufstüten nach unten gezogen, die sie aus dem Solidar und aus den anderen Geschäften anschleppt, die den Mittelpunkt unserer Siedlung namens Borgmästargården bilden, ja, einen Stadtteil kann man sie nicht nennen, denn sie ist kein natürlicher Bestandteil der Stadt, dafür liegt sie zu abgeschieden, und es fehlt ihr jegliches städtische Leben, aber andererseits liegt sie auch nicht weit genug in der Ebene, um als Vorort gelten zu können. Im Wörterbuch gibt es kein Synonym für die ersten schwungvollen Projekte aus den Millionenprogrammen Mitte der Sechzigerjahre, sie haben ihre eigene Geschichte; drei- und achtstöckige Mietshäuser, zwei siebzehnstöckige, in dem einen wohnen wir im zweiten Stock, austauschbare Höfe, um ein Geschäftszentrum »mit allem« gruppiert, und große Rasenflächen, deren Betreten verboten ist, Wohnungen mit Dauerwohnrecht für all jene, die dabei sind, einen Schritt aus den untersten Ligen des Malochens zu machen und investieren können, und hat man den einen Fuß gehoben, muss man ihn woanders wieder aufsetzen, und schon hat man die ersten Schritte gemacht ...

Mama stellt die Einkaufstüten mit einem Stoßseufzer im Flur ab:

»Wenn Monika schon deinetwegen direkt nach der Schule nach Hause kommt, könntest du wenigstens nett zu ihr sein.«

»Na schön. Da hast du es.«

Und Monika:

»Jetzt schmeiß doch nicht so damit!«

Mama hat ja durchaus Recht, auch wenn ich ihr keine Sekunde lang abkaufe, dass Monika sich die Gesetze der Physik und die unregelmäßigen Verben des Französischen meinetwegen einpaukt. Aber wenn man bedenkt, wie die Alternativen aussehen, die den anderen an unserem Hof zur Verfügung stehen, Lasse z. B., dessen großer Bruder Thomas noch nie etwas für ihn getan hat, jedenfalls nichts Gutes, oder Roger, der lieber im Freizeitheim bleibt und Spiegel bastelt, die von selbst bemalten Wäscheklammern umsäumt werden, oder irgendetwas anderes macht, um nicht nach Hause gehen zu müssen, bin ich heilfroh, Monika zu haben, dass sie da ist, gedämpft, aber da.

Mama schlägt die Tür zu und hängt den Mantel auf einen Bügel und hebt ein Bein und zieht sich den Schuh aus, dann den anderen, und sobald sie das gemacht und sich langsam aufgerichtet und den Rücken mit einem lang gezogenen »Aaah!« gestreckt hat, legt sie sich auf die Couch, fällt in sich zusammen und schließt die Augen, ein Kissen im Nacken, die Beine vor der Couch und die Strümpfe auf dem Teppich – denn sie legt sich nicht wirklich hin, oh nein, sie wird sich doch nicht mitten am Tag aus purer Faulheit ausruhen, unsere Mama, selbst wenn sie eine Stunde liegen bleiben sollte, muss es doch immer so aussehen, als wäre sie aus sitzender Position nur ein klein wenig herabgerutscht und gerade im Begriff, wieder aufzustehen. Sie ruft:

»Monika, kannst du bitte die Sachen in den Kühlschrank räumen?«

Monika, die den Stuhl so zurückschiebt, dass er über den Parkettboden quietscht, bevor sie in die Küche geht und die Einkäufe wegräumt. Mama, die es nicht mag, wenn man sie fragt, wie es ihren Schultern geht, wie es ihr selbst geht, dass man sie an die Schmerzen erinnert oder vorgibt, sie an ihren Augen ablesen zu können, die glänzend und feucht werden.

»Warum will sie nicht darüber reden?«, fragte ich Monika eines Morgens, als sie Frühstück machte.

»Davon wird es auch nicht besser.«

»Aber schlechter doch auch nicht, oder?«

»Nee, aber warum sollte man darüber reden, wenn es weder so noch so etwas bringt?«

So kann man es natürlich auch sehen.

Mama, ja – es ist kein Wunder, dass ich diese Geschichte damit begonnen habe, Strümpfe zu erwähnen, denn wenn es etwas gibt, wovon unsere Familie mehr als genug hat, dann sind es Strümpfe. Sie sind überall. Man kann keine Schublade herausziehen, kein Schränkchen öffnen, in keinen Kleiderschrank schauen, ohne dass ein Paar Strümpfe auftaucht. Mama bringt sie nach der Arbeit mit nach Hause, an Tagen, die damit beginnen, dass sie zu Malmös Strumpffabrik auf dem Trelleborgsvägen radelt, und während sie mit der einen Hand ein Gähnen kaschiert, steckt sie mit der anderen ihre Stechkarte um 06.00 in die Stechuhr, Haarnetz, dünne Handschuhe, Arbeitskittel, eine Nähmaschine der

Marke *Union Special* und acht Stunden in einem Schwung, unterteilt in jene zweieinhalb Sekunden, die es dauern soll, eine Zehennaht zu nähen, am Rechenwerk zu ziehen, einem schwarzen Hebel an der Seite einer grauen Kiste, die in die Werkbank montiert ist, einem einarmigen Banditen nicht unähnlich, obwohl es hier keine Gewinne gibt, nur Einsätze, und man muss das Tempo anziehen, um auch mal auf Toilette gehen zu können – will sagen, Akkord – während die Strümpfe in Rohren an der Decke weitertransportiert und auf ein Metallgestell gespuckt werden, wo sie darauf warten, zum Färben gebracht zu werden.

Es ist vollkommen still in der Wohnung, abgesehen vom Säuseln in den Wänden, wenn jemand im Haus Wasser laufen lässt, und dem Nachbarn von oben, der mit seinen Absätzen fest über das Parkett geht, und Havliceks knorriger Sprache aus der Wohnung nebenan. Ich schnappe mir ein paar *Tim und Struppi* für die Küche oder setze mich zum Lesen auf die Toilette, denn dort habe ich meine Ruhe, bis Monika rein und sich kämmen und im Spiegel kontrollieren will, dass ihr Halstuch richtig sitzt, unterwegs zu den Pfadfindern und Fähnlein Fieselschweif.

Und wenn sie nicht weg will, ruft Mama:

»Willst du nicht ausgehen, Monika?«

»Nee, heute Abend nicht.«

»Was macht denn Hanne?«

»Keine Ahnung.«

»Ich habe unten Thomas und Anki getroffen.«

»Nee, ich hab keine Lust.«

Da brat mir doch einer einen Storch! Nur Monika kann an einem Freitag so antworten. Manchmal kann ich gar nicht fassen, dass wir die gleiche Mama haben, und ich frage mich, wie Monika denkt und funktioniert und was sie so vorhat auf ihrem Erdteil, aber es ist genau so, wie Mama immer sagt, man muss sie nicht verstehen, um sie zu mögen, und ich mag Monika, das könnt ihr mir glauben. Beispielsweise, wenn sie mich abhört, wenn sie die Geduld aufbringt, Diktat mit einem kleinen Bruder zu üben, der sich mit den Buchstaben und dem Bilden von Worten aus ihnen und damit, sie nach einer bestimmten, ihm unverständlichen Systematik, für die er nicht empfänglich ist, in harte und weiche Konsonanten einzuordnen, schwer tut. In so etwas ist Monika gut. Und darin, mir etwas von ihren Süßigkeiten zu leihen, wenn mir schon am Dienstag das Taschengeld ausgegangen ist.

Na ja, dann biete ich mich eben an:

»Ich kann ausgehen.«

»Oh nein, junger Mann, du bleibst um diese Uhrzeit schön zu Hause.«

Mama, die Monika in diesem Frühjahr vorgeschlagen hat, sich für den Sommer einen Ferienjob zu suchen, um ein bisschen mehr Geld in den Fingern zu haben, etwas, worüber Monika eine Weile gegrübelt hat, worin sie eine Meisterin ist, so meisterlich, dass kein Wort mehr darüber verloren wird, bis sie gründlich nachgedacht hat und von sich aus wieder darauf zurückkommt.

»Kannst du mir einen Job in der Strumpffabrik besorgen?«

Mama, deren Gesicht, ja, deren ganzer Körper sich verzerrt.

»Kommt überhaupt nicht infrage!«

»Aber du hast doch selber vorgeschlagen, dass ich mir einen Job suchen soll.«

»Ja, aber nicht da.«

»Warum nicht?«

Mama seufzt, will das nicht diskutieren, Monika vermutlich auch nicht, die Älteste, die immer mit dem Kopf gegen die Wand rennen muss, weil es für Mutter und Tochter immer das erste Mal ist.

»Du kannst doch schön in meinem Windschatten bleiben«, warf Monika mir einmal vor, nachdem sie von zu Hause ausgezogen war.

»Der Gedanke, dass ich nie der Erste bei etwas sein darf, ist dir wohl noch nie gekommen, was?«, konterte ich.

»Als ob das ein Vorteil wäre«, erwiderte sie.

Mama sammelt sich, denn der nächste Satz fällt schwer:

»Weißt du, woran ich den ganzen Tag denke in der Strumpffabrik? Ich denke an euch, daran, dass euch das erspart bleiben soll.«

»Aber es ist doch nur für den Sommer«, sagt Monika aufgebracht. »Es ist meine Entscheidung.«

»Deine Entscheidung? Glaubst du wirklich, man entscheidet das selbst?«

»Was ist denn los mit dir?«

»Du sollst lernen, Monika. Eine Ausbildung machen. Nicht in der Strumpffabrik hängen bleiben.«

Aber Monika ist der sturste Mensch, den ich kenne. Was sie sich einmal in den Kopf gesetzt hat, zieht sie auch durch, und wenn Mama ihr nicht helfen kann, muss sie die Sache eben selber in die Hand nehmen. Am nächsten Tag hat sie sich einen anderen Job besorgt: Limonadenkästen aus dem Lager holen und die Milchtheke beim Reveny oben im Supermarkt Mobilia auffüllen, fünf Wochen am Stück im Sommer und bis dahin zwei Abende in der Woche und jedes zweite Wochenende. Mama kann im Grunde nicht viel gegen den Nebenjob während des Schuljahrs sagen, aber eins sagt sie dann doch, als Monika ihre erste Schicht im Arbeitskittel hinter sich hat:

»Und die Pfadfinder?«

»Ich schaffe beides.«

»Aber wie willst du ...?«

»Mach dir keine Sorgen, Mama«, unterbricht Monika sie und gibt ihr einen Klaps. »Sonst muss ich noch im Auto essen.«

Und Mama kann sich ein Lachen nicht verbeißen, und Monika und ich lachen auch. Ein Witz, der zu den Eigenheiten und Geheimnissen gehört, die drei Personen zu einer Familie verschmelzen, ein Bruchstück aus den gemeinsamen Erfahrungen, pointenlosen Geschichten und der Sprache, aus denen eine Familie besteht. Letzten Herbst hörten wir Olof Palme auf einer Wahlveranstaltung im Stadion sprechen, Blaskapelle und die Internationale und ein Podium auf dem Spielfeld, und die ganze Siedlung hockte um uns herum auf den Holzbänken der Haupttribüne. Monika mit Kaugummi im Mund, den sie schmatzend kaut und knallen lässt und mit dem Zeigefinger zu einem langen, speicheltriefenden Faden aus dem Mund zieht, den sie wie einen Jojo wirbeln lässt und mit dem sie cool auszusehen versucht. Die Krawatte flattert Palme in dem Wind, der in das Stadionrund einfällt, über die Schulter. Mama, die Monika anglotzt, diese Wiederkäuerei verabscheut, und Monika weiß das, kaut trotzdem, Mama hält sich zurück, glotzt, sagt erst etwas, als wir nach Hause kommen, und sie und Monika geraten aneinander und Monika ab durch die Tür, nimmt versehentlich die Autoschlüssel mit. Mama ist an ihrem Schlafzimmerfenster und sieht ihr hinterher. Da unten stehen die Nachbarn nach der Wahlveranstaltung noch in Gruppen zusammen und unterhalten sich, die Frauen für sich, die Männer daneben, und sie schauen Monika an, die über den Parkplatz hastet und den Käfer aufschließt und sich auf den Beifahrersitz setzt, den Sicherungsknopf herunterdrückt, kaut. Sitzt da, Mama, die schon wieder am Fenster steht, hinunter will, um ihre Tochter zu holen, sie zur Vernunft bringen möchte, aber nicht, wenn das ganze Haus Fenster zum Parkplatz hinaus hat. Mama und ich essen. Mama wieder an der Scheibe. Zögert. Will sich nicht blamieren. Es wird Abend. Schließlich sagt Mama: »Nee, sie verhungert doch.« Wärmt das übrig gebliebene Essen auf und gibt es auf einen Teller, den sie mit einem Glas Milch auf ein Tablett stellt und mit dem Aufzug nach unten bringt. Aber Monika schließt nicht auf. Mama steht mit dem Tablett auf dem Arm da und sieht Monika eine Kaugummiblase machen, ehe sie das Tablett auf dem Asphalt absetzt und kehrtmacht. Und als Mama wieder im Haus ist, öffnet Monika die Autotür, hebt das Tablett auf ihren Schoß und isst im Auto zu Abend.

Samstagnachmittag. Es ist still im Haus, so still, wie es in einem Genossenschaftsmietshaus Mitte der Siebzigerjahre nur sein kann, und es ist ein Wochenende, an dem Mama ihre Freizeit genießt und sich entspannt, indem sie die Fußböden schrubbt, das gute Geschirr spült, das wir nie benutzen, ein paar Maschinen in der Waschküche laufen lässt und dort bleibt und mit der Mutter von jemand anderem plaudert, den Wäschekorb unter dem Arm, und so lange wegbleibt, dass sie das Abendessen vergisst, fast, während die Väter auf dem Hof ihre Autos waschen oder eine Abendzeitung lesen oder Nachrichten hören oder irgendetwas anderes Wichtiges machen, das Väter eben so machen. Wir Kinder treiben uns auf dem Hof herum, bis Lasses Mutter ein Handtuch im Küchenfenster festklemmt und Lasse mit dem Aufzug in die siebzehnte Etage verschwindet, und von da an werden wir einer nach dem anderen mit einem Signal – Trillerpfeife, Klapper, Kuhglocke oder, am herzzerreißendsten, einem Schrei vom Balkon: *Åsa!* – zu einem Abend hineingerufen, der im Haus verbracht werden muss, und Mama kocht ein Abendessen, das ein wenig feiner ausfällt als sonst, z. B. Hackbraten mit Zwiebeln, und es gibt Nachtisch.

Nach ihrer Stunde auf der Couch erwacht Mama wieder zu neuem Leben und kommt zu mir in die Küche. Das sind schöne Momente. Ich darf sie für mich alleine haben, und es macht mir nichts aus, von Kapitän Haddock und Schultze und Schulze aufzuschauen, wenn sie davon erzählt, wie es auf der Arbeit war, was Bogdans Mutter über Bogdans Vater gesagt hat und anderes, das sie im Pausenraum aufgeschnappt hat – Dinge, über die auch sie mit jemandem sprechen können muss, während sie mit ihrer karierten Schürze am Herd steht und arme Ritter aus altem Weißbrot brät, das sie in der Konditorei zum halben Preis bekommen hat, oder Pfannkuchen backt, was sie gut kann, so gut, dass Lasse und Janis immer klingeln, wenn sie es riechen, und nicht fragen, ob ich rauskommen will, sondern ob sie reinkommen dürfen, wogegen Mama, die gerne noch zwei Teller auf den Tisch setzt, nichts einzuwenden hat, selbst wenn sie findet, dass ich ab und zu auch einmal bei den anderen essen könnte, aber wäre sie jemals in den Genuss der angedickten Gemüsesuppe von Lasses Mutter gekommen, hätte sie mich verstanden, und bei Janis lässt sein Vater, der sich an das hintere Ende des langen, dunklen Flurs stellt, das Hemd bis zum Bauchnabel aufgeknöpft, und sich erkundigt, was für eine Type man ist, auch wenn man schon zum hundertsten Mal geklingelt hat, niemanden herein.

»Mama, warum wirst du eigentlich nie so wütend wie Rogers Papa?«, frage ich.

»Wird er wütend?«

»Das kann man wohl sagen.«

»Weißt du, warum ich nicht wütend werde?«

»Warum nicht?«

»Weil ich euch liebe.«

Antwortet Mama, und danach hat man der Frage nichts mehr entgegenzusetzen, die ihr auf der Zunge liegt und die eigentlich keine Frage ist, sondern eine verklausulierte, mit einem Fragezeichen abgerundete Ermahnung. Sie schielt zu unseren magnetbefestigten Stundenplänen an der Kühlschranktür hinüber.

»Musst du keine Hausaufgaben machen?«

»Nur ein bisschen Mathe.«

»Könntest du sie vielleicht noch vor dem Essen machen?«

»Hatte ich gerade vor.«

Hoch mit Monikas säuberlich in Folie eingeschlagenen Büchern auf das Regal neben dem Che-Poster. Bücher, die praktisch ungelesen aussehen würden, wären da nicht die mit Lineal gezogenen dünnen Bleistiftunterstreichungen. In Mathe bin ich ganz gut und werde deshalb schnell fertig, sitze anschließend da und glotze die Guppys an. Das Aquarium muss am Fenster stehen, weil es keine Beleuchtung hat. Beugt man sich über es hinweg, sieht man den Parkplatz und auf der anderen Seite des Pildammsvägen das Altenpflegeheim und weiter entfernt die große, nicht asphaltierte Fläche, die sich bis zum Mobilia erstreckt und auf der zwei Mal im Jahr der Zirkus seine Zelte aufschlägt, und wir Kinder von unserem Hof helfen, die Elefanten zu füttern. An der anderen Seite, von der Küche aus, schaut man auf die riesige Rasenfläche im Hof hinab. Aus dem zweiten Stock macht die Aussicht nicht viel her. Aber ich stehe an unserem Schlafzimmerfenster und sehe Monika mit einem Kopf, der so schwer herabhängt wie bei einem Pferd, von der Milchtheke im Reveny zurückkehren, das muss an all den Gedanken liegen, die auf ihr lasten, all dem Wissen, das sie in ihren Schädel presst.

Aber als sie ins Zimmer kommt, erwacht sie zu neuem Leben.

»Mama! Komm mal schnell!«

»Ach, sei doch still. Musst du immer petzen?«

»Was ist denn jetzt?«, hört man Mamas resignierte Stimme.

»Johan hat die Fische rausgeholt.«

»Auch den Schwertträger? Johan, komm her!«

»Es ist ein Wettkampf.«

»Ich habe gesagt, du sollst herkommen.«

Also trotte ich in die Küche, um mir das Übliche anzuhören:

»Du sollst nett zu Monika sein.«

»Es war ein Experiment. Um zu sehen, welcher es am längsten an Land aushält.«

»Aber du weißt doch, dass sie sich verletzen, wenn du sie rausholst.«

»Ich habe Klopapier druntergelegt.«

Ein Seufzer. Und:

»Deine Haare müssen geschnitten werden.«

»Von wegen! Ralf Edströms sind länger.«

»Monika hat so schöne Haare. Dann können deine doch auch schön sein.«

Immer der Vergleich mit Monika. Die nach einer Weile angezockelt kommt, sich auf ihren Platz an der Wand fallen lässt, ich neben ihr und Mama auf der anderen Seite des Kieferntischs. Nachher helfe ich Mama, den Tisch abzudecken und die Krümel vom Tisch zu wischen, und sie kontrolliert, dass ich meine Hausaufgaben gemacht habe. Monika liest ein Buch. Mama guckt die Nachrichten, ich auch. Wir bleiben vor dem Fernseher sitzen, bis Mama sagt:

»Johan, gehst du dir bitte die Zähne putzen?«

»Jetzt noch nicht.«

»Doch. Jetzt. Sofort.«

Also mache ich mich fertig, ziehe den Pyjama an, klettere in meine Koje hinauf, stopfe eine Taschenlampe für den Fall unter das Kissen, dass ich nachts wach werde und runter muss. Monika macht das große Licht aus, als sie reinkommt, und ich höre, dass sie sich unter mir in ihr Bett legt und ihre Kleider abstreift, sich aus ihnen schält, als könnte ich im schwachen Licht der Straßenlaterne, das durch die Ritzen der Jalousie hindurchschimmert, etwas erkennen (das kann ich!), und sich ihr Nachthemd überzieht. Sie macht ihre Leselampe an und liest noch lange. Während Mama kontrolliert, dass die Wohnungstür abgeschlossen ist – das Klacken des Riegels, das dafür sorgt, dass man zur Ruhe kommen, sich zur Wand umdrehen und einschlafen kann. Aber es klappt nicht.

»Du?«

»Mmh.«

»Das mit den Fischen, das wollte ich nicht. Entschuldigung.«

»Kapierst du nicht, dass sie fast gestorben wären?«

»Ich hab mich doch entschuldigt.«

»Wenn du das nochmal machst, dann ...«

»Was dann? Holst du dann deinen Papa?«

»Mama! Komm mal schnell!«

Resigniert, von der anderen Seite der Tür:

»Was ist denn *jetzt*?«

»Ach nichts.«

Mama, Monika und dann ich, Johan. Der nicht den ganzen Tag stillsitzen und lernen kann wie Monika. Sobald im Frühjahr der Schneematsch allmählich wegtropft und ein paar Flecken schlammiges, schweres Gras entblößt, dreht sich alles um Fußball, Jerry Williams weißer Spielball, der nach einem kurzen Winterschlaf mit der Fahrradpumpe aufgepumpt wird, Größe fünf, durch Stempel mehrerer Fußballverbände offiziell anerkannt, mit dem wir im Kreis stehend tricksen, auf den Fuß mit der klatschnassen Lederpille, zwei Tippser, drei, aufs Knie, spritz, spritz, das andere Knie, der einfachste Trick, aber auch der schönste, den Ball zu kontrollieren und dann weiterzupassen – die Zehennägel, die erst blau, dann schwarz werden und zu Beginn der Saison ausfallen und neue, die im Frühjahr wachsen. Dann folgt eine Sommerpause wegen der Industrieferien, in denen unsere Siedlung von Kindern wie leer gefegt ist, Wochen, die öde sind wie ein roter Tag im Kalender, aber gegen Ende des Sommers kehren alle zurück von ihren Großeltern und Autourlauben und Campingplätzen, und Rolle ist in einem politischen Jugendlager in der DDR gewesen, bei dem er auf einem Acker gezeltet hat und marschieren lernen durfte, nachdem jeden Morgen irgend so ein Depp aus Södertälje, der seine Trompete mitgeschleppt hatte, zum Wecken geblasen hatte. Unterricht im Freien und Scheißhausleerung als Zusatzbeschäftigung – Geschichten, die er erzählt, während er seine Schlappen zuschnürt, richtige Fußballschlappen mit Schraubstollen und Schnürsenkeln, die man zwei Mal unter der Sohle durchziehen kann und die dann immer noch für einen Doppelknoten reichen, Rolle, der in der Jugend von Malmö FF spielt.

»Sollen wir wählen?«

»Ich wollte gerade loslegen«, antwortet Micke.

Und nach dem Ausstoßen einiger Befehle und viel Geschrei bringt Micke alle dazu, sich auf den Erdwall zu setzen, der die Rasenfläche umgibt. Er ist so jemand, der solche Aufgaben übernimmt, der geborene Ordner, aber sein Vater ist halt auch fast so etwas wie ein Bulle: ein Wachmann, und übrigens auch Ringer, Kampf um Bronze bei einer Distriktmeisterschaft vor ewigen Zeiten in den Annalen der Sporthemdgeschichte, eine Auszeichnung, auf die sich Micke stützt, wenn jemand seinen Platz nicht schnell genug einnimmt. Zucht und Ordnung, richtig und falsch, für seine Sache zu kämpfen und den richtigen, autoritären Tonfall anzuschlagen, sind ihm eingetrichtert worden:

»Janis und Cissi wählen.«

»Letztes Mal haben die aber nicht gewählt!«

»Eben drum, du Hirni.«

Janis, der alles in allem kein schlechter Spieler ist, schnell und schwer auszurechnen, aber auch unberechenbar, was bedeutet, dass er jederzeit ohne ein Wort, ohne einen Blick über die Schulter zu werfen, das Spielfeld verlassen, abhauen kann, weil er plötzlich keine Lust mehr hat, während Cissi die Ausdauernde ist, die Technikerin, die Fummlerin mit den entschieden besten Tricks, Übersteiger, Tunnel, Hackentricks, und erst aufhört, wenn alle anderen aufgegeben haben.

Und Janis und Cissi treffen ihre Wahl, eine ziemlich vorhersehbare Wahl – und dann noch die Sache, immer als Letzter gewählt zu werden, ich *werde* als Letzter gewählt, was in Wahrheit als Vorletzter bedeutet, denn Roger, Carina und Åsa bleiben übrig, und weil nicht drei Mädchen in einer Mannschaft spielen können, bekommt Cissi Roger und Janis dafür Carina und Åsa. Åsa, die beim Wählen nur dabei war, um sich bestätigen zu lassen, dass sie auch heute wieder letzte Wahl ist. Sie setzt sich auf den Erdwall:

»Ich spiele nicht mit.«

An jedem Ende der Spielfläche steht ein Schild, das Ballspiele verbietet. Bogdan steckt die Tore ab, indem er Trainingsjacke und Trainingshose zehn Schritte vom jeweiligen Schildpfosten auf die Erde legt. Wir können anstoßen, nein, noch nicht, denn in diesen Jahren sind Ralf Edström, Roland Sandberg, Beckenbauer, Cruyff und Neeskens, Bosse Larsson, Staffan Tapper und eine Hand voll anderer Spieler die Helden und schürfen sich die Knie auf dem Rasen der Genossenschaftssiedlung auf.

»Ich bin Gerd Müller«, ruft Roger.

»Das bin *ich*«, stellt Janis fest. »Das bin ich immer.«

»Aber ich habe es zuerst gesagt.«

»Du bist zu groß. Du darfst Bosse sein.«

»Bosse?«

»Okay, dann eben Pelé, der war klasse. *Ich* sehe Müller am ähnlichsten.«

Dagegen lässt sich kaum etwas einwenden, weil Janis zweifellos der Kleinste ist, sogar noch kleiner als Åsas kleine Schwester, und passend dazu, dass er ein Moped bekommt, eine Zündapp, auf die sein Vater einen niedrigeren Lenker montiert, wird er bei der Spitzennotierung von einsfünfzig das Wachstum einstellen.

Die Einzige, die keinen Künstlernamen annimmt, ist Cissi, sie braucht ohnehin keinen, beherrscht das Mittelfeld, zieht an Beckenbauer vorbei, täuscht an und schickt Ronnie Hellström eins in die falsche Ecke, Ronnie Hellström eins, die in diesem Sommer etwas bekommt, das unter dem Trikot absteht, wirft sich, die Hände schützend vor das Gesicht gehoben, auf die Erde, als Cissi mit gestrecktem Spann das 1:0 erzielt.

Dann will Carina nicht mehr im Tor stehen, und Jerry William muss sie ablösen.

»Wer bin ich jetzt?«

»Du bist doch Neeskens! Nun lauf schon«, befiehlt der neue Ronnie Hellström eins und lässt den Ball zu Müller rollen, der am linken Spielfeldrand geht, einen Doppelpass mit dem erschreckten Neeskens spielt, quer zu Beckenbauer gibt, der zum Strafraum vorrückt, bis an die Torauslinie, und den Ball hereinbringt, und Müller trifft mit der Stirn und nickt den Ball in die Maschen, 1:1.

Ronnie Hellström zwei bringt den Ball augenblicklich wieder ins Spiel und schickt Ralf Edström, der seine Mannschaft aufgestellt hat, wie er es im Vereinstraining gelernt hat, schlägt den Ball dann quer zu Cruyff, mir, der einen defensiven Part spielt und weiß, dass man Beckenbauer mit etwas Abstand überlaufen muss und auf keinen Fall tunneln darf, denn Beckenbauer ist ein Furcht erregender Dampfwalzentyp, der nicht davor zurückschreckt, ein Bein auszufahren, einem reinzugrätschen, aber man tunnelt ihn trotzdem, weil es solchen Spaß macht, weil der Knochenbrecher Beckenbauer immer zu langsam ist, erst einen Moment nachdenken muss, ehe Leben in seine jugoslawischen Beine kommt, und zum Dank bekommt man einen Satz Stollen von hinten an den Oberschenkel.

»Freistoß!«

»Ich wollte den Ball spielen!«

»Ich hatte den Ball doch gar nicht!«

»Ich hab dich nicht berührt. Steh auf.«

»Ich will einen Freistoß.«

»Willst du etwa noch einen Tritt?«

–

Humpelnd und mit einem Pferdekuss, mit Grasflecken auf dem gelben Nationalmannschaftstrikot mit langen Ärmeln und der 9 auf dem Rücken und einer Hose und Stutzen, die vor Dreck stehen, nach Hause zu kommen und empfangen zu werden vom stechenden Geruch des Haarfestigers und Mamas:

»Wie siehst du denn aus! Wie soll ich das jemals sauber kriegen?«

Dann sieht sie meinen Oberschenkel.

»Tut es weh?«

»Ein bisschen.«

Mama, die in der Toilette steht und ihre Haare auf Lockenwickler dreht, dicht vor dem Spiegel stehend, um richtig sehen zu können, befestigt mit einer angegilbten Plastikhaarnadel eine Rolle im Nacken.

»Du musst vorsichtig sein.«

»Das war Bogdan. Er hat getreten.«

»Dazu gehören immer zwei, nicht wahr? Zieh die Sachen aus.«

Ich ziehe mich um, und als Mama mit ihren Haaren fertig ist, lässt sie Wasser in eine Plastikwanne laufen, in die sie meine Kleider legt, und das Wasser verfärbt sich grau und schlammig, und sie sagt:

»Hast du Hunger?«

Das ist das Schöne an Mama. Sie versteht genau, wie man sich fühlt, wenn man zusammengetreten und verrotzt nach Hause kommt und bemuttert werden, aber nicht zu viel über seine Blessuren reden will, denn sie sind gleichzeitig Trophäen, ich bin nicht zurückgewichen, habe die Stellung gehalten, sie sollen am nächsten Tag der Gang gezeigt und von ihr bewundert werden, jetzt bloß keine Hätschelei, aber gerne eine große Tasse Kakao und Brote mit einer dicken Schicht von Mamas Erdbeermarmelade, ein Fighter hat Platz genommen. Mama streicht ihm übers Haar und hört zu, während er das Spiel referiert, sitzt auf der anderen Seite des Tischs und lauscht ihm wie einem Erwachsenen. Er kaut, trinkt große Schlucke, bekommt einen Milchbart auf der Oberlippe und schlenkert mit den Beinen.

»Möchtest du noch einen Kakao? Noch ein Brot?«

Er nickt, und sie umarmt ihn. Der Geruch des Haarfestigers lässt ihn die Nase rümpfen, und ihm wird ein wenig schlecht, und er will nicht in ihrer Umarmung versinken, aber diesmal ... ach, was soll's. Halt mich fest, Mama.

–

»Abseits!«

»Wir spielen ohne.«

»Nee, mit!«

»Haben wir vorher nicht gesagt.«

»Glaubst du, die sagen so was vor der WM?«

Es endet damit, dass Ronnie Hellström zwei abschlägt, Cissi die Kugel mit der Brust stoppt, na ja, dem Bauch, sie weiterdrischt ... und der Ball rollt zu Pelé, der nur den Fuß hinhalten, ihn antippen muss, eine Hundertprozentige, Ronnie Hellström eins kann sich einmachen lassen, Pelé nimmt einen Riesenanlauf, zieht das rechte Bein nach hinten, nimmt das Tor ins Visier, den langen Winkel, das Bein schießt nach vorn, schwingt in einer Pendelbewegung, und der Ball tröpfelt gemächlich über die Seitenauslinie, während Pelés rechter Schlappen, ein Adidas »Biafra« mit durchgelaufener Sohle, einen weiten Bogen beschreibt und mit Effet auf der anderen Seite des Erdwalls verschwindet und Pelé auf dem Rücken landet, mit solcher Wucht auf der Erde aufschlägt, dass ihm die Luft aus der Lunge gepresst wird.

»Verdammter Mist! Du Idiot!«, möchte man schreien – und tut es auch.

»Hör auf. Macht nichts, Roger«, ruft Cissi. »Ich hol den Schuh.«

Unterbrechung. Es gibt auch noch andere störende Elemente,

die gibt es immer, immer wird es irgendwelche alten Knacker und Schachteln geben, die herrschen wollen, die beschlossen haben, dass dreißig mal achtzig Meter Rasenfläche zwischen den Mietshäusern dazu da sind, angeglotzt zu werden, sich vom Balkon aus die Augen grün zu stieren, nichts anderes, und die es zu ihrer Lebensaufgabe gemacht haben, dies allen Kindern zu verkünden und ihren unschuldigen Körpern Verbote und Regeln einzubläuen, und auf unserem Hof heißt der Papst Persgård und kommt von seinem friedvollen Geranienbalkon in dem dreistöckigen Haus herunter, wo er sich vor Überraschung darüber, dass Kinder Laute von sich geben, an seinem Nachmittagskaffee verschluckt hat.

»Könnt ihr nicht lesen?«

»Doch.«

»Dann hört sofort auf zu spielen.«

Persgård liest uns die Vorschriften vor, aber nicht, weil es ihn etwas angehen oder er *wirklich* darunter leiden würde, dass wir spielen, es ist der Faschist in ihm, der sich eingeredet hat, dass alles auf eine bestimmte Art und Weise sein muss, sein *muss,* gibt es ein Verbot, muss es auch befolgt werden, egal, wie idiotisch es sein mag, es darf nie infrage gestellt oder diskutiert werden, die Grenzen der Siedlung sind gezogen worden, auf das man innerhalb ihrer lebe, und sie sind von jemand bestimmt worden, der weder Kind, Spiel, Freude noch Kindheit denken kann, und ich schwöre euch, sollte ich ihm heute begegnen, Persgård, fünfundzwanzig Jahre später, wenn meine Frau Helena und ich bei meiner Mutter zum Sonntagsbraten eingeladen sind und unsere Kinder Agnes und Hannes alleine zum Aufzug im Haus der Großmutter vorlaufen, Helena und ich Hand in Hand, aber ein wenig gestresst, wie das sonntags manchmal so ist, man pfeift aus dem letzten Loch nach einem Wochenende, an dem nichts Geplantes erledigt wurde, vor dem zeitigen Klingeln des Weckers am Montag, der Routine, down the road again, und ich bin ein den Umständen entsprechend glücklicher Mann in den besten Jahren, mit Karriere und Kreditzahlungen, monatlich fälligen

Einzahlungen in die private Zusatzrente und Dienstwagen, einem zunehmenden Übergewicht und immer weniger Zeit für den Umgang mit Freunden, falls wir dann Persgård begegnen, wird in Sekundenbruchteilen der gleiche Zorn, die gleiche Wut in mir zum Leben erwachen wie damals, die Sehnsucht nach Rache und Revanche, und ich muss beide Hände tief in den Manteltaschen vergraben und die Zähne zusammenbeißen, um ihm keine zu knallen, ihm nicht nachträglich eine Tracht Prügel zu verpassen, ihn zu grüßen, kommt überhaupt nicht in Frage, und sicher, es wird immer Persgårds geben, die ganze Welt ist voll von ihnen, aber sollte dies jemand lesen, der sich in meiner Beschreibung wiedererkennt, dann denkt doch mal darüber nach, wie viel ihr in einem kleinen Jungen oder Mädchen kaputtmachen könnt mit eurer eigenmächtig angemaßten Polizistenrolle, wir werden das unser Leben lang als eine Wunde mit uns herumschleppen, die niemals heilt, und jedes Mal daran erinnert werden, wenn wir auf einen bösartigen Chef stoßen, einen kujonierenden Fähnrich, Freundinnen und Freunde mit einer Überlegenheit, deren Quelle eine andere soziale Herkunft oder ein besseres Selbstvertrauen ist, auf irgendetwas stoßen, das uns über die Ungerechtigkeiten nachdenken lässt, denen wir auf Gedeih und Verderb ausgeliefert waren, denn was können wir euch schon entgegensetzen, das Einzige, was wir Persgård zubrüllen können, ist:

»Alter Sack!«

»Hau ab!«

»Verpiss dich!«

Mit einem prompten Ergebnis: Dieser alte Mistkerl setzt uns nach, wir rennen wie ein Rudel Hunde davon, er jagt den von uns, der ihm am nächsten steht, ungefähr zwanzig Meter weit, die Strecke, die er benötigt, um einzusehen, dass er jemanden, der um sein Leben rennt, niemals einholen wird, jemanden, der nie zuvor erlebt hat, dass ein erwachsener Mann einem Kind hinterherrennt, um es zu schlagen. Außer Atem gibt Persgård auf, kehrt um und beschlagnahmt den Ball, nimmt ihn trotz unserer lautstarken Proteste mit, klemmt ihn sich unter den Arm, um auf seinen Balkon und zu seinem mittlerweile kalten Kaffee zurückzukehren und genüsslich darauf zu warten, dass Jerry Williams Vater, streitbarer Gewerkschaftsvertreter der Grafiker bei der Tageszeitung *Die Arbeit* und damit eine Person, die in unserer Siedlung Respekt genießt, bei Persgård klingelt und genötigt wird, eine Erklärung dafür abzugeben, dass sein Filius trotz der Verbotsschilder Ball spielt.

»Gib den Ball zurück, du alter Sack.«

»Was hast du gesagt?«

»Ich hab gesagt, du sollst den Ball zurückgeben, du alter Sack.«

Niemand außer Micke wagt es, so etwas zu sagen – und stehen zu bleiben. In seiner Stimme schwingt etwas mit, das sogar einen unsensiblen Typen wie Persgård verharren, sich umdrehen, einem 10-Jährigen zuhören lässt, der nicht klein beigibt, der weiß, dass er moralisch absolut im Recht ist, und wiederholt:

»Gib ihn her.«

»So redest du nicht mit mir. Benimm dich gefälligst anständig.«

»Benimm du dich doch anständig.«

In diesem Moment erstarren wir anderen, in Mickes Schädel geht etwas vor, Persgård beginnt Unrat zu wittern, die Erkenntnis, dass er sich jemandem gegenübersieht, der nicht die Absicht hat, ihn gewinnen zu lassen, nimmt allmählich Gestalt in seinem Kopf an, und er weiß nicht, wie er die Situation meistern soll, also greift er zur einzigen Waffe, die ihm gegen Kinder bekannt ist, er holt mit der Rechten zum Schlag aus und lässt eine Ohrfeige niedersausen, die Micke mit einem schallenden Knall getroffen hätte, wenn er sie nicht vorhergesehen und sich geduckt hätte. Die Handfläche schlägt ein Luftloch, und Micke kickt den Ball aus Persgårds Armen und passt ihn zu Roger hinüber, der aufreizend einen Fuß darauf setzt – so sollte es jedenfalls sein, wenn die Welt gerecht wäre, aber die Welt ist nicht gerecht, sie ist grausam. Micke bleibt mit dem Fuß unter Persgårds Arm hängen, verliert das Gleichgewicht, und Persgård ist auf ihm, klemmt seine Hände ein und drückt ihn auf den Bauch.

»Jetzt bist du nicht mehr so frech!«

»Lass mich los, sonst kriegst du eine in die Schnauze.«

»Und wie willst du das anstellen?«

Persgård lächelt, ja wirklich, er lächelt auf seine diabolische Art, denkt darüber nach, wie er den Jungen bestrafen soll, in dessen Kreuz er sein rechtes Knie platziert hat, und merkt nicht, dass Rolle, geleitet von seinem frisch erworbenen kommunistischen Wissen über Klassenkampf und Solidarität und Verachtung für die Obrigkeit, an seiner Seite aufgetaucht ist, geräuschvoll eine monströse Menge Rotz hochgezogen und im Mund gesammelt hat, die er wie ein großes Sahnebonbon in der Mundhöhle rollen lässt, während er auf die perfekte Gelegenheit zum Abfeuern wartet.

»Hallo!«

Persgård dreht sein verschwitztes Gesicht zu ihm hoch, und Rolle schießt den zähen Klumpen Rotz ab.

Mühsam erhebt sich Persgård von Mickes Rücken.

»Ich werde ein Wörtchen mit deinen Eltern reden«, lautet seine letzte Drohung, ehe er sich entfernt, ohne Ball, den Rotz wie eine grün gleitende Kotelette im Gesicht.

»Grüß sie von mir«, ruft Micke ihm nach.

Nach dem Spiel liegen wir im Gras, ausgepumpt, schlaff, Janis ist nach oben geschickt worden, um Saft zu holen, und natürlich nicht mehr heruntergekommen. Jetzt tauchen Thomas und Anki auf dem Platz auf, und Danne mit einer Tragetasche voller Bier und King, der von der Leine gelassen frei herumläuft. Thomas kickt mit seinem Pantoffel gegen den Ball.

»Was liegt an, Hosenmätze?«

Anki lacht, ihre Pupillen sind rund wie Pingpongbälle, sie lacht völlig grundlos, ihre Jeans hat sie auf den Oberschenkeln mit Sand abgerieben, damit sie den richtigen abgewetzten Look bekommen, mit einem abwesenden Lächeln starrt sie ins Leere, lässt sich ins Gras fallen, zieht Danne mit herunter. Danne trinkt Bier und entdeckt mich.

»Wie geht's der Pfadfinderin?«

»Keine Ahnung«, sage ich und weiß wirklich nicht, wie es Monika geht, ob bei ihr etwas Besonderes los ist, sie erzählt nicht so viel, und wenn es etwas Besonderes gäbe, müssten Thomas und Anki, die in die gleiche Klasse gehen wie sie, es wissen ...

»Büffelt sie diesen Sommer Moleküle?«

»Glaub nicht.«

»Sie hat noch nie einen Typen gehabt, was?«

Ich zucke mit den Schultern, am besten sagt man so wenig wie möglich.

Danne, Respekt einflößend, wohnt mit seinem Vater in einer anderen Siedlung, hat die Position eines Dealers auf der untersten Ebene der Präparatpyramide inne, schlürft Bier, sieht sich um.

»Rogge! Alles klar? Wie war es denn im Ferienlager?«

Rogge starrt zu Boden.

»He, wie war es, in Baracken zu wohnen? Was habt ihr denn so getrieben?«

»Nichts Besonderes.«

»Im Kreis gesessen, Lieder gesungen und gewichst?«

Ankie lacht. Jerry William lacht auch, aber aus anderen Gründen, hat eine hochrote Visage. Thomas macht mit:

»Rogge, zeig mal, wie ihr gewichst habt.«

»Mach's doch selbst, wenn es dir so gefällt!«

»Rogge, verdammt, nun komm schon, raus mit dem Schwanz«, grinst Danne und befiehlt: »Such, King! Such!«

Der Schäferhund hechelt und beschnüffelt Roger, im Schritt, im Gesicht, im Nacken. Rogers Unterlippe zittert, er kneift die Beine zusammen.

»Machst du dir wieder in die Hose, wie immer?«

»Hört doch auf«, bittet Micke, der ein wenig abseits von uns anderen sitzt. »Ruf King zurück.«

»Was ist denn mit dir los?«

»Kannst du ihn nicht in Ruhe lassen?«

Thomas zieht King am Halsband, von Roger weg, der sich nicht rührt.

»Okay«, sagt Thomas, »holt den Ball, dann kicken wir.«

»Wir machen gerade Pause«, wendet Rolle ein.

»Ich hab gesagt, dass wir jetzt kicken. Hoch mit euch.«

Langsam kommen wir auf die Beine, nicht so schnell, dass sie einen Beleg dafür bekommen, welche Scheißangst wir alle vor Thomas und Danne haben, aber auch nicht so langsam, dass sie die Geduld verlieren und handgreiflich werden, und um die Wahrheit zu sagen, blicken wir in all unserer Furcht auch zu ihnen auf, der Kitzel, in ihrer Nähe zu sein, Bruchstücke aus ihren Geschichten über Alkohol und Autos, Brüche und Schlägereien unter Rockern aufzuschnappen – der erbärmliche Traum, dass wir in ein paar Jahren vielleicht auf dem Hof regieren werden!

Anki holt den Ball, tritt ihn wieder in die Sträucher. Danne pfeift King zu sich, legt den Hund an die Leine, wirft Åsa die Hundeleine zu.

»Du passt so lange auf ihn auf.«

Åsa bricht fast in Tränen aus, während Danne sich zum Spielfeld umdreht:

»Wir gegen den Rest. Wir und Rogge.«

Zum Rest zu gehören, bedeutet, nicht länger Cruyff zu sein, nicht mehr tricksen und selbst mit dem Ball gehen zu dürfen, es bedeutet, dass man nur noch eine Slalomstange ist, und jeder Versuch eines eigenen Spiels wird mit einem Schlappen auf dem Schienbein belohnt, einem Ellbogen in den Rippen, einem gestreckten Bein, es heißt, seiner Identität beraubt zu werden und auf die anonymste Art ausharren zu lernen, die einem nur möglich ist. Sich damit abzufinden, eine Weile nicht mehr zu existieren. Aber Roger protestiert mit einem lautstarken Nee.

»Wie, nee!?«

»Ich spiele nicht in einer Mannschaft mit Junkies.«

Danne beugt sich zu ihm vor.

»Wer ist hier ein Junkie?«

»Das weißt du genau.«

»Nee. Sag mir, wer hier ein Junkie ist, Rogge.«

Roger sagt nichts.

»Wer, Rogge? Ich etwa? Anki?«

»Ja.«

»Wer? Ich will es dich sagen hören.«

»Du. Und Anki.«

Danne starrt ihm in die Augen. Dann legt er eine Hand auf Rogges Schulter.

»Du bist schon ein komischer Vogel, Rogge. Nicht so ein Waschlappen wie die anderen.«

Und dann ruft er:

»Rogge spielt mit dem Rest! Wir kriegen den Ball!«

Malmö FF gewinnt jedes Spiel und stellt die halbe Nationalmannschaft. Bosse und Tapper sind Männer unserer Stadt, Puskas und Krister Kristensson und Janne Möller, nicht zu vergessen die Genies und Verrückten, die um das Stadion kreisen, der Künstler Dinge David, der alle Stadionzeitungen sammelt und von dem es heißt, er könne eine Seite aus dem Telefonbuch auswendig, Garrincha, der auf den Trainingsplätzen Elfmeter schießt, den Ball auf eine Milchtüte legt und dreißig Meter Anlauf nimmt, und die Anekdoten um Tage Tosa, der immer noch in Kleid und hohen Absätzen herumläuft, auch sie sind Männer unserer Stadt, und hier kommt einer von ihnen mit dem Fahrrad auf uns zu, auf mich und Janis und Rolle auf dem großen Spielplatz zwischen unserer Siedlung und dem Stadion, wo soeben unsere sorgsam komponierte Mischung aus Salpetersäure und Zucker in Flammen aufgegangen ist und unter intensiver Rauchentwicklung gebrannt hat und einen schwarzen, verkohlten Krater in einer der Holzschwellen um die Schaukeln hinterlassen hat, er ist eine scheuere Variante der Männer unserer Stadt, sieht aus wie eine Karikatur seiner selbst, rot angelaufene Birne, schweißgekämmtes Haar, eine beige Windjacke, den Reißverschluss hochgezogen bis zum Kinn, schmutzig ausgefranste Sockensäume, bremst, bleibt auf dem Sattel sitzen, fragt:

»Was macht ihr denn so, Jungs?«

»Nichts«, antworte ich.
»Ihr tut doch nichts Gefährliches?«
»Nee nee.«
Er zieht am Reißverschluss.
»Habt ihr Lust, mitzukommen und mir bei einer Sache zur Hand zu gehen?«
»Bei was denn?«
»Kommt mit, dann werdet ihr schon sehen.«
»Worum geht's denn?«
»Werdet ihr sehen.«
»Sag uns lieber, was es ist«, meint Janis.
»Ihr sollt mir zu Hause nur bei was zur Hand gehen.«
»Nee, Fehlanzeige«, sagt Rolle.
»Jeder von euch bekommt fünfzig Mäuse.«
»Wofür?«
»Dafür, mir ein bisschen zu helfen. Es ist nichts Schlimmes.«
»Wir wollen nicht«, sage ich.
»Überlegt doch mal, was ihr euch für das Geld alles kaufen könntet.«
Wir sehen uns an.
»Fünfzig Mäuse«, sagt er.
»Wir wollen aber nicht!«
»Warum denn nicht? Es geht ganz schnell.«
Er setzt einen Fuß auf die Pedale.
»Wenn einer von euch mitkommt, kriegt er das ganze Geld. Hundertfünfzig Mäuse. Na, was sagst du dazu?«
Janis sieht weg, bohrt die Absätze in den Sand.
»Hundertfünfzig Mäuse.«
»Hau ab«, sage ich, »sonst hole ich meinen Vater!«
Porsfyr, so sein Name, sieht uns enttäuscht an, hat etwas auf der Zunge liegen, hebt aber auch den zweiten Fuß vom Schotter und radelt ebenso gemächlich weiter, wie er gekommen ist. Wir wissen, wer er ist, auch wenn wir ihn noch nie gesehen haben, er hat es bei Jerry William versucht und auch bei Bogdan, und wir wissen, wo er wohnt, im dritten Stock in 19c hinter den Ge-

schäften, wir sind dort gewesen und haben uns die Tafel mit den Namen im Hauseingang angesehen, und wir haben alle Geschichten gehört, die Thomas und Danne über ihn erzählt haben, und was diejenigen, die mitgehen, für das Geld tun müssen. Als er fünfzig, hundert Meter weit gekommen ist, rennt Janis in einen der Holztürme hinauf und schreit sich die Lunge aus dem Leib:

»Du bekloppte schwule Sau!«

Porsfyr dreht sich nicht um, er schert sich kein bisschen darum, was hinter seinem Rücken geschrien wird, er radelt weiter den Feldweg Richtung Stadion hinab, und wir laufen zurück in die Geborgenheit unseres Hofs, treten gegen Steine, die uns im Weg liegen, und gegen den Papierkorb vor Rolles Treppenhaus, wo wir anschließend herumstehen und darüber reden, was er gesagt hat und was er wollte, dieser Porsfyr, wieder und immer wieder, um so damit klarzukommen, den Schrecken in Watte zu packen, damit er in Schach gehalten werden kann, bis die Mütter uns signalisieren, dass das Abendessen fertig ist.

»Wie war es denn heute im Reveny, Monika?«, fragt Mama, als wir gegessen haben.

»Geht so.«

»Aber dein Chef mag dich, oder?«

»Er hatte heute frei.«

»Ja, aber sonst.«

»Geht so. Glaube ich.«

»Und du, Johan«, sagt Mama, die es gern sieht, wenn wir nach dem Abendessen noch etwas sitzen bleiben und uns unterhalten, und ich überlege, was ich sagen soll, wir können ja nicht beide dasitzen und gehtsoen, überlege, was ich sagen kann und was ich lieber nicht sagen sollte. Mama beugt sich über den Tisch und stützt sich auf die Tischplatte, um den Rücken zu entlasten, denn nach dem Urlaub, ehe der Körper sich von der Entspannung umgestellt hat und der Schmerz wieder ein Teil des Alltags geworden ist, sind ihre Schulterprobleme am schlimmsten.

»Wie geht es dir?«, fragt Monika besorgt.

»Gut.«

»Danach sieht es aber nicht aus.«

»Halb so wild.«

»Solltest du nicht lieber zu einem Arzt gehen?«

»Ich kann drei Tage ohne Krankschreibung fehlen«, erwidert Mama, denn in der Strumpffabrik braucht man schon nach drei Tagen eine Krankschreibung, die Geschäftsführung will keine Näherinnen haben, die aus schierer Faulheit zu Hause bleiben, aber Mama wird nicht zu Hause bleiben, sie wird morgen Früh aufstehen wie an jedem anderen Morgen auch.

»Sollen wir uns was auf die Couch setzen? Das Geschirr kann stehen bleiben. Gleich kommen die Nachrichten.«

Mama steht, sich mit den Handflächen auf der Tischplatte abstützend, auf, bleibt mit geschlossenen Augen stehen, holt Luft, richtet sich auf, schiebt die Schultern nach hinten und atmet aus, es wird ein Stöhnen. Sie geht ins Wohnzimmer und streckt sich auf der Couch aus – die Füße auf dem Boden. Durch die Wand hört man ein Kreischen. Das ist Bogdan, der bei Herrn Havlicek Geige lernt. Mama wiederholt:

»Wie ist dein Tag gewesen, Johan?«

»Gut.«

»Setz dich zu mir und erzähl.«

Sie rückt ein Stückchen, sodass neben ihr Platz ist. Sie verzieht das Gesicht, als es zwischen den Schulterblättern sticht.

»Jetzt nicht. Ich werde Monkan helfen.«

»Bitte, Johan, kannst du nicht Monika sagen.«

»Soll ich dir den Fernseher anmachen?«

»Nee, ich warte noch was.«

»Sollen wir klingeln und sie bitten, mit dem Üben aufzuhören?«

Sie winkt abwehrend.

Monika und ich übernehmen gemeinsam den Abwasch. Monika spült, ich trockne ab, und ich drücke mich nicht, sondern bleibe mit dem Handtuch in der Hand stehen, bis alles fertig ist und mein Schwesterherz die Spüle trocken gewischt und den Spüllappen ausgewrungen und ihn über den Wasserhahn gehängt hat, so wie Mama es auch immer tut.

Und am Abend, als Monika sich in der Dunkelheit mühsam aus ihren Kleidern geschält, das Nachthemd angezogen, sich ins Bett gelegt und die Leselampe eingeschaltet und ein Buch von Karin Boye aufgeschlagen hat, wenn das Klacken des Riegels zu hören gewesen ist und ich mich zur Wand umgedreht habe und einschlafen kann, ist noch ein Quäntchen Neugier geblieben, nein, ehrlich gesagt: eine Unruhe, ein Kribbeln in mir.

»Monkan?«

»Mmh.«

»Weißt du, wer Porsfyr ist?«

»Ist das ein Lehrer?«

»Das nun gerade nicht.«

»Wer ist er denn dann?«

»Nee, vergiss es.«

Doch selbst schier endlos lange Sommerferien gehen einmal zu Ende, und es wird Zeit, sich in der Annebergsschule einzufinden, zwei lange Reihen von Pavillons mit dem Lehrerzimmer und der Turnhalle wie eine Insel in der Mitte, Speisesaal und Freizeitheim und Schulgarten am Ende des Schulhofs. Monika und ich wären fast auf eine Privatschule gegangen. Mama beantragte unsere Aufnahme bei Bladins und bekam die säuerliche Antwort, dass sie nicht über das erforderliche Einkommen verfüge, um Anspruch auf eine Aufnahme zu haben.

Wenn man, sich den Schlaf aus den Augen reibend, auf dem Weg zur Toilette über Hannes perlenbestickte Schultasche im Flur stolpert, lässt es sich nicht länger leugnen, dass der erste Schultag gekommen ist – Hanne, ja, die nun an die Tür dieser Geschichte klopft, ein bisschen früher, als ich eigentlich wollte, aber jetzt ist sie schon einmal da und sitzt an diesem frühen Augustmorgen in unserer Küche mit ihren langen, gewellten Haaren, einem Riesenhemd im indischen Stil und dem aufsteigenden Rauch einer selbst gedrehten Zigarette, also wollen wir ihre Präsentation gleich hinter uns bringen. Hanne ist Monikas beste Freundin, ihre einzige, geht in die gleiche Klasse wie sie und wohnt in einem der achtstöckigen Häuser hinter dem Geschäftszentrum. Sie kommt jeden Morgen und frühstückt mit uns, begleitet Monika nach Schulschluss nach Hause, kommt übrigens auch, wenn Monika arbeitet oder mit dem Fähnlein Fieselschweif unterwegs ist, trinkt Kaffee mit Mama und raucht, und dass Mama ihr das erlaubt und ihr sogar einen Aschenbecher hinstellt, während sie Monika davor warnt, eine Zigarette auch nur zu probieren, müsste als Präsentation im Grunde schon reichen. Ich habe Mama gefragt, warum Hanne nicht bei sich zu Hause frühstücken kann.

»Ich glaube, ihr geht es daheim nicht besonders«, antwortete sie.

»Hat sie keine gute Mutter?«

»Ihr Vater behandelt sie nicht so gut. Stimmt es nicht, Monika?«

»Ihr Vater ist verrückt.«

»Kennst du die beiden, ihn und ihre Mutter?«

»Keinen von beiden.«

Hanne ist politisch engagiert, argumentiert alternativ, will Monika zu Demonstrationen und Versammlungen bei einer linken Kommune am Möllevångstorget mitschleppen, in der sie viel Zeit verbringt, und sie weiß, dass dies einfacher ist, wenn sie erst grünes Licht von Mama bekommt, und das bekommt sie, auch wenn Mama findet, dass sie wirklich verrückte Ideen hat. Wie beispielsweise, als sie Mama eine Standpauke hielt, weil eine Konservendose mit Obst aus Südafrika in unserem Kühlschrank stand, ein eindeutiger Verrat, und wir sahen sie abends unten im Hof sitzen, auf dem Fahrradständer an der Giebelseite des flachen Hauses, das Glimmen einer Kippe, fünfzehn Jahre alt und vertrieben von einer Konservendose aus Südafrika und einem seltsamen Vater daheim.

»Warum hörst du ihr zu, wenn du ihre Ansichten verrückt findest?«, fragte Monika.

»Es gefällt mir, dass sie so engagiert ist«, verteidigte sich Mama. »Aber ihre Ansichten teile ich deshalb noch lange nicht. Du solltest ruhig auch ein bisschen so sein.«

»Wie, so?«

»Ich meine, ein bisschen forscher.«

»Forscher? Soll ich etwa anfangen zu rauchen?«

Darauf gibt Mama keine Antwort. Wahrscheinlich weiß sie selber nicht so genau, was »forsch« bedeuten soll, denn Monika darf Hanne auch nicht *zu* ähnlich werden, nicht *zu* sehr ihrem Beispiel folgen, soll am liebsten ein bisschen ... zugänglicher bleiben.

»Ihr tut doch nichts Verbotenes bei diesen Versammlungen, Monika?«

»Was denn zum Beispiel?«

»Schon gut, ich frag ja nur.«

Monika gießt Kakao in meine Tasse, Kaffee in Hannes, Tee in ihre eigene. Sie schneidet Brot auf, schiebt zwei Scheiben in den Toaster und steckt die Nase in die Teetasse, während Hanne sich eine neue Zigarette dreht, leckt, zuklebt und sagt, sie freue sich schon darauf, wenn die Büffelei endlich ein Ende hat, kein Wort mehr, nur so viel, dass Monika, der gute Noten wichtig sind, weiß, das Ungleichgewicht in ihrer Freundschaft besteht nach wie vor, ist aber nichts, worüber es sich zu streiten lohnen würde. Dann machen sie sich mit den Rädern auf den Weg zu ihrem letzten Jahr auf der Dammfrischule.

Wir Jungen treffen uns vor der Schule, das ist eine Art Naturgesetz, es gibt keine Absprache, es gibt ein blindes Verständnis, und wir treffen uns außer Sichtweite von eventuell auftauchenden Eltern, in der Flucht zwischen den beiden dreistöckigen Häusern auf der Lagmansgatan, auf dem Grund der breiten Verkehrsader, die wie eine Champs-Elysées unserer Siedlung zum Geschäftszentrum hinaufführt, mit asphaltierten Parkflächen auf beiden Straßenseiten, wo alte Tanten jeden jagen, der nicht vom

Fahrrad absteigt, wir sind recht gut angezogen, nicht wie am letzten Schultag oder zu ähnlich feierlichen Anlässen, aber ein bisschen sauberer als sonst, in Kleidern, die Mama mir rausgelegt hat, und mit neuen Schultaschen aus schwarz meliertem Plastik, leer, der Tragriemen schräg auf dem Bauch. Jerry William hat einen Taschenrechner bekommen und kann sogar mit ihm umgehen. Wenn er von 47 ausgehend eine lange, mehrteilige Rechenoperation eintippt und den Rechner anschließend auf den Kopf dreht, bilden die Digitalziffern das Wort »Palme«, jedenfalls fast. Lasse hat überhaupt nichts dabei. Er hat den ganzen Sommer auf dem Land verbracht, abgesehen von den letzten beiden Wochen, als er mit seinen Eltern auf Zypern gewesen ist und *evakuiert* werden musste, was das eigentlich bedeutet, bleibt unklar, aber in Lasses Version heißt das so ungefähr, ein Kriegsgefangener zu sein, aber drei Mal täglich auf Kosten des Reisebüros etwas zu essen zu bekommen, eineinhalb Sterne besser als gebucht in einem eigenen Hotelzimmer zu wohnen und schließlich einen Tag früher als geplant nach Hause verfrachtet zu werden, und schaut euch Lasse jetzt einmal ganz genau an, während er große Reden schwingt, denn in fünfzehn Jahren, oder vielleicht auch zwanzig, werden wir wegschauen, wenn wir ihn sehen, während er vollauf damit beschäftigt ist, sich ins Grab zu saufen, kann man das jetzt schon sehen, die Zeichen der Zeit erkennen, schon von dem Moment an, in dem er diese Geschichte betritt, oder gibt es keinerlei Anzeichen dafür, nur einen Lasse Jedermann, der einen seltsamen Weg gehen wird, vom Schulabbruch in der Neunten zu vernachlässigten Gelegenheitsjobs und gekündigten Wohnungen und Sozialamt und Fixerstuben und zur Herberge der Stadtmission, bis er im Jesuspark oder auf irgendeiner Bank an der Kungsgatan hinter der Feuerwache sitzen bleibt, zusammen mit einer Gang ebenso zahnloser, verfilzter Kumpel, die nach Pisse stinken und in deren Gesichter der Schnaps tiefe Furchen gepflügt hat, oder schlafend in den Sträuchern um die Sankt-Pauli-Kirche, den Arm um eine Flasche Amselfelder oder Spiritus gelegt. Lasse wird einer jener Menschen, an denen wir vorbeieilen, die wir nicht zu sehen, nicht zu hören vorgeben; der eine entzündete Bauchspeicheldrüse hat, die porös ist wie ein Schwamm und von den Ärzten genäht wird, Warnungen, über die er sich ohne Widerstand zu leisten hinwegtrinkt. Einer von denen, die wir nicht kennen wollen. Aber jetzt ist er zehn, kann Befehle und Dienstgradbezeichnungen auf Griechisch, und ruft begeistert aus:

»Schlag es tot, Janis!«

»Mach's doch selber.«

»Du hast es gefunden.«

»Eigentlich soll man die Polizei rufen«, mischt Micke sich ein.

Wir hängen über dem Geländer der Treppe, die in den Fahrradkeller von 6c hinabführt. Dort unten hockt in einer Ecke ein Pestkaninchen. Rolle stupst es mit einem dicken Ast an, den er aus den Sträuchern gezogen hat. Es reagiert nicht. Und Micke kann die Polizei nicht rufen, weil es nach der Logik des Besitzes, der wir uns verpflichtet fühlen, das Kaninchen von Janis ist, was letztlich bedeutet, dass es Lasses Kaninchen ist, gemäß der *moralischen* Logik, die stets die unausgesprochenen Regeln unserer Gegend übertrumpft und die, ebenso unausgesprochen, eher eine *unmoralische* Logik ist und auf Lasses Stellung in unserer Gang basiert, und Lasse will um jeden Preis verhindern, dass die Bullen übernehmen.

»Was ist mit dir, Johan?«

»Spinnst du?«

»Feigling. Roger?«

»Vergiss es.«

»Du traust dich nicht.«

»Tu ich doch.«

»Dann tu's doch.«

»Und warum?«

»Was habe ich gesagt? Du traust dich nicht.«

»Tu ich doch!«

»Du bist eine Memme, Roger.«

Roger steht da und tritt von einem Bein aufs andere, schäumt, spuckt um sich, Spucke, die über den Steinplatten zu feinem Regen zerstäubt.

»Ein richtiger Hosenschisser, das bist du.«

»Bin ich überhaupt nicht!«

»Eine feiger, dreckiger Hosenschisser!«

Roger reißt Rolle den Ast aus der Hand und läuft die Treppe hinunter, den Ast hoch über den Kopf erhoben, und schlägt zu, als wollte er auf dem Kirmesplatz den Lukas hauen, es macht patsch-patsch-patsch-patsch, als das Kaninchen auf dem Beton platt gemacht wird, und Roger verliert an diesem Tag kein Wort mehr darüber, denn er möchte lieber nicht daran denken, was los sein wird, wenn er mit Blutflecken auf seiner hellen Gabardinehose nach Hause kommt. Er wirft den Ast weg und läuft mit Entsetzen in den Augen quer über den Fahrradweg des Rättsvägen – seine kaputte Puma-Tasche, die er mit »Haltet Schweden sauber«-Aufklebern geflickt hat, schlägt ihm von hinten gegen die Beine – auf den Schulhof, auf die Toilette neben dem Speisesaal, schließt sich ein, reibt seine Hosenbeine wie verrückt mit nassen Papierhandtüchern ab und kehrt bis zu den Knien nass zu uns zurück. Die Flecken sind noch da, und größer.

Die Mädchen kommen in kleinen Gruppen, kicherig, bezopft, in frisch gebügelten Kleidern. Åsa hat ihre Mutter dabei, die sie bis auf den Schulhof begleitet und in der gewohnten Reihenfolge den Lehrer und den Studiendirektor und die Schulschwester begrüßen wird, die ganze Kompanie, und auch Laila hat ihre Mutter dabei, wie jeden Tag, sie kommen zusammen mit dem Fahrrad aus Holma, denn Laila musste die Schule wechseln, und dann wartet ihre Mutter hinter dem Schulzaun, bis es geklingelt hat und wir uns in Zweierreihen aufgestellt haben, und Laila, mein Gott, die wir letztes Schuljahr noch Fett-Laila nannten, ist jetzt schlank und blass, wie ein mageres Gespenst unter einem großen Pullover ...

Edward Palin knallt seinen Schlüsselbund auf die gelbliche Holzplatte des Lehrerpults, um zu signalisieren, dass die erste bittere Schulstunde angefangen hat. Seiner Strenge sind Gerüchte vorausgeeilt, die Generationen früherer Schüler verbreitet haben, die von seinem unerschütterlichen Glauben an einen

Zusammenhang zwischen disziplinarischen Übungen, gehorsamen Schülern und guten Noten gezüchtigt worden sind, Gerüchte, die zu einer grauenvollen Erzählung über Schreckensherrschaft und tagelanges Nachsitzen angewachsen sind, und bis zu einem gewissen Grad haben sich andere Gerüchte in die umgekehrte Richtung bewegt, über uns, auf die er während seiner Runden als Pausenaufsicht auf dem Schulhof schon ein Auge geworfen hat.

»So, so, euch werde ich von jetzt an also haben!«

Als sein Blick auf das reizende Ensemble in der letzten Reihe fällt: ich, Bogdan, Rolle, Janis, Lasse und Roger, vor uns Jerry William und Micke, acht langhaarige Schöpfe, deren nass gekämmte Scheitel vom Winde verweht wurden, acht zerzauste Schädel, in die Palin wie in Frühstückseier Löcher klopfen und aus denen er das Gerümpel herausschaben wird, das dort jetzt herumschwappt, um sie anschließend mit lebenswichtigem Wissen anderer Art füllen zu können. Hindernisse für einen rational betriebenen Unterricht, oh ja, uns erkennt er mit jenem schwer zu deutenden Lächeln, das jemand aufsetzt, der vor einer Herausforderung steht und diese Herausforderung liebt. Er braucht ungefähr siebeneinhalb Sekunden, um uns umzusetzen, Junge neben Mädchen. Cissi zieht ihren Stuhl zur Seite, als ich neben sie gedrückt werde. Janis protestiert.

»Ich sitze hier gut, Herr Lehrer.«

Palin erhebt keinen Einspruch. Er erhebt sich und geht zu Janis, der sich möglichst unmerklich klein zu machen versucht an seinem Pult, die Füße um die Stuhlbeine schlingt. Palin beugt sich über ihn, Janis klammert sich an sein Pult, klammert sich mit beiden Händen fest, woran er gut tut, denn im nächsten Moment hängt er in der Luft, Palin hebt ihn, Pult und Stuhl in einem Ringergriff hoch und platziert das ganze Gespann dort, wo es ihm am geeignetsten erscheint: ganz vorne, Kopf an Kopf mit dem Lehrerpult. Er tut dies mit einer verblüffenden Effektivität, die größtmögliche Wirkung zeigt: Wir verstummen, setzen uns kerzengerade auf unsere Stühle – und man kann getrost vermuten, dass der handfeste Eingriff in die soziale Struktur der Klasse aus Palins Blickwinkel auf Grund streng wissenslogistischer Beweggründe erfolgt. Dann fängt er an.

»Lars-Åke Andersson.«

»Jawohl.«

»Bist du Thomas Anderssons Bruder?«

»Ja.«

»Habe ich mir gedacht. Aber wenn du dich ruhig verhältst, werden wir uns schon vertragen. Jan Dalén.«

»Ja.«

»Du bist das also. Dann war es ja gut, dass ich dich nach vorne gesetzt habe. Roger ... steht hier Felman?«

Ein reserviertes Lachen in der angespannten Versammlung.

»Feltman.«

»Namen gibt's. Es steht falsch in der Liste. Roland Friberg.«

»Hier.«

»Antworte mit Ja. Ich sehe, wo du sitzt.«

»Ja.«

»Jerry William Hansson. Wirst du Jerry oder William genannt?«

»Beides.«

»Jerry William?«

»Ja.«

»Johan Kraft.«

»Ja.«

»Schaukel nicht mit dem Stuhl. Åsa Lehtonen.«

»Ja.«

»Carina Lindgren.«

»Ja.«

»Mikael Persson.«

»Ja, Herr Lehrer.«

»Bogdan Petrovic.«

»Ja.«

»Du sprichst gut Schwedisch.«

»Ja.«

»Es heißt danke. Laila Svensson. Laila Svensson? Ist Laila Svensson nicht da?«

»Doch.«

»Dann antworte doch!«

Usw. 28 Namen auf der Namensliste, die mit Cecilia Åmark endet.

Palin mit Krawatte und im Tweedjackett und mit Halspastillen in der Tasche, die er sich mit einem Räuspern unauffällig und halb der Tafel zugewandt ins Maul schiebt, hat noch ein Jahr bis zur Rente, aber eine Sondergenehmigung, um uns an den unwägbaren Untiefen und Klippen der fünften und sechsten Klasse vorbei in den sicheren Hafen der Mittelstufe lotsen zu dürfen, ehe er für immer die Segel streichen wird.

Aber zu diesem letzten Segeltörn wird er mit einem Unteroffizier an Bord auslaufen – einer bärtigen Gestalt in Jeans und aufgeknöpftem Jeanshemd und mit einer Tasche, die Hannes ähnlich sieht und von seiner schmalen Schulter herabbaumelt.

»Ich bitte um Entschuldigung«, sagt er. »Ich habe verschlafen.«

»Das kann doch jedem mal passieren«, erwidert Palin mit einer Miene, in der geschrieben steht, dass so etwas *nicht* passieren kann, nicht passieren *darf*. An uns gewandt sagt er: »Das ist Tommy Johansson. Er ist Referendar und wird mein ... wird euch dieses Schuljahr zusammen mit mir unterrichten.«

»Dieses Halbjahr«, berichtigt Tommy Johansson und wendet sich an uns. »Ich werde Tompa genannt. Wenn ihr wollt, könnt ihr mich auch so nennen.«

In seiner ersten Unterrichtsstunde lässt Tompa uns Reihe für Reihe unsere Namen sagen und wiederholt einen nach dem anderen, als handele es sich dabei um eine logopädische Übung. Bei Jerry William ergänzt er, das ist aber ein toller Name, und teilt dann Blätter aus, auf die wir unsere Namen schreiben und bunt ausmalen sollen, Namensschilder, die er an der Vorderseite der Pulte festklebt. Das ist zu viel für Palin, aber er sagt nichts, dazu ist er zu kultiviert, knallt nur den Schlüsselbund mit der üblichen Wucht auf das Lehrerpult und nimmt uns nachmittags hart ran, und als Tompa zur letzten Stunde wieder da ist, hat er 28 ausgelaugte Schüler mit mangelnder Konzentrationsfähigkeit vor sich.

Und etwas von Palins indirekter Kritk muss bei ihm angekommen sein. In der folgenden Woche hat Tompa uns in Englisch, er verfolgt weiter den pädagogischen Weg, den er einmal eingeschlagen hat, indem er uns englische Namen wählen lässt –

»Dürfen wir uns aussuchen, was wir wollen?«

»Alles, was ihr wollt.«

»Darf ich Crazy Horse heißen?«

»Das ist ein richtig toller Name, Johan.«

– mit Ausnahme von Jerry William, der seinen eigenen behält, Namen, die wir in Druckbuchstaben auf neue, ebenso bunte Blätter schreiben, aber Tompa beendet die Stunde mit:

»Legt eure Namensschilder unter die Pulte. Es reicht, dass ihr sie benutzt, wenn ich euch habe.«

Verschiedene Systeme bilden sich heraus, mit denen man zurechtkommen muss, und man lernt, sich beiden anzupassen – lernt fürs Leben.

Ist es ein großer Unterschied, in die Mittelstufe zu gehen?«, frage ich Monika und glaube, sie wird antworten, dass man viel mehr Lehrer hat, viel mehr Klassenräume, die man im Kopf behalten muss, Fächer, Hausaufgaben, mehr Stunden und Klassenarbeiten.

Monika ist gerade vom Reveny nach Hause gekommen, riecht nach Milch und Kühlschrank, setzt für sich und Mama eine Kanne Tee auf, die sie bei *Irgendwo in Schweden* trinken wollen, Mama findet Hauptdarsteller Loffe toll, und Monika auch, obwohl sie das nicht zugibt, nur die Beine auf ihrem Sessel unter sich zieht, sobald er ins Bild kommt, ehe sie die Chemiehausaufgaben noch einmal durchgehen wird, das periodische System, sie sieht abgekämpft aus, müde, und sie stellt die Tassen und die Kanne auf ein Tablett und antwortet:

»Wir haben keinen Aufenthaltsraum.«

Das klingt revolutionär.

Palin benötigt nur wenige Unterrichtsstunden, um herauszufinden, welche Schüler seinen Ansprüchen nicht genügen, bei seinem Tempo nicht mitkommen werden, das von dem Lehrplan vorgegeben wird, der linker Hand auf dem Lehrerpult bereitliegt. Als Lasse zum dritten Mal daran scheitert, Subjekt und Prädikat in einem Satz zu bestimmen:

»So geht es nicht, Lars-Åke. Du wirst dich jetzt draußen hinsetzen und wiederholen.«

Zufrieden, sich die ausstehende Viertelstunde sparen zu können, hebt Lasse von seinem Platz ab, schreitet aus dem Klassenzimmer. Aber Palins Pläne sind weiter reichend, denn als die nächste Schwedischstunde beginnt:

»Aber Lars-Åke, du sollst doch gar nicht hier sein. Setz dich nach draußen.«

Er wartet, bis Lasse an Ort und Stelle ist, ehe er weitermacht.

Ansonsten drillt Palin uns am härtesten in Mathe. Denn es ist nun einmal so, wenn man die logischen Prinzipien begreift, die der Schönheit der Mathematik zu Grunde liegen, wird einem vieles andere im Leben geschenkt, und außerdem lässt das Fach keinen Spielraum für Diskussionen darüber, was richtig ist und was falsch.

»Roger, wie hast du die nächste Zahl errechnet?«

Und Roger kann rechnen, wird nur so nervös und bekommt eine feuerrote Birne, starrt in sein Buch, ist paralysiert.

»Roger?«

»Ich weiß nicht.«

»Was sagst du, Roger?«

»Lies vor, was du geschrieben hast«, flüstert Micke. »Du hast richtig gerechnet.«

»Du bist still, bis ich dich drannehme, Mikael«, blafft Palin, und Roger beißt das Bleistiftende so platt, dass das Knacken der Holzfasern im ganzen Klassenzimmer zu hören ist, seine Lippen verfärben sich dunkelgrau wie ein Malmöhimmel, und während sich seine Gedanken drängeln wie das Stehplatzpublikum bei einem Lokalderby, kann ich mir eine kurze Beschreibung von Palins tieferem Verständnis von Unterrichtsführung erlauben, die Schlechtesten ihres Weges flattern zu lassen, all jene, die seiner Meinung nach durch Genetik und Kindheit dazu prädestiniert sind, aus dem System zu fallen und bestenfalls, *bestenfalls,* zu tauglichem Verschleißmaterial in Fabriken wie Kockums, dem Kalksteinbruch in Limhamn, der Schonischen Zementgießerei heranwachsen werden, während er sich stattdessen mit all seiner Kraft den Begabten widmet, um dadurch, und mit dem Gedanken an den hochheiligen Notendurchschnitt, die Klasse der Normalverteilungskurve folgen zu lassen, die für das ganze Land gelten soll, aber – psst! jetzt hat Roger den Mund aufgemacht, um etwas herauszubringen, und hoch kommt ein Cocktail aus zu gleichen Teilen Toastbrot mit Streichkäse, Kakao, Sauermilch mit Cornflakes, zwei Hacksteaks mit Bratensauce und zerkochten Kartoffeln aus der Schulspeisung, alles zerkleinert und von Gerbsäure zu einer gleichförmigen und fast glatten, püreeartigen Masse zersetzt, die auf den aufgeschlagenen Seiten 38-39 des Mathebuchs landet, sich über das Pult ergießt, und als die ersten Brocken auf das Linoleum klatschen, ist Palin bei Roger:

»Wenn dir schlecht ist, wird es das Beste sein, du gehst raus. Nimm die Bücher mit.«

Roger steht auf, vermeidet es, in Palins Aktionsradius zu kommen, dann kommt er nicht mehr wieder, zumindest nicht zu Mathe, bald auch nicht mehr zu Schwedisch. Er sitzt draußen im Aufenthaltsraum und muss haargenau die gleichen Zahlen errechnen wir wir, verliert jedoch das Interesse an der Schönheit und Logik der Mathematik und lernt, inspiriert von Lasses Einfallsreichtum während ihrer gemeinsamen Sitzungen, dass man die Stunden auf der Strafbank, ehe sie gänzlich vergeudet sind, lieber dazu nutzen sollte, Muster in die Bücher zu schneiden, Pultdeckel farbig zu gestalten oder in den Korridor zu schleichen und unsere Mützen unter Wasser zu halten, all so was. Das bringt sie nicht ins Klassenzimmer zurück. Das bringt sie zur Förderlehrerin.

Tompa kommt von der Lehrerhochschule mit vollkommen neuen Erkenntnissen darüber, wie das totale Lernergebnis der Klasse gestärkt werden soll. Jerry William und ich rechnen so weit, wie er es an die Tafel geschrieben hat, dann müssen wir die Rechenspiele legen, die in den Schränken an der Wand verwahrt werden, Spiele, die sich selbst berichtigen, und wenn wir sie gelegt und die Rückseite aufgedeckt haben, um zu kontrollieren, ob das schwarzgelbe Dreiecksmuster stimmt, bittet Tompa uns, ihn nach draußen zu begleiten:

»Es stresst die anderen so, dass ihr schon so weit seid.«

Jerry William: »Dürfen wir im Buch weiterrechnen?«

»Nein, ihr werdet Spiele legen, bis die anderen euch eingeholt haben.«

Und ich: »Aber das ist so langweilig!«

»Aber ihr werdet doch sicher einsehen, dass es nicht gerecht wäre, wenn ihr viel mehr machen dürft.«

Nein, das verstehen wir nicht, und als unser Vorsprung zusammengeschmolzen ist, als wir im Aufenthaltsraum gesessen und mit den Stühlen geschaukelt haben, und begonnen haben, Muster in die Bücher zu schneiden, die Tische zu bemalen, hinauszuschleichen und die Mützen der anderen mit Wasser zu tränken, ja, eben alles, was dazugehört, als wir ziemlich schnell von allen überholt worden sind – inklusive Roger und Lasse – werden wir wie Strafgefangene aus der Einzelzelle zurückgeführt, degradiert zu mittelmäßigen Schülern, die den Rest des Schuljahrs hart arbeiten müssen, um die anderen wieder einzuholen.

An dieser Stelle sollte ich vermutlich länger bei den Eigenheiten und unterschiedlichen Charakteren von Palin und Tompa verweilen, damit sie nicht die eindimensionalen Gestalten bleiben, für die man sie damals hielt, und ich werde mir in aller

Kürze eine Zusammenfassung erlauben: Palin ist überzeugt, auf dem richtigen Weg zu sein, solange er unbeliebt ist, und bei Tompa ist es genau umgekehrt, aber ansonsten muss das warten, denn im Moment drängt sich etwas anderes auf, etwas, das mir mehr am Herzen liegt, als nuancierte Porträts eines grobschlächtigen Sadisten und seines weichgespülten Adepten zu zeichnen.

Es klingelt zur Pause, und Palin stellt uns auf dem gepflasterten Schulhof auf, marschiert mit uns zum Speisesaal, und jetzt ist es wichtiger denn je, dass wir uns benehmen. Hinter den großen Fenstern des Speisesaals sitzen nämlich die anderen Lehrer und essen mit ihren Schülern, und jedes Mal, wenn eine neue Klasse Einzug hält, lassen sie ihr Besteck sinken und starren die Parade an wie Punktrichter beim Eiskunstlaufen, bilden sich ein Urteil darüber, wie geeignet ihre Kollegen als Lehrer sind.

Eine letzte Musterung und Korrektur der Reihen, ehe wir in den Speisesaal eingelassen werden, in dem wir ein Jahr zuvor im Kreis auf dem Fußboden saßen und ta-tatte-ta mit Taktstöcken schlugen, vor einer Musiklehrerin, deren große Brille ständig die Nase herunterrutschte, während sie beurteilte, ob auf uns weiterer Musikunterricht verschwendet werden sollte, das sollte er nicht, außer auf Bogdan, der den Taktstöcken widerstand und es vorzog, stattdessen Geigenstunden bei Herrn Havlicek zu nehmen, den gleichen Speisesaal, in den sich Åsa und Cissi und Jerry William jeden Herbst während unserer sechs Jahre auf der Schule begeben, um im Schulchor zu singen, während der Unterrichtszeit, den gleichen Speisesaal, aus dem Jerry William zehn Minuten später mit einem Zettel für den Lehrer zurückkehrt, auf dem steht, dass er *nicht* frei bekommen soll, um mitzusingen. Wir hängen unsere Sachen an die Stahlhaken in der Garderobe, während Palin bei den aufgeschlagenen Doppeltüren Posten bezieht und beginnt, uns auf die beiden Reihen an der Essensausgabe zu verteilen und damit unseren Einmarsch zu beschleunigen, also auch hier ein System.

Tablett, Plastikteller, Besteck, vorwärts zur ersten Essenstante und – pflatsch! – eine Kelle zerfallender Kartoffeln landet wie ein erodierendes Gebirgsmassiv mitten auf dem Teller, bei der nächsten Essenstante wird die Landschaft mit Kohlrouladen und einer wässrigen Bratensauce vollendet, die auch zu Fisch und Hähnchendetails serviert wird und fließt und Seen und Kanalsysteme bildet, sodass alles zu einer matschigen, leicht löffelbaren Pampe wird. Nächste Station ist die Selbstbedienung an handwarmer Magermilch in Duralexgläsern, und dann runter auf einen Stuhl an einem der runden Tische in der hintersten Ecke des Backsteinhangars, wenn dort nicht schon eine Gang aus der Sechsten sitzt.

Und jetzt, sobald wir einen Platz gefunden haben, gibt es gute Gründe, sich hier eine Weile aufzuhalten, den Blick über die verheerend seelenlose Schulkost schweifen zu lassen, die die schwedische Esskultur über Jahrzehnte hinweg für uns zu einer *terra incognita* machen und unser Interesse für Essen und Kochen als soziale Aktivitäten, Geselligkeit, Genuss, Gemeinschaft sabotieren wird, kein Wunder, dass wir uns ab der Pubertät und auch später auf Nudeln, Pizzas in platten Kartons, Ciabatta, Couscous, Sushi, chinesisches Essen, Kebab in einem Imbiss stürzen und uns den reichen Wortschatz aneignen werden, der unweigerlich mit ihnen verbunden ist, take away, fast food, ready to go, al dente, alles inklusive, davongeängstigt aus dem kulinarischen Erbe des Landes, nur um zu erkennen, wenn wir dann mit eigenen Kindern dastehen und Großmutters Gerichte kochen wollen, die ein unauslöschlicher Bestandteil *unserer* Kindheit gewesen sind, dass wir nichts, aber auch rein gar nichts von ehrlicher Hausmannskost verstehen, aber alles darüber wissen, wie man mit Spaghetti, einer Büchse Pizzatomaten und einigen Zehen Knoblauch in zehn Minuten eine passable Mahlzeit zusammenschmeißt, wir fuchteln mit Mixern und Edelstahlmessern und glänzenden Alessiteilen und all den anderen obligatorischen Werkzeugen herum, die wir uns angeschafft haben, weil wir sie auf Bildern in den allen gemeinsamen Quellen unserer Zeit gesehen haben: Elle, Gourmet, Schöner Wohnen, Der Feinschmecker, und es dämmert uns, dass wir ein halbes Leben, mindestens, guten Essens verpasst haben, weil die Essenstanten darauf beharren, uns abnorme Portionen ungenießbarer Kost aufzutun, die so lange in den Kantinen warm gehalten wurde, dass auch noch das letzte Vitamin fliehen konnte, nein, Letzteres nehme ich zurück, daran sind nicht die Essenstanten schuld, auch sie sind Opfer, an die Front geschickt von Entscheidungsträgern, denen man ihren Geiz ins Maul stopfen wird – nein! lasst mich weitermachen und ausreden, das ist meine Revanche, denn angelangt an diesem Punkt, kann man sich wahrlich fragen, wie die Menschen beschaffen sind, die sich diese Ordnung ausgedacht haben, was sie dazu veranlasst zu glauben, das hier wäre das richtige Schmiermittel, um die Maschine während eines ganzen Tages Plackerei in den Pultreihen wie am Schnürchen laufen zu lassen – hier gibt sich ein inoffizielles Wertesystem der Schule zu erkennen: Theoretisches Mästen wird prämiert, praktisches dito verworfen, Wissensquantität vor Lebensqualität, Kostennutzendenken auch in dem geschützten Raum, der die Schule eigentlich sein sollte.

So, nun habe ich die aufgebrachtesten Gefühle loswerden dürfen, die in mir hochkommen, wenn ich mich diesem Thema annähere, und vielleicht hätte ich dabei etwas vorsichtiger mit dem Gebrauch des Wortes »wir« sein sollen. Denn ich glaube z. B., dass jemand wie Jerry William zu einer versöhnlicheren Geschichtsschreibung bereit wäre. Er verfügt über einen Appetit, der in der Ringerabteilung des Sportvereins *Enighet* Bewunderung wecken würde, und über die nötige innere Ruhe, um ihn in dem Lärm, der uns umgibt, auch zu stillen.

»Willst du meine Kohlrouladen haben?«, biete ich ihm an.

Er wirft einen Blick auf meinen unangerührten Teller:

»Die sind kalt geworden.«

Er nimmt seinen leer gekratzten Teller in beide Hände, stiefelt los und reiht sich als Letzter in die Schlange ein, die keine Schlange mehr ist, sondern zwei Mädchen aus der Fünften, die versuchen, die Sauce zu umgehen. Als er an der Reihe ist, hält er den Teller mit dem hungrigen Blick eines afrikanischen Kindes unter seiner üppigen Tolle hin. Aber eine der Essenstanten auf der anderen Seite lässt sich vernehmen:

»Gib ihm nichts mehr, Elsa! Er hat schon zwei Mal bekommen!«

Und die Essenstante Elsa, die zwei schlaffe Rouladen aus dem Blechgefäß geschaufelt hat, zieht die Hand wieder zurück, wechselt den Gesichtsausdruck von jemandem, der Kinder liebt, die ihre mütterliche Fürsorglichkeit zu schätzen wissen, zu einer Frau, die soeben entdecken musste, dass sie von einem verschlagenen Gebrauchtwagenverkäufer hereingelegt wird, und sie verzieht mürrisch den Mund:

»Du hast es gehört.«

»Eine halbe Portion?«

»Oh nein. Es muss auch noch für die anderen genug da sein.«

Genug da sein! Hier habt ihr zweihundert Kinder, deren sehnlichster Wunsch ist, dass ihnen die Kohlrouladen erspart bleiben, und einen, ich wiederhole, einen Knirps, der ein halbes Dutzend herunterbekommen kann, verdammt, Tanten, gebt ihm so viele, wie er nur haben will, gebt ihm eine Medaille, gebt ihm Geschmacksknospen und Urteilsvermögen – aber Jerry William wird zurückgeschickt, stiert sehnsüchtig auf meine mittlerweile richtig kalten Rouladen.

»Willst du die nicht essen?«

»Nee. Aber du bekommst sie nicht.«

Ich zerknete mit meiner Gabel eine Kartoffel, verstreiche sie, und als Palin – der neben der Mülltonne steht und darüber wacht, dass kein kleiner Engel auf die Idee kommt, die sozialen Geschenke wegzuschmeißen, allzeit bereit, ihn oder sie zurückzuschicken, mit einem Knuff in den Rücken und einer Faust Imperativ, statt sich hinzusetzen und mit seinen Schülern zu essen und zu *zeigen,* wie schmackhaft es ist, Zuckerbrot oder Peitsche sind keine schwere Wahl – sich dem Raum zuwendet, ergreife ich die Gelegenheit, hinter seinem Rücken vorbeizuschleichen, gleite im Kielwasser von fünf anderen Schülern mit einer gesunden Einstellung zu Kohlrouladen voran, knalle das Tablett in den Ständer, das Glas, setze das Messer auf den Teller, um ihn leer zu kratzen –

»Du willst das gute Essen doch wohl nicht wegschmeißen, Johan?«

Auf diese Frage erwartet Palin nur eine Antwort.

»Nee.«

»Dachte ich mir. Setz dich da hin und iss auf.«

Der undankbare Schüler wird zum nächstgelegenen Tisch geschickt. Gleichzeitig stellt Jerry William Teller und Besteck in die Spülmaschine. Er grinst dämlich.

»Heute hat es richtig gut geschmeckt, Herr Lehrer.«

»Sicher, Jerry William, sicher.«

»Was gibt es morgen?«

»Das kannst du selber auf dem Speiseplan lesen.«

Der Speisesaal leert sich, der Schulhof füllt sich, die Essenstanten rollen die Behälter hinaus, eine von ihnen macht die Runde und wischt die Tische ab. Laute Stimmen aus der Küche. Auf meinem Teller liegt ein unangerührter, lehmiger Herbstacker. Ich und Palin sind übrig geblieben, und er ist in der Küche und holt sich eine Portion, mit der er sich mir gegenüber niederlässt. Kraftvoll kauend beginnt er, sich das Essen einzuverleiben. Das Mahlen der Kiefer ist gut hörbar, die Haut spannt über der Kiefermuskulatur vom Ohr bis zur Kinnlade.

»Das Essen schmeckt dir doch?«

Hier muss man zum Vokabular seines Schwesterherzens greifen, um nicht zu lügen:

»Geht so.«

»Du und Lars Åke und Roland, dass ihr aber auch immer so widerspenstig sein müsst.«

Ich greife zu Messer und Gabel und fahre mit ihnen Achten über den Teller, das soll nach Appetit aussehen. Der Speisesaal ist beklemmend verwaist, eine Plastikbodenwüste mit Laminatplattentischen, auf denen inzwischen die Stühle stehen, damit die Putzfrau ordentlich wischen kann. Nur wir, Palin und ich, sind in dieser klinischen Leere, und ich weiß nicht, was ich machen soll, wenn er mich ansieht, wie ich seinem Eisblick begegnen soll.

Er schaufelt rasch alles in sich hinein, trinkt die Milch in kleinen, vorsichtigen Schlückchen, wie Monikas Guppies an Land, wischt sich mit der Serviette den Mund ab, lehnt sich zurück.

»Ein solches Essen bekommt man nicht alle Tage.«

Er schaut zum Fenster hinaus, verschränkt die Arme vor der Brust, brummt konstatierend, da die halbe Klasse draußen steht und uns anglotzt, scheint nachdenklich zu werden, sucht mit der Zunge zwischen den Zähnen nach einem Essensrest, saugt ihn mit einem ziehenden Geräusch los.

»Wir sollten vielleicht einen Schulausflug machen«, sagt er. »In den Pildammspark, oder den Bus nach Ribersborg nehmen. Was hältst du davon?«

»Ja.«

»Wir könnten über den Strand gehen und schauen, was wir in dem Tang finden, der an Land geweht worden ist. Nach Bernstein suchen. Das könnte man unter Geschichte einordnen, vielleicht auch Geografie.«

Darauf erwidert der Schüler nichts, denn der Schüler ist überwältigt von dem Gespräch, davon, seinen Lehrer in einem anderen Licht zu sehen, ihn eine Seite von sich zeigen zu sehen, die dem Schüler unbegreiflich ist und bleiben wird.

»Ich fahre oft nach Falsterbo herunter und suche Bernstein. Draußen am Leuchtturm. Man kann sich dabei sehr gut entspannen. Hast du das auch schon mal gemacht?«

Ich schüttele den Kopf, höre dem Mann erstaunt zu.

»Einmal habe ich einen gefunden, der war so groß«, sagt er und vermisst mit Daumen und Zeigefinger. »In dem war ein Fossil eingeschlossen. Weißt du, was das ist?«

Das weiß ich, aber ich will ihn es sagen hören. Er erklärt es. Und ich frage:

»Wo ist er jetzt?«

»Der Käfer?«

»Der Stein.«

»Ach so. Ich habe ihn schleifen und eine Brosche aus ihm machen lassen, die ich meiner Frau zum Hochzeitstag geschenkt habe.«

Ein neuer Stern geht an Edward Palins Himmel auf. Verheiratet! Es ist unmöglich, sich eine Frau Palin vorzustellen, wie sie beschaffen sein muss, um mit diesem Mann zusammenzuleben, eine Frau ist niemals Teil unserer Vorstellungen gewesen, wenn wir über Palins Leben außerhalb der Schule spekuliert haben, *ob* er überhaupt ein Leben außerhalb der Schule hat, und während er diese Überraschung aus dem Palinschen Alltag hervorzaubert, denke ich darüber nach, ob er Rolle und Lasse die gleichen Dinge erzählt hat, als die fleißigen Gäste an seinem Mittagstisch, die sie sind, und warum sie dann nie etwas gesagt haben, aber der Grund ist vermutlich der gleiche, aus dem auch ich nichts davon sagen werde – wer würde mir das glauben?

»Ist deine große Schwester nicht auch hier zur Schule gegangen?«, sagt Palin.

»Monika.«

»Richtig. Ich habe sie nicht gehabt, erinnere mich aber, dass sie eine gute Schülerin war. Geht es ihr gut?«

»Sie ist jetzt in der Neunten.«

»Schön zu hören.«

Palin schiebt eine Hand in die Hosentasche, klimpert mit den Schlüsseln, hustet in die zweite, geballte Hand, sagt:

»Iss das jetzt auf, damit wir endlich wegkommen.«

Der November steht vor der Tür, ein Monat, der nichts Gutes mit sich bringt, November bedeutet Zipfelmütze und Allwetterstiefel, Dauerregen und Wind und Dunkelheit, er bedeutet Erkältung, weil man die Zipfelmütze nicht sofort anzieht, wenn man mit nassen Haaren aus dem Hallenbad kommt, sondern barhäuptig zur Bushaltestelle auf dem Fersens väg stiefelt, weil ein paar Mädchen, auf die man schon im 25-Meter-Becken ein Auge geworfen hat, zehn Meter vor einem gehen, auch sie unbemützt, aber das sind Mädchen immer, jedenfalls die Mädchen, für die man sich interessiert, und um sich nicht mit einer bescheuerten

Mütze auf der Birne zur Schau zu stellen, lässt man sie mit dem 38er verschwinden, der in der Dunkelheit davonschaukelt, wobei der Regen wie Tränen die Scheiben hinabläuft, während man selber auf den nächsten wartet, aber dann kommen *andere* Mädchen aus dem Schwimmbad, auf die man *auch* ein Auge geworfen hatte, mit dem Ergebnis, dass man schmachtend und mit der Mütze in der Hand ganz hinten im Bus sitzt, Verliebtheit in der Brust, und natürlich auch die Infektion, und fiebernd und schniefend eine Woche lang im Bett liegen darf.

Folglich brüllt man sorgsam zugedeckt und aus einem Zimmer voller Honigwasserschwaden, nichts Gutes ahnend:

»Wer war das?«,

als Mama in der Küche den Hörer auf das Telefon gelegt hat, das heimliche Telefon, denn diese Szene spielt zu einer Zeit, in der Telefone staatliches Eigentum sind und pro Haushalt eines ausgehändigt und auf dem Telefontischchen mit Hocker im Flur platziert wird, wo der Bauherr vorausschauend eine Anschlussbuchse in der Strohtapete angebracht hat, und damit dient es auch als ein subtiles Signal dafür, dass hier ein vertrauenswürdiger Mitbürger wohnt, als ein Zeichen für die Unbescholtenheit des Besitzers, so aufgestellt, dass alle Familienmitglieder noch die privatesten Gespräche mithören können, aber Mama ist es gelungen, mithilfe eines Kollegen in der Strumpffabrik, der Beziehungen zur halb legalen Welt hat, in der Telefone eine harte Währung sind, ein schwarzes Bakelitmodell für sich und ihre Gespräche zu ergattern, und hat Bogdans Vater dazu gebracht, entlang der Fußleiste eine Verlängerungsschnur zu ziehen, was zur Folge hat, dass sich die Küchentür nicht mehr ganz zuziehen lässt.

Mama kommt ins Zimmer, wo ich liege und bemitleidenswert bin:

»Das war Leif.«

»Ich will da nicht hin.«

»Ich weiß, aber ich denke, wir müssen trotzdem.«

»Warum denn?«

»Willst du alleine zu Hause bleiben? Oma und Opa freuen sich doch auf dich.«

»Dann können sie doch stattdessen zu uns kommen.«

»Bitte ... für mich ist das auch nicht leicht. Du kannst mit Bernt spielen, Schneemänner bauen und Schneeballschlachten machen.«

Monika schaut aus dem Wohnzimmer herein, in das sie ziehen musste, damit sie nicht auch noch krank wird. Hinter ihr hört man schwedischen Politrock.

»Was ist los?«

»Könntest du bitte etwas leiser stellen?«

Monika schaltet ihren roten tragbaren Plattenspieler aus, schließt den Deckel mit dem Lautsprecher darin, kehrt zu uns zurück.

»Wir sind Weihnachten in Uddevalla eingeladen«, sagt Mama.

»Müssen wir dieses Jahr wieder dahin?«

»Du willst auch nicht, was, Monkan?«

»Nenn sie nicht so, Johan«, meckert Mama, und wendet sich an Monika:

»Ich habe die Einladung angenommen.«

»Also gut«, zuckt Monika mit den Schultern, »dann bleibt uns wohl keine andere Wahl.«

Als man in die Klasse zurückkehrt, ist es Dezember und erster Advent und Tompa vollauf mit seinem ehrgeizigsten Projekt beschäftigt, es sind gottlob seine letzten Wochen mit uns. Wir bekommen Vorlagen, nach denen wir Figuren, Weihnachtsböcke, alte Männer und Frauen, Kerzen, Weihnachtsmänner, Tannen ausschneiden sollen, die an Fenster und Wände und Türen geklebt werden, Weihnachtsstimmung erzeugen sollen. Er nimmt mich und Cissi mit zu dem Platz vor den Geschäften, wo ein Weihnachtsbaumverkäufer småländische, einigermaßen gerade gewachsene Tannenbäume verhökert, und wir dürfen den Baum für unsere Klasse aussuchen.

Am nächsten Morgen sieht Palin ziemlich konsterniert aus, als er den Schlüsselbund auf den Tisch knallt, außerdem sind seine

Haare frisch geschnitten, falls das etwas mit der Sache zu tun haben kann, ein kahl geschlagener Nacken, der perfekt zu seiner dickfelligen Mentalität passt. Er inspiziert den Weihnachtsbaum. Die Lichterkette, die Richtung Spitze wirbelt, wo ein Stern windschief festgedrückt wurde, Lametta in langen Fäden, und dann unsere geflochtenen herzförmigen Körbchen in Rot und Grün und Silber und Gold, schwedische Flaggen, ausgeschnittene Figuren und klebrige Knallbonbons. All dies fällt zu seiner Zufriedenheit aus, verströmt vielleicht sogar etwas Wärme in der Brust des alten Herrn. Palin steht lange da und bewundert das Spektakel. Dann fährt er uns an mit einem:

»Wer zum ... hat die hier aufgehängt!?«

Seine Wangen bekommen die Farbe, die man mit Weihnachten verknüpft.

»Wer hat diese Flaggen aufgehängt?«

Hier erscheint Rolle auf seinem Radar, Rolle ist bei einem Jugendlager in der DDR gewesen, Rolle kann die ersten vier Zeilen der Internationalen auf Russisch, das ist eine Indizienkette, die hält, und Palin, Staatsanwalt, Richter und Henker unter ein und demselben frisch geschnittenen Scheitel, tritt zu Rolles Pult, packt ihn am Arm und zieht ihn *über* das Pult in stehende Position und zum Weihnachtsbaum.

»Hol sie runter!«

Ganz tief zwischen den Zweigen, hinter Papierengeln und Lametta, lugt eine Reihe handgemalter und ordentlich befestigter sowjetischer Flaggen hervor.

»Ich hab die nicht aufgehängt.«

»Mach jetzt keinen Ärger!«

Rolle hat Tränen in den Augen.

»Ich war gestern krank.«

Palin lässt seinen Arm los, erinnert sich, dass Rolle eine Woche zu Hause war (auch er nach einem Besuch im Schwimmbad).

»Setz dich hin, Roland. Ihr anderen Jungen kommt her.«

Im Klassenzimmer herrscht Windstille.

»Jetzt. Alle. Ihr wisst, wen ich meine.«

Hier möchte man sofort aufstehen und zu diesem Mann gehen, der tiefer als jeder andere seine Initialen in unser junges Leben gebrannt hat, ihn mit dem belohnen, was er verdient hat, will sagen einem Schlag in den Bauch, einer Faust in den Solarplexus, einem gestreckten Spann in den Schritt – und tut es auch, jedenfalls wenn man mit einer Fantasie von meinen großzügigen Dimensionen begnadet ist – und ihn anbrüllen, jetzt muss verdammt nochmal Schluss sein mit der Schikaniererei und der Unterdrückung, lass doch jeden aufhängen, was er oder sie will, zu Weihnachten muss das ein Menschenrecht sein, es ist doch ohnehin schon so herzzerreißend absurd, Tannenbäume ins Haus zu schleppen und um sie herum zu tanzen, dass weitere idiotische Einfälle auch nichts mehr ausmachen! Aber das ist wie gesagt Fantasie und Wunschdenken, und zu meiner Schande muss ich gestehen, als Palin die ganze Liga nach vorne beordert, heben wir umständlich, aber gehorsam die Sockenfüße von der Querstrebe zwischen den Pultbeinen und setzen sie auf das Linoleum und bringen nach einigen Schubsern neben dem Lehrerpult eine verlegene Aufstellung in einer Reihe zu Stande. Jerry William ist der Einzige, der sich ein Lachen nicht verkneifen kann.

»Möchte einer von euch direkt gestehen?«

Kein Mucks.

»Dachte ich mir. Dann hängt jeder von euch eine Flagge ab. Du fängst an, Roger.«

Roger sieht uns andere an, bekommt jedoch keine Unterstützung. Wir stieren zu Boden. Er beginnt, an einer Flagge herumzufummeln, die kunstvoll mit Stahldraht an einem Zweig festgezurrt ist, er sticht sich an den Tannennadeln, und Palin sieht auf seine Uhr und schiebt mit dem Fuß den Papierkorb näher, damit Hammer und Sichel zur ewigen Ruhe herabschweben können.

»Du übernimmst die nächste, Mikael.«

»Nee.«

»Übernimm jetzt die nächste Flagge, damit wir das endlich hinter uns haben.«

»Ich hab sie nicht aufgehängt.«

»Das spielt keine Rolle. Häng eine ab.«

»Nee.«

»Dann gebe ich dir einen Brief an deine Eltern mit.«

»Dann geben Sie mal.«

Zum vielleicht ersten Mal während seiner lebenslangen Lehrtätigkeit ist Palin für einen Moment ratlos. Er starrt Micke an, und das Ausmaß der Meuterei trifft ihn mit voller Wucht.

»Es ist mir scheißegal, wer sie aufgehängt hat! Sie müssen runter!«

Micke bleibt mit den Händen in den Taschen stehen, rührt keinen Finger. Roger sieht ihn auch mit großen Augen an. Palin fährt sich mit einer Hand durch die Haare, das bisschen, was der Frisör aus reinem Mitleid verschont hat, knöpft sein Jackett zu.

»Dann wirst du schon mal eine abhängen, Johan.«

»Ich hab auch keine aufgehängt.«

Palin ist mit einem einzigen großen Ausfallschritt bei mir, was unter ihm wankt, ist nicht der Fußboden, es ist seine Autorität, die infrage gestellt wird, nein, sie wird nicht infrage gestellt, sie hat durch Micke einen Knacks bekommen, ein Loch, durch das man schlüpfen kann, ist in seine Vollkommenheit geschlagen worden, und nun müsste es für ihn an der Zeit sein, uns anders anzusprechen und eine neue Taktik einzuschlagen, aber seinem Repertoire fehlt es an Breite, er beherrscht *eine* Sprache, die unbestreitbare Sprache der Macht, die er in vierzig Lehrerjahren perfektioniert hat, er mustert mich, ich schwöre mir, nicht nachzugeben, wenn Micke das gepackt hat, werde ich es auch schaffen, mit wachsender Verbitterung mustert er mich, und er mustert die anderen.

»Hinsetzen! Alle!«

Wir eilen zu unseren Pulten.

»Nein, du nicht, Roger, du holst auch noch die restlichen runter.«

Und während Palin sich am Lehrerpult niederlässt und anfängt, Notizen in seinen Lehrerkalender zu kritzeln, und Roger eine sowjetische Flagge nach der anderen losmacht in der Stille, die sich auf das Klassenzimmer herabsenkt, erkennen wir, jetzt ist etwas passiert, ein Gleichgewicht ist gestört worden, aber wir wissen nicht, ob zum Besseren oder zum Schlechteren.

Wie auch immer es um die Möglichkeit bestellt gewesen sein mag, die Einladung während jenes Telefonats auszuschlagen, nun hat man schlichtweg zu akzeptieren, dass man in aller Herrgottsfrühe hoch und sich auf die Rückbank des bis obenhin voll gepfropften Käfers zwängen muss und dort, die Mütze bis über die Ohren gezogen und mit Jacke, weil die Heizung hinten nicht funktioniert und das Fenster einen Spaltbreit heruntergedreht bleiben muss, um das Beschlagen der Scheiben in Schach zu halten, zwischen Koffern und Paketen in Kaufhausgeschenkpapier eingekeilt zu werden, ohne die geringste Chance zu hören, was da vorne geredet wird, auch egal, es wird nichts Besonderes gesagt an diesem Morgen und Vormittag des Heiligabends, die es dauert, die ganze Tradition nach Uddevalla zu transportieren, um in der Tür des neu gebauten Reihenhauses von einem Leif mit Weihnachtsmannmütze, großem Schnurrbart, kurzen Beinen in Empfang genommen zu werden, der einen auf liebenswerteste Art willkommen heißt, Monika zu umarmen versucht, daran scheitert, sie entgleitet ihm mit einer Mischung aus Routine und Lustlosigkeit und verschwindet im Haus, während ich in Mamas Stauwasser stapfe.

»Lange nicht gesehen. Kommt rein.«

»Frohe Weihnachten«, antwortet Mama, umarmt ihren Bruder, gibt ihm eine Christrose.

Die halbe Belegschaft steht im Flur versammelt, auch sie gerade angekommen. Leifs Schwiegereltern Märta und Tore, ihr sanfter Blick und seine schwielige Pranke, als würde man seine Finger in einen Handschuh aus Sandpapier Korn 40 schieben. Der Schwager Sören und seine Britt ein bisschen im Hintergrund.

Leif, der mir einen Klaps auf den Kopf gibt:

»Du bist ja groß geworden. Du wirst deiner Mutter immer ähnlicher.«

Das ist nun wirklich nicht, was man hören will. Es streicht heraus, dass man noch ein Kind ist, wessen man sich ohnehin allzu bewusst ist, und es ist eine allzu deutliche Markierung, allzu früh. Ich kicke die Stiefel von den Füßen und gestatte ihm, mir aus der Jacke zu helfen, und lasse ihn mit ihr in der einen Hand stehen, die Blume in der anderen, den graduierten Ingenieur, der es vornehmer fand, Vorarbeiter bei der Schiffswerft in dieser Stadt zu werden als in Malmö bei Kockums oder in Landskrona, ein Gefasel von beruflichem Stolz und Lebensstandard, eine Bewertung, zu der er nicht unbedingt selber gekommen sein muss, die Formulierung stammt wohl eher von seiner rostfreien Ehefrau.

Es gelingt mir, ihr, Lisbeth, aus dem Weg zu gehen. Ich schleiche an der Küche vorbei, wo sie mit der kleinen Kristina an den Rockschößen zwischen Kartoffeln und Weihnachtsschinken hin und her hetzt. Höre sie in den Flur einlaufen und grüßen, den anderen die Hand geben, Küsschen auf die Wange. Komme zwei Schritte ins Fernsehzimmer und sehe für einen Moment Monika, die schon mit einem Buch als Schutzschild vor sich in einem Sessel sitzt, als sich ein Griff um meinen Hals schließt und mir die Luft wegbleibt, ich werde an die Wand gepresst. Das gehört zu den Ritualen, zu dieser in erster Linie wortlosen Kommunikation unter heranwachsenden Jungen, eine für einen Idioten effektive Art, rasch zu bekräftigen, dass unsere gründlich erprobten Rollen eine weitere Saison gespielt werden können, diese Familienvorstellung ist ein Dauerbrenner, aber dieses Jahr ist die Gangart härter, die einsetzende Pubertät hat Bizeps und Brustkorb gestärkt, allerdings nicht genug, um verhindern zu können, dass ich einen Seitschritt mache und einen Ellbogen nach hinten ausfahre, der zwischen den Rippen trifft. Das Stöhnen, als ihm die Luft wegbleibt. Same procedure as last year? Same procedure as every year, Cousin Bernt. Morgen, wenn die Spannung sich gelegt hat und die Erwartungen enttäuscht worden sind, werden wir etwas anderes machen können, Schneehöhlen bauen oder Monopoly spielen, Yatzy, heute ist alles Kampf.

Zwei Jahre älter als ich, gegenüber der restlichen existierenden Menschheit jedoch Lichtjahre zurück, wenn es um soziale Ausrüstung im Oberstübchen geht, Neandertalerniveau, sogar sein Vater begreift, dass dies nicht die richtige Art ist, Gäste zu empfangen, aber es gelingt ihm nicht, uns zu trennen, und nach einer Weile kümmert es ihn auch nicht mehr, so lange sein Junge nicht die Prügel einsteckt, schreckt er nicht einmal davor zurück, Anweisungen zu geben, ja, sogar zu zeigen, wo ich am empfindlichsten bin, aufmunternd zu applaudieren, und nach zwei schweißtreibenden Runden, in denen meine Schultern in den beigefarbenen Teppichboden gepresst wurden, ohne dass ich deshalb das Handtuch geworfen hätte, was sowieso nichts genützt hätte, wird Bernt richtig unangenehm, sodass die Situation Methoden erfordert, auf die eine Kindheit in diesen Stadtteilen ihn nicht vorbereitet hat. Ich fahre ein Knie hoch, drücke gegen seine Kehle, ich rotze und jaule und versuche ihn mir vom Leib zu halten, aber er kommt hinter mich und nimmt mich in den Polizeigriff.

»Gib auf!«

»Lass mich los!«

»Gibst du denn auf?«

Ich kontere, indem ich ihm in den Arm beiße, fest zubeiße, er lässt mich mit einem Schrei los, glotzt mich an, ich täusche einen Tritt mit dem rechten Fuß an und knalle ihm eine mit der Linken auf die Backe, und er läuft davon. Das verschafft mir eine Atempause von mehreren Minuten, die Kleidung wird geordnet, die Strümpfe wieder hochgezogen, Mama kämmt mich und schickt mich ins Badezimmer, das Gesicht waschen. Und als ich zurückkehre, wartet sie natürlich auf mich, Lisbeth, das ehemalige-Löschpapiermädchen, heute verantwortlich für ein Juweliergeschäft, für sie das Gleiche wie eine Reise in sozial aufwärts strebende Richtung, ein Neil Armstrong der Arbeiterklasse, die ihre Herkunft verleugnet, sie wartet auf mich mit all der in ihr angestauten Verbitterung über ihr Schicksal, es nur zu einem Reihenhaus gebracht zu haben, mit einem Mann ohne Aussicht auf Beförderung, ohne Ziele, eine Lage, die ihr einen harschen Tonfall gegeben hat und sie behaupten lässt:

»Dass du dich immer prügeln musst!«

Damit kann ich leben. Was ich nicht ertragen kann, ist, dass Mama nichts sagt, nicht widerspricht, mich nicht verteidigt, sie sieht mich an, als wäre ich tatsächlich schuld. Hiermit muss ich allein fertig werden.

»Ich hab nichts getan.«

Die Juwelenübersäte beugt sich so vor, dass es um ihren Hals rasselt, klirrende Armreife bis zu den Achselhöhlen, an den Ohren baumeln Trauben aus Gold bis auf die Schultern herab, fast bis zu den Brüsten, die mit Schwedens ersten Implantaten ausgestattet worden sind, die in einigen Jahren explodieren werden, das Silikon wird sich wie eine wattierende Masse über die Rippen ergießen, oder wohin auch immer, das wird ihre Verbitterung nicht lindern.

»Wie kommt es dann, dass Bernt blutet?«

Ich sehe Mama an, weiterhin keine Unterstützung von ihr.

»Keine Ahnung.«

»Warum kannst du dich nicht so ordentlich benehmen wie deine Schwester?«

Darauf lässt sich nichts erwidern, weil sie eine Heilige geboren hat.

»Wann gibt es was zu essen?«, sage ich.

»Du wirst Tante zu mir sagen, sonst bekommst du keine Antwort.«

»Blöde Kuh!«

Endlich reagiert Mama, klar, dass ich sofort in ein anderes Zimmer gezerrt werde, klar, dass mir eine Tracht Prügel und ausgebliebene Weihnachtsgeschenke angedroht werden, die ganze Litanei, das Standardformular wird Punkt für Punkt abgehakt, aber das habe ich einkalkuliert, denn wo sollen die ganzen Pakete, die im Flur aufgetürmt wurden, denn hin, wenn nicht zu ihrem

Adressaten, zu mir, und außerdem können wir am Heiligbend nicht im Streit zusammensitzen und allen die Stimmung vermiesen, im Gegenteil, Mama erwartet von mir, den trüben Kodex der Familie für korrektes Verhalten zu befolgen, um selber den Sticheleien, den Kommentaren zu entgehen, es ist eine Aktion zur Sicherung des eigenen Überlebens, sie umarmt mich, ehe sie die Tür schließt, und pünktlich zur alljährlich wiederkehrenden, weihnachtlichen Disneyshow im Fernsehen bin ich wieder draußen und bekomme Kekse und Eiskonfekt aus Schüsseln angeboten, und wir versammeln uns alle vor dem Fernseher wie eine große glückliche Familie, ein gemeinsam schlagendes Herz, ich und Bernt und Kristina auf dem Fußboden, wo wir uns die Kiefer schräg kauen, Stille und Andacht und flackernde Kerzen, der Duft von Glühwein und Luciaplätzchen und zustimmendes, wiedererkennendes Nicken, und selbst Monika legt ihr Buch weg und schaut mit, und es ist, als würde Weihnachten jetzt wirklich anfangen, genau in diesem Moment stellt sich Ruhe ein, das Beisammensein, wir rutschen uns zur Ruhe, versinken in einem Disney-gefärbten Frieden, die große Gemütlichkeit senkt sich auf das Haus herab, eine künstliche Gemeinschaft, an die ich heute, viele Jahre später, mit einem herzlichen masochistischen Schaudern zurückdenke, wenn wir auf Helenas Eltern warten und Mama und Monika meiner Frau beim Tischdecken helfen, während unsere Kinder auf dem Sofa hocken, den Gameboy weggelegt haben und vor dem exakt gleichen Disneyprogramm strahlen, mit den gleichen Erwartungen an diesen Tag, an die Weihnachtsgeschenke, an das Leben, das vor ihnen liegt, und ich will ihnen sagen, etwas anderes als das hier wird es nicht geben, das ist alles, was es gibt, Erwartungen und Enttäuschungen, Niederlagen, nach denen man sich wieder aufrappelt, ständig, wie die wippenden Reklameschilder vor dem Supermarkt, und hätte ich das damals gewusst, hätten meine Träume vielleicht anders ausgesehen – nein, wohl doch nicht, Träume von einem besseren Leben gehören zur Kindheit dazu, und ich wünschte, ich könnte mich besser erinnern, wie meine aussahen, damals, in Uddevalla, bei diesem

Weihnachtsfest, aber stattdessen erinnere ich mich, dass plötzlich Großmutter und Großvater in der Tür stehen, sich für die Verspätung entschuldigen, alle zwanzig Kilometer mussten sie anhalten und den Schnee von den Scheinwerfern kratzen, sie bleiben dort stehen, Großvater mit Hut, voller Entsetzen dieses Heim anstarrend, das er sozialen Kitsch nennen würde, wenn ihm der Begriff bekannt wäre, stattdessen liegt ihm Unruhe auf der Zunge, Besorgnis darüber, wie die Tiere, die wenigen, die sie noch auf dem Hof haben, eine Hand voll Jungtiere und zwei Dutzend Hühner, unter der Obhut des Nachbarn zurechtkommen werden. Keiner ist wirklich bereit, ihm zuzuhören, geschweige denn, ihn in Empfang zu nehmen, das Los fällt auf Leif, der sich mühsam aus dem Sessel robbt und die Christrose entgegennimmt, die Großmutter ihm zusammen mit den Tüten voller Essen hinhält, das sie entgegen allen Absprachen mitgeschleppt haben.

»Das wäre doch nicht nötig ...«

»Für alle Fälle«, sagt Großmutter.

Lisbeth raucht tiefe Züge an einer *Look*:

»Wir haben eigentlich schon alles.«

Während wir anderen dankbar sind: Die Gerichte werden in zwei Auflagen aufgetischt werden, Großmutters richtige und Lisbeths gekaufte – dreimal dürft ihr raten, welche zuerst alle sind!

Kaum ist die Sendung vorbei, stürzt Bernt sich auch schon wieder auf mich, aber ich werde von Sören gerettet, Lisbeths Bruder, der mit seiner Britt auf dem Sofa hockt, zwei stille Existenzen in Latzhosen und Pullovern in mehreren Schichten. Er zerrt Bernt vom Fußboden hoch.

»Jetzt hört ihr gefälligst auf, euch zu prügeln. Es ist verdammt nochmal Weihnachten und so.«

Neuerliches Berntrennen, hinaus zu Lisbeth, die keine Zeit hat, keine Geduld, nicht jetzt, wenn es Essen geben soll, die vor lauter Stress unter der Abzugshaube raucht und gleichzeitig die eingelegten Heringshappen aus den Konserven in Schälchen kippt, damit sie ebenso verlockend wirken wie Großmutters selbst eingelegte.

Das Ganze wird zum Tisch getragen, der hier Sideboard heißt, im Esszimmer, neue Begriffe, nach denen man navigieren muss, ja das Esszimmer, das Juwel in diesem Vorarbeiterheim. Unter einem kolossalen Kronleuchter ist der Mahagonitisch mit einer Leinentischdecke drapiert worden. Kandelaber, geschliffene Kristallgläser, hauchdünnes Porzellan, handbemalt, Besteck aus Silber. Ein diskreter Namenszettel an jedem Gedeck. Vermutlich hätten sie Tage gebraucht, um die Frage der Tischordnung zu lösen, wenn sich dessen nicht pfiffigerweise die Struktur unserer Familie annehmen würde, mich und Bernt verschlägt es an das eine Kopfende mit Kristina zwischen uns, am anderen sitzt Mama, wie üblich dazu auserkoren, sich um Großvater zu kümmern, ohne eigene Zähne hat er Probleme mit dem Kauen und muss sein Fleisch in kleine Stücke geschnitten bekommen. Das große Ereignis besteht darin, dass Monika dieses Jahr zu den Erwachsenen gezählt und zwischen Sören und Tore platziert wird. Der Rest ergibt sich von selbst, aber ehe wir reinhauen dürfen:

»Du vergisst doch nicht zu lesen, Leif.«

»Aber nein, Liebling. Ich habe das Buch schon herausgelegt.«

Leif, immer noch mit roter Mütze, erhebt sich und beginnt aus *Fähnrich Stahls Erzählungen* vorzulesen. Er liest einmal im Jahr, rein zufällig immer Heiligabend, er tut es nicht aus freien Stücken, und nach Märtas und Tores Reaktion zu urteilen, scheint es sich auch nicht um eine Tradition zu handeln, die Lisbeth von daheim übernommen hat. Sie allein schätzt den intellektuellen Glanz, den Leifs holprig vorgetragene Verszeilen über Sven Duvas Irrfahrten dem Abend verleihen. Monika windet sich. Aber das Missvergnügen wird heruntergeschluckt wie all die anderen unterdrückten Gefühle, die eine Familie vereinen, eine Sippe spalten können.

Leif schlägt das Buch zu.

»Merkt ihr, dass ich jedes Jahr ein neues Kapitel vorlese?«

»Jetzt wird gegessen, ehe die Kartoffeln kalt werden«, sagt Großvater.

Während dieser quälend in die Länge gezogenen Mahlzeit, dem Festakt der Rituale, der steifen Schnapsnacken, der sich ineinander verhakenden Blicke, ist vorgesehen, dass wir in unserer Ecke still sein sollen, denn das gehört zum Bild eines guten Familientreffens dazu, die kultivierte Konversation, die wohl erzogenen Kinder, das funktioniert natürlich nicht da, wo wir sitzen und in den eingelegten Sachen herumstochern und uns je zwanzig mit Ketchup bespritzte Partywürstchen reinhauen, aber keiner von uns kommt über den Anfang eines Satzes, ein Kichern hinaus, ehe Lisbeth auch schon zischt und uns scharf ansieht.

Sören wird desto mehr Luftraum zugestanden, der Umfang seiner Ausführungen wächst exponentiell mit der Anzahl der Gläser Aalborg Jubiläumsaquavit, die er sich hinter die Binde kippt. Er wirft den Kopf in den Nacken, sodass sein Pottschnitt wie ein fliegender Teppich schwebt, will zwischendurch von Großvater alles über Landwirtschaft und Viehhaltung wissen, weil sie ihre Stellen gekündigt haben, stante pede, er bei der Stadtverwaltung, Britt im Krankenhaus, aufs Land ziehen und sich auf Schafzucht verlegen wollen, eine alte Bauernkate im nördlichen Värmland gekauft haben.

Großvater kaut und denkt, wiederkäut, schwierige Fragen. Die romantisierenden Vorstellungen des modernen Lebens von den ländlichen Regionen sind für ihn ebenso unbegreiflich wie die Landwirtschaftspolitik der Regierung.

»Lohnen Schafe sich denn auch? Die kacken doch nur die meiste Zeit.«

»Doch, doch«, versichert Sören, »wenn man sich in einer Kooperative zusammenschließt.«

Für Großvater ist das gleichbedeutend mit Sozialismus, fast schon ein stalinistisches Schwärmen für Kolchosen. Er mahlt das Essen schneller, aber aus Rücksicht auf Tore, gewerkschaftlich engagiert, seit gut dreißig Jahren im Dienst der Arbeiterbewegung, und Lisbeth, die in ihrem Haus unter keinen Umständen politische Diskussionen haben möchte, insbesondere, wenn dadurch ihre Wurzeln offen zu Tage treten, hält er sich zurück, sagt stattdessen:

»Wir Kleinbauern haben keine Zukunft mehr.«

Schweigen. Großmutter legt ihr Besteck weg, den Blick auf die Stoffserviette gesenkt. »Warum sagst du so etwas?«, sagt sie fast flüsternd. Und mehr will dazu keiner äußern.

»Nee«, meint Leif und erhebt sein Schnapsglas, sieht sich in der Runde um, »jetzt werden wir die Stimmung mal was heben. Auf ex.«

Und er stimmt ein weihnachtliches Trinklied an.

Kein Wort mehr über das Abendessen, es ist zu langweilig, weiter, denn anschließend hängen wir wieder in den Sofas, in froher Erwartung, in Bernts fortlaufender Verfettung, im Griff um Arme, die auf den Rücken gedreht werden, bis ich mich auf Großvaters Schoß in Sicherheit bringe, bettele, ihn von der Zeit zu erzählen bitte, als er noch klein war, wie es damals auf dem Hof zuging, und er kommt in Schwung, auch Bernt wird ruhiger, hört zu, Großmutter, die ermahnt:

»Red dich jetzt nicht in Rage, Nils.«

Andauernd werfe ich aus rein taktischen Gründen ein Warum ein. Warum? Wenn sie sehen, dass der Alte anfängt, müde zu werden, sind die Pakete schneller an der Reihe. Warum? Er ist zäh, zeigt jedoch allmählich Verschleißerscheinungen, erinnert sich schlechter, wiederholt sich. Warum? Aus der Küche, wo Mama und Lisbeth mit dem Abwasch beschäftigt sind:

»Leif, hast du eine Abendzeitung gekauft?«

»Wollte ich gerade machen.«

Elf haben sich an diesem Abend versammelt, und unter uns weilt noch eine Gläubige, Kristina, ihretwegen wird der ganze Zirkus angeleiert, der Kioskspaziergang, der Besuch des Weihnachtsmannes, ärgerlicherweise während Leif unterwegs ist, die erstaunten Mienen, wenn es an der Tür klopft, hohoho, im Schafpelz und mit einer Plastikmaske mit synthetischem Bart und Säcken auf dem Rücken wird der Weihnachtsmann auf einem Stuhl platziert und liest Namen und Reime vor und kollert abgehackt wie ein rostiges Sägeblatt frohe Weihnachten, und wir müssen vortreten und abholen, und jedes Mal soll man sich bedanken und ihm die Hand geben im blendenden Lichtstrahl des Scheinwerfers, mit dessen Aufhängung Sören beauftragt wurde, damit die Szene mit Leifs neuer Filmkamera, einer Super 8, verewigt werden kann.

»Frohe Weihnachten, Johan.«

»Sag schön danke.«

»Danke, lieber Weihnachtmann.«

»Frohe Weihnachten, Kristina.«

»Zeig, dass du dich schön bedanken und knicksen kannst.«

»Danke.«

»Frohe Weihnachten, Bernt.«

»Was ist'n das?«

Kurz darauf ist der Fußboden ein Meer aus Papier und Sachen. Ich und Bernt nebeneinander, sind gleichzeitig in die Startblöcke abgetaucht, ja, es ist ein Race, aber nicht zwischen uns, das wird mit anderen faulen Tricks entschieden, in einer anderen Disziplin, sondern zwischen Mama und Leif und Lisbeth, Mama, die sich behaupten und zeigen will, dass sie es alleine genauso gut schafft, wir leiden keine Not, und Lisbeth und Leif, die ihren Wohlstand manifestieren müssen, und noch etwas anderes, ihren uneinholbaren Vorsprung, die mir und Monika teurere Geschenke machen, als Mama für Bernt und Kristina auch nur in Betracht gezogen hätte. Also liegen wir in der Kurve zurück, doch auf der Zielgeraden ziehen wir davon, spurten, siegen, Mama, die seit dem letzten Weihnachtsfest gespart haben muss, um mir und Monika ein komplettes Konversationslexikon kaufen zu können.

Die Nachhaltigkeit eines solchen Nachschlagewerks ist etwas, das Lisbeth nicht bedacht hat, was es repräsentiert, das Wissen, den Glauben an die Zukunft seiner Kinder. Der Weihnachtsmann, der einen Band hochhebt, sein Gewicht prüft, seufzt, ja, ja, wir sollten vielleicht auch ... Mama kann sich recht zufrieden zurücklehnen. Für mich ist es eine Enttäuschung, aber jetzt heißt es bei der Stange bleiben, loyal sein, zufrieden und mit Appetit auf

Bildung blättern, ich denke, jetzt, Bernt, jetzt kannst du mich schlagen, so viel du willst, und in Momenten wie diesen kann ich einfach nicht anders, als dich zu mögen, der du nicht begreifst, dass du dieses Jahr zu den Verlierern gehörst, dass dein Eishockeyspiel, an dessen Schlägern du triumphierend ruckst, Salz in den kratergroßen Wunden deiner Eltern ist. Monika ist umso zufriedener, hat nichts als Bücher bekommen – und eine Goldkette mit einem Herz als Anhänger von Lisbeth –, verschwindet mit einem Stapel Romane und beginnt, in dem Zimmer zu lesen, das sie und ich uns teilen, Mama wird davor auf einer Luftmatratze schlafen. Liest, bis wir drei Tage später nach Hause fahren. Da hat sie alle Bücher aus.

Der Weihnachtsmann hat es eilig, zum nächsten Haus zu kommen. Es ist wie ein Soufflé, das in sich zusammenfällt, wir holen Luft, schöpfen neue Kräfte, lassen den Blick über die diesjährige Ernte an Geschenken schweifen und beginnen zu vergleichen, Quittungen und Umtausch werden angeboten, Sören und Britt probieren die blau gestreiften Arbeitshemden, die sie einander geschenkt haben, kragenlos, anspruchslos, Großvater bindet sich vier Krawatten um, er trägt sonst nie eine Krawatte, Tore hat nur drei bekommen, und Großmutter und Lisbeth ziehen an den Strumpfhosen, die Monika und ich ihnen geschenkt haben, zwei Dutzend für jeden, 2. Wahl, na und, Lisbeth lässt eine prüfende Hand in die Fersenkappe fahren, testet die Dehnbarkeit im Schritt, möchte zu gerne einen Fehler finden, eine Masche zum Beanstanden, irgendwas, das jetzt Pluspunkte bringen könnte, aber Mama hat sorgfältig nachgesehen, bevor sie die Strumpfhosen eingepackt hat, Mama, die sich die Ohrringe anzieht, die sie von Bernt und Kristina bekommen hat, und beteuert, wie sehr sie sich über den Topfuntersetzer aus Wäscheklammern mit einem Muster aus Indianerperlen gefreut hat, den ich im Freizeitheim zusammengeklebt habe, zeigt ihn allen, habt ihr gesehen, den hat Johan selber gemacht, sie ist in Hochform, obwohl sie genau wie ich weiß, dass sie heuchelt und diese Missgeburt von einem Untersetzer unbenutzt herumstehen wird, um schließlich in die hintersten Regionen eines Schranks verbannt zu werden, wo wir ihn zwanzig Jahre später zufällig wiederfinden, die Perlen abgegangen, aber in Mamas Augen immer noch von der gleichen fortgeschrittenen Kunstfertigkeit. Schon damals zeigte er ein Talent für ... ja, wofür?

Lisbeth wühlt im Papier, in Plastik und Kram, ihre Armreife klirren, als sie Bernts Stapel durchgeht, meinen, Kristinas, Mama ansieht und sich hinsetzt, schweigend, düster, an einer Look saugt, die Zigarette in einem roten Taschenaschenbecher mit Deckel ausdrückt und sich auf die Unterlippe beißt. Um ihre Unzufriedenheit zu mildern, spiele ich mit Bernt, bis zehn, streite mich nicht einmal darüber, wer die schwedische Nationalmannschaft sein darf.

»Jetzt hat man eine richtig trockene Kehle bekommen«, bemerkt Tore, und Sören holt ein Tablett mit Flaschen, mixt Drinks für alle und lässt sich neben Mama nieder, die nun das Kommando über das Gespräch übernommen hat, mit geradem Rücken auf dem Sofa sitzt, mit Märta und Britt zwitschert, lacht, das ist ihr Weihnachten, unser, sie bittet um ein weiteres Glas, nächstes Jahr könnten wir bei uns feiern, sagt sie, Worte, die einem um diese Uhrzeit leicht über die Lippen kommen.

Leif bleibt länger weg, und als er schließlich zurückkommt, hat er ein feuerrotes Gesicht, hat es sich mit eiskaltem Wasser gewaschen, aber seine Wangen brennen, schwellen an, flammen wie eine Airbrush-Illustration bis zur Stirn hinauf, zum Hals hinab, das muss eine allergische Reaktion sein, klagt er, es sieht grauenhaft aus. Er greift nach einer Flasche Wodka, mixt ihn zu gleichen Teilen mit Coca-Cola, schüttet das halbe Glas herunter, dann lässt Lisbeth ihm keine Ruhe.

»War das wirklich alles?«

»Alles?«

Ihr Blick.

»Ach sicher, verdammt! Sören, kannst du mir mal zur Hand gehen?«

Aus dem Keller schleppen die Schwäger ein riesiges Paket herauf.

»Frohe Weihnachten, Bernt. Das hat der Weihnachtsmann anscheinend vergessen.«

Eine komplette Eishockeyausrüstung schlägt alle Enzyklopädien der Welt, das begreifst auch du, Mama. Langsam sinkt sie nach hinten, während Bernt mit einer Munterkeit, die ihn verstummen lässt, einen Schützer nach dem anderen anzieht und unbeweglich wie eine Mumie im Zimmer steht und glänzt. Großvater ist eingeschlafen, schnarcht mit offenem Mund.

»Was hast du da an, Bernt?«, erkundigt sich Märta.

Aber das ändert nichts an der Sache selbst, versetzt dem Glanz, der Euphorie keinen Dämpfer. Lisbeth erklärt ausführlich und einigermaßen korrekt, wofür die einzelnen Teile gut sind, verkündet, dass sie Bernt in einem Verein angemeldet haben, das Training beginnt nach den Weihnachtsferien, fragt:

»Spielst du auch, Johan?«

Von einem solchen Abend bleibt einem nicht viel, es gibt keinen Raum für weitere Überraschungen, keine Spontanität. Ich setze mich neben Mama, als könnte ich ihr die Unterstützung eines erwachsenen Mannes geben, sie sagt nicht viel, ein paar Floskeln zu Großmutter darüber, wie es in der Strumpffabrik läuft, will wissen, wie es Großvater eigentlich geht, gibt mir die Anweisung, ins Bett zu gehen, sag Monika, dass sie rauskommen und sich ein bisschen mit uns unterhalten soll, und Bernt, mit Schulterpolster, Suspensorium, Handschuhen und Kniepolster, nur die Schlittschuhe fehlen, springt auf:

»Darfst du nicht länger aufbleiben?«

Ich täusche eine Breitseite mit dem rechten Fuß an. Dann knalle ich ihm eine in seine Visage.

Der Frühling kommt zeitig, die Luft ist schon im Februar warm, in den einwöchigen Sportferien mit ihrem Fünf-Tage-Spaß-Programm, das man ziemlich vergessen kann, abgesehen davon, dass Lasse und ich beim Luftpistolenschießen in der Baltischen Halle vorbeischauen, wo unsere schlimmsten Befürchtungen sich bestätigen, denn ein Opa im gleichen Alter wie die Armbrust predigt Sicherheitsvorschriften und kann zwei Burschen vom Kaliber eines Kid Curry und Hannibal Hayes nichts mehr beibringen. Wir landen vor dem Fernseher, sehen tschechische und polnische Filme im Vormittagsprogramm mit eingeschaltetem Radio, sodass die Stimmen von schwedischen Schauspielern kommen. Auf den Fußboden geworfen, liegen wir vor der Mattscheibe und versetzen uns in die neunmalklugen Geschichten über Gut und Böse und Dummejungenstreiche und lustige Abenteuer, während es draußen taut und der Rasen ein grünes Auge in seinem schmutzig weißen Gesicht öffnet, verführerisch blinzelt und ruft, kommt raus Jungs, es wird Zeit, mit dem Kicken anzufangen, dem Zaubern, seht zu, dass ihr Jerry Williams weißen Spielball aufgepumpt bekommt, und schnürt euch die Schlappen an die Füße und hoch mit den langen Unterhosen unter dem Trainingsanzug, und nehmt Mütze und Handschuhe und, klingelt bei Janis, lasst seinen Vater auf einem Stück übrig gebliebenem Braten herumkauen und euch so dämlich anglotzen, wie nur er es kann, pfeift nach Cissi und Rolle und Roger und, oh doch, auch nach der Heulsuse Åsa, sie soll auch mit von der Partie sein, und Micke, der Vermittler, wo habt ihr den gelassen, Carina, Bogdan, trommelt die ganze Gang zusammen, hört ihr, nichts ist schöner als die ersten platschenden schweren Schritte auf dem Platz, keine Beine quicklebendiger als bei den ersten winterbefreiten Sprints, keine Kopfbälle gewagter und besser platziert, keine Freude größer, fühlt ihr, *fühlt ihr!* die Pille in der Luft, kommt raus, *kommt raus!* – und es ist Frühling.

Im März kehrt der Winter zurück.

Aber im April ... Runden auf dem Fahrrad zwischen den Höfen und dem Platz vor den Geschäften, die Väter waschen ihre Autos auf dem Parkplatz, sobald die Luft in der Sonne warm, im Schatten des siebzehnstöckigen Hauses jedoch immer noch kühl ist, mit einem Badeschwamm und einem Eimer voll schäumendem Wasser und einem abgenutzten Fensterleder, das sie zum

Trockenwischen benutzen und gründlich auswringen, sie öffnen die Motorhaube und überprüfen den Ölstab mit einem Lumpen in der anderen Hand, bleiben nachher stehen und reden mit anderen Vätern über Jahrgangsmodelle, gehen langsam um die Karren der anderen herum und zeigen hier und da auf die Karosserie, nicken zustimmend unter ihren Schirmmützen, während die Mütter auf dem Heimweg vom Einkaufen ein Schwätzchen halten, einen Knopf des Mantels öffnen und ein wenig Wärme an ihre Brust heranlassen, ehe sie die Einkaufstüten aus dem Solidar wieder hochheben und mit einem Lied auf den Lippen heimwärts ziehen, na ja, vielleicht keinem Lied, aber gut gelaunt, und Verstecken spielen in der Abenddämmerung hinter dem Papierkorb vor 3d und Wind, und eine Hand voll gestohlener Kreidestücke. Åsa, Laila, Carina und Cissi springen Seilchen. Wir Jungen zeichnen ein großes Quadrat auf dem Pflaster, unterteilen es mit einem Kreis in der Mitte und einem Viertelmond in jeder Ecke in vier Abschnitte. Jerry William:

»Eins wäre USA!«

Wenn jemand USA ist, muss ein anderer die Sowjetunion sein, sonst kommt es zu einem Ungleichgewicht, genau wie jemand DDR sein muss, wenn ein anderer BRD sagt. Vier stabile Länder übrigens, sicher, mit denen geht man kein Risiko ein. Ich nehme die Sowjets. Micke nimmt Israel.

»Israel?«

»Kein anderes Land auf der Welt gibt so viel Geld für seine Armee aus.«

»Von wegen«, widerspricht Jerry William. »Das tun die USA.«

»Nicht, wenn man pro Einwohner rechnet!«

Und Micke und Jerry William vertiefen sich in eine technisch-strategische Diskussion über militärische Arsenale und Truppenstärken, und Jerry William – will sagen Jerry Williams Vater – bezweifelt, dass Ägypten und Syrien tatsächlich geeignete Widersacher als Test für die israelische Schlagkraft sind. In der Zwischenzeit entscheidet sich Bogdan für Jugoslawien – einen Außenseiter, Jugoslawien, über das niemand etwas weiß, wird akzeptiert, weil es eine dermaßen abgedrehte Wahl ist, und weil es Bogdan ist. Ich bin einmal auf die Idee gekommen, Angola anzutesten, im Fernsehen habe ich deren Soldaten in voller Aktion gesehen, was sie mit ihren Gegnern machen, Bilder von Folter, die sich mir eingebrannt haben und von denen mir jederzeit wieder schlecht werden kann, Menschen, in Kellern ertränkt, die mit Säure gefüllt waren, sodass Augen und Lippen weggeätzt wurden, Fußböden, die über ihnen zuzementiert wurden, aber von Angola hat noch nie jemand etwas gehört.

Jeder hat einen Fuß in seiner Mondsichel. Micke fängt an:

»Ich erkläre ... erkläre ... den USA den Krieg!«

Wir fliehen in alle Richtungen, auch Jerry William, bis ihm einfällt, dass er selber die USA ist, und abrupt kehrtmacht und in den Mittelkreis tritt.

»Stopp!«

Er sieht sich um. Bogdan mit seinem unbeholfenen Laufstil ist am nächsten. Jerry William holt Schwung, macht drei Leisten dehnende Schritte, federt mit dem Rücken zurück, schießt vor und spuckt, geht bis zur Spucke und kann Bogdan mit dem Mittelfinger berühren.

Wir sammeln uns am Mittelkreis. Jerry William stellt sich hinein, beugt sich mit einer Hand als Stütze innerhalb seiner eigenen Landesgrenzen über Jugoslawien und nimmt mit der Kreide in der Hand ein großes Stück Land in Anspruch. Halb Jugoslawien ist annektiert worden.

»Musst du das alles nehmen?«

»Ich darf mir nehmen, so viel ich will.«

Dann ist Bogdan an der Reihe. Er erklärt der Sowjetunion den Krieg.

»Stopp!«

Ich messe den Abstand zu ihnen in ihren eingefrorenen Positionen. Jerry William ist am nächsten. Der Wind pfeift zwischen den Häusern. Man spürt Sonne und Wind auf den Wangen. Es ist der Frühling, der einen verrückt macht. Ich nehme Bogdan ins Visier.

»Nicht schon wieder ich!«

»Dann musst du eben weiter laufen.«

Ich mache drei lange Schritte, spucke, lege die Hand auf Bogdan.

»Hol dich der Teufel, wenn du dir jetzt viel nimmst. Das kriegst du wieder!«

»Darf ich?«

Ich stelle mich in den Mittelkreis, hebe die Kreide auf, lasse sie ein wenig in meiner Hand hüpfen, sehe Bogdan an – ach Mensch, Johan! – bücke mich, stütze mich ab, schaue zu Bogdan hoch, der ein verbissenes Gesicht macht, mit offenem Mund atmet, ich grinse, rücke mit der Stützhand noch etwas höher und ziehe mit der Kreide einen Strich entlang der äußeren Grenze und herunter bis zum israelisch besetzten Boden.

Und Jugoslawien ist ausradiert.

Im Frühling machen wir auch Ausflüge. Monika fährt zu einem Pfadfinderlager am nahe gelegenen Ringsjö und backt Stockbrot, schlägt Knoten und friert in einem billigen Schlafsack. Ich und Mama fahren mit dem Auto nach Kämpinge ans Meer. Es ist Samstag, und Mama ist gut gelaunt, denn sie ist die ganze Woche zu Hause geblieben, nachdem sie endlich bei einem Arzt war und krankgeschrieben wurde. Ihre Augen haben wieder Farbe bekommen. Wir gehen am Strand spazieren, es riecht nach Tang und Meer, und es weht ein frischer Wind. Im einen Moment stehen die Haare wie eine spitze Mütze hinter dem Kopf, im nächsten werden sie wie ein Tuch vor das Gesicht geworfen.

Der Himmel ist vollkommen blau und die Luft klar und der Sand kühl, wenn man die Hand in ihm vergräbt. Ich spiele am Strand, suche nach Fundstücken und Treibholz in dem Tang, der an Land gespült wurde, und lasse Steine über das Wasser hüpfen, während Mama in einer Kuhle zwischen den Dünen eine Liegedecke ausgebreitet hat, auf der sie, das Gesicht zur Sonne gewandt und die Wildlederjacke am Hals aufgeknöpft, liegt.

Möwen schaukeln in der Luft. Etwas weiter weg laufen Hunde frei herum. Mama geht es gut. Ich finde eine Trosse, die ich auf der Schulter von der Uferlinie fortschleppe. Sie lässt sich leicht tragen.

»Hast du Hunger?«

Klar habe ich Hunger, Meerluft macht hungrig, und Mama hat aus der Kühltasche aufgedeckt, mir Großmutters Saft und sich selber Kaffee aus der Thermoskanne eingeschenkt. In der Kuhle ist es warm. Die Käsebrote werden sandig, und als ich versuche, sie sauber zu kratzen, werden sie noch sandiger. Es knirscht im Mund. Nichts schmeckt so gut wie ein Käsebrot am Strand.

»Wir sollten hier öfter hinfahren«, meint Mama.

»Jedes Wochenende«, schlage ich vor.

»Vielleicht nicht jedes. Aber öfter.«

Als der alte Kaffee kalt geworden ist, füllt Mama ihre Tasse mit frischem auf. Sie setzt sich, die Fersen in den Sand gegraben, legt die Arme um die Knie und schaut zum Horizont.

»Öfter«, wiederholt sie. »Möchtest du noch ein Brot? Wir haben auch welche mit Bierwurst.«

Nichts schmeckt so gut wie ein Brot mit Bierwurst am Strand.

»Willst du ein bisschen spazieren gehen?«

Das will ich nicht.

Mama nippt an ihrem Kaffee. Sie zieht mich neben sich:

»Was würdest du dazu sagen, deinen Vater kennen zu lernen?«

»Meinen Vater?«

»Du erinnerst dich doch, dass ich von ihm erzählt habe? Du bist ihm mal begegnet. Das ist allerdings schon lange her.«

»Wie lange denn?«

»Sehr lange.«

»Erinnere ich mich noch daran?«

»Nein, daran kannst du dich nicht mehr erinnern.«

Sie schraubt ihre Tasse in den Sand.

»Dir hat ein Vater gefehlt. Ich habe mir gedacht, wir könnten ihn zu uns einladen, damit ihr euch mal trefft. Er möchte dich gerne kennen lernen.«

Ich wusste nicht, dass mir ein Vater gefehlt hat. Aber vielleicht hat Mama ja Recht. Ich werfe einen Stein.

»Woran denkst du?«

Ich denke große Gedanken, unfassbare Gedanken. Schwindelnde Gedanken. Ein Vater. Einer, der am Wochenende das Auto wäscht, sodass Mama es nicht tun muss. Ich antworte:

»Glaubst du, wir können hier Bernsteine finden?«

Auf dem Rückweg nehmen wir die alte Landstraße, durch Vellinge und Tygelsjö, am Wasserturm von Hyllie vorbei, auf dem wir einmal gewesen sind und die Aussicht bewundert haben, und Mama schielt zu mir herüber:

»Ich hab mir gedacht, dass wir noch etwas warten, bis wir Monika davon erzählen. Sie kann so ... empfindlich sein.«

»Wie lange denn?«

»Mal sehen. Du wirst ihn erst einmal alleine treffen.«

»Wie heißt er?«

»Folke.«

»Folke?«

»Was meinst du?«

Ich meine gar nichts, denn das Einzige, woran ich denken kann, als Mama unseren Käfer in die Parktasche bugsiert, ist eine gelbe Wand am Magistratspark, auf die jemand mit breit-schwarzer Tusche ALLE MACHT DEM FOLKE geschrieben hat, und darunter, verdammt, jetzt habe ich mich verschrieben, und ich, der ich das Wortspiel kapiert habe, aber im Grunde doch nicht so ganz, frage mich, ob das jetzt der gleiche Mensch ist und wie viel Macht er dann hat. Aber es ist leicht erkennbar, dass er gar keine hat, als er am nächsten Abend auf einem Bein hüpfend seine braun geputzten Schnürschuhe im Flur abstreift, weil Mama ihn unverzüglich gestoppt hat, als er hereintraben wollte. Ein Hekto Verlegenheit legt sich auf seine aftergeshaveten Wangen, und er überreicht Mama einen Strauß rosa Tulpen, die sich bereits Besorgnis erregend neigen, und mir ein Paket. Ein Plastikfeuerwehrauto. Hör mal, Folke, ich bin fast elf, hältst du mich etwa für ein Kindergartenbaby, jetzt reiß dich mal zusammen. Sage ich nicht, er muss sich stattdessen mit einem Handschlag und einem Dankeschön begnügen, das ich herausbringe, weil Mama mir das eingebläut hat.

Folke. Mein Vater. Das ist er. Er, der nicht erwähnt werden durfte. Ein ziemlich großer, korpulenter Mann mit zurückgekämmten Haaren. Kariertem Jackett. Mit einer silbern eingefassten Brille, die an die Brillen erinnert, die wir im Werkunterricht an der Drechselbank tragen müssen. Vertreter für Baumaterialien. Er schaut sich um, weiß nicht recht, wohin mit seinen Händen, mit seiner ganzen Person. Er ist viel zu groß für unsere Wohnung.

»Seit dem letzten Mal bist du ganz schön gewachsen«, sagt er und grinst. »Als wir uns zuletzt gesehen haben, warst du nicht größer als so.« Er misst einen Achtzollnagel ab. »Erinnerst du dich?«

Ich sehe Mama an. *Hilf mir. Bring mich hier weg.*

»Du hast dich kein bisschen verändert«, sagt sie, die ihre Schürze nicht anhat und irgendwie tastend lacht. »Johan war gerade erst geboren.«

»Ist das schon so lange her?« Er schwingt sich aus dem Jackett. »Ihr habt es aber gemütlich.«

»Das Essen ist noch nicht fertig. Möchtest du etwas trinken?«

»Was trinkst du?«

»Kann ich ein Glas Saft haben«, antworte ich.

»Willst du keine Coca-Cola?«

»Dann nehme ich auch ein Glas Saft«, sagt er. Und als wir unsere randvollen Gläser mit einem Eiswürfel darin bekommen haben: »Sollen wir uns setzen und uns was unterhalten?«

Er geht vor. Ich lasse das Eis klirren, damit es schneller schmilzt, und setze mich auf den Stuhl und weiß nicht, wohin mit mir, und wünschte, der Fernseher wäre an, sodass man irgendwohin ... aber es gibt nur ihn und mich im Zimmer, und er sitzt in der Couchecke, die mir am nächsten ist, mit breit gespreizten Beinen und den Händen um das Glas zwischen den Oberschenkeln.

»Wie lange wohnt ihr hier schon?«

»Weiß nicht.«

»Und die Schule ist in der Nähe?«

Ich nicke.

»Du gehst in ... welche Klasse?«

»4 B.«

»In die Vierte? Und, gefällt es dir in der Schule?«

»Geht so.«

Er trinkt ein wenig. Schaut sich die Gemälde an der Wand an. Landschaftsbilder.

»Hast du viele Spielkameraden?«

Ich nicke wieder.

»Die hier in der Nähe wohnen?«

»Lasse wohnt im siebzehnten Stock.«

»Tatsächlich?«

Er trinkt noch etwas. Ich auch. Aus Havliceks Wohnung schallt Klaviermusik herüber, leise Töne klingen durch die Wand.

»Haben sie ein Klavier?«

»Sie kommen aus der Tschechoslowakei.«

»Aha, das erklärt so einiges.«

Folke, mein Vater, beugt sich vor, legt eine Hand auf mein Knie:

»Du, ich bin auch ziemlich nervös. Aber du wirst sehen, wir werden schon noch Freunde.«

Er drückt sanft mein Knie.

»Meinst du nicht?«

»Doch.«

Er zwinkert mir zu.

»Das schmeckt gut. Man sollte öfter Saft trinken. Prost.«

Mama hat sich mit dem Abendessen Mühe gegeben, den ganzen Tag in der Küche gestanden, mit dem Sonntagsgeschirr gedeckt, Hähnchen mit Sahnesauce und Gurkensalat nach Großmutters Rezept, und sie ist im staatlichen Alkoholgeschäft in Lorensborg gewesen und hat sich für eine Flasche Roten angestellt, die sie Folke zu öffnen bittet.

»Auf den Baustellen nennen sie das Kleinbürgerschnaps«, sagt er und setzt sich an den Tisch. »Du hast nicht zufällig ein Bier?«

»Das ist Johans Platz«, erwidert Mama. »Ich dachte, du könntest dort sitzen.«

Sie zeigt auf ihren Stuhl, und setzt sich selber auf Monikas. Monika, die jetzt bestimmt auch gerne einen Hähnchenschenkel gewollt hätte – wenn sie sich nicht hätte anhören müssen:

»Es ist wirklich toll, dich wiederzusehen, Bodil. Du hast dich kein bisschen verändert.«

»Ach, hör auf.«

»Ich schwöre es. Genauso süß wie vor zehn Jahren.«

»Elf. Aber du hast zugelegt.«

»Das liegt am Job. Die vielen Geschäftsessen.«

»Dann läuft es gut bei dir?«

»Sicher. Viel zu gut.«

Er lacht, nimmt sich noch eine Portion, »das schmeckt großartig, Bodil«, schenkt sich und Mama Bier ein.

»Es war gar nicht leicht, dich zu finden.«

»Wir stehen im Telefonbuch.«

»Ja, aber dass du immer noch in Malmö wohnst. Das hätte ich nicht gedacht. Du hast doch immer von Stockholm geredet.«

»Das hat sich zerschlagen. Möchtest du noch etwas Gurkensalat?«

Folke nimmt die Salatschüssel an, stellt sie ab.

»Halmstadt ist wirklich schön. Eine Stadt, die dir gefallen würde.«

Mama zieht die Schüssel zu sich, löffelt Gurken auf ihren Teller. Ich nehme mir auch noch etwas, obwohl ich den Essiggeschmack nicht besonders mag. Folke lächelt mich an, schiebt die Facettenaugen die Nase hoch.

»Du hast wirklich eine hübsche Mutter.«

»Folke, bitte ...«

»Du solltest mal mit ihr nach Halmstad kommen. Im Sommer, nach Tylösand rausfahren und baden gehen. Gehst du gerne baden?«

»Johan ist ein sehr guter Schwimmer.«

»Das sehe ich doch. Der reinste Johnny Weissmüller.«

Halmstad, denke ich, in der Provinz Halland – Palins Geografiepredigten haben Spuren hinterlassen – dann kann es nicht so gewesen sein, dass Mama spontan auf die Idee gekommen ist, Folke einzuladen, als er sich plötzlich bei ihr gemeldet hat, es muss einen Plan gegeben haben, eine Übereinkunft. Ich beschließe zu tun, was Monika getan hätte.

»Darf ich aufstehen?«

»Du hast noch nicht aufgegessen.«

»Ich bin satt.«

»Es gibt auch noch Nachtisch.«

»Ich kann nicht mehr.«

(Im Flur zu stehen und heimlich zu lauschen, wie sie alte Erinnerungen austauschen und was der und jener heute macht und wo, Folke lässt mehr Bier gluckern, und Mama wird albern und erzählt ihm von der Strumpffabrik, und er meint, dass es eine Schweinerei ist, was sagt denn die Gewerkschaft dazu, kein Mensch dürfte mich so behandeln, und ich denke an Monika, ob sie dort Lagerfeuer machen, wo sie jetzt ist, und ob sie es anzünden darf.)

Nachher, als Folke mir die Hand gegeben und Mama viel zu lange umarmt hat, als dass es ungezwungen gewirkt hätte, und gesagt hat, das war fantastisch, wir müssen uns bald wieder treffen, ich melde mich, und gegangen ist, will Mama wissen:

»War er nicht nett?«

»Weiß nicht.«

»Er fand, dass du ein ganz toller Junge bist.«

Mama lässt sich auf den Telefonhocker fallen, und sie nimmt meine Hände und hält sie fest.

»Ich tue das deinetwegen. Ich glaube, dass es gut für dich ist, einen Vater zu haben. Und wenn du ihn erst einmal etwas besser kennst, wird er dir auch gefallen.«

»Magst du ihn?«

»Ich habe ihn sehr gemocht, ja, aber ... das ist kompliziert.«

»Was?«

Sie kämmt meinen Scheitel mit den Fingern, wie sie es immer getan hat, als ich noch kleiner war. Ich lasse sie machen.

»Darf ich jetzt Monika davon erzählen?«

»Ja, jetzt werden wir es ihr erzählen. Ich werde es ihr erklären.«

Mamas Hände legen sich auf meine Schultern, und sie stemmt sich hoch.

»Möchtest du nicht doch etwas von dem Nachtisch?«

Folke ruft danach ein paar Mal an, aus Hotels und Motels in Orten im ganzen Land, auf seinen Reisen in der unter Isoliermaterial und Schrauben und komplizierten Werkzeugen ächzenden Karre, oder was auch immer er durch die Gegend kutschiert. Er fragt unbeholfen, wie es in der Schule läuft und ob ich raten kann, wo er gerade ist, was ich natürlich nicht kann, ehe er munterer wird und dazu übergeht, mir die letzten Witze zu erzählen, die er auf den Baustellen aufgeschnappt hat, kennst du den von dem Norweger, der zum ersten Mal Ski laufen wollte? Nicht? Also, da war ein Norweger, der ... Im Hintergrund hört man Lastwagen an seinem Fenster vorbeiziehen, und als er fertig gelacht und den Witz erklärt hat, bittet er darum, mit Bodil sprechen zu dürfen. Die mit speziellen Augen an den Hörer geht.

Als er das nächste Mal zum Abendessen kommt, ist Monika dabei. Mama hat in der Küche lange mit Monika zusammengesessen und von Folke erzählt, nachdem ich ins Bett geschickt wurde, dass er da gewesen ist und wie sie die Sache sieht, und Monika bekommt keinen Wutanfall, ist wesentlich mehr open minded als an dem Tag, an dem sie von ihrem Abenteuerwochenende zurückkam, bei dem sie bis zu den Knien im Morast versunken war, nach Matsch und Rauch roch und völlig zusammenklappte, als ihr Blick auf das Aquarium fiel, das unter meiner wohlwollenden Pflege Züge einer mit Käse überbackenen Zwiebelsuppe angenommen hatte, eine dicke Schicht Fischfutter klebte an der Oberfläche und Mama brauchte einen ganzen Abend, um es wieder sauber zu bekommen, und als sie damit fertig war, setzten sich also Mutter und Tochter wie zwei Freundinnen in die Küche, um über die Veränderung zu sprechen, die Mutter, die ihre Tochter um Rat bittet, ihr zuhört und ihre Ansicht dazu hören möchte, dass Folke aufgetaucht ist.

Folke hält Einzug mit einem »Hi, Kumpel, was liegt an?« Folke, der mir mit seinen zurückgekämmten Haaren kein bisschen ähnlich sieht – ich habe blond gelocktes Haar, und als ich kleiner war, behaupteten die Leute immer, ich sähe dem Kronprinzen ähnlich; Monika hat glatte schwarze Haare und Mama eine melierte Variante, zusammen sehen wir aus wie willkürlich im Ramsch zusammengeklaubt, und man kann schon ins Grübeln darüber kommen, was sich vom Vater zum Sohn in den Genen festsetzt. Folke gibt Monika die Hand und fragt, ob sie sich noch an ihn erinnern könne, und das tut sie, Monika erinnert sich an alles.

»Ich erinnere mich auch noch an dich«, meint er, der nervöser als beim letzten Mal wirkt. »Aber es ist schon lange her.«

»Ich war fünf oder sechs.«

»Du warst nicht größer als so.« Er greift auf sein Standardmaß zurück – verwendbar in der Baubranche, wie man sich denken kann.

Von Havliceks dringt Klavierspiel herüber. Folke nickt in Richtung des Geräuschs.

»Die Tschechen, was?«

»Er arbeitet in einem Musikgeschäft«, antwortet Monika.

»Hätte ich mir denken können.«

Und so geht ihr Gespräch beim Abendessen weiter. Mama kann aufatmen, und Monika kann sich zusammen mit Hanne zu einem alternativen Konzert absetzen, bei dem Gerüchten zufolge die Hoola Bandoola Band zu einer Jamsession kommen soll, und sie erntet Zustimmung von Folke, als sie meint, der Grand Prix sei unmoralisch. Dream on. Als Mama mit dem Abwasch fertig ist, versammeln wir uns vor dem Fernseher, Folke an dem Platz, der allmählich seiner wird, mit Mama neben sich und einem Drink vor sich, Mama hat auch sich selber Tonic eingeschenkt und einen Schuss Gin dazugekippt, »um der Geselligkeit willen«.

»Das ist doch richtig gute Unterhaltung, oder?«, sagt Folke

unmittelbar bevor die Punktevergabe beginnt. »Was? Gute Musik, schöne Kleider, professionell aufgezogen.«

»Aber das Lied von Abba war besser«, findet Mama, die sich nicht die Bohne für Musik interessiert.

»Der Moderator sollte sich mal die Haare schneiden lassen«, erwidert Folke. »Außerdem ist er zu groß.«

Folke hinterlässt eine Vertiefung im Sitzpolster, als er aufsteht, um pinkeln zu gehen, was er mit solch ausdauernder Kraft tut, dass sein Plätschern Mama peinlich wird. Sie lächelt mich an.

Monika kommt kurz vor Mitternacht nach Hause, wirft einen Blick auf Mama, auf mich, bleibt vor uns stehen. Holland hat gewonnen.

»Wie war's?«, fragt Mama.

»Das Fest ist abgesagt worden.«

»Wie schade«, sagt Folke. »Es klang wirklich nett.«

Als ich später zu mir hochgeklettert bin und Monika ins Zimmer gekommen ist und die Jalousien so gedreht hat, dass die Straßenlaternen ihr hartes Licht nicht mehr hineinwerfen, stellt sie sich an mein Kopfende.

»Das war also dein Vater.«

»Mmh.«

»Was denkst du? Magst du ihn?«

»Ich weiß nicht. Doch, ein bisschen ... Magst du ihn?«

»Es spielt keine Rolle, was ich denke. Aber er scheint okay zu sein.«

»Ja.«

»Was meint Mama?«

»Sie hat nichts gesagt.«

»Ich glaube, sie mag ihn. Sah jedenfalls so aus.«

»Sie lacht, wenn er Witze macht.«

»Willst du noch lesen?«

»Nee.«

»Dann mach ich auch das Licht aus.«

Es ist die Zeit der Turnbeutel, blauer und roter Nylonbeutel, mit unseren Initialien bestickt und einer Schnur versehen, die man an der Öffnung zuzieht, wodurch die Beutel sich auf dem Schulhof vorbildlich als Schleudergeschosse oder in den Nahkämpfen auf dem Nachhauseweg als Schlagwaffen eignen, oder aber als ein Werkzeug, das man in einer primitiven Liebeserklärung dem Mädchen in den Rücken hämmern kann, das einem gerade durch den Kopf geht, bevor man abends einschläft – die Beutel werden in zwei Reihen vor dem Eingang des Umkleideraums abgelegt, und wir stellen uns neben ihnen auf, wenn es zur nächsten Stunde klingelt, Platzierungen, die deutlich machen, wie sich die Einstellung zur Schule und der Wille, vorne mit dabei zu sein, im Laufe der Zeit verändern: Als Erstklässler kämpft man darum, ganz vorne zu stehen, wenn man aus der Sechsten auscheckt, ist man längst dazu übergegangen, sich möglichst weit hinten zu halten, doch es soll hier nicht verschwiegen werden, dass diese Veränderung in der persönlichen Entwicklung nicht für alle gilt, Janis z. B. hält sich über die Jahre hinweg in der Mitte, und Faktoren wie Ehrgeiz, Selbstbilder und der Glaube an Autoritäten spielen auch eine Rolle, und dass man sich der eigenen Platzierung immer bewusster wird, führt im Übrigen zu Problemen für Lasse und Roger, die von der Förderlehrerin schon etwas früher entlassen werden und sich deshalb schwer beschäftigt geben müssen, bis der Rest der Klasse sich aufgestellt hat und sie den Platz am Ende von Reih und Glied einnehmen können, weil das die einzige Position ist, die ihr selbst auferlegter Status als schwarze Schafe der Klasse zulässt. Aber mit der Zeit wird es immer enger im hinteren Sektor, weshalb sie sich gezwungen sehen, eine riskantere Technik zu entwickeln, sie legen ihre Beutel ganz nach vorn, lassen uns dahinter auffüllen, lassen es klingeln, warten, warten noch zwei Sekunden, und reißen dann die Beutel an sich und sausen nach hinten.

»Wo wollt ihr denn hin, meine Herren?«

Denn plötzlich steht Palin in der Tür, umgezogen, in eng anliegender blauer Trainingsanzugshose, die von den Knien aufwärts fusselig ist, weißen Turnschuhen, die all die Jahre weiß bleiben, weiße Schuhcreme muss eigens für Palin entwickelt worden sein, Trillerpfeife an einem gelben Band um den Hals, Stoppuhr in der Hand.

»Roger und Lars-Åke, kommt bitte nach vorn.«

Palin lässt den Blick über die beiden Reihen schweifen, ein Feldherr, der seine Truppen inspiziert, ehe er den Mädchen aufmacht, die Tür für uns Jungen aufschlägt und sie uns so aufhält, dass wir unter seinem Arm passieren müssen. Hält mit dem anderen Arm Roger und Lasse zurück, sodass sie *doch noch* als Letzte reinkommen. Das soll mir mal einer erklären!

Schnelles Umziehen, die Treppe zur Turnhalle hinunter, die folglich im Keller liegt, mit Tageslicht, das durch verstaubte Fenster entlang der Decke hereinrieselt, und dem muffigen Geruch alter Erbsenbeutel und schweißgetränkter Gummimatten, her mit einem Basketball, den man drei Mal auftitschen lassen kann, exakt drei Mal, bevor die Trillerpfeife erschallt.

»Lasst die Bälle liegen!«

Man lässt ihn ein viertes Mal auftitschen, nur um ihn etwas zu ärgern.

»Johan! Du wirst heute Nachmittag nachsitzen.«

28 Jungen und Mädchen in weißen Turnhosen und roten Hemden mit dem Schulabzeichen auf der Brust, einem Emblem, das obligatorisch ist und mit einem Fünfer von zu Hause gekauft werden musste, es soll mit einem Bügeleisen aufgebügelt werden, aber da Mütter vorausschauend sind, *nähen* sie die Abzeichen fest, damit sie abgetrennt und auf das nächste Hemd überführt werden können, sobald der Nachwuchs größer geworden ist. Die Pfeife trillert wieder, und wir nehmen unsere Plätze in alphabetischer Reihenfolge ein, markiert mit schwarzen Punkten in fünf Reihen auf dem Hallenboden – nur um zur Weitsprunggrube und zur Laufbahn hinauskommandiert zu werden.

Weitsprung bedeutet drei Sprünge für jeden nach dem Fließbandprinzip: springen, die Harke vom vorherigen Springer übernehmen und die Grube nach dem folgenden wieder glatt kratzen,

Palin dabei helfen, zu sehen, ob jemand übergetreten ist, und das eine Ende des Maßbands halten, wenn er die Weite misst, ehe man laufen darf und sich zuhinterst in die lange Warteschlange einreiht, die sich längs der Vorderfront der Schule Richtung Rättsvägen schlängelt. Palin ist ein Vorreiter des Kreislaufgedankens. Langer Anlauf, so lange, dass ich keuche, als ich mich nähere, fast nicht mehr kann, aber nur fast, den Fuß auf den Balken und in der Luft Rad fahren – Palin, der erstaunt von seinem Block aufschaut, misst, zur Kontrolle noch einmal misst, doch, es stimmt.

»Guter Sprung, Johan!«

»Muss ich jetzt nicht mehr nachsitzen?«

»Doch, aber du kannst deiner Mutter ausrichten, dass dieses Abzeichen aufgebügelt werden soll.«

Micke walzt heran, verpasst den Balken, aber nur so knapp, dass ich darüber hinwegsehen kann, ohne von Palin gescholten zu werden. Danach ist Jerry William an der Reihe. Palin signalisiert übergetreten.

»Er war auf dem Balken, Herr Lehrer.«

»So, so, meinst du, Mikael. Na schön.«

Micke steht bei Palin hoch im Kurs, seitdem er sich geweigert hat, die Sowjetflaggen aus dem Weihnachtsbaum zu holen, auch Jerry William steht hoch im Kurs, jedoch nicht gemäß der gleichen pervertierten Logik, sondern weil er Klassenprimus in dem Fach ist, auf das Palin am meisten Wert legt, Mathe. Aber Jerry William ist ein harter Knochen, wackelte z. B. aus reiner Willenskraft all seine Milchzähne los, noch ehe neue Zähne sich aufzudrängen begannen, zog sie entschlossen mit Wurzeln und Nervenfasern heraus und grinste mit blutigem Maul, sah aus wie Großvater, ehe er morgens sein Gebiss an Ort und Stelle gebracht hat, aber das neue Sortiment Beißer ließ auf sich warten, und als sie schließlich einer nach dem anderen hochschossen, taten sie es ohne jede Ordnung, nutzten den freien Spielraum, den sie in Jerry Williams leerer Schnauze bekamen, ein schwieriger Fall für die Kieferregulierung, ein Thema, auf das wir übrigens später noch zurückkommen werden. Jetzt sagt Jerry William:

»Ich bin übergetreten. Ich mach nochmal.«

Und Palin bleibt zwischen seinem ersten und seinem zweiten Beschluss stecken, sagt nichts, ein überraschendes Zögern, die Ahnung einer Palastrevolution, einer Revolte, die Jerry William vollendet, indem er seinen Sprung sofort wiederholt, statt sich als Letzer in die Schlange zu stellen, er landet mit dem ganzen Fuß auf der falschen Seite des Absprungbalkens. Palin, der das Messband zückt, damit er die Sache endlich hinter sich hat, aber Micke verkündet:

»Übergetreten!«

»Ich mach nochmal«, sagt Jerry William und kehrt um.

»Nee«, sagt Palin und richtet sich auf, sieht eine Chance, *sowohl* wieder das Kommando zu übernehmen, das ihm zu entgleiten drohte, *als auch* Jerry William einen Verweis zu erteilen: »Du bleibst heute ohne Resultat.«

Jerry Williams Reihe bleibt leer in dem Block, den Palin mit Spalten gefüllt hat, in die er Weiten und Zeiten mit dem Ziel einträgt ... ja, warum eigentlich, uns wird niemals richtig klar, was er mit diesen Weiten, diesen Zeiten anfängt.

Drei Bahnen holpriger, unkrautrissiger Asphalt, sechzig Meter lang und mit Moos an den Rändern, bilden die Laufbahn. Wir werden in Dreiergruppen aufgeteilt, Jungen und Mädchen auf Grund einer weiteren dunklen Absicht getrennt, mit Ausnahme von Cissi, die so schnell ist, dass sie mit uns laufen darf, und Laila, die beim Sport überhaupt nicht mitmachen muss und von Palin mit einer roten Startflagge ausgestattet wird, während er sich selber an der Ziellinie parkt, mit Stoppuhr und Trillerpfeife bereitsteht, ein wahrer Taylorist auch auf dem Gebiet des Spiels.

Auch hier herrscht Systematik. Nach der ersten Runde vergleicht Palin die Zeiten, verteilt uns neu, vergleicht wieder, und bekommt auf diese Weise in der dritten und letzten Runde fünf Startgruppen Jungen, vier Startgruppen Mädchen, nach Zeiten geordnet, schlechter werdend – stehender Start, ein Bein vorgeschoben, vorgebeugt, mit einer Schulter in der Bahn, und Laufen ist etwas, das wir können, und am schnellsten läuft jemand, der immer einen Grund hatte, am schnellsten zu laufen, also Roger, in seinen neuen weißen Adidas Stan Smith, nicht so weiß wie Palins natürlich, aber doch vorbildlich sauber und anderthalb Nummern zu groß gekauft, damit er hineinwachsen kann, verblüfft Palin, als er das Finale mit einem halben Meter Vorsprung vor Rolle und mir für sich entscheidet.

»Bravo, Roger! Ich wusste gar nicht, dass du so gut laufen kannst!«

Rehabilitierung. Die er sich nicht anmerken lassen will, denn das hieße, zuzugeben, dass es etwas gibt, für das er rehabilitiert werden muss.

»Wie war deine Zeit, Roger?«

»Weiß nicht. Und deine?«

»Nee, schlechter.«

Bis nur noch das Jumbofinale aussteht. Carina, die mit flatterigen Beinen läuft, timoteisofte Schritte über Sommerwiesen, weil ihr die schwellenden Brüste peinlich sind, hält sich zurück, Sporthemden sind nicht für Mädchen mit wachsendem Busen gemacht, sie leidet sich voran, ihre ganze Körpersprache besagt, dass sie nicht hier sein, nicht laufen, keine Zuschauer haben will, vor allem nicht ohne einen weiten Pullover zum Überziehen, hält dennoch das gleiche Tempo wie Åsa, die in ihren Gymnastikschuhen heranstolpert, die abrutschen und auf den Asphalt knallen wie platschende Froschmannfüße – nach der halben Bahn steigt Åsa aus.

»Du musst nochmal laufen!«, ruft Palin von der Ziellinie. »Du musst eine Zeit haben!«

Und Åsa muss nochmal laufen, allein, sie zittert, als sie sich am Start vorbeugt, sie läuft in der mittleren Bahn, 27 Augenpaare sind auf sie gerichtet, sie kämpft mit den Tränen, 28 Augenpaare mit Palin, aber seine Augen sind auf Uhr und Block gerichtet, sehen nicht, wie sie mit den Armen fuchtelt, um das Gleichgewicht bis über die Ziellinie zu halten, wo sie auf den Asphalt fällt und das Blut aus einem Knie spritzt.

»Oh, mein Gott, Kleines!«

Palin überreicht Block und Uhr Cissi, geht neben Åsa in die Hocke, die ihren Tränen jetzt freien Lauf lässt.

»Hast du dir wehgetan, Liebchen? Lass mich mal sehen ...«

Er holt sein Taschentuch heraus, blendend weiß, faltet es auseinander und bindet es um Åsas Knie. Uns ruft er zu, dass die Stunde vorbei ist, wirft Micke den Schlüssel zu, damit er die Umkleideräume aufschließen kann, während er selber Åsa hochhebt, er richtet sich auf und trägt Åsa zur Schulschwester, er tut mehr als das, er richtet sich gleichzeitig aus seiner eindimensionalen Existenz auf, als er am Abend Åsas Mutter anruft und ihr erläutert, dass ihre Tochter ein Paar ordentliche Turnschuhe benötigt, eine Erklärung, die offensichtlich kein Gehör findet, denn die Geschichte endet damit, dass Palin den Studiendirektor dazu überredet, Geld aus der Schulkasse zuzuschießen, und Palin macht sich persönlich auf den Weg und kauft Åsa ein Paar Schlappen.

Im Anschluss an den Sportunterricht gibt es eine diabolische Einrichtung, will sagen die Duschen, die konstruiert sind wie ein langer, gekrümmter Tunnel mit Mündungen an beiden Seiten, in denen, wohlwollend ausgedrückt, lauwarmes Wasser aus den Rohren kommt. Hat man einmal den Weg über die kalten Kacheln angetreten, gibt es kein Zurück mehr, man muss da durch und auf der anderen Seite hinaus, denn von hinten drängen die anderen nach, also hüpft man geduckt hindurch, mit schief sitzender Duschhaube, einem engen Plastikding, das die Haare vor Wasser schützen soll und in dem man wunderbar schwitzt.

Aber Hölle wird durch Himmel kompensiert in Gestalt einer Lüftungsklappe, die im Umkleideraum hoch oben an der Wand sitzt und die man erreicht, wenn einem jemand dabei hilft, sich auf die Kleiderhaken zu stemmen, sodass man freie Sicht hat, wenn die Mädchen mit Duschen an der Reihe sind. Pech für Janis, dass ausgerechnet er mit einem Handtuch um die Hüften da oben hängt, als Tompa von Palin hereingeschickt wird, um uns zu übernehmen, nein, nicht der gleiche Tompa wie im letzten Halbjahr, ein neuer Tompa, jedes Halbjahr übernimmt ein neuer Tompa, der haargenau so lange bleibt, dass er keinen individuellen Abdruck in unserem beschränkten Gedächtnis hinterlässt, Tompas in Nickianzügen, mit sorgsam gestutzten Bärten und Jeanshemden, in langen Röcken und Gestricktem, mit Zöpfen und überbordendem Enthusiasmus, mit Namen wie Per-Arne, Göran, Gudrun, Alva, Marie-Louise, Tompas, die uns in der Pause drinnen bleiben und zugucken lassen, wie Stenmark auch in diesem Jahr wieder den Weltcup gewinnt, und alle mit der gleichen pädagogischen Zuversicht, die auf Grund laufen wird auf Palins felsenfester Überzeugung, dass der Lehrer eine unendlich weise Autorität sein soll – und damit liegt er nicht ganz falsch, auch wenn er die verkehrten Schlüsse aus seiner Erkenntnis gezogen hat, denn ein Lehrer, der sich nicht der Verantwortung für die Autorität stellt, die er oder sie im Wertesystem der Schüler besitzt, untergräbt das Vertrauen in sich, wird zu einem Wegwerfprodukt. Und vermutlich geht diesen Tompas zu guter Letzt ein Licht auf, wenn sie nach ihrem Abschluss eine eigene Klasse bekommen, auch sie werden bei der Frage, wie man mit Autorität umgehen soll, die falschen Schlüsse ziehen, denn wenn man heute seine eigenen Kinder morgens zur Schule begleitet, trifft man diese Tompas wieder, die von der Zeit zu neuen Palins abgeschliffen wurden, ein Rätsel, dessen Lösung wir vielleicht im Lehrerzimmer suchen müssen, zwischen abhanden gekommenen Chancen auf Karriere und Beförderung und einer mangelnden Bereitschaft zu lobenden Worten im Lehrerkollegium, darin suchen müssen, ein Berufsleben zu haben, das allen verborgen bleibt, außer einer Ansammlung von Schülern, die mit ihren Gedanken nicht beim Einmaleins, sondern bei der Skateboardrampe sind, mit deren Bau sie sich gerade beschäftigen, was weiß ich, wir können nur hoffen, dass unsere Kinder auch den feierlichen Moment erleben dürfen, in dem ihr Tompa sich eines Tages aus seiner eindimensionalen Existenz erhebt und in einem neuen Licht erscheint, auch wenn ich bezweifle, dass für ein Paar Turnschuhe im eng bemessenen Etat der Schule von heute noch Platz ist.

Und nachdem ich das losgeworden bin, muss ich wiederholen,

es war Pech für Janis, dass der Tompa in dem Moment hereinstürzt, als er gerade einen hübschen Augenblick an der Lüftungsklappe genießt, mit seinen Träumen schon halbwegs in der Dusche. Pech für ihn, dass der Tompa vor Schreck instinktiv handelt und ohne zu versuchen, Janis mit Worten zur Vernunft zu bringen, von der rauen Backsteinwand herabzerrt, Pech, dass er sich Wange, Unterarm, Bauch aufschürft. Im nächsten Moment verschwindet er in dem kleinen Lehrerzimmer hinter unserem Umkleideraum. Der Tompa öffnet kurz die Tür:

»Bogdan, wärst du so nett, mir Jans Kleider zu bringen?«

Bekommt die Kleider, schließt die Tür wieder. Öffnet sie noch einmal:

»Macht euch keine Sorgen. Ich will mich nur mit Jan unterhalten.«

Auf dem Heimweg versuchen wir, aus Janis herauszubekommen, was passiert ist.

»Nichts.«

»Nichts?«

»Ich habe einen Zettel mitbekommen, den mein Vater unterschreiben soll.«

»Vergiss es. Was hast du gesehen?«

Macht ihr beim Sport auch Laufen?«, frage ich Monika.

»Laufen? Nee, wir spielen Basketball.«

»Das macht bestimmt viel mehr Spaß, was?«

»Es ist ungefähr das Gleiche, bloß mit einem großen Ball.«

Monika ist grottenschlecht in allem, was mit Sport zu tun hat, im Gegensatz zu ihrem kleinen Bruder, der wiederum in den theoretischen Fächern nicht so brillant ist wie sie, der Zufall hat seine Begabung auf Turnen und Ballsportarten konzentriert.

Während Monika den Durchblick hat, büffelt, obwohl sie nicht besonders lange braucht, bis es sitzt, mir beim Büffeln hilft, mich abhört, sich mit Hanne trifft, an den Wochenenden und an zwei Abenden in der Woche jobbt, drei, seit ihr Chef sie gefragt hat, ob sie öfter könnte, und trotzdem noch Zeit überhat, Zeit, die sie für Fähnlein Fieselschweif nutzt.

Monika ist arbeitswillig, fleißig im Job, der Chef mag sie, billig ist sie bestimmt auch. Er bittet sie, bei der Inventur zu helfen, er bittet sie, im Sommer zu jobben, und Monika will im Sommer jobben, aber nicht den ganzen, nicht zehn Wochen am Stück an einer Kühltheke, während draußen der Sommer verstreicht, doch sie kann schlecht Nein sagen – der Familienrat tagt.

Mama ist es, die Nein sagen muss. Mama will genauso wenig, dass sie den ganzen Sommer arbeitet, denn zum Sommer gehört, dass Monika und ich bis zu den Industrieferien bei Großmutter und Großvater bleiben, bis Mama Urlaub bekommt und sie auch bei Großmutter und Großvater ist. Aber das gehört dieses Jahr nicht zu Monikas Plänen, und Mama sagt dazu nichts, denn Mama ist auch einmal sechzehn gewesen und hatte es eilig, erwachsen zu werden und auf eigenen Füßen zu stehen, wenn man sechzehn ist, will man nicht bei den Großeltern auf dem Land sein, dann möchte man mit seinen Freunden in der Stadt bleiben, will sagen Hanne, aber man ist noch nicht alt genug, um beliebig lange alleine in der Stadt bleiben zu dürfen, und bei weitem noch nicht so alt, dass die Großeltern es okay finden, sich überhaupt nicht auf dem Hof blicken zu lassen, wenn man das vorher fünfzehn Jahre am Stück getan hat. Oh ja, Mama weiß sehr wohl, wie es ist, sechzehn zu sein, und sie will keinen Streit, also denkt sie sich einen Kompromiss aus: Monika jobbt ein paar Wochen, dann ist sie zusammen mit mir, der die Saison auf dem Lande folglich alleine antreten wird, eine Woche bei Großmutter und Großvater, doch, eine Woche, Monika, sonst ist Großmutter enttäuscht, und danach darf sie alles machen, was sie will – so gut wie.

Der Deal ist vermutlich vorteilhafter als alles, worauf Monika je zu hoffen gewagt hat. Sie protestiert nicht, jedenfalls nur so viel, wie von ihr erwartet wird.

Monika bekommt auch das noch hin.

Aber in Sport hat sie eine Vier.

Großmutter sitzt auf der Eingangstreppe des Johanneshofs, ein Name, der zurückgeht auf einen Ahnherren weit unten auf dem agrarischen Familienstammbaum, der in der nordöstlichen Ecke Schonens verwurzelt ist, und schrubbt Kartoffeln mit einer ausgedünnten Bürste, deren verbliebene Borsten eine braungraue Farbe angenommen haben, sitzt mit der Schüssel zwischen Füßen, die in einem Paar brauner Hauspantoffeln mit Korkabsatz und durchlöchertem Oberleder stecken. Sie schaut von der Schüssel auf.

»Seid bitte leise. Nils hält seinen Mittagsschlaf.«

Mama trägt unsere Koffer ins Haus, in das Zimmer hinauf, wo sie und ich schlafen werden, ihr altes Kinderzimmer, das ganz und gar nicht mehr wie ihr altes Kinderzimmer aussieht, weil Großmutter jeden einzelnen Gegenstand herausgeräumt und Großvater dazu gebracht hat, mit dem Ganzen zur Mülldeponie zu fahren, denn Großmutter hält nicht viel von Nostalgie und Erinnerungen, außerdem wurden die Sachen immer staubiger. Wir sind halbwegs die Treppe hoch, als sie fragt:

»Kommt ihr runter, damit wir anfangen können zu pflücken?«

Mama sieht mich an und verzieht das Gesicht – hätte sich gerne vorher zumindest fünf Minuten ausgeruht und eine Tasse Kaffee getrunken, aber Großmutter hat seit letzten Sommer gewartet, und im Radio haben sie Regen vorhergesagt. Mama, die ihr Elternhaus mit etwas gemischten Gefühlen betritt, ist sie nun die Tochter vom Lande oder die Mutter aus der Stadt, sie ist beides zugleich, sie hilft Großmutter bei der Arbeit, verfällt jedoch nicht in den Dialekt, den sie zu Hause manchmal scherzhaft spricht. Sie hocken im Garten und pflücken Erdbeeren, ich auch, obwohl ich sie in den Mund stecke und nicht in den Eimer, so viele Beeren esse, dass ich Kopfschmerzen davon bekomme.

Mama und Großmutter haben jeder ihre eigene Reihe, Mama, die sich bremst, weil Großmutter nicht merken soll, dass sie langsamer geworden ist, Mama nutzt die Zeit, um etwas Unkraut zwischen den Pflanzen zu jäten, wenn sie schon einmal dahockt, und Großmutter redet in einem fort, sagt z. B.:

»Dann triffst du dich also wieder mit ihm?«

Mama mit einer Erdbeere zwischen Daumen und Zeigefinger, hält sie fest, pflückt sie nicht ab, pflückt sie ab, antwortet:

»Johan zuliebe.«

»Dann ist er zu Hause ausgezogen?«

Mama pflückt zwei weitere Erdbeeren von der gleichen Pflanze. Sie sind noch nicht reif.

»Bring ihn nur nicht her«, sagt Großmutter. »Nils würde das nicht ertragen.«

»Johan muss seinen Vater treffen dürfen.«

»So, wie er sich benommen ... Bodil, du solltest das nicht tun.«

»Es ist nicht so leicht, wie du denkst, zwei Kinder großzuziehen.«

Großmutter meckert: »Haben du und Leif es etwa nicht gut gehabt?«

»So habe ich das nicht gemeint ... Du hast immer Vater gehabt.« Mama steht auf, hebt ihren Eimer hoch, prüft sein Gewicht. »Das soll mal reichen«, sagt sie.

In der Küche zieht Großmutter eine Schürze an und macht Feuer in dem holzbefeuerten Herd, den sie zusätzlich zum elektrischen benutzt, stopft Zeitungspapier und Birkenholz hinein und lässt die Luke offen stehen, damit es anbrennt, ein Holzherd, schon bald ein pittoreskes Element in der ländlichen Idylle, gründlich geschwärzte Abstellflächen für Keramikkrüge vom Flohmarkt mit Sträußen aus getrockneten Blumen bei strahlenden Urlaubern mit großen Augen, sobald die letzte Kuh in ihrer Box ausgemuht hat und die Bauern ins Nationalmuseum gezogen sind. Mama breitet Zeitungen auf dem Tisch aus, setzt sich auf die Küchenbank und zeigt mir, wie man Erdbeeren zupft und putzt. Sie sinkt nach hinten, schließt die Augen, öffnet sie wieder, beugt sich vor. Großmutter kann nicht umhin, es zu bemerken.

»Ist es so schlimm?«

Mama fängt an, das Grün von den Erdbeeren zu zupfen.

»Wie geht es dir, Bodil?«

»Stell dir Zahnschmerzen vor, die schlimmsten Zahnschmerzen, die du dir denken kannst«, erwidert Mama, »die in die Arme ausstrahlen, bis zu den Fingern, den Rücken hinab. Stell dir das Tag und Nacht vor. Dann weißt du, was für ein Gefühl es ist.«

Großmutter holt ein großes Gefäß aus einem Unterschrank, setzt es auf den Tisch.

»Willst du dich etwas ausruhen?«

»Jetzt erledigen wir das hier erst einmal«, erwidert Mama und legt die Erdbeeren hinein, die sie und ich bereits gesäubert haben.

»Willst du keine Schürze anziehen?«

Und während ich auf der Küchenbank sitzen bleibe, unter der Postkarte, die mit einer roten Heftzwecke an die Wand gepinnt ist, einer in New York abgestempelten Ansichtskarte von den beiden älteren Brüdern Großvaters, die als Jugendliche emigrierten, auf Ellis Island an Land gingen und nichts von sich hören ließen, bis einer von ihnen 35 Jahre später diese Karte mit dem einzigen und denkwürdigen Satz schickte: Vilhelm Moberg hat keine Ahnung, wie es hier ist, unterschrieben mit einem Gekrakel, das jeder der beiden Brüder gekritzelt haben könnte, danach keine weiteren Lebenszeichen, kochen Großmutter und Mama gemeinsam die Beeren, pressen den Saft aus dem Seihtuch und füllen ihn in Flaschen mit Patentverschlüssen ab.

»Ja, ja«, sagt Großmutter. »Es wird schon gut gehen.«

»Aber sag Vater nichts von ihm«, bittet Mama. »Oder Leif. Er regt sich immer so leicht auf.«

»Du meinst Lisbeth?«

Mama bleibt übers Wochenende, kehrt mit einem Auto in die Stadt zurück, das mit Marmelade und Saft und Konfitüren beladen ist. Es ist sonnig, es ist heiß, es ist unerträglich heiß in diesem Sommer. Ich hocke mit meiner Lieblingslektüre im Haus, »Fisch und Fang«, und »Der Hobbykatalog«, eine Goldgrube für alle, die heroische Visionen haben, lese im Zimmer, lese auf dem Klo, lese am Essenstisch, lese nachts im Bett, bis Großmutter vom Fuß der Treppe heraufbrüllt, dass ich jetzt das Licht löschen muss!, lese überall, lese alles, was man über Stilette und Kampfmesser wissen muss (brünierte Klingen, um Reflexe zu verhindern, unverzichtbar bei nächtlichen Attacken, Parierschutz, geschnitzter Schaft für beste Griffigkeit), Luftgewehre und Taschenlampen mit Scheinwerfereigenschaften, Dietriche für alle Arten von Schlössern, Totenkopfringe, Walkie-Talkies, komplette Arsenale für jeden, der davon träumt, Gentlemanganove, Großwildjäger, Söldner, Überlebensexperte auf langen, einsamen Strapazen in unerforschten Wildnissen zu werden, unterwegs, um Cissi zu retten, manchmal auch Carina Lindgren, aus lebensbedrohlichen Gefahren, schwierige Aufträge, schlaflose Wanderungen in kargen Landschaften, über tosende Stromschnellen hinweg und mit nichts anderem als kalter Verpflegung und essbaren Wurzeln zur Zubereitung am Lagerfeuer ausgerüstet, die ganze Nacht hört man das Heulen der Wölfe – und eine schneidende Stimme:

»Du solltest draußen sein, Junge!«

Großmutter macht sich Sorgen, was Mama sagen wird, wenn ich nicht das kleinste bisschen Farbe bekommen habe. Sie klappt eine Sonnenliege auf, stellt sie auf den Hügel hinter dem Haus, breitet ein Handtuch auf ihr aus, um das Blumenmuster zu schützen.

»Hier kannst du dich hinlegen. Und zieh das Hemd aus.«

Sie wirft mir ein Kissen zu.

Ich setze meine Katalogstudien mit unverminderter Erregung fort, liege auf dem Rücken und halte den Katalog vor mir hoch, um nicht von der Sonne geblendet zu werden. Am Abend bin ich bis zur Brust verbrannt, darüber genauso kleidsam bleich wie zuvor. Großmutter reibt mich mit Salben und Liniment ein, reibt mich am nächsten Morgen wieder ein, schickt mich aus der Küche:

»Es ist besser, du gehst jetzt zu deinem Großvater.«

Denn samstags will Großmutter Radio hören, zunächst bei einer Tasse Kaffee »Sie rufen an, wir spielen«, eine Sendung, bei der ein lustiger Dialekt den anderen ablöst, wenn das schwedische Volk früh aufsteht und sich in die Warteschleife der Anrufer einreiht, um über das Wetter zu plaudern, und anschließend Drittligabandy in einer Liveübertragung mit Hasse Tellemar, und danach putzt sie den Boden zum Melodiekreuzworträtsel mit Bengt Haslum.

Großvater kann Tellemar gestohlen bleiben, genau wie Haslum. Er hat Gunnar Hedlund, den Vorsitzenden der Bauernpartei, in der Scheune. Eine verblasste, signierte Fotografie von einem zufriedenen kleinen Kerl mit blinzelnden Augen hinter fliegenmistfleckigem Glas, die Großvater zwischen Rosas und Floras Box an die Wand genagelt hat. Dort steht er und hantiert mit Werkzeug und einigen Brettern, während die Jungtiere auf den Weiden Klee wiederkäuen, sodass sie Blähungen bekommen und er ihnen einen Besenstiel in den Hintern schieben muss, um den Druck abzulassen.

»Ist das etwa der Schriftgelehrte, der mir einen Besuch abstattet?«, sagt er.

»Großmutter meint, ich soll draußen sein.«

»Was machst du dann hier drinnen? Da werden wir uns wohl was für draußen einfallen lassen müssen.«

Großvater zupft die Dose mit dem Kautabak aus der Gesäßtasche, klopft drei Mal auf den Deckel, hebt ihn ab und schaufelt mit der Rückseite des Daumens einen Kubikmeter groben Kautabak auf seine Zunge, um ihn von dort unter die Oberlippe weiterzutransportieren.

»Kannst du eine Windblende festnageln?«

»Ja«, antworte ich, ohne zu wissen, was eine Windblende ist.

Er zeigt auf die Kopfwand.

»Dann kannst du auch die Leiter dort für mich herunterholen?«

Das kann ich natürlich nicht. Großvater hakt sie ab und trägt sie hinaus, das Enkelkind an seinen Fersen, lehnt sie an den Giebel der Scheune, tritt mit seinen großen Holzschuhen auf die unterste Stufe, sodass die Holzleiter tief im Gras versinkt, tritt noch etwas nach, springt, soweit ein Mann in seinem Alter springen kann.

»Jetzt hältst du die Leiter gut fest, damit ich nicht runterfalle.«

Dann klettert er mit Nägeln im Mund und einem langen Brett

unter dem Arm mühsam hinauf. Schlägt drei Mal zärtlich auf jeden Nagel und treibt sie anschließend mit je zwei kräftigen Schwüngen hinein. Er bleibt oben stehen, den Bauch gegen die Stufen der Leiter gepresst, und dreht sich in alle Richtungen, lässt seinen Blick über die Felder und Weiden bis zum Fluss und dem Wald schweifen, der auf der anderen Seite dicht steht, und über den Feldweg mit dem frisch gemähten Mittelstreifen, der sich in einer Rechtskurve davonschlängelt und auf der Rückseite der Hügel in die Landstraße mündet. Steigt herab und versetzt die Leiter zwei Meter nach rechts, springt, sagt:

»Es ist so verdammt schön hier, dass es fast schon verboten gehört.«

Klettert wieder hinauf und schlägt zwei neue Nägel hinein, kommt herunter und versetzt die Leiter, sagt diesmal:

»Hochhäuser, das sind in die Höhe gestapelte Dörfer.«

Als er zum dritten Mal heruntersteigt, habe ich mich vorbereitet:

»Im Stadtteil Rosengård reißen die Zigeuner das Parkett auf und pflanzen Kartoffeln an.«

»Wie zum Teufel soll das denn gehen? So etwas Bescheuertes habe ich ja noch nie gehört.«

»Das ist wahr.«

»Jetzt bist du still, sonst setzt es eine Ohrfeige.«

Klettert hoch und nagelt die Windblende fest.

Er sagt nicht viel, mein Großvater, ein lustiger alter Bursche, fast schon ein Original, trägt z. B. ganzjährig lange Unterhosen, ebenso Angst einflößend wie warmherzig ist er, mittlerweile so alt, dass ihm egal sein kann, was die Leute denken, und hier zu Hause, auf seinem Hof, ist er eine Spur lebendiger als Weihnachten in Uddevalla. Morgens um vier ist er auf den Beinen, wetzt die Sense am Wetzstein und nimmt sich die Wiese vor, während noch Tau auf ihr liegt, senst das Gras, obwohl der Hof an allen Ecken und Enden verfällt, die Briten rasierten sich minutiös, um in den Kolonien das Gefühl von Zivilisation am Leben zu erhalten, Großvater senst die Wiese, kommt zum Frühstück herein, isst, scannt die Titelseite der Lokalzeitung, kann nah nur noch schlecht sehen, murmelt etwas über die Zustände im Land in seinen Bart, hört den Wetterbericht, schert sich den Teufel darum, welches Wetter das Radio vorhersagt, hat sich sein Leben lang an die Devise gehalten, »es hilft einem keiner, außer man hilft sich selbst«, wankt auf Strümpfen zu dem Holzschränkchen, das in der guten Stube neben der Standuhr hängt, holt die Flasche und das Spitzglas heraus, gießt sich einen Kurzen ein, erhebt das Glas in Richtung seines eigenen Spiegelbilds auf der Innenseite der Schrankklappe, wirft den Kopf in den Nacken ... ist bereit, einen weiteren Tag in Angriff zu nehmen.

Aber er macht sich Sorgen, was mit dem Hof geschehen wird, wenn seine Kräfte schwinden, hätte am liebsten eine natürliche Nachfolge gesehen, hat jedoch schon vor langer Zeit aufgehört, auf Leif zu hoffen und auf Mama im Übrigen auch. Er fragt mich, wie alt ich bin, er weiß, wie alt ich bin, er fragt dennoch, um etwas zum Rechnen zu haben, fragt noch einmal, kommt zu dem Schluss, dass ich zu jung bin, und ich will ohnehin nicht.

»Monika«, schlage ich vor, »der würde das gefallen.«

»Dummerchen«, sagt Großmutter. »Monika ist begabt.«

»Fünf Generationen in Folge«, grübelt Großvater. »Und dann gibt es keinen, der den Hof übernehmen will, selbst wenn sie ihn gratis bekämen.«

»Was ist denn mit Bernt?«

»Der? Ja, das gäbe mir was.«

Nach vierzehn Tagen ist Mama zurück, mit neuen Marmeladengläsern und Flaschen zum Füllen, und mit Monika. Sie werden von Großmutter in den Garten gerufen. Ich bin im Geräteschuppen, habe von Großvater eine Hand voll rostiger Nägel bekommen, die ich gerade klopfen soll, damit ich nicht mit leeren Händen und tatenlos dasitze, und lausche seinen Geschichten. Er hobelt ein Brett, hält es in der einen Hand, den Hobel in der anderen, geäderte Hände, leberfleckige Handrücken, auf denen die Mittelhandknochen unter der straffen Haut deutlich hervortreten, Daumenballen, die so wuchtig waren wie Steinmoränen, jedoch zu kleinen Erhebungen eingefallen sind, aber die Finger sind gleichmäßig dick und haben breite, kurz geschnittene Nägel ohne eine Spur von Erde oder Öl in den tiefen Furchen – Hände, die wiederum Endstation eines sehnigen, ausgemergelten Körpers mit Armen sind, die bis zu den Ellbogen dunkelbraun gebrannt sind, so weit, wie das karierte Hemd hochgeschlagen wird, und darüber milchweiß. Er pustet die Späne vom Holz. Gleichzeitig biegt ein Auto in einem Tempo auf den Hof, das die Hühner fast zu Tode erschreckt und Wunden in den Kies reißt. Quietschende Bremsen. Autotüren. Stimmen. Und unmittelbar darauf Leif in der Türöffnung mit Bernt dicht hinter sich. Leif, der uns das Handgelenk mit der Armbanduhr hinhält:

»Drei Stunden von Uddevalla! Keine einzige Pause.«

Großvater streicht mit einem rauen Daumen über das Brettende, in Ordnung, drückt es als Verschalung unter dem Fenster fest, hier braucht es keine Nägel.

»Also ihr seid das«, sagt er.

»Was für eine Hitze! Wie kannst du dabei arbeiten? Es müssen mindestens dreißig Grad im Schatten sein. Der heißeste Sommer im 20. Jahrhundert haben sie gesagt.«

»Wer sie?«

Leif wirft einen Blick auf Hedlund, verzieht den Mund. Kann es nicht lassen, seinem alten Herrn eins auszuwischen.

»Dass du den Hof nicht aufgibst? Warum soll man teuer anbauen, wenn wir billiges Getreide importieren können?«

Großvater legt die Sachen in die Werkzeugkiste zurück, hebt sie hoch, gleicht das Gewicht aus, indem er sich zur anderen Seite lehnt, die Adern der Unterarme wie geschwollene Pipelines, die gleich platzen werden, stellt die Kiste an ihren Platz, ehe er zu Leif geht, aber der agrare Vater gibt seinem industrialisierten Sohn nicht die Hand, er geht an ihm vorbei auf den Hof, in den unerbittlichen Sonnenschein hinaus, der die Augen zerschneidet, schiebt den Schirm seiner Raiffeisenmütze hoch, wischt sich den Schweiß aus der Stirn, ein zerfurchtes Gesicht, das man eine ganze Reihe von Wintern im Freien gelassen zu haben scheint – sieht aus wie ein Reklamebild für Streichkäse.

Ein Arm um meinem Hals, ratet mal wessen, und ratet mal, wer auf den Patenttrick hereinfällt ...

»Ich habe angefangen zu ringen«, sagt er.

»Und das Eishockey?«

»War langweilig ... aber guck mal hier.«

Bernt holt ein Wurfmesser mit einer rhombenförmigen Klinge und Lamellenschaft heraus.

»Willst du mal probieren?«

»Es zu werfen?«

»Ist ganz einfach. Du musst es so halten.«

Aus drei Meter Entfernung trifft er die Scheunenwand, Späne wirbeln von den Latten, und Bernt ist so exaltiert über seine Treffsicherheit, dass er Großvater nicht entdeckt, der mit flatterndem Overall um die Beine heranwalzt.

»Zum Teufel, Bürschchen, willst du Zahnstocher aus dem Hof machen!«

Enkelkinder sind sicher was Schönes, aber nicht alle vier auf einmal, jetzt sollen wir hier eine Woche gemeinsam verbringen. Großvater schickt uns in die Küche, wo die restliche Verwandtschaft versammelt ist, Leif jetzt auf der Küchenbank, auf dem Rücken vor Müdigkeit nach seinem cannonball run, Kristina mit schaukelnden Beinen auf einem Stuhl und Lisbeth über Mama und Großmutter hängend, die mit der Rhabarbermarmelade auf dem Herd beschäftigt sind.

»Wir haben für euch auch ein paar Gläser gemacht«, erklärt Mama. »Und Erdbeersaft, wenn ihr haben wollt.«

»Habt ihr? Das ist aber lieb von euch«, erwidert Lisbeth, und es klingt, als würde sie es auch meinen. »Ich selber habe ja nie Zeit«, sagt sie.

Und:

»Ich habe auch ein paar Sachen für euch.«

Sie holt eine Tasche aus dem Flur.

»Ein paar Kleider, die Johan passen könnten. Bernt wächst ja so schnell.«

Heraus kommen zwei Manchesterhosen für den Winter, ein Polohemd und vier weitere Hemden, von denen eines lila und eines erbsengrün ist, und die beide ein Muster haben, das an die Spuren von Elchhufen erinnert, eine ganze Herde, die über den Stoff gedonnert ist.

»Das ist Kartoffeldruck«, erläutert Lisbeth. »Bernt hat sie von einem Klassenkameraden bekommen, dessen Eltern für das Entwicklungshilfeministerium in Daressalam gearbeitet haben. Die müssten dir doch passen, Johan?«

Sie hält sie vor mir hoch.

»Die passen bestimmt«, antwortet Mama – was anderes kann sie auch kaum sagen, wenn Lisbeth etwas, in dem sie ihren eigenen Sohn nicht sehen will, jemandem schenkt, der es nicht ablehnen kann. Kartoffelbedruckte afrikanische Hemden kann man unter Umständen gebrauchen. Genau, Mama muss auch noch das Folgende sagen:

»Ich bezahle natürlich für alles.«

»Kommt gar nicht in Frage. Ich bin doch froh, ein bisschen helfen zu können.«

Mama erhebt keine Einwände, »man soll niemanden nötigen«. Aber Großmutter ist empört über die Vorgehensweise und die Werkzeuge in der Textilproduktion der dritten Welt:

»Dass die für so etwas Kartoffeln benutzen dürfen!«

»Es sind Süßkartoffeln«, beruhigt Lisbeth sie. Gut gelaunt zupft sie sich eine Look aus dem Zigarettenetui aus Kunstleder und steckt sie sich an, bläst den Rauch Richtung Decke aus.

»Willst du es nicht erzählen?«, sagt sie zu Bernt, der dämlich grinst, seit die Hemden aus der Tasche aufgetaucht sind.

»Ich hatte so gute Noten«, sagt er, »dass ich das Kindergeld behalten und mir meine Kleider selber kaufen darf, wenn ich in die Mittelstufe komme.«

Mama faltet die Geschenke zusammen, sagt:

»Monika hatte in allen Fächern eine Eins.«

»Allen?« Lisbeth muss in ihren mobilen Aschenbecher aschen. »Welches Programm wählt sie jetzt auf dem Gymnasium?«

»Das naturwissenschaftliche.«

»Das naturwissenschaftliche?«, schallt es wie ein Echo von der Küchenbank. »Wäre das gesellschaftswissenschaftliche nicht besser für sie? Dann ist sie später nicht so festgelegt.«

»Ich denke, Monika weiß selber am besten, was gut für sie ist«, bemerkt Mama trocken.

Lisbeth sieht sich um, als wollte sie Monika zu ihren Noten gratulieren, das will sie nicht und braucht sie auch nicht, denn Monika ist nicht da.

»Wo ist sie?«

»Sie ist bei den Ohlssons mit h.«

Eine lokale Kuriosität, das h in Ohlsson, den nächsten Nachbarn, ein Schnörkel, der irgendwann in den Nachwehen des 2. Weltkriegs unbemerkt auf dem Briefkasten unten an der Straße hinzugefügt wurde und Anlass zu unzähligen Stunden des Debattierens auf den umliegenden Höfen gegeben hat.

»Sie darf eines von ihren Pferden reiten«, sagt Mama. »Johan, legst du die Kleider bitte in dein Zimmer? Und bedank dich bei Tante Lisbeth. Und Bernt.«

Lisbeths spöttisch höhnisches Lachen sieht man nicht. Man fühlt es. Blöde Kuh!

Aber wir wollen uns nicht länger damit aufhalten, denn Mama wird nur schnell die Marmelade in Gläser füllen, die abkühlen sollen, und mich und Monika umarmen, fest umarmen, ehe sie zu einer neuen Arbeitswoche nach Hause fährt, und Lisbeth und Leif machen sich gleichzeitig auf den Weg zu ihrem angemieteten Ferienhaus in Skagen. Auf dem Platz vor dem Haus bleiben Großmutter und vier Enkelkinder zurück und winken. Großvater ist verschwunden.

Und als Lisbeth und Leif abgereist sind, wird Bernt ... erträglich. Er braucht natürlich erst ein paar Tage in seinem Zimmer, in einem Bett, das aus einem Schrank gerollt wurde und in dem er mit dem Kopf im Schrank schläft, spintisierend, dass er allergisch sei gegen Heu, gegen Tiere, dass er sich Holzsplitter in den Fuß trete, wenn er barfuß am Brennholzstapel vorbeigehe und in der Scheune herumlaufe, dass das Gras ihn am Fußgewölbe kitzele, der Kies sei scharf, die Mücken giftig, aber Großmutter ignoriert sein Gejammer, und er ist es leid, unbeachtet dazuliegen, und wagt sich hinaus. Wir bauen Hüttchen im Wald, angeln mit seiner Abumatic im Fluss, fangen kleine Hechte, die wir zu den Katzen tragen, ziehen die Schleppangel durchs Schilf, was das Zeug hält, und schneiden die Angelschnur mit meinem Fahrtenmesser durch, ziehen so oft, dass Großvater uns zum Eisenwarengeschäft in der Stadt kutschieren muss, damit wir unser Lager an Blinkern und Spinnern auffüllen können, am Kiosk lädt er uns auch noch zu einem Softeis ein. Während Monika Kristina mitnimmt und ihr das Reiten beibringt, sie auf Ohlssons müdem Ardenner über die Wiese führt. Kristinas Beine stehen seitlich ab, und die Hände hat sie in der dichten Mähne vergraben, noch dazu ohne Sattel. Kinderlieb ist sie, Monika, hat ein Händchen dafür, mit Kindern umzugehen. Egal, wo sie hingeht, Kristina weicht nicht von ihrer Seite. Monika schafft es, dass Kristina ihre Angst davor überwindet, die Jungtiere zu streicheln, also die Kühe, bringt ihr bei, wie sie ihnen frisches Gras durch den Zaun stecken und mit der anderen Hand die Stirn kraulen kann. Oder aber wir leihen uns Ohlssons Boot aus und rudern auf den See hinter der Landstraße hinaus, Monika und Kristina auf der Achterbank, Bernt mit beiden Händen im Wasser über dem Bug hängend und ich an den Rudern. Abende, die damit enden, dass Großmutter und Großvater in der Art alter Leute zurückblicken, sich nicht mehr erinnern, was es zu Mittag gab, aber an jedes einzelne Detail von damals, als sie in unserem Alter waren, in der schlechten Zeit, und dann die alte Leier, wie sie sich auf dem Tanzboden kennen lernten, das ist ihre Geschichte, die Geschichte der Familie, des Landes, Mittsommer, Schnaps im Gebüsch, Schlägereien mit den Männern aus den Nachbardörfern, Kautabak, die Ethnologie jener Zeit, sie hätten sich genauso gut auf dem nördlichen Nachbarhof begegnen können, wo Großmutter aufgewachsen ist.

Es wird eine schöne Woche. Na ja, schön und schön. Okay.

Monika kauft sich eine Bognerjacke und hat jede Menge Neuigkeiten aus dem Gymnasium im Gepäck, und sie hat Bücher, dicke Bücher, aber die große Veränderung ist, dass ihre Klassenkameraden sie jetzt anrufen, um Hilfe bei den Hausaufgaben zu bekommen oder auch nur, um zu plaudern. Monika sitzt im Flur und telefoniert fast flüsternd, scheucht mich und Mama weg, wenn wir näher kommen. Als zum ersten Mal ein Junge anruft, bekommt sie die gleiche Tomatenbirne wie Mama damals, als sie die Eieruhr falsch stellte und zehn Minuten zu lange vor der Höhensonne sitzen blieb.

Er, sein Name ist Jörgen, ist es, der den Vorschlag macht, Monika solle Mitglied im Filmclub der Schule werden, dessen Vorsitzender er ist. Einen Abend in der Woche begeben sie sich in die abgedunkelte Aula der Borgarschule, und Monika sitzt nachher mit Mama zusammen und erzählt von den Filmen, die sie gesehen haben, *Easy Rider*, *Frühstück bei Tiffany* (ihr Lieblingsfilm) und Marilyn Monroes Filme, oder:

»Heute Abend lief *Die Reifeprüfung* mit Dustin Hoffman.«

»War der gut?«

»Den kann man nicht richtig erklären.«

Jörgen ist ein Tiefschürfer aus Augustenborg. Er begleitet Monika nach Hause, streicht sich unablässig über sein flaumiges Kinn und spricht brummig schleppend, als würde er mit einer Batterie laufen, der allmählich der Saft ausgeht, verliert sich in Gedankengängen über Molekülmodelle und Relativitätstheorien. Er und Monika machen gemeinsam Hausaufgaben in unserem Zimmer, Monika, die nichts dagegen hat, zu zweit über den Büchern zu hocken, aber umso mehr dagegen ist, dass es drei sind.

»Musst du hier drinnen hocken?«

»Das ist doch auch mein Zimmer, oder?«

Der Familienrat tagt, und es wird entschieden, dass ich, wann immer ich will, Zugang zu meinem Bett und meinem Teil des Zimmers haben soll, außer wenn Jörgen und Monika für eine Klausur lernen. Also kann ich reingehen und abklopfen, was das für ein Typ ist, während Monika in der Küche steht und Tee für die beiden kocht.

»Ist das schwer?«

»Und wie. Wir werden jetzt einen lebenden Organismus untersuchen, der größer ist als eine Amöbe.«

»Elefant?«

»Nicht *so* groß!«

Jörgen – ein Junge, der mein Schwesterherz niemals in den siebten Himmel entführen wird.

Und Monika entdeckt, dass zu dieser Zeit ein ganz anderer Sound hochkommt, glitzernd elegant und androgyn provozierend, statt Rindenbrot und Bartschweiß, peilt sich auf David Bowie ein, den sie in Discorama im Radio gehört hat.

»Dass du dir so was anhörst«, sagt Hanne anklagend.

»Es ist ... fröhlicher.«

Hanne bleibt noch eine ganze Weile beim Politrock, so wie sie auch bei ihrer Flower-Power-Jacke bleibt, und die politische Linie steht fest, hier gibt es starke Überzeugungen. Sie überredet Monika, mit ihr nach Båstad zu fahren und gegen die chilenische Diktatur zu protestieren, als Schweden im Davis Cup auf Chile trifft. Sie hüllen sich in Kampfgeist und Palästinensertücher, Mama macht sich Sorgen, dass sie Ärger mit der Polizei bekommen könnten, Mama macht sich immer Sorgen, aber auf sie kann man zählen, sie fährt die beiden zum Zug, und am Abend suchen sie und ich in den Fernsehnachrichten nach ihnen, können sie jedoch nicht erkennen zwischen 5000 Fjällrävenjacken und Seemannspullovern und handgeschriebenen »Stoppt die Begegnung!«-Transparenten und dem ehemaligen Ministerpräsidenten Tage Erlander, der vorgeschickt wird, um die Demonstranten zur Vernunft zu bringen, während Björn Borg und Birger der Held die Chilenen schwindelig spielen.

Auf Mama kann man immer zählen. Sie ist es auch, die den Rektor der Borgarschule anruft und dafür sorgt, dass Hanne aus der Latinschule dorthin versetzt wird, weil es für Mädchen in ihrem Alter wichtig ist, in die gleiche Schule zu gehen wie die beste Freundin. Hanne, die sich für das nur zweijährige pflegeberufliche Programm entschieden hat, weil sie die Penne satt hat und schnellstmöglich ins »richtige Leben« hinauswill.

Monika und Mama reden abends auch noch über anderes als Filme, inzwischen reden sie über alles. Es ist, als würde man eine geschüttelte Limonadenflasche aufdrehen, wenn Monika von den Ereignissen des Tages anfängt, kein Detail ist zu unwesentlich, um nicht durchgekaut zu werden, und Mama saugt auf, setzt alles daran, sich Namen und Fach jedes einzelnen Lehrers zu merken, der definitive Beweis, dass sie sich mit ganzer Kraft für die Ausbildung ihrer Tochter engagiert, Kontakt zur Schule zu haben, ist wichtig, und eine enge Beziehung zu Monika zu haben, sie werfen sich Namen über den Tisch hinweg zu wie Karten bei einem Kartenspiel. Ich teile ihre Begeisterung für Namen nicht – so begreife ich beispielsweise erst Jahre, nachdem wir die Annebergsschule verlassen haben, dass Sigvard, von uns nur der Werklehrer genannt, der Nachname ist und er einen ganz anderen Vornamen hat, Bengt, ein älterer, pomadegekämmter Herr, der in einem weißen Schutzkittel von einer Werkbank zur anderen hinkt und die Modelle von Schloss Glimmingehus lobt, die wir aus Spanholzplatten zusammennageln, und Buttermesser, gedrechselte Schalen, Tabletts aus Teak, Stresseier und weitere Dinge, die Mama im gleichen Schrank aufbewahren wird, in dem auch der Untersetzer mit den Indianerperlen versteckt wird, der Raum erinnert an die Werkstatt des Weihnachtsmanns, in der eine Truppe Wichtel fleißig mit Raubänken und Raspeln hantiert, wir Jungen hämmern weiter auf den Spuren unserer Väter, und die Handarbeitslehrerin sorgt dafür, dass die Mädchen in ihrem Unterricht ähnlich konservierte Geschlechterrollen annehmen, während Lasse und Janis sich in den Metallraum zurückgezogen haben, wo sie, nachdem sie aus purer Zerstörungswut große Blechstücke mit der monströsen Blechschere zerschnitten haben, auf deren Schenkel sie sich mit aller Kraft lehnen müssen, um sie zu bewegen, darin wetteifern, wer sich am längsten traut, seinen Daumen zwischen den Messern zu lassen, wenn der andere schneidet. Bengt Sigvard.

Aber Mama gefällt nicht, dass Monika gebeten wird, bei den Pfadfindern eine Gruppe von Anfängern zu übernehmen.

»Muss man dafür nicht achtzehn sein?«

»Sie machen für mich eine Ausnahme. Sie brauchen Gruppenführer.«

»Aber wie willst du das alles schaffen, Monika?«

Monika zuckt mit den Schultern. Es wird schon gehen.

»Sonst muss ich eben im Reveny aufhören.«

»*Das* ist doch ein *Job.* Da verdienst du Geld.«

Job und Geld – heilige Kühe für Mama, die weiß, wie es ist, wenn man beides nicht hat.

»Wäre es dann nicht besser, bei den Pfadfindern aufzuhören?«

»Aber die Pfadfinder machen mir *Spaß*!«

End of discussion. Monika muss auch etwas haben dürfen, was ihr Spaß macht, und Mama ist beeindruckt von ihrer Entschlossenheit, fragt stattdessen:

»Soll ich dich abhören?«

»Nee, das ist ziemlich schwierig.«

Monika holt die schweren Bücher aus ihrer Tasche, setzt sich an den Schreibtisch und liest, und auch sie findet im Grunde wohl, dass die Schule bescheuert ist, will aber gut sein, die Beste, will es zu was bringen – liest.

Monika. The Brain.

Lasse hat aus den Zweigen der Weiden auf den Hügeln rund um die Rasenfläche Peitschen geschnitten und in unserer Gang verteilt. Janis und Roger haben Erbsenpistolen gekauft, und ich habe mir ein Blasrohr gebastelt, indem ich die hohle Hosenstange eines Kleiderbügels abgebrochen habe. Wir sitzen auf dem Erdwall. Wir warten. Wir sind bereit.

Rolle schwingt seine Peitsche. Es knallt wie Pistolenschüsse.

»Bleib immer schön hinter uns, Roger.«

»Wieso hinter euch, denen reißen wir den Arsch auf.«

»Die machen wir alle«, bestätigt Bogdan.

Krieg der Höfe. Die HSB-Siedlung gegen die Riksbyggen-Siedlung. Eine ebenso traditionsreiche Begegnung wie ein Derby zwischen Malmö FF und Landskrona Bois. Wie Feldherren haben wir Zeit und Ort ausgehandelt, ein Schachern, das auch Bedingungen und Bewaffnung einschließt.

Sie werden gleich kommen, sie sollten schon hier sein, und jetzt kommen sie und strömen von der hinteren Ecke der Rasenfläche heran.

»Hoch mit euch! Und Roger, du bleibst da hinten.«

Rolle lässt wieder die Peitsche knallen.

»Ihr steht mir ja im Weg«, protestiert Roger, als wir uns so aufstellen, dass er ganz hinten landet, kann nicht akzeptieren, dass sie sich auf ihn einschießen werden, unser schwächstes Glied, denn sie handeln nach dem Rückenmarksreflex, der ihnen sagt, dass es am schmerzfreiesten ist, sich auf den zu stürzen, auf dessen Stirn mit Leuchtbuchstaben »Schlag mich! Tritt mich!« geschrieben steht, eine Botschaft, die ihn schon des Öfteren mit einer dicken Lippe nach Hause geschickt hat.

Sie strömen heran, angeführt von einem wild dreinblickenden Danne, mit King ohne Leine an seiner Seite und entgegen allen Vereinbarungen verstärkt durch Jungen von der anderen Seite der Stadiongatan, ältere Jungen, alles knallharte Burschen, die nicht auf billige Bernt-Finten hereinfallen, und wir laufen auch, in die gleiche Richtung wie sie, vor ihnen, wir rennen weg, während *ihre* Peitschen in unseren Nackenhaaren heulen, es brennt, wenn sie die Waden, die Rückseite der Oberschenkel, den Rücken treffen, sogar Micke flieht, es kommt zu Tumulten, und irgendwo auf dem Weg zum großen Spielplatz nehme ich wahr, dass Roger sich in die Büsche schlägt, als wir den Rättsvägen überqueren, knufft Rolle mich zur Seite, wir setzen uns ab, wenden abrupt an einem Fahrradständer, zwei Jungen sind hinter uns her, aber wir können sie abschütteln, wir laufen um das Haus herum, spurten über den Parkplatz zu den Geschäften, in den Solidar hinein – wo Roger vor der Theke mit den Süßigkeiten herumsteht, zitternd, seine ganze Erscheinung befindet sich im Zustand der Auflösung, er hält eine Krone in der Hand, bekommt jedoch keinen Ton heraus. Er muss schon eine ganze Weile so dagestanden haben, denn die Verkäuferin verliert allmählich die Geduld.

»Willst du nun etwas kaufen oder nicht?«

»Willst du Sahnebonbons, Roger?«

Roger sagt nicht Nein, also nehme ich die Krone und kaufe ihm zwanzig Sahnebonbons.

»Wollt ihr auch was?«, erkundigt sich die Verkäuferin.

»Wir haben kein Geld.«

»Wenn ihr nichts kaufen wollt, könnt ihr hier nicht stehen bleiben.«

Drei Deserteure glucken an einer Ecke des Platzes zusammen, außer Atem und mit einer Scheißangst, hibbelig wie Jungpferde, die zugeritten werden sollen. Wir wagen nicht zurückzugehen, wagen uns nirgendwohin, wagen es nicht einmal, uns aus unserer Ecke zu rühren. Wir stehen, wo wir stehen, und während wir versuchen, Atmung und Nerven wieder in den Griff zu bekommen, werden wir uns der vor uns liegenden Theaterbühne unserer Siedlung bewusst, der Eigenarten des alltäglichen Lebens, wo gewisse Archetypen aus der grauen Masse der Statisten herausstechen.

Hier hören wir die lautstark plappernde Dame, großbusig, voluminös und mit schaukelndem Gang läuft sie in das Geschäftszentrum ein wie ein Schiff, das nach Monaten auf offener See im Hafen anlegt, selbst im Juli trägt sie Stiefel und einen hochgeschlossenen Mantel und einen Stofffetzen um die Haare oder einen kleinen possierlichen Hut, eine Frau, die alle und jeden kennt und keinerlei Gespür dafür hat, ob die Menschen, denen sie sich nähert, von ihrer triefenden Geschwätzigkeit angezogen oder abgestoßen werden, alle fängt sie in ihrem Netz, die freigebigen Garben aus Gerüchten und Tratsch und Wehklagen und Krankheitsberichten, die nur so aus ihr heraussprudeln, diese wandelnde Super-Klatschspalte hat entweder einen alten Knacker, der auf einer Bank wartet, oder einen mit Schleifchen geschmückten Zwergpudel dabei, der auf den Namen Madame mit dem Schwanz wedelt. Die plappernde Dame ist immer draußen, hat ihre festen Routen, transportiert jedoch nicht nur ein unendlich wertloses Wissen in ihrem schaukelnden Rumpf, sondern auch ungewöhnliche Güte. Sie ist es, die mit einer Tüte saurer Zungen und Lakritz für Rolle und mich aus dem Solidar kommt, weil sie durch ihren eigenen Wortschwall hindurch mitbekommen hat, wie wir rausgeschmissen wurden – und eines saugendheißen Sommertags, als wir nach einem knallharten Match erschöpft auf dem Rasen liegen, geschieht es, dass sie das Spielfeld mit Limonade betritt, damit ihr nicht verdurstet, Jungs und Mädels, während der Köter im Schutze ihres Mantels knurrt.

Und ihr Alter, wenn sie denn einen hat, sitzt bescheiden auf einer der Bänke in der Mitte des Platzes, zusammen mit anderen behuteten Alten in sandfarbenen, bis zum Kinn reißverschlossenen Windjacken, geduldig wartend, einige verbringen ihr ganzes Leben mit Holzgeschmack am Hintern, kommentieren Fußball und das Wetter, das früher besser war, z. B. letzte Woche, und die Benzinpreise und die Steuern, während ihre Hände auf dem Griff des Stocks ruhen. Im Laufe der Jahre hat sich ein System herausgebildet, sodass sie Sätze ausstoßen, die gleichmäßig unter ihnen verteilt werden, um nachdenkliche Pausen herumportioniert, wird etwas heute nicht gesagt, ist morgen auch noch Zeit, Phrasen, die mit Redewendungen gespickt sind, nichts Neues unter der Sonne, oh ja, da hast du ein wahres Wort gesprochen.

Abrupt zum Schweigen bringen kann sie der Passgänger mit

dem manischen Blick, leicht vorgebeugt nähert er sich, denn es ist immer ein Er, stolpernd, murmelnd, singend, Litaneien brabbelnd oder auswendig gelernte Reden von Olof Palme, Wiegenlieder, Auszüge aus Platons Schriften, Nietzsches, Maos, Philosophien und Gedanken so funkelnd klar wie ferne Sternbilder in den hintersten Winkeln seiner Gehirnwindungen, aber wenn sie über seine aufgesprungenen Lippen kommen, sind sie trübe und fragmentarisch, und er kann schöner pfeifen als jeder andere, den wir gehört haben, zu gleichen Teilen Genie und Wahnsinniger, mit einer juckenden, scheuernden Rastlosigkeit im Körper, die ihn ständig weitertreibt. Die Leute weichen zurück, wenn er sich einen Weg bahnt, hier kommt einer, für den wir im Diagramm der Normalität nichts ankreuzen können – der Dorftrottel in Cityversion, ein ländlicher Rest, für den das Millionenprogramm weder Wohnungen gebaut noch gegen den es Mauern errichtet hat, und zu harmlos, um im Östra Krankenhaus oder im Sankt Lars zu landen. Doch auf die Dauer wird es zu riskant, einen Verrückten zwischen ehrbaren Leuten, spielenden Kindern und scheißenden Hunden frei herumlaufen zu lassen: Die anonymen Anzeigen anonymer Nachbarn bei den zuständigen Behörden bringen den sozialen Apparat auf Touren und ersetzen seine Zweizimmerwohnung durch ein Zimmer mit Kunststoffboden in einer Abteilung, in der er mit den Armen fuchteln kann, so viel er will, zumindest bis in den Neunzigerjahren der Wind der Sparmaßnahmen eisig kalt pfeift und er und all seine zur Passivität behüteten Brüder und Schwestern auf die Straßen der Stadt entlassen werden und das Östra zu Sege Park umbenannt wird, um es vom »negativen Image« eines Irrenhauses reinzuwaschen, ein Proletariat außerhalb des Proletariats, um das sich Nachtasyle, Stadtmission und Heilsarmee kümmern dürfen, als die Geldhähne abgedreht werden. Wie »die plappernde Dame« hat auch der Passgänger eine zweite Seite. In seinen hellsten Momenten hat er Humor. Er schlurft durch das Geschäftszentrum, geht um die Ecke, wartet einen Moment unter der Leuchtreklame Bank Geschäfte Post, bei der das B in Bank kaputt ist, seit Jerry William einen Volltreffer mit einem Tennisball gelandet hat, dreht seine abgewetzte Jacke auf links und kehrt zurück, geht zu den erschreckten Bankabnutzern:

»Habt ihr meinen Bruder vorbeikommen sehen?«

Eng verwandt mit diesem Wohlfahrtsstaatstrottel ist der alleinstehende Herr im Trenchcoat mit Mütze und Halstuch im gleichen Muster – und schon hier spaltet sich die Figur in zwei auf, denn dies ist die kleine Angestelltenvariante, aber es gibt ihn auch als Malocherauflage in einer Steppjacke mit Schmuckleiste und aufgenähtem Castrol-Logo, einer verschlissenen Lee-Jeans auf Halbmast und abgelaufenen Schuhsohlen –, der mit großen Schritten und traurigem Gesicht kurz vor Ladenschluss auf der Suche nach einem Fertiggericht in den Supermarkt hechelt, das man zur Sportschau auftauen kann. Allein. Wortkarg. Zugeknöpft. (Der Malocher allerdings gesprächig, wenn er nach Schnaps riecht.) Ein oder zwei von ihnen gibt es in jedem Treppenaufgang. Wir haben einen neben Havliceks. Habe den Kerl nie gesehen. Auf der Tür steht Åkerblom.

In der Hoffnung, zur Schar der normalen Junggesellen gerechnet zu werden, taucht Porsfyr hastig auf, mit glühenden Wangen und gesenktem Blick, versucht, sich unbemerkt vorbeizuschleichen, aber wir haben uns jetzt so weit beruhigt in unserer Ecke vor dem Frisörsalon, dass wir es wagen, ihm laut hinterherzustöhnen, vulgär zu keuchen, es klingt natürlich eher nach Schweinen, aber was soll's, es lässt ihn in den Ica-Supermarkt fliehen. Dreckschwein!

Aber jetzt war ein bisschen viel von Männern die Rede. Es gibt weitere Frauen, über die man sich wundern kann, die gibt es immer, u. a. die ehemaligen Freundinnen, vielleicht auch Nachbarinnen, die sich über irgendetwas zerstritten haben, den Müllschlucker oder, ein anderer Dauerbrenner, Waschzeiten in der Waschküche, Streitfragen, zu denen jede von ihnen lange Briefe an den Vorstand der Wohnungsbaugesellschaft schreibt. Sie kennen den Tagesrhythmus der anderen und planen ihre Einkäufe so, dass sie sich nicht begegnen müssen, und dann tun sie es doch, sich begegnen, beinahe, sie nähern sich aus verschiedenen Richtungen dem Platz, haben aber beide den Radar eingeschaltet und bekommen die andere rechtzeitig auf den Schirm, blinkende Warnlampen, es wird Alarm ausgelöst, und die eine landet in der Warteschlange auf der Post, die andere beim Zahnarzt – heraus kommen sie mit zwei Heftchen Briefmarken, einem Termin zur Zahnsteinentfernung, der Preis, den sie bezahlen müssen, um einer Konfrontation aus dem Weg zu gehen.

Eine, die nicht wegzuschauen braucht, weil sie sich ohnehin nie auf Gespräche mit den Nachbarn einlässt, ist die mysteriöse Frau, die, stark geschminkt und in einen Poncho oder große Stoffbahnen gehüllt, mit geradem Rücken und Sonnenbrille von den ersten Frühlingstagen bis zum Spätherbst daherschreitet, und zwar ohne zu grüßen, und sollte doch jemand ein Hallo wagen, sieht sie den betreffenden Menschen an, als hätte sie ihn nie zuvor gesehen, und antwortet mit einem würdigen Hallo und schwebt weiter. Dann sehen wir sie auf einem Bild in der Zeitung, lesen, dass sie aus Dänemark stammt, Schriftstellerin ist und Suzanne Brøgger heißt. Sie kauft im Ica ein und immer teure Waren, erkundigt sich beim Filialleiter – nie bei jemandem vom Personal – nach etwas, das es nicht gibt, beispielsweise Rumpsteak an einem Dienstag. »Suzanne Brøgger« wohnt ganz oben in einem der achtstöckigen Häuser, in einer Vier- oder Fünfzimmerwohnung, zu der ältere Männer mit Blumen und Pralinenschachteln im Arm kommen und sie in ihren silberfarbenen Ford Mustangs abholen.

Sollte »Suzanne Brøgger« jemals auf die Idee kommen, Kontakt zu jemandem aufzunehmen, dann höchstens zu Cissis Eltern, beide Oberärzte in der Psychiatrie, die sich, den Kopf voller linker Siebzigerjahre-Ideale, mitten im »Volk« niedergelassen haben, im Treppenaufgang neben dem unseren, ein sozialer Abstieg, dass es nur so kracht natürlich, aber es klang bestimmt toll, ein Neubau und von der siebzehnten Etage Aussicht auf die ganze Stadt.

Was uns zu den Müttern führt, dem Fundament unseres armseligen Daseins, des Alltags unserer Siedlung und der wirtschaftlichen Transaktionen der Lebensmittelgeschäfte, und an dieser Stelle werden wir uns nur kurz ein paar von ihnen widmen, Åsas Mutter z. B., die so eine Mutter ist, die bei der Zeitung anruft: »Das falsche Lied hat gewonnen« und ihre Tochter am nächsten Tag zu Allans Wurstbude die Zeitung holen schickt, um ihren Namen lesen zu dürfen, »Shirley Hasselgård«, sie ruft unter einem Pseudonym an, gibt der Tochter auch noch Geld für ein Käseblättchen mit, weil sie ihre Lesegewohnheiten nicht an die große Glocke hängen will. Dann haben wir da noch Bogdans Mutter, eine Spitzenmutter, so eine, die man selber gern zur Mutter hätte, wenn man nicht schon die allerbeste Mutter der Welt hätte, die immer stehen bleibt und sich mit uns unterhält, der wir langsam antworten müssen und die sich unablässig für ihr schlechtes Schwedisch entschuldigt – im Gegensatz zu Lasses Mutter, einer Hausfrau mit zwei Söhnen und einem anspruchsvollen Mann, die gefüttert und gepflegt werden wollen, die vor sich hin stiert, jedem Gespräch aus dem Weg geht, in einem Mantel mit eng geschnürtem Taillengürtel und leicht gebeugt gehend, ist ihr nur allzu bewusst, dass sie die beiden schlimmsten Rabauken der ganzen Gegend zur Welt gebracht hat und es nichts Gutes mit sich bringt, ihre Mutter zu sein. Sie kämpft mit den Einkaufstüten, steht aber nicht völlig unter dem Pantoffel, verlangt Respekt für ihre Plackerei. So als Lasse verkündete, sie streike. Eine Mutter, die streikt, ist Big News und einen Blick wert, also nahm ich mit Lasse den Aufzug nach oben, und seine Mutter saß da wie eine naturalistische Skulptur, beide Hände fest auf den Stuhllehnen verankert, so als würde sie befürchten, aus ihrer Untätigkeit gerissen zu werden. Saß da. Streikte. Ein Wort, das wir sonst mit Jerry Williams Vater verknüpfen, der seine Grafiker bei der Zeitung *Die Arbeit* andauernd streiken lässt, so oft, dass der Studienbesuch unserer Klasse bei der Zeitung zweimal verlegt werden musste, ehe wir hinfahren und sie arbeiten sehen konnten. Aber Lasses Mutter, die Hausfrau, streikte, weil ihr Mann und die beiden Söhne in ihr endlich eine Stütze, keine Krücke des Haushalts sehen sollten. Und Lasse kam herunter und aß die ganze Woche bei uns.

Als wir auf den Hof zurückkehren, ist die Stimmung gelinde gesagt erregt. King hatte sich von der Stimmung und Dannes Gebrüll derart aufhetzen lassen, dass er Amok lief, mit hängender Zunge wie ein Wahnsinniger umherrannte und sich auf einen aus der anderen Siedlung stürzte und hinten in den Oberschenkel biss, ehe er einen der Kleinen mit den Kiefern in der Schulter des Jungen umriss.

»Die Bullen sind hier gewesen und haben King und Danne abgeholt«, sagt Micke. »Sie wollen ihn einschläfern lassen.«

»Danne?«

»Leider nicht.«

Typisch, wenn endlich mal was passiert, das der Rede wert ist, gehört man nicht einmal zu den periphersten Zuschauern. Stattdessen haben wir herumgestanden und Storys über alte Knacker und Tanten gesponnen. Also versuchen wir irgendwie unsere Ehre zu retten, als Lasse wissen will, wo wir waren.

»Wir haben Robban fertig gemacht«, sagt Roger.

»Der war doch hier!«

»Aha. Ja, aber dann.«

In den nächsten Jahren wird nicht mehr viel aus den Kriegen zwischen den Höfen, was natürlich auch daran liegen mag, dass wir älter werden und uns nach anderen Möglichkeiten umschauen, unsere Kräfte zu messen.

Das Blasrohr klemme ich wieder an den Kleiderbügel. Mit den Erbsen füttere ich Monikas Fische. Aber sie sollten lieber nicht so gierig sein. Erbsen quellen. Als Monika am Abend aus dem Reveny nach Hause kommt:

»Mama! Johan hat meine ganzen Fische umgebracht!«

»Habe ich gar nicht!«

»Auch den Schwertträger?«

»Alle!«

»Johan, komm sofort her!«

»Ach was, ist egal!«, ruft Monika. »Ich hatte sie sowieso satt.«

Der Strom der Kockumsarbeiter auf den Radwegen entlang des Rättsvägen ist abgeflaut. Stattdessen kommen immer mehr Trauben von Männern, die Spanisch miteinander sprechen und lachen und johlen: Chilenen aus Holma und Kroksbäck, die sich im schneidenden schonischen Wind ducken, schweren Schrittes, als würden sie durch tiefen Schnee stapfen, und ihre Kinder, die in die unteren Klassen der Annebergsschule gehen.

Auch in unsere Siedlung kommt Bewegung. Åsa und ihre Familie ziehen in ein Reihenhaus in einem Neubaugebiet in Lindeborg, weil jede der Schwestern ein eigenes Zimmer bekommen soll. Unsere Gang macht es sich vor der Treppe bequem und verfolgt cool blinzelnd, wie Lehtonens ihre Habe zum Umzugslaster tragen, der auf dem Fahrradweg auf der anderen Hausseite geparkt hat: die rotbraune Couchgarnitur, den rauchfarbenen Glastisch, die Vitrine mit indirekter Beleuchtung für den Nippes, den Kronleuchter, in Pferdedecken eingeschlagene Bilder und den Küchentisch und die Stühle aus Kiefernholz – nichts Sensationelles, im Großen und Ganzen eine Einrichtung, die der aller anderen in unserer Siedlung gleicht, das ist nämlich einer der Vorteile unseres Viertels, ist man erst einmal bei einem seiner Freunde zu Hause gewesen, findet man sich auch bei allen anderen zurecht.

Verbissene Männer mit hochgeschlagenen Ärmeln pressen ein finnisches *perkele!* und reihenweise andere unverständliche Flüche hervor, wenn ihnen die Kommode aus den Händen rutscht, oder was sie gerade tragen, sie klemmen sie zwischen Oberschenkel und Wand ein und wischen sich den Schweiß aus der Stirn, während ihnen die Tür vor der Nase zufällt und keiner von uns Lust verspürt, uns zu erheben. Hinter ihnen kämpft Åsa mit einem weiß lackierten Korbsessel, der bis zum Rand mit Kissen und Kuscheltieren gefüllt ist, was allgemeines Gelächter im Gras auslöst.

»Trägst du die Sachen deiner kleinen Schwester?«

Und Åsa schleppt und zieht die Nase hoch und hütet ihre Zunge nicht.

»Das sind *meine*.«

Noch mehr Gelächter im Gras.

»Tolle Teddys, Barbie!«

Der Lastwagen schaukelt los, und wir liegen auf unseren Fahrrädern nicht weit zurück, wir kreuzen die Stadiongatan, fahren durch Södertorp, durch Kulladal, zu den Rändern der Stadt, und zwischen morastigen Wegen, Erdhügeln, Ausschachtmasse und Bulldozern machen wir eine Vollbremsung – ziehen sie *hierher?* Die reinste Wildwestsiedlerstimmung. Halb fertige Häuser, holzpaneelverkleidete viereckige Kästen mit düster braunen Fensterrahmen, kläglichen Gärtchen und großräumigen Einblicken in die Küchen der Nachbarn. Die Stadt wächst nach Süden. Die Reihenhaussiedlung geht nahtlos in eine noch weiter draußen gelegene Mietshaussiedlung über, die unserer ähnelt und doch nicht ähnelt, eher wie Baubuden aussieht, die man aufeinander gestapelt hat, sie hat etwas Desinfiziertes, erinnert an ein Gefängnis ohne Umzäunung – gleichsam zufällig in die Ebene geschissen. Rolle, Spezialist für die eigenwillige Lebensart und Kultur des Ostblocks, grinst wiedererkennend:

»Sieht aus wie in Dresden.«

Wir stehen im Morast und spreizen die Beine beiderseits des Fahrradrahmens ab, denken über seinen ostdeutschen Vergleich nach und den Gedanken, aufs Land ziehen zu müssen. Wir begreifen es einfach nicht. Auf den umliegenden Feldern fahren Traktoren. Es verschlägt uns die Sprache. Aber Micke ist langsam über dem Lenker zusammengesunken. Schwach kommt von ihm:

»Wir ziehen auch hierhin.«

»Hierhin?«

»Es ist die Idee von meinem Vater.«

»Du machst Witze, was?«

Er ist so weit herabgesunken, dass seine Brust gegen die Fahrradklingel schlägt.

»Die Wohnung ist verkauft.«

Verstimmung. Micke auch? Was geht hier vor?

»Aber du bleibst doch in unserer Klasse?«

»Ja, klar.«

Der Lastwagen von Familie Lehtonen setzt zu einer der jämmerlichen Buden zurück. Åsas Vater und seine Brüder fangen an, die Möbel hinauszutragen, mit denen sie ihn zuvor gefüllt haben, allerdings in umgekehrter Reihenfolge – und Åsa überlässt den Korbsessel mit den Kuscheltieren ihrem Vater.

Wir beobachten Åsa, wie sie hin und her gerissen ist zwischen der Notwendigkeit zu helfen und dem Unwillen, etwas zu tragen, das uns neues Gelächter abfordert, doch vor allem beobachten wir Micke, über den etwas hinwegschwappt, eine Blässe, aber das ist nur das äußere Anzeichen für etwas, das tief unter der blassen Haut vor sich geht, sein Mund steht offen, und als er so blass geworden ist, dass jedes weitere Stadium eine akute ärztliche Behandlung notwendig machen würde, wirft er sich auf den Sattel – ach, Scheiße! – kommt in Schwung, stellt sich auf und tritt wie ein Wahnsinniger in die Pedale, macht sich blindlings in eine Richtung auf den Weg, die weder heimwärts noch fort führt.

Als ich nach Hause komme, berichte ich von den Veränderungen, und frage Mama:

»Wir ziehen da nicht hin, oder?«

»Wir? Uns geht es doch gut hier, nicht wahr?«

»Das beste Geschäft, das man überhaupt machen kann«, sagt Folke, der Geschäftsmann. »Von geliehenem Geld ein Haus kaufen ist wie ein Hauptgewinn beim Pferderennen.«

»Mag sein, wir werden jedenfalls kein Haus kaufen.«

»Ich meine ja nur als *Geschäft,* theoretisch.«

Folke hängt mit den Ellbogen auf der Kiefernplatte über Mamas Bohneneintopf, wir essen nämlich gerade zu Abend, als das Thema auf den Tisch kommt, und Folke hat sein Gehalt gezählt, und das lässt ihn keine Freudentänze aufführen, dreißig Prozent mehr Lohn in zwei Jahren und die Reichsbank, die angefangen hat, große Auslandskredite aufzunehmen, um die Finanzen wieder aus dem Lot zu bringen, sodass Zinsen und Inflation in die Höhe geschossen sind und mit ein bisschen Schwein nur noch zwei bis drei Prozent netto mehr rausspringen, sobald die Effekte der staatlichen Misswirtschaft bis zum Fußvolk durchgesickert sind, davon merkt man weder so noch so was im Geldbeutel, so lange die Steuern so verteufelt hoch sind, und außerdem ist das alles die Folge der Fehler der letzten Regierung, jetzt kann es nur noch schlimmer werden, nach 44 sozialdemokratischen Jahren hat Schweden ein richtiges Dreamteam aus drei bürgerlichen Parteivorsitzenden bekommen: Ahlmark, Bohman, Fälldin.

Folke tunkt eine Scheibe frisch gebackenes Möhrenbrot in den Teller.

»Ihr werdet sehen, es dauert nicht mehr lange, dann schießt der Benzinpreis endgültig in die Höhe!«

Er kaut sein Brot mit Nachdenklichkeit und bitterer Magensäure.

»Man sollte emigrieren.«

»Wohin denn?«, fragt Hanne, die jetzt auch abends des Öfteren bei uns isst, was Mama zahlreiche festliche Momente beschert, die Großfamilie, von der sie immer geträumt hat, und die Einlegeplatte, die endlich Verwendung findet, nachdem sie ein Leben lang im Keller gestanden und die helle Farbe behalten hat, die der Tisch früher hatte, und Jörgen ist auch hier, sagt wie üblich nichts, hat aber einen Teller und einen Stuhl bekommen und darauf geachtet, nicht neben Hanne zu landen, die auch nicht viel für ihn übrig hat, die Augen verdreht, wenn Monika ihn erwähnt, in ihm so etwas sieht wie eine ...

»Amöbe?«, habe ich vorgeschlagen.

»Genau. Er ist hinter Monika her wie eine Amöbe.«

Folke schaut zu Hanne auf, betrachtet ihre Haare, die wie ein großes Fell auf ihrem Rücken liegen, schluckt das Brotstück mithilfe eines Schlucks Bier herunter.

»Nach Jersey, da zahlen sie keine Steuern.«

»Aber Folke«, meint Mama, »kannst du denn überhaupt Englisch?«

Und Folke, Sozi durch und durch, der den Schwanz einzieht und regelmäßig drei Viertel seines Gehalts als Steuern abliefert:

»Ach was, das sagt man doch nur so, dass man weggehen will.«

Aber für Micke ist es nichts, was man nur so sagt, theoretisch. Er hat schon bessere Momente erlebt, als die, die er mit seinen Eltern in der Fahrerkabine verbringt, als ihr Umzugswagen einige Wochen später davonschaukelt. Sie ziehen in einen Nistkasten, vier Blumenbeete von Åsa entfernt. Sie packen aus, Micke pinnt seine Dragsterposter an die eine Wand, an der anderen hat er sich eine Fototapete mit einem Birkenwald als Motiv erbettelt, an der dritten sitzt ein Fenster, von dem aus er die landwirtschaftliche Anbausaison verfolgen kann. Dann packt seine Mutter ihre Habe wieder ein und *zieht zurück* in unsere Siedlung, in eine Wohnung auf der Lagmannsgatan, lässt Micke und seinen Vater auf dem Acker zurück.

»Aber kommst du denn nicht mit?«

»Nee, ich soll bei meinem Vater wohnen. Sie hat sich eine Zweizimmerwohnung besorgt.«

Zu Tompas Flora aus neumodischen Ideen gehört das schöpferische Arbeiten, beispielsweise einen Text zu nehmen, uns Kleider und Requisiten von zu Hause mitbringen zu lassen und das Ganze zu einem Theaterstück zusammenzusetzen, das unseren Eltern vorgeführt werden soll.

Von uns wird dies anfangs skeptisch aufgenommen, Theater spielen, vor seinen Eltern ... aber vielleicht ist es gerade unser Widerstand, der Palin enthusiastisch reagieren lässt, wer weiß schon, welche Motive diesen Mann antreiben. Es widerstrebt einem, das zu sagen, aber wir sollten ihm einen bewundernden Gedanken dafür schenken, dass wir trotz seiner geradlinigen Haltung *nicht* wissen, was in seinem Kopf vorgeht. Denn er platzt heraus:

»Das ist ja großartig! Machen Sie das.«

Palin überlässt den Vorschlag damit dem Tompa, aber Palin wäre nicht Palin, wenn er nicht darauf Acht gäbe, eine gewisses

Maß an Kontrolle zu behalten. Außerdem will er das christliche Wissen demonstrieren, das er uns aus seiner überquellenden Gelehrsamkeitsschüssel serviert hat.

Also ein biblisches Motiv, es wird Jesu Geburt, was ganz und gar nicht heißen muss, dass unser Stück in der Weihnachtszeit aufgeführt wird, eher spricht der Geist jener Zeit mit »alles ist relativ« als Wahlspruch dafür, dass es nicht in der Weihnachtszeit geschieht. Der Tompa kümmert sich um die Proben und stellt das Programm danach zusammen, wie wir uns bei unseren Aufgaben fühlen, wie wir sie entwickeln wollen.

»Das ist *eure* Vorstellung«, versichert der Tompa ein aufs andere Mal.

Lasse lässt sich vom Eifer des Tompas anstecken, bringt einen Dreizack mit, den er auf Zypern gekauft hat, eine mit Goldpapier umwickelte Luciakrone mit herausgeschraubten Kerzen und trägt über einer Schulter ein Laken, das er dreiviertel den Oberschenkel herunter abschneidet. Der Tompa hilft ihm, sich eine Kordel um die Taille zu binden.

»Wer bist du?«

»Sieht man das nicht?«

»Wenn du es so empfindest, Lars Åke, dann sollst du auch so sein. Und was ist mit dir, Johan?«

»Ich will nicht mitmachen.«

»Überhaupt nicht?«

»Nee.«

»Magst du kein Theater?«

»Nee.«

»Das macht nichts. Willst du stattdessen etwas vorlesen?«

»Muss ich?«

»Etwas solltest du schon machen.«

»Dann aber was Kurzes.«

Laila eröffnet den Abend. Sie steht in einem schwachen Lichtstrahl und hat die Haare zu Schnecken um die Ohren geflochten. Sie sieht sehr zerbrechlich aus.

»WirmöchteneuchallezudiesemAbendherzlichwillkommenheißenvondemwirhoffen, vondemwirhoffen, vondemwir –«

In ihrem Redefluss wird sie von Cissis Eltern unterbrochen, die sich wundern, dass die Vorstellung schon vor ihrer Ankunft begonnen hat, jedoch nicht darüber, dass Palin ihnen die beiden Plätze in der ersten Reihe freigehalten hat, zu denen er sie nun eskortiert. Eine Stimme durchschneidet die Publikumsdunkelheit:

»Wer zu spät kommt, kriegt die besten Plätze.«

In den Kulissen wird Roger vor Scham rot.

Cissi ist großartig unschuldig als Maria, und zur Eifersucht aller Jungen ist es Roger, der als Erster geschaltet hat, als es darum ging, Josef zu spielen. In der Dunkelheit des Raumes treffen sie schüchtern Hand in Hand in Betlehems engen Pultgassen ein, um sich schätzen zu lassen. Sie fragen sich bei gebückten, stockgestützten, in geblümte Bettbezüge gehüllten alten Weibern und Männern vor restlos belegten Herbergen durch bis zu dem Stall, wo sie zwischen zwei abgenutzten Weihnachtsböcken aus Stroh mit roten Seidenbändern um den Hals ihr Lager aufschlagen. Die Szene ist lang, Repliken Mangelware, die Verdichtung dramatisch. Und im Hintergrund steht Lasse wie ein just den Wogen entstiegener Meeresgott. Stone face. Dann Dunkelheit. Und das Licht geht wieder an, auf das Lehrerpult gerichtet, wo Carina als Herodes sich von ihrem Thron herab und den Kopf schwer in die hohle Hand gestützt erkundigt, was sich denn so in ihrem Reich tut, und vier barfüßige Kerle mit Schuhcremebärten losschickt, um sich mal nach diesem Messias umzugucken:

»So gehet nun hin und forschet allüberall nach dem Kinde.«

Ja, die heiligen vier Könige, denn der Tompa hat im Manuskript noch Platz für einen vierten gefunden, damit die ganze Klasse auf der Bühne stehen kann. Aber jetzt ist es so unerträglich spannend, dass es eine Pause geben muss. Mit mehr Unterhaltung.

Bogdan gibt eine Probe dessen, was er in seinen Geigenstunden bei Havlicek gelernt hat. Es ist so einmalig gut, dass wir verblüfft sind, er kann ja richtig spielen! Dann sind ich und ein Mädchen namens Birgitta an der Reihe, unsere Gedichte aufzusagen. Birgitta ist eine von drei Birgittas in der Klasse, aber die anderen beiden spielen hier keine Rolle, das Gleiche gilt im Grunde auch für diese Birgitta, ihre einzige Aufgabe in dieser Geschichte ist es, hereinzukommen und mit einem Gedicht zu unterhalten und anschließend wieder in die finstersten Kammern des Gedächtnisses verbannt zu werden, zusammen mit anderen Klassenkameraden, die verblasst sind, aber wartet, Birgitta hat andere Pläne – sie hat sich das ganze Gedicht auswendig eingebläut, acht Verse, steht kerzengerade im Raum und deklamiert das ganze Zeug mit Zahnspange und klangvoller Stimme. Während ich, der es nicht mag, dass Blicke auf mich gerichtet sind und ich gesehen werde, nicht mag, dass Mama hierher geschleift wird und sich das anhören muss, die Lampe, die mir direkt in die Augen knallt, ich falte das Blatt auseinander und beginne, holprig davon abzulesen, »Ich begegnete Freunden in so vielen Ländern – doch warum wurde man einsam unter dem Firmament«, schwitze, komme aus dem Rhythmus, falls ich jemals in ihm war, und hasple die ersten drei Verse aus mir heraus, und ich schaue auf, sehe Mama, die in der hintersten Reihe sitzt, sehe, dass ihre ganze Aufmerksamkeit auf mich gerichtet ist, und ich denke, jetzt ist eh schon alles egal und lasse das Blatt zu Boden fallen, sehe wieder Mama an, in die Lampe, hole tief Luft und spreche laut und mit starkem theatralischen Effekt den Rest des Gedichts ungefähr so, wie ich ihn in Erinnerung habe, schustere die Schlusszeilen zusammen – herunter von der Bühne!

Der zweite Akt beginnt mit Dunkelheit über Betlehems Himmel. An einem Besenstiel befestigt, sitzt der Stern, der den heiligen vier Königen den Weg weist, der gleiche Stern, der über Palins Wutanfall am Weihnachtsbaum schien. Jerry William hat die Aufgabe, langsam mit ihm über die Bühne zu gehen, ohne zu lachen, und er trägt ihn mit solcher Ehrfurcht, dass seinem Vater vor Seligkeit die Tränen in die Augen steigen müssen, als der Fahnenträger bei der Kundgebung zum 1. Mai, der er ist, und so hoch, dass er hinter den Neonröhrenarmaturen verschwindet. Die heiligen vier Könige starren auf der Suche nach ihm an die

Decke. Jerry Williams Gesicht verzieht sich zu einem breiten Grinsen, das seine kunterbunt durcheinander stehenden Beißer entblößt, beginnt zu lachen, sodass der Stern da oben auf und ab hüpft. Lasse stampft mit dem Dreizack auf den Boden – reiß dich zusammen!

Die heiligen Könige finden dennoch den Weg zum Stall, versammeln sich um das Jesuskind in der Krippe: Janis, der im Wäschekorb seiner Mutter liegt.

»Wir bringen euch Gaben dar. Gold ...«

»... und Weihrauch ...«

»... und Myrrhe ...«

»... und ein Kautschuk ...«

Kautschuk?

»Eine Schatulle, meine ich.«

Bogdan kommt zu mir, während ich am Türspalt stehe und das Schauspiel verfolge, und flüstert:

»Wer ist das, der da neben deiner Mutter sitzt?«

»Wen meinst du?«

»Zwischen ihr und der Pfadfinderin.«

»Sie heißt Monika.«

»Wer ist *er*?«

»Das ist mein Vater.«

»Ich dachte, du hättest keinen.«

»Das habe ich nie gesagt.«

»Was hast du dann gesagt.«

»Nichts.«

»Du hast nie was von deinem Vater gesagt?«

»Nee.«

»Warum denn nicht?«

»Warum sollte ich?«

»Warum nicht?«

»Roger macht das auch nicht.«

»Wen wundert's?«

»Jeder hat doch einen Vater.«

Palin lehnt sich zwischen uns:

»Seid etwas leiser, Jungs.«
»In Ordnung.«
»Was macht er?«
»Wer?«
»Dein Vater.«
»Er ist Verkaufsleiter bei einem großen Unternehmen.«
»Wohnt er denn hier?«
»Das habe ich nicht gesagt.«
»Nein, du sagst nichts.«
»Er reist viel.«
»Reist?«
»Ja, reist.«
»Wohin denn?«
»Überallhin.«
»Wie, überall?«
»Das Hemd hier hat er mir aus Afrika mitgebracht.«
»Gehört das nicht zum Stück?«

Palin beugt sich erneut zu uns herab, bedeutet uns, dass wir jetzt verdammt nochmal das Maul halten sollen, und hat er nicht etwas im Auge, Palin, er sieht jedenfalls munter aus, hat weichere Gesichtszüge, wagen wir vielleicht zu hoffen, dass ihm die Vorstellung gefällt, es wird einer jener Abende, an denen man hinterher zu ihm gehen und sich bedanken möchte, denn dieser Abend gehört zu den besten Erinnerungen, die von ihm bleiben werden, sicher auch für ihn ein Sahnehäubchen, das er sich auf seine alten Tage im Schaukelstuhl zum Kaffee auf der Zunge zergehen lassen kann, während sein Kopf auf dem Schutzbezug ruht und er sich die Erkenntnis vergegenwärtigt, dass sein disziplinierender Stil keinen größeren Schaden von den loseren Zügeln genommen hat, die in den Siebzigern in Mode kamen.

Nachher ist es Palin, der vortritt und allen dafür dankt, dass sie gekommen sind, sich in den üblichen Floskeln ergeht, wie fleißig wir gewesen sind, wie stolz er ist, prima Kinder die ganze Bande, und rufen Sie mich getrost an, wenn etwas sein sollte, die Nummer steht an der Tafel.

Mama nimmt mich in den Arm, und Folke auch, und auf dem Weg nach draußen klopft mir ein Finger in den Rücken. Es ist Rogers Vater, in einer umgeschlagenen Jeans und einer gefütterten Trainingsanzugsjacke mit dem Emblem der Pripps-Brauerei auf dem Rücken. Er redet so, dass es ein Akt sozialer Wohltätigkeit ist, dazustehen und ihm zuzuhören.

»Verdammt schön, Johan. Du bist ja ein Poet.«

»Das war von Hjalmar Gullberg ...«

»Weiß ich doch. Habe jedes einzelne Gedicht von ihm gelesen. Trotzdem verdammt schön.«

»Roger war auch gut.«

»Schon, aber er hat sich direkt versprochen.«

Roger kommt zu uns, zurückhaltend, unsicher, weil er nicht weiß, wie sein Vater gelaunt ist. Aber er umarmt Roger.

»Verdammt, Roger.«

Und wendet sich wieder an mich:

»Warum kommst du nicht mal zu uns und spielst mit Roger.«

»Ich?«

»Ja, wer sonst? Roger braucht nette Kumpels wie dich.«

»Ich weiß nicht.«

Aber natürlich weiß ich, denn ich weiß, warum sich keiner mehr zu Roger nach Hause traut, nicht mal er selber, man weiß es, wenn man einmal miterlebt hat, wie sein Vater Rogers Mutter Dreckige Hure! anschreit und in unkontrollierter Wut die Faust durch eine Schranktür donnert, wenn man gesehen hat, wie er seinen Sessel verlässt, auf dem er die Tage damit verbringt, den Polizeifunk abzuhören, um mit einem Brotmesser bewaffnet Roger hinterherzulaufen, wenn Roger an einem Montagmorgen mit geschwollenen Wangen in die Schule kommt und man gerüchteweise gehört hat, dass sein Vater das ganze Wochenende über betrunken war, und zu den Mythen und Legenden unserer Siedlung gehört, dass er, bevor er aus der Zementgießerei in den Vorruhestand ging, an einem lebhaften Nachmittag zu Hause anrief – aus dem vornehmen Hotel Savoy! weiß der Himmel, wie *er* dort gelandet ist –, um mitzuteilen, er sei zusammen mit einem neuen

Freund auf dem Heimweg und dass sie Durst hätten – und eine halbe Stunde später, passend dazu, dass die übrigen Väter unseres Hofs mit leeren Henkelmännern auf dem Gepäckständer angeradelt kamen, zusammen mit dem bekannten Schlagersänger Jokkmokks-Jocke aus einem Taxi plumpste.

»Wer war das?«, fragt Folke, als wir zu Hause sind.

»Rogers Vater.«

»Josefs? Der gestottert hat?«

»Roger hat es nicht leicht«, sagt Mama. Sie hat Tee gekocht und Brote mit Streichkäse und Bierwurst belegt. Wir sitzen alle zusammen am Küchentisch.

»Du warst richtig gut«, lobt Monika. »Ich hätte nicht gedacht, dass du dich traust.«

»Das habe ich auch nicht. Ich war nervös.«

»Das hat man aber gar nicht gemerkt«, schmeichelt Folke. »Ja, du bist ganz der Sohn deines Vaters.«

Aber Mama fand, dass es nicht genug war:

»Warum durftest du nicht im Stück mitspielen?«

»Wen sollte ich denn spielen?«

»Du hast Recht«, meint Folke. »Man soll immer seine eigenen Sachen machen.«

»Hättest du nicht wenigstens einer der Hirten sein können?«

»Mama, ich wollte nicht! Ich hasse Theater.«

»Ja, ja, man wird doch wohl mal fragen dürfen. Möchte jemand noch ein Brot?«

Das will niemand. Mama schaut erst die Wanduhr und dann Folke an.

»Hoppla, wie die Zeit vergeht. Ist es nicht schon etwas spät, jetzt noch zu fahren?«

»Ja, es wird langsam Zeit ...«

»Wenn du möchtest, kann ich die Couch für dich beziehen.«

»Aber Bodil, du sollst dir wegen mir keine Umstände machen.«

»Das macht doch nichts. Du kannst hier schlafen. Das geht doch, oder?«

Das Letzte ist an Monika und mich gerichtet. Aber es ist keine Frage. Klar, dass der Mann irgendwo pennen können muss. Also werde ich zuerst ins Bett geschickt, und als ich auf der Leiter nach oben bin, klopft Folke an.

»Ich dachte, wir könnten uns ein bisschen allein unterhalten.«

Er gibt mir die Hand. In seinem Handteller liegt ein zusammengefalteter Fünfziger.

»Weil ich dich gern habe. Aber sag Bodil nichts davon, sonst denkt sie, ich würde dich verwöhnen.«

»Danke.«

»Was hast du morgen vor? Sollen wir was unternehmen?«

»Ich muss in die Schule.«

»Nach der Schule, meine ich. Sollen wir ins Kaufhaus gehen und Kakao trinken, oder ins Kino gehen? Weißt du einen guten Film?«

»Bist du denn dann noch da?«

Er schiebt seine Brille hoch.

»Wenn du möchtest, bin ich das.«

»Muss ich unbedingt Bernts Hemd anziehen?«

»Du darfst anziehen, was du willst.«

»Dann okay.«

»Also abgemacht. Schlaf gut.«

Aber ich schlafe nicht, es ist noch zu viel vom Abend in meinem Körper, es gibt zu viele Ereignisse, die erst verdaut und immer und immer wieder durchgegangen werden müssen, und das Klacken der Wohnungstür bleibt aus. Folke schläft auch nicht. Oder vielleicht doch, aber nicht auf der Couch, denn als ich nachts herunterklettere, um pinkeln zu gehen, ist sie bezogen, ohne dass jemand unter der Decke liegt.

Ungefähr zu der Zeit kommt Mama an einen neuen Arbeitsplatz. Nach weiteren Krankschreibungen wird sie von der Union-Special-Maschine in die Formgebung versetzt, wo sie Nylonstrümpfe mit dem Fuß nach oben über platte Metallbeine stülpt, woraufhin sich eine große Trommel auf sie herabsenkt und sie so dämpft, dass die Fersen geformt werden, und wenn die Trommel sich wieder hebt, zieht Mama die Strümpfe wieder ab, jeweils zwölf.

»Diese Maschinen müssen Männer konstruiert haben! Ich muss die Arme den ganzen Tag über Schulterhöhe halten.«

Sie trinkt von Anfang bis Ende ihrer Schicht, und wenn sie nach Hause kommt, nimmt sie lange, kühlende Duschen. Frischer fühlt sie sich trotzdem nicht. In der Formgebung ist es 46 Grad heiß. Auch die Schmerzen werden versetzt, bewegen sich in den Schultern eine Spur weiter nach außen, aber verschwinden, das tun sie nicht.

»Monika, könntest du diesen Krach bitte etwas leiser stellen?«

»Das ist *Diamond Dogs*!«

»Es ist mir egal, was es ist.«

Monika stellt den Ton am Tandbergverstärker leiser, den Mama uns gekauft hat, fast neu, nachdem Monikas tragbarer Plattenspieler zusammengebrochen ist, stellt so leise, dass nur noch ein schwacher Streifen von Bowie zu hören ist, wenn überhaupt, es ist sinnlos, so leise zu hören, aber Monika will selber entscheiden, schaut zu Mama hinaus, die auf der Couch liegt, die Füße auf den Kissen – und schaltet den Verstärker aus.

»Danke. Johan? Kannst du mir bitte ein großes Glas Wasser holen?«

Folke schaut immer öfter bei uns vorbei. Mama rutscht hoch, damit er sich hinsetzen kann. Folke, der sich eine solche Behandlung in seinem Betrieb nicht gefallen lassen würde.

»Die können dich doch nicht einfach beliebig versetzen!«

»Wenn ich nicht kündige ...«

»Was ist mit der Gewerkschaft. Ihr müsst besser zusammenhalten.«

»Wir machen Akkordarbeit!«

»Alle?«

»Die Vorarbeiter nicht.«

»Ihr müsst das vergessen.«

»Vergessen?«

Mama legt ein Kissen auf die Rückenlehne, lehnt den Nacken dagegen.

»Das Einzige, woran man denken kann, ist: Wie viel schaffe ich in einer Viertelstunde? Kann ich mir eine Pause leisten? Wir leben nach der Uhr, Folke.«

»Hast du auch jetzt Schmerzen?«

Mama schließt die Augen.

»Große Schmerzen, meine ich.«

Folke wendet sich an mich und Monika:

»Sollen wir aus essen gehen, damit eure Mutter ihre Ruhe hat?«

»Kommt überhaupt nicht in Frage«, unterbricht Mama ihn. »Ich fang gleich an zu kochen. Ich will mich nur erst ein bisschen ausruhen.«

Dann ist nach einem Abstecher nach Uddevalla Silvester, und Monika geht auf eine Silvesterparty irgendwo am Värnhemstorg, zu der sie von Hanne abgeholt wird. Monika trägt ein adrettes Kleid.

»Willst du das etwa anziehen?«

Hanne selber trägt ihre ausgebleichte Jeans, die in den samisch gemusterten Schaft der breitfüßigen Stiefel gestopft ist, mehrere Schichten Halsketten, die unter ihrem wallenden Haar ertrinken, und eine weiße Bluse unter der Flower-Power-Jacke.

»Wir gehen doch zu keiner Konfirmation.«

Monikas unschlüssiger Blick vor dem Spiegel im Flur.

»Was soll ich denn sonst anziehen?«

»Du siehst darin sehr süß aus, Monika«, sagt Mama, und: »Ihr kommt mir aber nicht zu spät nach Hause.«

»Mama, es ist Silvester!«

»Nein, nein«, verspricht Hanne.

»Du versprichst mir, auf sie aufzupassen?«

»Mama!«

»Macht keine Dummheiten. Ihr wisst –«

»Bis morgen!«

In einer einzigen Bewegung zieht Monika ihren Mantel vom Bügel, steckt einen Arm hinein, schiebt Hanne vor sich nach draußen, lässt den anderen Arm als Abschiedsgruß auf dem Rücken baumeln.

Während Mama und ich tüchtig mit dem gegrillten Stück Schinkenbraten feiern, das von Weihnachten übrig geblieben ist. Um Mitternacht schauen wir uns vom Küchenfenster aus an, wie die Feuerwerkskörper den Malmöhimmel erhellen, und sie spiegeln sich in den Siedlungsfenstern, an deren Innenseite mit Papierstreifen Fenstersprossen angeklebt wurden und in deren Winkeln für das richtige Landfeeling Schnee aus der Dose klebt. Unten auf dem Rasen, in identischen Weihnachtsmannmützen und mit weißem Atem wie Sprechblasen aus den Mündern, reiht Lasse zusammen mit Thomas und seinem Vater Raketen in leeren Weinflaschen auf, die sie alle auf einmal anzünden. Etwas weiter weg schießen Jerry William und sein Vater ihre Raketen einzeln ab. Jerry William wölbt die Hände vor dem Mund, ehe er anzünden darf. Kavalkaden bunter Sterne und Funkenregen ergießen sich über unsere Siedlung.

»Darf ich runtergehen?«

»So spät gehen wir nicht mehr raus. Außerdem sehen wir von hier oben viel besser.«

Mama zeigt in Richtung Annebergsschule.

»Sieh mal! Wie heißt so eine, die oben bleibt?«

»Eine Sonne.«

»Sieht aus wie ein Weihnachtsstern. Wie viel Geld hier für nichts und wieder nichts verpulvert wird.«

Später, viel zu spät – das ist Mamas Definition des Zeitpunkts, nicht meine –, als ich in die obere Koje gestiegen bin, höre ich Mama in der Wohnung herumlaufen, eine Extrarunde drehen, ehe sie sich hinlegt. Ich drehe mich zur Wand, denke, dass ich nächstes Jahr Geld für Raketen haben werde, oder dann das Jahr, Raketen werde ich haben, richtige Raketen, und mitten in meinen pyrotechnischen Zukunftsplänen stiefelt Mama wieder los, ist in der Küche, der Toilette, drückt die Klinke der Wohnungstür noch einmal herunter, das Klacken. Zurück ins Bett, aber sie schläft mit Sicherheit nicht ein, denn Mama ist wach, als Monika kurz vor dem Morgengrauen sachte, sachte den Schlüssel ins Schloss steckt und, ohne Licht im Flur zu machen, in unser Zimmer schleicht, die Tür zudrückt, unmittelbar bevor Mama sie erreicht hat. Deutlich vernehmbares Flüstern von der anderen Seite:

»Monika! Wo bist du gewesen!?«

Monika, die es nicht für nötig hält zu flüstern:

»Was glaubst du?«

»Komm raus – ich will mit dir reden!«

»Ich bin müde.«

»Begreifst du nicht, dass ich mir Sorgen gemacht habe.«

»Geh ins Bett.«

Mama bleibt noch eine ganze Weile stehen, ehe sie den Rückzug antritt. Monika zieht sich in der Dunkelheit aus, tritt ihre Schuhe ab, deren Schneereste schmelzen und einen kleinen, braungrauen, eingetrockneten See mit Salzrand auf dem Parkett bilden werden, flucht, als sie das Kleid auszieht und dabei das Gleichgewicht verliert, gegen den Schreibtisch schlägt, flucht von neuem, legt sich hin und schläft ein. Das Zimmer riecht nach Schnaps und Rauch.

Der nächste Morgen ist nicht heiter. Mama sieht aus, als hätte sie kein Auge zugemacht, hat sich wohl um die Frage gewälzt, wie sie Kontakt zu ihrer Tochter bekommen und sie vor der Verdammnis der späten Nächte retten soll. Monika fällt wortlos auf ihren Stuhl, auch sie sieht nicht ausgeschlafen aus, rote Augen, die Haare, als wäre sie durch Windböen geradelt.

Mama dippt zwei Scheiben Weißbrot in den Toaster.

»Wo warst du so lange heute Nacht?«

Keine Antwort.

»War es Hanne, die noch dableiben wollte?«

Monika steht auf, setzt Teewasser auf.

»Ich habe mir solche Sorgen gemacht. Ich wusste nicht, ob euch vielleicht was passiert ist!«

»Ich bin achtzehn.«

»Soweit ich weiß, bist du erst siebzehn.«

»Was willst du von mir?«

»Bitte, Monika ...«

»Wenn ich zu Hause bin, willst du, dass ich ausgehe! Und wenn ich ausgehe, willst du, dass ich zu Hause bleibe!«

»Setz dich, damit wir –«

»Du bist nie zufrieden!«

Monika, über deren Wange die erste Träne herabläuft – »Egal, was ich mache, es ist immer verkehrt!« –, gießt zittrig und verschüttend Tee in eine Tasse, rennt mit der Tasse in ihr Zimmer. Steht auf der Schwelle vom Mädchen zur Frau und muss für ihre Integrität kämpfen.

»Warum wolltest du mich eigentlich haben!?«

Schlägt die Tür hinter sich zu.

Mama sitzt lange da, ohne etwas zu sagen, die Hände im Schoß und den Blick in die Leere gerichtet, die ihr ältestes Kind zurückgelassen hat. Sieht jetzt noch müder aus, mitgenommen, sieht verlassen und klein aus, wird von dem üppigen Rauch, der aus dem Toaster aufsteigt, wieder zum Leben erweckt. Sagt:

»Was soll ich bloß tun?«

Ich rette zwei schwarz gebrannte Scheiben vor dem völligen Verkohlen, lasse sie auf die Wachstuchdecke fallen.

»Ich meine mit Monika«, verdeutlicht Mama und zieht den Stecker aus der Steckdose hinter sich. »Schön, dass du nicht auch noch so trotzig bist, Johan.«

Und ich sage:

»Darf ich im Fernsehen das Skispringen gucken?«

Die Parkwächter schaufeln den Schnee vom rissigen, fast bis zum Grund gefrorenen Eis des Sees im Pildammpark. Wir spielen Hockey mit einem Puck, der kilometerweit davonschießt, wenn man einen Schlagschuss abzieht, mit einem Hockeyschläger, der aus einem alten Schaft und einem Plastikblatt aus Månssons Sportgeschäft besteht, Letzteres festgeschraubt und kräftig angeschrägt, nachdem es in einem Topf mit kochendem Wasser auf dem Herd weich gemacht wurde – und der wüst schimpfende Vater eines kleinen Kindes setzt uns mit langen, ungeschliffenen Schritten auf rostigen Schlittschuhen aus seiner Kindheit nach, und man flieht, fällt, steht mit durchnässter Buxe und triefenden Handschuhen und schmerzenden Händen wieder auf, steht weniger heiß darauf auf, noch so einen Schlagschuss abzufeuern. Geht dazu über, sich als Gentleman zu stylen wie ein Lord Brett Sinclair des Eiskunstlaufs in Gesellschaft von Cissi und Åsa, die neben dem aufgeschaufelten Schneewall schönlaufen. Man beendet die Vorstellung, indem man vor ihnen eine Vollbremsung hinlegt und ein Schauer aus Eiskristallen in einem hübschen Bogen aufspritzt, doch auch das beeindruckt sie nicht weiter, also schnürt man mit hängenden Ohren seine Eisen ab und sieht zu, dass man ein Glas warmen Apfelsinensaft als Wegzehrung vom Sportbund bekommt, der an der Ecke Pildammsvägen und John Ericssons väg eine Bude aufgeschlagen hat.

Ich trotte heim in der frühen Abenddämmerung und der Kälte, heim zum Ausnahmezustand, klettere mit einer Tasse heißer Schokolade in meine Koje hinauf und versuche es mir mit ein paar *Tim und Struppi* und *Lucky Luke* gemütlich zu machen. Es will mir nicht gelingen. Monika redet nicht mit Mama, und Mama hat auch nicht viel zu sagen. Sie sitzt in der Küche und addiert einen Berg von Bons aus dem Konsumsupermarkt auf, den sie einschicken will, um eine Rückvergütung zu bekommen. Pausiert. Stellt sich in die Tür zu unserem Zimmer und sieht lange Monika an, die aus dem Fenster starrt, wo das Aquarium gestanden hat, geht in die Küche zurück und setzt sich wieder hin, fünf Minuten, dann haben wir sie ein zweites Mal in der Tür, und sie sagt, wir müssen miteinander reden können wie zwei vernünftige Menschen, Monika.

Nicht ein Wort retour.

»Wie lange soll das denn noch so weitergehen?«

Die Tage vergehen, auf das Dreikönigsfest folgt der Alltag, Mama hat die gebündelten Kassenbons eingeschickt, jetzt geht sie zu Monika hinein, setzt sich aufs Bett, diesmal wird sie nicht aufgeben, Monika mit der Nase im Biologiebuch, wartet ein oder zwei Sekunden, ehe sie aufschaut, spürt, es ist so weit gegangen, dass sie nicht mehr ausweichen kann.

»Es tut mir Leid, wenn ich dich verletzt habe«, beginnt Mama, vorsichtig und macht eine Pause, ehe sie fortfährt: »Du bist die einzige Tochter, die ich habe. Ich will nicht, dass dir etwas passiert, was –«

»Was dir passiert ist?«

»So habe ich das nicht gemeint. Ich bin stolz darauf, dass du so gut in der Schule bist, und natürlich darfst du ausgehen und dich amüsieren, aber ... na ja, ich habe mir einfach Sorgen gemacht, weil du dich nicht gemeldet hast. Du hättest anrufen können.«

»Mmh.«

»Im Grunde will ich sogar, dass du öfter ausgehst. Du hockst zu viel zu Hause herum.«

»Fang nicht schon wieder an.«

»Das wollte ich nicht. Werd jetzt nicht böse, wenn ich frage ... aber willst du deine Freunde nicht öfter treffen?«

Monika dreht den Stuhl, mit dem Rücken zu Mama: »Kapierst du denn nicht? Ich jobbe, und ich habe die Pfadfinder, und ich muss auch noch zum Lernen kommen.«

Sie dreht sich noch etwas. Die Blicke von Mutter und Tochter begegnen sich, die Mutter will ihre Tochter nicht die eigenen Fehler machen sehen, will sie noch eine Weile unter dem Schutz ihrer Fittiche behalten, die Tochter will ihre eigenen Erfahrungen machen, welche auch immer, denn an ihrem Ende des Lebens sind Fehler das Gleiche wie Erfahrungen.

Mama steht auf, streicht den Rock glatt, wirkt erleichtert, das Gespräch, oder wie man es nennen soll, die Angelegenheit, erledigt zu haben.

»Du weißt selber, was gut für dich ist. Mach, wie du willst.«

Einen Fuß bereits auf der Türschwelle bleibt sie stehen.

»Und, sind wir jetzt wieder Freunde?«
»Mmh.«
»Dann isst du mit uns zu Abend?«
»Vielleicht.«
»Oder möchtest du lieber im Auto essen?«
Und Monika hebt das Gesicht, ein Gesicht, das zu einem Lächeln aufreißt.

Ungefähr fünfundzwanzig Jahre später kann man sich die Frage stellen, wann wir eigentlich anfangen zu entdecken, dass wir Individuen sind, und ich glaube, irgendwann in der Fünften oder Sechsten macht sich unsere Individualität ernsthaft bemerkbar, wir sind kein homogener Haufen, wie die Schule uns glauben machen wollte, und es gibt unter uns welche, die sich nicht damit begnügen werden, den Rest ihres Lebens in einer Kleinstadt zu leben, die larger than life werden wollen.

»Hast du es gehört?«
»Natürlich hab ich es gehört!«
Oh ja, natürlich hat die ganze Klasse es gehört und ist am Morgen zehn Minuten vor dem Klingeln vor Ort, nachdem wir uns beim Abendbrot verschluckt und mit Hustenanfällen auf dem Küchenfußboden gewälzt haben. Denn plötzlich hat Carina Lindgren zusammen mit Moderator Ulf Elfving in der Liveübertragung von *Dreizehn Fragen* gesessen, gesagt, wie sie heißt, mit allen Vornamen, und dass sie in Malmö wohnt, und über ihr Alter gelogen – es sind noch zwei Monate bis zu ihrem Geburtstag. Und diese Schleimscheißerin hat in dem Brief, aus dem Elfving vorliest, behauptet, sie gehe gerne zur Schule, möge besonders Schwedisch und Englisch, es läuft einem regelrecht das Schmalz aus den Ohren, wenn man sich so etwas anhören muss. Aber Frage zwölf beantwortet sie falsch, fünf Schallplatten im Jackpot: Wie heißt die größte Insel der Welt?
Ihre Aktion krönt Carina, indem sie sich ein Lied von Led

Zeppelin wünscht, was sie definitiv von uns unterscheidet, sie in die Schublade eigenartig steckt, nicht-wie-wir, diese Art, Menschen einzuteilen, an der manche ein Leben lang festhalten, andere zu etikettieren, als glaubten diese auf Grund ihrer Andersartigkeit, sie wären etwas Besseres, ja, es wird zur Lebensnorm, *gegen* die Abweichler zu leben, ein Korrelat zu bilden, um dadurch seine eigene Normalität sicherzustellen. Ganze Kindheiten, ganze Jugendjahre, ganze Leben könnte man in lange Verzeichnisse über ungeschriebene Regeln übertragen, eng gesteckte Rahmen, innerhalb derer man sich halten soll, ergänzt durch knallharte Kontrolle, dass niemand etwas sagt, das aus dem Rahmen fällt, niemand aus ihm heraustritt, beispielsweise, dass niemand zu gewagte Träume in *Meine Klassenkameraden* schreiben darf, diese Bücher, mit denen die Mädchen winken und in die sich alle mit Namen und Aussehen, Lieblingsdaseine und Lieblingsdasandere, Zukunftsträumen eintragen, am liebsten auch noch ein Foto von sich in ein kleines Kästchen einkleben sollen – aber *das* macht keiner. Den Traum von seinem zukünftigen Beruf hineinzukritzeln, verlangt Finesse, sich ein wenig aus der Deckung zu wagen – Friseuse, Polizist, Feuerwehrmann, Krankenschwester, Lehrer –, aber nicht zu weit, nicht herausfordernd zu werden, sich nicht hervorzutun: Don Juan einzutragen, wie ich es in Åsas Buch tue, geht an, weil selbst sie darüber lachen kann. Rolle schreibt Fußballspieler, hätte jedoch beinahe übereilt gehandelt und das Wort mit -profi beendet. Cissi darf ruhig davon träumen, Tierärztin zu werden, weil sie es ja ohnehin fast im Blut hat. Aber als Jerry William sich mit selbstsicherer blauer Tinte für Generaldirektor entscheidet –

»Das musst du ändern!«

»Denkste!«

»Sonst sag ich's dem Lehrer.«

»Na, dann tu's doch.«

– ist das fast auf einer Stufe damit, einen Brief an Ulf Elfving zu schreiben und sich ein Lied von einer Gruppe zu wünschen, die Led Zeppelin heißt, eine Frechheit, die Carina eine gehörige

Tracht Prügel eintragen würde, wenn sie kein Mädchen wäre, oder: weil sie etwas Gefährliches an sich hat durch ihre totale Offenheit, ihren unbekümmerten Unwillen, sich zu verteidigen, der dazu führt, dass niemand es wagt, sich auf sie zu stürzen wie, sagen wir, auf Åsa oder Laila, die widerspenstiger und damit auch dankbarere Opfer sind.

»Led Zeppelin?«, gluckst Elfving. »So was gefällt dir also, ein bisschen härtere Sachen?«

Carina kommt davon. Fast. Denn jedes Mal, wenn sie im Unterricht des Tompas aufzeigt, geht ein Raunen durch die Klasse:

»Island!«

Da ist es ein Glück, dass die Schule auch andere, gleichmachende Aktivitäten als Gegengewicht anbietet. Denn hier sehen wir nun auf dem nächsten Bild 2 x 14 Schüler, die sich in einem Behandlungszimmer im Kreis um eine weiß bekittelte Fluortante geschart haben und lernen sollen, ihre Herkunft wegzuputzen, deren schlechten Atem, eine Fluortante, die, ausgerüstet mit einer begnadeten Geduld, einer überdimensionalen Zahnbürste und einem Plastikgebiss mit Scharnier, um den Kiefer neunzig Grad öffnen und den Plusfünfer erreichbar machen zu können, von Schule zu Schule geschickt wird, um die Mission der schwedischen Sozialdemokratie zu verwirklichen, alle Reste der gestrigen Gesellschaft auszuradieren, so wie sie schonungslos Bulldozer und Bagger in die Stadtviertel schickt, Lugnet, Caroli, Södervärn u. a., die in auf Jahre gekommenen Wohnungen alternative Lebensformen ermöglichen, aber untergepflügt werden müssen, damit Backsteinburgen, die nicht an Herkunft, Zugehörigkeit, Geschichte erinnern, hochgezogen werden können, es ist die Strategie der verbrannten Erde, die unterschiedslos auf Makro- wie Mikroniveau praktiziert wird, und dank der allgemeinen zahnärztlichen Versicherung wird die Fürsorge für unsere Zähne uns in ein Behandlungszimmer im zweiten Stock eines achtstöckigen Hauses in Lorensborg folgen, wo bei der kostenfreien

Zahnuntersuchung im Eifer des Gefechts gerne mal ein Zahn zu viel gezogen, zur Vorbeugung gerne eine Füllung extra eingelöffelt oder eine Schnauze mit Eisenbahnschienen versehen wird, damit wir Kinder alle das gleiche ansteckende, blendend weiße Sonnenscheinlächeln bekommen, unabhängig davon, in welchem Stadtteil wir aufwachsen, in Mittelstufe und Gymnasium werden wir ein Anrecht auf kostenlose Behandlung in staatlichen Praxen oder der zahnärztlichen Hochschule in der Smedjegatan haben, wo linkische Praktikanten einen mit blutendem Gaumen zurücklassen, später geht es dann zu privaten Zahnärzten mit reduziertem Kostenrahmen, eine Subventionierung, die in den frei fließenden Jahren der Neunziger Schritt für Schritt reduziert wird, um zu Beginn des neuen Millenniums praktisch nicht mehr vorhanden zu sein, und die Zahnärzte müssen sich nun selber an ihre Macs setzen und mühsam ermitteln, wie viel gerade ihre Dienstleistungen wert sind, und eine individuelle Preisliste ausdrucken, die man als Patient erst dann zu Gesicht bekommt, wenn es schon zu spät ist, wenn man schon mit dem Absaugschlauch im Maul auf dem Stuhl liegt und erkennt, dass der Finanzplan für den Monat Makulatur geworden ist, einmal mehr, und es wird allmählich Zeit, noch einmal von vorne zu beginnen. Putzt weiter! Jerry William lacht und fährt mit der Zahnbürste in seinem Maul herum, als wäre es die Toilettenbürste auf dem Klo.

»Nein, nein, nein!«, ruft die Fluortante aus der Tiefe ihres kariessanierten Leibes. »Nicht so! Schau her: auf und ab. 1-2-3-4-5. Und dann mit der Bürste ein Stückchen weiterrücken.«

Nachher reicht man uns eine eklige Brühe, mit der wir spülen sollen. In meinem Fall ist das überflüssig, weil Mama vorausschauend ist und sich nicht gänzlich auf die allgemeine Fürsorge verlässt, in ihrem Inneren wohnt wohl eine Sibylle, jeden Sonntag zwingt sie jedenfalls Monika und mich, eine halbe Minute lang mit einer Fluorlösung zu gurgeln, die sie von ihrem Zahnarzt auf Rezept ergattert hat, als er wieder einmal damit beschäftigt war, ihr eine Brücke in die unregulierte untere Zahnreihe zu knallen.

Und da wir schon einmal im Behandlungszimmer stehen, können wir auch gleich die zweite Runde abhandeln: Aus Entkleidungskabinen zu beiden Seiten werden wir einzeln zur alljährlichen ärztlichen Kontrolluntersuchung hereingerufen, dieses Jahr sind die Jungen zuerst dran.

Streck die Zunge heraus, halt dir ein Auge zu und lies die Buchstaben auf der Tafel, das andere Auge, her mit dem Stethoskop, einatmen, und ausatmen, und dann der kalte Finger des Arztes entlang der Wirbelsäule, um sicherzustellen, dass sie gerade ist, dieses Jahr zieht er nicht an der Vorhaut (etwas, das ansonsten zu fantasievollen Schilderungen der Untersuchung führt, vor allem wenn eines der Mädchen in der Nähe ist, vor allem wenn ich erzählen darf – um anschließend fragen zu können: Was macht er denn mit euch?).

Dann sind die Mädchen an der Reihe, dieses Jahr dadurch ergänzt, dass Åsa, der es auf unergründlichen Wegen gelungen ist, der Polioimpfung in der Dritten zu entgehen – eins ist sicher, ihre Mutter ist nicht untätig gewesen –, von der Zeit und der Systematik der medizinischen Wissenschaft eingeholt wird, der niemand auf die Dauer entkommen kann. Sie bekommt eine Spritze in die Schulter – den Schrei hört man bis zu uns! Oh, Åsa, was soll nur aus dir werden, soll aus dir eine stille, Einkaufstüten schleppende Hilfskrankenschwester mit Nachtwachen in der Krankenhausambulanz werden, gesenkter Blick und eine Eigentumswohnung draußen in Kastaniegården und zwei Töchter in schneller Folge und Ehe mit einem Mann aus dem Iran, der holpriges Schwedisch spricht, als ihr euch auf dem Limhamnsfeld kennen lernt, wohin du dich an deinem 21. Geburtstag begeben hast, um mit deinem Zwergkaninchen Gassi zu gehen, soll diese Geschichte wie ein schallendes Gelächter unter uns die Runde machen, lange nachdem die Klasse aufgelöst wurde? Ja, all das wird dir widerfahren, Åsa, und du wirst ein immer verborgeneres, zurückgezogeneres Leben führen, während wir in immer höhere Klassen kommen. Und vielleicht wirst du in ein paar Jahren, wenn deine Mädchen flügge werden, beschließen, eine Weile allein zu leben, eine Fortbildung zu machen, Krankenschwester, Krankengymnastin, Diätistin, wovon du auch immer träumen magst, denn wir wissen niemals wirklich, was du willst, wer du bist, vielleicht wirst du zu der Einsicht gelangen, dass du selber das auch herausfinden musst, denn die müde, resignierte Frau, die du sein wirst, hat in deinem Gesicht bereits Platz genommen, in deiner Körperhaltung, als die Spritze dich so ermattet, dass du auf dem Weg zur Klasse ohnmächtig wirst und im Aufenthaltsraum liegen und dich ausruhen musst. Keine smarte Platzierung vom Tompa, alles andere als eine smarte Platzierung, denn als Lasse vorgibt, er müsse auf die Toilette:

»Wie geht es dir, Åsa? Es ist nicht gut, wenn du so liegst.«

Ihr halb abwesender Blick.

»Wenn du liegen bleibst, verteilt sich der Impfstoff nicht richtig im Blut. Dann musst du noch eine Spritze bekommen.«

Ganz der Gentleman, der er ist, hilft Lasse ihr auf die Beine.

»Kannst du alleine stehen? Lass mal sehen.«

Er zieht ihren Pullover so weit herunter, dass er ein bisschen vom Pflaster sehen kann.

»Wow! Wie das blutet – immer noch! Du, das sieht gar nicht gut aus.«

Und Åsa wird wieder ohnmächtig.

Ein anderer, der ebenfalls in eine ganz eigene Richtung unterwegs ist, heißt Jerry William, schon jetzt ein kleiner Businessman mit genauen Vorstellungen. Hält beim Eishockey zu Leksand, wenn alle anderen wissen, dass Brynäs am besten ist, besitzt eine Märklin-Eisenbahn, montiert auf einer Sperrholzplatte, die von der Wand heruntergeklappt werden kann, und allein schon, dass er der Einzige von uns ist, der es länger als ein Schulhalbjahr durchhält, Briefmarken zu sammeln, das hätte ich vielleicht schon früher erwähnen sollen, denn es sagt eine Menge über ihn, genauso wie es eine Menge über uns sagt, die *nicht* standhaft genug waren, diesem Hobby treu zu bleiben, die während unserer gesamten Kindheit keinem Hobby treu blieben, die auch später keine Freizeitinteressen entwickeln. Es gelingt uns nicht einmal, für die banalste Form, das Golfen, einen Enthusiasmus aufzubringen, der weiter reicht als bis zu einer grünen Karte und einem sauteuren Satz Schläger, der in sicherer Entfernung im Keller verwahrt wird.

Als wir anderen das Album wegstellen, hat Jerry William angefangen, mit Briefmarken zu handeln, in geringem Umfang, sollte ich wohl hinzufügen, und ist auf dem besten Wege, via Versandhandel die letzte Marke mit der seltsamen Zahnung aufzustöbern, die seine Schweiz-Sammlung vollständig machen würde, Ungarn und Jemen hat er schon länger, den Jemen, den man nicht komplett bekommen kann (was natürlich bei keinem Land möglich ist, es ist ein Stück Kindheit, zu glauben, das Wort »komplett« könne etwas in der Sinnenwelt bezeichnen), der Jemen ist ein Staat, der einzig und allein zu dem Zweck gegründet worden sein muss, farbenfrohe Briefmarken in endlosen Sätzen wie »Tropische Fische«, »Sportwagen«, »Piratenschiffe« in Massenproduktion herauszugeben, die kleine Jungen in aller Welt dazu verlocken sollen, mit dem Hammer auf ihr Sparschwein loszugehen, auch wenn wir den starken Verdacht hegen, dass jemand, der mit einer dieser Marken auf dem Brief eine Post im Jemen betritt, seine Tage einen Kopf kürzer beschließen wird.

Seine Kostbarkeiten verwahrt Jerry William in einem roten Album, in perfekten Reihen hinter einem dünnen, glatten Papier, das eine exklusivere Variante des Papiers ist, in das Mama meine Brote einpackt, wenn die Klasse eine Exkursion in den Wald macht, und wenn er den Druck eingehender studieren will, holt er die Marke mit einer Pinzette heraus und setzt eine Lupe ans Auge. Folglich überrascht es niemanden, dass er ordentlich zuschlägt, als Palin wie jedes Jahr die Anstecknadeln mitbringt, die wir zu wohltätigen Zwecken verkaufen sollen.

»Zweihundertfünfzig!«

Palin notiert, hebt den Stift vom Block.

»Zweihundertfünfzig? Nicht schlecht. Und du, Johan?«

»Fünfundzwanzig. Nee, fünfzig.«

»Roger?«

»Ich will nicht.«

»Oh doch, du willst. Ich trage bei dir auch fünfzig ein.«

Viel später erinnert man sich manchmal an diese Replik und fragt sich, welche Absichten Palin verfolgte, und wie man sieht, fange ich an, immer freundlicher in meiner Deutung der Palinschen Launen zu werden, da ich jetzt seinen Nachruf formuliere, denn es ist vorstellbar, dass er Roger die Anstecknadeln nicht nur aus purer Bosheit und raffinierter Gemeinheit aufzwingt, sondern aus dem Ehrgeiz heraus, Rogers Selbstbewusstsein zu stärken. Ich möchte mir zu gerne einreden, dass dies sein Hintergedanke war, und solltest du heute noch am Leben sein, Edward Palin, darfst du gerne von dir hören lassen und deine Absichten erläutern, denn das Einzige, was du erreichst, ist, einen Jungen noch weiter zu demütigen, der schon arg gedemütigt ist.

Mit dem Verkauf der Anstecknadeln dringt automatisch auch ein Funke gesundes kaufmännisches Denken in unser erbärmliches Dasein, Grundlagen, die ich von neuem lernen muss, als ich mein Studium in Lund beginne und ein Ergänzungsseminar in Marketing belege, dann allerdings in akademischer Sprache und mit Kurven und Diagrammen illustriert: Wer als Erster auf dem Markt agiert, erzielt den größten Absatz für seine Produkte. Also kommt es zu einer Jagd auf die besten Standplätze, an denen man sich postieren kann. Das Geschäftszentrum wimmelt in Windeseile nur so von Kleinhändlern, die ihrer eigenen Mutter eine aufschwatzen, und die Nachbarin kann sich auch nicht davor drücken, etwas Geld locker zu machen. Also begebe ich mich zu Mobilia, trotte über den großen Parkplatz, wo es nach dem letzten Gastspiel von Zirkus Benneweis in unserer Stadt noch nach Elefantenkacke riecht und eine Windbö den weißen Pappkarton erfasst, auf der ich die Schönheiten festgepinnt habe, es macht swisch!, und der Karton taumelt durch die Luft, und die Anstecknadeln werden in einem stillen Regen auf dem ganzen Parkplatz verstreut – und meine Karriere als Hausierer ist beendet.

Während Jerry William mit prima Autoverkäufergenen ausgestattet ist, keiner überdimensionalen Begabung für das gesprochene Wort, aber einem Vertrauen erweckenden Lachen und einem treuherzigen Gesicht, was letzten Endes die Grundlagen jeglicher Verkaufstätigkeit sind – und Jerry William versteht weiß Gott die Kunst, den Frauen die Geldbörse aus den Handtaschen zu locken, sie mit erwartungsvollen Fingern ihre glänzendsten Münzen, ihre glattesten Geldscheine hervorkramen zu lassen und sich beim Kauf von Anstecknadeln für sich selber, den Gatten, die Tochter, die Schwiegertochter, die Freundin, ja, den ganzen Bridgeclub inklusive Vorstand und Beisitzer finanziell zu übernehmen.

Aber es muss auch gesagt werden, dass Jerry William kein blutiger Anfänger ist. Er kann auf eine lange Erfahrung darin zurückblicken, am Wochenende zusammen mit Janis Abendzeitungen zu verkloppen. Die gelbe Plastiktasche tief auf der Hüfte hängend, flitzen sie durch die Treppenhäuser. Schon wenn sie im siebten Stock sind, hallen ihre Schritte bis zu uns herunter, und sie klingeln wirklich jeden Samstag und Sonntag, obwohl Mama ihnen erklärt hat, dass wir niemals Abendzeitungen lesen, und zwar mit jenem besonderen Ton in der Stimme, der besagen will, dass wir uns für so etwas zu gut sind. Es klingelt an der Tür. Mama flüstert:

»Mach nicht auf! Wir tun so, als wären wir nicht zu Hause.«

Ein Wochenenddrama in Miniaturausgabe, das als Wiederholung läuft, bis Mama eines Tages mit den Kronen in der Hand bereitsteht, darauf erpicht, die Bilder von der königlichen Hochzeit zu ergattern.

Geld, hm, das wird jetzt für anderes als die Samstagssüßigkeiten gebraucht, z. B. für Zigaretten, kleine Schachteln Prince Denmark, die wir auf der Rückseite des Studentenwohnheims Pireus rauchen, wir versammeln uns nahe der gelben Backsteinmauer und machen Lungenzüge, es schmeckt beschissen, und es wird einem schlecht davon, aber das will keiner zugeben, stattdessen presst man herunter, was die Kehle heraufwollte, und raucht noch einen Zug, ehe man die Fluppe weitergibt – und nicht das Geld an sich ist das Wesentliche, das ist es ja nie (aber *das* bringen sie einem an der Uni in Lund nicht bei), und auch nicht das, was man sich dafür kaufen kann, es ist die *Stellung,* und damit die Überlegenheit, die es dem Liquiden verleiht. So als Janis mit der ganzen Gang im Schlepptau zu Allans Wurstbude zieht, wo er abgezähltes Geld für eine Bratwurst mit Brot auf den Tresen legt – obwohl er geradewegs vom Sonntagsbraten kommt –, die er sich reinstopft, dass ihm Senf und Ketchup nur so aus den Mundwinkeln spritzen. Die Gang glotzt, wartet, stiert die Zeitungsschlagzeilen an, mit denen der Kiosk drapiert ist, hält sich zurück, der ganze Haufen mit Pokerface, eine erfahrene Schar, die verfolgt, wie die Wurst Stück für Stück in Janis' Schlund verschwindet, bis nur noch ein kleiner Stummel übrig ist und Lasse sich nicht länger beherrschen kann.

»Gibst du mir was ab?«

Und Janis, den Schnabel voller Wurst:

»Giss'e!« – soll heißen: Vergiss es!

Das ist Macht.

Montagmorgen zeigt Jerry William auf:

»Herr Lehrer, kann ich nochmal so viele Anstecknadeln bekommen?«

»Du hast deine 250 doch nicht etwa schon verkauft?«

»Ich habe 300 verkauft«, antwortet Jerry William, nicht ohne Schadenfreude in der Stimme. »Ich habe auch noch Johans verkauft.«

Jerry William bekommt nochmal 250, die er verkauft, und danach weitere 100. Seine Taschen sind voller Provision, als die Abrechnung abgehakt ist.

»Gehst du zum Büdchen?«

»Warum sollte ich? Essen bekomme ich zu Hause.«

Nein, Jerry William könnte jeden Tag ein Würstchen am Kiosk verdrücken, aber er spart die Knete lieber, auf einem Sparbuch, und wenn man es recht bedenkt, ist das noch souveräner, als es neureich an einem Kiosk aus dem Fenster zu schmeißen.

Das ist Macht.

Ich glaube, Cissi will mit dir gehen«, sagt Lasse, als wir hinter dem Pireus stehen, diesmal mit aufgeknöpften Hosen, um zu vergleichen, wer die meisten Schamhaare bekommen hat – das ist jetzt wichtig, morgens guckt man als Erstes nach, wie viel sie seit gestern gewachsen sind, man zählt die wenigen Haare, noch ehe man gepinkelt hat, und während man pinkelt, sodass Mama sich darüber beklagt, dass man den Rand bespritzt hat. Lasse zieht so an einem Haar, dass die Haut wie die Spitze eines Zelts absteht.

»Guck dir das an!«

»Wie jetzt, hat sie was gesagt?«

»Hast du nicht gesehen, dass sie sich JK auf die Hand geschrieben hat?«

»Muss das denn was zu sagen haben?«

»Drei Zentimeter. Hast du eins, das länger ist?«

Cissi ist so ein Mädchen, in das jeder Junge ein bisschen verliebt ist. Es sind Carina Lindgrens schwellende Brüste, nach denen alle hecheln und die jeder drücken will, aber Cissi ist das Traummädchen – die beiden bilden die Pole in dem ambivalenten Verhältnis, das unser Leben kennzeichnen wird: Es ist nicht das Mädchen, mit dem man sich als Halbwüchsiger am Strand sonnt, bei dem man eine Hand in die Hose zu bekommen versucht, wenn der Wein am Abend Wirkung zeigt, und mit dem man sich im Schein des Lagerfeuers in den Dünen wälzt, und es ist nicht die Frau, mit der man auf dem Kick off der Firma im Wintersportort Åre im Bett landet, die man heiratet, wir reden hier über verschiedene Kategorien. So einfach und so schwer ist das, und Cissi gehört zur schweren Welt. Wir tanzen eng umschlugen zu *The Elephant Song* in der Freitagsdisco des Juze und kuscheln anschließend im Kissenzimmer. Am nächsten Tag ruft Carina an.

»Cissi möchte wissen, ob du mit ihr gehen willst.«

»Kann ich machen.«

»Okay. Tschüss.«

Wir sind ein Paar! John und Yoko, Superman und Lois, Baader und Meinhof, der König und Silvia. Und am nächsten Freitag sind wir nicht in der Disco des Juze, wir haben uns in ihr Zimmer zurückgezogen, fummeln zu Silver Convention und Lady Bump mit Penny MacLean, es ist dunkel im Zimmer, und im Bett ist es eng, denn Lasse ist auch da, in inniger Umarmung mit Birgitta (ja, es ist die Gedichtvorleserin, die zum zweiten Mal an die Pforte dieser Geschichte klopft!). Als wir dort so dicht gedrängt liegen, umschlungen in fortgeschrittenen Umarmungen und Marathonküssen, öffnet Cissis Vater die Tür, stellt ein Tablett mit Limonade und Chips und Popcorn herein, schließt die Tür wieder hinter sich.

»Sagen deine Eltern nie was?«, flüstere ich Cissi zu.

»Wozu denn?«

»Na ja ... was wir hier so machen?«

»Wie, was wir machen? Meinst du das hier?«

Und die bezaubernde Cissi zieht mich an sich und küsst weiter.

Nein, Cissis Eltern sind in Ordnung und werden auch nicht sauer, weil wir ihre Tochter niemals Cecilia nennen wie Lasses Mutter, die zur allgemeinen Erheiterung einmal alle Mütter in der Klasse anrief und darauf bestand, ihr Jüngster solle Lars-Åke genannt werden.

»Du heißt also Lars-Åke, hi, hi?«

»Hört auf, verdammt!«

Aber sie wollen, dass wir herumgehen und ihre Gäste begrüßen, wenn sie welche haben, Leute, die mit bunten Drinks zwischen den antiken Möbeln im Wohnzimmer stehen und uns begrüßen, als wären wir Erwachsene, Ärzte alle miteinander, der reinste Kongress, und dann spricht Cissi über ihre Eltern als Sölve und Margot.

Cissi in der Dunkelheit zu küssen ... sie knöpft mein Hemd auf, zögert bei jedem Knopf, als wollte sie mir die Chance geben, sie aufzuhalten, knöpft es auf und schiebt die Hand hinein, streichelt federleicht den Brustkorb, zieht mit den Fingerspitzen über Rippe auf Rippe, immer weiter herab, lässt einen Finger im Nabel rotieren, nimmt meine Hand und legt sie auf ihre Brust, die Warze, die man hart und spitz durch den Stoff spürt, sie haucht, dass ich sie auch unter der Bluse anfassen darf, wenn ich will, und platziert gleichzeitig ihre eigene Hand zwischen meinen Beinen, genau dort, wo es zu explodieren droht wie ein Brunnen, der verstopft worden ist, und zieht langsam den Reißverschluss auf.

»Darf ich?«

»Wenn du dich traust.«

Sie zieht ihn ganz auf und drückt fest dagegen.

»Was ist denn das Harte hier?«

»Hör auf. Ich muss aufs Klo.«

Die Gästetoilette ist von oben bis unten mit aufgeklebten kleinen Reklameseifen aus Flugzeugen, Hotels, Restaurants und Unternehmen der ganzen Welt bedeckt. Ich muss dort lange verweilen, und ich lese alle Namen und Städte, während die befürchtete Eruption aus dem Epizentrum meines erweckten Gefühlslebens sich nach und nach wieder legt. Ich versuche die Gedanken fortzuschieben, die auf mich einstürzen, indem ich überlege: Haben sie die Seifenstücke herausgenommen und benutzt oder sind sie noch in den Schachteln, und wenn ja, warum?

Cissis Zimmer wird für ein paar Wochen zu meinem festen Punkt im Dasein. Monika und Jörgen haben ihre Ruhe. Und Mama ist vollauf mit sich selber beschäftigt. Folke sitzt auf der Couch und hat den Arm um sie gelegt, einen Arm, den er schleunigst fortnimmt, wenn ich nach Hause komme, und den er dann doch wieder um ihre Schulter legt, es muss auch mal ein Ende haben mit der Versteckspielerei, es ist kein Geheimnis mehr, dass er bei seinen Besuchen nicht auf der Couch pennt, in Mamas Bett ist ein Kissen hinzugekommen, und während er die Weltlage kommentiert, die in seiner Version immer einen Tick schlimmer ist als in den Nachrichten, eine Adjektivbeugung übler, legt Mama sich hin, hebt die Füße auf seinen Schoß und bekommt eine Fußmassage, und ich mag sie in diesen Momenten, ich mag Mama natürlich immer, aber ganz besonders in diesem Augenblick, wenn sie etwas zu genießen scheint, das ihr sehr lange nicht vergönnt war.

»Ist dir an Mama was aufgefallen?«, frage ich Monika.

»Es scheint ihr gut zu gehen. Oder was meinst du?«

»Nee, genau das ist es.«

Samstags geht Cissi reiten. Ihr Vater fährt uns nach Jägersro hinaus, begeistert, dass ich sie eskortiere, sodass er nicht zusammen mit anderen morgenmuffelnden Eltern auf der Tribüne sitzen muss, die mit skeptischem Enthusiasmus in den Gesichtszügen die Fortschritte ihrer Kinder im Sattel eines mager trottenden Pferdes verfolgen, das genauso verschlafen ist.

Cissi führt mich im warmen Tier- und Dunggeruch des Stalls herum, streichelt jedem einzelnen Klepper über die Blesse und füttert sie mit Zuckerstückchen und flüstert ihnen ihre Namen ins Ohr – als ob sie die nicht selber am besten kennen würden –, Ohlssons Zugtiere brauchen solche Schmeicheleien nicht, um die Hufe in Bewegung zu setzen – und dort im Stallgang, inmitten kleiner Mädchen, die striegeln und zäumen und füttern und satteln, sehe ich mich selber von außen, so, wie man es von Menschen sagt, die eine Jenseitserfahrung hatten, und was ich sehe, ist kein schöner Anblick: Ich sehe einen runner-up, einen kleinen Jungen, der mit der Situation nicht zurechtkommt, aber auch nicht bereit ist, das Handtuch zu werfen, er flieht aus dem Stall und auf die Zuschauerränge der Reithalle, während seine Freundin und weitere acht verwandelte Mädchen die Zügel von Pferden festhalten, die in den Sägespänen herumtrippeln, mit einem Führer bei jedem und einer Reitlehrerin, die in einem inneren Zirkel in der Gegenrichtung rundtrabt und die Peitsche gegen ihre Lederstiefel knallt und Kommandos schreit, die auf dem soften Untergrund weicher werden und fast verschwinden.

Nachher riecht Cissi stark und beißend.

»Jetzt gehen wir noch zu Wessels.«

»Aber dein Vater kommt uns abholen.«

»Das schaffen wir noch. Er kommt immer zu spät.«

Cissi setzt sich auf dem enormen Parkplatz an die Spitze, läuft vor mir mit im Wind flatternden Haaren, die V-Jeans in die hintere Kappe der braunen Stiefel gestopft, deren Laschen heraushängen wie die Zunge eines Labradors. Sie führt uns ins Kaufhaus, in die Lebensmittelabteilung, zum Süßigkeitenregal.

»Was willst du haben?«

»Ich hab kein Geld dabei.«

»Ich auch nicht. Gib mir Deckung.«

Sie nimmt eine große Tafel Schokolade aus dem Regal, steckt sie in den Reithelm und legt ihre Handschuhe darüber.

»Jetzt beeil dich.«

Die Wochenendeinkäufer schieben ihre überladenen, rasselnden Einkaufswagen mit Windeln und Limonadenkästen durch die Gänge, ich sehe mich um, kann mich nicht entscheiden, vielleicht will ich auch nicht, wir stehen in der Nähe der Kassen, und die Schlangen werden immer länger, das Bild von Monika in ihrem Geschäftskittel im Reveny blitzt vor mir auf, Cissi im Bett in der Dunkelheit, sie versetzt mir einen Stoß, nun mach schon! Väter, die ihre Kinder anschnauzen, Kassiererinnen sausen mit kleinen schwarzen Plastiktaschen mit der Wechselkasse darin vorbei, und ich schiebe mir nervös zwei Rollen Rolo in die Ärmel meiner Skiyot-Jacke.

»Wir hauen ab!«, kommandiert Cissi.

Den Helm an die Brust gedrückt, passiert sie die Kassen, sie bleibt kein einziges Mal stehen und sieht sich nicht um, sie ist routiniert und schreitet zielstrebig geradeaus, ohne einen Blick zur Kassiererin zu werfen, zwängt sich zwischen Einkaufswagen und Softeis leckenden Familien hindurch, die sich einen Tag im Einkaufszentrum gönnen, raus durch die Schiebetüren und vorbei an dem blinden, Lose verkaufenden Mann und seinem Schäferhund, wo sie vom Strom der Menschen verschluckt wird, während ich nicht von der Stelle komme, mich nicht aus der Klaue losreißen kann, die meinen Nacken festhält und die mich vor sich her in ein Büro schiebt.

Der Filialleiter erhält einen kurzen Bericht, ehe uns der Warenhausdetektiv allein lässt. Er verlangt nach meinem Namen und meiner Adresse, sagt, wenn er mich anzeigt, komme ich unter

Umständen in ein Heim für schwer erziehbare Kinder, will ich das etwa?

»Ich habe nur vergessen zu bezahlen. Ich kann es jetzt tun.«

»Erst stehlen und sich dann freikaufen? Da bist du bei mir an der falschen Adresse.«

Anschließend starrte er mich lange an, und ich starrte zurück, und dann stand er schnell von seinem Stuhl auf, sodass der nach hinten schoss, und kam um den Schreibtisch herum und setzte sich auf dessen Kante, so nah, dass unsere Knie sich fast berührten, und öffnete eine der Schokoladenrollen und nahm sich ein Rolo heraus, und noch eins, und als er sie aufgegessen hatte, sagte er, »du bist ziemlich fingerfertig, was?«

»Wieso?«

»Kennst alle Tricks?«, sagte er. »Oder etwa nicht? Das sieht man dir doch an. Du, weißt du was, ich werde dir eine Chance geben. Hast du Angst?«

»Angst?«, sagte ich. »Ich habe nie Angst.«

»Cool«, sagte er, und dass ich nützlich für sie sein könne. Wenn ich mir ein bisschen nebenher verdienen wolle. Ich antwortete, das komme ganz darauf an – denn er konnte ja auch so einer wie Porsfyr sein. Aber er sagte als Kaufhausdetektiv: »Du weißt doch genau, wie man klaut, und siehst gleich, wer ein Dieb ist, stimmt doch, oder?«

»Klar kann ich das«, antwortete ich.

»Dachte ich mir«, sagte er.

Das sei so, als würde ich hinter den feindlichen Linien arbeiten, herumlaufen und einen einfachen Jungen spielen und die verpfeifen, die dort klauen. Ich meinte, das käme ganz auf den Lohn an.

»Du bekommst das, was sie geklaut hätten«, sagte er.

»Dann verdiene ich ja nach einer Weile nichts mehr.«

»Ich habe dir doch gleich angesehen, dass du auf Zack bist«, sagte er und bot mir ein Stück Schokolade an.

»Ich esse kein Diebesgut«, sagte ich.

Da lachte er noch mehr und bot mir den Lohn an, den die Alten an der Kasse bekommen, mit Wochenendzulage, und so viele Süßigkeiten, wie ich wollte.

»Wie soll ich denn hierhin kommen?«, fragte ich. »Ich habe keinen Bock, jedes Mal im Bus zu sitzen und in Värnhem umsteigen zu müssen.«

»Ich hole dich in meinem Benz«, sagte er da, wenn das sein müsse, damit ich den Job annehmen würde.

Aber dann habe ich doch Nein gesagt, denn ich habe keine Lust, Leute zu verpfeifen.

»Das hat er nie im Leben gesagt!«, unterbricht mich Lasse, als ich vom Wochenende erzähle.

»Das ist die Wahrheit!«

»Du bist eine Labertasche«, sagt Jerry William.

»Bin ich nicht.«

Aber ihr habt Recht, Jerry William und Lasse, ich bin eine Labertasche mit einer lebhaften Fantasie. In dem schäbigen Büro des Filialleiters wird mir kein Job angeboten, und ich bekomme weder einen Stuhl zum Sitzen noch Schokolade, das Einzige, was ich bekomme, ist ein Telefonhörer. Ich muss selber zu Hause anrufen und Monika bitten, Mama an den Apparat zu holen, und ihr prächtig flennend erzählen, wo ich bin und warum. Eine halbe Stunde später steht auch sie in dem Büro. Sie sieht mich nicht an. Sie bezahlt für mein Vergehen und das Schweigen des Filialleiters und bekommt noch eine lautstarke Lektion in Kindererziehung mit auf den Weg.

Unterwegs zum Auto bin ich drei Meter hinter ihr. Sie schließt auf ihrer Seite auf, nimmt Platz, setzt aus der Parktasche zurück, fährt zehn Meter, sodass ich sie einholen muss, und als ich an der Tür bin, beugt sie sich hinüber und zieht den Sicherungsknopf hoch. Wir fahren nach Hause. Die Scheibenwischer schieben den Regen von der Scheibe. Ich sehe im Profil, dass Mama sich intensiv auf die Unterlippe beißt, das Gesicht zusammengepresst von allem, nur nicht Entschlossenheit. Ich ertrage es nicht, das zu sehen, Mama wegen mir am Rande eines Zusammenbruchs, ich drehe mich zur anderen Seite um, Lönngatan, Spårvägsgatan,

Carl Gustafs väg sind ein einziger endlos langer Tunnel aus dunklem Schweigen, durch den wir fahren, und noch heute kann ich ganz genau spüren, wie das bittere schamvolle Gefühl, sie enttäuscht zu haben, in mir zubeißt, den letzten Menschen enttäuscht zu haben, den man jemals enttäuschen will, seine eigene Mutter, verdammt, und in einigen Jahren wird dieses Gefühl mich sicher wieder mit seinem Wolfsbiss packen, aus Angst bei jedem Klingeln des Telefons, dass es Agnes und Hannes sein könnten, die aus dem Büro eines Geschäftsinhabers heulen, die Mütze bis über die Augenbrauen gezogen, rastageflochten, gepierct in Lippen und Nase und ... ja, vielleicht auch *dort,* dass sie sein könnten wie die Kids, die auf ihren Skateboards und Inlinern durch die Innenstadt gleiten und über deren Leben wir so wenig wissen, dass wir sie für Mitglieder von Jugendbanden halten, obwohl es gar nicht so lange her ist, dass wir wie sie waren, Kinder, die diesen Prozess durchlaufen müssen, der in unterschiedlichen Formen ein Teil unser aller Entwicklung ist, um zwischen Richtig und Falsch, Mein und Dein, Haben und Nichthaben unterscheiden zu lernen, eine Wanderung auf dem dornigen Pfad der Gerechtigkeit, die uns – ebenso wie unsere Erfahrungen auf dem Gebiet der Liebe – in den meisten Fällen bildet.

Mama geht direkt in die Küche, ohne erst den Mantel aufzuhängen. Sie dreht eine Kochplatte an.

»Willst du jetzt was essen?«

»Was gibt es denn?«

»Du wirst essen, was es gibt.«

Sie wirft den Mantel über einen Stuhlrücken, behält die Schuhe an, setzt eine Bratpfanne auf die Platte und beginnt, Sachen aus dem Kühlschrank zu holen.

»Esst ihr jetzt auch?«

»Essen wir normalerweise um diese Zeit?«

Begleitet von *Ziggy Stardust* in niedriger Lautstärke, widmet Monika mir einen Abstecher aus dem Zimmer. Verbittert sieht sie ihren Bruder an, als wäre er ein kompletter Idiot, was ich in diesem Moment auch bin, das verstockte kriminelle Element der Familie. Sie schüttelt den Kopf:

»Verdammter Schwachkopf.«

Ehe sie umkehrt.

Einigermaßen appetitlos esse ich die gebratenen Würstchen mit Schnellkochmakkaronis, die Mama mir vorsetzt, und traue mich nicht, um Ketchup zu bitten. Mama beugt sich, beide Ellbogen auf den Tisch gestützt, vor.

»Mit wem warst du da?«

Das ist kompliziert, Mama, Liebe und erwachendes Geschlechtsleben und ein Kompott aus Gefühlen, über die ich keine Kontrolle habe, viele Fäden, die hier aufgedröselt werden müssen, deshalb antworte ich:

»Lasse.«

»Lars-Åke? Ihr beide?«

»Mmh.«

»Aber du hast ...«

»Er auch. Aber er ist nicht erwischt worden.«

»Macht ihr das öfter?«

»Ich hab das vorher noch nie gemacht.«

»Ist das auch wahr?«

Mama räumt den Tisch mit Bewegungen ab, die müde sind, sehr müde, als würde alles in ihr zerbrechen. Sie schnäuzt sich. Sie ist nicht erkältet.

Am Abend ruft Folke an. Mama hat es also immerhin so ruhig dabei angehen lassen, den Taugenichts nach Hause zu schaffen, dass sie sich erst einmal bei seinem Vater gemeldet hat, um ihn zu briefen.

»Wie geht's?«, sagt er.

»Geht so«, antworte ich und muss mir eine lange Geschichte anhören, dass er einmal in meinem Alter versehentlich einen Spitzer aus einem Geschäft mitgenommen habe, dass der in seiner Hand wie Feuer brannte und er keine Ruhe finden konnte, ehe er ihn in den Kanal geworfen hatte.

»Jedes Mal, wenn ich einen Bleistiftspitzer sehe, muss ich daran denken«, sagt er nach einer kurzen Pause. Er holt tief Luft, ehe er weiterspricht:

»Das war ziemlich bescheuert, oder nicht?«

»Doch.«

»Dann wollen wir sagen, dass es das erste und letzte Mal passiert ist, okay?«

Als Cissi und ich drei Wochen zusammen sind, ruft Carina an:

»Cissi will nicht mehr mit dir gehen.«

»Okay.«

»Ja, dann tschüss.«

Aber das geschieht im Frühling, und im Frühling passiert noch vieles andere, das parallel zum Geschlechtsleben läuft. Man wird z. B. auf etwas mitgeschleift, das zum Frühling gehört: auf einen Ausflug. Mama hat ihn beschlossen und Folke fährt, und Monika und ich verstauen uns auf der nach Plastik riechenden Rückbank von Folkes Volvo 245a, nachdem er eine schottengemusterte Decke auf dem Rücksitz ausgebreitet hat, dies ist ein Dienstwagen und muss entsprechend gepflegt werden, denn auch wenn er noch so sehr der König der Firma ist, sobald am Essenstisch über sie gesprochen wird, legt sich doch ein nervöser Zug um seine Mundwinkel, wenn es um die materielle Wirklichkeit geht, in die Monika und ich einsteigen.

»Sei bitte so nett und spuck den Kaugummi aus, Monika.«

»Muss ich? Der ist ganz neu.«

Mama, die spürt, dass sich ein Konflikt anbahnt:

»Ja. Das Schmatzen klingt so hässlich.«

Wir fahren Richtung Süden durch die Stadt und in die Ebene hinaus, durch ein betongraues, gleichgültiges Trelleborg und folgen anschließend der Küstenlinie durch Smygehamn, Beddinge, Abbekås, Svarte, kleine Ortschaften, die dabei sind, auf vorsommerwackligen Beinen zum Leben zu erwachen, sich wie dösige Katzen strecken, verschlafen schütteln, um bereit zu sein, wenn eine neue Saison vor der Tür steht. Wir fahren im flirrenden Licht unter den Ästen, die in die Landstraße hineinragen, und im Geruch verrottenden Tangs, der uns zwingt, die Scheiben hochzudrehen. Mama möchte in Ystad Halt machen und sich Fachwerkhäuser ansehen, aber das verträgt sich nicht mit Folkes Vorstellungen davon, wie so ein Ausflug auszusehen hat, sodass wir mit drei Augenpaaren, die zu den Fenstern hinausglotzen, einfach durchfahren, und erst in Simrishamn hält er unten am Hafen an. Alle vier Türen werden aufgeschlagen, und wir steigen aus und strecken uns. Oh, es ist herrlich, auf einem Ausflug zu sein!

Folke lotst uns zu einem Rundgang durch ein Geschäft für Seefahrtsbedarf und Bootszubehör, wo wir mit fragenden Mienen all die schimmernden Messingsachen und andere Ausrüstungsgegenstände begaffen, die zum unbegreiflichen Segelleben dazugehören und für uns Substantive bleiben, Messinstrumente, Tauwerk, schnieke Schifferkleider, ja, sogar Folke muss sich im Nacken kratzen und zugeben, das mit dem Segeln, das ist wohl nichts für uns.

»Können wir nicht gehen«, bittet Mama.

Monika hat draußen gewartet, sitzt auf einer Bank und isst Softeis mit Schokoladenstreuseln und liest in einem Buch über Interrail, ist unterwegs nach Europa, nachdem Hanne ihr Ulf Lundells Roman *Jack* geliehen hat, mit dem Monika vier Nächte lang wach lag, den sie morgens mit auf die Toilette nahm und zu den Kaffeepausen im Reveny, und als sie den Roman ausgelesen hatte, waren Hanne und sie sich einig, dass sie den Sommer mit dem Fahrrad auf Gotland verbringen wollten, wo der Roman spielt. Doch dann begann Mama Unrat zu wittern, woraufhin auch sie nachts wach lag und das Buch verschlang, und anschließend konnte keine Rede mehr davon sein, dass ihre Tochter nach Visby auf Gotland fuhr, um sich voll laufen zu lassen und Hanf in einem Botanischen Garten zu ernten – was bei Mama von der Lektüre hängen geblieben war.

»Was sollen wir denn dann machen!?«

»Was auch immer. Aber nach Gotland fahrt ihr nicht.«

»Dann machen wir eben Interrail!«

»Ja, tut das.«

Antwortete Mama, und erst als es schon zu spät war, erkannte sie, dass sie einen Schritt zu weit gegangen war, dass Monika alles auf eine Karte gesetzt hatte.

»Habt ihr schon beschlossen, wohin es gehen soll?«, fragt Folke, der sich Mühe gibt, seinen Kontakt zu Monika zu verbessern, obwohl ihm die »Atomkraft? Nein danke!«-Sticker, die sie auf der Brust trägt, nicht passen, für ihn ist das reaktionäres Denken, zurück zu Feuern, die mit Birkenrinde und Feuerstein entfacht wurden, während der Rest der gesellschaftlichen Maschinerie Neuland erschließt, vorwärts.

Monika schaut von ihrem Buch auf. Die Frühlingssonne hat ihr gut getan.

»Noch nicht. Vielleicht nach Italien.«

»Italien? Mafia und ein unverständliches Geplappere. Man wird euch reinlegen. Fahrt nach Spanien. Da wollte ich immer schon mal hin. Zum Stierkampf gehen.«

Aber Monika findet den Gedanken an erwachsene Männer, die in langen Unterhosen vor einem Zigarren paffenden Publikum posieren, nicht ganz so faszinierend.

»Sie können sich nicht alles ansehen«, sagt Mama.

»Nee, nee«, erwidert Folke. »Aber was meint ihr, sollen wir hier nicht was essen. Ich kenne ein gutes Lokal.«

»Folke!« – Mama mit Nachdruck in der Stimme. »Das ist nicht nötig!«

Ja, das ist »nicht nötig«, denn Mama ist den ganzen Morgen mit Vorbereitungen beschäftigt gewesen, hat Brote geschmiert, die sie in Plastikfolie eingeschlagen hat, und Waffeln gebacken, die wir kalt mit Marmelade und Schlagsahne auf den Decken essen, die wir auf den Hügeln von Brösarp ausgebreitet haben, und die Eiswürfel sind geschmolzen, sodass der Erdbeersaft genau richtig verdünnt ist, und die Thermoskanne ist in der Tasche ein wenig ausgelaufen, aber das macht nichts, denn Mama hat auch eine Rolle Küchenpapier eingepackt. Wir sitzen auf einem sonnenbeschienenen Hang, aus dem die ersten Löwenzahnblätter sprießen, und schlagen uns so richtig den Bauch voll und lassen es uns gut gehen. Es ist so warm, dass man die Jacke ausziehen kann, ohne dass Mama dadurch gestresst wird. Sie drückt den Deckel einer offenen Plastikdose zu und sagt, dass wir hier ein Sommerhaus haben sollten, eine Hütte, eine kleine, in Meernähe und mit Garten, wo wir die Wochenenden verbringen könnten, es ist ja gar nicht weit von der Stadt, und Weihnachten und Ostern.

»Wäre das nicht toll?«

»Könnte gar nicht besser sein«, findet Folke. »Gibt es noch Brote?«

Mama reicht ihm eins mit Bierwurst. Er klappt es zusammen und beißt hinein.

»Ihr wollt ja nicht nach Halmstad«, sagt er. »Ja, Johan schon, aber –« Monika unterbricht ihn.

»Halmstad?«

Und Folke sieht sich nach Mamas Unterstützung um, bekommt sie:

»Sag du es, Folke.«

»Eure Mutter und ich haben darüber gesprochen, wie es wohl wäre, wenn ich zu euch herunterziehen würde.«

Das war ja auch mal eine Neuigkeit, die uns da aufgetischt wurde. Ich trinke noch etwas Saft, ist er nicht doch zu wässrig, und Monika dreht sich so, dass sie über die Felder und Apfelbaumpflanzungen zum Meer hinabschaut.

»Wie würdest du das finden, Johan, wenn ich herunterziehen würde? Wär das nicht schön?«

»Zu uns?«

Er und Mama wechseln Blicke.

»Vielleicht erst einmal in eine eigene Wohnung. Damit wir uns öfter sehen können. Was meinst du, Monika?«

»Du bist jetzt so groß, dass du bestimmt bald was Eigenes haben willst.«

Monikas Blick ist immer noch auf die Hanöbucht gerichtet, weit weg auf den Horizont, so als würde sie dort nach einem

Schild suchen, von dem sie eine Antwort ablesen kann. Aber dort steht nichts geschrieben, also muss sie sich selber etwas einfallen lassen.

»Ich hatte eigentlich vor, erst noch mein Abitur zu machen.«

»Ziehen wir um?«, frage ich. »Doch nicht etwa nach Lindeborg, was?«

Lächelnd besiegelt Mama ein Versprechen, dass wir nirgendwohin ziehen werden, und Folke beeilt sich:

»Wir meinen nicht jetzt, sondern auf lange Sicht. Vielleicht im Herbst. Aber warum soll ich in Halmstadt wohnen, wo ich doch am liebsten bei euch sein möchte, wenn ich nicht unterwegs bin und arbeite?«

Mama merkt, dass ihre Gedankengänge nicht die gewünschte Wirkung zeigen. Sie zieht den Deckel von der Plastikdose:

»Zwei Waffeln sind noch übrig, wollt ihr jeder eine? Monika?«

Aber Monika will keine. Sie zieht Turnschuhe und Strümpfe aus. Und Mama:

»Was hast du vor?«

»Ist es verboten, sich ein bisschen zu bewegen?«

Monika steht mit Schuhen und Strümpfen in der Hand auf, sie geht den Hang ein wenig hinab, dann wendet sie und verschwindet hinter den Hügeln, während ich mich hinlege – nachdem Mama mir eine zweite Decke unter dem Rücken aufgeschwatzt hat – und zu den Kondensstreifen der Flugzeuge hinaufstarre, die an dem kahlen Himmel langsam zerfasern, und wie wäre es, seinen Vater daheim zu haben, ständig, ist das gut oder schlecht, oder macht es keinen Unterschied, ist es einer zu viel, wenn man gewohnt ist, zu dritt zu sein und damit gut zurecht zu kommen, mit Mama über fast alles reden zu können, aber nicht mit seinem Vater, weil es, wenn er kommt, ist, als wäre ein Fremder da, ein Gast, die Wohnung schrumpft, und was haben er und Mama gesagt, was haben sie sich überlegt, wovon ich und Monika nichts wissen, jedenfalls noch nicht, und vielleicht werden wir es auch nicht erfahren, bis wir mit der Tatsache konfrontiert werden, dass wir plötzlich zu viert sind, eine Familie, wie eine schwedische Familie aussehen soll, und wie ist es für Rolle und Lasse und Cissi und die anderen, die nie etwas anderes gekannt haben, hätten sie es anders haben wollen, und was werden sie jetzt sagen?

Mama packt die Sachen zusammen, schüttet den letzten Rest Kaffee aus, schüttelt die Thermoskanne, und sie ruft Monika.

Aber keine Monika trottet über die Hügel heran. Mama ruft wieder, zwei Mal, drei, vier Mal, und Folke schreit Mooo-niiii-kaaa!!!, die Hände wie ein Megafon, sodass der Siegelring mit den Goldplomben um die Wette blinkt. Aber Monika bleibt verschwunden. Mama und Folke tauschen wieder Blicke aus, diesmal schneller, in Mamas Gesicht steht mit Großbuchstaben eine Anklage geschrieben, ein Vorwurf, den Folke liest, deutet, und er breitet mit einem »Ach verdammt! wir waren uns doch einig!«, die Arme aus und Mama hebt eine Decke hoch und schüttelt sie, faltet sie zusammen, lässt sie wieder auf die Erde fallen, macht ein paar Schritte in überhaupt keine Richtung, ruft wieder.

»Wo ist sie bloß hin?«

Der Sohn wird losgeschickt, um vom höchsten Hügel Ausschau nach ihr zu halten.

»Siehst du sie?«

»Ja.«

Und Mama und Folke sausen zu ihrem Sohn hinauf, der auf seine Schwester zeigt, die sich in weiter Ferne auf einem Grashang niedergelassen hat, die Arme auf den Knien und die Stirn auf den Unterarmen, sodass der blasse Nacken glänzt – und so wäre ich in diesem Moment auch gerne irgendwohin abgehauen, um allein zu sein, die Hände tief in den Taschen vergraben, um die Gedanken zu packen, die in mir überlaufen, aber ich bin der kleine Bruder und muss schön bei Mama bleiben, Mama, die Folke fragt:

»Soll ich?«

Und als Antwort ein Nicken bekommt.

Mama geht mit bekümmerten Schritten den Hügel hinab, nimmt Kurs auf ihre Tochter, die aufsteht, als sie entdeckt, dass Mama im Anmarsch ist, und langsam geht, sehr langsam, mit steifem Rücken und hängendem Kopf, die Schuhe noch in der Hand, und Mama holt sie ein und schließt an ihrer Seite auf, und sie sagt etwas zu Monika und legt einen Arm um ihre Schulter, von dem Monika sich mit einem unerwarteten Ruck befreit, aber sie setzen ihren Weg über die Wiese nebeneinander und noch langsamer fort.

»Sie muss sich jetzt sehr allein fühlen«, meint Folke. »Sie kann einem Leid tun.«

Für einen kurzen Moment legt er eine Hand auf meinen Kopf.

»Es kommt euch vielleicht erst einmal komisch vor, dass ich nach Malmö ziehe, aber das wird gut sein. Auch für Monika. Denkst du nicht auch?«

»Doch.«

»Und wir zwei können mehr zusammen sein, das ist wichtig. Ich meine, für uns beide.«

Unten auf der Wiese haben Monika und Mama die Richtung geändert, sodass sie uns den Rücken zukehren. Folke schiebt seine Brille hoch.

»Du bist bald alt genug, um ein Mofa zu fahren. Ich bringe es dir bei. Du willst doch ein Mofa haben?«

»Eine Dakota?«

»Wenn es so heißt. Ich habe keins bekommen, als ich in deinem Alter war. Aber du sollst eins bekommen.«

»Die sind teuer.«

»Tatsächlich?« Er lacht auf, als müsste er schmunzeln. »Da werden wir schon eine Lösung finden.«

Ich wünschte, es fiele mir so leicht wie Jerry William, mich mit einem Lächeln einzuschleimen, zu bekräftigen, was wir gemeinsam haben, Folke und ich, Mofaträume, mit im Fahrtwind flatternden Haaren dahinzufliegen, das Vorderrad hochsteigen zu lassen und auf den Fahrradwegen rund um die Schule herumzugurken, denn alles in allem ist er ganz in Ordnung, Folke, mein Vater, doch, ich mag ihn, aber es will mir nicht gelingen, das schleimige Lächeln, nicht, als wir dort auf dem Hügel stehen und sehen, dass Mama und Monika erneut kehrtgemacht haben, in unsere Richtung gehen, Monika, die durch das Gras gleitet, ohne die Füße zu heben, jetzt spricht sie, immer noch mit dem Blick in der Vegetation, Mama, die wieder den Arm um sie legt, der diesmal liegen bleiben darf, Monika kommt ihr ganz nah, und Mama berührt ihre Wangen, und als sie sich nähern, hat Monika eine Hand um Mamas Taille gelegt, und sie lachen so gedämpft zurückhaltend, wie man es manchmal tut, wenn man glaubt, etwas Albernes gemacht oder gesagt zu haben, und vielleicht hat Monika verheulte Augen, vielleicht auch nicht, vielleicht liegt es an der Sonne, vielleicht am Wind, vielleicht auch an etwas, über das sie gelacht haben, das ist schwer zu erkennen, als sie unter uns vorbeikommen, ohne von Folkes »Alles klar? Geht es ihr gut?« Notiz zu nehmen, und zum Auto gehen, wo Monika sich auf Mama stützt, während sie sich die Strümpfe überstreift und die Füße in die Schuhe setzt. Sie stopft sich zwei Juicy Fruit in den Mund, bevor sie in den heißen, stickigen Volvo steigt.

Man mag Kirchenlieder und Festtagsreden und Abschiede mit falschen Lebewohlwünschen auf den Tod nicht ausstehen können, aber wenn man dann mit wassergekämmten Haaren und in Sonntagskleidern im Amphitheater des Pildammparks sitzt und sich die Litaneien über die Leistungen des abgelaufenen Schuljahrs anhört, geschieht dies nicht, ohne dass man ein klein wenig gerührt ist. Bogdan spielt *Die Blütezeit nun kommet* so schön, dass Havlicek vor Wonne eine Träne vergossen hätte. Wir werfen uns grinsend verstohlene Blicke zu, denn vor uns liegen einmal mehr unüberschaubare Sommerferien, und an ihrem anderen Ende wird alles neu und anders sein.

Nachher versammeln wir uns im Klassenzimmer, gedrückte Stimmung und in einer Reihe entlang der Wand unsere Eltern, minus Mama, die nicht freibekommen konnte, Jerry Williams Vater, auch drinnen mit spiegelnder Sonnenbrille, wippt mit dem abgewetzten Schlappen am einen Fuß. Und weiß der Teufel, ob nicht auch Palin ein bisschen feuchte Augen bekommt, als er abspult, wie sehr er uns vermissen wird, wie toll wir gewesen sind ... vierzig Jahre Schlüsselbundknallen auf das Lehrerpult sind abgehakt, das hier ist seine Abschiedsvorstellung, und er schnappt plötzlich nach den richtigen Worten, um des Gefühlsstroms Herr zu werden, der in ihm aufwallt.

Der Tompa muss einspringen und etwas sagen, bis Palin bereit ist, wieder zu übernehmen, er macht noch triefender weiter, und dann, nachdem längs der Wände die Stellung gewechselt wurde, im Klassenzimmer wird der Sauerstoff knapp, er ist in den Taschentüchern verschwunden, und Jerry Williams Vater die Sonnenbrille zurechtgerückt und den Schlappen verloren hat, teilt Palin die Zeugnisse in braunen Umschlägen und in der gleichen Reihenfolge aus, in der er uns vor drei Jahren aufgerufen hat. Ich gehe nach vorn und nehme es entgegen und will ihn fast umarmen, nee, ich will ihn doch nicht umarmen, ich will, dass er aus dem System verschwindet, er muss sich mit einem Handschlag begnügen.

»Aus der Bernsteinsuche ist nie was geworden«, sagt er und hält meine Hand fest. »Das müssen wir ein andermal nachholen.«

Sure Edward.

Die Orreforsvase, für die wir Geld zusammengekratzt haben, wird von Åsa und Laila übergeben, und *sie* umarmen ihn, sodass er wieder ein Time-out nehmen, sich räuspern und umdrehen und schnäuzen muss, ehe er uns ein letztes gemeinsames Lied anstimmen lässt. Und dann fallen wir auch durch und müssen nach vorn und ihn auf dem Weg aus dem Klassenzimmer umarmen.

Draußen reißen wir die Umschläge auf und vergleichen unsere Noten, und ich muss gestehen, dass niemand aus dieser Gang einen Überraschungssieg feiert. Sicher, meins ist besser, als ich gehofft hatte, aber Galaxien von Monikas Noten entfernt. Lasses Zahlenreihe erinnert an einen Lottoschein. Und Roger weigert sich, seins aufzumachen und uns die Noten zu zeigen.

Sommerferien, 25 Grad und Kleider, die scheuern, so können wir nicht auseinander gehen. Wir entscheiden uns für einen Abstecher in den Solidar, wo wir Birnensplit mit Sammelbildern kaufen, Dubletten in allen außer in Mickes, er bekommt ein Bild von einem Affen in Japan. Mit eisgrünen Zungen reißen wir Roger den Umschlag aus der Hand, vor allem um zu sehen, was er tun wird, und ehe wir uns versehen, haben wir ihn zerrissen. Er macht gar nichts. Doch, er wirft sein Eis weg, und er dreht sich um und trottet mit gebeugtem Rücken nach Hause, und wir bekommen kollektiv ein schlechtes Gewissen, denn wir wissen nur zu gut, was ihn zu Hause erwartet, Roger hat keinen munteren Sommer vor sich, also ruft Rolle:

»Du kannst meins zerreißen!«

Aber Roger bleibt nicht stehen, er wankt heim zu seinem Vater und zur Erniedrigung.

Rolle hällt die Papierfetzen hoch:

»Wer will das haben? Nimmst du es, Lasse?«

»Ich? Warum sollte ich?«

»Du hast angefangen.«

»Du und Johan seid auch nicht besser gewesen.«

»Ich habe es praktisch nicht berührt«, verteidige ich mich. »Gib es Janis.«

»Spinnst du?«

Nein, keiner will Rogers Zeugnis mit nach Hause nehmen, sodass Rolle es in einen Papierkorb wirft. Aber Micke holt es heraus und steckt es in seinen Umschlag. Jetzt bleibt nicht mehr viel zu tun, es hat keinen Sinn, noch etwas Neues anzuleiern, wir hängen nur noch abgestanden auf dem Hof herum, bis einer nach dem anderen nach Hause zockelt. Lasse und ich nehmen zusammen den Aufzug.

»Kommst du noch mit hoch?«, fragt er. »Meine Mutter hat vielleicht gebacken.«

»Wir gehen ins Olgas.«

»Ihr geht ins Restaurant?«

Am letzten Schultag lädt Mama Monika und mich traditionell ins Restaurant ein. Wir sollen fertig sein, wenn sie aus der Strumpffabrik anruft, damit wir uns am Kreisverkehr des Pildammsvägen treffen und das letzte Stück zusammen gehen können. Als ich den Schlüssel ins Schloss stecke, habe ich schon den Geschmack von Meringue mit Schokoladensauce im Mund. Aber die Tür ist nicht abgeschlossen und nicht Monika hat sie offen gelassen, sondern Mama, Mama, die mit roten Augen in der Küche sitzt, Mama hat geweint, Mama, die nicht sagt: »Wie war's?«, die nicht sagt: »Hast du gute Noten bekommen?« oder auch nur: »Hast du Hunger?«, sondern:

»Großvater ist tot.«

»Großvater?«

»Komm her, Johan.«

Mamas Busen ist weich, obwohl sie mich ganz fest umarmt, und sie hält mich lange fest, und ich glaube, sie tut das, damit ich nicht sehe, dass sie wieder angefangen hat zu weinen.

»Soll ich dir ein Taschentuch holen?«

Sie lässt mich los und versucht sich an einem Lächeln, während die Tränen laufen und dabei Mascara die Wangen herabzieht. Ich hole drei Taschentücher mit Blumenmuster, es sollen Rosen sein, und sie umarmt mich wieder, diesmal kurz.

»Großmutter hat ihn heute Morgen gefunden«, näselt sie. »Er hat einen Herzanfall bekommen.«

»Stirbt man daran?«

»Er ist die Treppe heruntergefallen und hat sich das Genick gebrochen.«

»Weiß Monkan es schon?«

»Johan!«

»Na schön, Monika.«

»Sie ist in eurem Zimmer. Aber geh nicht rein. Ich glaube, sie will allein sein.«

Aus dem Essen bei Olgas wird nichts, Mama hat angerufen und abbestellt, und sie hat Bestatter und Pfarrhaus angerufen und Leif auf der Werft, sie hat sogar Folke angerufen, sie hat alle notwendigen Dinge geregelt, ehe sie sich hingesetzt hat, um zu trauern. Und als sie aufgehört hat zu weinen und mir und Monika ein paar Brote gemacht und sich selber einen Kaffee gekocht hat, sitzen wir am

Tisch und sagen nichts, denn es gibt nichts zu sagen, und mir ist völlig klar, wie langweilig der Rest des Tages werden wird.

Aber damit nicht genug, dass *dieser* versaut ist. Denn mit dem ererbten Talent unserer Familie, ja, unseres Geschlechts für außerordentlich unpassendes Timing, die einzige interessante genetische Eigenheit, die wir besitzen, wird die Beerdigung auf meinen Geburtstag gelegt.

Der Kirchenraum ist kühl, streng und schmucklos, er ist Stille, als Mama meine Hand nimmt und wir hinter Monika, die Großmutter am Arm führt, nach vorn gehen, wie ich finde, langsam und würdevoll. Ganz vorne, zwischen zwei hohen Kerzen, steht der weiße Sarg auf einem Katafalk, und das sieht hell und friedlich aus, und alle Geräusche von der Straße, vom Dorf werden ausgesperrt, als die Tür zugleitet. Wir setzen uns in die erste Bankreihe, und hinter uns quetschen sich Leif und Lisbeth mit Bernt in ihrer Mitte hinein. Er und ich haben uns ruhig begrüßt, uns die Hand gegeben. Er trägt Anzug und Krawatte, sieht aus wie ein Leif, dem der Schnurrbart wegretuschiert worden ist. Kristina ist bei Märta und Tore.

Einige Freunde von Großmutter und Großvater lassen sich auf der anderen Seite des Mittelgangs nieder, darunter die Ohlssons mit h, die sich mit Großmutter schon geeinigt haben, ihr Land zu pachten. Mehr sind wir nicht. Doch, ein Reporter der Lokalzeitung schiebt sich herein. Dann betritt der Pfarrer den Raum, spricht über Großvater, den er aus der Gemeindearbeit kannte, und wir singen die Lieder, die Mama und Großmutter ausgewählt haben, und Mama weint die ganze Zeit. Ich halte ihre Hand so fest ich kann und gebe ihr mein Taschentuch, als ihres klatschnass ist, und Monika nimmt Großmutters Hände in ihre und legt sie sich auf den Schoß, obwohl ich glaube, dass sie eher selber Trost braucht, denn Großmutter sitzt kerzengerade und schaut starr nach vorn und hört aufmerksam zu.

Ich sehe Mama an. Sie ist schön, elegant, ich finde sie elegant in ihrem schwarzen Kleid, als wir Hand in Hand an den Sarg treten, und da vorn stehen wir vielleicht eine halbe Minute still, ganz still, und ich soll die Rosen auf den Sarg legen, kann aber nicht, der Arm streikt, die Schulter hängt fest, und ich kann nicht länger dagegen ankämpfen, ich flenne auch, und ich denke an Großvater und an die Erde, in die er rein soll, und die Würmer, und ich vermisse ihn, und Mama löst die Blumen aus meinem Griff und legt sie auf den Sarg und legt den Arm um meine Schultern, zieht mich an sich, und wir gehen hinter Monika und Großmutter zurück und setzen uns.

Draußen auf dem Friedhof schlägt uns die Hitze entgegen. Die Luft ist warm, und als ein lauer Wind vom See heranrollt, vibrieren die obersten Zweige der Birken. Der Pfarrer geht herum und verabschiedet sich von uns mit einer Miene, die zu gleichen Teilen aus Lächeln und Trauer besteht. Er unterhält sich leise, gleichsam vertraulich mit Großmutter und Mama und Monika, während Lisbeth und Leif, die von allen am zurückhaltendsten sind und immer noch Bernt zwischen sich haben, so als müsste er geschützt werden, im Hintergrund abwarten, bis auch sie an der Reihe sind, und dann hält der Pfarrer nach mir Ausschau, dem Letzten, ehe er seinen Kragen ablegen und wieder nach Hause gehen kann. Es ist fast wie vor einem Gewitter, aber ohne die drückende Luft, und der Kies knirscht unter seinem Gewand.

»Danke, Johan«, sagt er. »Du hattest einen feinen Großvater.«

Seine Hand ist trockener und härter als ich es von Pfarrershänden erwartet hätte, und angesichts dieses Handschlags kann ich mir durchaus vorstellen, dass es Menschen gibt, die ihn aufsuchen, in gewissen Fragen seinen Rat hören wollen, Dinge, über die Mama während der Autofahrt gesprochen hat.

»Du wirst deine Großmutter hoffentlich oft besuchen kommen, damit sie nicht so allein ist, nicht?«

Monika und ich sind im Sommer immer bei Großmutter und Großvater – wollte ich antworten, kann aber nicht.

»Wenn du mit jemandem über deinen Großvater sprechen

möchtest ... oder über etwas anderes, nun ja, dann kannst du gerne auch zu mir kommen.«

»Ich muss jetzt gehen«, sage ich. Denn hinter ihm, auf der anderen Seite der Mauer und am hinteren Ende des Parkplatzes habe ich Folke entdeckt.

»Er ist da«, sage ich zu Mama.

»Geh schon mal zu ihm.«

Er hebt die Hand zu einer Art Gruß, und ich eile über den Friedhof, durch das Tor und zu ihm. Er lehnt am Auto und hat das Gesicht in die Sonne gedreht.

»Was für ein Sommertag! Hätten wir überhaupt einen besseren Start erwischen können?«

Er wendet sich mir zu:

»Bist du fertig?«

»Meine Sachen sind noch im Auto.«

»Geh sie holen, dann hauen wir ab.«

»Es ist abgeschlossen.«

»Wir sollten uns langsam auf den Weg machen.«

Die anderen sind auf den Parkplatz gezogen, glucken um Leifs Granada und scheinen abzusprechen, wer mit wem in welchem Auto fahren soll, aber dann fällt ihr Blick auf uns, auf Folke, und er hebt wieder so cool eine Hand, Hallöchen, und ich sehe ihm an, wie gerne er zu ihnen gehen und mit ihnen reden würde, so wie er es laut Mama früher getan hat, als sie sich alle regelmäßig trafen, und so als hätte sich nichts verändert, was natürlich nicht stimmt, jetzt, da er nicht mit uns zusammenlebt, jedenfalls noch nicht, aber sie stehen nur da, Monika mit Großmutter, Leif unsicher und mit Bernt blinzelnd vor sich, Lisbeth, die einen Hut mit Krempe und Trauerflor trägt, hinter dem die Schminke schon herunterlief, noch ehe wir in der Kirche waren, und sie beginnen leise miteinander zu reden, als ginge es um das Wetter oder was auch immer, um sich die Zeit zu vertreiben, während Mama mein Gepäck holt und Monika zu uns herüberkommt, langsam in der gleißenden Sonne geht, Mama und Monika, ohne Eile und mit den Blicken des Familienclans im Rücken. Folke richtet sich auf, hebt die Arme zu einer Umarmung, aber Mama nickt ihre Begrüßung.

»Hallo«, sagt Monika.

»Hallo«, erwidert er. »Du hast es dir nicht anders überlegt?«

»Ich denke nicht.«

»Wir werden baden und in der Sonne liegen.«

»Ich mache lieber Interrail. Es geht nach Italien.«

»Denk daran, was ich über Spanien gesagt habe.«

»Das werden sie wohl auf nächstes Jahr verschieben müssen«, sagt Mama.

»Und du?«

»Ich komme schon klar.«

Folke nimmt meinen Koffer entgegen und wirft ihn auf den Rücksitz.

»Wie ist es gelaufen?«

»Gut«, antwortet Mama. »Wir gehen jetzt essen. Ich glaube nicht, dass ...«

»Ich verstehe. Wir fahren sofort.«

»Es liegt nicht an mir ...«, setzt sie an, überlegt es sich dann aber anders: »Danke, dass du es so kurzfristig einrichten konntest.«

»Ist doch selbstverständlich.«

»Ihr versprecht mir, von euch hören zu lassen?«

Folke gibt mir einen leichten Klaps auf den Rücken.

»Wir rufen jeden Tag an, nicht wahr? Und Johan wird Briefe schreiben.«

Großmutter hat sich von den anderen getrennt, und während sie in den Granada steigen und Leif den Motor anlässt, damit die Klimaanlage anspringt, kommt Großmutter mit dem gleichen geraden Rücken und direkten Blick wie in der Kirche auf uns zu, geht zu Folke:

»Ich wollte nur guten Tag sagen. Ich hoffe, es geht dir gut.«

»Herzliches Beileid«, erwidert er und gibt ihr die Hand.

»Wir können uns vielleicht ein andermal etwas länger unterhalten.«

»Willst du dich umziehen, ehe ihr fahrt?«, sagt Mama.
»Ich kann das anbehalten«, antworte ich.
»Klar sollst du schick angezogen sein. Immerhin gehen wir ins Gasthaus«, lächelt Folke und begegnet Mamas Blick. »So habe ich es nicht gemeint. Aber gefeiert wird natürlich.«
Und Mama legt eine Hand an meine Wange, und dann umarmt sie mich rasch, ehe sie Großmutter den Arm reicht und zu ihrem Auto zurückkehrt. Monika umarmt mich auch.
»Viel Spaß diesen Sommer.«
Sie umarmt mich viel länger und viel fester, und erst als sie mich loslässt, bringe ich heraus:
»Wünsch ich dir auch.«
»Mach keine Dummheiten.«
»Du auch nicht.«
»Kümmere dich gut um mein Bruderherz.«
»Versprochen«, antwortet Folke, und zu mir sagt er: »Hüpf rein, damit wir loskommen. Nein, nicht da, setz dich nach vorn. Du bist jetzt erwachsen.«
Der Sitz ist so heiß, dass man nicht in ihm versinken kann. Wir rollen durch das Örtchen und auf die Landstraße. Es fahren kaum Autos. Folke schaltet hoch, und der Volvo beschleunigt, und als wir zwei, drei Kilometer gefahren sind, blinkt er, fährt rechts ran und hält an. Lässt den Motor laufen. Felder umgeben uns und weit dahinter dichte Wände aus Tannenwald. Es ist das Land, in dem Großvater mir in der Morgendämmerung Rehe gezeigt und Weidenäste abgeschnitten hätte, um aus ihnen Pfeifen zu schnitzen, und ich frage mich, wo er jetzt ist, ob er schon begraben ist und was es für ein Gefühl für ihn ist, so viel Erde über sich zu haben.
Folke kurbelt die Scheibe auf seiner Seite herunter und hat das Gesicht nach außen gedreht, während die Luft in das Coupé hineinströmt.
»Was denkst du?« Er sieht mich an.
»Ich weiß nicht.«
»Ist es nicht ziemlich beschissen, an seinem Geburtstag auf eine Beerdigung zu müssen?«

»Geht so.«

»Aber Großvater war okay, nicht? Ich mochte ihn. Und Großmutter.«

»Doch, die schon.«

»Nee, die anderen ... Die waren bestimmt nur traurig. Fix und foxi, wie man so sagt. Sie werden schon ihre Gründe haben. Ja, ich weiß auch nicht ... Hast du denn was geschenkt bekommen?«

»Einen Pullover und eine Taucherbrille.«

»Ist das alles? Willst du noch was haben?«

»Wie denn?«

»Wie denn? Von mir natürlich.«

Er lehnt sich zwischen den Sitzen nach hinten und hebt ein längliches Paket auf, das er mit einem »Herzlichen Glückwunsch zum Geburtstag« auf meinen Schoß legt. Ich kann an der Form erkennen, was es ist, noch ehe ich das Papier abgerissen und die Angelausrüstung herausgeholt habe, eine Cardinal-Spinnrolle mit einer Klasse-2-Rute, Leine und vier Blinkern zum Angeln in Binnenseen.

»Kannst du angeln?«

»Ich hab schon mal Bernts Abumatic ausgeworfen.«

»Schrott. Das hier ist was Ordentliches. Willst du jetzt weiterfahren?«

»Haben wir es eilig?«

»Nee, überhaupt nicht. Können wir noch einen Moment warten?«

»Ja.«

»Ich möchte dir erst noch was erzählen. Darf ich?«

Er schaltet den Motor aus.

»Das zwischen Bodil und mir ... das ist schwierig. Ich habe sie einmal sehr verletzt, als du noch ganz klein warst, aber das hast du wohl schon von ihr erfahren ...«

Er holt tief Luft und legt die Hände auf das Lenkrad, und ich würde ihm gerne sagen, dass dies für mich genauso schwierig ist, mindestens. Wir lassen es gut sein, oder? Aber ich sitze schweigend neben ihm und warte darauf, dass er:

»Das hätte einfach nicht passieren dürfen. Ich bin ein Idiot gewesen. Ich habe ihr Leben kaputtgemacht, eures, meine ich. Und mein eigenes. Aber ich glaube, dass es wieder ganz gut werden kann, auch wenn es nie mehr so sein wird wie früher, nicht wirklich. Ich mag dich und Monika. Man kann keine besseren Kinder bekommen.«

Er sagt das alles mit großer Sachlichkeit, so als wäre es etwas, das er lange vorbereitet hat, und als wäre er jetzt erleichtert, es loszuwerden, und er sieht mich forschend an.

»Es ist nur, dass ... ich bin so verdammt rastlos gewesen. Das ist niemals gut. Aber man hat diese Rastlosigkeit im Blut. Mach es nie wie ich, Johan. Lies massenhaft Bücher wie Monika oder mach was anderes, arbeite jeden Tag bis zum Umfallen, aber versau dir nicht alles durch mehrere Frauen. Man findet nie zu sich selbst. Verstehst du, was ich dir zu sagen versuche?«

»Ich denke schon.«

»Das war es, was ich sagen wollte. Was du wissen solltest.«

Er dreht den Zündschlüssel, legt einen Gang ein und löst die Handbremse.

»Ach so, und noch etwas. Fang auch nie an zu trinken. Ich habe gesoffen wie ein Loch, wie man so sagt, und das war das Beschissenste ... Versprich's mir.«

»Ich versprech's.«

»Dann fahren wir jetzt weiter, ja? Ich habe einen Mordshunger. Was hältst du davon, wenn wir irgendwo Halt machen und was essen?«

»Ich hab auch einen Mordshunger.«

»Du darfst essen, was du willst. Heute ist dein Tag.«

Er gibt Gas, fährt wieder auf die Straße und schaltet hoch. Es ist eine kurvenreiche Strecke, die er langsam fährt, und wir haben die Fenster an beiden Seiten heruntergedreht, und es duftet nach Sommer, Wiese, und der Fahrtwind bläst kühl herein, und ich schiele zu seinem Profil hinüber, versuche etwas zu finden, das an mein Aussehen erinnert. Als wir bereits in Halland sind, halten wir an einem Gasthof, dessen Wirt er kennt, und bestellen kalten gekochten Lachs mit Sauce Hollandaise und neuen Kartoffeln, ehe wir weiterfahren zu jenem Vorort von Halmstad, in dem er eine Einzimmerwohnung hat und wir einander kennen lernen sollen. In der Küche stehen ein Bett, ein Tisch, ein Küchenstuhl. Das Zimmer ist nicht möbliert.

»Ich habe auch noch eine Luftmatratze«, sagt er. »Du darfst dir aussuchen, welches Zimmer du haben willst.«

Am anderen Ende des Sommers ist die Familie, also wir drei, wieder vereint. Monika kehrt von ihrer Interrailtour mit ausgebleichten Haaren und braun gebrannter als je zuvor zurück. Sie zieht lange Streifen trockener, toter Haut von der Stirn, macht Mama verrückt, wenn sie mit den Fingernägeln an Nase und Wangenknochen pult.

»Lass das. Du wirst dir noch was aufkratzen.«

Und:

»Du solltest dich lieber eincremen.«

Sinnlose Worte, die von Monika abfallen wie die Hautfetzen, und Mama hätte gerne selber eine solche Sonnenbräune gehabt, aber Mama hat gearbeitet und ist auf dem Johanneshof gewesen, wo sie Großmutter bei der Nachlassverwaltung geholfen und dafür gesorgt hat, dass der Traktor und das Vieh verkauft und die Hühner geköpft wurden, und um die wenigen Sachen auszusortieren, die Großvater gehörten, und in der Zeit war das Wetter schlecht. Monika hört ohnehin nicht zu, sie reißt noch einen Quadratzentimeter ab und erzählt exaltiert von allem, was sie erlebt haben, und zeigt die Fotos von den Touristenattraktionen, entweder mit sich, Hanne oder ihnen beiden im Vordergrund, in den Hotelzimmern, umgeben von Wasser in Flaschen, mit blitzlichtroten Augen in billigen Restaurants sowie die diesige Morgenaussicht von Montmartre auf ein schlafendes Paris, während Mama deutlich erkennbar die Frage auf der Zunge liegt, was ihre Tochter *dort* um *diese* Uhrzeit zu suchen hatte, sie jedoch herunterschluckt – genau genommen will sie es gar nicht wissen. Fragt stattdessen:

»Willst du nicht Jörgen anrufen und ihm sagen, dass du wieder zu Hause bist?«

»Das hat Zeit bis morgen. Wollt ihr noch einen Film sehen?«

»Paris«, sagt Monika mit einem ganz eigenen Tonfall, und dann, als wir allein in unserem Zimmer sind: »Halmstad. Wie war's?«

»Ziemlich klein.«

»Nicht die Stadt. Was habt ihr so gemacht? Wart ihr am Strand?«

»Es hat fast die ganze Zeit geregnet.«

»Jetzt erzähl doch mal, wie war Folke? War es schön?«

»Doch«, antworte ich ausweichend – und damit hört Monika sogar noch eine ausführlichere Version als Mama, die einen stark bearbeiteten Bericht über die Wochen in Halmstad zu hören bekommen hat. Denn wie soll man erzählen, wie es ist, in einer unmöblierten Einzimmerwohnung zu sitzen und Monopoly mit einem Menschen zu spielen, den man kaum kennt, Björn Borg in einem tragbaren Schwarzweißfernseher in Wimbledon den Matchball gegen einen schwer stöhnenden Jimmy Connors verwandeln zu sehen, oder an den wenigen Sonnentagen am Strand zu liegen, sich zu sonnen, zu baden, alleine durch die Dünen zu laufen, weil man keinen hat, mit dem man es zusammen tun könnte, sich so viel Eis kaufen zu dürfen, wie man will, und Minigolf zu spielen mit ihm, der mein Vater ist und den man immer lieber zu haben lernt, aber dennoch stets mit dem Gefühl im Hinterkopf begegnet, was würde Mama denken, was will sie, dass ich sage, antworte, tue, sie ist überall mit dabei, obwohl man allein mit ihm ist, und so wird man nicht lockerer, oh nein. Das Ganze wird gekünstelt. Zögerlich. Man kriegt keine Luft. Und eines Abends sagt er bei Makkaroni mit gebratenen Fleischwurstscheiben, die auf der einen Seite verbrannt und auf der anderen roh sind, dass er Mama noch genauso liebt wie am ersten Tag, ohne Umschweife und Vorwarnung rückt er damit heraus, und man kapiert nicht, was für eine Art von Beziehung er sich vorgestellt hat, wenn er das so sagen kann, so selbstverständlich, warum ist er dann abgehauen, und warum erzählt er mir das, ich will das gar nicht hören. Aber man fragt ihn nicht, aus dem gleichen Grund, aus dem man sich Mama gegenüber damit begnügt, den Besuch zusammenzufassen mit einem: gut. Hattet ihr Spaß? Ja. Mehr bekommt man nicht heraus, keinem von beiden gegenüber, denn man steht auf einmal zwischen ihnen, ist eine Geisel in beiden Lagern, doppelte Loyalitäten. Aber insgeheim denkt man noch lange daran zurück, was geschehen ist, versucht zu verstehen, obwohl man zu keinem anderen Schluss kommt, als dass alles seltsam ist.

»Zieht er denn jetzt hierher?«, sagt Monika.

»Ich denke schon. Er hat jedenfalls nichts Gegenteiliges gesagt.«

»Sollen sie doch machen, was sie wollen. Sobald ich mit der Schule fertig bin, suche ich mir eine eigene Wohnung. Oder fahre nach Paris zurück.«

»Paris? Was willst du denn da?«

»Warum denn nicht?«

Mama hat Monika und Hanne am Sonntagnachmittag an der Fähre aus Dragør abgeholt. Am Montag zieht Hanne in ein Einzimmerapartment auf dem Sofielundsvägen, und Monika ist im Reveny auf ihrem Posten. Aber ab dem Herbst bleiben ihr die Getränkekästen erspart, sie wird versetzt, vielleicht auch befördert, an die Kasse, und es gefällt ihr, dort zu sitzen und mit den Kunden zu plaudern, während der Kassenzettel ausgespuckt wird, vermutlich hat sie auch das Ende dieses Jobs vor Augen, denn sie beginnt ihr letztes Jahr im Gymnasium.

»Die sind so bescheuert«, sagt sie über die anderen, die an den Kassen sitzen, die Mädchen in ihrem Alter, die nach der Neunten abgegangen sind. »Die wollen nichts.«

»Und dein Chef?«, bohrt Mama, denn es ist ihr wichtig, was Chefs meinen.

»Der, doch, der ist unheimlich nett. Mit dem kann man reden. Weißt du, was er heute zu mir meinte? Er meinte, er würde gerne mehr von meiner Sorte einstellen.«

»Du bist so süß, wenn du so lächelst, Monika. Ist etwas passiert?«

»Nee, wieso?«

Monika trinkt einen Schluck Kaffee, ist dazu übergegangen, ihn mit warmer Milch und aus einer Müslischale zu trinken – einer *bol.*

»Merkst du das nicht auch, Johan?«

»Doch, vielleicht.«

Natürlich sitzt Monika mit einem anderen Gesichtsausdruck vor uns, einer anderen Einstellung, nein, es ist nicht nur ein Klischee, dass man einem Menschen zum Abschied zuwinkt und ihn als einen anderen zurückbekommt, das hier ist meine Schwester, und auch wenn ich sie niemals ganz verstehen werde, ist sie doch tatsächlich verändert, hat sich aufgerappelt und den Rücken durchgedrückt. Sie ist draußen gewesen und hat sich umgeschaut und weiß, wie die Welt aussieht.

Fast ist ein wichtiges Wort in der Geschichtsschreibung unserer Familie. Mama hat lernen müssen, jede Öre umzudrehen, und damit wir über die Runden kommen, hat sie »fast« zu einem Eckpfeiler der Haushaltskasse gemacht, Mama, die nicht nach dem Besten Ausschau hält, weil sie sich damit zufrieden gibt, das Zweitbeste bekommen zu können, von der Stange ist genauso gut wie maßgeschneidert, jedenfalls fast, die Couch aus dem Kaufhaus ebenso komfortabel wie Designermöbel, fast, und Monika und ich haben uns daran gewöhnen müssen, unsere Ansprüche immer ein Quäntchen herunterzuschrauben, doch für uns geht es bei Mamas Fast-Philosophie nicht um die Frage, was wir bekommen, sondern darum, was wir uns *versagen.* Ich verzichte auf ein neues Fahrrad, weil ein gebrauchtes fast wie neu ist, und ich verzichte auf ein Mustang mit fünf Gängen, weil ein DBS mit drei von gleicher Qualität ist, fast.

Auf meinem Fast-Fahrrad trete ich mit dem Rest der Gang

durch den Pildammspark zu den anonym platzierten Backsteingebäuden der Dammfrischule hinter den Mietshäusern längs des Mariedalsvägen, Mittelstufe, mit einer Klassenlehrerin, die Gunnel Kullander heißt und nach Aufrufen meines Namens meint, vor ein paar Jahren hatte ich eine Schülerin, die auch Kraft hieß, Monika Kraft, und ich antworte, dass sie meine Schwester ist, ihr seht euch nicht besonders ähnlich, sagt sie, zögert einen Moment, macht dann weiter, aber ein paar Wochen später bittet sie mich, nach der Stunde noch dazubleiben, und als der Rest der Klasse abgezogen ist, erkundigt sie sich, wie es Monika geht.

»Ich denke, gut.«

»Was macht sie?«

»Sie geht auf das Naturwissenschaftliche in der Borgar«, antworte ich, unsicher, worauf sie hinauswill.

»Ich wollte mich nur vergewissern. Sie hatte es nicht leicht. Aber das hat sich jetzt geändert?«

»Sie büffelt die ganze Zeit.«

»Das kann ich mir vorstellen. Die ganze Zeit?«

Ich erzähle, dass Monika im Reveny an der Kasse jobbt und dass sie bei den Pfadfindern und im Filmclub mitmacht.

»Ich denke manchmal noch an sie«, sagt Gunnel Kullander. »Frage mich, wie es ihr so geht. Sie hat mir Leid getan. Dass die anderen aber auch so gemein zu ihr sein konnten.«

Ich muss versprechen, Monika von ihr zu grüßen, und ich zähle das, was sie gesagt hat, zusammen mit Monikas stummen Jahren und bereue das eine oder andere, was ich gesagt und getan habe, obwohl das Monika jetzt auch nichts mehr nützt – denn ich ahne allmählich, wie es ihr ergangen ist, wie hart diese Zeit für sie gewesen sein muss. Ich schmeiße den Ranzen in den Flur, als ich am späten Nachmittag nach Hause komme und empfangen werde von Mamas:

»Wie war's?«

»Ist Monika schon zu Hause?«

»Sag nicht immer ... Nee. Warum?«

»Ach, nichts Besonderes.«

Hart, ja, wie das Grundgesetz der Schule, survival of the fittest, in das alle unausweichlich von Lundblad und dem Aal eingeführt werden, zwei langen Haarmähnen mit Mittelscheitel, einer Perle im Ohrläppchen und Absatzeisen an den Boots, die Könige der Pausenhalle, die umlagert werden von einem dienernden Hofstaat aus Wannabees und Hangarounds, zwei Kumpanen, die einer Zukunft als Zeitungsaufmacher entgegengehen, als Schlagzeilen in der Boulevardpresse über die Rockerbande, die sie gründen, spektakuläre Drive-ins und Shoot-outs, Abrechnungen mit rivalisierenden Banden, Ausbruchsversuche und Misshandlung anderer Insassen in den Vollzugsanstalten, in denen sie landen, und sie toppen ihre Laufbahn zu einem Zeitpunkt, als die Leute in ihrer Branche herausfinden, dass das wirklich Lukrative die Kommerzialisierung ihrer Aktivitäten durch die Massenmedien ist.

»He, Kanacke«, blafft Lundblad mit dem Aal haschgrinsend hinter sich, »hast du Knete?«

»Nee«, antwortet Bogdan.

Aber nein ist keine Antwort für Lundblad. Er zieht den Reißverschluss von Bogdans Jacke herunter –

»He, lass das!«

»Willst du Prügel, he? Ich tret dir den Pimmel ab, wenn du nicht mitspielst!«

– und pflückt das Portmonee aus der Jackentasche, blättert, zupft die Geldscheine heraus.

»Du hast doch 40 Mäuse! Und ich habe keine. Dann ist es doch nur gerecht, wenn wir teilen, oder?«

»Nee«, protestiert Bogdan.

»Nicht? Na, wenn du die Hälfte nicht haben willst, nehme ich eben alles.«

Lundblad steckt das Geld ein, schmeißt das Portmonnee weg.

Er beherrscht noch eine andere Variante, zwei Tage später, mit Jerry Williams aufgerissener Börse in der Hand:

»Dann ist es gerecht, wenn wir teilen?«

»Na schön, okay.«

»Ach so ist das, ja wenn du es so dicke hast, kann ich ja alles nehmen.«

Und Jerry William darf sein Portmonee auf dem Schulhof einsammeln.

Was tust du, Lasse? Du wirfst die Haare auf die gleiche Art aus den Augen, wie du es dir bei Lundblad und dem Aal abgeguckt hast, du bist der Bruder von Thomas, und das führt dich unverzüglich in den innersten Kreis der Pausenhallengang ein, du willst wie sie sein, ein harter Hund, einer, vor dem alle anderen Angst haben, das wirst du auch, du leistest deinen Wehrdienst im Tross, lässt dir Knete abknöpfen, gehst Zigaretten kaufen für Lundblad, trittst auf Befehl Fonzie zusammen, den Prügelknaben der Schule, einen zurückgebliebenen Jungen mit Gehör- und Gehproblemen, der total verrückt nach einer amerikanischen Highschool-Serie ist, du wirst populär. Rolle, dir passiert nichts, weil du als der Fußballspieler erkannt wirst, du bekommst eine Carte blanche zu den Holzbänken in der Pausenhalle, bewegst dich in beiden Lagern, wie es dir beliebt. Aber wie steht es mit dir, Johan, was tust du? Wagst du es, dich zu widersetzen? Nein, du bist feige, du glaubst, dass du zu den harten Hunden gehörst, aber wenn es darauf ankommt, bist du nichts anderes als ein feiger kleiner Schisser, du bist eine schweigende Memme, die nichts anderes will, als davonkommen, mit einer Scheißangst, verprügelt zu werden, hier helfen keine Lügen weiter, keine Fantasien, keine Storys, die dich schützen, du reihst dich widerstandslos in die Hierarchie ein und überreichst Lundblad eigenhändig dein Portmonee, um wenigstens der Demütigung zu entgehen, dass er es dir aus der Jacke zerrt, diskutabel natürlich, was schlimmer ist, seine Pranke in den Kleidern zu haben oder es selber zu tun, und es versetzt dir einen Stich in der Herzgegend, nein, es ist nicht der Verlust des Portmonees, die Angst und die Wehrlosigkeit pressen etwas in einem zusammen, ich glaube, das Herz wird geschrumpft, zu einer kleinen harten Kugel zusammengedrückt, Eis, das niemals schmilzt, ein Klumpen, der sich in deiner Brust häuslich einrichtet und deine Natur verwandelt, zu ihrem Zentrum wird, der Kreisverkehr, um den alle Gefühle herumdirigiert werden, und man muss eine eigene Technik zum Überleben entwickeln, damit er einen nicht völlig in seine Gewalt bekommt, es wird einem nichts geschenkt, und ich begreife, dass es ein solcher harter Klumpen ist, den auch Monika in ihrer Brust trägt.

Roger, du hast nicht einmal ein Portmonee.

»Klar hast du eins!«

Lundblad ruckt den Reißverschluss herunter und filzt ihn, findet einen alten Einkaufszettel von Rogers Mutter, aber selbstverständlich kein Portmonee, findet überhaupt kein Geld.

»Gib's ihm!«, kommandiert er.

Der Aal versteht sein Geschäft. Unter Lundblads Regime sind seine Fäuste fleißig im Gebrauch gewesen. Er presst Roger gegen die Wand, verabreicht ihm so viel Prügel, wie er verträgt, und dann noch ein bisschen mehr. Roger wischt sich die blutende Nase am Jackenärmel ab, schnappt nach Luft, und Lundblad, der auf dem Weg nach draußen ist, um eine zu rauchen, richtet ihm noch etwas aus.

»Morgen will ich zwanzig Mäuse von dir haben, sonst kriegst du noch mehr Prügel. Kapiert?«

Oh ja, Roger blutet und kapiert. Alle kapieren, wie die Sache läuft.

Der Aal, der an einer Hautkrankheit leidet, die ihn zwingt, sich mit einer fettigen Salbe einzucremen, daher sein Name, gefischt aus dem nie versiegenden Brunnen von Spitznamen in unserer Schule, das ist nichts Neues, auf unserem Hof hatten wir Ronnie Hellström und Cruyff, aber hier wählt man nicht selber, und vielleicht ist diese freigebige Namensvergabe im Grunde nichts anderes als eine Malmöer Eigenheit, wo der Stockholmer in seiner humorlosen Art eine trockene Sachlichkeit anstrebt, wo der Göteborger immer einen bemühten Scherz auf den Lippen hat, schlägt der Malmöer augenblicklich mit etwas zu, das festnagelt, herunterzieht. Glaub ja nicht, dass du etwas Besonderes bist. Dadurch ist man sich stets bewusst, dass, wenn man auch nur den kleinsten Fehler begeht, im Aussehen, in der Kleidung, im Dialekt abweicht, sich das im Namen niederschlagen, zu einer Verhöhnung werden wird. Der Typ, dessen Barthaare zu sprießen beginnen und der ein paar blasse Härchen vom Kinn herabwachsen lässt, muss sich damit abfinden, für den Rest seines Lebens der Dorsch genannt zu werden. Und das Mädel, dessen eine Brust kurz zu sehen ist, als sie beim Sport am Barren einen Umschwung macht, ihr Taufname wird vertrieben und viele Jahre später, wenn man in die Post kommt und zufällig an dem Schalter landet, an dem sie arbeitet:

»Ja, hallo Titte. Du arbeitest hier?«

Und man tritt mit dem Buchclubpaket unter dem Arm wieder auf die Straße hinaus und denkt, dass es doch eigentlich nett war, die Titte mal wieder zu sehen, aber dass sie ganz schön unfreundlich geworden ist.

Am allerwenigsten werden die Lehrer verschont. Der Ziegenbock wegen seines Barts. Das Stinktier, weil sie ihr Deodorant nicht so häufig benutzt, wie sie sollte. Der Molekülarsch hat hängende Schultern, einen breiten Hintern und unterrichtet Biologie. Und der Religionslehrer Einstein, der beim Durchnehmen des sechsten Gebots enthüllt hat, dass er nach einer Operation mit einem Hoden auskommt – so die Legende, zu der auch gehört, dass Thomas und Danne zufällig allein mit ihm in einem Korridor gelandet sein sollen, bekifft und high, und ihn, ohne viel Federlesens zu machen, an einem Kleiderhaken aufgehängt und garantiert haben sollen, dass er ein Keinstein werde, wenn ihre Noten nicht deutlich besser würden.

Lundblad und der Aal arbeiten sich systematisch durch die neuen Klassen. Irgendwann ist Micke an der Reihe, den Weg verstellt zu bekommen und den Aal sagen zu hören:

»Wie heißt du?«

»Micke.«

»Micke? Aber so heißt doch der da«, zeigt der Aal auf einen der Hangarounds auf den Bänken. »Hast du noch einen anderen Namen?«

»Persson.«

Ein Nachname, an den sich der Aal in sachlicher Arbeitermanier, gepaart mit begrenztem Einfallsreichtum, hält, denn sein angeborenes Talent ist nicht in erster Linie raffinierte Böswilligkeit, und es ist auch nicht, wie damals, als Lundblad zu Lundblad wurde, die Angst, die seine Gedanken an diesem Punkt stoppt.

»Hast du Knete, Persson?«

»Wieso?«

Ein widerspenstiger Kandidat. Lundblad muss eingreifen:

»Was hast du in deinem Geldbeutel?«

»Das geht dich nichts an.«

»Was hast du gesagt?«

»Ich sagte, das geht dich nichts an.«

»Gib's ihm!«

Der Aal pustet sich die Mähne aus den Augen und bringt etwas auf den Weg, das ein Aufwärtshaken sein soll. Aber Micke Persson nimmt ihn nicht in Empfang, er hat einen Schritt zur Seite gemacht, von wo aus er eine Rechte, zwei abfeuert, sehr platziert, die unsere Pausenhalle zum Verstummen, Lundblad mit aufblitzenden Augen zum hastigen Rückzug, den Aal zu Fall bringen, und du weißt, Persson, dass es von nun an niemand mehr wagen wird, dich anzurühren, Lundblad lässt sich auf eine der Bänke fallen, er wird nichts riskieren, du hast die Macht über dich selber ergriffen, du hast angefangen, dir einen Ruf zu erarbeiten.

Und Persson ist trotz allem gar kein so dummer Name. Wenn man ohnehin so heißt.

Jetzt läuft man die meiste Zeit mit einer Beule in der Hose herum, es reicht schon, den Gedanken an Carina Lindgrens schwellende Brüste nur leicht zu berühren, um sich gezwungen zu sehen, die Hände in die Jeans zu schieben und einen Unterleib zu verbergen, der derart pochend und platzend vor Geschlechtsreife ist, dass das Sperma aus allen Poren dringt, den Hals hochfließt, über das Kinn, die Wangen, die Nase, wie ein Rosenkranz auf der Stirn in Form von gelbflüssigen, überreifen Pickeln, die klatsch, tjoff, witsch machen, wenn man sie so klemmt, dass sie gegen den Badezimmerspiegel spritzen. In der Buxe wird es davon auch nicht ruhiger. Man ist sich der Mädchen auf eine andere Art bewusst geworden, sieht sie mit neuen Augen. Schaut nach, auf welche man steht, und die Auswahl ist nicht mehr so begrenzt.

Man sieht jene Mädchen, die schon früh in die Fußstapfen ihrer Mütter getreten sind, einen Angriff auf deren Garderobe gestartet haben, damenhaft, geradezu tantenhaft, die schon Erwachsenen, die sich vorgenommen haben, die Pubertät zu überspringen und sofort mit dem Aufstieg auf der Karriereleiter zu beginnen, sie eilen mit einem bekümmerten Zug auf der Stirn ihres Wegs, Mädchen, die in Sport Nieten, aber in Französisch Spitze sind, übrigens ein Fach, das Bogdan und ich als einzige Jungen gewählt haben, weil wir uns ausgerechnet hatten, dass sich das Klassenzimmer mit Mädchen füllen müsste, was es auch tut, allerdings nicht mit den Mädchen, die wir uns vorgestellt hatten, sondern diesen, die dem Wetter angemessene Mäntel tragen und sich die Haare mit Spangen hochstecken, sie sind grau – oder beige, wie man heutzutage sagt. Manchmal sind sie schwer zu erkennen, denn am unteren Ende der Leistungsskala gibt es eine identische Auflage, zu deren charakteristischen Merkmalen jedoch gehört, dass sie näher an den Wänden vorbeistreichen und verängstigt aussehen und niemals auch nur eine Silbe über die Lippen bringen, so als würde sich nicht nur die Gegenwart, sondern auch die Zukunft wie ein schwerer, bedrohlicher Druckverband um sie legen, der dabei ist, sie zu ersticken, tatsächlich absolvieren sie die gesamte Schulzeit, ohne ihre Stimme ein einziges Mal zu erproben.

Einige, die hingegen alle Zeit der Welt darauf verwenden zu können scheinen, *en vogue* zu sein, sind die siamesischen Zwillinge, kichernd, tuschelnd, sind sie stets zu zweit unterwegs, abonnieren Klatschblätter, die sie gemeinsam lesen, und haben die gleichen Ansichten zu allem außer in der ewigen Streitfrage: Welcher der Bay City Rollers am süßesten aussieht. Sie rufen sich nachmittags an, sie rufen sich abends an, ehe sie ins Bett gehen, sie rufen sich morgens an und sprechen sich ab, damit sie sich übereinstimmend kleiden: weiße Strümpfe und Schuhe mit dünnen Sohlen, helle Jeans, in denen sie Birnenhintern bekommen, und Polohemden. Mädchen, an die man sich gerne in einem rosa Mädchenzimmerschimmer erinnern möchte. Oder daran, wie sie rot werden, wenn der Junge im entsprechenden Outfit und mit einem in das Oberleder seiner Pennyloafers eingeprägten Cent seine Aktentasche schwenkend vorbeigeht, Papas Söhnchen mit Mum for Men unter den Armen. Ihr Lieblingsfilm ist *Grease*. John Travolta – oooh!

Kleidungsmäßig eng verwandt, aber im Grunde von einem ganz anderen Schlag, sind die Sportskanonen, die burschikosen Mädchen, die Leichtathletik trainieren oder Fußball oder Badminton spielen und die Wochenenden bei Wettkämpfen und Spielen verbringen. Sie gehen schnurstracks auf uns Jungen zu und fangen an zu quatschen, als wäre es die natürlichste Sache der Welt, aber untereinander, wenn sie unter sich sind, haben sie eine eigene Sprache, die alle anderen ausschließt und in der sie über Knochenhautentzündungen, Zeiten, Intervalltraining reden, und sie lassen Namen aus den Trainingshallen fallen, von Jungen, die sie im Trainingslager getroffen haben. Sie schrecken nicht davor zurück, bei einer Schneeballschlacht mitzumachen. Und ein bisschen peinlich ist es schon, dass diese Mädchen schneller laufen als man selber, an einem vorbeidribbeln oder einen zu einem Fünf-Satz-Match herausfordern, aber es ist schon okay, denn sie können etwas, das ansonsten fast verboten ist, es sei denn aus Schadenfreude und Hohn: Sie können lachen. Ehrlich. Fröhlich. Oft.

In der Raucherecke herrschen die coolen Ladys, die man in zwei Kategorien einteilen kann. Da haben wir zunächst einmal die wirklich coolen, gespachtelt natürlich, aber gespachelt mit einer gewissen Ahnung davon, wie man ein extravagantes Make-up auflegt, hart wie der Backstein, an dem sie in ihren Lederjacken und Boots lehnen, oder, für die, die eine eher feminine Erscheinung befürworten, in hochhackigen Pumps, dazu Blusen, die bis südlich des Nabels aufgeknöpft sind, um die beginnende Spalte zwischen den Brüsten zu entblößen und Jeans, die so eng sind, dass sie sich hinlegen müssen, um sich hineinzuzwängen. Es wird davor gewarnt, dass dies zu bleibenden Schäden in Form von herabgesetzter Fruchtbarkeit führen kann. Who cares? Die Modeorthodoxesten trennen die Naht auf, um sich das Ding anziehen zu können, nähen sie dann wieder zu. Sie sind natürlich unerreichbar und haben sich bereits ein gewisses Maß an Freiheit verschafft, sie schwänzen die Schule, wie es ihnen passt, setzen jedoch ganz auf ihre Schönheit und stehen so trotzdem auf gutem Fuß mit den Lehrern, und sie werden von Typen abgeholt, die amerikanische Schlitten fahren, und damit meine ich richtige Schlachtschiffe mit Chrom und Flossenheck und Rücklichtern wie ein Lampengeschäft, mit offenem Verdeck und dem Radio auf voller Lautstärke, und nicht so eine Popelskarre wie der Impala, den sich Thomas zugelegt hat. Bei diesen Ladys hätte er keine Chance. Sie jumpen auf die Ledersitze, umstrahlt von vampiger Marilyn-Monroe-Magie und mit Lippen, die den Chrom von einem Buick saugen können, und die V8er grollen, und ihre Haare flattern im Wind, stehen wie ein Strich hinter ihnen, wenn die schaukelnden Yankeeschlitten auf den Mariedalsvägen rollen. Es ist ziemlich dämlich von dem Typen, der es auf eine von ihnen abgesehen hat, zu glauben, er käme glimpflicher davon, als dass der Amischlittentyp, ihr Verlobter, wortlos und ohne Anzeichen von Eile die Zigarette auf seiner Wange ausdrückt – und angesichts des umgekehrten Rechtssystems, das bei uns herrscht, geschieht ihm das nur recht!

Den Ladys, die zur zweiten Kategorie gehören, fehlt die star quality, sie sind gleichsam Waren zweiter Wahl, Wannabees, die Vulgovariante, es hat kurz gesagt mit einem Mangel an Sexappeal zu tun. Sie werden von keinen älteren Jungen abgeholt, von gar keinen Jungen, und niemand weiß genau, wie sie heißen oder in welche Klasse sie gehen. Sie bleiben seltsam anonym, obwohl sie prominente Positionen in der Pausenhalle einnehmen. Sie spachteln sich stärker, ohne Finesse und mit viel Schwarz um die Augen, tragen noch engere Jeans, unglaublich, aber wahr, und ihre Leckt-mich-Haltung den Lehrern und der Paukerei gegenüber bringt ihnen Nachsitzen, vom Erziehungsberechtigten zu unterschreibende Briefe, Einzelgespräche, Förderunterricht ein, langsam, aber sicher purzeln sie immer tiefer in den Notenligen herab.

Dann sind da noch all die Mädchen, die sich in keine besondere Schublade einordnen lassen, die einfach sind, ohne sich auszuzeichnen, normal und einfach, die wie die meisten von uns Jungen in der geräumigen Wanne der Mittelmäßigen, der Mittelhübschen, der Mittelangezogenen, der Mittelselbstbewussten plantschen. Die Masse, die eine Voraussetzung dafür ist, dass die anderen sichtbar werden. Das Fundament aller Extreme. Die bei den Schulfeten nicht als Erste, aber auch nicht als Letzte aufgefordert werden. Vor denen man sich nicht aufspielt, mit denen man aber gerne redet, wenn man ihnen alleine begegnet. An die man nicht automatisch denkt, bevor man einschläft, die einem aber auch nicht völlig den Abend versauen würden, wenn sie sich in den Gedanken einfänden.

Stopp, das reicht! Eigentlich willst du etwas anderes erzählen, nicht wahr?

Dann eben so: Es ist eine Übergangszeit, in der sich die Streber und Drop-outs herauskristallisieren, die Anita Ekbergs und die Mauerblümchen, und es ist auch die Zeit, in der Pubertät und jugendlicher Trotz auf die Welt der Erwachsenen treffen, Verlegenheit trifft auf Geilheit, und heiße Sehnsucht, Zettelnachrichten werden durch Sexualität ersetzt, eine verwirrte Suche nach einem Platz im Dasein kämpft mit selbstsicherem Stolz – und die Amischlittenkultur geht in den Clinch mit dem Aufruhr der neuen Zeit, dem Punk. Es kommt zu Entladungen in der Stadt, Schlägereien, Aufläufen, Polizeieinsätzen zu Pferd, es gibt einsame Punker, denen eine fürsorgliche Behandlung durch eine Autokarawane betrunkener Berserker zuteil wird. Teile der Pausenhallengang konvertieren zum Punk, was zum Teil eine Brücke zwischen beiden Lagern schlägt und die Mädchen, die am buntesten und in der

Mehrheit sind, bis zu einem gewissen Grad schützt. Sie decken die gesamte Skala ab, angefangen bei denen, die sich die Haare orange, grün, rot, gelb, schwarz färben und mit Seifenschaum Hahnenkämme formen oder sich den Schädel rasieren und zerschlissene Secondhand-Klamotten tragen, Rockerjacken, die mit Sex Pistols und Peacezeichen besprayt werden, Ketten zwischen Sicherheitsnadeln in Wangen und Ohr, Ringen da und dort, bis hinunter zum Rattenschwanz der etwas gesitteteren, häuslichen Mädchen, die ihren Aufstand auf die Schulzeit begrenzen, wie die eine, die sich mit Kajalstift einen Stern auf die Wange malt und eine Büroklammer im Nasenflügel befestigt (und »die Anlage« getauft wird). Sie nisten in Trauben auf der Treppe wie eine farbenfrohe, verrückte Vogelkolonie. Es sind schöne, smarte Mädchen, die zu Rebellen werden –

Gähn. Komm zur Sache! Sag, wie es ist, es tut weh, was?

Klar tut es weh. Die erste Freundin ist etwas Besonderes, sie bleibt dir im Herzen wie eine Matrix, in die andere eingepasst werden, man mag die Erste vergessen, mit der man im Bett landet, die Erste, von der man glaubte, man wolle den Rest seines Lebens mit ihr verbringen, aber die Erinnerung an die erste Freundin verschwindet nicht, sobald man verheiratet ist, so, als wäre man untreu, weil sie einem durch den Kopf geht: Was macht sie heute?

Cissi nimmt nicht wie Carina den Umweg über Led Zeppelin zum Punk, sie stürzt sich direkt hinein, kommt den einen Tag noch als Mädchen mit blondem Pferdeschwanz, den nächsten schon mit kurz geschnittenen Haaren und lila gefärbten Resten. Dick Kajal um die Augen und die Augenbrauen lang gezogen wie Säbel getuscht. Fängt an zu rauchen. Ich sehe eifersüchtig – das muss ich zugeben, es versetzt mir einen gehörigen Stich, ich fühle, wie es ist, betrogen zu werden –, dass Cissi mit einem Typen zusammenkommt, der zwei Meter zwanzig groß ist. Einsachtzig ohne Hahnenkamm. Aber sie gehört nicht zu denen, die sich die Oberfläche des Punks nur aneignen, um zu schockieren, als einen Schrei nach Aufmerksamkeit, die schädelschüttelnde, schreiende Horde der Konzerte, sie schließt sich mit felsenfester Überzeugung dem schwammigen Theoriegebäude der Musik und der Mode an und gehört schon bald zum intellektuellen Flügel des Punks, verteilt anarchistische Schriften, glaubt mit all ihrer Kraft und pubertären Wut an die Mission des Punks, die Welt muss verändert, mit Anarchismus und ungestimmten Gitarren aus den Angeln gerissen werden. Sie weicht nicht aus, sucht eher die Diskussion und Debatte mit den Lehrern, stellt infrage und liefert Argumente und Gegenargumente mit einer rhetorischen Reife, die alle Lehrer sprachlos macht. Eine wohl artikulierte Aufsässigkeit und eine Haltung, die fordert, ernst genommen zu werden. Und als Lundblad und der Aal sich auf sie stürzen, bleibt sie stehen und verteidigt ihr Recht, die zu sein, die sie ist, steckt die Schläge und die Tritte ein, bleibt aber stehen, bleibt stehen und zermürbt sie verbal, bis sie mehr zu verlieren als zu gewinnen haben, wenn sie Cissi schlagen.

Es ist eine Verwandlung, die ich mit Erstaunen verfolge, weil ich nicht begreife, wogegen sich ihr Aufruhr richtet, was verändert werden soll, warum oder wie (außer, dass ich begreife, die anarchistische Idee einer nicht-monetären Gesellschaft ist eine Utopie, wovon mich nicht zuletzt Lundblads Filzungen überzeugt haben), und ich würde nur zu gerne hören, was ihre Eltern jetzt sagen, *ob* sie etwas sagen, aber das werde ich wohl nie erfahren, denn das Ehepaar Åmark ist aus seinen schwammigen Linksheucheleien erwacht und hat sich den Realitäten gestellt und ist in eine 180 m^2 große, sozial anständige Wohnung auf dem Fersens väg gezogen, von wo aus Cissi ständig zu spät zur ersten Stunde erscheint, sich weigert, um Entschuldigung zu bitten, und auf ihr Recht pocht, selber die Verantwortung für ihre Schulausbildung zu übernehmen. Wenn sie überhaupt kommt. Denn der Typ, Per Felt, verbringt die meiste Zeit woanders als in der Schule, auf einer Bank im Pildammspark z. B., säuft Leichtbier, pustet Hasch.

»Na und?«, erwidert Cissi, wenn man das zur Sprache bringt.

»Aber verdammt, wie sieht der denn aus!? Und du?«

»Du kapierst ja wirklich gar nichts!«

»Hast du jetzt auch angefangen, was zu rauchen?«

»Wenn, ist das ja wohl meine Sache. Oder wenn ich es nicht getan habe.«

Sie wirft sich auf ihr schwarz gestrichenes Armeefahrrad und fährt davon, schreit:

»Du bist so verdammt bürgerlich!«

Ist schon okay, Cissi, du hast trotzdem noch einen Platz in meinen Gedanken.

Jetzt schüttet es Neuigkeiten, neue Fächer, neue Lehrer, die ein Mischmasch zwischen einem Palin und einem Tompa sind, Enthusiasten, die an Eigenverantwortung und Gruppendynamik glauben und uns gerne so reif sehen möchten, dass sie und wir »Freunde« sein können, die auf ein gemeinsames Ziel hinarbeiten, während ein Vertreter der Erwachsenenwelt das Letzte ist, was wir uns als Freund wünschen.

»Du bist eine Viertelstunde zu spät, Jan.«

»Ich war auf dem Klo.«

»Dafür hast du zwanzig Minuten Pause gehabt.«

»Denken Sie, ich pisse in meiner Freizeit?«

Wenn sie dann entdecken, dass diese »Freundschaft« zum Scheitern verurteilt ist, ist es bereits zu spät, einen Schritt zurückzugehen und zu versuchen, die Disziplin wiederherzustellen, die Palinsche Disziplin, mit der sie selber aufgewachsen sind und die sie auf der Lehrerhochschule *nicht* anzuwenden gelernt haben, die sie verdrängen, bis sie sich nicht mehr dagegen wehren können. Denn Janis' ausgedehnte Sitzungen auf dem Klo gehen weiter.

»Wenn du noch einmal zu spät kommst, dann ... dann ... dann schneide ich dir die Ohren ab!«

Womit sie zu kämpfen haben, ist also nicht allein unser leicht verächtliches Misstrauen ihrer Stellung und Autorität gegenüber, sondern auch, und vielleicht schlimmer, ihr eigener Zwiespalt angesichts der Frage, in welche Richtung sie gehen sollen. Dies führt zu Lehrern, die auf offener Bühne zusammenbrechen, lange krank geschrieben werden und sich weigern, gewisse Klassen zu übernehmen, wodurch sie noch mehr an Ansehen verlieren. Kein Wunder, dass sich viele von ihnen eine andere Stelle suchen, als der Arbeitsmarkt sich stabilisiert, oder dazu übergehen, zu Hause zu sitzen und Schulbücher zu schreiben, wozu ihnen dann das Lehrerkollegium *gratuliert,* weil es ihnen gelungen ist, der Schulwelt zu entfliehen.

Während in uns gleichzeitig der Verdacht keimt, dass Janis nicht der hellste Kopf der Klasse ist.

Wie so oft ist Lasse der Erste von uns, der einen eigenen Weg durch den dichten Dschungel aus Verhaltensweisen und Ambitionen findet, zwischen denen wir wählen können. Ihm ist alles scheißegal. Er macht sich eine Perle ins Ohr und hat wie gesagt einen Stammplatz auf den Pausenhallenbänken eingenommen, den er nicht mehr verlässt. Es klingelt und Lasse bleibt sitzen. Er wird mehr als ein Kumpel von Lundblad und dem Aal, er wird ein Klassenkamerad von ihnen. Nach dem ersten Halbjahr wird er nämlich in den permanenten Förderunterricht für »ausagierende Schüler« versetzt, und die Sonderklasse ist sowohl so demokratisch als auch so praktisch beschaffen, dass den Schülern die gleichen Lehrbücher in die Hand gedrückt und sie gemeinsam unterrichtet werden, egal in welchem Schuljahr sie sind, drei Jahre in Folge mit Grundkursen, im Vordergrund steht hier, »Unterbringung« zu betreiben, nicht »Unterricht«, in Schulstunden, die damit beginnen, dass der Sonderlehrer eine Runde um die Schule dreht, um alle Abtrünnigen einzusammeln, um sie anschließend so beschäftigt zu halten, dass sie hoffentlich bis zum Klingeln bleiben.

Auch mein Kontakt zu den Schulbüchern wird sporadisch. Es gibt so viel anderes, das jetzt lockt. Ich habe keine Zeit, zu Hause zu sein. Was ich Mama mitteile.

»Wo willst du denn hin?«

»Raus.«

»Was heißt raus?«

»Einfach nur raus.«

»Aber wir wollen zu Abend essen ...«

»Ich esse später, Mama.«

Denn ich muss ... raus. Draußen tut sich natürlich nichts. Die Gang lungert vor der Wurstbude am Pildammskreisverkehr herum, wo wir Brot mit Ketchup für fünfzig Öre mampfen, Kippen einzeln verkauft werden und unsere Eltern uns nicht paffen sehen können. Das Einzige, was es hier schüttet, ist Regen. Es ist verdammt nochmal Herbst, Wind und Unwetter, Rotze und Infektionen – weil die Boots, die man sich endlich erbettelt hat, eine schlechte Ledersohle haben und lecken wie ein undichter Kahn. Wärmen tun sie auch nicht.

Mama befürwortete bis zuletzt gefütterte Stiefel, denn sie wusste, Boots waren gleichbedeutend mit einer konstanten, sechs Monate langen Erkältung, aber das muss der sture Sohn erst selber herausfinden. Sie gab nach und beschloss, die Grenze bei einer taillenkurzen Lederjacke und Blasenentzündungen zu ziehen, irgendwo ist Schluss, und sie mag es nicht, wenn er »raus« geht, aber er ist in der Pubertät, und in der Pubertät hat man weder Kontrolle über die schnell wachsenden Körperteile und die Stimmbruchstimme noch über seine Zugehörigkeit, also protestiert Mama nicht, sie weiß auch das, sie wärmt das Essen auf, wenn er Stunden später wieder landet.

Monika dagegen fällt es nicht so leicht, sich mit der haltlosen Lebensweise ihres Bruders abzufinden. Monika, die Nachthemd und Bademantel inzwischen in der Toilette anzieht (und morgens ein Bündel Kleider dorthin mitnimmt, duscht, die Tür einen Spaltbreit öffnet und einen Spritzer Dampf herauslässt, während sie Mama zuruft, was ihr fehlt). Sie stellt sich neben das Bett, als sie herauskommt.

»Du solltest ein bisschen öfter zu Hause sein.«

»Bist du doch auch nicht.«

»Als ich in deinem Alter war, schon.«

»Dann bin ich wohl reifer als du.«

Monika verdreht die Augen, hängt den Bademantel an einen

Haken hinter der Tür, nimmt Edith Södergrans Gedichte aus dem Bücherregal und legt sich hin, liest zwei Minuten, macht eine Pause.

»Merkst du denn gar nicht, dass Mama traurig ist, weil du immer weg bist?«

»Ist sie das?«

»Wenn Folke kommt, musst du öfter zu Hause bleiben. Mama zuliebe.«

»Aber er ist doch immer hier!«

Ja, Folke ist in diesem Herbst oft gekommen. Er und Mama machen sonntags Ausflüge aufs Land, essen in einem Gasthof oder gehen abends in die Kneipe, auch wenn Mama nach wie vor findet, dass so etwas »nicht nötig« ist, und er hat sie mitgenommen und sich eine Wohnung angesehen. Folke schmiedet Pläne, Mama hört zu und lehnt ab, wenn sie findet, dass er zu weit geht, so als er vorschlägt, dass die beiden im Winter doch eine Woche auf die Kanaren fliegen könnten, denn ich bin noch nicht alt genug, um allein gelassen zu werden, und Monika soll eine solche Verantwortung nicht aufgebürdet werden.

»Und ein Wochenende in Halmstad?«

»Halmstad? Da will ich nun wirklich nicht hin.«

Denn Mama hat keine Lust, in die Stadt zu fahren, in der seine frühere Familie lebt.

Es kommt kein Anruf aus Uddevalla im Oktober, es kommt auch keiner im November oder Dezember. Mama ist dem zuvorgekommen, indem sie angerufen und mitgeteilt hat, dass wir Weihnachten dieses Jahr zu Hause feiern werden. Sie lädt die Verwandten ein, wohl wissend, dass sie nicht kommen werden, und beginnt mit den Weihnachtsvorbereitungen.

»Was willst du denn Folke schenken? Du bekommst so tolle Sachen von ihm.«

»Mama, es ist doch noch ewig hin bis Weihnachten!«

»Oh nein, mein Lieber, das geht jetzt ganz schnell!«

Darauf hört man nicht, denn alle Monate sind gleich unüberschaubar lang, besonders im Herbst – mit Ausnahme des Monats vor Weihnachten, der einen Sprung macht: Mitte November geht man ins Bett und erwacht wieder am zweiten Advent, steht auf und hat plötzlich das Luciafest bereits hinter sich. Man rennt in die Küche.

»Ich muss noch was für Monika und Folke kaufen!«

Mama wusste, dass es so kommen würde, Mama weiß alles.

»Ich habe Geschenke für dich gekauft.«

»Aha«, sagt man beschämt. »Und was wünschst du dir?«

»Unsinn. Du brauchst mir nichts zu schenken. Spar dein Geld lieber.«

»Aber *irgendwas* musst du doch brauchen?«

»Und was soll das sein?«

Mama stellt den Ofen an, will eine Pastete in die Röhre schieben.

»Du kannst ja selber was machen«, schlägt sie vor. »So was wie den schönen Topfuntersetzer mit den Indianerperlen.«

Dead end. Als ob Mama nicht enttäuscht wäre, wenn sie am Weihnachtsabend mit leeren Hände dasäße. Am nächsten Tag frage ich sie wieder und bekomme zur Antwort, ich soll mir nicht den Kopf zerbrechen – und das Einzige, was diese Antwort hervorruft, ist Kopfzerbrechen. An Weihnachten soll man schenken, allen außer Mama, die es am meisten verdient hat. Hier bietet sich ihr einmal die Chance auf einen Funken ehrenwerter Dankbarkeit, Mangelware in der schwedischen Familienidylle, und dann kontert sie mit Selbstverleugnung. (Glaubt man, bis man selber Kinder hat und sich am allermeisten wünscht, ein bisschen mehr mit ihnen zusammen sein zu dürfen. Oh ja, Mama weiß auch das.)

Die Pastete ist in Alufolie eingeschlagen und auf den Balkon gestellt worden. Mama wirtschaftet den ganzen Abend in der Küche herum und macht Sülze und legt Heringe ein, nach Großmutters Rezept, weiß der Himmel, was sie da alles macht, sie wird praktisch alles vorbereiten außer dem Weihnachtsschinken, den wird Folke von einem Hof mitbringen, den er in Småland kennt und wo sie schwarz die saftigsten verkaufen, die man sich nur vorstellen kann.

Monika kommt von den Pfadfindern nach Hause. Sie schaut in die Küche:

»Wirst du denn nie müde?«

Mama tut die Frage ab:

»Dieses Jahr kann ich die ganzen Feiertage zu Hause bleiben und mich ausruhen.«

Es beginnt in den Sechzigern, als die schwedischen Bekleidungsunternehmen dank gesenkter Transportkosten Fabriken im Ausland aufbauen können, in Finnland, Portugal, Niedriglohnländern, dann beginnt die dritte Welt zu produzieren. Schweden hat die niedrigsten Importzölle der Welt, konkurrenzfähige Mäntel und Unterhosen und Billigstrümpfe überfluten in Massen das Land, und staatliches Geld fließt in die Textilindustrie, ein Strumpfprogramm 70. Die Vereinigte Schwedische Trikotwaren AG wird in der Morgendämmerung der Siebzigerjahre zu Eiser umgebildet, einem Konzern, von dessen Aktien der Industrieminister fünfzig Prozent an sich reißt, ein paar Jahre später übernimmt die Holding für Staatsunternehmen dann den ganzen Eiser-Konzern. Und der Staat erwirbt weitere, darunter einige in Konkurs gegangene Bekleidungsfirmen zu, wie es heißt, Strukturrationalisierungszwecken, unter anderem die Malmöer Strumpffabrik. Die Produktion wird automatisiert. Fabriken werden geschlossen, erst die kleinen, dann immer größere. Die Textilbranche verliert Angestellte wie ein Weihnachtsbaum im Januar seine Nadeln. Die Strumpffabrik ist die größte Skandinaviens in ihrer Branche, expandiert, arbeitet mit Gewinn, und die gesamte Produktion dünner Damenstrümpfe wird in Malmö konzentriert, während andere Produktionszweige nach Borås verlegt werden. Und Eiser brandschatzt das Unternehmen, juristisch und buchführungstechnisch geschieht dies untadelig in Form von aufgelösten Rücklagen, die zu Konzernzuschüssen werden, und Gewinnen aus Fonds, die zu Ausschüttungen an den Mutterkonzern werden, die Solidität bricht zusammen, das alles wird arrangiert von einem Direktor, der findet, »das Leben ist am besten, wenn man sich Sorgen macht«, und weil fast 90 % der Angestellten in der Textilbranche Frauen sind, das Kanonenfutter der Industrie, ist es einfach, kurzen Prozess zu machen. Als die Strumpffabrik auf Grund der schwachen Konjunktur, eines allgemeinen Niedergangs, gestiegener internationaler Konkurrenz, einer immer kleineren Gewinnspanne, zu hohen Betriebskosten, eines schrumpfenden Markts für Strumpfhosen angesichts der Jeans- und Freizeitmode, und was die zugeknöpften Herren des Vorstands sich noch alles einfallen lassen, um ihre Formulierungen damit zu spicken, die Belegschaft der herrschenden Nachfrage und dem zu erwartenden zukünftigen Absatz anpassen muss, will sagen, entlassen, kündigen, feuern, hinauswerfen, freistellen muss, you name it, wird die Frau mit einer Reihe ratternder Jahre an der Nähmaschine, einer zum industriellen Gebrauch jedoch unzureichend angepassten Schulterpartie in vorderster Front platziert.

»Was willst du jetzt tun?«, sagt Monika.

Und Mama, verbissen:

»Woher soll ich das wissen? Ich habe es gerade erst erfahren. Sie haben nur gesagt, dass wir bleiben dürfen, bis die Verhandlungen abgeschlossen sind.«

»Und wann ist das?«

»*Ich weiß es nicht,* Monika! Das kann dauern. Ich will jetzt nicht darüber reden.«

Mama setzt sich mit einem Kreuzworträtsel, ganz vorsichtig, denn alles ist gründlich geputzt und aufgeräumt, das ist es immer, aber jetzt ganz besonders, und sie will nichts von der Kündigung und der Zukunft hören, bevor Folke kommt, es ist etwas, das wir gemeinsam durchstehen werden, wir werden uns abends zusammensetzen und es durchsprechen, beratschlagen, abwägen, eine Lösung finden, aber Folke verspätet sich, kommt nicht an dem Tag, für den er sich angekündigt hat, lässt nichts von sich hören, was Mamas Sorgen nicht kleiner werden lässt, auf dem Weg von

Östergötland ist vielleicht etwas passiert, das tückische, unberechenbare Wetter im småländischen Hochland, und auch am nächsten Tag steht er nicht mit dem Schinken unter dem Arm vor der Tür, ruft jedoch an, ich bin am Apparat, und er kann gerade noch sagen, dass er sich verspätet, ehe der das-Gespräch-wird-gleich-unterbrochen-Ton auch schon tutet, und die Leitung ist tot.

Dies ist eine Nachricht, die Mama gleichmütig aufnimmt. Am Tag vor Heiligabend muss Monika widerwillig zu Hause bleiben, damit jemand Folke in Empfang nehmen kann, wenn er eintrifft, während Mama und ich zum Johanneshof fahren, auf frisch geräumten, von glitzernden Schneewällen gesäumten Straßen und unter einer Sonne wie eine tief hängende Mandarine an einem Himmel, so bleich wie Glas, das man am Strand findet, und mit dem Reisemagazin im Radio, Berichten über die Verkehrslage und Interviews vom Straßenrand. Großmutter hat nicht die Kraft, alleine nach Uddevalla zu reisen, und Leif »hat keine Zeit«, sie abzuholen. Großmutter füllt das Auto mit ihren Paketen und Koffern, der halbe Hausstand wird um mich herum auf dem Rücksitz verstaut. Es wird eine Rückfahrt, zu deren Monotonie gehört, dass Mama die Strumpffabrik Großmutter gegenüber *verteidigt*:

»Wie soll es denn jetzt weitergehen, Bodil. Sie setzen dich auf die Straße.«

»So kann man das nicht sagen, Mutter. Es wird schon werden.«

»Also, ich verstehe das nicht. Du bist doch so fleißig.«

»Darum geht es überhaupt nicht ... Sie sehen das aus einem anderen Blickwinkel.«

»Kannst du nicht mit deinem Chef sprechen? Er kann dir vielleicht helfen.«

»Mach dir keine Sorgen, Mutter. Es gibt andere Jobs.«

Als wir ankommen, ist es schon dunkel. Monika sitzt, die Wollsockenfüße unter sich, allein auf der Couch, kaut Sahnebonbons und drückt Nelken in Apfelsinen, die sie an rote Kunstseidenbänder hängt, hört den Bolero auf der Stereoanlage.

Mama noch im Mantel:

»Hat er sich gemeldet?«

»Es hat niemand angerufen.«

Das ist eine Antwort, mit der Mama sich zufrieden geben muss, und nachdem Großmutter die Runde gemacht hat, um festzustellen, dass hier alles wie immer ist, einen Satz Handtücher für das Badezimmer und einen Platz neben Monika auf der Couch bekommen hat, beginnt Mama den Tisch für das Abendessen zu decken. Sie stellt fünf Teller auf den Tisch, nimmt einen weg, überlegt es sich anders, stellt ihn wieder hin. Sie prüft mit einem Piekser, ob die Kartoffeln gar sind, schüttet das Wasser ab und lässt den Topf ausdampfen, zieht die Pfanne mit den Fleischklößchen von der Platte, reicht mir das Senfglas, damit ich den Deckel abschraube, und als es zwischen Butter und Brot und Käse und roter Bete an seinem Platz ist, werde ich zum »Essen!«-Rufen in das blau schimmernde Wohnzimmer geschickt. In diesem Moment klingelt das Telefon. Ich schnappe mir den Apparat im Flur. Am anderen Ende fragt eine Frauenstimme sehr förmlich nach Bodil Kraft, und ich reiche den Hörer an Mama weiter, und sie, ja?, mit einem ängstlichen Ton in der Stimme. Danach sagt sie nichts, hört zu, sagt: ist er? mit noch ängstlicherer Stimme, und setzt sich. Als aus dem Flur kaum noch etwas zu hören ist, rappelt sich Monika mit Großmutter im Schlepptau von der Couch auf, dreht den Ton leise, als sie am Fernseher vorbeikommt, Mama wendet sich von uns ab, es wird ein kurzes Gespräch, bei dem sie nicht viel sagt, es aber mit einem leisen Danke beendet, ehe sie auflegt. Ihr Blick ist an die Wand genagelt. Ihre Hand liegt noch auf dem Telefon.

Großmutter überwindet den toten Punkt:

»Er kommt nicht?«

»Er ist wieder zu ihnen gezogen.«

Monika: »Zu ihnen? Zu denen in Halmstad?«

»Etwas anderes war von ihm nicht zu erwarten«, bemerkt Großmutter. »Was habe ich dir gesagt?«

Ich frage:

»Wer war am Apparat?«

Mama steht, eine Hand auf das Telefontischchen gestützt, auf.

»Das war seine Frau.«

»Seine Frau?«, wiederholt Monika. »Konnte er nicht selber anrufen? Und war das alles, dass er wieder zu ihnen gezogen ist?«

»Sie hat uns noch frohe Weihnachten gewünscht.«

Hier können wir uns nun mühelos ausmalen, dass Mama, gekündigt und zum zweiten Mal vom gleichen Mann verlassen, ein Fass aufmacht, sich an den Weihnachtstagen ordentlich die Kante gibt, anschließend über Silvester und bis Dreikönige auf Sparflamme weitermacht, heimlich trinkt, ehe sie wieder auf Touren kommt, sobald Großmutter auf den Johanneshof zurückgekehrt ist, und sie die Tage damit verbringen wird, zu Hause zu sitzen und den Pegel zu halten, in einem Nebel umherzutorkeln, den nichts und niemand durchdringt, und es so weit kommen lassen wird, dass die Nachbarn sich veranlasst sehen, das Sozialamt einzuschalten, und das jüngste Kind wird zu Pflegeeltern gebracht, während die Mutter zum Entzug ist, aber das hier ist kein Stück aus der Literaturgeschichte, nichts, was wir einmal in einem Film gesehen haben, das hier ist meine Mama, und sie hat natürlich auch einen Klumpen in der Brust, der so zusammengepresst wird, dass es sticht, aber deshalb darf sie noch lange nicht zusammenklappen, Mama kann sich kein Selbstmitleid leisten und auch nicht fliehen, sie hat einen Sohn und eine Tochter, um die sie sich kümmern, eine Würde, die sie sich bewahren, Rechnungen, die sie bezahlen muss, und ein Abendessen auf dem Herd und Weihnachten, das gefeiert werden muss:

»Jetzt wird erst einmal gegessen. Ihr müsst ja umkommen vor Hunger.«

Weder Monika noch ich hängen einen Strumpf auf, bevor wir ins Bett gehen. Wir machen das Licht aus, und wir unterhalten uns nicht in der Dunkelheit. Ich drehe mich zur Wand, ohne das Klacken des Schlosses abzuwarten. Und es wird Heiligabend ohne dieses Kribbeln in den Beinen, das sonst dazugehört. Ich bleibe im Bett liegen, habe keine große Lust aufzustehen, aber hinter der Tür hört man Stimmen, die sich für einen langen Tag warm reden, und unter mir schlägt Monika die Decke zur Seite und kommt auf die Beine. Es ist mir lieber, mit ihr aufzustehen.

Die Stimmen verschwinden, als wir in Schlafanzug und Nachthemd in die Küche kommen. Großmutter lässt den Löffel derart in ihrer Tasse kreisen, dass der Kaffee einen Wirbel bildet, tröpfelt ein paar Stücke Zucker hinein, und Mama, die sich nicht darum schert, uns an den Bademantel zu erinnern:

»Was wollt ihr haben? Ihr bekommt alles, was ihr wollt.«

»Haben wir Torte?«, versuche ich mich.

»Torte, nee. Du bist wohl verrückt. Aber wie wäre es mit Milchreis?«

»Jetzt nicht.«

»Lieber normale Brote?«

Mama reicht Monika ein paar Scheiben, damit sie den Toaster mit ihnen füttert.

Es gibt nicht viel zu tun. Abwarten. Die Wohnung kommt einem überwältigend eng vor. Großmutter schaut fern und blättert in Illustrierten. Monika okkupiert das Zimmer. Mama klappert in der Küche.

»Darf ich rausgehen?«, frage ich sie.

Mama, die mir die Haare zerzaust.

»Sicher, wenn du möchtest.«

Und als ich Boots und Jacke angezogen habe, kommt sie in den Flur hinaus.

»Sei nicht traurig, Johan. Du wirst sehen, am Ende wird alles gut. Bleib nicht zu lange draußen.«

Lange bleibt man nicht draußen, denn wenn es einen Tag im Jahr gibt, an dem man das nicht tut, dann ist es Heiligabend, man dreht eine Runde um seine alte Schule, was die Laune nicht gerade verbessert, um die Geschäfte, tritt einen Stein weg und wünscht sich, dass Folke den Tritt spürt, tritt gegen noch einen, schmeißt ein Fahrrad um und springt auf die Räder, sodass die Speichen brechen, das macht es nicht verständlicher, und man weiß nicht, was man mit all dem in sich anfangen soll, das wütend, siedend ist oder vielleicht auch hasst, und dann auch wieder nicht, und es ist kalt, und man friert und hat kein Gefühl mehr in den Zehen und den Fingern und der Nase, und man ist unsicher, ob es Zeit ist, nach Hause zu gehen, das ist es nicht, es reicht noch für einen Abstecher zu Allans Wurstbude, um die Schlagzeilen nicht zwei, sondern drei Mal zu lesen, das vertreibt die Gedanken nicht, bis man schließlich nach Hause trottet zum Disneyprogramm mit den Aristocats und diesem dämlichen Stier, der mit dem Hintern auf eine Weste plumpst, zu Nüssen und Konfekt in Glasschalen, aber Gemütlichkeitsfaktor null.

Mama muss in Uddevalla anrufen und frohe Weihnachten wünschen, ist gezwungen damit herauszurücken, dass bei uns einer fehlt, Absage in letzter Sekunde, nein, auch morgen nicht, nie mehr, und wie geht es euch? habt ihr schon beschert? Sie hat ihren Bruder am Ohr und den Blicken nach zu urteilen, die sie Großmutter zuwirft, ist ihm dieses Jahr die Weihnachtsmannmaske erspart geblieben, und er hat frühzeitig an Bord des Schiffs auf dem Etikett der Wodkaflasche gehen, den Anker lichten und auf die offenen Fahrwasser der Redseligkeit hinaussegeln können, und als er den Hafen erreicht hat, tritt eine kurze Pause ein, in der Mama die Hand auf die Sprechmuschel legt und Lisbeth! flüstert, und ihr Gesichtsausdruck verändert sich, sie erzählt das Gleiche nochmal, und in Uddevalla legt ein neuer langer Wortschwall ab, in den Mama gelegentlich ein gedämpftes Ja und Nee und ich weiß, ich weiß und ich habe geglaubt, dass es diesmal ..., und: ich wünsche euch auch frohe Weihnachten einwirft.

»Du darfst nicht darauf hören, was Lisbeth sagt«, meint Großmutter.

»Sie glaubt, dass alles so einfach ist«, erwidert Mama.

»Du weißt, wie sie ist. Sie hat es auch nicht leicht.«

»Jetzt wird beschert.«

Mama dirigiert ihre kleine Truppe zur Couch, und nach einigen Wortgeplänkeln darüber, wer die Rolle des Weihnachtsmanns übernehmen soll, ist es Mama, die die Namensschilder vorliest und die Pakete verteilt, und es wird trotz allem ein wenig festlich.

»Auf dem hier steht gar kein Name. Ist das von dir, Johan?«

»Ich habe auf allen was gereimt.«

»Darf ich mal sehen?«, sagt Großmutter. »Das sieht aus wie eins von meinen.«

»Hast du keinen Zettel drangemacht?«

»Doch, sicher habe ich das.«

Großmutter sucht, findet nichts als normales Geschenkpapier.

»Habe ich das etwa vergessen?«

»Aber du musst doch noch wissen, für wen es ist?«

»Ist das für dich? Ich bin mir nicht sicher. Oder für Lisbeth ... Monika, meine ich.«

»Erinnerst du dich überhaupt an etwas?«, fragt Mama ärgerlich. »Weißt du wenigstens noch, was drin ist?«

»Das ist ... nee ...«

»Dann müssen wir alle aufmachen und nachsehen?«

Monika und ich müssen Großmutters Pakete aufreißen, aber das nützt auch nichts, denn Großmutter weiß ohnehin nicht mehr, was sie für wen gekauft hat.

»Nehmt euch einfach, was ihr haben wollt«, löst sie das Problem. Und da fängt Monika an zu lachen, und Mama, und ich und Großmutter auch, und es tut gut, über so etwas Lächerliches lachen zu dürfen, so zu lachen, dass man mit Seitenstichen auf den Boden rutscht, zu vergessen, was für Weihnachtsgeschenke man gekauft hat! Wir lachen dermaßen, dass der Hering hochkommt und wieder kehrtmacht, und jedes Mal, wenn unser Lachen langsam abebbt, halten wir etwas Neues hoch:

»Für wen ist das hier?«

»Ich weiß es nicht«, antwortet Großmutter außer Atem. »Willst du es haben?«

Und das Lachen bekommt neuen Schwung. Mama lacht so sehr, dass ihr Tränen in den Augen stehen, und sie muss sich mit der Serviette wie ein Scheibenwischer über die Wangen fahren, und als wir endlich ausgelacht haben, sind die Tränen noch da, und Mama faltet das Geschenkpapier zusammen, das man noch einmal benutzen kann, legt es auf einen Stapel, steht auf und zieht ihre Schürze aus:

»Ich lege mich ein bisschen hin.«

»Jetzt? Was ist los, Mama?«, sagt Monika.

»Ich will mich nur was ausruhen. Ich habe schlecht geschlafen. Machst du Großmutter bitte eine Tasse Kaffee?«

Und Mama geht in ihr Zimmer, schiebt die Tür zu, nicht ganz, nicht so, dass sie sich abschirmt und uns ausschließt, sie lässt einen Spalt, der genau so breit ist, dass sie dennoch bei uns ist, aber niemand käme auf den Gedanken, anzuklopfen und seine Rübe hineinzustecken.

Unter dem Weihnachtsbaum liegen vier unangerührte Pakete.

»Ja«, sagt Großmutter. »Eine Tasse Kaffee wäre jetzt nicht verkehrt.«

Noch ist die Gang intakt, auch wenn sich erste Risse erahnen lassen, der Zusammenhalt wird jetzt, da wir begonnen haben, in verschiedene Richtungen zu ziehen, auf die Probe gestellt. Von Bogdan sehen wir z. B. nicht mehr viel in letzter Zeit, und natürlich auch nicht von Cissi, sie würde ohnehin niemals auf die Idee kommen, zu etwas so Demoralisierendem wie einer Schulfete zu gehen. Denn dorthin sind wir unterwegs, als wir uns am Pildammskiosk treffen, von wo aus wir zum Himlabacken im Park weiterziehen. Und aus dem gleichen Grund, aus dem die erste Prise Schweden-Snus nicht daheim im Kinderzimmer unter die Lippe geschoben oder die erste Kippe nicht heimlich und allein geraucht wird, muss auch der Alkohol vor versammelter Mannschaft Einzug halten. Er gehört zu den Dingen, bei denen es sinnlos wäre, ihre Bekanntschaft auf eigene Faust zu machen, denn es geht nicht darum, was man mit sich selber macht, sondern darum, was man vor anderen macht – und wir machen es um eine der Bänke am Fuß des Hügels geschart, die Kragen hochgeschlagen gegen den Wind und den strömenden Regen. Lasse hievt eine Flasche heraus.

»Probiert das mal.«

Jemand nimmt ein erstes Schlückchen.

»Oh! Verdammt! Ist das eklig!«

Ich nehme den nächsten Schluck, und gut schmecken tut es nicht, aber wenn man schnell trinkt, hat man keine Zeit, etwas zu schmecken. Ich nehme noch einen.

»Mal langsam. Trink nicht alles auf.«

»Cool bleiben«, meint Lasse. »Wir haben noch fünf Pullen. Trink noch was.«

»Nee, später.«

»Dann gib schon her!«

Jerry William trinkt mit was sich am ehesten als Verzückung beschreiben lässt, fest entschlossen, sich eine ordentliche Portion des wärmenden Getränks einzuverleiben, mit einem Enthusiasmus, den er sicher hätte zügeln können, wenn er gewusst hätte, dass sein Vater seinen eigenhändig angesetzten und im Vorratskeller verwahrten Löwenzahnwein beisteuern musste. Lasse und Janis haben folglich das Schloss aufgebrochen und die gesamte Ernte an sich gebracht (wovon die Hälfte an Lundblad gegangen ist). Vin du maison 1977 steht auf dem Etikett. Jahrgangswein. Mit einer schleimartigen Brühe, die über dem Flaschenboden schwebt.

»Was ist das?«

»Das ist das, wovon man blau wird.«

Ein Mythos, aber in diesen Jahren leben wir von solchen Mythen, also nimmt Carina einen Mund voll, verzieht das Gesicht – Nee, igitt! –, trinkt dann noch ein paar Schlucke, ehe sie die Flasche an Åsa weiterreicht, die sie an die Lippen setzt.

»Jetzt trink doch!«

»Hab ich doch! Es hat mir nicht geschmeckt.«

»Ich hab gesehen, dass du nicht geschluckt hast.«

»Hab ich wohl.«

Carina nimmt die Flasche wieder an sich, zieht sich noch eine gehörige Dosis rein.

»Gib mal die Kippen, Lasse.«

»Fang.«

Eine Schachtel Marlboro flattert durch die Luft.

»Jetzt nimm schon einen ordentlichen Schluck, Åsa.«

»Ich hab doch gesagt, ich hab genug getrunken!«

Die Dunkelheit senkt sich auf den Park herab. Stimmen und Zigarettenglut und das Glänzen der Flaschen, die herumgereicht werden. Rolle kommt etwas später vom Training, mit duschnassen Haaren und dem Duft von Deodorant, Rolle, der ein Turnier in Århus gespielt hat (die Ergebnisse: 2:1, 4:2, 0:11, in der Nacht vor dem letzten Spiel landete der Trainer bei einer Frau, die er in einem Restaurant getroffen hatte, der Torhüter wegen Trunkenheit in einer Zelle, rechtzeitig zur zweiten Halbzeit kehrte er mit Suffaugen zurück, kotzte in seine Mütze, wurde vom Platz getragen: Sport), hat den Kniff raus, wie man Erfrischungen mixt, leert sachkundig Souvenire – Apricot Brandy, Whisky, Cointreau, Eierlikör: alles, was er in die Finger bekommen hat – in eine Büchse Bier. Eisengrog. Tierisch lecker.

»Willst du nichts, Roger?«

»Nee«, heißt es von Roger, der sich zusammen mit Laila, die man erst gar nicht fragen braucht, ein wenig außen vor hält.

Flaschen und Dosen drehen ihre Runden, wie die Gedanken, die steif gefroren durch den Schädel rollen: Wie viel muss man trinken, damit man etwas spürt? Und was spürt man?

»Ich bin total blau!«

»Du hast doch gar nichts getrunken.«

»Was habe ich? Schau doch her.«

»Ich spüre gar nichts. Kann man immun sein?«

»Scheiße, Janis, musst du die Kippe heiß rauchen?«

»Was hast du in die hier gekippt, Rolle?«

»Das hieß Underberg. Und noch was anderes.«

»Du, das schmeckt echt lecker.«

»Nun komm schon, Roger, du kannst doch wenigstens mal probieren.«

Doch Roger will nicht probieren, an dem Gebräu nicht einmal

riechen, aber er bleibt am Rand stehen und verfolgt mit einem Grinsen die Verrücktheit seiner Schulkameraden. Åsa hat sich zu ihm und Laila zurückgezogen:

»Sollen wir nicht bald gehen, Carina?«

»Gehen? Warum denn? Wir sind noch nicht fertig.«

Der erste Rausch, der einem eine erste Lehre in diesem Genre erteilt: Es gibt immer einen, der am besoffensten ist, jemanden, der ausflippt und in eine eigene Richtung abhaut, schnurstracks ins Gebüsch, wo in unregelmäßigen Abständen die Blätter rascheln. Persson ist auf allen vieren, zitternd, wimmernd, erinnert stark an Rogers Vater, als die halbe Siedlung am Fenster stand und ihn zusammen mit Jokkmokks-Jocke aus dem Taxi steigen sah, allerdings mit einem weniger aggressiven Bewegungsmuster, und mit offenem Mund. Aus dem kommen keine Worte, es kommt ein neuer, wässriger Strahl, Persson ist mittlerweile zum Bodensatz vorgedrungen. Er krabbelt herum auf der Suche nach etwas, woran er sich festhalten kann, nach etwas, das den Globus dazu bringt, sich nicht mehr zu drehen, findet einen Baumstamm, den er umarmt wie ein Kind, mit geschlossenen Augen und immer noch offen stehendem Mund, schwere Atemzüge als einziges Zeichen, dass er am Leben ist, vielleicht auch ein schwaches Grunzen, ist offenbar doch nicht so immun, wie er geglaubt hat. Janis schüttelt ihn:

»Jetzt reiß dich zusammen, sonst holen wir deinen Vater!«

Smart, Janis. Es bedarf keines großen Selbsterhaltungstriebs, um zu begreifen, dass es jetzt alles andere als brillant wäre, Väter zu holen. Persson ist halb tot, und wenn einer halb tot ist, dann ist es die Aufgabe der anderen, dafür zu sorgen, dass er, oder sie, denn das passiert, das passiert, wieder auf die Beine kommt. Jerry William und ich sind es, die Persson aufrichten. Wir stützen ihn bis zum Teich, wo erst neulich das Eis geschmolzen ist, und halten ihn fest, als er sich mit wackligen Beinen und vorquellenden Augen auf einen Stein sinken lässt und fahrig abwäscht, zwei Hand voll vogelschissiges Wasser über die Jacke schöpft, die eine grünbraune Schmuckleiste auf der Brust bekommen hat. Er reibt sich das Gesicht ab, zieht die Nase hoch, trinkt etwas, gurgelt, spritzt es in einem matten Strahl wieder aus, hustet und ein letzter grüner Rest kommt aus den untersten Vorratskammern des Magens hoch. Unsicher steht er auf, wankt, findet das Gleichgewicht wieder, zieht den Pullover aus der Hose und trocknet sich ab, steht schwankend und blass und nicht besonders gesprächig auf dem Stein, die Knie der Jeans nass. Er spuckt, bläst etwas Erbrochenes aus, das sich in der Nase festgesetzt hat. Jerry William und ich sind auch mächtig wacklig auf den Beinen, aber unsere Aufgabe ist es nun, die Zellen wieder an Ort und Stelle zu schütteln, klar zu denken, Verantwortung, wir stehen schweigend auf unseren Steinen, verfroren, und schauen in den wollgrauen Himmel hinauf, unter dem sich das alles abspielt, die Fontänen im Teich, die farbig angestrahlt werden und in verschiedenen Mustern spritzen, oder sind sie um diese Jahreszeit abgeschaltet, der spärliche Verkehr in weiter Ferne hinter der Kastanienallee, die erleuchteten Fenster der Krankenhausgebäude, Räume mit warmen Betten, und was ist das, was wir jetzt erleben, ist es reifer werden, wird man so erwachsen, das hatten wir uns anders vorgestellt. Älter zu werden ist kalt und schmeckt schlecht.

Jerry William schnippt seine Kippe mit einem Fingerknipsen aus der Ästhetik des Spaghettiwesterns ins Wasser:

»Du musst nach Hause.«

Persson starrt ebenfalls auf den Teich hinaus, es regnet nicht mehr, starrt den alten Wasserturm auf dem Hügel auf der anderen Seite an, als hätte sich etwas in ihm verhakt.

»Schaffst du es alleine nach Hause?«

Ich ziehe an ihm – »Sollen wir mitkommen?« –, aber Persson leistet Widerstand und lässt den Turm nicht aus den Augen.

»Komm jetzt!«

»Cape Kennedy!«, ruft Persson aus. »Sojus!«

»Jetzt hör doch auf.«

Persson macht ein Geräusch, das eine Rakete nachahmen soll, die von der Erde abhebt, mit sprühenden Flammen, aber der

Take-off kommt über ein Gurgeln und Geifern nicht hinaus. »Sojus!«

Jerry William und ich machen uns auf den Weg, aber einen Typen, der dasteht und den Namen russischer Weltraumraketen ins Nichts hinausschreit, kann man nicht allein lassen, und nach Hause zu seinen Eltern kann man ihn auch nicht bugsieren. Wir müssen ihn zurück zu den anderen bringen.

Der Wein ist alle. Åsa und Laila sind gegangen. Lasse sagt:

»Ist er okay?«

»Er ist voll. Wenn Einstein Aufsicht führt, kommt er nicht rein.«

»Wie sieht der denn aus?«, sagt Janis.

»Der ist total zu, kapierst du das nicht?«

»Dann müssen wir eben ins Kino gehen«, schlägt Jerry William vor. »Weiß einer, was läuft?«

»Taxi Driver«, meint Carina. »Mit Robert de Niro.«

Und wir beschließen, dass uns in dem Zustand, in dem Persson ist, keine andere Wahl bleibt als Taxi Driver, also ziehen wir los. Alle außer Lasse.

»Das ist er doch selber schuld. *Wir* kommen rein.«

»Wir können Persson doch hier nicht allein lassen?«

»Aber verdammt nochmal!«

Lasse sieht uns nacheinander an. Findet kein Gehör.

»Roger, du kommst doch mit zur Schulfete, oder?«

»Nee. Ich geh ins Kino.«

Lasse flucht erneut, bleibt auf der Bank sitzen und sieht uns Richtung Stadt gehen, und dann holt er uns ein. Persson trottet hinter uns her, braucht ziemlich viel Raum zum Manövrieren und grölt von Zeit zu Zeit Sojus! durch das Krankenhausgelände und die Rådmansgatan herab bis zum Kino auf der Södra Förstadsgatan, wo wir abrupt stoppen. Denn einer von uns muss Karten für die ganze Gang kaufen, einer, den man für fünfzehn halten könnte. Während wir eine stramme Haltung annehmen, hat Rolle einen Geistesblitz:

»Persson, gib zu, dass du die Flaggen damals aufgehängt hast.«

Denn es ist ein Mysterium geblieben, wer die »Kommunistenflaggen« in den Weihnachtsbaum gebunden hat. Es ist wild darüber spekuliert worden, wer sie unbemerkt hergestellt und an ihren Platz gebracht hat. Die Mädchen schieden von vornherein aus, anschließend wurde einer nach dem anderen ausgeschlossen, bis eine kleine Gruppe dringend Tatverdächtiger übrig blieb – wir selber, es muss jemand aus unserer Gang gewesen sein, ein Insiderjob von jemand, der das Maul halten kann und dem klar ist, dass eine Heldentat, die nicht aufgeklärt wird, mit der Zeit immer größere Dimensionen annimmt. Folglich bekennt sich niemand zu ihr, obwohl wir überzeugt sind, dass es Persson gewesen sein muss. Jetzt ist der richtige Moment gekommen, ihm die Wahrheit zu entlocken.

»Du warst das, Persson.«

Persson lehnt an der Reklametafel des Kinos. Er bringt ein undeutliches »Nie im Leben« heraus.

»Gib's zu. Du hast sie reingehängt, als du am Tag davor die Tafel geputzt hast.«

Diesmal klar und deutlich:

»Hast du Scheiße in den Ohren? Ich sag doch, ich war's nicht!«

Klar war er es. Wir wissen Bescheid.

»Lasst gut sein, Jungs.«

Sechs Augenpaare wenden sich Roger zu – auf dessen Face ein breites Grinsen liegt:

»Ich dachte nicht, dass Palin es wagen würde, mich herauszupicken.«

Aber am merkwürdigsten ist Carina. Sie ist das einzige Mädchen, das bis zum bitteren Ende dabei ist, aber in der Penne ist es, als würde sie den Geist aufgeben, sie ist clever, und es fliegt ihr alles zu – und sie beschließt abrupt, auszusteigen, in Englisch und Mathe wechselt sie aus dem Kurs für die Besten in den allgemeinen.

»Das ist alles so scheißlangweilig«, beklagt sie sich, als wir einmal in Chemie nebeneinander sitzen. »Überall die gleiche Scheiße.«

»Findest du?«, sage ich, der ich die Labors mag und in Mathe ganz passabel mitkomme.

Während Carina sich in philosophische Fragen verbohrt hat.

»Glaubst du, das hier wird jemals nützlich für uns sein? Was haben Formeln denn mit dem *Leben* zu tun? Warum dürfen wir nichts über die Wirklichkeit lernen?«

»Aber wenn du Chemiker werden willst ...«

»Was laberst du da? Es muss etwas *passieren*!«

»Aber es passiert doch andauernd was«, versuche ich einzuwenden.

»Quatsch, alles ist so ... mittelmäßig. Ich will Action!«

»Aha, du kannst ja gleich mit zu mir nach Hause kommen.«

»Hast du sie noch alle? Lieber erschieße ich mich. Fang jetzt an.«

»Willst du den Bunsenbrenner bedienen, und ich halte das Magnesium?«

»Du kannst machen, was du willst, *ich* habe nicht vor, irgendein Experiment zu machen.«

Und Carina macht nichts, fängt an, fleißig zu schwänzen, so fleißig, dass sie zu einem Gespräch mit dem Rektor bestellt wird, was auch nichts ändert – dann nimmt sie sich der Ereignislosigkeit an, kann plötzlich den Stoff *sämtlicher* Hauptfächer auswendig, schreibt Einsen und wechselt wieder in die Kurse für die Besten, entgegen aller Logik, wie jemand, der dabei ist, den Boden unter den Füßen zu verlieren, sich zu verhalten hat.

Leicht zu verstehen ist sie nicht gerade, hat etwas Eigenbrötlerisches an sich, findet nicht ihren Platz, ist in der Gang dabei, aber trotzdem auch nicht *dabei,* ist eher Zuschauerin als Beteiligte, vielleicht hat sie aber auch Probleme, ein Leben larger than life in ihren zierlichen Körper zu pressen. Sie ist nicht der Typ, der sich in den Mittelpunkt stellt, eine Gruppe um sich schart und dafür sorgt, dass was los ist.

Nein, Carina hält sich etwas abseits, ab und zu hängt sie mit Åsa und Laila zusammen, aber die sind ihr zu soft. Sie springt als Punkerin ein, macht sich sechs Löcher in jedes Ohr, zwei in der Backe, stopft sie mit Sicherheitsnadeln und Ketten und sitzt in Cissis erster Mädchenband Silvia's Bitches am Schlagzeug (mit Cissi als Cissi Piss am Bass), drischt auf die Trommelfelle ein, bis diese und sie selber vor lauter Erschöpfung nachgeben.

»Dann bist du jetzt keine Punkerin mehr, Carina?«

»Nee, die sind immer nur schlecht drauf.«

Das pechschwarze Weltbild der Punker ist nichts für sie, und die coolen Ladys in der Raucherecke wollen nichts mit ihr zu tun haben, seit sie als Kinderreporterin in Bengt Fahlströms Kinderjournal dabei war, in einer Reportage über die Schulreform in der Glotze auftauchte. Carina ist zu sehr Rebellin für die häuslichen Mädchen, zu sehr Freude für die Schwarzmaler, zu sehr Hirn für die Amischlittenbräute, zu sehr Mädchen, um nur mit uns Jungen herumzuhängen. Wo soll sie also hin, wenn sie nicht allein sein will, soll sie jeden Mittag bei der Schulschwester klingeln, auf der Pritsche sitzen und über ihre Probleme reden, soll sie sich per Annonce Brieffreunde oder ein Hobby suchen, in einen Verein gehen, was denn, bitte schön, Porzellanmalerei oder Handball? Carina ist niemand, der ständiges Mitleid braucht, sie hat nicht die Geduld, zum Briefkasten zu rennen und nachzugucken, ob ein Brief aus Karesuando oder Kuala Lumpur reingeplumpst ist, und sie ist weder eine Stubenhockerin noch ein Sportfan. Sie muss eine Gemeinschaft finden, in der sie Action bekommen kann, und tut das auch, eine Art Gemeinschaft, in der Pausenhallengang, denn im Rattenschwanz rund um die Holzbänke ist auch noch Platz für eine Reihe anderer Verwirrter, Unplatzierbarer, die nicht wissen, wohin mit sich, die eine miserable Schnittstelle zur Pubertät haben.

Sie kommen in Filme, die erst ab achtzehn sind, sie gehen zum Tanzen ins 54 (obwohl, tanzen tun sie nicht), und sie fahren nach Kopenhagen. Nach einem solchen Abstecher sprudelt es nur so aus Lasse heraus:

»Ihr hättet am Samstag Carina sehen sollen!«

Im Gegensatz zu mir war Lasse dabei, ich bin ja nie dabei, wenn was los ist, also wird es das Beste sein, wenn er, der das Drama vom ersten Parkett aus verfolgt hat, es auch mit seinen eigenen Worten erzählen darf. Take it, Lasse!

»Wir sind morgens mit der Fähre nach Kopenhagen, haben jeder ein Sixpack Elefantenbier in dem Laden im Keller an der Ecke, da wo man an Land geht, gekauft und das Bier auf dem Nytorget getrunken, es war ja noch nichts auf, also, alle haben wir nicht getrunken, aber fast, denn ein paar hatten wir dann im Tivoli noch, wir sind Autoscooter und Achterbahn gefahren, und der Aal, der wurde so voll, dass die Bullen Stress gemacht haben. Carina? Immer langsam, ich komm schon noch zu ihr. Also sind wir stattdessen in den Park, ich glaub, der heißt Fäladsparken, sind losgezogen und haben noch mehr Elefantenbier gekauft und Lundblad eine Pulle Gammeldansk, verdammt lecker, schmeckt wie Hustensaft, die Sonne schien, also haben wir da ruhig und nett gesessen und gesoffen und uns einen Joint gedreht, und Carina, die war total dicht, und die Krabbe auch, und der Typ wurde geil, und fing an zu stoßen, und sie, ja also, ehe man hingucken konnte, lagen die da vor uns im Gras, hatten die Hosen ausgezogen und er fing an zu pumpen, mit dem Arsch zum Himmel –«

Okay, danke Lasse, das reicht. Aber mit der Krabbe? Einem pickeligen Typen aus der Neunten mit schlechter Körperhaltung und eng stehenden Augen, der nie das Maul aufgemacht hat – plötzlich ist er der Local Hero der Schule, macht von seiner Outsiderposition aus eine Blitzkarriere, ein Dark Horse, das über Nacht zu Ruhm gelangt, einer der *es* getan hat. Plötzlich sitzt er neben Lundblad und wird ein bisschen verlegen, wenn die Sache zur Sprache kommt, ist es nicht gewohnt, im Mittelpunkt zu stehen.

Und Carina weigert sich, sich dafür zu schämen:

»Ich hab zu viel getrunken, na und?«

»Und, wie war es?«

»Ich erinnere mich nicht. Ich war so voll.«

Während die Geschichte in den Schulfluren breit gewalzt wird, verwandelt sie sich, um in einer der letzten Versionen davon zu handeln, dass Carina mit nacktem Unterkörper im Gras lag und dem ganzen Viertel Nimm mich! Nimm mich! zurief – feuchte Jungenträume in einer Prosa, die den Leserbriefen gewisser Herrenmagazine entnommen sind. Ungefähr zur gleichen Zeit macht eine neue Geschichte die Runde, eine Geschichte, die Carina bestätigt:

»Ja, ich bin schwanger.«

Als die Krabbe davon erfährt, spuckt er keine großen Töne mehr. Das Grinsen ist im null Komma nichts ausradiert, und der Glorienschein des Helden erlischt. Er zieht ab und dreht mit Sicherheit eine extra Runde durch die Stadt, ehe er blass und auf zittrigen Beinen nach Hause trottet, um seine Überraschung zu verkünden. Carina scheint dagegen unbeeindruckt zu sein, sie ist wie sonst, was immer das bei ihr heißen mag, aber jetzt ist die Sache so intim geworden, dass wir sie nichts mehr fragen, das hier ist ihr Ding, also fragen wir Åsa, die nicht das gleiche Gespür für Privatsphäre hat, sich auf dem Laufenden hält, die aufblüht, als ein Streifen des Scheinwerferlichts auch auf sie fällt, Åsa, die zu berichten weiß:

»Carina wird abtreiben. Die Eltern der Krabbe kommen zu Carinas, um darüber zu reden.«

»Mit Carina und der Krabbe?«

»Klar werden die dabei sein, immerhin geht es ja um sie!«

Carina trägt auch das mit Fassung. Sie tut, als wäre nichts gewesen. Sie ist ein paar Tage weg, kommt zurück, nach wie vor wie sonst.

»Wie war's?«

»Was?«

»Na ja, die Abtreibung.«

»Bist du noch nie operiert worden?«

»Doch.«

»Weshalb fragst du dann?«

Sitzt beim Essen natürlich nicht am gleichen Tisch wie die

Krabbe, redet überhaupt nicht mit ihm, mit der Krabbe, die wieder außen vor ist, seine fünfzehn ruhmreichen Minuten in jungen Jahren erlebt hat, jetzt gerät er in Vergessenheit, aber sollte er jemals an diese Zeit zurückdenken, und ich verspreche euch, das wird er tun, dann erinnert er sich auch, dass er seinen Spitznamen los ist, einen neuen bekommt.

Der Papa.

Aber Carina ist wieder fort und bleibt den Rest des Halbjahrs verschwunden, und als einer von uns – ich – von der Klasse dazu auserkoren wird, Gunnel Kullander zu fragen, was mit ihr ist, lautet die vage Antwort, sie sei dabei, den »Stoff nachzuholen«. Gelegentlich sehen wir sie zusammen mit ihrer Mutter auf dem Hof, sie machen lange Spaziergänge, Arm in Arm, Carina hat sich die Haare schneiden lassen. Nach den Sommerferien ist sie zurück, aber es ist nicht mehr die alte Carina, die zurück ist, es ist eine Carina unter weiten Pullovern, die sich zurückzieht, die großen Pausen und die Mittagspause und Freistunden in der Schulbibliothek verbringt, um eines Abends überraschend wieder zu unserer Gang zu stoßen oder auf einer Fete aufzutauchen und sich Unmengen Alkohol hinter die Binde zu kippen, eine eigenartige Pendelbewegung zwischen nachdenklichem Intellekt und himmelsstürmender Hingabeeuphorie, und die Offenheit, die u. a. dafür sorgt, dass ihr während der ganzen Schulzeit ein Spitzname erspart bleibt, ist verschwunden. Carina leiht sich Bücher aus und ist schon bald auf harten Sachen, sitzt in einer Ecke der Pausenhalle und liest Hesse und Sandemose, Namen, die wir nie zuvor gehört haben, und weil es Carina ist, die verächtlich auf unser Unwissen herabsieht, gerät dadurch unsere Gewissheit ins Wanken, dass wir wirklich auf dem richtigen Weg sind. Würde Rocky Balboa den Steppenwolf lesen? Carina hat ein Notizbuch neben sich, sie schreibt, schreibt Aufsätze, die ihren Schwedischlehrer jubeln lassen, geht mit einer lupenreinen Eins aus der Mittelstufe ab, und im Gymnasium kommt sie mit Bild in die Zeitung, nachdem sie einen Aufsatzwettbewerb gewonnen und einen Preis in Empfang genommen hat, der ihr von Jacques Werup, einem Malmöer Schriftsteller, verliehen wird. In dieser Zeit begegnen wir uns zufällig wieder, auf einer Fete in einem Haus in Bellevue, wo sie jedem ins Auge fallen muss in ihrer bestickten, weißen, aufgeknöpften Bluse, so eine, wie Hanne sie immer trug, mit einer Tingeltangelhalskette, Riemchensandalen und strähnigen Haaren bis auf die Schultern, out of fashion bis zum Abwinken, noch dazu Zigarillos rauchend, die Ärmel hochgeschlagen, die Unterarme übersät mit schmalen Lederbändchen und Roskilde-Festival-Eintrittsbändchen, und als sie die Hände hebt, um mich zu umarmen, werden für einen Moment zwei dünne weiße Narben am Handgelenk sichtbar.

Was ist eigentlich aus Jörgen geworden?«, fragt Mama Monika, denn es ist schon eine ganze Weile her, dass er sich bei uns am Kinn gekratzt hat, und Mama will doch, dass Monika viele Freunde hat. »Ihr habt euch doch nicht etwa gestritten?«

»Warum sollten wir? Er ist nur so kindisch.«

»Dann seid ihr also nicht mehr zusammen, wie man so sagt?«

»*Mama!* Ich will nicht mit ihm zusammen sein. Er ist hier gewesen, um Hilfe zu bekommen.«

Monikas letztes Halbjahr, da kann sie keinen Ballast mit sich herumschleppen, die Pfadfinder hat sie auch aufgegeben, nach einem halben Jahr wurde es ihr zu viel, Gruppenleiterin zu sein. Und da Jörgen von der Bildfläche verschwunden ist, kommt Hanne wieder öfter. Hanne, die eine ABM-Stelle als persönliche Assistentin eines autistischen Mädchens im Sövdeborgsheim bekommen hat und in einer eigenen Wohnung lebt, aber da sind die beiden nicht, sie sitzen vielmehr in unserer Küche und trinken Tee, wie sie es immer getan haben, und Mama sitzt ebenfalls dabei, und ich für meinen Teil auch, manchmal, höre Monika zu, die für das Abitur plant, von Mama Geld für eine Abiturientenmütze haben will.

»Abiturientenmütze!«, platzt Hanne heraus. »Du willst doch nicht etwa eine Abiturientenmütze?«

»Warum denn nicht?«

»Du bist die Einzige ... Letztes Jahr fandest du noch, dass man sich keine anschaffen sollte.«

»Tatsächlich? Wollte ich auch keine Fete machen?«

»Nee.«

»Aber das will ich jetzt.«

Und Mama sagt:

»Nun ja, wir werden wohl einladen müssen, damit die Verwandtschaft kommen kann, und deine Schulkameraden.«

Monika verdreht die Augen, denn wer will schon Uddevalla dabeihaben, sie hatte sich auf eine ganz andere Art von Fete gefreut, aber wir wissen, dass es so kommen muss, wie Mama gesagt hat. Und Hanne fragt:

»Willst du etwa auch wie alle anderen ein weißes Kleid anziehen?«

»Ja, klar.«

»Bis jetzt hast du aber was anderes gesagt.«

»Ach ja? Dann habe ich eben meine Meinung geändert.«

»Du bist wirklich unglaublich!«

Hanne steckt noch in erdnahen Pflanzenfarben mit lila Einschlägen und der Flower-Power-Jacke, so wie sie für alle Zeiten in ihren Idealen verankert, vielleicht sogar noch stärker von ihnen überzeugt sein wird, als der Rest der Welt nach rechts driftet, geballte Faust und Flugblätter, Dritte-Welt-Läden und Emmaus, EU – Nein danke, und wo sie schon einmal dabei ist, Gegnerin der Öresundbrücke, Hanne schließt sich nicht dem Punk an, sie schließt sich nicht dem Trainingsanzugtrend an, auch die Verrücktheiten der Achtziger können ihr nichts anhaben, die Mode im Schlepptau des Revivals britischer Popmusik wird ebenso spurlos an ihr vorbeigehen wie die Nostalgiewelle mit Sinatra und Cocktailkleidern und Bohemienschick, nur ein einziges Mal, als die Siebziger wieder in sind, liegt Hanne im Trend der Zeit, und ich schwöre Stein und Bein, dass sie bei den pathetischen

Revivaltours alter Politrockbands in der ersten Reihe steht, mit den Fingern schnippt und mit den Knien federt, denn die dramatischste Veränderung in ihrem Leben wird das Auftauchen von portioniertem Schweden-Snus sein. Eine Ewiggestrige, wirft jemand vielleicht unbedacht in die Runde. Überzeugung, behaupte ich. Im Gegensatz zu uns anderen, die wir uns von der Jogginghysterie anstecken lassen, der rosa Mode, der marineblauen Mode, die von einer pastellfarbenen Mode ersetzt wird, zu der die Haare hochgesprayt werden und taillenbetonte Jacketts und Schulterpolster so breit wie ein Flugzeughangar zu der Zeit in den Achtzigern, als die Börsenkurse steigen und Helena und ich uns nach einer wichtigen Prüfung auf einer Feier in Lund kennen lernen, in einer Studentenkneipe, die wie eine Kellerausgabe des schicken Stockholmer Café Opera schimmert, Yuppieleben in der Studentenversion, und Fliegen erleben eine Renaissance, ein kleiner Propeller unter dem Kinn als das ultimative Zeichen dafür, dass sich in diesen Goldgräberjahren alles dreht, nahtlos übergehend in die nun folgende »gut gekleidete« Mode, Hemden und Hosen in Zeltgrößen, Flitter ums Handgelenk, man läuft jedem Trend nach, der auftaucht – außer, dass man nicht mit verkehrt herum aufgesetzter Baseballmütze und offenen Turnschuhen in die Jahre kommt, sodass das Einzige, was Väter und Söhne voneinander unterscheidet, Bartstoppel und der Haaransatz sind, das ist nicht generationsüberschreitend, das ist generationsverachtend – bis man auf den Tisch haut und beschließt, jetzt ist es genug, und »seinen Stil findet«, »Leisure wear«, Levi's 501 Jeans, Jodhpurs und eine Lederjacke (die man sich aus Trotz angeschafft hat, weil man keine bekam, als man sie am dringendsten brauchte), hipp und zeitlos, glaubt man, bis man eines Tages mit einem Kopfhörer im Plattenladen steht und sich U2s Best Of anhört (die man noch immer avantgardistisch und »stark« findet) und aufschaut und entdeckt, dass die Welt sich verändert hat, in den letzten zehn Jahren ist etwas geschehen, die Steinzeit, Mann, Fred Feuerstein zu Besuch in der Wirklichkeit, und entweder zuckt man dann mit den Schultern und klickt zum nächsten Lied weiter, oder man geht raus und kleidet sich vollkommen neu ein, kauft sich aktuell und hält sich wieder auf dem Laufenden, enge Pullover statt Hemden mit Buttondown-Kragen, Hosen mit schmalen Beinen und ohne Bundfalte, Bed Head, man kauft keine Modezeitschriften, liest sie jedoch, wenn sie einem in die Finger kommen, hat Ansichten zu Markenanzügen und »der neuen Länge«. Für so etwas würde Hanne niemals Zeit verschwenden.

»Und außerdem werde ich mir eine Wohnung suchen«, sagt Monika.

»Ist das wahr?«, erwidert Mama.

»Ich meine *jetzt.* Damit ich umziehen kann, wenn wir zurückkommen.«

Denn Monika und Hanne wollen dieses Jahr wieder Interrail machen. Und Mama geht auf, dass Monika es ernst meint:

»Gefällt es dir hier nicht mehr?«

»Ich will mir nicht länger ein Zimmer teilen müssen.«

»Hast du eine Ahnung, was so eine Wohnung kostet?«

»Es war doch dein Vorschlag!«

Aber daran braucht Mama nicht erinnert zu werden, und vielleicht geht sie in sich und erinnert sich, dass sie sechzehn war, als sie vom Johanneshof mit der Absicht abhaute, nie mehr zurückzukehren, weil *ihre* Mutter sich weigerte, sie ziehen zu lassen. Monika wird ausziehen, ob es Mama nun passt oder nicht, und sie will ihre Tochter nicht mit einer Schuld in die Welt hinausschicken, die schlechtes Gewissen heißt und laufend abbezahlt werden muss, mit einem Widerwillen, sich dem Elternhaus zu nähern, den Mama erst nach vielen Jahren überwinden konnte, eine Geschichte, die Monika und ich schon nicht mehr hören können, sodass es am nächsten Sonntagmorgen Mama ist, die mit den Wohnungsanzeigen auf dem Schoß dasitzt und telefoniert, ruft:

»Eriksfält! Klingt das nicht gut?«

Monika schlurft in die Küche, ist noch nicht richtig wach, zieht den Bademantel zu:

»Eriksfält?«

»Das ist nicht weit.«

»Nicht weit wovon? Von hier? Gibt es nichts anderes?«
»Wir können sie uns um zwölf anschauen.«
»Lass mal sehen.«
Monika greift sich die Zeitung, überfliegt die Seite.
»Hier«, zeigt sie hinein. »Ruf da mal an.«
»Da willst du doch wohl nicht wohnen!«
»Doch. Von da aus ist es in die Stadt und zum Bahnhof nicht weit.«
Es kommt, wie Monika es will: ein Apartment mit Koch- und Bettnische in der Vårgatan. Aber als der Mietvertrag im Büro des Vermieters unterschrieben werden soll, werden auf der Bürgschaft zwei Unterschriften verlangt. Mamas alleine reicht nicht.
»Und sonst gibt es niemanden?«, sagt er.
»Nein«, antwortet Mama, denn sie will um nichts in aller Welt Leif einschalten.
»Keinen guten Freund?«
»Ich wüsste nicht, wer das sein sollte.«
Der Vermieter klopft mit dem Stift auf die Schreibunterlage, wippt in seinem Bürosessel mit den Zehenspitzen auf dem Teppich, sagt:
»In unseren Immobilien wohnen keine Familien mit Kindern, keine Sozialfälle und keine Ausländer.«
Mama und mein Schwesterherz wechseln Blicke. Monika wird rot. Und Mama:
»Ich kann garantieren, dass ich in geordneten finanziellen Verhältnissen lebe.«
Das weiß der Vermieter, denn Mama ist darum gebeten worden, ihre Steuererklärung mitzubringen, die er studiert hat.
»Darum geht es nicht«, erwidert er. »Es ist eine Regel, die wir befolgen. Zu unserer Sicherheit.«
»Kann mein Sohn unterschreiben?«
Er sieht mich an, als könne er so etwas über meine Bescholtenheit herausfinden, als ob die hier eine Rolle spielen würde.
»Meine Tochter möchte die Wohnung gerne haben«, wiederholt Mama zum dritten Mal.

»Wie heißt du?«

»Johan.«

»Und du bist volljährig?«

»Nicht ganz.«

»Wie viele Jahre sind es denn noch?«

»Ich bin vierzehn.«

»Also, ich weiß nicht«, sagt er. »In dem Haus wollen viele Leute wohnen.«

Er wirft Mama einen kurzen Blick zu, klopft erneut mit dem Stift auf die Schreibunterlage, wippt den Ledersessel nach vorn, dreht die Bürgschaft in meine Richtung und reicht mir den Kugelschreiber.

»Also schön. Ab und zu muss man auch mal ein Risiko eingehen. Man hilft doch gern, wenn man kann.«

»Värnhem?«, sagt Hanne, als sie den Vertrag zu sehen bekommt. »Da willst du wohnen, zwischen den Pennern?«

»Genau das habe ich auch gesagt«, meint Mama.

»Da gibt es auch nicht mehr Penner als hier, bloß dass sie sich da auch draußen zeigen können.«

»Es muss doch was in Möllevången zu finden sein«, sagt Hanne.

»Aber ich *will* in der Vårgatan wohnen!«

Nein, in letzter Zeit gibt es nicht viel, worin Monika und Hanne noch einer Meinung sind. Aber Monika hat eine eigene Wohnung – und ich werde das Zimmer für mich alleine haben!

Eine Abiturfeier gibt es auch. Am Esstisch, den Mama und ich ins Wohnzimmer tragen, die Einlegeplatte findet wieder Verwendung, und Mama breitet eine Leinendecke aus, die aufgerollt auf einer Gardinenstange im Kleiderschrank verwahrt wird. Hanne kommt direkt aus Sövdeborg, noch in Arbeitsklamotten, und Mama serviert Henckell Trocken in Gläsern, die seit dem Morgen auf dem Kopf auf einem Tablett gestanden haben, damit sie nicht einstauben in einer Wohnung, die Mama eine Woche lang saniert hat.

»Wie schön du alles hergerichtet hast, Bodil. Man kennt die Wohnung nicht mehr wieder!«

Das ist Lisbeths spritzige Stimme. Uddevalla ist vollzählig angetreten. Leif, der sich des Abiturlieds annimmt, Leif, der sich auch eines Glases annimmt, nein, das tut er nicht, kein Sekt für Leif nach Lisbeths strengem Blick, der Mann ist am Vormittag machomäßig heruntergefahren und hat einen ordentlichen Whisky bekommen, *bevor* wir zum Kungsparken fuhren, um Monika abzuholen, mit Blumen um den Hals und einem Plastikschutz darunter, den Mama zurechtgeschnitten hat, um das Kleid vor Flecken zu bewahren. Denn Leif muss es im Laufe des Tages schaffen, zu trinken und anschließend bis heute Nacht nüchtern zu werden, wenn er die Familie wieder in den Wagen schaufeln und mit Vollgas zurückfahren wird, damit sie frisch und fein und gerade rechtzeitig zur Runde des Zeitungsboten in die Garageneinfahrt einbiegen können.

Den Mikrozephalus, den mentalen Kahlschlag, habe ich im Rücken.

»Darauf warst du nicht gefasst, was? Ergib dich!«

»Lass mich los, Bernt.«

Und er lässt mich tatsächlich los.

»Ich bin jetzt in der Jiu-Jitsu-AG. Unser Trainer hat den schwarzen Gürtel. Soll ich dir einen Wurf beibringen?«

»Soll ich *dir* was beibringen?«

»Nee, hör auf.« Er hebt den Arm als Block: »Du bist ein Loser, weißt du das? Was immer du tust, ich werde dich trotzdem besiegen.«

Ich täusche mit dem rechten Fuß an – aber Monika geht dazwischen:

»Jetzt streitest du dich nicht mehr mit Johan, kapiert?«

Und nimmt mich mit zum Geschenketisch und Hanne und Kristina, damit ich mir anschaue: den Silberschmuck aus dem Geschäft in Uddevalla. Lisbeth ist uns in unserer Entwicklung immer ein Stückchen voraus, sodass wir Geschenke bekommen, von denen wir noch gar nicht ahnen, dass wir sie haben wollen, die wir uns aber im Jahr darauf gewünscht hätten, Kristallgläser und das Interrailticket von Mama, ein Brustbeutel von mir, und dann die Höchstwertung von Großmutter, ein Set gehäkelter Topflappen. Mama, die keine Zeit hat zu gucken, die in die Küche muss, obwohl die Schüsseln mit aufgeschnittenem Roastbeef und Kartoffelsalat schon seit dem Morgen unter Frischhaltefolie im Kühlschrank stehen, und Großmutter auf ihren Fersen, um ihr zu helfen, Großmutter, die keine große Hilfe ist, die das Neueste vom Land referiert, Ohlssons, die ein Fohlen bekommen haben. Na ja, jedenfalls ihre Stute, der Lions-Markt, der Kaffeepreis ... was war noch? Ach ja, ich schaffe es einfach nicht, die Kinder diesen Sommer bei mir zu haben, das müssen wir auf nächstes Jahr verschieben. Und Mama wird langsamer, aber nur für eine Sekunde, denn Mama hatte gehofft, mich wenigstens für ein paar Wochen auf dem Johanneshof absetzen zu können, weil sie dieses Jahr keinen Urlaub macht, die allerletzten Tage in der Strumpffabrik arbeitet. Während Lisbeth ihr Glas nachfüllt und sich mit Sekt und Zigaretten auf den Balkon hinausbegibt, an ihrer Look zieht, auf Mamas Anweisung nicht mehr in der Wohnung rauchen darf, denn Lisbeth soll nicht glauben, dass sie *alles* tun kann, was sie will, Lisbeth, die sich in einem stummen Protest so hinstellt, dass der Rauch trotzdem hereinzieht, es gibt viele subtile Nuancen in diesem Spiel, Lisbeth, die in eine voluminöse Bluse gehüllt ist, die den nunmehr implodierten Brustkorb verbirgt, oder wie es nun damit war, Mama hat uns verboten, genauer hinzuschauen, was ich deshalb natürlich nur umso mehr zu tun versuche. Lisbeth drückt die Kippe in einem Blumenkübel aus und kommt herein, als wir anderen uns an den Tisch gesetzt haben, Bernt und Kristina wie kleine Puppen am Kopfende des Tischs, Bernt natürlich nicht so klein, und Leif hat die ganze Gemeinde dazu gebracht, nochmals das Abiturlied anzustimmen, sodass die Decke abhebt und Monika errötet, Leif, der anschließend berichtet, wie er die Schweißelektrode anzündet, indem er sie im Trockendock auf den Boden knallt und ganz allein den Bug eines Hunderttausendtonners in einer Kaffeepause schweißt, während alle anderen schwedischen Schiffswerften in dem japanischen Sturm zerbersten, der zurzeit tobt. Großvater pflegte zu sagen, sein Gelaber sei mit Mehrwertsteuer, man müsse immer was abziehen. Lisbeth fragt Monika, was sie jetzt vorhat.

»Interrail. Und dann arbeite ich im Reveny.«

»Ich meine danach, denn du willst doch nicht dein ganzes Leben im Reveny bleiben?«

»Im Herbst fange ich an zu studieren.«

»Und was?«

Monika macht eine Pause, eine Kunstpause, und sieht sich unter ihrem Pony am Tisch um, sieht Mama an.

»Ich will Ärztin werden.«

»Ärztin?«, prustet Leif über seinem Apfelsaft. »Das will doch hier zu Lande kein Mensch werden, so schlecht, wie die Ärzte in Schweden bezahlt werden.«

Aber Leif ist zwischen Mama und Großmutter eingeklemmt, sodass ihn keiner beachtet.

»Und da bekommst du natürlich einfach so einen Studienplatz?«, fragt Lisbeth ironisch und greift nach einer Flasche, sie ist leer.

»Ich hatte einen Durchschnitt von 1,1.«

»Kein Wunder, dass du ständig büffelst«, meint Hanne.

»Mama«, sagt Monika. »Wir müssen noch zwei Flaschen aufmachen.«

Monika, die glänzende Laune hat, sitzt mit der Abiturmütze auf dem Kopf am Tisch, ist seit gestern auf der Rolle, Klassenfete, nächtliches Bad am Strand, 24 Gymnasiasten im Adamskostüm, die draußen im Öresund standen und juchzten und sich umarmten, Sektfrühstück an der Pegasusstatue im Kungspark, Essen mit den Lehrern, hat auf der Parkbron ihre Abiturientenmütze angezogen, den Kopf hoch und die Füße runter und die Augen über Kreuz, und Mama strahlt auch, entkorkt zwei weitere Flaschen, dass die Korken nur so gegen die Decke knallen, die erste Akademikerin des Familienclans ist anzuzeigen, und es ist ihre Tochter, und dann auch noch Ärztin, Prost und herzlich willkommen!

Lisbeth, mit ihrem untrüglichen Gespür dafür, wie man die Stimmung versauen kann, lehnt sich zu Mama vor:

»Das ist ein ganz wunderbarer Kartoffelsalat, Bodil. Du musst mir das Rezept geben. Nur ein ganz klein wenig mehr schwarzer Pfeffer, und er wäre perfekt gewesen.«

Da klingelt es an der Tür. Und in diesen Häuserblocks klingelt es nie unverhofft an der Tür, hier gibt es niemanden, der »kurz mal vorbeischauen will, weil ich gerade in der Gegend war«, hier kommen Gäste nicht unangemeldet, nicht einmal beim Abitur, hier kommt man zu Besuch, wenn man eingeladen ist. Aber jetzt klingelt es noch einmal.

»Ob das wohl Jörgen ist?«, sagt Monika mit einer Spur mehr Erwartung in der Stimme, als sie in nüchternerem Zustand hineingelegt hätte.

Und Hanne, auch sie eine Spur mürrischer als in nüchternerem Zustand:

»Kommt der etwa auch?«

Aber es ist nicht Jörgen, es sind die Havliceks, die geduldig in den Kulissen darauf gewartet haben, ihren ersten kurzen Auftritt in dieser Geschichte zu haben, sie haben ihn mit Blumen und einem Geschenk für Monika, Likör für Mama, Havlicek, der einer der besten Musiker der Tschechoslowakei war, floh an einem der letzten Tage, an denen die Grenze noch offen war, '68, kam über Deutschland nach Schweden, das ganze Paket, jetzt verkauft er Noten in Anderssons Musikalienhandlung, gibt zu Hause Stunden, sie arbeitet als Putzfrau in einem Altersheim, und sie umarmen Monika so stürmisch, dass ihr ganz schwindlig wird.

»Fest heute! Wir wollen gratulieren.«

»Kommt rein, kommt rein! Mama, du musst noch ein paar Teller holen.«

Monika hat die Aufführung an sich gerissen, kommandiert mich, den Schreibtischstuhl und einen Hocker aus der Garderobe zu holen, und die zweite Einlegeplatte kommt auch noch zum Einsatz, und die Schüsseln brechen zu einer neuen Rundwanderung um den Tisch auf. Lisbeth, die zum Paffen auf den Balkon muss, während Leif noch einmal versucht, das Abiturlied anzustimmen, »denn jetzt haben wir ja jemand hier, der musikalisch ist«.

Und zu später Stunde hat Herr Havlicek die Geige geholt und für Monika gespielt, so schön, dass das Fest seine Portion Tränen abbekommen hat, leicht rührbar, wie sie ist, und Lisbeth hat angefangen, Konversation mit ihm zu betreiben, seit ihr aufgegangen ist, dass die Havliceks in ihrer Heimat *wer waren,* während Mama und Großmutter und Frau Havlicek auf der Couch gesessen und sich so laut unterhalten haben, dass der Nachbar von oben sich veranlasst gesehen hat, genau eine Minute nach zehn auf dem Boden aufzustampfen. Leif hat sich doch noch zwei, drei Gläser Schaumwein einverleibt, aus Geselligkeit, das war eine nette Feier, Bodil, und Monika und Hanne machen sich auf den Weg zu einer Fete, die Likörflasche ist leer, und Mama und ich stehen am Fenster und sehen den Granada auf den Pildammsvägen biegen, winken, keiner winkt aus den heruntergekurbelten Scheiben zurück, nur Rauch von einer Look, der in der warmen Sommernacht verschwindet, und Mama:

»Lisbeth tut mir Leid. Oder vielleicht auch Leif ...«

Sie lässt Wasser einlaufen, um zu spülen.

»Aber Ärztin, Monika. Wer hätte das gedacht.«

Nichts kann trostloser sein als ein Wohnviertel im Sommer. Während der Industrieferien sind sogar Inventarstücke wie die »plappernde Dame«, »der Passgänger« und »der alleinstehende Herr im Trenchcoat« außer Sichtweite (während »Suzanne Brøgger« ein Mysterium bleibt, von Ende Mai bis Anfang September ist sie außer Sichtweite – um den ganzen Juli zu Hause in ihrer Vierzimmerwohnung zu verbringen). Vielleicht ist es trotzdem am besten, in der Stadt zu sein. Wir sind jetzt in einem Alter, in dem sich bezweifeln lässt, ob Sommerferien bei den Großeltern einem bei der Rückkehr in die Schule als besonderer Verdienst angerechnet werden, Geschichten aus dem ländlichen Alltag werden mit einem herablassenden höhnischen Grinsen quittiert von jenen, die schon einen Schritt weiter in ihrer Entwicklung gekommen sind und Hüttchenbau und Angeln gegen intensiver asphaltduftende Romantik wie selbst gebrannten Schnaps, Einbrüche und Motorradfahrten ohne Helm eingetauscht haben, Geschichten, die aus zweiter, dritter, fünfter Hand wiedergegeben werden, über einen Freund eines Freundes ... Im Sommer ist auch die Auswahl an Freunden nicht sonderlich groß.

»Kommst du mit schwimmen?«, frage ich Bogdan, der auch zu Hause bleiben musste, weil seine Eltern für eine Reise nach Jugoslawien sparen.

»Wer kommt denn noch mit?«

»Roger und Lasse.«

»Nee, wenn Lasse mitkommt, bin ich nicht dabei.«

»Dann bleibst du eben zu Hause.«

Und das tut Bogdan, geht nicht vor die Tür, bleibt zu Hause und klimpert eine Woche lang auf seiner Geige herum, dann ruft er an:

»Kann ich mitkommen?«

Also radeln wir jeden Morgen zum Strand, breiten die Badehandtücher im Gras linker Hand des T-förmigen Badestegs aus, in gebührender Entfernung von der brüllenden Walrosskolonie der Bodybuilder, die das Territorium um den Turm der Strandaufsicht beherrscht, während schwere Musik aus den Ghettoblastern stampft und eine Schar von Bewunderinnen an ihren Rändern nistet.

Raus aus dem Sweater, rauf auf den Steg, während Bogdan auf seinem Tuch bleibt, ganz gerade sitzt, im T-Shirt, vorsichtig trabende Schritte auf dem warmen, glatt gewetzten Holz, der Geruch von Tang und Meer, die Silhouette Kopenhagens auf der anderen Seite des Sundes, Barsebäcks Atomkraftwürfel im Norden, knuffend, feixend, uns gegenseitig ärgernd, denn auch wenn die Rangordnung die gleiche ist wie in der Schule, besteht doch die Möglichkeit, dass sich hier am *Wert* der Positionen rütteln lässt, ganz vorne, wo man vom Steg springt, in einem Bogen über die Treppe hinweg, wenn man kein Draufgänger ist, und auf das Dach der Umkleidekabinen steigt und von dort einen Kopfsprung macht, etwas, wovon man sich wünscht, es selber zu machen, sodass man damit angeben könnte und darüber geredet würde, aber ganz so bescheuert ist man eben doch nicht, oder, um der Sache den richtigen Namen zu geben: feige, vergleichbar mit dem Zehnmeterbrett im Schwimmbad, denn man muss sich vorher entschieden haben, wenn man erst einmal oben steht und alle Blicke auf einen gerichtet sind, und es sind viele, führt nur noch ein Weg herunter, und es ist nicht der über die Treppe, egal, wie verdammt zittrig die Beine werden, obwohl, hier kommt es darauf an, abzuflachen, den Körper in eine horizontale Lage zu bringen, sobald man mit den Fingerspitzen die Wasseroberfläche berührt, ein gangbarer Trick, bis das Dach mit Stacheldraht abgesperrt wird, weil ein älterer Junge – ein Bodybuilder natürlich – sich nicht auf die Finessen der Horizontallage versteht und seinen Schädel in den Grund rammt, bewusstlos und mit einer klaffenden Wunde von Ohr zu Ohr rausgetragen und zur Unfallambulanz verfrachtet wird, wo man ihm den Schädel rasiert und näht und er sich auf eine Narbe freuen darf, die so lang ist wie die Zugstrecke nach Lappland, herzlichen Glückwunsch, Smarty. Es ist ein unangenehmes Gefühl, das äußerste Ende des Stegs zu erreichen, wo man den feuchtkalten Bastteppich unter den Füßen hat und die ganzen Typen mit dem Sund bis zum Nabel unten stehen und ihren Kumpels zurufen, spring rein!, und die Mädchen, die zu denjenigen unter ihnen gehören, die auf das Dach hinaufklettern, sitzen auf den Bänken am Geländer und schauen, wer eine Memme ist und erst zwei Schritte die Treppe hinuntersteigt, ehe er springt. Man hat keine Zeit, sich mit dem Gedanken anzufreunden, dass man gegen das Treppengeländer schlagen könnte, wenn man nicht weit genug springt, man ist kein Draufgänger, aber auch keine Memme, man springt vom Steg, ohne zu denken, ohne Anlauf, ohne mehr als einen Zentimeter zwischen sich und dem Geländer. Dann steht man mit beiden Füßen auf dem sandigen Grund, wirbelt seine Mähne, schüttelt einen halben Liter Wasser aus den Ohren und grölt:

»Nun spring schon, Roger!«

Roger, den die Rufe und alle, die sich vorbeidrängeln, stressen. Panik wallt in ihm auf, und um nicht von ihr übermannt zu werden, wirft er sich Hals über Kopf hinaus – Bauchklatscher.

»Flipper!«, erschallt es vom Steg. »Willst du dich häuten?«

Gefolgt von Gelächter.

Roger reibt sich den Bauch. Ein großer roter Abdruck wächst unterhalb des Brustkorbs.

»Brennt es?«

»Spürt man kaum.«

Aber man spürt es wohl doch, denn sonst hätte Roger nicht vorgeschlagen, ein Stück rauszuschwimmen:

»Es ist schön, in kälteres Wasser zu kommen.«

Wir schwimmen eine Runde um eins der Schwimmflöße, aber davon wird es auch nicht besser. Roger watet an Land und wir auch, Roger zuliebe, damit er nicht auf den Steg muss. Dann bleiben wir eine Zeit lang auf den Badehandtüchern liegen, um für das nächste Bad trocken zu werden.

»Bekommst du mit deiner Geige eigentlich Weiber herum?«, stimmbruchröchelt Lasse. »Stehen die da drauf?«

»Ich hab auch elektrische Gitarren«, antwortet Bogdan in seinem T-Shirt. »Zwei Stück.«

»Wow, Keith Richards, was?«

»Richards? Der kann doch nicht spielen. Und du, bekommst du welche mit deiner Motorradjacke?«

Lasse dreht sich auf den Bauch.

»Seht euch die mal an.«

Und wir drehen uns auch um und werfen ein Auge auf die Obenohnemädchen, die zwischen den Dünen liegen, bis zum Wasser hinab neben dem Steg, damit alle sie sehen können. Mädchen, die sich selber das Leben schwer machen, weil sie sich vorher nicht umgezogen haben, was ihnen all das erspart hätte, was sie jetzt durchmachen müssen, sie wickeln sich in das Badehandtuch, pulen BH und Slip ab, die schnell in die Tüte schlüpfen, und schlängeln sich genauso umständlich in ihren Badeanzug, dabei so sitzend, dass sie gleichzeitig ein paar Kilo Sand in die Hose mitnehmen, oder mit einem angehobenen Bein dastehen, sodass sie bei ihren Kunststücken fast umkippen. Und anschließend laufen sie nicht direkt ins Wasser, nein, erst geht es mit geschlossenen Augen auf den Rücken, um die beste Sonnenbräune zu erzwingen, Arm wird mit Arm verglichen, und wenn sie in der Sonne geschmolzen sind, stehen sie auf, die Hände in die Seiten gestemmt und die Brüste gerade abstehend, schauen sich um, zupfen die Hose am Hintern mit einem Finger unter dem Saum zurecht, ehe sie vorsichtig wie Watvögel zum Wasser hinuntertapsen und zunächst die Zehen eintauchen, sie bespritzen sich nicht gegenseitig, sie nähern sich dem Wasser mit großem Ernst, es ist eine Zeremonie, die ihre festen Rituale hat, es lässt sich bezweifeln, ob man das Baden nennen kann, sie waten hinaus in knietiefes Wasser, schöpfen ein paar Deziliter über die Schenkel, gehen noch ein Stückchen und machen immer so weiter, bis sie so weit gekommen sind, dass sie langsam den Oberkörper nach vorne klappen und schwimmen können, mit dem Kopf hoch über Wasser und trockenen Haaren, immer noch todernst, schwimmen sie, bis sie rausgehen wollen, dann tauchen sie und machen drei Schwimmzüge unter der Wasseroberfläche – anschließend stellen sie sich mit gespreizten Beinen auf den Strand, neigen den Kopf und sammeln mit einem Kopfwerfen ihre Haare, aus denen sie leicht vorgebeugt das Wasser wringen. Lasse:

»Was meinst du, Roger?«

»Wie, was meine ich?«

»Was ist denn los mit dir? Du kennst dich bei Mädchen wohl nicht so aus, was?« Lasse zeigt auf eine aus dem Haufen: »Mit der bin ich zusammen gewesen.«

»Das glaubst du doch selber nicht. Bei der hast du nicht den Hauch einer Chance.«

»Hab ich nicht? Sollen wir wetten?«

»Nee, aber ...«

»Wie viel?«

»Um wie viel traust du dich denn zu wetten?«, sagt Bogdan.

»Bei einer wie der da stehen deine Chancen bei null Komma null Prozent.«

»Dann geht doch rüber und fragt sie, wenn ihr mir nicht glaubt.«

Und Roger, der dadurch, dass Bogdan auf seiner Seite ist, von einer dringend benötigten Dosis Mut gestärkt worden ist:

»Kann ich machen.«

Kommt auf die Beine und macht zwei Schritte.

»Hör auf«, fleht Lasse. »Du versaust mir ja alles.«

»Da gibt's nichts zu versauen«, wende ich ein.

»Fängst du jetzt auch noch an?«

Und Roger wittert einen möglichen Sieg:

»Du traust dich nicht zu wetten?«

»Da gibt's doch nichts zu wetten.«

Lasse ist auch aufgestanden, schlägt Roger leicht auf den Bauch, gerade hart genug, damit das Brennen sich in Erinnerung bringen kann.

»Kommt mit, dann zeig ich euch mal was Richtiges.«

Lasse übernimmt das Kommando. Wir umrunden die Muskelpakete mit ihren Rücken wie Surfbretter und ihren beinahe platzenden Bizeps, gehen über den Rasen, jetzt bekommt ihr was zu sehen, runter zum Strand und am Wasser entlang, vorbei an den Familien mit Kindern, den Sandburgen, den Kanalgräbern, den allein Liegenden mit Buch und Strohhut, den älteren Paaren mit ihren Klappstühlen und im Sand steckenden Sonnenschirmen und großen Kühltaschen, ausgerüstet, um eine Woche im Busch überleben zu können, den Von-Morgengrauen-bis-Abenddämmerung-Sonnenanbetern mit festen Plätzen, seit die Eismassen der Eiszeit zurückwichen und den besten Strand der Welt enthüllten, mitten in der besten Stadt der Welt, und den vollständig bekleideten Sonderlingen in Strümpfen und flachen Schuhen, dem Mann mit dem verfilzten Bart, der gefütterten Jacke und dem Teleobjektiv auf der Kamera, und angekommen bei der Kaltbadeanstalt waten wir zu dem gelben Gebäude hinaus, das auf einer Pfahlkonstruktion errichtet wurde, um die Ecke zur

Rückseite der Damenabteilung, wo das Netz, das zwischen den Pfählen vor Blicken schützen soll, gerissen ist, sodass wir hindurchschlüpfen und im kühleren Wasser im Schatten des Decks hocken können.

Verschüchtert starren wir zu den Frauen hinauf, den fetten Tanten, die sich schwerschenklig und mit spärlich behaarten Dreiecken, specksteißig und pfefferbraun, eingeschmiert und schweißglänzend, sodass die Sonne auf ihnen glitzert, wie aufgehende Teigmassen dicht gedrängt um das umbaute Schwimmbassin wälzen, mit nichts anderem am Leib als ihrem Goldschmuck, und dazwischen, eingesprenkelt wie feine Marmorierungen in einem enormen Fleischstück, sieht man dünne ältere Damen, gebeugt, mit eingefallenen Brüsten, mager, zerknittert, mit schlaffer Haut an Armen und Schenkeln, spröde wie trockene Äste, die Gefahr laufen, vom Wind abgeknickt zu werden. Die Tanten steigen die Treppe herab, rückwärts, mit wulstquellenden Taillen und bebenden Hinterteilen in Globusgröße, machen ein paar Schwimmzüge und wälzen sich auf den Rücken, sodass Bauch und Brüste aus dem Wasser ragen wie Inseln, auf denen Schiffbrüchige an Land krabbeln können.

»Guckt euch das an, habt ihr die Riesendinger gesehen!«, flüstert Lasse.

»Dass die so groß sind!« Roger bekommt den Mund nicht mehr zu. »Carinas sind *nichts* dagegen!«

»Guck dir die da an«, sage ich und zeige auf eine Tante, die direkt vor uns mit weit gespreizten Beinen sitzt.

Und Bogdan fängt an zu lachen.

»Hier stinkt es nach Sonnencreme!«

»Aber die da«, nickt Lasse dann zu den jüngeren Frauen hinüber, die Mädchen in Monikas Alter und etwas älter sind, Bindeglieder, die es uns einfacher machen, eine Verbindung zwischen den Obenohnemädchen am Steg und den Tanten, die wir vor uns haben, herzustellen, obwohl es trotzdem nicht ganz verständlich wird.

»Wann werden sie *so*?«, fragt Roger.

»Hast du schon mal deine Mutter gesehen?«, sagt Lasse.

Das hat Roger nicht, jedenfalls will er es nicht sagen.

»Deshalb muss man sich jetzt ranhalten«, erklärt Lasse, »ehe es zu spät ist.«

Zwischen den Jüngeren, am äußeren Rand, meine ich Hanne zu erkennen, es ist nicht leicht, sie ohne Kleider sofort wiederzuerkennen, sie ist dünner als ich gedacht hätte, hat schmale Schultern, sieht so klein und zerbrechlich aus mit den zurückgekämmten nassen Haaren, aber sie ist es wirklich, sie sitzt an die Wand einer Umkleidekabine gelehnt und liest ein Taschenbuch. Sie ist braun gebrannt und sollte nicht hier sein. Sie sollte eigentlich mit Monika unterwegs sein und Interrail machen, vor einer guten Woche sind sie gefahren.

»Lasst uns abhauen«, flüstere ich. »Hier ist es zu kalt.«

»Willst du nicht noch mehr sehen?«

»Ich habe genug gesehen.«

Denn nach einem solchen Erlebnis muss man ein ordentlich abkühlendes Bad nehmen, hinauskraulen und tief tauchen und lange unter Wasser bleiben, bis die Lungen anfangen zu pulsieren, und versuchen, mit neuen Bildern vor Augen wieder hochzukommen. Sinnlos. Stämmige Madames mit schwer schaukelnden Brüsten und sonnenglänzender Haut sind das Einzige, was aus dem Archiv geholt wird, wogende Landschaften aus wattierten Körpern, und dann Hanne, schmächtig und mit einem großen schwarzen Busch zwischen den Beinen. Und ich frage mich natürlich, wo Monika steckt, warum sie nicht mit Hanne zusammen ist, oder besser gesagt, warum Hanne nicht zusammen mit ihr ist – während ich gleichzeitig dankbar bin, dass Monika nicht dort gesessen und vor meinen Freunden den Flitzer gegeben hat. Und mir wird klar, warum Hanne auf der Postkarte von Monika nicht unterschrieben hat und dass ich Mama davon nichts sagen sollte, jedenfalls noch nicht.

Sein Badehandtuch dem Lauf der Sonne folgend zu verschieben. Sich einen anderen Platz zu suchen, weil der nächste Nachbar seinen Kassettenrekorder mit dem Pop-Shop vom letzten

Freitag auf volle Lautstärke aufdreht. Zur Ambulanz zockeln und nach der Wassertemperatur schauen, wenn der Bademeister draußen gewesen ist und sie auf die Schiefertafel geschrieben hat. Lasse, der nicht locker lässt:

»Wisst ihr, bei solchen Bräuten kann man gar nichts falsch machen ...«

»Schweden ist einfach zu schlecht«, unterbreche ich ihn, denn ich will jetzt nichts mehr über Mädchen hören.

»Außer Thomas Sjöberg«, meint Roger. »Habt ihr sein Kopfballtor gegen die Brasilianer gesehen? Er ist der beste Stürmer der WM.«

Eine Ansicht, mit der Roger ziemlich allein steht, nachdem die Nationalmannschaft gegen Österreich und Spanien unter die Räder gekommen und bei der WM in Argentinien schon in der Vorrunde ausgeschieden ist, die Rückfahrkarten in die Hand gedrückt bekommen hat, vielen Dank für die Blumen, und in der anderen Hand hält Nationaltrainer Åby eine Erklärung über die Vortrefflichkeit der Junta, die er bei der Heimkehr verlesen wird.

Lasse ist sich völlig sicher:

»Argentinien gewinnt das Finale. Locker.«

»Nie im Leben«, widerspricht Roger. »Holland.«

Während Bogdan sagen muss:

»Jugoslawien würde sie beide schlagen.«

Denn auch er muss eine Nationalmannschaft, ein Land, eine Zugehörigkeit haben, zu der er halten kann, gespalten, wie er ist, zwischen Schweden und Jugoslawien, weshalb er behauptet, dass Jugoslawien am besten ist, egal, um welche Sportart es geht, und obwohl er nicht den Namen eines einzigen Spielers kennt – bis wir:

»Eishockey, Bogdan, wie sind die Jugos eigentlich im Moment im Eishockey? Lange her, dass man was von ihnen gehört hat.«

Also hört Lasse nicht auf ihn.

»Holland? Du, Kempes ist der King. Er und Ardiles. Holland kriegt eine Klatsche.«

Er macht eine Pause, während auf den Gleisen zwischen dem Strand und dem Limhamnsfeld ein Güterzug vorbeistampft.

»Wollen wir wetten?«

»Von mir aus. Es geht 3:1 aus. Um wie viel traust du dich zu wetten?«

»Hundert Mäuse.«

»Hundert?«

»Ja, was dachtest du denn? Einen Heiermann?«

»Nee ... einen Zehner.«

»Hosenscheißer. Ein Zehner? Das lohnt sich nicht.«

Lasse setzt sich auf.

»Hat jemand Lust, nochmal reinzugehen?«

Bogdan nicht. Roger auch nicht, der schmollt, hatte doch eine Zeit lang alles unter Kontrolle.

»Nee«, sage ich. »Ich warte noch was.«

Als Monika zurückkommt, reißt sie die Tür mit einem lauten Hallo? auf. Der Rucksack landet mit einem Knall auf dem Flurboden. Mama ist sofort auf den Beinen, mit mir auf den Fersen.

»Bist du schon zu Hause? Wir sollten euch doch abholen.«

Mama umarmt sie, aber ich stoppe abrupt ab. Monika stinkt nach einer langen, schweißtreibenden Zugreise in einem engen Abteil, schmutzigen Kleidern und ungewaschenen Haaren. Haare und Haare übrigens, eine schmutzstruppige Jungenfrisur ist alles, was von ihren schwarzen Haaren übrig geblieben ist, und von einer nennenswerten Sonnenbräune kann keine Rede sein, sie ist gerade mal so braun, als hätte sie den *ganzen* Sommer an der Kühltheke verbracht, als wäre die Farbe irrtümlich haften geblieben. Zufallsbraun.

»Ich hab von der Fähre ein Taxi genommen.«

»Ein Taxi? Aber das war doch nun wirklich nicht nötig«, sagt Mama, die ein wenig Zeit braucht, um eine derartige Verschwendung zu verdauen.

»Und Hanne, wie ist die nach Hause gekommen?«

»Gott, was freue ich mich auf eine Dusche!«

Monika duscht eine Ewigkeit, kommt ein gutes Stück später im Jahrzehnt mit noch weniger Farbe im Gesicht wieder aus dem Badezimmer heraus, holt sich ein Glas kaltes Wasser, kippt es in sich hinein, noch ein Glas, zieht den Gürtel des Bademantels enger, während Mama kaum noch an sich halten kann.

»Wie war's? Habt ihr es euch gut gehen lassen?«

»Es hat wahnsinnig Spaß gemacht. Alles.«

»Seid ihr dieses Jahr auch bis Süditalien gekommen?«

»Nicht ganz so weit.«

»Nun erzähl schon. Bis wohin seid ihr denn gekommen?«

»Bis Paris.«

»Aber dahin kommt man doch über Nacht.«

»Und?«

Mama hat einen sechsten Sinn dafür, wenn etwas nicht stimmt, vor seiner Mama, die einen sein ganzes Leben und noch etwas länger gekannt hat, kann man nichts verbergen.

»Und Hanne?«

»Keine Ahnung.«

»Keine Ahnung?«

»Wir sind nicht zusammen zurückgefahren.«

»Was sagst du da? Ist etwas passiert?«

»Sie wollte weiter.«

»Und dann habt ihr euch getrennt? Du hast mir versprochen, dass ihr euch vertragt.«

»Ich bin neunzehn! Ich komme allein zurecht.«

Monika füllt noch ein Glas mit Wasser.

»Ich hatte Lust, in Paris zu bleiben, das ist alles.«

»Ihr habt euch nicht gestritten?«

»Es ist bloß ... wir sind so verschieden«, seufzt Monika, und mehr erfahren wir nicht.

»Na schön«, sagt Mama. »Du warst jedenfalls beim Frisör.«

Was zwischen Monika und Hanne vorgefallen ist, bleibt ein Geheimnis. Und wenn man eine Verallgemeinerung wagen sollte, und das sollte man, denn in der Verallgemeinerung liegt auch das Spezifische, treffen die Jungen sich in Gangs, die von gewissen Werten oder Interessen zusammengehalten werden, jedoch große individuelle Abweichungen erlauben und auch, dass man sich mit der Zeit in verschiedene Richtungen bewegt, und selbst wenn man einander aufzieht, wegen eines grässlichen Musikgeschmacks oder eines Geburtstagspullovers, der bescheuert aussieht, aber ein oder zwei Mal getragen werden muss, so hält man doch bis weit ins Erwachsenenalter zusammen, sieht seine Kinder gemeinsam aufwachsen, Herrenabende, Traditionen, bei denen niemand zu sagen wagt, wie satt man sie hat, denn das würde zu Konflikten führen und einem offenen Infragestellen der Grundlage, die man nicht mehr gemeinsam hat, besser, man lässt es noch ein paar Jahre so laufen, während Mädchen eine Freundin haben, eine beste Freundin, mit der sie ganz eng zusammen sind, mit der sie *alles* teilen und *immer* zusammenhängen, bei der sie schlafen und die sie zu Familienfesten und im Urlaub begleiten, und sie können einander ein Leben lang nahe stehen, sich zwei, drei Mal die Woche anrufen, Briefe wechseln und sich gegenseitig Mails schicken, oder aber es wird plötzlich, und das kann jederzeit passieren, ein Keil zwischen sie getrieben, ein Freund, ein neuer Musikgeschmack, eine neue beste Freundin – Sprengwirkung, und auf einmal wird an der anderen kein gutes Haar mehr gelassen, über Nacht sind sie einander zu Fremden geworden, Entwicklung, Abwicklung.

»Und wie ist es hier gewesen?«, fragt Monika mich.

»Ich bin jeden Tag am Strand gewesen.«

»Viel los, was?«

»Wie immer.«

Monika packt neue Kleider aus, die Mama gefallen, und Espadrilles, die Mama nicht gefallen, sie sind nicht gut für die Füße, und dann beginnt sie zu packen, den Umzug vorzubereiten. Und sie sitzt im Zimmer und schreibt Briefe. Wenn ich reinkomme, dreht sie das Kuvert um und hält die Hände vor das, was sie geschrieben hat, aber ich glaube, die folgenden Vermutungen sind nicht völlig aus der Luft gegriffen: dass die Briefe an einen braunäugigen Jean-Pierre oder Jean-Jacques adressiert sind und dass The Brain in diesem Sommer zu The Body geworden ist.

»Du hast in Paris einen Typen getroffen, stimmt's?«

»Wie kommst du darauf?«

»Hast du gar keine Fotos?«

»Ich hab keine Bilder gemacht.«

»Und was war das dann für eine Fototüte, die du in die Schublade gesteckt hast?«

»Rühr ja nicht meine Schubladen an!«

Das Etagenbett wird abmontiert, und Monika nimmt ihre Hälfte in die Vårgatan mit, zusammen mit ihrer Kommode und ein paar Stühlen und einem flachen wackligen Tisch, den Mama noch im Keller hatte. Che Guevara wandert in den Papierkorb. Monika will auch die Stereoanlage mitnehmen, aber das stößt auf meinen Widerstand. Mama eilt herbei, um zu vermitteln.

»Lass Monika die Stereoanlage mitnehmen, Johan. Du darfst dafür das Lexikon behalten.«

»Da hörst du es«, ergänzt Monika. »Ich *darf* sie mitnehmen.«

»Soll ich meine Platten etwa auf dem Lexikon abspielen?«

Mama, die mir einen resignierten Blick zuwirft.

»Na schön, dann werden wir dir wohl eine neue kaufen müssen.«

Was bei Monika Proteste auslöst:

»Warum soll immer Johan das Neue bekommen?«

Mama, die Monika einen resignierten Blick zuwirft.

»Wie kannst du so etwas sagen, wenn du selber eine eigene Wohnung bekommst?«

In ihrer eigenen Wohnung braucht Monika eine Couch, eine kleine Couch, die sie im schwedischen Nationalepos ausgesucht hat, dem Ikea-Katalog.

Bei Ikea einkaufen ist ein Drama in mehreren Akten. Monika gibt der Couch einen Zweisekunder zum Probesitzen, niedriger und bedeutend »weicher« als erwartet, sie verschwindet in der

Polsterung, und als sie aufsteht, rutscht der Sitz nach vorn und das Rückenpolster fällt in die Lücke – bestanden.

»Willst du das hier nicht auch mal ausprobieren?«

Mama zeigt auf ein Modell, das einen etwas robusteren Eindruck macht.

»Das ist doch öde!«

Der Bezug, den Monika sich vorgestellt hat, ist nicht auf Lager. Sofort lieferbar ist nur eine grüne Variante, die sie absolut nicht haben will – und die sie kauft.

»Willst du nicht lieber warten?«

»Das kann *mehrere Wochen* dauern. Wo soll ich bis dahin sitzen?«

Drei Stunden später sind wir wieder da, stehen an der Informationstheke an, um die Montageanleitung zu bekommen, die nicht dabei war. Während Mama den Bezug genäht hat, bei dem eine Naht aufgegangen war, haben Monika und ich das Ungetüm zusammengeschraubt, mit dem Ergebnis, dass ein meterlanges Kiefernbrett voller Astlöcher und mit sechs vorgebohrten Löchern übrig geblieben ist.

»Aber gerade das lässt sich doch so leicht zusammenbauen«, meint der rot behemdete Mann an der Information. »Brauchen Sie dafür wirklich eine Anleitung?«

Kurz vor Ladenschluss sind wir eine drittes Mal da.

»Einen Moment, bitte«, sagt das Rothemd und verschwindet mit dem Brett im Lager, denn es ist trotz der Montageanleitung übrig geblieben. Monika ist sauer und hat Mama zur Theke vorgeschickt, Mama, die auf die Uhr sieht, sie müsste längst zu Hause sein und kochen, fällt es ebenfalls schwer, mit ihrem Ärger hinter dem Berg zu halten, weil der Bezug zu eng war und sie ihre Nähte wieder auftrennen, den Stoff über die Couch stülpen und *dann* wieder zunähen musste.

Also mache ich einen Versuch, die Laune der beiden zu verbessern.

»Mama, weißt du, was Monika in Paris gemacht hat?«

»Gar nichts habe ich gemacht!«

»Weißt du es?«

»Hört auf, euch zu zanken.«

»Soll ich es sagen?«

»Joo-han!«

»Streitet euch bitte nicht.«

»Glaub ihm kein Wort.«

»Sie hat einen Mann kennen gelernt.«

Aber Mama hat sich der Theke zugewandt. Das Rothemd kehrt ohne Brett zurück:

»Das war ein Fehler. Es gehört zu einer anderen Couch.«

Als alles eingerichtet ist, lädt Monika uns zum Essen ein. Mama, der es gelingt, durch die 24 m^2 kleine Wohnung zu schreiten, als würde sie eine Hausbesichtigung in einem Gutshof machen, lobt, wie schön alles mit den Möbeln geworden ist, die sie selber ausrangiert und vorher hundert Jahre lang gesehen hat, außer der Spiegelwand vor der Toilette, die der Vormieter dagelassen hat, und dem Ficus benjamini in einem geflochtenen Korb. Auf der Straße nach Lund rauscht der Verkehr, das Fenster steht anderthalb Zentimeter offen und lässt den Sommerwind hereinsickern, die Geräusche der Autos und das Zischen der LKW-Bremsen bei roter Ampel, und dann, wie sie unterwegs auf die Umgehungsstraße oder in die Stadt hochschalten, die Hornsgatan und dann den Nobelvägen hinauffahren, während ihre Anhänger über den Asphalt rasseln. Mama zupft die Gardinen zurecht, als Monika mit dem Rücken zu uns in der Kochnische steht, fragt:

»Soll die Kommode da stehen bleiben?«

»Jaa!«, kommt es gereizt von dem Rücken, denn Mama hat keine Frage geliefert, sondern notdürftig verpackte Kritik.

»Ich hätte gedacht, sie würde an der anderen Wand stehen.«

Aber Monika will nichts hören. Sie stellt die Möbel in ihrem Zuhause, wie sie es will, und trotz des Verbots von Nadeln in der Tapete durch den Vermieter hat sie Poster von David Bowie an die Wände gepinnt, Monika kommt mit einem Topf und stellt ihn auf den Tisch, bittet Mama und mich, auf der Couch

Platz zu nehmen, wir versinken – wir werden von ihr umschlossen.

»Wollt ihr eine Überraschung hören?«

Monika macht eine Pause, eine Kunstpause.

»Ich habe einen Studienplatz in Medizin bekommen.«

»Echt, gratuliere, Monika.«

»In Uppsala.«

Mama, die noch tiefer in den Schaumgummi rutscht:

»Uppsala? Aber wolltest du nicht in Lund studieren?«

»Warteliste. Aber in Uppsala habe ich gleich einen bekommen.«

»Jetzt, wo du so eine schöne Wohnung hast ...«

»Kannst du dich denn nicht wenigstens ein bisschen für mich freuen?«

Natürlich ist Mama froh, muss sich jedoch erst an den Gedanken gewöhnen, dass ihre Tochter in Mittelschweden angesiedelt wird.

»Und was ist mit ihm?«, sagt sie.

»Mit wem?«

»Dem in Paris. Bist du in ihn verliebt?«

Monika, die rot wird:

»Da ist nichts!«

Sie kommt damit davon. Denn im gleichen Moment knackt etwas, und die Couch bricht zusammen.

Und als ich sie das nächste Mal besuche, steht die Kommode an der anderen Wand.

Was im Sommer passiert, ist ein Intermezzo, etwas, das außerhalb des normalen Lebens geschieht, so als wäre es nie passiert, und das ausradiert wird, als die Gang sich wieder sammelt. Es ist eine hartgesottene Gang, die abends am Pildammskiosk zusammensteht und Hotdog-Brötchen mit Senf und Ketchup mampft, mit Haarbürsten, die aus den Taschen der Jeansjacken herauslugen wie Antennen, mit denen noch das schwächste Signal aufgefangen wird. Ich halte mich zurück, habe keine Lust mehr, mich in den Vordergrund zu schieben und Storys aus dem Hut zu zaubern, gehöre aber auch nicht zu denen, die sich wie Bogdan absetzen, nein, was in der Gang passieren kann, ist nach wie vor spannend, und man gibt seine Position nicht freiwillig auf, wenn man so lange für sie gekämpft hat, jedenfalls nicht, bevor man weiß, was man stattdessen anfangen soll, wer man stattdessen *sein* soll.

Lasse sitzt rittlings auf einer Puch Dakota, die er in Kroksbäck im Gebüsch gefunden hat.

»Willst du kein Mofa, Johan?«

»Glaub nicht.«

»Warum nicht?«

»Nee ...«

»Komm heute Abend mit, dann besorgen wir dir eins«, verspricht Rolle, der sich bis nach Slottsstaden begeben musste, um im Gebüsch nach der ritzelfrisierten Zündapp mit dem buckligen Tank zu suchen, auf der er halb liegt.

»Was für eins willst du haben? Sag einfach, was für eins du haben willst.«

»Gar keins«, erwidere ich und bereue es fast, heute Abend hergekommen zu sein. »Ich will keins.«

Allmählich fällt es einem schwer, euch wiederzuerkennen, besonders dich, Lasse, in Rockerjacke und Boots mit Absatzeisen, die du im Werkunterricht gemacht hast, eine Kopie von Lundblad, mittlerweile sein Nachfolger, da er das neunte Schuljahr hinter sich hat und bei seinem ersten Autodiebstahl geschnappt worden ist, in deinem Zimmer oben hast du die Wände mit Motorradpostern und zweiseitigen Bildern aus dem Playboy bepflastert, und du drehst deine Anlage auf, wie es dir passt, und hörst die Stones, die nicht die Musik unserer Zeit sind, aber für etwas Beständiges stehen, sieh an, einst eine Jugendrevolte, haben sie sich eine halbe Generation später in Sicherheit, Wiedererkennen, Teddybär verwandelt – und du kannst sie nach Belieben aufdrehen, sodass die Bullen zu Besuch kommen, weil die Nachbarn sich beschwert haben, das ist dir egal, du kannst kommen und gehen, wie du willst, da kann deine Mutter sich dumm und dämlich streiken, dein Vater sauer sein, du hast jetzt das Kommando übernommen, und nur Thomas kann dich noch von deinem hohen Ross herunterholen.

Und es ist schwer, dich wiederzuerkennen, als du, zu Roger:

»Aber du, du willst eins.«

»Ich weiß nicht.«

»Klar willst du.«

»Kann ich mir nicht leisten.«

»Wieso leisten?«, sagt Rolle.

»Ach komm ...«

»Du kannst ja das hier kaufen«, schlägt Lasse vor. »800.«

So, wie er das sagt, klingt es nach einem Schnäppchen. Und Jerry William, der Technikfreak:

»Ist es frisiert?«

»Was denkst du denn?«

»Wie denn, hast du den Auspuff aufgebohrt?«

»Verlass dich drauf. Plus einen anderen Krümmer und ein 28er Ritzel – fährt locker 70.«

»70? Träum weiter!«

»800 dafür?«, sagt Roger, der trotz allem ziemlich heiß darauf ist.

»Es ist das schnellste in der ganzen Stadt.«

»Aber 800?«

»Dann eben 400.«

Roger geht um das Mofa herum, dreht unbeholfen am Gaszug, ist noch nie gefahren, und wir sind auch noch keine fünfzehn.

»Ich hab ja doch kein Geld.«

»Dann musst du es dir eben besorgen. Wenn du die Kohle zusammenhast, gehört es dir.«

In der Nacht verschwindet die Dakota aus dem Gebüsch, in dem Lasse sie abgestellt hat. Am nächsten Abend treffen wir uns wieder am Kiosk, glotzen Rolle an, der seine Zündapp hochsteigen lässt, fünfzig Meter auf dem Hinterrad fährt, und genau in diesem Moment kommt Lasse die Idee, »Roger, du schuldest mir 400 Mäuse.«

»Wofür?«

»Na, für das Mofa. Du hast es gekauft.«

»Hab ich nie gesagt.«

»Spiel hier nicht den großen Macker. 400 haben wir gesagt.«

»Ach Quatsch.«

»Wenn du sie direkt rausgerückt hättest, wäre es nie geklaut worden.«

»Soll das etwa meine Schuld sein?«

Ein halbherziger Einwand kommt von Persson:

»Lass gut sein, Lasse. Er kann dir kein Geld für etwas schulden, das es nicht gibt.«

»Du hältst dich da raus.«

Das reicht, um Kritik und Misstrauen abzutun, die sogar Lasse als monumental empfinden muss, es gibt eine Lücke, um nicht zu sagen ein gigantisches Loch in seiner Argumentation, aber es wird mit unausgesprochenen Drohungen überdeckt, die sich, zugegebenermaßen, mit seiner Freundschaft zu Lundblad vermischen, wir schauen zu Lasse auf, dem es gelungen ist, in die richtigen Kreise zu kommen, aus einem von uns ist etwas geworden, und wir haben Kontakte zur Unterwelt bekommen, sollte es ein Problem geben, Trouble, haben wir jemanden, an den wir uns wenden können, einen Boten, der unser Anliegen weiterleiten kann in der Hackordnung, einen Bürgen des Ärgers, und nachdem das gesagt worden ist, fällt es leichter, unsere moralische Fahnenflucht zu gestehen.

»400 krieg ich.«

Roger, der langsam Angst bekommt, Lasse meint es ernst:

»Ich hab kein Geld!«

»Ist mir doch scheißegal. Das ist dein Problem.«

»Was glaubst du, was passiert wäre, wenn du dir was von der Bank leihst und es nicht zurückzahlen kannst?«, sagt Rolle. »Denkst du, die hätten es gut sein lassen?«

Roger kann in seinen Schlappen nicht mehr stillstehen:

»Ich *hab* kein Geld! Wo soll ich das denn hernehmen, he? Woher?«

»Geh zu Porsfyr«, grinst Lasse – er hat Roger, wo er ihn hinhaben wollte: Er hat ihn zum Schuldner gemacht. »Du hast eine Woche, dann will ich die Kohle sehen.«

Rolle kickt die Zündapp an – »Los, komm. Wir hauen ab.« –, legt den ersten Gang ein, gibt Gas und lässt die Handbremse flutschen, sodass sein Mofa einen Satz nach vorne macht und wir auf Seite springen müssen. Lasse wirft sich im Fahren hinten drauf. Sie tuckern die Straße herab und Rolle schaltet hoch.

Eine Woche vergeht. Zwei vergehen. Lasse findet ein neues Mofa – die Stadt scheint von verloren gegangenen Mofas nur so zu wimmeln – eine ähnliche Dakota, allerdings mit Rückspiegeln und einem umlackierten Tank, die verlassen und mit aufgebrochenem Schloss draußen im Bootshafen von Limhamn gestanden hat, und seine hirnrissige Forderung ist zu den Akten gelegt worden, archiviert unter der Rubrik »crazy gags«.

Eine weitere Woche vergeht, ohne dass jemand die Sache erwähnt, doch als wir am Freitag darauf am Kiosk herumhängen, an einem Freitag, an dem etwas passieren sollte, aber nichts passiert, weil hier nie etwas passiert, Jerry William, der seiner Mutter das Geld für einen Hamburger geklaut hat, Åsa und Laila sind auch da, sogar Carina, mit Mündern feucht von Labello, Erdbeergeschmack, eng sitzenden Lederhalsketten mit Silberrasierklingen darin, aufgetakelt und haargebürstet, um sich nirgendwo anders hin zu begeben als hierher, macht Lasse Roger an.

»Hast du die Kohle?«

»Welche Kohle?«

»Welche? Du schuldest mir 400.«

»Hör auf mit dem Scheiß.«

»Ich hätte sie schon vor Wochen bekommen sollen. Mit Zinsen macht es 600.«

»Wie gemein!«, sagt Carina. »Was hat er denn getan?«

Roger kippt schon fast aus den Latschen:

»Gar nichts hab ich getan!«

»Geh zu Porsfyr«, meint Janis, dessen Ellbogen auf dem niedriger gelegten Lenker des rostigen Ciao liegen, das sein Vater ihm gekauft hat, Janis, der denkt, das wäre ein lustiges Happening, also sage ich:

»Halt's Maul, Janis.«

»Schnapp dir eine Handtasche«, schlägt Janis stattdessen vor.

Lasse holt eine Kippe heraus, steckt sie an und bläst den Rauch durch die Nase aus.

»Wenn ich die Kohle nicht bekomme, sag ich's deinem Vater.«

»Tu's nicht«, sage ich zu Roger, und zu Lasse: »Du hast doch ein neues Mofa, weshalb motzt du dann herum?«

Und Rolle: »Lass ihn in Ruhe. Scheiß was drauf.«

Angespannte Stimmung im Lager. Die Sache steht auf der Kippe, der Ernst kann immer noch in Gelächter übergehen, in einen Stoß in den Rücken, in ein »Alter, das sollte ein Witz sein«, gefolgt von einem »Willste ne Wurst, Roger, ich geb dir eine aus«. Aber Lasse ist unerbittlich, hat beschlossen, die Sache durchzuziehen. Denn genau wie bei Jerry Williams Anstecknadeln geht es nicht um das Geld an sich, sondern um die Macht, die Position, die es in diesem Fall dem Gläubiger verleiht, mit dem entscheidenden Unterschied, dass Jerry William uns seine Position *zeigen* wollte, Lasse will sie *ausnutzen* – Respekt! Er sagt:

»Wenn man sich über was einig war, bleibt es auch dabei.«

»Ich hab keine 600!«, schreit Roger fast, immer verzweifelter, um Bedenkzeit zu gewinnen. Er spuckt immer wieder, das Straßenpflaster um ihn herum ist nass von nervöser Spucke.

»Dann latsche ich jetzt eben zu deinem Alten. Soll ich?«

»Schnapp dir eine Handtasche, dann ist die Sache erledigt«, meint Rolle und nimmt die Kippe entgegen, die Lasse ihm reicht, zieht daran. »Hier gibt's doch jede Menge alter Schachteln.«

Roger kämpft mit den Tränen:

»Das kann ich nicht.«

»Warum nicht?«

»Ach, verdammt ... ich kann mir keine Tasche schnappen.«

»Das kannst du nicht?«, sagt Lasse höhnisch. »Feige Ratte.«

Und dann sagt er: »Ach was, vergessen wir's.« Und Roger scheint aufzuatmen, für zwei Sekunden, bis Lasse weiterspricht: »Die Zinsen, meine ich. Aber die 400 will ich haben. Und die erste Rate will ich heute noch sehen.«

»Verdammt nochmal, Lasse!«, platzt Persson heraus. »Er kann nicht *dahin* gehen!«

Aber Lasse breitet die Arme aus:

»*Ich* habe ihn nicht gezwungen.«

Roger fallen gegen die Schulden, die Lasse ihm auferlegt hat, keine Argumente mehr ein, und er muss in die Annebergsgatan 19c gehen, wir begleiten ihn ein Stück, dann bleiben wir stehen, sind jetzt still, es ist eine entsetzliche Stille, die von ganz eigener Art ist und nachher irgendwie im Körper hängen bleibt, wie Seitenstechen, wir sehen ihn vor dem Hauseingang zögern, dann mit beiden Händen an der Klinke die Tür öffnen, und während wir in unserer ohrenbetäubenden Stille stehen, stellen wir uns vor, wie er die Treppen in den dritten Stock hinaufgeht, klingelt, eingelassen wird, und –

Am nächsten Tag kommt er mit einem taschenknittrigen Fünfziger zu Lasse.

»Bleiben noch 350.«

»Hör auf! Mehr habe ich nicht bekommen.«

»Und?«

»Machst du Witze, oder?«

Åsa zieht ihn am Arm:

»Was hast du da gemacht, Roger?«

Roger antwortet nicht. Er sieht weg. Spuckt.

Aber Carina kapiert: »Scheiße, ist das eklig!«

Und was ist am schlimmsten für Roger, dass er bei Porsfyr gewesen ist, dass auch die Mädchen mitbekommen haben, dass er dort gewesen ist oder dass er nochmal hinmuss, und nochmal?

Ungefähr zu der Zeit, als Monika ihre Wohnung untervermietet und den Zug nach Uppsala nimmt, drückt Mama in der Strumpffabrik zum letzten Mal die Stechuhr. Aber Mama kommt bei Gegenwind erst richtig in Fahrt, sie hat nicht vor, Tagesmutter zu werden oder im Pflegedienst zu arbeiten, wie der Gewerkschaftsvorsitzende vorgeschlagen hat, Kjell Nilsson, der als Arbeitnehmervertreter im Vorstand sitzt, der zugeben musste, dass man sich »zum Wohle der Belegschaft« entschlossen habe, hauptsächlich Frauen zu entlassen, weil es für diese leichter sei, einen neuen Job zu finden.

Was es eine alleinstehende Mutter in Form von Sorgen beim Gedanken an die Zukunft, die Miete und die Rechnungen gekostet haben muss, nicht den Weg des geringsten Widerstands zu gehen, das ist mir in letzter Zeit durch den Kopf gegangen, da ich nun halbwegs so erwachsen bin, wie ich es jemals sein werde, was sich vielleicht definieren lässt als der Moment im Leben, in dem man erkennt, dass man nun für seine Eltern da sein muss und sie nicht länger für einen selber, und man starrt nicht mehr ausschließlich in Fahrtrichtung, sondern blickt immer öfter zurück, um Erklärungen dafür zu finden, warum man die erwachsene Person geworden ist, die man zu sein vorgibt, und es könnte übrigens auch der Grund dafür sein, warum ich das alles erzähle, dass wir uns fragen sollten, was uns hier sein lässt, jetzt, mit dem halben Leben hinter uns, der zweiten Hälfte vor uns, und was wir mit dieser Hälfte anfangen sollen – und ganz gleich, zu welchem Schluss wir auch kommen mögen, fängt Mama jedenfalls eine Umschulung des Arbeitsamts zur kaufmännischen Bürokraft an, auf dem Ystadsvägen, wo sich ganze Klassen mit den Verlierern des Arbeitsmarkts füllen, vor allem Frauen natürlich, die von der Fliehkraft hinausgeschleudert werden, als die Räder sich im Leerlauf drehen.

Mama ist enthusiastisch:

»Das ist das Beste, was ich je gemacht habe! Wenn ich das geahnt hätte, hätte ich mich schon viel früher umschulen lassen.«

Abends sitzt sie in der Küche und büffelt. Sie lernt Buchführung, Soll und Haben und die Mehrwertsteuer in einer eigenen Spalte. Sie lernt Druckbuchstaben von Hand zu schreiben, mit dicken Stiften, dünnen Stiften, Schilder, Poster, Plakate, nach Richtlinien, die befolgt werden sollen, und Mama gibt sich erst zufrieden, als sie alles vollkommen beherrscht. Sie lernt, Zahlen zu schreiben, die für eine zukünftige Computererfassung geeignet sind, wie die Sieben ohne den kleinen Strich auf dem Bauch.

»Essen wir nicht bald?«

»Doch«, antwortet sie und schaut von ihren Büchern auf. »Bald.«

»Du hast doch schon tausend Mal die gleiche Zahl geschrieben.«

»Noch zehn Minuten. Kannst du dir nicht zwischendurch ein Butterbrot machen?«

Oh ja, sie ist ganz die Mutter ihrer Tochter.

Zum Kursprogramm gehört auch, Schreibmaschine zu lernen. Mama kauft sich eine Facit Privat. Sie kommt nach Hause und demonstriert die Fingerhaltung. Lernt, einen Buchstaben zu schreiben, ohne auf die Tasten zu schauen, zwei, lernt einfache Wörter zu schreiben, kurze Sätze, so als würde sie noch einmal lesen lernen. Mutter isst Butter. Buchstabe für Buchstabe, bis das ganze Alphabet in den Fingerspitzen sitzt und sie dazu übergehen darf, lange, unbeschreiblich sinnlose Texte abzuschreiben. Als Übung, Übung, Übung, und auf Zeit. Tabellen, Briefköpfe, Angebote, Formulare ... Mama kommt nachmittags nach Hause und findet kaum noch die Zeit anzukommen und den Mantel auf einen Bügel zu hängen, ehe sie auch schon die graue Schutzhülle abgezogen und die Schreibmaschine mit einer Zeitung als Unterlage auf den Küchentisch gestellt hat und loslegt. Anschließend folgt ausgestrecktes Liegen auf der Couch, denn Schreibmaschineschreiben ist alles in allem nicht viel besser für die Schultern als Strümpfe nähen.

Das Schreibmaschinenknattern hat drei Phasen, die erste, während der man es die ganze Zeit hört, das Fernsehen, die »neue« Stereoanlage, die Gedanken lauter stellen muss, nichts essen oder tun kann, ohne dass es von diesem Geräusch zermahlen wird, die zweite, während der es die ganze Zeit im Hintergrund ist wie das Surren der Insekten an einem Sommertag und man zu träge ist, um sich darum zu scheren, die dritte, in der man es nur bemerkt, wenn es aufhört, wenn es verstummt – es ist zu einem Teil des Alltags geworden, gehört zu meinem Zuhause, das knatternde, hackende, rieselnde, spritzende Geräusch einer Facit Privat, die Type für Type auf die weiße Fläche des Papiers hämmert, denn ihre Besitzerin muss woanders hin, sich zu neuem Wissen schreiben, lebenslanges Lernen, ehe es den Begriff überhaupt gibt, zu einer neuen Arbeit und Selbstachtung, sie muss sich aus der Sackgasse herausschreiben, in der sie gelandet ist.

Mama schlägt neben der Maschine einen Zeitungsartikel auf. Ich muss mit der Uhr in der Hand dabeisitzen und die Zeit nehmen und Los! und Stopp! sagen, und Mama zählt die Anschläge, zählt die Fehler und kommt auf eine Summe, die nie gut genug ist. Oder, wie lange dauert es beispielsweise, fehlerfrei einen Reklametext für Lux-Seife abzuschreiben?

Noch einmal – immer wieder.

»Bist du bereit? Los!«

»Mist. Gleich ein Fehler. Das B ist so schwer. Wir fangen noch einmal an.«

Auch ich bin in Schwung gekommen. Endlich ein eigenes Zimmer, und eine eigene Stereoanlage – allmählich bekomme ich mein Leben in den Griff. Außerdem kann ich nicht mehr so oft unterwegs sein, seit Mama nicht mehr Monika hat, mit der sie abends zusammensitzen und sich unterhalten kann.

Gleichzeitig ist die achte Klasse ein Zwischenjahr, ein Jahr, in dem man sich anpassen muss, nie zuvor ist so eindeutig erkennbar gewesen, dass man heranwächst, dass man weder zu den Jüngsten in der Schule gehört, weshalb man die eigenen Unzulänglichkeiten etwas versöhnlicher wahrnimmt, noch zu den Ältesten, die große Töne spucken und die Rolle schultern können, die damit verbunden ist – aber man muss schon mal damit anfangen, sich auf sie einzustellen.

Die schwarzen Schafe sind endgültig entlassen – glaubt man. Denn Lundblad, der neun Jahre tapfer darum gekämpft hat, jeglichem Unterricht fern zu bleiben, hängt jetzt täglich an der Schule herum, und ich fühle mich nicht berufen, mich darüber auszulassen, was das über sein psychologisches Profil aussagt.

Jedenfalls steigen die Erwartungen, nicht zuletzt die eigenen, aber auch die der Lehrer, und Mamas – dass man zu Hause »mehr Verantwortung übernehmen« und »sich nützlich machen« soll.

Oh ja, das bleibt hängen. Das Lernen fällt mir leichter, als ich gedacht hätte. Mit einem Hauch mehr Konzentration in den Schulstunden, etwas mehr Zeitaufwand bei den Hausaufgaben und zahlreichen Telefonaten mit Monika vor den Klassenarbeiten. Monika, die in eine WG gezogen ist, sich die Wohnung mit vier anderen Studenten teilt und nach einer Weile die Gespräche mit ihrem wissbegierigen Bruder satt hat:

»Das kannst du im Lexikon nachschlagen.«

»Aber wenn du es weißt, kannst du es mir doch auch sagen.«

»Ich muss jetzt auflegen. Hier möchte noch jemand telefonieren.«

»Aber sag es mir erst!«

»Also schön, aber es ist das letzte Mal, dass ich mir Zeit nehme, dir zu helfen.«

Bei diesem Stand der Dinge werden wir mit einer der absurdesten Seiten des schwedischen Schulunterrichts konfrontiert, und dass dies mit den gestiegenen Anforderungen daheim zusammenfällt, geschieht vielleicht gar nicht so zufällig, wie es zunächst den Anschein hat. Unter dem Vorwand, wir Jungen seien alle dermaßen im Stimmbruch, dass wir am besten auf den Musikunterricht verzichten sollten, wird die ganze Klasse in den Keller verbannt, wo der Gesang durch das ersetzt wird, was 15-jährige Jugendliche möglicherweise am dringendsten wissen müssen, um für die Realitäten des Erwachsenendaseins gerüstet zu sein: was im Laufe der Schwangerschaft geschieht, wie es bei einer Geburt zugeht und wie man einen Säugling wäscht und Windeln wechselt, und als das abgehakt ist, werden wir in Zweiergruppen mit Staubsauger und Staubwedel und Putzmittel losgeschickt, um zu lernen, wie man einen Verschlag putzt, in den der Hausmeister ein ausrangiertes Bett und einen Tisch gestellt hat, es soll ein Zuhause sein, ähnelt jedoch eher dem Einzelzimmer in einem Sanatorium für einen Patienten, der nur noch wenige Tage zu leben hat – Hauswirtschaft! – unter Anleitung einer üppigen Frau mit schneidender Stimme, die ihr ganzes Leben in den unterirdischen Gängen verbracht haben muss, denn niemand hat sie je bei Tageslicht gesehen.

Die Hauptattraktion dieser makabren Halbtagsvorstellung wird in zwei Reihen ultramoderner Küchen gegeben, in einem Raum, der so unübersichtlich ist, dass wir abwechselnd in die Vorratskammer schlüpfen können, die bis oben hin mit Konservendosen gefüllt ist, die zu tollen Überraschungen werden, wenn man sie zu Hause auspackt.

Die üppige Frau, deren Namen wir nie behalten, muss gegen die totale Gleichgültigkeit von 28 Schülern ihrem Fach gegenüber ankämpfen, und sie tut dies beseelt von einem beinahe religiös zu nennenden Glauben an die Hausmannsgastronomie und das gesamte pädagogische Arsenal, mit dem sie ausgerüstet ist. Sie lässt uns das Menü zunächst in Druckbuchstaben auf Papier festhalten, ausgehend von den Richtlinien für eine ausgewogene Ernährung die Mahlzeit »komponieren« und sie anschließend zubereiten.

28 Schüler *probieren* den widerwärtigen Dorsch, den sie einen Vormittag lang zerkocht haben, und vielleicht bezweckt dieses Kochtopfexerzieren, dass wir die Schulspeisung besser zu schätzen lernen, denn zumindest ich bin bereit, alles zu widerrufen, was ich bisher über sie gesagt habe.

Zusammen mit den konservierten Ananasscheiben und Birnen trage ich meine neu gewonnen Erkenntnisse in Küchenästhetik nach Hause.

»Du musst als Erstes die Gläser spülen«, instruiere ich Mama, als sie die Hände in der Spülschüssel hat.

»Wirklich als Erstes? Nicht die Pfanne?«

»Nee, erst die Gläser, dann das Besteck und die Teller.«

»Ich werd dran denken«, meint Mama und macht sich lustig über den Besserwisser, der nie zuvor aus eigenem Antrieb etwas aus der Schule erzählt hat, jetzt aber ungeniert in ihre Domäne eindringt. Mama, die stolz darauf ist, von Hand zu spülen und das Geschirr blitzblank zu bekommen, sauberer als mit der Spülmaschine, die sie verabscheut, weil bei ihr Kalkablagerungen in den Gläsern zurückbleiben.

»Was ihr so alles lernen müsst.«

»Die Töpfe spült man zuletzt, weil sie am dreckigsten sind.«

»Willst du es mir vielleicht zeigen?«

»Nee, das war nur ein Tipp. Ich kann es schon.«

»Danke für den Tipp«, sagt Mama. Und spült weiter, wie sie es immer getan hat.

Wenn es ausnahmsweise mal gut läuft, kann man sicher sein, dass einem irgendwas die Suppe versalzt. Wir sitzen im Speisesaal und essen etwas verspätet zu Mittag. Draußen wird der neue Sport betrieben, Erdbrocken so gegen die Fenster der umliegenden Mietshäuser zu werfen, dass sie kleben bleiben und die Scheiben bedecken. Und dann das Klirren von Glas, wenn jemand zu fest geworfen hat, und alle fliehen.

Jerry William ist ganz in seinem Element, als er seinen neuen Taschenrechner vorführt, mit ebenso vielen Knöpfen wie in einem Cockpit und unendlich vielen Funktionen:

»Guckt mal, wie klasse man damit Logarithmen berechnen kann.«

Weder Roger noch ich haben eine Ahnung, was wir uns unter der Berechnung eines »Logarithmus« vorzustellen haben. Jerry William hält Roger den Taschenrechner hin, der wahllos auf ihm herumtippt, als Lundblad und Lasse den Speisesaal betreten. Lundblad in schief gelaufenen Boots und einer Wildlederjacke mit Indianerfransen. Sie holen sich jeder ein Glas Saft aus dem Saftspender und setzen sich zwei Tische weiter. Lundblad trinkt, wobei seine Aufmerksamkeit auf uns gerichtet ist. Roger schiebt Jerry William den Rechner zu.

»Du musst auch mal Potenzrechnen ausprobieren«, sagt er, der ihnen den Rücken zukehrt und Lundblad nicht bemerkt hat, oder dass die Stimmung im Speisesaal sich wie bei einem plötzlichen Wetterumschwung verändert hat.

»Nicht jetzt.«

Roger hat angefangen, unruhig hin und her zu rutschen. Er steckt die Arme in die Jacke, die über dem Stuhlrücken hängt, zieht sie wieder heraus.

»Sollen wir gehen?«, sage ich.

Rogers Augen flackern, er sieht mich an, schnell zu Lundblad und Lasse hinüber, zum Ausgang, aber er kann nicht auf direktem Weg rausgehen, denn er muss erst die Essensreste wegschmeißen und das Tablett wegstellen, er kann sich nicht entscheiden. Jerry William hat endlich begriffen, dass etwas im Gange ist. Er schielt über die Schulter und lässt den Rechner unauffällig unter dem Tisch verschwinden.

»Geh schon mal, wir nehmen dein Tablett«, sagt er.

Aber Roger kommt nicht von seinem Stuhl. Er bleibt mit einem immer paralysierteren Gesichtausdruck sitzen.

»Los, wir gehen. Roger?«

Aber man bekommt keinen Kontakt mehr zu Roger, denn jetzt hat Lundblad seinen Saft ausgetrunken und ist aufgestanden. Das Klackern seiner Absatzeisen wird durch den Linoleumboden gedämpft, als er zu uns kommt, zu Roger, und sein leeres Glas auf Rogers Tablett abstellt, Roger, der leichenblass ist, der aussieht, als könnte er platzen oder sich in die Hose machen. Lundblad legt eine Hand auf seine Schulter, lässt sie dort liegen, während Roger unter ihr gleichsam zusammenschrumpft, darauf wartet, etwas zu hören, aber Lundblad sagt nichts, er drückt nur sanft und anerkennend

Rogers Schulter wie bei einer zärtlichen Massage, und Roger platzt, lautlose Tränen rollen aus ihm heraus, er flennt, ohne dass ein Mucks zu hören wäre, und Lundblad klapst ihm auf die Schulter, ehe er zu Lasse geht, der am Ausgang auf ihn wartet.

Wir bleiben noch lange, nachdem sie verschwunden sind, sitzen. Roger, der nicht mehr aufhören kann zu weinen, als die Tränen erst einmal laufen. Und ich schwöre mir, dass ich aus dieser Scheiße rauskommen werde, die zerrüttet und vernichtet, aus diesem unwürdigen Drecksleben in der Pissrinne, wenn Monika es geschafft hat, dann wird mir das auch gelingen, ich habe vor zu überleben und mich nicht fertig machen zu lassen. Es muss Auswege geben.

Während es Persson immer schwerer fällt, mitzukommen. Bei ihm zu Hause soll es ziemlich hoch hergehen, laut Mama, die in der Waschküche mit einer Mutter gesprochen hat, die Perssons Mutter kennt, die einen neuen Mann kennen gelernt hat. Aus Persson selber ist darüber nichts herauszubekommen, wie über das meiste, und es geht nicht schnell bergab mit ihm wie bei Carina, es ist ein langsames Abrutschen, das keinem weiter auffällt, win some, lose some, aber Gunnel Kullander nimmt ihn zu einem Gespräch unter vier Augen zur Seite und überzeugt ihn davon, dass der allgemeine Kurs in Englisch und Mathe eher seinen Ambitionen entspricht als der für die besseren Schüler. Er ruft mich an:

»Hast du für die Arbeit in Religion morgen schon gelernt?«

»Kein bisschen« – was ich natürlich getan habe, ich habe gebüffelt wie ein Blöder, das weiß Persson auch, aber es gehört zu den Spielregeln, dies niemals zuzugeben.

»Sollen wir heute Abend zusammen lernen?«

»Okay. Kommst du zu uns?«

Eine halbe Stunde später sitzt er auf meinem Bett, umgeben von Büchern, die verziert sind mit Hände weg vom Alkohol-

Aufklebern und den Stickern mit fliegenden Schwänzen der Zentrale für sexuelle Aufklärung.

»Hast du Carinas Titten gesehen?«

Lies jetzt, konzentrier dich – sagt man nicht, sondern verliert sich in einer sehnsuchtsvollen Diskussion über Carina und wie sie sich verändert hat, ihre Brüste sind das Herrlichste, was wir uns vorstellen können.

»Stell dir vor, sie hätte das Kind behalten«, sagt Persson.

»Das wär niemals gut gegangen.«

»Wenn sie mit dem Kinderwagen in die Schule gekommen wäre. Da wär vielleicht was los gewesen!«

Dann sagt er nichts mehr, denn der bloße Gedanke, Carina würde mit einem Kinderwagen in die Schule kommen, mit einem *Kind,* ist überwältigend fremdartig. Wir lesen – und Persson knallt sein Buch an die Wand.

»Ich kapier das nicht! Warum soll ich so was können?«

»Es ist gar nicht so schwer.«

Ich hebe das Buch auf und reiche es ihm.

»Was ist denn so kompliziert?«

»Du hast gut reden, du kapierst es ja.«

»Wenn Roger das schafft, dann schaffst du das auch.«

»Du, Roger hat echt was auf dem Kasten, er kann einem nur so verdammt Leid tun.«

»Hast du aber auch.«

»Ich habe nichts auf dem Kasten. Ich habe eine Riesenwut. Fühlst du dich denn nie wie ein Automat?«

»Wie meinst du das?«

»Wir leben nicht, Johan. Wir sind Automaten, die sie mit Scheiße voll stopfen. Es hätte längst eine Revolution gegeben, wenn sie uns nicht beschäftigt hätten.«

»Revolution?«

»Todsicher.«

»Und was sollen wir dagegen machen?«

Wir lesen uns das Kapitel noch einmal durch, anschließend hören wir uns gegenseitig ab.

Am nächsten Tag, als wir uns nach der Klassenarbeit auf dem Schulhof versammeln, sieht Persson zufrieden aus.

»Wie ist es gelaufen?«

»Ich bin im grünen Bereich.«

Er schnorrt eine Kippe von Rolle und bringt ein halbes Dutzend Rauchringe auf den Weg, er ist keine Null, wenn er sich ins Zeug legt. Doch in der Woche darauf sieht er nicht mehr so zufrieden aus, als Einstein, berüchtigt für seine harten Korrekturen und seine großzügigen Zugeständnisse, die Arbeit auf Perssons Pult herabflattern lässt.

»Du musst dir mehr Mühe geben, Mikael.«

Persson blättert die Seiten durch, die von roten Häkchen gesäumt werden, liest mit wachsender Erregung die Korrekturen, die Einstein, begleitet von dicken roten Ausrufezeichen, an den Rand geschrieben hat.

»Herr Lehrer!«

Einstein, der zu Perssons Pult zockelt, noch ein Schüler, dem man den Stoff mit Hammer und Brechstange einbläuen muss.

»Ich habe richtig geantwortet! Hier! Und hier! Und auf Frage b hier!«

Einstein schiebt die Brille in die Stirn wie ein Schweißer sein Schutzvisier, beugt sich vor, mustert das Gekritzel eingehend, richtet sich wieder auf.

»Das kann man nicht lesen.«

»Ich habe alles genauso geschrieben, wie es im Buch steht! Lesen Sie!«

»Woher soll ich das wissen?«

Persson schiebt mir die Arbeit zu.

»Die Antworten sind doch richtig, oder?«

Ich muss zustimmend nicken, denn nichts in der unleserlichen Schrift, die Perssons steife Kralle hervorgebracht hat, deutet darauf hin, dass es *nicht* richtig wäre. Dies sei zu seiner Verteidigung vorgebracht, denn Persson ist das Opfer einer Entscheidung, die hoch oben in den verschlungenen Korridoren der Verwaltung getroffen wurde. Palin wollte, dass wir mit der graziösesten Handschrift aus dem 19. Jahrhundert schreiben, einer verschnörkelten Schrift, bei der die Buchstaben durch elegante Übergänge, Bügel und Häkchen miteinander verbunden werden und der Stift niemals vom Blatt abhebt. Aber wir landen mitten in einer Veränderung – wir landen in *vielen* Veränderungen, und dies ist eine von ihnen. Wir können höchstens erahnen, dass jemandem in den obersten Etagen der staatlichen Schulbehörde eines Tages aus purer Langeweile der Gedanke kommt, dass irgendeine Reform angebracht sein könnte, um beantragte Gelder zu rechtfertigen, um die Daseinsberechtigung der eigenen Stelle zu demonstrieren. Nach einem Jahrespensum aus Besprechungen und Konferenzen und Kompromissen und Berichten bis hin zur Ministerialebene und zurück, fällt die Wahl auf die Schrift. Sie scheint etwas kompliziert für die Kinder zu sein. Sie sollen stattdessen etwas Einfacheres lernen. Und die Tompas werden zu Aposteln erwählt und voll gestopft mit Wissen über die neue Handschrift in die Welt hinausgeschickt, eine Handschrift, die überhaupt keine Schrift ist, sondern eine Laissez-faire-Technik mit Druckbuchstaben ohne Verbindung, die sich jedoch ungefähr in die gleiche Richtung neigen. Oder einige, oder alle, dürfen miteinander verbunden werden, wenn einem das lieber ist. Die einzige Regel ist ein Großbuchstabe nach einem Punkt, doch auch darüber lässt sich verhandeln. Es darf aussehen, wie es will – und das tut es auch. Die Probleme machen sich erst viel später bemerkbar, denn wenn man keine richtige Handschrift lernt, kann man auch keine lesen. Im Zeitalter des Computers ist dies eine aussterbende Kunstart, Handschriften werden für zukünftige digitale Generationen ebenso schwer zu deuten sein wie Runenschrift, und Berge unlesbarer Dokumente, Briefe, Ansichtskarten, Akten, Personenstandsregister, Schubladengedichte, Einwohnerlisten wird man in feuchtigkeitsgeschützten Felsgängen archivieren müssen in Erwartung einer Deutung, Interpretation, Erklärung, man wird Institute einrichten, Lehrstühle, an denen Experten ausgebildet werden, die bei »Lieb und teuer – die Antiquitätenrunde« mitmachen dürfen, Professoren werden ernannt, Spezialisierungen bilden sich heraus, wie värmländische Pfarrerschrift 1910–1920 oder die Verbindung zwischen den Buchstaben t, l und p bei den ersten schreibkundigen Schauermännern. Doch all das ist Tompas und Schulbürokratie und Verwirrung in futurum und nichts, woran Persson denkt, als er seine Arbeit fest in beiden Händen hält. In Persson läuft ein verzweifeltes Brainstorming ab:

»Sie müssen die Arbeit nochmal korrigieren.«

»Ich fürchte, das würde auch nichts ändern.«

Persson, der im letzten Halbjahr beim Studienrektor gegen seine Note in Sport protestierte, weil sie falsch war, und verlangte, eine *schlechtere* zu bekommen.

»Sie *müssen*!«

Jesus glaubte an das Gute im Menschen, Einstein glaubt an die Lehre des Scheiterns. Er kehrt zum Lehrerpult zurück. Aber Persson gibt nicht auf. Er schießt von seinem Stuhl hoch. Einstein bleibt stehen:

»Beim nächsten Mal musst du dich eben besser vorbereiten.«

Die beiden Gerechtigkeitsfanatiker starren sich an. Persson schnappt nach Worten, aber die Sprache ist auf einem Ausflug, nicht eine Silbe ist auf Lager.

»Nimm dir ein Beispiel an Johan«, fährt Einstein fort, »wie der jetzt lernt. Dann kommen die guten Noten ganz von allein.«

Er zieht Perssons Pult vor, damit der sich wieder hinsetzen kann.

»Wenn du lernst, wirst du sehen, dass es auch klappt.«

Das ist zu viel für Persson. Er greift zur einzigen Fertigkeit, die er voll und ganz beherscht. Und während Einstein auf wackligen Beinen fühlt, ob sein Kiefer noch an Ort und Stelle ist, schreitet Persson ruhig aus dem Klassenzimmer. Er hat wie üblich das letzte Wort behalten, die Tagesordnung mit seinen unverwechselbaren Initialen unterzeichnet.

Nein, der Bildungsweg ist nicht Perssons Weg. Ohne festen Boden unter den Füßen schlägt er immer öfter zu, nach dem Prinzip, wer nicht für ihn ist, der ist gegen ihn. Denn dank Einstein wird Persson bewusst, dass die einzige existierende Gerechtigkeit die ist, die er sich selber verschafft, und er muss sie sich mit körperlichen Mitteln verschaffen, die Gerechtigkeit, die er sich nimmt, wird Leuten wie ihm niemals einfach zugeteilt. Und in ihm schwappen so viel Wut und überschüssige Energie, dass er sie herauslassen muss. Grundlos knallt er jedem eine, der ihm in den Weg kommt. Er sucht seine Gerechtigkeit. Wenn die Amischlitten auf den Parkplatz schaukeln, um die Ladys abzuholen, bemerkt Persson beiläufig, um so einen Frisösencontainer zu fahren, müsse man schon schwul sein, und lässt dem ölgepflegten strähnigen Fahrer keine Chance, aus seinem Sitz zu kommen. Perssons Ruf als Raufbold zieht Kreise, er wird in der Stadt in Schlägereien verwickelt, geht ihnen nie aus dem Weg, ganz egal, wie groß der Widerstand ist, wie viele sich vor ihm aufbauen. Persson geht vier Abende in der Woche zum Krafttraining im Keller der Baltischen Halle, pumpt Brust und Arme auf, seinen Oberkörper, in einem Raum, in dem es nach Pupsern und alten durchgeschwitzten Trainingsanzügen riecht, mit Hanteln und Hantelstangen und Steinzeitapparaten, trainiert seinen Körper, um noch mehr Amischlittentypen eine aufs Maul zu geben, den Punks, den Lehreridioten, den Bullen, dann den Offizieren beim Wehrdienst, damit er dieser ganzen verdammten Welt eine aufs Maul geben kann, den Ungerechtigkeiten, den Abwertern, den stolzgeschwellten Brüsten, den Übergehern, damit er sich aus seinen sozialen Fesseln herausschlagen kann, und während des Aufschwungs Ende der Achtzigerjahre, als alles Bizeps ist, egal ob monetär oder muskulär, in einer Gesellschaftsstruktur, in der man davon ausgeht, dass körperliche Stärke in den letzten Todeszuckungen liegt und Bodybuilding zum Volkssport wird, während man darauf wartet, dass die Zeiten sich im Zeichen der staatlichen Bildungsprogramme ändern, wenn sich Persson dann schon keine Zukunft aufbauen, ein Vermögen besorgen, an der Börse spielen kann, dann kann er doch zumindest ein paar zusätzliche Trainingseinheiten einlegen und eine Muskelmasse formen, die ihn wie ein Flusspferd aussehen lässt, wenn er mit weit gespreizten Schenkeln in einer maßgeschneiderten Haremshose und Armen, die vom Körper abstehen wie die Flügel einer DC9A, unter seiner blondierten Kurzhaarfrisur daherkommt, er absolviert eine Trainingseinheit nach der anderen, eine täglich, dann zwei am Tag, in seiner Wut über das Scheißleben, das ihm zur Verfügung steht, mampft Quarkkuchen auf einer Bank im Studio mit dem Deckel der Verpackung als Löffel und gekochten Dorsch und Möhren und trainiert mit seiner muskelbepackten, solarienversengten Körperfülle stundenlang das Posing vor dem Spiegel der Umkleide, bis er voll gestopft mit Primos und einem von Testosteronspritzen perforierten Hintern in der Kneipe des Stockholmer Hauptbahnhofs zum Berserker wird und die Brustkörbe von zwei Kenianern eintritt, die ihm etwas zu nahe gekommen sind, im gleichen Jahr, in dem er unterwegs zum Siergerpodest in seinem ersten Mr.-Sweden-Wettbewerb gewesen ist – und das Malmöer Gefängnis wird der Wendepunkt. Er hat seine Gerechtigkeit bekommen.

Wenn man selber im Aufzug nach oben ist, wird es gleichzeitig deutlicher, dass andere in die Gegenrichtung unterwegs sind, geradewegs in die Unterwelt, wo sie abgesetzt und zurückgelassen werden.

Es ist jene famose Spielzeit, in der Malmö FF sich durch den Europapokal kämpft, im Viertelfinale Wisla Krakau in einem jubelnden, singenden, schwingenden, mit Fahnen und Mützen winkenden Stadion schlägt, und Tore Cervin, der mit dem Rest der Mannschaft an seinen Fersen in den Schnee hinausrennt, ja, diese Bilder haben wir alle gesehen, sehen wir immer wieder gern, die kleinen, engen Hosen, die hemmungslose Freude, die wir auf den Stehplätzen herausschreien, mit den blau-weiß gestreiften Schals, die um jeden Hals flattern und mit denen Rolle und Janis und Jerry William in der hintersten Reihe der Klasse winken und »Heja MFF!« skandieren.

Es fällt einem nicht schwer, sich vorzustellen, dass Jerry William, der in Chemie, Physik, Mathe, Biologie immer die besten Arbeiten schreibt, den Lehrern Kopfzerbrechen bereitet, angsterfüllte Diskussionen im Lehrerzimmer auslöst: ein heller Kopf, der sich mit Hejarufen und schalschwingenden Gesängen durch die Stunden albert. Genie und Gaga – wie soll man ihn beurteilen? Leichter hat man es da mit Rolle und Janis, die lieber gleich das Handtuch schmeißen, die Fragen in den Klassenarbeiten durchgängig mit »MFF!« und »Vorwärts, ihr Blauen!« beantworten – und mit der Unterschrift abgeben »Bob Houghton, Trainer«.

Und es wird wieder Sommer. Ein kurzer Sommer. Die Sommer werden kürzer, je länger man selber wird. Wenn man dann aufhört zu wachsen, wird einem gleichzeitig bewusst, dass alle Sommer verschwindend kurz sind. Monika und ich sind jetzt gleich lang. Und sie besitzt die untrügliche Fähigkeit, plötzlich, ihr ganzes Gepäck um sich verstreut, im Flur zu stehen, die Haare wieder in voller Länge, noch dazu mit Mamas Wildlederjacke über der Schulter, jener Jacke, nach der Mama fieberhaft gesucht hat.

»Hallo! Ich bin's.«

»Hast du dir ein Taxi genommen?«, kommt es erschreckt aus der Küche, wo Mama eine Tasse Kaffee mit Frau Havlicek trinkt, mit der sie sich inzwischen regelmäßig trifft, sie besuchen sich nachmittags gegenseitig, tauschen Illustrierte und Neuigkeiten aus, die sie aus der Waschküche mitbringen, versorgen einander mit Ablegern von den Blumen.

»Worüber unterhaltet ihr euch, Mama?«, habe ich sie gefragt.

»Über alles Mögliche. Sie erzählt von Prag und zeigt mir Bilder von dem Haus, in dem sie gewohnt hat.«

»Die Bilder habe ich auch gesehen. Das ist kein Haus. Das ist ein Anwesen.«

»Es muss schwer für sie sein«, meint Mama, »aus so vornehmen Verhältnissen zu kommen und dann putzen gehen zu müssen.«

»Nee, den 37er vom Bahnhof«, antwortet die Studentin im Flur, die mit einer Überraschung aufwarten kann, als Frau Havlicek nach Hause gegangen ist: Sie möchte den Sommer über bei uns zu Hause wohnen, denn sie verdient sich etwas Geld, wenn sie die Wohnung in der Vårgatan weiter untervermietet, aber in mein Zimmer kommt sie nicht rein, nicht jetzt, da es endlich mein eigenes geworden ist, also muss Mama sich damit abfinden, ihre Couch okkupiert und die Dreizimmerwohnung von Monika in eine WG verwandelt zu sehen, die ihr erstes Jahr in Uppsala mit stehenden Ovationen abgeschlossen hat, Bestnoten in allen Seminaren, und Mama, die ein aufs andere Mal den Studiennachweis liest.

»Gratuliere, Monika!«

»Ist doch nichts Besonderes.«

»Das ist fantastisch! Das müssen wir feiern.«

»Vergiss es. Das erste Jahr ist einfach.«

Aber Uppsala macht als Stadt nicht viel her, laut Monika, die Heimweh hatte, sich Mamas Fahrrad ausleiht und zu einer langen Rundfahrt durch ihre Heimatstadt aufbricht, zurückkehrt, um zu berichten, dass sich nichts verändert hat – es ist herrlich, wieder hier zu sein! Dann fängt sie ihre Schicht an, entert den Stuhl an der Kasse im Reveny und beginnt, Preise und Rabattcodes einzutippen, bis eine Woche vor Semesterbeginn wird sie dort arbeiten, um dann mit ein paar Kommilitonen in ein Ferienhaus zu fahren, das sie in Småland gemietet haben, eine derart maßlose Geldverschwendung in Mamas Augen, dass ihr die Worte fehlen, ein Ferienhaus mieten, da hilft es auch nicht, dass sie zu fünft sind.

Während es Johan schwer fällt zu begreifen, wie sein Schwesterherz es nur aushält, so in einem tödlich langweiligen Laden zu schuften.

»Ich weiß, aber das Studiendarlehen reicht hinten und vorne nicht. Es ist mein letzter Sommer da.«

Sagt Monika, die jammert, als Mama sie zwingt, Miete für Essen und Unterkunft zu bezahlen, kein Dankeschön für neunzehn Jahre freie Kost und Logis, nun rückt sie eine Woche nach dem

Eingang des Lohns auf ihrem Konto mit dem Geld heraus – um sich anschließend genauso viel von Mama zu leihen. Ich würde zu gerne wissen, was sie mit dem ganzen Geld gemacht hat, das sie im Laufe der Jahre verdient hat, verschwenderisch umgegangen ist sie nie damit, und wie es auf ihrem Konto aussieht, ist »streng vertraulich«, The Brain, mit der es sich jetzt leichter reden lässt, von großer Schwester zu kleinem Bruder.

»Wie ist es in Religion gelaufen? Hast du es mithilfe des Lexikons geschafft?«

»Ich habe es *ohne* geschafft.«

»Wirklich? Bravo!«

Anerkennung für das Bruderherz, eine Art von Anerkennung, die einem Einstein oder ein anderer Lehrer niemals zukommen lassen würde, denn sie ist für Johan bestimmt, nicht für ihn im Verhältnis zu anderen Schülern.

»Ist sonst noch was passiert?«

»Was meinst du?«

»Na ja, keine Big News?«

»Doch, du kennst doch Roger?«

»Ja?«

»Nee, er ... ach, schon gut, nichts Besonderes.«

Denn über *alles* kann man mit seinem Schwesterherz noch nicht reden.

Großmutter fühlt sich auch dieses Jahr zu schwach, die Enkelkinder zu sich zu nehmen. Dieses Jahr fahren Mama und ich zu Großmutter, denn nun ist sie so geschwächt, dass wir kommen *müssen.* Ich bin nicht mehr in dem Alter, in dem es gar keine Frage ist, dass man mitkommt, und noch nicht in dem Alter, in dem vorausgesetzt wird, dass man nicht mehr mitwill, Mamas vagen Auskünften über die Abfahrt lässt sich entnehmen, dass ich mich herausreden könnte, aber ich komme mit, und ich glaube, ich tue es Großvater zuliebe, einer trüben Logik folgend, die ich selber nie ergründen werde.

»Fällt dir das schwer?«, fragt Monika.

»Was denn?«, sagt Mama.

»Zu Großmutter zu fahren und sich dort um alles kümmern zu müssen.«

»Alles? Leif soll gefälligst auch sein Scherflein dazu beitragen.«

»Und du glaubst, das tut er?«, erwidert Monika, zu jener Zeit die selbst ernannte Expertin unserer Familie für Psychologie sowie für zahlreiche andere Themen. »Es ist ganz natürlich, dass dir das schwer fällt, Mama.«

»Wo hast du das nur alles her? Natürlich wird er helfen.«

Aber hier beißt Mama auf Granit. Denn Leif ruft an und teilt mit, dass er und Lisbeth ihren zwanzigsten Hochzeitstag auf Mallorca feiern wollen, wo sie sich auf einer Pauschalreise kennen gelernt haben. Der Hochzeitstag ist zwar erst im November, aber wer will schon im November nach Spanien? Leif, Lisbeth und Kristina jedenfalls nicht, Bernt vermutlich auch nicht, aber er wird den ganzen Sommer in der Götabank Dienst schieben. Ein strand- und poolnaher Bungalow ist gebucht, erzählt Mama, als sie das Telefonat referiert.

Großmutter steht auf der Eingangstreppe, als wir uns hoppelnd auf dem ramponierten Feldweg nähern, hat seit dem Morgen gewartet, will nicht so aussehen, als hätte sie seit dem Morgen gewartet, also hält sie was in der Hand, eine Blumenkelle, mit der sie auf ihre verdrehte Art winkt, Großmutter, die dieses Jahr nicht mehr sie selber ist, die halbe Großmutter ist verschwunden, sogar ihr Kopf scheint geschrumpft zu sein, und die Haare sind dezimiert. Der Kies knirscht auf dem Platz vor dem Haus. Mama zieht die Handbremse an. Großmutters Umarmungen sind auch nicht mehr, was sie mal waren, dabei ließ sie sich früher so wunderbar umarmen. Mama will sich nichts anmerken lassen, aber beim Entladen des Autos muss ich sie fragen, was mit Großmutter passiert ist.

»Nicht so laut!«

»*Siehst* du denn nicht?«

»Wir reden später darüber, Johan.«

Aber dann beugt sich Mama doch ganz nah zu mir hinüber:

»Seit Großvaters Tod geht es ihr nicht besonders.«

Als hätte sie uns gehört – obwohl sie das nicht hat, denn mittlerweile muss man lauter und deutlich artikuliert mir ihr sprechen –, sagt Großmutter beim Abendessen, das Mama zubereitet hat:

»Das Kochen macht überhaupt keinen Spaß mehr. Es schmeckt nicht, wenn man allein ist.«

»Du musst es versuchen«, sagt Mama, die nicht mehr Trost anzubieten hat »Du musst auf dich Acht geben.«

»Nils, ja, der konnte essen. Nee, jetzt ist alles egal.«

Sie isst ein paar Bissen soßenzermanschter Kartoffeln. Ein loser Zahn knirscht.

»Was wollte ich noch sagen?«

Nachher sitzen sie und Mama auf der Hollywood-Schaukel hinter dem Haus, lachen leise und reden darüber, wie hoch das Wasser im Fluss steht, über den Nadelwald auf der anderen Seite, der sich danach sehnt, dass Bäume in ihm geschlagen werden, und über das Land, das »brachliegt«, die Wiese müsste auch mal gemäht werden, obwohl, Letzteres spricht Mama nicht aus, Großmutter auch nicht, die Wiese, die Großvater fast ein Jahrhundert lang gestutzt hielt, kurz und dicht wie Teppichboden, jetzt schießen Espen und Unkraut aus dem Gras heraus, das mannshoch gewachsen ist und sich nach Regen nicht mehr aufrichtet. Nicht nur Großmutter ist verändert, auch der Hof ist abgemagert, ist ehrlich gesagt dabei, völlig zu verfallen.

In der Scheune riecht es schal und nach Tieren. Zurückgelassen in seiner Einsamkeit hängt Hedlund schief. Wie ein letztes Überbleibsel aus der agraren Epoche des Landes schaut er durch das gesprungene Glas, dieses Jahr noch etwas blasser, in der kurzen Zeit, in der die Bauernpartei an der Regierung war, gab es weder für ihn noch für Großvater viel Grund zur Freude. Ich habe eine neue Schnur auf die Spinnrolle gezogen, Abulon 0,25, und angle eine endlose Zahl von Stunden von einem Stein im Fluss, ziehe einige ordentliche Barsche heraus, die Mama filetiert und als Brotbelag brät.

»Es gibt hier gar nichts zu tun«, beklage ich mich.

»Du hast dich diesen Sommer noch kein einziges Mal mit Großmutter unterhalten«, antwortet Mama. »Sie braucht Gesellschaft.«

»Aber sie ist so durcheinander.«

»So was darfst du nicht sagen. Sie hat dich doch so gern.«

Also lässt sich das Enkelkind neben seiner Großmutter nieder, die auf der Hollywood-Schaukel sitzt und ab und zu einnickt.

»Soll ich dir was erzählen?«

»Ja, was denn?«

»Was willst du hören?«

»Bei dieser Hitze fühle ich mich so matt. Ich glaube, es gibt ein Gewitter.«

Ich beschließe, direkt mit der Hauptattraktion zu beginnen, die Mama nicht zu Ohren kommen darf und Großmuter ohnehin wieder vergessen wird.

»Es gibt in unserer Klasse ein Mädchen, das Carina heißt –«

»Leif, kannst du bitte reingehen und mir was ... nee, Bernt ...«

»Johan.«

»Johan. Könntest du das tun?«

»Was soll ich tun?«

Großmutter liegt etwas auf der Zunge, aber ... nein.

»Ist egal. Schon gut. Wie heiß das ist.«

Drei Wochen. Während Mama Essen kocht, das sie in Portionsverpackungen einfriert, Aluminiumformen, deren weißes Feld sie mit Hackbraten mit Zwiebeln, Kotelett und Sauce, Dillfleisch, gebratene Scholle und dem Datum beschriftet, und erklärt, dass Großmutter morgens eine Form herausnehmen und sie zum Essen zwanzig Minuten aufwärmen soll, sicherheitshalber schreibt sie es auch noch auf einen Zettel, der auf der Kühlschranktür landet.

»Du bist so lieb«, tätschelt Großmutter ihren Arm. »Doch, Kartoffeln kochen kann ich selber.«

Aber als Mama Brot backt, und Zimtschnecken und Kekse, damit Großmutter etwas hat, das sie den Frauen vom Roten Kreuz und den Nachbarinnen anbieten kann, protestiert Großmutter.

»Ich habe genug im Haus.«

»Genug wovon?«

»Ich habe, wie heißt das?«

»Griebenschmalz.«

»Griebenschmalz. Das schmeckt so lecker.«

»Du musst auch mal was anderes essen.«

»Das habe ich mein ganzes Leben gegessen, und das hat mich gesund gehalten!«

Gemeinsam widmen sie sich der diesjährigen Ernte an Beeren und Früchten, mit denen sie die Nachmittage verbringen. Die übliche Batterie von Flaschen und Einmachgläsern verteilt sich in der ganzen Küche.

»Ist der Zucker schon drin?«, fragt Mama.

»Ja, ja«, versichert Großmutter.

Und als sie sich umdreht, schüttet Mama den Zucker hinein, der in einem Litermaß neben dem Herd gestanden hat.

»Wann wirst du nur wieder eine Arbeit finden, Bodil?«

Großmutter stellt die Frage zum tausendsten Mal, und Mama, die ihre Umschulung beendet hat, wiederholt zum tausendsten Mal ihre Antwort:

»Bei der momentanen Arbeitslosigkeit ist das nicht so leicht.«

»Du musst herumtelefonieren und hören, ob jemand dich brauchen kann.«

Mama, die sich zurückhalten muss, um nicht aus der Haut zu fahren:

»So *geht das nicht*.«

»Woher willst du das wissen? Es kann nie schaden, sich vorzustellen.«

»Jetzt kocht es, Mutter!«

Mama eilt herbei und zieht den Topf von der Platte, schaltet sie aus. Großmuter meint:

»Nils hat immer gesagt, am besten schläft man, nachdem man ein redliches Tagwerk vollbracht hat.«

Aber Mamas Geduld ist bereits bis zum Äußersten strapaziert, sie versucht wahrscheinlich, sich mit dem Gedanken abzufinden, dass sie nun wie eine Mutter für ihre eigene Mutter sein muss. Ich höre, dass sie nachts im Nebenzimmer wach liegt, und begegne ihr manchmal in einem Zimmer oder in der Küche stehend, wo sie ins Leere starrt oder mit einem Gegenstand in der Hand, den sie abtastet, gleichsam streichelt, ein patinierter Löffel oder der Schlüssel, mit dem die Standuhr aufgezogen wird, und man braucht nicht The Brain zu sein, um zu begreifen, was du da siehst, Mama, und woran du denkst, einen langen, leicht abschüssigen Hang für Großmutter, den sie hilflos herunterrutscht, bis sie ganz verschwunden ist, und mit ihr der Hof und damit auch ein Stück von dir, das abgeknipst wird, deine Kindheit, deine Jugend, und wenn es für dich nichts mehr gibt, worauf du zurückblicken kannst, welchen Dingen wirst du dann freudig entgegensehen – Enkelkindern?

Hinter ihrer Verwirrung und Vergesslichkeit blitzt plötzlich Großmutters alter eiserner Wille und die Es-wird-so-gemacht-wie-ich-es-gesagt-habe-Einstellung auf. Am Morgen unserer Abfahrt stehen sämtliche Flaschen und Einmachgläser in Zeitungspapier eingeschlagen und in Tüten verpackt im Eingang.

»Was soll ich denn damit?«, entgegnet Großmutter, als Mama einwendet, dass sie teilen sollten. »Ich habe noch vom letzten Jahr im Keller.«

»Aber wir haben keinen Platz für das alles. Behalt doch was zum Verschenken.«

»Wem denn?«

»Es ist nicht richtig.«

»Gib es Monika. *Sie* weiß es zu schätzen.«

Als dieser Vorwurf im Raum steht, gibt Mama mir Anweisung, die Tüten in den Wagen zu packen.

Ich sage wie Monika: Es ist herrlich, wieder in der Stadt zu sein! Wir rollen heran, das Heck von Marmelade und Saft und Dingen herabgedrückt, die Mama heimlich vor Großmutters zerstreuten

Aufräumarbeiten gerettet hat. Auf dem Parkplatz hängen Lasse, Thomas und ihr Vater über dem Motor von Thomas' Impala, Tom Robinsons 2-4-6-8 Motorway dröhnt aus selbst gebauten Boxen in den offenen Türen, die drei Anderssons beugen sich über das unergründliche Mysterium der Mechanik, mit Kombizangen und Steckschlüsseln in den Händen und verdammte-dreckige-bescheuerte-Scheißkarre in der Visage, drei ölverschmierten Visagen, die zu mir und Mama aufschauen, ehe sie wieder in den Motorraum und die Flüche abtauchen.

Als wir ungefähr eine Stunde zu Hause sind, in der Mama die schmutzige Wäsche aus den Koffern geholt und sortiert hat, unten in der Waschküche gewesen ist, um sich für eine Waschzeit einzutragen, und bei der Gelegenheit gleich zwei Maschinen laufen gelassen hat, einen Fischauflauf in den Ofen geschoben und die Gießkanne schwingend und mit einem Finger in den Blumentöpfen die Runde gemacht hat – »Hat Monika denn überhaupt nicht gegossen?« –, klingelt es an der Tür. Es ist Lasse.

»Wir drehen eine Runde mit Thomas' Auto. Kommst du mit?«

»Ich weiß nicht.«

»Mach keine Mätzchen!«

»Warte.«

Ich drehe mich zur Wohnung um: »Darf ich mit Lasse raus?«

Vom Klo, wo Mama sich die Haare zurechtmacht: »Du weißt, wann du zu Hause sein musst!«

Auf die benzinstinkende Rückbank zwischen dreckige Putzwolle und Putzmittel und leere Dosen und Kippen, Lasse und Thomas mit heruntergedrehten Scheiben, sodass der warme Wind hereinströmen kann, die Arme heraushängend, mit verchromten Ellbogen. Wir drehen Runden zwischen dem Stortorget und dem Gustav Adolfs Torg, werden zu einem Umweg über die Slottsgatan und Norra Vallgatan gezwungen, da die Södergatan nach Kopenhagener Vorbild in eine Fußgängerzone verwandelt wurde. Mit einem Knopf unter dem Armaturenbrett hupt Thomas mit dreitontutendem Horn die weiß behosten, hochhackigen Frauen an, die unterwegs zum Kramer in der Sommernacht den Stortorget überqueren, ruft ihnen hinterher, und wir rollen hinter dem Hauptbahnhof zum Freihafen hinab, auf dessen langen Geraden er den Impala Gummi geben lässt und dann voll in die Eisen steigt, dass der Asphalt nur so kreischt und die Karre seitlich wegrutscht, auf die Gegenfahrbahn, stillsteht, die Bremse auf der Matte gibt er gleichzeitig Gas, sodass die Hinterräder Gummi verbrennen, fette Spuren, von denen dichter schwarzer Rauch aufwallt, während Lasse sich aus dem Fenster hängt, jubelnd!, ehe wir zum Strip auf der Hemsögatan fahren, wo *richtige* Amischlitten aufgereiht stehen und motivlackierte Street Racers mit Motorblöcken, die durch die Motorhaube ragen, in den Dragracingwettbewerben dieser Nacht die Schallmauer durchbrechen.

Wir bleiben im Auto sitzen und sehen den nächsten Lauf zur Startlinie vorrollen. Thomas wirft einen Blick in den Rückspiegel.

»Ich hab die Pfadfinderin neulich gesehen. Was macht sie eigentlich?«

»Sie ist nach Uppsala gezogen«, sage ich, denn »Ärztin« ist hier nicht die richtige Antwort.

»Uppsala? Na ja, irgendwer muss ja da wohnen.«

»Sie wohnt in einer WG.«

»WG?« Thomas schaut wieder in den Rückspiegel, wiederholt WG, um aus dem Gedächtnis hochzuholen, was das bedeutet. »Sie war schon immer ein bisschen malle, was?«

»Sie ist keine Pfadfinderin mehr.«

Die Startflagge fällt. Die Motoren brüllen zwischen den Güterterminals voran. Das Publikum schreit vor Begeisterung auf, Trauben von Typen in Jeansjacken voller Aufkleber, die Selbstgebrannten mit Coca-Cola aus Plastikflaschen trinken, und Mädchen in dünnen Hemden, die im Hintergrund bleiben. Es riecht nach Sprit und verbranntem Gummi, und die Augen von Lasse und Thomas leuchten ekstatisch.

Während wir bei Großmutter gewesen sind, hat Monika die Stereoanlage, meine Stereoanlage, auf Hochtouren laufen lassen, und

Discomusik hat ihre ersten (und letzten) Runden auf dem Plattenspieler gedreht. Sie bringt auch das noch zusammen, hört sich Liedermacher wie Mikael Wiehe an und Abba, vereint Protestlieder gegen Atomkraftwerke mit Discobeat. Ganzjährig Klassenbeste, Monika.

»Ja, na und? Hast du mal versucht, zu Mikael Wiehe zu tanzen?«

»Seit wann gehst du tanzen, Monika?«

»Seit jetzt!«

Monika hat in diesem Sommer nämlich eine neue Freundin gefunden, Annelie, ein unauffälliges Mädchen mit Pudelfrisur, hautengen rosa Jeans und zu viel Lidschatten, das auch an der Kasse sitzt und sämtliche Abba-Platten hat, die Monika sich nach und nach ausleihen darf. Mama braucht sich nicht sonderlich zu grämen, weil Monika ihr Basislager im Wohnzimmer aufgeschlagen hat – sie ist nämlich nie da, sie ist mit Annelie im Kino, und als die Kinos Sommerpause machen, gehen sie ins Kramer (obwohl wir *sie* nie über den Platz schlendern sehen; die Huperei von Thomas bleibt ihnen erspart) oder woanders hin und tanzen, wenn sie nicht zu Hause bleiben und reden, worauf Mama sich gefreut hatte – aber sie sitzen bei Annelie.

»Kannst du sie nicht mal zu uns einladen?«, bittet Mama.

»Aber wir wollen heute Abend auf eine Fete.«

»Aber du bleibst doch auch mal zu Hause?«

»Was ist denn nun los?«

»Wir haben uns diesen Sommer kaum gesehen.«

»Wir sehen uns doch jetzt. Und vorher warst du bei Großmutter.«

Monika nimmt ihre neue Handtasche aus zusammengenähten Lederstücken, so eine wie Annelie hat, und verschwindet zu der Fete, zu der sie telefonisch von einem Mann eingeladen wurde, in einem Gespräch, das Monika sehr kurz gehalten hat. Mama tritt ans Fenster, um zu sehen, in welche Richtung ihre Tochter unterwegs ist, zügelt jedoch ihre Neugier, steckt stattdessen einen Finger in einen Blumentopf, holt die Gießkanne.

Monika schläft in dieser Nacht nicht zu Hause, sie kommt am Morgen und hat die Zeitung mitgebracht, die sie vom Zeitungsboten bekommen hat, um Mama nicht mit dem Plumpsen zu wecken, Mama, die dennoch wach ist, die wachliegt, seit sie ins Bett gegangen ist, jetzt aber nicht aufsteht, sie bleibt wach liegen und steht erst auf, als der Wecker klingelt, stellt keine Fragen, frühstückt zusammen mit Monika und mir, und nachmittags legt Monika sich hin, und *sie* kann einschlafen, während Mama Monikas Kleider und Sachen aufsammelt, die überall verstreut liegen, Mama, die weiß, dass sie ihre Frage nicht stellen sollte, sie tut es auch nicht, nicht als Monika aufgewacht ist, nicht als sie und Monika Kreise in der Wohnung ziehen, ohne die Spur des anderen zu kreuzen, nicht beim abendlichen Tee, den Monika zum ersten Mal in diesem Sommer gemeinsam mit Mama trinkt, Monika, die darauf wartet, dass Mama die Frage stellt, denn sie geht Mama nicht aus dem Kopf, kurz vor dem Schlafengehen hat sie so lange über die Frage nachgedacht, dass aus ihr eine Behauptung geworden ist.

»Du hast diese Nacht bei Annelie geschlafen.«

Ihr wird nicht widersprochen.

»Das war mir klar.«

Monika kehrt ohne Marmelade und Saft nach Uppsala zurück. Mama nimmt die Tüten und geht mit ihnen zu Frau Havlicek.

Mama findet eine Stelle in der Personalabteilung des Provinziallandtags. Arbeitszeitkontrolle und Gehaltszahlungen, Krankschreibungen, Karenztage und Erziehungsurlaub, das Führen von Statistiken, Arbeitsaufgaben, bei denen Mama nicht in den Kopf will, wie sie das alles schaffen soll, denn wie ihr Sohn ist sie mit einem wackligen Selbstvertrauen ausgestattet, einem Selbstgefühl, dessen Grundstimmung das Scheitern ist, Mama braucht einen Monat, es so weit zu festigen, dass sie glaubt, den Job eventuell schaffen zu können, und von da an macht er ihr

Spaß. Mama, die jetzt mit einem ganz anderen Schwung in den Schritten nach Hause kommt:

»Was hast du heute gegessen?«

Mama gefällt es, eine ganze Stelle zu haben, und der Sohn muss sich eine Schürze umbinden, wenn er aus der Schule kommt und sich selber etwas zu essen machen (und widerwillig zugeben, dass der Unterricht in Hauswirtschaft doch wenigstens ein bisschen genützt hat).

»Hamburger.«

»Nicht schon wieder!«

Denn je stärker die Mütter sich allen Ernstes ins Berufsleben stürzen, desto mehr halten Halbfabrikate, die ihrem Ursprung nach zu gleichen Teilen aus Junk Food und Ironie bestehen, in weiteren Kreisen Einzug als nur beim »alleinstehenden Herren im Trenchcoat« – beispielsweise »Hamburger«, die sich zu gewölbten Schalen nach oben drehen, wenn sie in der Pfanne landen, mit müden »Pommes frites«. Man bekommt einen neuen Freund: die Tiefkühltheke.

»Willst du was Geld haben für Pizzen?«

Aber Mama meint tiefgefrorene »Pizzen«, die im Backofen fertig gebacken werden, mit Pappkartonboden und Kaugummikäse.

»Kannst du nicht was kochen?«

»Johan, du weißt, dass ich dazu in der Woche nicht komme.«

»Für Großmutter hast du es getan.«

»Weil ... das ist was anderes.«

»Kann ich kein Geld für den Burger King bekommen?«

»Oh nein, nicht solange du selber etwas kochen kannst. Soll ich ein paar Pizzen kaufen, oder Piroggen?«

»Nee, aber die Pommes sind alle.«

Mama geht sich umziehen, sie ist nicht mehr verschwitzt, wenn sie nach Hause kommt, sie zieht sich um, weil sie schick angezogen war, denn die wirklich große Veränderung bei einem Wechsel von der Fabrikhalle auf einen Bürostuhl ist nicht die gleitende Arbeitszeit statt Früh- und Spätschicht, das feste Gehalt anstelle des Akkordlohns, Essenskupons statt Pausenraum, sondern in seinen eigenen Kleidern zu arbeiten. Arbeitskittel, Haarnetze und Blaumänner machen den Arbeiter zu einem anonym austauschbaren Rädchen in der großen Maschinerie, und für alle, die einer von vielen sind, gibt es einen inneren Zusammenhalt und eine gemeinsame Front nach außen, Basics, wie Mao Tse Tung es ausgedrückt hätte, als er einheitliche Kleidung für ein ganzes Volk beorderte, wenn auch auf Chinesisch, aber ein Sozialanthropologe, der nach einem dankbaren Thema für eine Doktorarbeit sucht, sollte sich vielleicht einmal eingehender mit der Bedeutung der Entuniformierung für einen zunehmenden Individualismus beschäftigen, mit der Veränderung von Träumen und Ambitionen, wenn die Rädchen persönliche Züge bekommen, eben noch austauschbar, sind sie jetzt Individuen in Kleid, Rock, Hose, Hemd und mit einem anderen Bild von sich selbst, voneinander und von ihrer Umgebung, der neuen Gruppe, der Abteilung, dem Arbeitsplatz – und das wird gleichzeitig zu der Frage, *wie* man sich kleidet.

»Kann ich das anziehen?«

Mama hält ein grünes Kleid vor sich.

»Das ist verdammt schick.«

»Seit wann redest du denn so.«

Sie dreht eine Pirouette vor dem Flurspiegel, bei der sie das Kleid an die Schultern hält, ehe sie in Slip und BH und hochhackigen Schuhen eine neue Attacke auf den Kleiderschrank startet, ein schwarz-rot gestreiftes Kleid ausgräbt.

»Und das hier?«

»Das ist auch schick.«

»Nee, das haben sie schon mal gesehen. Uff, ich muss mir was Neues kaufen.«

Die Frau in der Fabrik hatte niemals Freundinnen, wenn man einmal davon absieht, dass sie sich mit den Nachbarinnen im Haus unterhalten und Frau Havlicek zum Kaffee eingeladen hat, für sie bestand ihre engere Umgebung aus den Kindern, und wenn etwas war, hat sie ihre Mutter angerufen, den Kontakt zu den Verwandten gehalten und weder Geburts- noch Feiertage vergessen. Jetzt hat sie plötzlich acht Freundinnen aus ihrer Abteilung, mit denen sie sich trifft, die sie an einem Samstagabend zum »Frauenabend« einlädt, acht Frauen, die in einem Meer aus Parfümduft, Pralinenschachteln und Blumen eintreffen, die vor dem Spiegel Schlange stehen, um Lippenstift aufzutragen und ein paar Striche mit dem Kamm zu ziehen, die in der Wohnung herumgeführt werden.

»Mein Gott, was habt ihr es hier nett!«

»Bodil, du hast wirklich einen grünen Daumen!«

Lob von Frauen, die in ähnlichen Wohnungen in ähnlichen Siedlungen wohnen, zu den Fenstern eilen, um die Aussicht zu inspizieren, als hätte es vom zweiten Stock aus jemals etwas Aufregendes zu sehen gegeben, den Sohn des Hauses, der vorgeschickt wird, um sie zu begrüßen, ehe er sich in sein Zimmer zurückziehen darf – und die Lohnbuchhaltung läuft auf vollen Touren, füllt das Wohnzimmer mit Geschnatter, über die Lohnbuchhaltung, als wären fünf Tage in der Woche nicht genug, und über Siv, denn Siv konnte nicht kommen, Siv, die eine derart fürchterliche Frisur hat, dass sie Haar für Haar aufgetischt werden muss.

Die Quiche wird aufgetragen und der Salat und die Baguettes und der Liebfrauenmilch. Die Lohnbuchhaltung nimmt in der Küche Platz. Erst hört man da draußen keinen Mucks, dann ein schwaches Murmeln, und danach Stimmen und Lachen, lauter und lauter, besonders eine schrille Stimme, die wie eine schnippische Margaret Thatcher klingt, bis 22.01, als der Nachbar von oben auf den Boden stampft und es für zwei Minuten still wird, bis die Lohnbuchhaltung das Gaspedal durchtritt, dass sich die Wände biegen, und Mama in mein Zimmer kommt, wo ich ausharre, die Stereoanlage auf fünf, um die Frauen zu übertönen.

»Willst du nichts haben? Es bleibt sicher was übrig.«

»Darf ich denn hier essen?«

»Ja«, erwidert Mama schleppend, hat sich beim Wein nicht zurückgehalten. »Wenn es unbedingt sein muss.«

Ich warte noch ein bisschen, genau so lange, dass niemand auf den Gedanken kommt, Mama sei bei mir gewesen, um mich zu holen. Die Küche ist eine finnische Sauna und vernebelt von Blend Menthol, und die herrliche Ansammlung rotwangiger, weinmunterer Damen zwitschert in voller Lautstärke über das unerschöpfliche Thema *der Chef* und *seine* Frisur und Kleider, mit Thatcher als Sopran, und mitten in diesem Haufen sitzt Mama und raucht und mischt tüchtig mit.

»Es war ein netter Abend. Ich glaube, es hat ihnen gefallen« – das ist Mama am Tag danach, blass um die Nasenspitze, ist erst um halb vier ins Bett gekommen, nachdem sie gespült und die Küche so geschrubbt hat, dass man am Morgen von einer antiseptisch sauberen Spüle empfangen wird, vom Fest keine Spur.

Mama spült zwei Kopfschmerztabletten mit einem Glas Wasser herunter, der Kaffee blubbert in der Maschine, sie öffnet die Balkontür und die Fenster zum Lüften, lebt in Slow Motion, bis es Montagmorgen ist und sie vor dem Flurspiegel steht und ihre Haare zurechtpufft:

»Ich muss bald zum Frisör.«

Und Folke?

Er zog wieder zu seiner früheren Familie. Sie kauften sich ein neues Haus auf der anderen Seite der Stadt, und er suchte sich einen Job, bei dem er nicht mehr so viel reisen musste, hatte die Straßen satt, die Hotels, die Motels, die vielen einsamen Stunden, mit denen sich nichts anfangen ließ, außer in die Glotze zu starren, mit den anderen Vertretern in der Hotelbar zu hocken und über Abschlüsse zu palavern und an seinem Herzinfarkt zu arbeiten. Kein richtiges Zuhause zu haben, in das man abends heimkehrt. Und er gibt zu, dass es feige von ihm war, mit eingezogenem Schwanz abzuhauen, endgültige Abschiede sind komplizierte Angelegenheiten, schwer zu bewältigen, wenn man seine Gefühle nicht im Griff hat und nicht weiß, was man will, aber ... Aber er vermisst mich.

Das ist jetzt nichts, was ich erfinde. Nein! *Ich* habe keinen Grund, sentimental zu werden, jedenfalls nicht, was ihn angeht, denn so, wie er Mama im Stich gelassen hat, und mich ... nein, ich scheiß drauf zu erzählen, was für ein Gefühl das war, es kostet mich zu viel, wieder daran denken zu müssen. Aber ich weiß, wie es ihm geht, weil er mir einen Brief schreibt.

»Was steht drin?«, will Mama wissen.

»Nichts Besonderes.«

»Schreibt er was über mich?«

»Nee.«

Er erwähnt Mama wirklich nicht, zumindest nicht so, wie sie meint, so wie sie niemals von ihm spricht, und ich glaube, und Monika auch, dass sie in Wahrheit nichts über ihn hören will. Sie ist wieder auf die Beine gekommen, abgehärtet, ist auch diesmal nicht seinetwegen vor die Hunde gegangen.

»Aber was schreibt er denn jetzt?«

»Ich sag doch, nichts!«

Denn mehr gibt es über Folke nicht zu sagen, und ich bin froh, nie erzählt zu haben, dass ich in jenem Sommer in Halmstad zu Hause bei seiner anderen Familie war, denn das war ich, an einem klirrend heißen Tag, als wir früh vom Strand aufbrachen und im Volvo in eine Einfamilienhaussiedlung am Rande der Stadt fuhren, wo sie mit großen Augen und barfuß hinter dem Zaun warteten. Wir wurden zum Mittagessen unter Sonnenschirmen auf einer Terrasse eingeladen, auf der Wespen in Saft ertranken und man den Nachbarn an einem Anbau hämmern hörte, am Tisch herrschte gedämpfte Stimmung, eine Verlegenheit, die enthüllte, dass wir uns nichts, rein gar nichts zu sagen hatten, ich und die Menschen, die ich, weil Folke es so wollte, treffen und mit denen ich mich anfreunden sollte, sie, die genauso meine Geschwister sind wie Monika. Sie hatten idiotische Frisuren, idiotische Kleider, einen idiotischen Dialekt und nicht gelernt, erst zu fragen, bevor man vom Tisch aufsteht. Was sollte ich mit denen? Die Fragen, die *sie* stellte, beantwortete ich mit Ja oder Nee oder überhörte sie, während ich auf meinen Teller mit Rhabarbercreme starrte, die viel zu süß war und nicht so schmeckte wie Großmutters, und Folke antwortete statt meiner, obwohl er das Falsche sagte, denn er wusste nichts über mich, kannte mich nicht, und ich wollte überhaupt nicht dort sein, ich wollte nach Hause.

Er schreibt, wenn ich möchte, kommt er herunter, damit wir uns treffen können, dass er den Kontakt zu mir nicht verlieren möchte. Ich lege den Brief in die hinterste Ecke einer Schreibtischschublade.

Doch einer ist jetzt nie mehr dabei. Bogdan hat alle Hände voll zu tun, Haare zu züchten und mit der E-Gitarre zu wüten, läuft allein herum, eine Tüte mit Schallplatten aus der Plattenabteilung am Handgelenk schwenkend, in einem dunklen Mantel von der Stadtmission, schwarzem Jackett und abgewetzten Secondhandschuhen, hat neue Freunde, die Musiker sind.

»Wie läuft's denn mit der Geige?«, frage ich, als wir zusammen den Aufzug nehmen, denn die Stunden bei Herrn Havlicek hat er nicht aufgegeben.

»Gut, ganz gut.«

»Hast du das klassische Zeug nicht satt?« (So geht es nämlich uns, die es sich drei Doppelstunden in der Woche anhören müssen.)

»Satt? Nee, das ist die Grundlage.«

»Ist Havlicek denn genauso begeistert von Rockmusik?«

»Ja, und ob, er mag es, wenn ich ihm Hendrix vorspiele.«

Dass Bogdan Hendrix und Neil Young für sich entdeckt, bedeutet nicht, dass er Wolfgang Amadeus den Laufpass gibt. Er macht Doppelschichten, genau wie seine Eltern, die beide in der Strumpffabrik bleiben durften und jede einzelne Krone brauchen, um über die Runden zu kommen, denn letzten Sommer waren sie drei Monate in Jugoslawien – und Bogdan war mit! Bogdan, der eine Band gegründet hat, The Nutcrackers, und die Musik ernst nimmt, nicht viel vom Direstraitsschrammeln hält, auch nicht in Richtung Punk und den Sex Pistols schielt, die zu Ikonen werden, und von der Antiästhetik, die zur Ästhetik kommerzialisiert und ungefährlich wird, während sich Sid Vicious gleichzeitig mit einer Überdosis das Leben nimmt, die Rebellenheiligenscheine hängen schief, und die Warnlampen gehen aus, und das sage ich vom Aussichtspunkt des 37-Jährigen, der die alten Platten auf CD in die Anlage schiebt und entdeckt, wie harmlos das alles ist, und im Nachhinein die paradoxe Feststellung machen kann, dass das Gute, zu dem die aufrührerische Haltung des Punks beigetragen hat, der administrative Apparat ist, den er in Form von Probenräumen und Tonstudios hinterließ, die unser Musikleben zwanzig Jahre später vital machen.

Bogdan sieht The Clash in Dad's Dancehall, fährt nach Lund und sieht Nina Hagen, »checkt das mal ab«, aber macht sich auch daraus nicht viel, denn Bogdan beschäftigt sich mit dem *Inhalt* der Musik.

Und wenn jemand abtrünnig wird, sieht man das nicht so, dass er sich für etwas anderes entschieden hat, sondern *gegen* die Gang. Also fühlen wir uns zu einer Rettungsaktion verpflichtet, um ihn wieder auf den richtigen Kurs zu bringen.

»Kommst du heute Abend mit raus?«

»Ich hab keine Zeit.«

»Du hast nie Zeit, Bogdan. Was treibst du denn so?«

»Was denn, ich spiele.«

»Immer?«

»Ja?«

Es endet damit, dass er uns widerwillig mitnimmt, mich, Janis, Rolle und Persson, auf einen Gig im Jugendzentrum von Lorensborg, wo wir backstage eingelassen werden und mit der Band in einer engen »Loge« herumstehen dürfen, in der es nach feuchten Wollsocken riecht und wo ein Joint die Runde macht, ehe sie auf die Bühne gehen, eine richtige Bühne in einem Raum so groß wie ein Basketballfeld, volle Hütte, mit einem Publikum, das zu zwei Dritteln aus Mädchen besteht. Und an diesem Abend und diesem Ort begreifen wir, worum es beim Rock geht, um Sexualität und darum, sich auszuleben, und dass Bogdan uns nichts davon sagen wollte, weil er erkannt hat, das ist eine Sache, die sich im Gegensatz zum Suff nicht in der Gruppe erobern lässt. Bogdan, der auf der Bühne ein anderer wird, auf seiner schenkelklatschenden Gitarre herumfuhrwerkt, headbangend, sodass seine Visage unter den schwarzen Locken verschwindet, die ihm mittlerweile bis zu den Schultern reichen, hebt den Gitarrenhals wie einen Phallus geradewegs gen Himmel, während der Rest der Band den Statuenstil durchzieht, und Bogdan macht mit jaggerartig vorgestülpten Lippen und wahnsinnigem Gesichtsausdruck zwei Schritte auf das Mikrofon zu, eine Körperhaltung, in der er herausfordernd die Worte ausspuckt, sodass das Mikro zurückschreckt: »I wanna live forever, you and me baby, we're together«, bislang mit mehr Wut in Stimme und Gitarrenspiel als in den Texten.

Hardrock ist nicht gerade unsere Musik, aber es ist offensichtlich die Musik der Mädchen, und was für wunderbare Mädchen, hingerissen vor der Bühne mit in unseren Augen schmachtenden Blicken zu Bogdan hinauf, und um eine von ihnen legt er hinterher den Arm und trottet ohne ein Wort zu uns davon!

Am nächsten Tag sitzen vier Jungen in einer Reihe auf dem Bett in Bogdans Zimmer.

»Was kostet so eine Gitarre?«

»Das ist eine Fender.«

»Gib nicht so an. Wie viel?«

Bogdan nennt eine Summe, die uns verzagen lässt. Aber er zeigt uns zwei, drei Akkorde und lässt uns das Wunderding zumindest berühren. Perssons Finger sind zu steif, und was mich betrifft, kann ich nur sagen, dass die Musiklehrerin ein gerechtes Urteil fällte, als sie mir riet, meine Zukunft etwas anderem zu widmen als der Musik. Aber Janis bekommt die Akkorde relativ schnell hin.

»Hast du das gehört, Bogdan?«

»Ja, ja, aber jetzt probier das mal.«

Bogdan spielt ein paar neue Riffs, und Janis greift auch sie lupenrein. Bogdan erhöht den Schwierigkeitsgrad, und Janis ist ihm auf den Fersen, beim siebten Versuch auf gleicher Höhe. Bogdan, der ihm die Gitarre abnimmt, obwohl Janis protestiert.

»He, was soll das, ich fang vielleicht auch an zu spielen.«

»Tu das«, stimmen wir zu. Aber Bogdan:

»Es geht nicht nur darum anzufangen. Man muss mehr können als das bisschen.«

»Du hörst doch, dass er Talent hat?«

»Könntest du dir denn eine Fender leisten?«

»Ich denke, ich würde das Mofa verkaufen müssen«, meint Janis. »Und mir vielleicht was von meinem Vater leihen.«

»Und dann brauchst du noch einen Verstärker und Kabel und so weiter.«

Aber da ist etwas in Bogdans Argumentation, das nicht hieb- und stichfest ist.

»Und wie konntest *du* dir das alles leisten?«, fragt Persson.

Bogdan wird zu einem Geständnis gezwungen.

»Ich hab sie von meinen Eltern bekommen.«

»Bekommen? Die haben dir den ganzen Kram einfach geschenkt?«

Bogdan, der erkennt, dass er sich in eine Sackgasse manövriert hat, dass wir ihn unter Druck setzen werden, ist klug genug, es von sich aus zu sagen.

»Ich hab den Kram bekommen, weil ich letzten Sommer mit nach Jugoslawien gekommen bin.«

»Deshalb bist du also mitgefahren?«

»Was ist denn los mit euch?«

»Was ist los mit *dir*, Bogdan?«

»Ihr kapiert doch überhaupt nichts mehr.«

»Ist schon okay«, meint Janis. »Ich steh sowieso nicht auf lange Haare.«

Aber wie war das jetzt mit dem eigentlichen Grund dafür, dass wir hier sitzen, auf Bogdans Bett, mit all den hingerissenen Mädchen, und der einen, mit der er verschwunden ist, hat er es getan?

Bogdan schenkt uns ein geheimnisvolles Lächeln, das Lächeln, das einem Jemand gönnt, der etwas weiß, das andere noch nicht wissen und in das er sie auch nicht einzuweihen gedenkt. Ein Outsider, Bogdan, und verloren für uns. Er schließt die Fender an den Verstärker an, es sprühen Funken, und es kommt zu einer Rückkoppelung, er dreht eine Runde auf dem Wah-wah-Pedal und lässt das Plektrum über die Saiten gleiten, Bogdan säubert die Kabel, 270 Dezibel titschen zwischen den Wänden in seinem 12 m² großen, nicht isolierten Zimmer hin und her, und er reißt die Balkontür weit auf, damit die ganze Siedlung sich an Purple Haze erfreuen kann.

The Bogdan Petrovic Experience.

Es muss Auswege geben, jawohl. Und irgendwo muss man anfangen. Als der Klassenvertreter, der ich trotz allem im Schülerrat bin, erkundige ich mich bei dessen Vorsitzender, Cissi, ob es vielleicht einen Posten im Vorstand für mich gibt. Ein Monat vergeht, dann sagt sie:

»Ann hört auf. Kannst du ihren Platz übernehmen?«

Ich übernehme ihn in null Komma nichts, und bei der nächsten Sitzung wird es bestätigt. Sekretär im Schülerrat. Ein Vertrauensbeweis, den man sich in seinem Zimmer an die Wand hängen kann, Mama, die sagt:

»Schaffst du das auch? Das ist eine verantwortungsvolle Aufgabe.«

Aber auch stolz:

»Wer hätte gedacht, dass du dich einmal für so etwas interessieren würdest.«

Das Büro liegt neben dem Hauswirtschaftsraum und dem Ananasvorrat im Untergeschoss, hinter einer graffitibemalten Brandschutztür. Aber es wird nicht, wie ich mir das vorgestellt habe. Es läuft von Anfang an schief.

»Das Protokoll muss getippt werden«, sagt Cissi, deren Haare im Moment orange sind, eine lange Strähne, die auf die Nase herabwirbelt.

»Und dann musst du dafür sorgen, dass es geprüft und genehmigt wird.«

»Und was ist mir dir?«

»Tue ich etwa nicht schon genug?«

»Doch, aber das alles ...«

»Wer glaubst du, hat das hier besorgt, die Räumlichkeiten?«

»Du?«

»Ich muss los, mit der Band proben.«

Cissi hat nämlich eine neue Band gegründet, »Killt die Klöten des Königs«, nachdem der Drummer der letzten die Instrumente im Pfandhaus versetzt hat und mit der Kohle nach Berlin gefahren ist.

»Jetzt? In einer Stunde haben wir Englisch.«

»Wir haben heute Abend einen Gig im Fredmans. Sag, dass ich mit Vorstandsarbeit beschäftigt bin.«

Sie zieht ihre Lederjacke an. Ihre Wangen klirren.

»Hast du Lust zu kommen?«

»Ins Fredmans? Vielleicht.«

»Ich kann dich auf die Gästeliste setzen.«

»Okay, mal sehen.«

»Übrigens, du musst anfangen, ein Register für die Ordner zu erstellen. Ist noch was unklar?«

»Ist es nicht schwierig, mit Sicherheitsnadeln im Mund zu essen?«

Cissi greift sich ihre grüne Militärtasche von Army, in der Weinflaschen klirren, und ich sehe ihr nach. Ich komme nicht ins Fredmans, das weiß Cissi auch, sonst hätte sie mich nicht eingeladen, in sie war ich verliebt, noch bevor ich wusste, dass dieses Kribbeln im Körper bedeutete, verliebt zu sein, wie war das möglich, und gleichzeitig betäubt es mich noch immer ein bisschen, wenn sich unsere Blicke begegnen, wäre das anders gewesen, wenn ich zugelassen hätte, dass sie in der Dunkelheit meinen Hosenstall aufzieht, alles Mögliche hätte passieren können, denn jetzt ist Cissi anders, und vielleicht auch ich, doch, das muss ich wohl sein, weil ich in einem Brandschutzkeller sitze und Papiere in dem Glauben sortiere, dass mich dies irgendwohin führen, zu etwas führen wird, und die Reise beginnt damit, dass ich Schriftstücke in eine ungeölte Halda hacke, Protokoll führe und die Protestlisten erstelle, auf denen Cissi die Vertreter des Schülerrats so gerne Unterschriften sammeln lässt.

»Stellst du sie dann zuammen«, beordert sie in der folgenden Woche.

Und ich muss noch einmal darauf zurückkommen:

»Und was machst du?«

»Du bist hier der Sekretär, Johan.«

»Hat Ann das alles gemacht?«

»Was denkst du, warum sie zurücktreten musste? Das sind normale, einfache Arbeitsaufgaben.«

»So einfach wie das Klauen bei Wessels?«

»Wessels?«

»Ja, du weißt schon.«

»Wenn die Listen fertig sind, muss der Studienrektor sie bekommen«, sagt Cissi und widmet sich wieder ihren eigenen Sachen.

Nach einem dieser Nachmittage komme ich nach Hause und schmeiße die Tasche in den Flur, falsch!, schmeiße die Tasche nicht in den Flur, sondern stelle sie in mein Zimmer, lege die Bücher auf den Schreibtisch, und aus der Küche ist zu hören:

»Wie war dein Tag?«

»Okay, wir haben was in Mathe auf.«

»Komm doch her und erzähl. Ich habe gebacken, damit wir zusammen Kaffee trinken können.«

»Moment noch.«

Die Sportklamotten landen auf dem Wäscheständer im Badezimmer, bevor ich in den Küchenduft von frisch gebackenen Zimtschnecken trete, wo Lisbeth wartet, Lisbeth, die angeboten hat, anzureisen und mich »zu versorgen«, während Mama mit der Lohnbuchhaltung auf einem Computerkurs ist, und gleichzeitig die Gelegenheit nutzen will, um die Hauptverwaltung ihrer Ladenkette zu besuchen, herbestellt zu einer Besprechung, und Mama hat es nicht übers Herz gebracht, ihren Besuch abzuwenden, obwohl ich lautstark protestiert habe, obwohl sie natürlich weiß, dass ich mich alleine versorgen kann, und außerdem bildet Mama sich ein, dass Lisbeth ein Time-out vom Reihenhaus in Uddevalla braucht, und hegt die Hoffnung, dass sie sich als Schwägerinnen gegenseitig unterstützen können.

Ich ziehe die Papierform von einer noch warmen Zimtschnecke ab, und Lisbeth hört sich an, wie es im Schülerrat läuft, wie es in der Schule läuft, erfährt, dass Lasse die Sonderklasse endgültig verlassen musste, weil er so ausagierend war, und sich einen Job als Gerüstbauer besorgt hat, allerdings in einer zensierten Version. Ich führe diesen Höflichkeitstanz auf, weil Mama es von mir erwartet und weil es hier jetzt ich und Lisbeth heißt, wir zwei, und das lässt wenig Spielraum für Schroffheit, die übrigens auch gar nicht nötig ist, denn auch Lisbeth ist eine andere, freundlicher, interessiert, fragt:

»Was hast du heute Abend vor?«

»Nichts Besonderes. Außer Mathe.«

»Aber du gehst nirgendwohin?«

»Glaub nicht.«

»Herrlich. Dann haben wir ja den ganzen Abend für uns.«

Ich nehme mir noch eine Zimtschnecke, und sie spricht weiter:

»Dir fällt das Lernen genauso leicht wie Monika, nicht wahr?«

»Nicht wirklich.«

»Bernt fällt auch alles zu. Aber er trainiert ständig.«

»Jiu-Jitsu?«

»Nee, es ist jetzt irgendwas anderes. Und Kristina hat ihr Ballett.«

Sie öffnet eine Flasche Wein und setzt sich mit einem Roman und einer Schale Karamellbonbons in den Sessel, und beim Abendessen, Rinderfilet, es ist Mittwoch, fragt sie, ob ich auch etwas Wein haben möchte, und schenkt mir ein Glas ein, von dem ich nur die Hälfte trinke, für den Fall, dass sie auf die Idee kommen sollte, Mama davon zu erzählen. Lisbeth nimmt den Wein mit vor den Fernseher, serviert mir Schokoladeneis, und wir schauen uns die Nachrichten an, die ganze Sendung widmet sich der anstehenden Volksabstimmung zur weiteren Nutzung der Atomenergie, drei Alternativen stehen zur Wahl, die alle Parteien, das Land, die Familie spalten, Monika, die aufgebracht aus Uppsala angerufen hat, um Mama zu überreden, für Alternative 3, ein striktes Nein, zu stimmen, ihret- und meinetwegen, zum Wohle zukünftiger Generationen, Mama, die fand, das klinge doch vernünftig, bis ich einwandte:

»Soll die ganze Gegend etwa mit Windrädern gepflastert sein, die so dicht stehen wie ein Tannenwald?«

Denn ich habe mich aufgerappelt und eine Reihe von Fakten recherchiert, und ich beziehe meine Informationen aus anderen Quellen als Monika, Alternative 1, Ja zur Atomenergie, der billigsten und umweltfreundlichsten Energieform. Und Mama fand, auch das klinge klug, und bekam Zweifel, eine schwierige Entscheidung, sie hat die Bilder aus Harrisburg gesehen, wo das Unwahrscheinliche wahrscheinlich eingetroffen ist, beschließt, dass es letztlich am sichersten ist, einen Mittelweg zu gehen, der Empfehlung der Sozialdemokraten zu folgen, Alternative 2, langsamer Ausstieg, so hat man jedenfalls nichts falsch gemacht, Stellung genommen, ohne Stellung zu nehmen, bei einer hysterischen und sinnlosen Abstimmung, bei der Ja auf Dauer Nein bedeutet, ein Nein gleichbedeutend mit Ja ist, Politik, wähle irgendwas, es kommt sowieso anders. Lisbeth sagt:

»Weißt du, es interessiert mich nicht. Es ist schön, nicht daran denken zu müssen.«

Und so habe ich es noch nie gesehen, dass man dazu gar keine Meinung haben muss.

»Gehst du denn nicht wählen?«

»Ich gehe nie wählen.«

Lisbeth gießt sich die letzten schwirrenden Tropfen ein und kippt ungeschickt das Glas auf Mamas neuen Wiltonteppich um.

»Verdammt!«

Lisbeth ist auf den Knien, eine Hand auf dem Fleck, so als könnte sie ihn so daran hindern, größer zu werden, und ich bin auch auf den Beinen, in der Küche, kehre mit dem Salzfass zurück, das ich über der roten Qualle ausleere. Lisbeth kippt den winzigen Rest herunter, der noch im Glas ist.

»Wären Wasser und Schmierseife nicht besser?«

»Salz zieht ihn heraus, hat Mama gesagt.«

Sie sieht mich auf den Knien hockend an, in ihrer kaftanartigen Bluse und mit den großen Goldohrringen, in einer Jeans, käsig im Licht des Fernsehers, Krähenfüße und Haut, die vom Rauchen grau geworden ist. Sie strengt sich an, um ganz bei der Sache zu sein.

»Wenn er so nicht weggeht, versuchen wir es mit Schmierseife«, sage ich.

»Du bist so nett, Johan.«

Ich reiche ihr eine Hand als Stütze zum Aufstehen, sie seufzt, nimmt sie, setzt die andere auf den Tisch und stemmt sich hoch, lässt sich auf die Couch fallen.

»Ups. Ich habe wohl ein bisschen zu viel getrunken.«

»Möchtest du ein Glas Wasser?«

»Ja, gerne.«

Ich hole ein Glas, das sie langsam trinkt, und ich kann mich nicht entscheiden, ob ich wütend sein soll, weil sie Mist gebaut hat, oder ob sie mir Leid tun soll, ist sie bedauernswert oder tragisch in ihrem Suff? Und mir missfällt dieses ... ja, in Ermangelung eines besseren Worts, dieses Verständnis für sie, das sich schwach bemerkbar macht und dazu führt, dass ich mich nicht entscheiden kann.

»Bodil kann wirklich stolz auf euch sein«, sagt sie.

Man hört kein Klacken des Türschlosses an diesem Abend, dagegen, wie die Balkontür aufgerissen wird, und ein leises Pfeifen dringt durch den Spalt unter meiner geschlossenen Tür, während Lisbeth draußen in der Kälte steht und raucht, dann verschwindet das Pfeifen, und der Lichtstreif, als sie die Lampen ausmacht, und dann hört man sie die Couch beziehen und sich hinlegen, denn so sehr schätzt Mama sie nun auch wieder nicht, dass Lisbeth in ihrem Zimmer schlafen dürfte.

Am nächsten Tag liegt ein weiches Paket, eingeschlagen in das Geschenkpapier eines teuren Kaufhauses, auf meinem Bett, als ich nach Hause komme: ein dunkelblaues Polohemd von Lacoste mit dem grünen Krokodil, so eins, das ich schon lange haben wollte, mir jedoch nicht leisten konnte, und auch nicht bekommen habe, denn Mama ist ein energischer Gegner davon, Geld für Markenkleider herauszuschmeißen.

»Gefällt es dir? Es steht dir.«

Lisbeth mit ihrem Gespür dafür, was man haben will, sieht fit aus, hat sich geschminkt, die Wangen mit etwas eingecremt, das ihr Farbe gibt.

»Ich habe einen langen Bummel durch die Stadt gemacht«, sagt sie, und:

»Bernt liebt diese Hemden. Er hat mehrere davon.«

»Es ist schön. Danke.«

»Ich habe zu danken. Für deine Hilfe gestern.«

Mama kommt voll gepumpt mit Kurs und Eindrücken zurück, und als sie und ich wieder alleine sind, nachdem sie Lisbeth zum Bahnhof gefahren hat, fragt sie:

»Warum hat sie dir das Hemd geschenkt?«

Ich zucke mit den Schultern.

»Bernt hat solche.«

»Das war jedenfalls sehr nett von ihr. Aber sie hätte nicht so was Teures kaufen sollen.«

Mama schenkt sich einen Kaffee ein, lässt ihn stehen und abkühlen, während sie eine Runde dreht, so als wäre in ihrer Abwesenheit die große Veränderung eingetroffen, das ist sie nicht, also begnügt sie sich damit, den Blumentopf vom Balkon hereinzuholen, der als Aschenbecher diente und den Lisbeth auszuleeren vergessen hat, bleibt im Wohnzimmer stehen, sieht den Teppich, auf dem ein schwacher Schatten petzt, eine Schattierung, als wären die Fasern in die falsche Richtung gestrichen worden, bleibt stehen und betrachtet den Schatten, geht weiter, will es gar nicht wissen.

Und ehrlich gesagt war es nicht leicht, dieses Hemd anzunehmen, denn trotz ihrer Freundlichkeit lässt sich das Bild einer blöden Kuh nicht so leicht auslöschen, es wird nur retuschiert, eine Spur jedenfalls, aber die Zeiten haben sich geändert, und das Hemd kommt mir gerade recht. Beispielsweise bei den Fortbildungen, die ich und Cissi und noch ein paar andere aus dem Vorstand bei Versammlungen des Zentralverbands Schwedischer Schüler in Räumen im Stadtzentrum besuchen, wo wir uns Vorträge anhören, an Arbeitsgruppen teilnehmen, die Vorschläge ausarbeiten, Diskussionen an langen Tischen über die neue Schulreform und dass die Noten durch Gespräche zwischen Lehrern und Eltern ersetzt werden sollten, Aufnahme ins Gymnasium nach Tauglichkeit, eine Beurteilung, die vom gesamten Personal durchgeführt werden sollte, inklusive Küchenpersonal und Zahnarzt, wüste, aufrührerische Ideen werden in die Runde geworfen.

Ich lerne eine neue Sprache, und ich denke, dass ich im Grunde schon die ganze Zeit auf diesem Weg war, dass ich mich dem schon viel früher hätte widmen sollen, ich bin mit ganzem Herzen bei der Sache, gehe nach Hause und rufe auf der Suche nach neuen Argumenten Monika an, wenn mir die eigenen ausgehen, komme mit stärkeren Waffen im Arsenal zurück und stürze mich wieder in die Debatte, bin zufrieden damit, etwas zu bewirken – doch dann merke ich, dass eine Sitzung der anderen gleicht, die immer gleichen Fragen drehen eine dritte Runde, eine siebte, es ist wie bei Folke und seinen Theorien: Es *könnte* anders sein ... kurzum Worte, ein ständiges Wählen von Mannschaften, ohne dass es jemals zum Anstoß kommt, und wenn man die Seele eines Sportlers hat, will man spielen, um zu gewinnen, und unter meiner enthusiastischen Fassade kommen mir Zweifel, über die ich mit Cissi diskutieren muss:

»Denkst du wirklich, dass es ohne Noten gehen würde?«

»Findest du, dass es *mit* Noten geht?«

»Hm ... eigentlich schon, oder? Sie zeigen einem, wo man steht.«

»Sie zeigen nur, dass du Text in dich reinkloppen kannst!«

Sie hat gut reden, ihr fliegt alles zu, während ich wie ein Wahnsinniger ackern muss, um ein mittelmäßiges Ergebnis zu erreichen, bekommt Cissi es gratis. Sie nimmt alles volley, und den Lehrern gefällt es, dass sie keift und diskutiert, es hat etwas Liebenswertes im Gegensatz zu Persson, der Gerechtigkeit fordert, selbst Einstein lässt fünfe gerade sein, wenn es um ihre Schwänzerei geht: Sie kann einem Leid tun, wie verloren muss sie sich fühlen, dass sie sich so kleidet, es ist bestimmt nicht einfach mit zwei Psychiatern als Eltern aufzuwachsen. Aber je länger ich darüber nachdenke, desto mehr kommen mir Unterricht ohne Lehrer und Halbjahre ohne Noten wie Utopia vor. Kommst du von unten, mit Unterlegenheit auf den Hintern gestempelt wie ein sarkastischer Viel-Glück-Tritt, willst du immer Beweise haben, handfeste Beweise, Ziffern und Unterschrift, dass du was erreicht hast, und das genügt als Erklärung dafür, warum man Noten niemals abschaffen wird, so wie der Arbeiter unter Umständen fordert, die verhasste Stechuhr an der Fabrikwand solle bleiben, weil niemand ihn oder sie beschuldigen können soll, nicht ordentlich gearbeitet zu haben, und es genügt als Erklärung dafür, warum Cissi die Absurdität ihrer Einfälle nicht begreifen kann.

Die Sitzungen im Zentralverband werden von einem Typen geleitet, der Ajje heißt und selber bald verzagen und stattdessen eine Illustrierte mit Veranstaltungstipps ins Leben rufen, seine radikalen Standpunkte gemäß seiner Lebensmaxime »If you can't beat them, join them« aufgeben wird, die Vorschläge kommen niemals über die Arbeitsgruppen hinaus, es passiert nichts, es kommt zu keinen Veränderungen, wir bewirken nichts, wir befolgen die Regeln für die genaue Reihenfolge der Redebeiträge in den Diskussionen, das ganze Gelaber ist nicht mehr als ein verdecktes soziales Training, Vorbereitungen für ein kameralistisches Mittelklasseleben. Ich habe den Zentralverband satt, ich habe Debatten in absurdum satt, das Ganze ist mir zu weltfremd und pompös, viel Gerede und wenig Hockey, Lambswoolsozialismus, das ist es, was ich Cissi sage, von jetzt an stehe ich für die

Zeitverschwendung dieser Fortbildungen nicht mehr zur Verfügung.

»Du musst!«

»Ich muss überhaupt nichts. Es macht keinen Unterschied!«

»Wie soll das System denn sonst verändert werden?«

»Verändert? Ich dachte, du wolltest es stürzen.«

Und mir wird klar, wie verschieden die Ziele sind, die wir bei der Arbeit im Schülerrat verfolgen, es irgendwohin zu schaffen oder Aufmerksamkeit zu erregen, und wenn man es recht bedenkt, ist das auch der Grund, warum Cissi, aber nicht Bogdan in einer Punkband auf der Gitarre leiert. Vielleicht kommt aber auch Cissi etwas ins Grübeln. Bei den Sitzungen des Schülerrats schlägt sie eine Zeit lang ein noch höheres Tempo an, entdeckt jedoch, dass sie uns andere nicht mehr mitreißen kann, findet keine Unterstützung für ihre Proteste und Unterschriftenlisten. Sie kommt in einer Pause zu mir:

»So geht das nicht weiter.«

»Ganz meine Meinung.«

»Wir treten zurück.«

»Wie meinst du das?«

»Der ganze Vorstand, auf einen Schlag. Wir treten einfach zurück.«

»*Du* willst aufhören?«

»Nicht im Zentralverband, aber hiermit. Außer mir will doch keiner was.«

»Von mir aus gern. Ich habe es sowieso satt.«

»Und weißt du was?«

»Was?«

»Wir werden es aus Protest gegen die Schulpolitik der Konservativen tun.«

Cissi kann ihren Posten als Vorsitzende nicht aufgeben, ohne selbst daraus noch eine Papierrevolution zu machen. Sie übergibt dem Rektor ein Schreiben, das sie sich zuvor vom Vorstand hat unterzeichnen lassen, und sie benachrichtigt die Presse. Am nächsten Morgen warten die Fotografen von zwei links gerichteten Tageszeitungen auf der Eingangstreppe zur Schule, bekommen ihre Bilder von einem zornig zurückgetretenen Schülerratsvorstand, ein Interview mit Cissi, die mit ihrem Sinn für PR ihre eingeübten Repliken über die Bedrohung für die Schuldemokratie, den Einfluss der Schüler etc. abfeuert.

Mama studiert das Foto in den Zeitungen, ist beim Kiosk gewesen und hat beide bekommen, denn wir abonnieren inzwischen eine andere, konservativere.

»Nun ja, es ist vielleicht nicht ganz leicht«, sagt sie, »aber hättest du nicht wenigstens versuchen können, auf dem Bild etwas fröhlicher auszusehen?«

Immer öfter fahren wir jetzt in die Stadt, radeln zu Månssons Sportgeschäft oder zur Sportabteilung im Kaufhaus NK, angeführt von Rolle, der uns all die neuen Sachen und Trainingsanzüge von Tacchini zeigen will, und ich zum Fahrradgeschäft Forum in der Rådmansgatan und von dort aus wieder nach Hause auf einem zehngängigen Mercier, fast neu und fast so gut wie Bianchi, für einen Vorschuss auf mein Taschengeld von Mama, einen Vorschuss auf ziemlich viele Taschengelder, und wir radeln überall, es gibt nichts Besseres, zum Strand in Lomma – vor der Badesaison! total crazy! – in den Freihafen und nach Tygelsjö und wieder nach Hause, auf Reitwegen zwischen Getreidefeldern, im Gegenwind, entdecken die Stadt und ihre nähere Umgebung, neue Gebiete, denn es ist herrlich, im Frühling, bald Sommer draußen zu sein, und der Körper ist voller Energie, die raus muss, wir radeln in den Düften des Frühlings, den Düften, die es sich im Gedächtnis bequem machen, sich auf der Großhirnrinde hinlegen wie beispielsweise jener unausweichliche, der erwähnt werden muss, das Parfüm der Stadt, das süß und schwer und manchmal ein wenig stechend aus der Schokoladenfabrik in der Bergsgatan ringelt, einen Deckel auf den Kessel der Stadt legt, der Wind aus der Ebene erfasst dieses Parfüm, schiebt es vor sich her, wischt es über die Häuserblocks und trompetet es wie eine Fanfare über Dalaplan, Södervärn, Möllevången, Värnhem, in alle Richtungen, bläst es wie ein improvisiertes Solo durch die Straßen, bis es kleben bleibt wie ein anhänglicher Refrain, an manchen Tagen im Duett mit der klebrigeren Süße, die von der Saturnus Essenzfabrik in der Lantmannagatan ausgestoßen wird – nein!, es sind nicht die Düfte, die unsere Stadt ausmachen oder ihre Seele sind, die etwas zu dieser Geschichte beitragen, sie sind Nostalgie, und eine Stadt hat nichts mit Nostalgie zu tun, eine Stadt ist hart und birgt einzig und allein neue Erlebnisse in sich, also lasst uns zusehen, dass wir weiterkommen.

Denn es gibt auch Feten, Vorbereitungen für die bevorstehende Trennung nach neun Jahren Plackerei in den Pultreihen, Palin und ein ganzer Sack unvergesslicher Horrorfahrten durch die Kindheit, wir müssen die Klasse nach und nach loslassen, richtig, es ist Rolle, der auch diese Ausflüge organisiert, denn die Veranlagung für Sport und Feten basiert im Grunde auf den gleichen Eigenschaften: Ausdauer und Siegermentalität.

Wir knallen die Fahrräder vor einem Haus in Videdal ins Gebüsch, in dem Gerüchten zufolge, die Rolle aufgeschnappt hat, etwas los sein soll, ich glaube, Janis ist auch dabei, Jerry William ist es auf jeden Fall. Wir nehmen die Treppe in zwei Schritten und verschanzen uns hinter Rolle, drängeln uns in ein Haus, das vor lauter Menschen und Popmusik aus allen Nähten zu platzen droht – und werden hinter der Tür augenblicklich voneinander getrennt.

In der Küche schwappen Weintrauben und Gurkenstücke an der Oberfläche einer blauen Bowle in einem geräumigen Aquarium. Sie schmeckt nach ... blauem Gin. Kein bekanntes Gesicht in der Nähe. In einer umgedrehten Käseglocke neben dem Aquarium schnappt ein halbes Dutzend tropischer Fische unter einer dicken Schicht aus Fischfutter nach Luft.

»Irgendwas stimmt mit denen nicht«, sagt ein Mädchen, das sich besorgt über die Glocke beugt. »Sie fressen nicht.«

»Wer bist du?«

»Ich wohne hier.«

»Aha. Sind das deine Fische?«

»Sie gehören meinem Vater. Er stellt sie bei Wettbewerben aus.«

»Gib ihnen Erbsen.«

»Das funktioniert?«

»Sie lieben Erbsen.«

Sie, ich bilde mir ein, sie heißt Karin, schwankt zu einem Schrank, schiebt ein paar Jungen zur Seite und wühlt ein Paket Erbsen aus einem Regal, schüttet zwei gehäufte Hände in die Käseglocke.

»Nee, gib ihnen ordentlich. Und lass ihnen was Zeit.«

»Danke für den Tipp«, sagt sie. »Hast du schon was von der Bowle bekommen?«

Ich finde eine Tasse, die ich voll schöpfe, gehe ins Wohnzimmer, wo die Möbel an die Wände geschoben worden sind und auf der Tanzfläche der Bär los ist, der Parkettboden vibriert, und vielleicht ist es Janis, der dort steht und seinen Hintern halbwegs im Takt der Musik schwingt. Jerry William ist auf jeden Fall da, tanzt für sich allein, die Hände verschränkt und die Arme wie einen Ring vor sich haltend, macht die Augen zu, ist eingeschlossen in eine eigene Welt, die Hüften rotieren, ich will nicht tanzen, ich mache einen Abstecher auf die Treppe hinaus, um frische Luft zu schnappen, die Bowle zeigt Wirkung, ich bin vollkommen blau, und ich bin wieder drinnen auf der Tanzfläche, schreie Jerry William ins Ohr:

»Ich hol mir noch was Bowle! Willst du auch welche?«

»Halb zwölf!«, schreit er zurück und rollt weiter mit den Hüften.

So ist das mit der Zeit, man schaut auf die Uhr, es ist neun, man schaut wieder, es ist halb zwölf, man schaut nicht mehr auf die Uhr, man schaut aus Gewohnheit, es ist zwei.

Karin steht immer noch vor den bunten Fischen, hält sich an der Spüle fest, lächelt, blass, starrt in die Käseglocke hinab.

»Wie läuft's?«

Eine sachte Drehung zu mir, oder dorthin, wo sie mich vermutet, die Hände weiter auf der Spüle.

»Warst du das, der das mit den Erbsen gesagt hat?«

»Wieso?«

»Die Fische scheinen sie zu mögen.«

»Dann gib ihnen noch welche.«

»Hast du schon was von der Bowle bekommen?«

»Gibt es hier Bowle?«

Aber jetzt treiben statt Weintrauben Kippen im Aquarium, und der Schöpflöffel ist verschwunden. Ich tauche die ganze Tasse ein. Falls Janis dabei gewesen ist, dann ist er nun jedenfalls von der Tanzfläche verschwunden, Jerry William auch, und ich hole mir mehr Bowle. Springsteen strömt aus den Boxen. Ich tanze allein, bewege mich mit großem schweren Kopf, und in Galaxienabstand traben unter mir die Füße mit ihren eigenen Schritten umher, glücklich abgekoppelt von allen neurologischen Mechanismen und Reflexen, und ich schwöre mir hoch und heilig, mich nie mehr mit diesem Langweiler abzugeben, diesem nüchternen Menschen, den ich ansonsten bewohne, der, den ich jetzt getroffen habe, ist ein lustiger Bursche, kann eine Story zum Besten geben, bei der die Küche in Gelächter ausbricht, kann tanzen, dass die anderen auf der Tanzfläche aufhören, und dieser lustige Bursche muss irgendwann pissen, verschwitzt, außer Atem, sucht nach einer Toilette und findet sie schließlich, und wer taucht jetzt zum dritten Mal in dieser Geschichte auf, meilenweit entfernt, obwohl gleichzeitig Kopf an Kopf, wenn nicht eine aus der Toilette und gegen die Wände krachende und ziemlich penetrant lächelnde Gedichtvorleserin.

»Birgitta!«

»Johan!«

Mit der Hand nach etwas zum Festhalten suchend, stützt sie sich zunächst auf einen Wandleuchter, dessen Verankerung nachgibt und eine Grotte in der Wand zurücklässt, dann gegen meinen Hals, und diesmal habe ich nicht das Geringste gegen ihr Auftauchen einzuwenden. Große Umarmung!

»Hast du schon was von der Bowle bekommen?«

»Wo ist die?«

Das Aquarium ist praktisch trockengelegt, wir tanzen, wir stolpern, wir taumeln auf der Tanzfläche herum, umarmen uns, und später, oben in der Dunkelheit eines elterlichen Betts im ersten Stock, finde ich mich plötzlich mit Birgittas Zunge tief in meinem Schlund wieder, meine Backenzähne leckend, ich ihre, und ihre Brüste in meinen Händen, wie leicht sich doch ein Gürtel öffnen lässt, wie leicht es doch ist zu lachen und glücklich zu sein, berauscht glücklich und gleichzeitig vollkommen geistesgegenwärtig, wir fummeln uns gegenseitig die Kleider vom Leib und sind nackt und schüchtern, aber der Rausch überdeckt das, und sie nimmt, was ich anzubieten habe, und bringt es in Stellung, mit geschlossenen Augen und einem Gesichtsausdruck, der im Moment des Eindringens Unwohlsein signalisiert, und dann ist es glatt und warm, und wir legen los. Und als wir wieder nach unten kommen, in einer anderen Zeitrechnung, durcheinander und verlegen und mit ungeordneten, zerknitterten Kleidern, die Frisur wie ein abgenutzter Schrubber, schnapswiderspenstigen Beinen, ein Seemann ist an Land gegangen, bin ich nicht mehr derselbe, schnorre eine Kippe und lehne mich à la James Dean an die Wand und blase Rauch durch die Nase aus, lasse die Fluppe im Mundwinkel hängen, während ich tanze, aber nicht mit Birgitta, und als ich im bleichen Licht der Morgendämmerung die Lönngatan entlang und den Nobelvägen hinauf heimwärts trete und hochachtungsvoll auf jede rote Ampel scheiße, ich bin jetzt ein Herr, der über solchen Dingen steht, it's hard to be a saint in the city, werde ich von einer nie zuvor erfahrenen Leichtigkeit getragen, die bis nach Hause währt und einen Morgen hindurch, der schlaflos stolz wird und in einen Vormittag übergeht, an dem ich fast platze, denn das schreit nach einem Zuhörer, und ich nehme den Aufzug in den Siebzehnten, werde zu Lasse hereingelassen, der auf seinem Bett sitzt wie ein Pascha und umgeben von großbusigen, glanzäugig blickenden Playboyfrauen an den Wänden und *Sticky Fingers* auf dem Plattenspieler raucht.

»Birgitta?«, sagt er und lässt sich auf die Ellbogen zurückfallen. »Willkommen im Club.«

WG in Uppsala, wenn das nicht nach Wollsocken und Apfelsinenschalen riecht, nach ständigem Kochen und Kräutertee aus abgestoßenen Tassen, das jedenfalls lesen wir aus Monikas Briefen heraus, die in immer größeren Abständen durch den Briefschlitz plumpsen. Mama sitzt über sie gebeugt da und versucht, zwischen den Zeilen Erklärungen dafür zu finden, was geschehen ist, weil Monika in diesem Sommer nicht nach Hause kommt.

Monika bleibt in Uppsala und arbeitet als Aushilfskrankenschwester in der Universitätsklinik, weil sie praktische Erfahrungen sammeln möchte. Nimmt im August *eine* Woche frei, in der sie mit ihren Kommilitonen in die gleiche Hütte in Småland fährt wie im Vorjahr, was Mama veranlasst, noch einmal bekümmert ihre Briefe durchzusehen.

Aber Monika kommt nach Hause. Mitten im Wintersemester. Und sagt:

»Ich habe genug von Uppsala. Ich ertrage diesen akademischen Snobismus nicht länger.«

»Aber Liebes! Warum hast du denn nichts gesagt?«

»Das hätte doch auch nichts genützt, oder?«

»Du willst doch wohl nicht wieder hier einziehen?«, sage ich.

»Das geht nicht, Monika«, meint Mama.

»Keine Sorge, ich werde bei Annelie wohnen, bis ich wieder in meine eigene Wohnung kann.«

»Annelie?«, sagt Mama, noch erschreckter – hört Kritik heraus, an ihr, an ihrem Zuhause. »Gefällt es dir hier nicht?«

Monika hat ihren Untermieter angerufen, der zum Monatsende auszieht. Mama, die sich Sorgen um die Zukunft ihrer Tochter macht, die Akademikerin, Mamas Prunkstück, sieht, dass Monika ihre Robin-Hood-Stiefel an der Tür nicht ausgezogen hat, lässt es für diesmal gut sein, Monika, die ein Bein über das andere geschlagen in neuer Jeans und einem altrosa Strickpullover dasitzt, sieht nicht besonders WG-mäßig aus, sagt, dass sie im Sommersemester in Lund weiterstudieren wird.

»Glaubst du wirklich, Lund wäre anders als Uppsala?«

»In Lund brauche ich nicht zu *wohnen*.«

»Aber dein Studiendarlehen ... musst du dir dann Geld für ein zusätzliches Semester leihen?«

Das ist Mama. Das ist Moral vom alten Schlage, Kredite sind verbindlich, wer sich eine Suppe einbrockt, muss sie auch auslöffeln, die Recht-und-Ordnung-Geld-am-Freitag-Moral, Romantikmoral, unzeitgemäßer geht es nicht mehr in einer Zeit, in der mit Krediten und Inflation Vermögen angehäuft werden. Monika erklärt, wie es funktioniert, wenn man den Studienort wechselt. Mama steht auf, ohne die Hände auf die Tischplatte zu stützen.

»Und was hast du bis dahin vor?«

»Ich hab mir gedacht, ich entspann mich was. Das Darlehen bekomme ich ja eh.«

Mama, die versteinert.

»Das war ein Witz, Mama. Ich such mir natürlich einen Job.«

»Doch nicht etwa im Reveny?«, frage ich. »Du willst doch wohl nicht dahin zurück?«

»Nie im Leben.«

»Es ist nichts auszusetzen am Reveny«, meint Mama. »Der Chef ist so begeistert von dir. Er lässt dich bestimmt wieder bei sich arbeiten.«

»Aber ich *will* nicht wieder dahin.«

»In diesen Zeiten muss man dankbar sein, wenn man überhaupt eine Arbeit findet.«

»Also, ich werde nicht drum betteln.«

Mama setzt sich wieder hin, wusste wohl gar nicht, warum sie vorher aufgestanden ist. Sie legt eine Hand auf Monikas.

»Ich sage dir, was Mutter immer sagt: Hochmut kommt vor dem Fall.«

»Vergiss es. Ich will einen richtigen Job.«

Jetzt steht Mama auf, und diesmal weiß sie, warum, sie hat gesagt, was sie zu sagen hatte, und weiß außerdem genau wie ihre Tochter, dass Monika am nächsten Tag zum Chef des Revenys zockeln und ihn darum bitten wird, wieder an der Kasse arbeiten zu dürfen, und er wird seine kleine Theatervorstellung geben, weil es ihm Vergnügen bereitet, sich vorzubeugen und zu erzählen, wie viele ihn täglich anrufen und einen Job haben wollen, eine Geschwätzarie, aber hinter ihr wird er froh sein, dass ein bewährtes Arbeitspferd in seinen Stall zurückgekehrt ist.

Monika wieder in der Stadt. Monika, die in den Vorlesungen brillant war, in dreieinhalb Semestern jeden Schein mit Bestnote gemacht hat, von zu Hause jedoch nichts mitbekommen hat, was es ihr erleichtert hätte, sich in einem akademischen Milieu zurechtzufinden, das seine eigenen Normen und Verhaltensmuster hat, eine Einstellung im Hörsaal, eine andere draußen, Aufgeblasenheit und Studentenulks, Latein und medizinischer Alkohol, viel Neues, an das man sich anpassen muss, und meine große Schwester, die nicht sonderlich anpassungsfähig ist, redet wie üblich erst im Nachhinein über ihre Unzulänglichkeiten, nachdem sie es alleine versucht hat und auf der anderen Seite zurechtgestutzt wieder herauskommt, im Gegensatz zu ihrem kleinen Bruder, der sich erst einmal beklagt hätte.

»Aber waren die anderen Studenten in den Seminaren denn nicht nett?«, fragt Mama, die zu verstehen versucht.

»Doch, schon.«

»Und in der WG hast du dich wohl gefühlt, oder?«

»Darum geht es nicht. Es ist so ... eng.«

Die Studenten, die so begabt sind, aber eine größere soziale Kontrolle übereinander ausüben, als das zu Hause in unserer Siedlung üblich ist. Es wird The Brain besser gefallen, im nahe gelegenen Lund zu studieren und in Malmö zu wohnen, gehörigen Abstand zum Studentenleben zu halten und sich ihm nach und nach anzunähern. Und es ist herrlich, sein Schwesterherz zurück zu haben! Mit ihr ist es wie mit Mamas knatternder Schreibmaschine: Man hat sie erst bemerkt, als sie fort war. Außerdem kann man jetzt leichter mit ihr reden, sie interessiert sich mehr dafür, womit ich mich beschäftige, oder ist es vielleicht eher so, dass ich anfange, mich verständlicher auszudrücken – jedenfalls führt irgendetwas dazu, dass wir nach 16 Jahren anfangen, eine gemeinsame Wellenlänge zu finden.

Und sie will wissen, wie es in der Schule läuft. Ich bin jetzt nämlich im Gymnasium.

»Das ist jetzt okay.«

»Du musst Bescheid sagen, wenn du Hilfe brauchst.«

»Ich sag doch, das ist okay.«

»Aber du sagst Bescheid?«

»Ja! Du bist schon fast wie Mama, Monika.«

Darüber lächelt Monika. Sie weiß, dass noch einiges fehlt, bis sie so wird wie Mama, die im Moment überhaupt nichts mehr schnallt. Sie hatte vage Vorstellungen von der gymnasialen Wirklichkeit, als ihre Tochter sich in ihr bewegte, aber jetzt, als ihr Sohn seine drei Jahre dort begonnen hat, ist sie völlig verloren, und er hat keine Lust, das geradeheraus zu sagen, als sie fragt:

»Soll ich dir bei den Hausaufgaben helfen?«

»Ich geh zu Didrik.«

»Ist das dein neuer bester Kumpel?«

»Kumpel?«

»Ja, wie sagt man denn?«

»Keine Ahnung.«

»Kamerad? Ist Didrik das?«

»Er und Jakob.«

»Triffst du dich jetzt gar nicht mehr mit Jerry William? Oder Mikael?«

»Wann soll ich das denn machen, Mama? Jerry William macht den technischen Zweig im Pauli und Persson auf der Värnhemsschule.«

»Persson?«

»Micke. Er macht Kraftfahrzeugtechnik.«

»Es klingt furchtbar, wenn du ihn Persson nennst. Ihr nennt ihn doch hoffentlich nicht so, wenn er dabei ist?«

»Ich sehe ihn doch überhaupt nicht.«

»Roland auch nicht?«

»Der spielt für Malmö FF.«
»Geht er denn nicht mehr zur Schule?«
»Nur beschränkt, glaube ich. Er ist Jungprofi.«
»Und Didrik und Jakob sind nett?«
»Du stellst Fragen, Mama.«
»Schon gut, Hauptsache, du hast Kameraden.«
»Wie Monika?«

Damit lasse ich Mama allein. Annelie steht bei ihr nicht gerade hoch im Kurs, sie ist »kein Umgang« für Monika. Mama will, dass es wieder wie früher ist, als Monika und Hanne bei einer Tasse Tee in der Küche saßen, ein bisschen politische Diskussion, um es sich gemütlich zu machen, während die Dunkelheit sich herabsenkt. Aber als Monika sich wieder in ihrer Wohnung in der Vårgatan eingerichtet hat, sitzt sie samstagabends mit Annelie in der wahnsinnig tiefen Ikeacouch, bevor die beiden auf die Rolle gehen, und sie nippen an einem grünen Kiwiwein, den Annelie aus dem dänischen Dragør mitgebracht hat.

David Bowie hängt noch immer an der Wand, Ziggy Stardust und Heroes, glänzend verpackte Vulgärästhetik, die Brücke zwischen Rockmusik, die bewusst vulgär und zügellos *ist*, und Discomusik, die nur Ästhetik und Dekadenz sein will, und dadurch so viel geschmackloser ist. Einer der Spiegel in der Spiegelwand hat einen Sprung. Die Pflanzen sind tot. Ich helfe Monika, ein paar neue Fikusse aus der Oase in der Östergatan nach Hause zu tragen, und ich fahre nachmittags des Öfteren zu ihr. Mama schaut auch vorbei, ist genauso entzückt wie ich, Monika wieder zurückzuhaben, kann das aber nicht offen aussprechen, da Monika ihr Studium abgebrochen hat, sagt es mit Lebensmitteltüten oder indem sie beispielsweise anbietet, die Fenster zu putzen, und zwar so auffallend oft, dass Monika anfängt, ein Muster in den Besuchen zu erkennen, und Mama klar machen muss, dass sie nicht alle naslang »vorbeischauen« kann.

»Warum denn nicht? Du darfst doch auch nach Hause kommen, wann du willst.«

»Und? Deshalb muss es hier doch nicht genauso sein.«

»Ich war mit dem Auto unterwegs und dachte, ich schau nur mal kurz vorbei.«

Mama hat sich nämlich ein »neues« Auto gekauft, einen silbernen Honda Civic. Fährt sonst nie in der Stadt, ist aber in dieser Zeit ungewöhnlich oft mit ihm unterwegs.

»Für den Fall, dass Johan mitfahren will.«

»Ich bin mit dem Fahrrad.«

»Jetzt musst du aber gehen«, sagt Monika. »Wir wollen uns unterhalten.«

Mama macht auf dem Absatz kehrt, lässt ihre Tochter mit den Tüten und einem schlechten Gewissen zurück. Einem schlechten Gewissen, das groß und allumfassend wird und alle anderen Gedanken verdrängt, das Monika still werden und die Hände zwischen die Schenkel schieben lässt. Aber sie wartet, angespannt und besorgt wegen dem, was sie gesagt hat, weiß, dass sie sich verrannt und Mama unnötig verletzt hat und auch, warum sie sie so angeschnauzt hat, aber sie wartet mit Anruf und Entschuldigung bis zum nächsten Tag, weil sie die Unabhängigkeit verdeutlichen will, die sie sich während ihrer Zeit in Uppsala erworben hat, und um Mama Stoff zum Nachdenken zu geben.

Sie ruft jedenfalls an und rückt damit heraus, was sie wirklich bedrückt: dass sie den Bescheid erhalten hat, bis zum nächsten Wintersemester warten zu müssen, ehe sie ihr Medizinstudium in Lund fortsetzen kann, und sie lädt Mama zu einem Versöhnungsessen ein. Das kann Mama jetzt gebrauchen, denn nun hat sie *wirklich* etwas, worum sie sich Sorgen machen kann, die Zukunft ihrer Tochter. Aber laut Monika ist das nur ein Symptom für etwas tiefer Liegendes, und die Diagnose lautet:

»Mama fehlt ein Mann.«

»Ein Mann? So einer wie Folke?«

»Nee, ein richtiger. Auf den sie sich verlassen kann.«

»Du hast Ideen, Monika.«

»Sie ist viel zu einsam.«

»Woher willst du das wissen? Vielleicht brauchst du eher einen Typen!«

»Nie im Leben. Die Typen, die man in der Stadt trifft, sind alle so kindisch.«

»Die du mit Annelie triffst, bestimmt.«

Es wundert einen nicht, dass Monika keine Männer kennen lernt, wenn sie in ihrem Wortschatz an Urteilen wie »kindisch« festhält. Während sie mit Mama telefoniert hat, habe ich in ihren Sachen gestöbert.

»Was ist denn das für eine Platte?«

»Die gehört Annelie.«

»Diana Ross? Hörst du jetzt etwa nur noch Discomusik?«

»Ich hör sie nicht ... Sie hatte sie mit.«

Und Diana Ross fliegt raus, als John Lennon in der Nähe von Dakota von einem Verrückten erschossen wird. Monika ist total am Ende. Ich selbst bin abgehärtet, seit Ronnie Petterson vor zwei Jahren in Monza von der Bahn abkam und an einem Blutpfropfen im Herzen starb, weil die italienischen Ärzte in ihm herumschnippelten, bevor sie das Blut entfernten. Die Platten von den Beatles und Lennon landen ganz vorne in Monikas Plattenstapel, drehen sich rund um die Uhr auf dem Plattenteller.

»Kannst du es nicht was leiser stellen?«

»... imagine there's no heaven ...«

»Fang jetzt nicht wieder an zu flennen!«

»... it's easy if you try ...«

Von ihrem ersten Lohn im Reveny lädt Monika mich nach Kopenhagen ein. Weihnachtseinkäufe. Wir laufen den Strøget rauf und runter, glotzen Sachen an, glotzen Klamotten an, schaufenstershoppen, glotzen noch mehr Sachen im *Magasin* an, bekommen kalte Füße und drängeln uns durch urlaubende amerikanische Blauhaartanten und verkaterte Norweger, die ein paar Stunden Landgang haben, ehe sie mit der Fähre nach Oslo zurückkehren, das Gepäck voller Bacon und Wurst, Pelzdamen, die mit kleinen putzigen Tüten mit den diskreten Emblemen der Modehäuser aus dem Speisesaal des d'Angleterre trippeln, eccoalternative Bärte, es raucht in der Kälte aus den Mündern wie leere Spruchblasen, und Sänger vor der Vor Frue Kirke mit White

Christmas im Maul und noch mehr Sänger am Gammeltorv, mit Jingle Bells im Repertoire, und Grönländer und Pudelmützen und Festtagslichter und Pakete unter den Armen, Jongleure, heulende Kinder, Daunenjackengangs, es ist Weihnachten in der Hauptstadt des Nordens, das bedeutet Hetze und Schweiß und Kinderwagen und Weihnachtsmänner, die keck ihre Glocken bimmeln lassen, und Glühweinstände im Freien, die der Stadt erst den richtigen kontinentalen Anstrich verleihen, bei dem den Schweden vor Fernweh die Knie schwach werden, Schweden, die über den Sund gereist sind, um Schnäppchen in dänischer Monopolvaluta zu machen, es bedeutet Kirchenvertreter mit scheppernden Büchsen, und es bedeutet Penner, die ebenso trostlose Anstrengungen unternehmen, um ein paar Kröten zusammenzukratzen; und Flaneure, Poseure, Charmeure, all das betrachten wir mit großen Augen, bis wir vollkommen ermattet in der keuchenden, weiterdonnernden Herde stehen und in ein Café im Vimmelskaftet fliehen und heiße Schokolade mit Schlagsahne bestellen.

Monika wischt sich mit dem Handrücken den Sahneschnäuzer ab:

»Wir fahren erst wieder nach Hause, wenn wir etwas für Mama gefunden haben.«

»Sie wünscht sich doch nie was!«

Aber Mama soll diese Weihnachten etwas bekommen, das sie gebrauchen kann, etwas Aufmunterndes, jetzt ist Schluss mit den Verrücktheiten, die sich in den Schränken zu den Pfadfinderschnitzereien und Topfuntersetzern aus Indianerperlen gesellt haben: Weinkaraffen, Eisen zur Zubereitung warmer Sandwiches, Teetassen mit maritimen Motiven, Flaschenständer zur Befestigung an der Wand, unbenutzbare Dinge, die in ungeöffneten Verpackungen aufbewahrt werden.

»Oh nein«, behauptet Mama verlegen, als wir sie darauf ansprechen, eine gutmütige Art, sie ein bisschen aufzuziehen. »Manchmal benutze ich sie auch. Aber ich bin sehr vorsichtig mit den Sachen, die ich von euch bekomme.«

»Du weißt doch gar nicht, wo du sie hast!«

»Nicht?«, erwidert sie und holt den Topfuntersetzer aus Indianerperlen heraus.

Denn Mama hält Ordnung bei den Verrücktheiten.

Jetzt aber. Wir strengen uns so an, dass wir beinahe platzen. Entscheiden uns, brauchen aber eine Viertelstunde abkühlenden Nachdenkens im Schnee draußen auf dem Strøget, große Flocken, die zu Schneematsch werden, sobald sie auf der Erde landen, ehe wir wieder in Illums Bolighus zurückkehren und mit Begeisterung beobachten, wie die Verkäuferin das größte Modell des Geschenks des Jahres einpackt, die moderne Bratpfanne mit Glasdeckel, die eine Vorführerin eingehend demonstriert hat. Perfekt gebratene Eier.

Mama packt sie misstrauisch aus:

»Teflon?«

»Du kannst ohne Butter braten«, sage ich. »Das ist viel gesünder.«

»Damit du dein Gewicht halten kannst«, ergänzt Monika.

Mama hat noch nie Probleme mit ihrem Gewicht gehabt. Ihr Problem ist zu viel Krimskrams in den Schränken.

»Tatsächlich? Nun ja, vielen Dank.«

Aber Mama lässt sich nicht sofort überzeugen, trotz der umfangreichen Broschüre mit Tipps und Informationen, die beiliegt. Sie benutzt weiterhin die alten gusseisernen Pfannen, die sie einmal von Großmutter bekommen hat. Aber die Teflonpfanne darf auf der Spüle stehen bleiben, und als nach den Feiertagen der Arbeitsalltag wieder beginnt, probiert sie die Pfanne aus und serviert Hackbraten ohne Bratbräune. Sie sagt nichts, sie kippt die gedünsteten Zwiebeln auf die Bratenstücke anstatt daneben.

Das letzte Mal, das wir dieses Weihnachtsgeschenk sehen? Nein, denn Mütter kapieren, wenn ihre Kinder sich so angestrengt haben, dass sie beinahe geplatzt wären. Mama benutzt sie auch weiterhin – mit Butter.

»Ist die nicht gut, Mama?«

»Doch, fast so gut wie die alten.«

Also Gymnasium. Gesellschaftswissenschaftlicher Zweig, weil der Berufsberater des Arbeitsamts eine Schwäche für den Zeitgeist hat und garantiert, dies sei der kürzeste Weg zu den Jobs mit Zukunft, die Borgarschule und das Gefühl, sein ganzes Leben lang immer wieder von vorne anzufangen, und dies zwei Schritte hinter Monika zu tun, alles neu zu lernen, fabrikartige Gebäude, 1500 Schüler, und ich lande in einer Klasse, in der ich außer Laila niemanden kenne, aber sie hat noch nie gezählt und tut es auch jetzt nicht. Ich lerne andere in der Klasse kennen, bekomme neue Freunde aus Bellevue, Slottsstaden und Limhamn mit den verniedlichenden Namensformen der wohlhabenden Schicht: Didde, Jacke, Pirre, Todde, Ludde. Ich bringe meinen Schwur aus der Mittelstufe mit und kann dank des Gefühls der Klassenlosigkeit plötzlich den Hebel umlegen und ein anderer werden, den schweren Rucksack, der voll geladen mit Herkunft, Geschichte, Mangel an Selbstvertrauen war, an den Nagel hängen, jetzt heißt es Thank You and Good Bye zum alten Johan und willkommen im Spiel zum neuen, der die Rolle des Menschen übernehmen kann, der er gerne wäre.

»Seve Ballesteros«, sagt Jakob.

»Wallenberg«, wählt Didrik.

Sie wollen keine anderen Rollen übernehmen – wir reden nur darüber, wessen Bild wir in den Schülerausweis kleben sollen, denn nur Langweiler nehmen ein Foto von sich. Die Kunst besteht darin, etwas Freches und Provozierendes zu nehmen, aber nicht so frech und provozierend, dass man aus dem Speisesaal verwiesen wird – Linda Lovelace, Der Hulk, Arnold Schwarzenegger, Frank Sinatra.

»Der Dalai Lama«, sage ich.

»Der Dalai Lama?«

»War ein Witz. Wir wär's denn mit Tony Curtis.«

Vertrauensschüler in der Klasse. Entschuldigungen schreibt man sich selber, mit fantasievollen Erklärungen dafür, warum man sich morgens verspätet hat oder erst gar nicht anwesend zu sein behagte: Gegenwind, akuter Gehirnverlust, Cirrhosis hepatis – und neue Fächer, die es anzupacken gilt, Betriebswirtschaftslehre, Rechtskunde, Schreibmaschineschreiben und zwei neue Sprachen, die Sprache der Finanzwelt und Spanisch, das Idiom des Pauschaltourismus und von Julio Iglesias, und wenn man schon kein Ass in Französisch war, macht es eine weitere romanische Sprache mit ähnlichen Verbformen auch nicht leichter, im Französischen wird, wenn es hochkommt, die Hälfte des Wortes gesprochen. Im Spanischen soll jede einzelne Silbe deutlich zu hören sein. Das kommt sich in die Quere. Und die Eigenverantwortlichkeit für Entschuldigungen hat auch ihre Nachteile. Nach dem ersten Halbjahr kehrt Mama von einem düsteren viertelstündigen Gespräch mit meinem Klassenlehrer zurück:

»Jetzt musst du dich allmählich etwas zusammenreißen, Johan.«

Also mache ich meine Hausaufgaben, die erste Lektion, die lautet: Taff sein wird nicht länger belohnt. Die Energie, die man auf dem Hof darauf verwandte, sein Revier zu behaupten, die Kriegsspiele und die Zweikämpfe im Fußball zu gewinnen, all die Energie, die auf der Dammfri dafür draufging, sich aus Unterdrückung und Erniedrigung herauszuwinden, wird nun dahin kanalisiert, hipp zu sein, die richtigen Ansichten zu vertreten, *interessant* zu sein. Die schwarzen Schafe sind aussortiert. Jetzt heißt es pauken und gleichzeitig frech sein, Mädchen und Feten *und* Noten, aber nicht *zu* gute Noten, nicht *zu viel* pauken, nicht auf die *falsche Art.*

Ein neuer Drahtseilakt. Jetzt gelten andere Bedingungen fürs Überleben, für das Durchschlängeln, eine Art Streetsmartheit, ohne aus der Gosse zu kommen, wie Slang ohne das Vokabular der Straße, A walk on the mild side.

Theater.

Es muss immer eine geben, die unerreichbar ist, und in der Borgar heißt sie Sonja, hat glatte blonde Haare und ist das Sportmädchen, der Backfisch und der Siamese ohne Zwilling in schöner Eintracht, das Mädchen, zu dem man auf Distanz bleibt, chancenlos, wie man ist, aber so lange man sich ihr nicht nähert und riskiert, sich zu blamieren und von ihr mit mörderischer Verachtung gestraft zu werden, kann der Traum von ihr weiter genährt werden. Sie ist unser Gesprächsthema im Poolhaus bei Jakob in der Caritasgatan in Bellevue, und Jakob gehört nicht zu denen, die schon im Voraus die Flinte ins Korn werfen.

»Am Wochenende«, sagt er glaubensstark.

Dann wird nämlich im Golfclub von Falsterbo ein Fest gefeiert, 120 Personen, und Jakob und Didrik gehen hin, und Sonja.

»*Alle* gehen hin«, sagt Didrik.

Und Jakob:

»Hauptsache Sonja kommt, die anderen sind mir egal.«

»Das wird ein Fest!«

»Kann man mitkommen?«

»Was hast du gesagt?«

»Kann man mitkommen?«, wiederhole ich.

Wir haben es uns auf Liegestühlen bequem gemacht, mit Coca-Cola in hohen Gläsern und Supertramps *Breakfast in America* auf der Bang & Olufsen-Anlage mit verdeckten Boxen. Mich hat es an den einen Rand verschlagen. Didrik setzt ein Pokerface auf, aber ein geübtes Auge und sensibles Wahrnehmungsvermögen, das zu erkennen gelernt hat, ob man erwünscht ist oder nicht, registriert eine Schattierung in seinem Gesichtsausdruck, eine tausendstelsekundenschnelle Verschiebung, die verrät, dass er es ungern sähe, wenn eine Person mit dem Hippfaktor null Komma null zum Fest mitkommen würde. Aber er ist gut erzogen.

»*Willst* du mitkommen?«

»Nun ja ... wenn es okay ist.«

»Klar kommt er mit«, meint Jakob. Er zählt mir an den Fingern auf: »Begrüßungsdrink, Dreigängemenü, alle Getränke inklusive.«

»Was kostet es?«

»Fünfhundert.«

»*Fünfhundert*?«

»Klar, die sind doch nicht die Heilsarmee.«

»Dann muss ich erst mal sehen, ob ich kann.«
»Natürlich kannst du. Das ist die Gelegenheit.«
»Aber ist das nicht ganz schön teuer?«
Falsche Replik! Johan, eine andere Rolle zu übernehmen, ist nicht so leicht, wie du glaubst. Die Bourgeoisie fragt nicht danach, was es kostet. Was ist aus deiner Fantasie und deinen schlagfertigen Einfällen geworden? Hier herrscht ein anderer Schnack, Junge, Schluss mit dem Fotzengerede, den Eisengrogs bei Regen im Park, dem Gejohle über Carina mit einem nackten Hintern in Kopenhagen und Lasses Weichzeichnerfotos an der Wand. Welche Gedanken schwirren durch Johans Schädel? Von Mama klauen? Porsfyr? Hör auf! Let's get serious. Das schnallt auch Johan, denn er ändert seine Meinung:
»Ich komme mit.«
»Supi!«
»Aber das Geld ...«
»Keine Sorge. Du kannst da bezahlen.«
Und Didrik versichert:
»Ich ruf noch heute Abend an und melde dich an.«
»Aber wie kommen wir dahin?«
»Taxi«, antwortet Jakob.
»Nach Falsterbo?«
»Ja und? Aber wenn Vater nach Hause gekommen ist, kann er uns hinfahren.«
Didrik schenkt Coca-Cola nach.
»Ist er noch immer in Saudi-Arabien?«
»Macht er da Urlaub?«
»Urlaub in Saudi-Arabien? Nee, wohl kaum. Er hat ein Hotel entworfen, dass da unten gebaut wird.«
Didrik wendet sich an mich:
»Was macht denn dein Vater?«
Eine sprachliche Distinktion, die der ethnografisch bewanderte notiert: Mutter/Vater gehören zu einer Wortwahl, die anderen Teilen der Stadt entsprungen ist, als den mir bekannten, zu denen (ergänzt durch ein bestimmtes Benehmen, z. B. am Essenstisch:

um die Butter zu *bitten,* statt sich nach ihr zu recken) jetzt eine Brücke geschlagen werden muss, eine kleine, aber deutliche Abweichung von der Hauptlinie Mama/Papa in unserer Siedlung, während die Nachbarsiedlung, wo Alte/Alter die vorherrschende Bezeichnung für die Eltern ist, sich noch eine Stufe tiefer auf der soziallinguistischen Skala befindet. Es gibt so manches, was jetzt nicht auf den Tisch kommen sollte, Olof Palme im Stadion, ein Schwesterherz, an dessen Wand früher Che hing und das gegen Atomenergie demonstriert hat, eine Mutter mit Akkordarbeit, verschlissenen Schultern und einer Umschulung im Gepäck – es ist eine lange Reise in einem einzigen Atemzug:

»Vater? Er ist Verkaufsleiter.«

»Für was?«

»Was Bautechnisches. Er reist viel, ist fast nie zu Hause.«

»Meiner reist auch ständig«, erwidert Didrik. »Um sich mit den Lieferanten in Deutschland und den USA zu treffen.«

Die Platte ist zu Ende. Jakob steht auf und dreht sie um, stellt ein bisschen lauter. Die Längswand besteht aus großen verschiebbaren Glaselementen, und ich könnte mir vorstellen, dass sich ein pensionierter Hausmeister um den pedantisch umhegten, wie eine Parkanlage gepflegten Garten kümmert, der seiner Arbeit nachgeht, wenn die Familie nicht zu Hause ist und so von seiner Anwesenheit nicht gestört werden kann, für ein paar Hunderter in einem Umschlag, der zusammen mit zwei Flaschen Bier im Geräteschuppen hinterlegt wird, jetzt ist meine Fantasie richtig auf Touren gekommen, und ich denke, dass ich eines Tages auch so leben werde. Ich sage:

»Meine große Schwester hat bald ihr Medizinstudium abgeschlossen.«

Es kommt Bewegung in den einen Liegestuhl, Didrik, der sich wieder zu mir umdreht:

»Mein Bruder studiert auch in Lund.«

»Das Grundstudium hat Monika in Uppsala absolviert. Das ist da besser.«

»Ich dachte, das wäre umgekehrt«, meint Jakob.

Aber ich schüttele nur den Kopf und fahre fort:

»Sie will sich spezialisieren. Auf Neurochirurgie. Oder in die Forschung gehen.«

»Mit Forschung lässt sich bestimmt nicht viel Geld machen.«

»In Schweden vielleicht nicht. Aber im Ausland.«

»Wenn überhaupt, dann in den USA«, sagt Didrik.

»Das denkt Monika auch. Aber sie hat sich noch nicht entschieden, wo sie hingeht.«

Jakob:

»Stellt euch vor, zum Arzt zu kommen, und dann ist es Sonja, die einen untersuchen soll!«

Aber Sonja macht auf dem Fest in Falsterbo keine Doktorspiele mit Jakob. Er könnte praktisch jedes andere Mädchen flachlegen, er ist es gewohnt, zu bekommen, was er will, Sonja ist es, die er haben will, Sonja ist es, die er niemals bekommen wird. Sie lächelt und geht ihres Wegs. Und ich? Tja, ich zeige den Sprösslingen des Bürgertums, wie man *feiert,* und erlange dadurch ihre Gunst – ist man apart genug, passt man dazu, wird keiner von ihnen, aber eine spaßige Figur, die der Veranstaltung den letzten Schliff gibt, ein Maskottchen, das man wieder einladen wird, weil es amüsiert, auf den Knien auf der Erde und mit den Schuhen auf dem Tisch ist, die Krawatte als Stirnband. Auf ex!

Außerdem wird die Klasse für das Schuljahrbuch fotografiert, das diejenigen unter uns, die als Austauschschüler jenseits des großen Teichs gewesen sind, ebenso importiert haben wie andere Geschmacklosigkeiten: Turniere in American Football zwischen den Gymnasien der Stadt und Jacken, auf deren Rücken der Name der Schule aufgedruckt ist.

Didrik posiert vor der Kamera in einem grauen Flanellanzug mit Weste und Uhrkette auf dem Bauch und einem Anachronismus um den Hals: einer roten, gehäkelten Krawatte, und wird von einem herzlichen hämischen Gelächter und einer Platzierung an der Flanke empfangen, damit ja niemand seinen Aufzug verdeckt.

Der Fotograf versucht dem mürrischen Haufen ein Lächeln zu entlocken:

»Ist das hier ein Großhändlerkongress?«

Bekommt kein Lächeln von Didrik:

»Machen Sie jetzt endlich Ihr Foto, oder was ist?«

Didrik, eine Karikatur, aus der man nicht schlau wird, Spinnenbeine unter einem runden Oberkörper, bestellt Hochglanzkataloge aus Taiwan und Hongkong mit Artikeln, für die er sich als Generalagent bewirbt, lässt auf seinen Namen eine Firma eintragen, Briefpapier mit einem selbst entworfenen Logo in einer Ecke drucken, und auf diesen Briefbögen formuliert er lange, förmliche Briefe an »Dear Sirs« und bittet um »samples« und »your best price«, und mit der Post kommen nach Monaten fieberhaften Wartens multifunktionale Plastikprodukte (wie Kamm, Spiegel und Taschenrechner in einem) und Konservendosen mit Erde, die zischgeöffnet und getränkt werden sollen, damit in ihr verborgene Samen keimen können. Ein Jerry William, nur mit dem Unterschied, dass Didrik seinen Vater mit einem dicken Portmonee und einer eigenen Firma im Rücken hat, den Erfolgreichen spielen kann und »die Geschäfte« als Vorbereitungen für die Zeit sieht, wenn er es »big« machen wird. Nicht unbedingt erfolgreich bei den Mädchen, dieser Didrik, aber ein Genie in Betriebswirtschaftslehre und mit einem Drive, der garantiert, dass er Erfolg haben und in die Fußstapfen seines Vaters treten wird.

Wir stehen nach dem Fototermin auf dem Schulhof und zupfen am Stoff seiner Direktorenausrüstung.

»Verdammt, Dirre, du siehst aus wie ein richtiger Pferdehändler.«

»Hast du schon ein paar Klepper verkauft?«

»Jetzt hört doch endlich auf!«

Aber dann kommt die Frage auf, was man tun würde, wenn man plötzlich eine Million hätte.

»Investieren«, schlägt Didrik vor. »Oder eine Firma gründen.«

»Du hast schon eine Firma. Wie wäre es mit moderneren Klamotten?«

»Eine größere Firma, meine ich.«

Aber Jakob:

»*Eine* Milion ist gar nichts. Es müssen schon zehn Millionen sein, wenn es sich lohnen soll.«

»Die würde ich auch investieren. Dann kann man nachher von den Zinserträgen leben.«

»Mit zehn Millionen«, sagt Jakob, »würde ich ein Flugzeug mit Whisky und Bräuten füllen und überallhin fliegen.«

»Und dann?«

»Weiterfliegen.«

»Würdest du nichts für deine Eltern kaufen?«

Das ist meine Frage, denn ich denke, ich hätte dafür gesorgt, dass Mama etwas Besseres bekommt, und Monika, nachdem ich genug für mich selber auf Seite gelegt hätte.

»Was denn?«

»Ein Haus zum Beispiel.«

»Sie haben schon zwei. Was sollen sie mit noch einem?«

Doch dann werden die Voraussetzungen geändert – was würden wir tun, wenn es hundert Millionen wären? Schwere Frage. Zehn sind viel. Hundert sind unfassbar viel, so als würde man versuchen, die Unendlichkeit des Weltraums zu erfassen. Ich habe keine Ahnung, was ich damit gemacht hätte. Mama etwas mehr geschenkt, natürlich, ein Ferienhaus am Meer und ein neues Auto, und eins für Monika, und Geld für Fahrstunden, damit sie nicht mehr mit dem Zug nach Lund fahren muss. Didrik würde auch hundert Millionen investieren, die Firma jedoch sein lassen, denn die Kapitalgewinne würden ausreichen. Während Jakob weiterhin mit einer Fracht aus Alkohol und Frauen durch die Gegend fliegen würde.

»Und wenn es eine Milliarde wäre?«

»Ein größeres Flugzeug und noch mehr Weiber.«

»Aber immer an die gleichen Orte fliegen?«

Bedenkzeit. Dann:

»Ja, daran ließe sich wohl nichts ändern.«

Doch wenn ich heute, als 37-Jähriger, in dem eselsohrigen,

verschmierten Schuljahrbuch blättere, ist es nicht das Bild eines jungen begüterten Großhändlers, bei dem ich verharre, ein Bild, über das ich mittlerweile mit einer Portion Mitleid lächeln kann, der arme Irre, sondern ein Junge aus dem gesellschaftswissenschaftlichen Programm, der den Blick gesenkt hat, der sich in seiner Haut offensichtlich nicht wohl fühlt, und ich erinnere mich daran, wie er an uns vorbeischlurft, die wir auf dem Schulhof stehen, in seiner abgewetzten Jeans, einem Sweater mit Aufdruck und Turnschuhen, die außer ihm kein Mensch mehr trägt in einer Zeit, in der gestreifte Hemden mit weißen Kragen, ein zwei Finger breiter Schlips und eine Krawattennadel in Mode sind. Denn auch Roger hat es in die Borgarschule verschlagen, aber er bleibt die meiste Zeit für sich allein. Wir reden nur noch selten miteinander. Im Grunde haben er und ich noch nie viel miteinander geredet. Er streicht an den Wänden entlang, den Blick starr nach unten gerichtet, ein Streber, der seine ständig kaputte Schultasche trägt, und wenn wir uns einmal begegnen, Roger, alleine in einem Schulflur, morgens bei den Fahrradständern, wenn unsere Bahnen sich zufällig kreuzen, sagst du:

»Wie geht's?«

Und ich schlage zu mit:

»Supi!«

Woraufhin du mich mit verständnisloser Miene ansiehst: Ich habe mir ein Beispiel an Jakob und Didrik genommen, die sich über den breiteren schonischen Dialekt lustig machen, den unter anderem du sprichst, Roger, du solltest alle zwingen, ihm zuzuhören, so wie du mich heute, da ich eigene Kinder habe, in den Nächten heimsuchst und mir erzählst, was für ein Gefühl es ist, als 14-Jähriger gezwungen zu werden, einer Missgeburt wie Porsfyr einen zu blasen, auf die Knie gezwungen zu werden, weil wir, die wir die Drohungen hörten, nicht einzugreifen oder etwas zu sagen wagten, die Scham, die verhindert, über so etwas zu Hause oder auch nur untereinander zu sprechen, außer in Form von Andeutungen und harten verbalen Tacklings, ich denke daran und an all das, was in Örebro und in Belgien und andernorts in dieser kranken Welt geschieht, die Bilder, die im Internet zugänglich sind, der Sextourismus, wenn ich dich manchmal im Fernsehen sehe, einen Blick auf dich hinter den Ministern Sahlin oder Rosengren erhasche in dem Superministerium, in dem du Experte geworden bist, korrekt gekleidet, mit Seidenkrawatte und einem festen Blick ohne Spur von dem, was damals geschehen ist, oder hast du das ständig auf der Netzhaut, was mich manchmal völlig durchgeschwitzt aufwachen lässt, wie viele Nächte hat es dich wach gehalten? – es ist offensichtlich, dass dich der Wille zur Revanche antreibt, dass du niemals die gleiche innere Spaltung fühlst wie ich, weil du nur allzu gut weißt, woher du kommst, wo du zu Hause bist und wohin du unterwegs bist, und deine Geschichte muss Gehör finden, ebenso dumpf über der Stadt erklingen wie die Glocken der Sankt Petri Kirche, in diesem ganzen Land erschallen, das dabei ist, seiner Unschuld beraubt zu werden, du trägst deine geflickte Tasche durch die Schulflure, krümmst den Rücken, wenn du über den Schulhof schlenderst und in meine Richtung schaust, der ich mit Jakob und Didrik zusammenstehe, um Kontakt zu bekommen, einen Blick, ein Nicken, duckst dich mit hochgezogenen Schultern unter der Peitsche, die du vermutlich mittlerweile eher selber schwingst als dein Vater. Denn dein Vater hat in letzter Zeit ziemlich zahm ausgesehen, von der Sauferei einen entscheidenden Knacks abbekommen, hockt meistens in eurer Wohnung mit dem Stadtplan auf dem Schoß vor dem Polizeifunk und macht deiner Mutter das Leben schwer, aufgedunsen, auf Strümpfen, mit dem Handtäschchen ums Handgelenk schlurft er verwirrt um neun Uhr morgens zur Post, um sein Krankengeld abzuholen. Deine eigene Peitsche, denn letzten Endes hast du dich von einer Außenseiterposition in eine andere bewegt.

Didrik sieht Roger:

»Was für ein Loser. Ist das ein Kumpel von dir?«

»Soll das ein Witz sein?«

»Er hat dich gegrüßt.«

»Tatsächlich?«

Und Jakob:

»Da seht ihr einen Typen, der niemals Millionär werden wird.«

Außer Roger gibt es noch andere, denen ich aus dem Weg zu gehen versuche. Die Frühlingsluft flutet zur Balkontür herein, die einen Spaltbreit aufsteht, und trägt das Geräusch einer Maschine zu mir hinauf, die Lasse unten im Wendehammer frisiert, wahrscheinlich hat er sie irgendwo gefunden, eine 500 Kubik, er baut den Motor auseinander und anschließend wieder zusammen und ruft Janis etwas zu, der ihm die Werkzeuge anreicht und fast ein Jahr unsichtbar gewesen ist: meldete sich im Gymnasium an, ging anschließend nach Hause und legte sich auf die Küchenbank, wo er seither gelegen hat, und nun vom Frühling herausgelockt worden sein muss, der in diesem Jahr ungewöhnlich warm ist. Er steht mit hängenden Armen herum, glotzt apathisch, sieht ehrlich gesagt dem »Passgänger« ziemlich ähnlich. Ich stehe hinter der Gardine und schaue hinaus. Lasse gibt Gas, es knattert ohrenbetäubend und raucht blau aus dem Auspuff.

Mama sitzt mit Frau Havlicek in der Küche. Frau Havlicek mit einem Stofffetzen um den Kopf macht sich Sorgen um ihren Schwager, der arbeitsloser Konzertpianist ist und mit seinem Bruder manchmal auf Empfängen, Hochzeiten und Geburtstagsfeiern spielt, aber die Lust daran verliert, wenn er keinen neuen Job findet, tschechische Musiker können in Prag so berühmt sein, wie sie wollen, in Schweden wird ihnen nichts geschenkt. Und Mama hat ihre eigenen Sorgen, will mich im Sommer arbeiten sehen, und ich brauche jetzt auch Geld, für Platten, Klamotten, Feten, für die Interrailtour, die ich nächstes Jahr mit Didrik und Jakob machen will.

Als ich in die Küche komme, sagt Frau Havlicek:

»Bist du geschickt?«

»Johan kann sehr gut malen und schreinern«, antwortet Mama.

»Kannst du auch Rasen mähen? Der Annebergsgård sucht einen Hausmeister für den Sommer.«

Und Mama betet den Glaubenssatz herunter, den sie vom Johannesgård mitbekommen hat:

»Wir wollen dir nicht zur Last fallen.«

Aber Frau Havlicek kennt den schwedischen Nationalcharakter nicht, die Furcht, jemandem zur Last zu fallen und nötigen zu müssen.

»Ich freue mich doch, wenn ich etwas tun kann. Ich werde fragen.«

»Aber euer Schwager?«

»Er ist *Musiker.*«

Ein Job in einer Bank war das, was ich mir vorgestellt hatte, einen Fuß in die Tür zu bekommen, auch wenn es bedeutet hätte, drei Monate lang an der Kasse zu sitzen und Kleingeld zu zählen und Schecks einzulösen. Rasen mähen? Im Annebergsgård, dem Altersheim für Beamte, an der Ecke Pildammspark und Krankenhausgelände? In den Blumenbeeten wühlen und Sträucher stutzen, Rosen beschneiden, Mülleimer leeren, eimerweise Haare und ekligen Schleim aus Abflüssen herausholen und mit dem ganzen Arm in die Toilette gehen, weil die alten Schachteln vergessen haben, abzuziehen. Der Rasenmäher ist ein Traktor mit breiten heb- und senkbaren Schneideaggregaten und einem Salzstreuer für den Winter am Heck, macht acht Kilometer in der Stunde auf den Geraden und mit kreischendem Motor. Wenn die Sonne scheint, ist es glühend heiß in der Fahrerkabine, und das ist es übrigens auch sonst. Es dauert einen ganzen Tag, über die riesigen Rasenflächen zu kriechen. Einmal die Woche steht das an.

Ich lerne den Job von Josef, einem weißhaarigen Original, einem Schrott-Träumer, der in den Blumenbeeten auf den Knien hockt und mit den Kaninchen redet, sie mit Salatblättern und klein geschnippelten Möhren füttert, über die staatlichen Alkoholläden schimpft, die in diesem Sommer probehalber samstags geschlossen bleiben, und die Container und Müllräume auf der Suche nach »Schnäppchen« durchforstet, die er auf seinen Gepäckträger lädt und zu seinem Vorderhaus in Sofielund tritt. Der Garten ist eine Pracht. Die Jobs im Haus überlässt Josef mir.

»Es geht um das Scheißhaus der Lundberg, bringst du das in Ordnung?«

»Jetzt? Es ist fast vier.«

»Na ja, dann machen wir wohl mal Feierabend. Wenn sie es verstopft hat, muss sie eben einhalten.«

Josef und Spülkastenschwimmer. Alte Schachteln und aufgerissene Arbeitshandschuhe. Mittagessen und Nachmittagskaffee im Personalraum der Küche und Frau Havlicek, die auf der Arbeit, wo ihr Mann sie nicht sieht, raucht.

Morgens vor sechs aufstehen, um zu entdecken, dass man, ganz gleich, wie alt man werden mag, immer der Sohn seiner Mutter bleiben wird – Mama greift auf eine alte unangenehme Gewohnheit aus ihrer Zeit in der Strumpffabrik zurück: schwingt sich in der gleichen Sekunde aus ihrer Koje, in der das Wecksignal ertönt, das aus dem scharfen Knallen des Briefeinwurfs besteht, wenn der Zeitungsbote die Zeitung einwirft, und kocht Kaffee, den sie trinkt, während die Zeitung aufgeschlagen den ganzen Tisch bedeckt, aber Mama muss um diese Uhrzeit nirgendwohin, sondern ist nur aufgestanden, damit ihr Sohn, der mit trüben Augen und Kissenabdrücken auf der Wange auf seinen Platz stolpert, sich pünktlich auf der Arbeit einfindet – es sind immerhin 300 Meter dorthin, mein Gott – und vorher ein ordentliches Frühstück bekommt – die Brote sind schon geschmiert.

Er beginnt seine Schicht damit, auf einem Hocker sitzend, zu schlafen, in der hintersten Ecke des Kellerverschlags, in dem die Werkzeuge verwahrt werden, und bei ausgeschaltetem Licht.

»Was zum Teufel ...!«

Josef verfügt trotz seines zurückhaltenden Wesens über genügend Kraft für eine verblüffend schnell entbrannte Wut, als er den Möchtegernhausmeister hinter den Persiennen findet, ihn in stehende Position reißt und ins Tageslicht hinaustritt, wo der Morgen in vollem Gange ist.

Denn der junge Hausmeister ist müde, unendlich müde in den

ersten Wochen seines Dienstes, zieht in den Kellergängen die Beine hinter sich her und schleicht auf den Speicher, verbringt Stunden damit, zu fantasieren, in welchen Salons die Möbel, die nun unter schützenden Laken auf dem Dachboden verwahrt werden, einmal paradierten, bei welchen Festen; Tagträume, Halbschlummer, all seine Energie geht doch für sein Wachstum drauf, er hat Visionen, nimmt es bis zum Mittagessen mit seinen Arbeitsaufgaben nicht so genau, holt danach endlich den Tag ein und beginnt tatsächlich, etwas zu leisten.

So ist es also, arbeiten zu gehen, so sehen vierzig Jahre im Querschnitt aus, die Gedanken wandern zu Mama in der Strumpffabrik, dass sie das aushielt, es ist ein einschläfernder Trott zwischen sieben und vier, die Konzentration darauf gerichtet, was *nach* vier geschehen wird – nichts, denn man hat keine Kraft mehr und muss früh ins Bett, um auch am nächsten Tag wieder aufstehen zu können, man sitzt auf der Couch und schläft vor dem Fernseher ein, bis man mit einem Freitagsrausch zum Ausschlafen ins Wochenende stürzt – und dann die Sonntagsangst vor dem Montagmorgen. That's life.

Eine Woche lang schneidet der Möchtegernhausmeister mit einer schwächelnden elektrischen Heckenschere die lange Hecke längs des Rättsvägen, wo der Strom der Kockumarbeiter inzwischen fast versiegt und durch Chilenen ersetzt worden ist, die auf dem Hin- oder Rückweg von Kroksbäck sind. Und mitten in diesem Tun und Fluchen über das verdammte Kabel, das sich andauernd zwischen den Schneiden verfängt und wieder zusammengeflickt werden muss, wird ihm schlagartig bewusst, wie sehr er den Wald um den Johanneshof vermisst, die Spiele auf dem Hof und das Angeln, das Bauen von Hüttchen, mit Großvater in der Scheune zu sein, Großvaters Patinapranken, von denen er selber meilenweit entfernt ist, er hat Schreibtischfinger mit ängstlich abgekauten Fingernägeln, Großvater mit dem Hammer, Großvater auf der Leiter und er selber darunter, was würde Großvater sagen, wenn er ihn jetzt sehen könnte, und Großmutter, manche der alten Schachteln hier erinnern ihn an sie. Sie sind süß, lieben es, einen ganzen Nachmittag damit zu verplempern, zusammenzustehen und darüber zu diskutieren, wie man Rosen beschneiden soll, gleich unter der Knospe, sobald sie verblüht ist, bieten einem manchmal etwas zu trinken an, wenn man ihren Abfluss frei gemacht hat, stecken mir einen Zehner zu, ehe ich mit dem Aufzug nach unten verschwinde wie ein unsichtbarer dienstbarer Geist. Aber die alten Knacker ... man hat Angst, es ihnen nicht recht zu machen, seine Arbeit nicht ordentlich zu machen, es kommt der Knecht zum Bauern, der gemeine Soldat zum Major ... die früher Vorarbeiter waren, sind ganz in Ordnung, wissen, wie es ist, mit beiden Beinen fest in der Scheiße verankert zu stehen, aber je höher in der Geschäftsführung die Alten gesessen haben, desto verbitterter sind ihre Gesichter, desto härter ihr Ton den Hausmeistern gegenüber, oder der Putzfrau, die kein verständliches Schwedisch spricht, dem Personal im Speisesaal, denn wir sprechen hier von einer Abstraktion, nicht wahr.

»Wenn ihr sparsamer gießt, läuft das Wasser auch nicht über die Platten!«

Das ist der alte Ehrensvärd, der pausenlos darauf herumhackt, wie der Garten gepflegt wird, dass sein Auto staubig wird, wenn wir den Traktor aus der Garage setzen, dass man ihn nicht höflich genug behandelt, dass mir die Haare in die Augen fallen, dass – und meine Geduld ist am Ende, und ein Kanon verschafft sich Gehör in meinem Inneren, ein Chor, der aus Mamas Stimme, Monikas, Rogers, Åsas, Herrn und Frau Havliceks besteht, ja, die ganze Siedlung stimmt an, vereinigt sich in meiner Stimme zu einem unkontrollierten, atonalen:

»Verknöcherter Idiot!«

Und die Schaufel landet im Dreck, und ich nehme meinen Abschied, bin jedoch zu Hause noch gar nicht richtig zur Tür herein, als auch schon das Telefon schrillt, und der Geschäftsführer:

»Du hast zehn Minuten, um wieder herzukommen!«

Die Ungerechtigkeit der Welt verfluchend, wanke ich zurück, und während dieser Golgathawanderung schwöre ich mir, was immer auch geschehen mag, ich werde mich immer daran erinnern, wo ich herkomme, und mir die Zeit nehmen, mit denen zu reden und zu denen freundlich zu sein, die den Müll um einen herum entsorgen, ein paar Worte über das Wetter und die Jahreszeit und die Tabelle der 1. Liga mit ihnen wechseln.

Sechstausend Kronen im Monat und eine grüne Hose aus reißfestem, schweißförderndem Material. Ein nackter Oberkörper und die Sonne, die einem die Schultern versengt. Der Geschäftsführer, der so oft von Ehrensvärd angerufen wird, dass er sein Büro verlassen und die Arbeit mit festen Zügeln lenken muss. Hemd an. Eine Anweisung, die ihm offensichtlich nicht leicht fällt, denn im Grunde ist er eine freundliche Seele und im Gegensatz zu Ehrensvärd selber auch einmal jung gewesen. 25 Grad im Schatten. Ich bin froh, dass Jakob und Didrik den Sommer in den Sommerhäusern ihrer Familien in Falsterbo verbringen, dass sie mich hier nicht sehen können. (Und Sonja im Übrigen auch nicht.) Anders sieht es mit Carina aus, die jeden Tag vorbeikommt, den Sommer über im Krankenhaus arbeitet, als Putzfrau, ziemlich sexy, trägt ein dünnes Hemd unter einer abgewetzten Lederjacke aus dem Secondhand, eine ausgebleichte Jeans und Converselatschen. Scheint mittlerweile auf heftigere Sachen zu stehen als Hesse und Sandemose.

»Und du?«, sagt sie.

»Ich hätte einen Job in der Bank bekommen können, aber hier kann man mit richtigen Menschen arbeiten.«

»Und das sind sie in der Bank nicht, richtig?«

»Was denn, hier kann ich helfen. Wie du im Krankenhaus.«

»Helfen? Ich wische die Böden.«

»Aber du triffst doch bestimmt Leute? Das ist lehrreich.«

»So, meinst du. Es ist ein Scheißjob.«

Carina streicht sich mit der Hand durch ihre strähnigen Haare. Ich hänge mit durchgeschwitztem Hemd auf dem Lenkrad des Traktors. Sie schiebt die Hände in die Taschen der Lederjacke, Lederriemen um die Handgelenke, und das, was uns einmal verband, was wir gemeinsam hatten, was immer es war, ist erodiert, sie ist so überheblich und kühl, so erwachsen, hat einen urbanen Zug im Gesicht, und ich fühle mich, als wäre ich wieder ein scheuer Zehnjähriger. Es besteht keine Veranlassung, die Fete in Bellevue anzusprechen, auf der wir uns vor einem Monat begegnet sind, peinlich für uns beide, randvoll, *was liegt an?* Damals. Jetzt:

»Hast du noch Kontakt zu Cissi?«

»Wir gehen in die gleiche Klasse. Sie ist keine Punkerin mehr.«

»Humanistischer Zweig? Wie ist das?«

»Ich glaub, das wär nichts für dich.«

»Nee, ich will einen Zweig belegen, bei dem man was wird.«

»Na dann, viel Glück dabei, was zu werden. Mach's gut.«

Die Jugend ist banal. Das Alter kann grausam sein. Ich habe nicht vor, alt zu werden, nicht auf eine alte Art, und die Gedanken an Großvater laufen als Wiederholung in meinem Schädel – Großvater, nimm meine Hand!

Nach dem dritten Klingeln öffnet Frau Gröndahl.

»Ja bitte?«

»Ich soll die Toilette reparieren.«

»Was ist denn mit ihr nicht in Ordnung?«

»Keine Ahnung. Aber Sie haben angerufen.«

»Warum sollte ich das getan haben?«

»Den Geschäftsführer.«

»Das verstehe ich nicht.«

»Dann funktioniert die Toilette?«

»Woher soll ich das wissen? Am besten kommst du herein und schaust nach. Aber es muss schnell gehen, mein Mann kann jeden Moment eintreffen.«

Es dauert eine gute Stunde, die Toilette wieder in Ordnung zu bringen, die bis zur Brille mit Papier verstopft ist, das sie abzuziehen versucht hat, mit Gummihandschuhen an den Händen und ohne tiefe Atemzüge. Die Gerüche bleiben einem nachher trotzdem in der Nase hängen und vermischen sich mit dem herrlichen Duft eines Bratens, der im Ofen steht. Eine sorgfältig geputzte Wohnung, fünf Zimmer, Möbel, die unbenutzt aussehen, gekämmte Teppichfransen, Kinder und Enkelkinder, die in Rahmen neben Porzellanfiguren lächeln – wie im Museum.

Ich sehe mich nach der alten Tante um und finde sie im Esszimmer, wo der Tisch für acht Personen gedeckt ist: drei Kristallgläser neben jedem Gedeck, die Kerzen in den Silberständern sind halb heruntergebrannt. In den Suppentellern sind die Servietten zu Schwänen gefaltet. Frau Gröndahl stellt gerillte Butter in kleinen Butterfässern auf den Tisch, Brötchen in einem Korb, dann kontrolliert sie, ob ihre Halskette richtig sitzt. Sie hat ein Kleid angezogen.

»Ich begreife nicht, wo sie bleiben. Du hast sie auch nicht gesehen, oder?«

»Ihren Mann?«

»Und seine Geschäftsfreunde. Ich habe das Mittagessen vorbereitet.«

»Dann haben sie sich aber ganz schön verspätet. Es ist schon nach drei.«

»Solche Geschäftsverhandlungen können sich in die Länge ziehen. Das ist ganz normal.«

»Er hat sich nicht gemeldet?«

»Wie würde das denn aussehen, wenn er wegginge, um zu Hause anzurufen?«

»Sie sind bestimmt schon auf dem Weg.«

»Der Braten ist jetzt sicher trocken.«

»Die Toilette funktioniert jedenfalls wieder.«

»Ist sie kaputt gewesen?«

»Sie war verstopft.«

»Verstopft. Das kann ich gar nicht glauben. Dann hätte ich doch den Geschäftsführer angerufen.«

Frau Gröndahl begleitet mich zur Tür. Sie trägt keine Schuhe an den Füßen.

»Möchtest du vielleicht ein Stück?«

»Ihr Mann kommt sicher bald.«

»Für dich ist auch noch Platz am Tisch.«

»Ich habe gleich frei.«

»Aber einen Moment kannst du doch noch bleiben?«

»Tut mir Leid, ich muss gehen.«

»Gibt es denn gar nichts, womit ich dich in Versuchung führen kann? Nur einen Moment?«

Ich bin schon in den Aufzug gestiegen, als sie vorschlägt:

»Nicht einmal ein kleines Eis?«

Am nächsten Tag mache ich mit Frau Havlicek Frühstückspause. Sie nickt bestätigend, als ich ihr vom Vortag erzähle.

»Das macht sie immer. Kocht es an fünf Tagen in der Woche.«

»Suppe und Braten?«

»Sie backt auch noch. Sie ist, wie sagt man ...« Frau Havlicek schraubt den Zeigefinger an der Stirn.

»Aber dann könnte sich ihr Mann doch wirklich bei ihr melden, wenn er zu spät kommt.«

Frau Havlicek zündet sich eine ihrer heimlichen Zigaretten an und bläst den Rauch zur Decke, bevor sie antwortet:

»Ihr Mann ist vor sechs Jahren gestorben.«

Oh doch, man kann sich tatsächlich in die Schule zurücksehnen.

Am Nachmittag klingelt das Telefon:

»Ihr müsst mich holen kommen!«

»Bist du das, Großmutter?«

»Ich muss evakuiert werden! Die Russen kommen!«

»Beruhige dich, Großmutter, ich gebe dir Mama.«

Mama bekommt den Hörer mit einer hysterischen Großmutter am anderen Ende, Mama, die gerade nach Hause gekommen ist, steht im Herbstmantel und mit Einkaufstüten in den Händen im Flur, Tüten, die nicht länger das dunkelblaue Ewigkeitszeichen der gewerkschaftseigenen Coopgruppe ziert, sondern das Emblem der konkurrierenden Ica-Kette, weil das Warenangebot im Ica Breite und Tiefe hat und man dort Rabattmarken einlösen kann, im Gegensatz zum Solidar, wo die Lohntüte des Filialleiters nicht vom Verkauf abhängig ist und der Gewinn in Form einer Rückvergütung an die Mitglieder der Kooperation zurückfließen soll, aber der Gewinn sinkt, wenn es keine Anreize gibt, zu verkaufen, und damit auch die Rückvergütung, Geld bar auf die Hand oder eine eventuelle spätere Ausschüttung, eine einfache Wahl, die nicht von ideologischen Doktrinen belastet werden muss, mein Gott, was haben Mortadella und Käse denn *im Grunde* mit politischem Bewusstsein zu tun? – und im Moment hat Mama ohnehin keine Zeit, sich über solche Wertverschiebungen Gedanken zu machen, denn ihre Gehörgänge sind mit Großmutters gebrochener Stimme gefüllt. Ich verziehe das Gesicht zu einer Grimasse: Großmutter ist verrückt geworden! Mama verscheucht mich mit einer wütend wedelnden Hand und presst den Hörer fester ans Ohr, lauscht, antwortet mit langen Pausen:

»Es *gibt keinen Krieg,* Mutter. – Nee, wir haben nichts gehört, nee. – Ich werde kommen, versprochen, aber ich arbeite die ganze Woche. – Ja, ich rufe ihn an. – Nein. Nein! Bleib zu Hause, bis ich mich wieder bei dir melde.«

Sie legt auf. Seufzt. Schaltet das Radio ein. Und wir hören in einer Sondersendung, ein Nerzfarmer habe am Vormittag die Militärbasis in Karlskrona davon unterrichtet, dass ein sowjetisches U-Boot im Gåsefjärd auf Grund gelaufen ist. Mama sagt:

»Dann ist sie wenigstens nicht *völlig* weggetreten. Aber es nützt alles nichts.«

Sie greift wieder zum Telefon und ruft in Uddevalla an, spricht mit Leif darüber, was zu tun ist, denn so geht es einfach nicht mehr weiter, ihre Mutter ist so verwirrt, dass sie nicht mehr alleine zurechtkommt. Am Wochenende versammeln wir uns auf dem Johanneshof, Mama und ich und Monika, die sich widerwillig überreden lässt, mitzukommen, und Leif und Lisbeth. Bis dahin hat Mama einen ganzen Haufen anderer Telefonate geführt, weil Großmutter versorgt werden muss.

Großmutter, die uns auf der Eingangstreppe erwartet, jedoch aussieht, als wäre sie irrtümlich dort gelandet.

»Wie schön, dass ihr kommen konntet! Das Essen ist gleich fertig.«

Leif umarmt sie hastig:

»Wir kommen heute nicht zum Essen, Mutter.«

Ehe er sich an ihr vorbeizwängt und ein Fenster aufschlägt. Denn Großmutters Kleid ist fleckig, und sie riecht streng, wie ein Katzenklo, das nie geleert wird, und die Zimmer sind nicht gelüftet, in der Küche stinkt es. Auf dem Herd köchelt kein Essen.

Monika geht auf Toilette. Sie hält sich die Nase zu, als sie herauskommt:

»Willst du pinkeln? Geh lieber nach draußen.«

Und Mama, die auf der Fahrt gleichsam eingekapselt in sich selber gewesen ist, muss die Entwicklung in die Hand nehmen. Sie sieht die Küche oder die Gegenstände, die herumliegen, nicht mehr mit der gleichen Sentimentalität wie letzten Sommer, jetzt ist es Ernst, sie trägt Verantwortung. Sie erklärt Großmutter:

»Wir wollen zu dem Heim fahren, von dem ich dir erzählt habe. Hast du gepackt?«

»Petersilie? Die haben die Rehe gefressen.«

Mittlerweile ist Großmutter fast taub.

Gepackt hat sie auch nicht. Mama muss einen alten Pappkoffer vom Speicher holen. Sie und Lisbeth füllen ihn mit Kleidern und einem Necessaire, während Monika bei Großmutter sitzt und mit ihr spricht. Ihre Hände hält, wie sie es bei Großvaters Beerdigung getan hat. Leif steht draußen auf dem Hof, »braucht frische Luft, um klar denken zu können«.

In dem Heim im nächsten größeren Ort führt die Leiterin uns herum, Speisesäle und Aufenthaltsräume, ein Aufenthaltsraum mit feuerfesten Gardinen und großen Fensterflächen, zu den Blättern hinaus, die von den Bäumen fallen, in dem zwei alte Männer vor einem gleichfalls eingenickten Fernseher eingenickt sind, der eine sabbernd, laut murmelnd oder vielleicht auch schnarchend in seinem Rollstuhl, der Kopf in einem genickbrechenden Winkel, ein kahler Schädel und ein hähnchendauniger Nacken, die Klauen auf den Armlehnen. Ich denke an den Annebergsgård und Frau Gröndahl und dass dies eine andere Welt ist. Hier soll Großmutter endgelagert werden, das Ende eines Lebens auf dem Hof, die Tiere, die Sommer, Großmutters Kekse, Großvaters Hände, und ich will niemals Mama an einem solchen Ort unterbringen müssen.

Das Zimmer, das Großmutter gehören wird, ist mit einem Bett in der Ecke, einem Nachttisch, Stuhl und Tisch und einem Lesesessel mit gerader Rückenlehne eingerichtet, eine solide blonde Möblierung, die eine rohe Abnutzung durch greise Bewohner aushalten soll, Wandlampen, Plastikboden und glänzend weiße Glasfiberwände.

(Seitenbühne: Wie Leif seine Sonnenbrille anzieht, Lisbeth sie ihm herunterreißt, nein, nicht reißt, mit überraschender Zärtlicheit *abzieht*, und wie er sie zurücknimmt und sich wieder aufsetzt, weil er etwas ins Auge bekommen hat.)

»Wie nett«, sagt Großmutter.

Sonst sagt niemand etwas, also betritt sie ein bisschen zögerlich angesichts der zwanzig desinfizierten Quadratmeter das Zimmer.

»Hier werde ich mich wohl fühlen.«

Großmutter macht noch einen Schritt, dreht sich zu uns um, sieht uns an, die wir noch auf dem Flur stehen, sieht sich um, sieht uns an, macht einen weiteren Schritt hinein. Wiederholt:

»Wie nett.«

Mama öffnet den Wandschrank im Flur.

»Ich helfe dir beim Auspacken.«

Großmutter schaut zum Fenster hinaus.

»Schöne Aussicht. Wer wohnt hier?«

Aber Mama kann ihr nicht antworten. Sie hängt Großmutters Kleider auf, sagt zur Heimleiterin:

»Nächstes Wochenende bringe ich noch mehr Sachen.«

»Falls Sie ein eigenes Möbelstück mitbringen möchten, ist das kein Problem«, antwortet sie. »Natürlich nur, wenn es nicht zu groß ist. Oder wenn Sie eigene Bilder aufhängen möchten.«

»Es macht einen einfach nur traurig, wenn man das sieht«, meint Leif hinterher, als wir in die Autos steigen. »Nicht? Und jetzt ist da noch der Hof.«

Aber so bedrückt er auch sein mag, Leif ist nicht scharf darauf, trödelnd durch den Ort zu fahren und zu riskieren, von jemandem erkannt zu werden, der sich noch an »Leffe« erinnern kann, der in seiner Jugend in einem Chevy mit Fuchsschwanz an der Antenne, Koteletten und Elvis die Järnvägsgatan herab cruiste. Leif versetzt dem Gaspedal einen ordentlichen Stoß, und als Mama ihren Honda hinter seinem Granada vor dem Haus parkt, ist er schon fast wieder der Alte:

»Ein Japaner? Du hast dir einen Reiskocher gekauft?«

Zu mir sagt er:

»Hilfst du mir mal? Wir müssen den Strom und das Wasser abstellen.«

Wir betätigen den Hauptstromschalter und schrauben sicherheitshalber alle Sicherungen heraus, und ich und Leif machen gemeinsam die Runde und stecken Fernseher, Radio, Lampen aus, ziehen die Vorhänge zu, sodass nur noch graues trauriges Licht hereinsickert. In der Zwischenzeit haben Mama und Lisbeth herausgesucht, was Mama Großmutter am nächsten Wochenende mitbringen soll. Sie teilen die Topfpflanzen unter sich auf, die Begonien dürfen allerdings stehen bleiben, und sie räumen die Speisekammer aus und leeren einen halben Liter abgelaufene Milch und siebzehn ungeöffnete Gläser Griebenschmalz aus dem Kühlschrank. Dann ist die Gefriertruhe an der Reihe. Lisbeth kniet davor und schaufelt heraus:

»Seht euch das an! Dass sie all das aufbewahrt hat!«

Sie liest laut von den Portionsverpackungen ab:

»Hackbraten mit Zwiebeln. Koteletts und Sauce. Dillfleisch.« Während Mama daneben steht und zusieht, wie ein eingefrorener Sommerurlaub in den Mülleimer geknallt wird.

»Gebratene Scholle ...! Und was ist das hier, alte Teilchen und Zimtschnecken!«

Alles plumpst in den Eimer.

Mama schlägt vor:

»Wir könnten doch etwas auftauen und essen, ehe wir fahren. Ihr habt noch einen langen Weg vor euch.«

Lisbeth steht auf, klopft sich die Knie ab.

»Wir essen unterwegs eine Pizza.«

Und Leif sagt:

»Bleibt nur noch die Scheune.«

Aber die übernehme ich alleine. Ich schalte den Strom in Scheune und Werkstatt ab, stehe anschließend in der feuchten, grauen Dunkelheit und atme die abgestandene Luft ein, befingere die Werkzeuge, das kalte Metall, ein verrostetes Sägeblatt, Raubänke mit den Spuren von Fingern, die das Holz abgewetzt haben, und ich stecke eine klobige alte Hufzange in meine Gesäßtasche und ziehe den Pullover darüber, und ich kehre zurück, allerdings nicht sofort, denn ich mache noch einen Abstecher in die Viehboxen, die allmählich verrotten, und nehme das spinnwebige Porträt des Parteivorsitzenden von seinem Nagel und lehne es mit der Rückseite nach außen an die Wand.

Als ich aus dem Stall ins Haus komme, ist der Mann der Industrie auf Touren gekommen:

»Der Hof verfällt! Wir sollten ihn schnellstens verkaufen.«

»Verkaufen?«

Das ist Lisbeth.

»Hast du den Verstand verloren? Während deine Mutter noch am Leben ist?«

»Na ja, du glaubst doch wohl nicht, dass sie zurückkommt?«

»Bitte, können wir ein anderes Mal darüber sprechen?«, sagt Mama. »Heute werden wir sowieso nichts verkaufen, oder?«

Leifs Antwort besteht aus einem Brummeln. Er ist verschnupft, begibt sich auf den Hof hinaus, braucht mehr frische Luft, um klar denken zu können.

»Was hat er denn? Trifft ihn das mit Mutter so schwer?«

»Ich glaube nicht, dass es nur das ist«, erwidert Lisbeth. »Es ist sicher auch der Job.«

»Wieso?«

»Ach, in letzter Zeit ist es nicht so gut gelaufen. Er hat Angst, entlassen zu werden.«

»Hat er das gesagt?«

»Er hat nichts gesagt. Er spricht nicht gerne darüber.«

Auch Monika hat sich Gedanken gemacht. Im Auto auf der Heimfahrt ergreift sie das Wort:

»Dass ihr sie an einem solchen Ort lassen könnt.«

Und Mama, die eine Entscheidung rechtfertigen muss, die ihr selber nicht gefällt:

»Was sollen wir denn tun? Sie kann nicht mehr selber für sich sorgen.«

»Aber *da*? Und was passiert mit dem Hof?«

»Ich weiß es nicht, Monika. Wie Lisbeth gesagt hat: Solange Mutter noch lebt, können wir ihn nicht verkaufen.«

Und jetzt rückt Monika damit heraus, worüber sie den ganzen Tag nachgegrübelt hat:

»Ich könnte den Hof übernehmen.«

Mama, die den Fuß vom Gaspedal nimmt:

»Du? Wie sollst du denn dort wohnen können?«

»Ich könnte den Hof in Schuss halten – und Tiere halten.«

»Guppies?«, kommt von der Rückbank.

»Du willst also umziehen, jetzt, wo du endlich wieder studierst?«

Monika hat nämlich ihr Studium wieder aufgenommen, in Lund.

»Ich könnte stattdessen Veterinär werden«, meint sie. »Ich wohne gern auf dem Land.«

»Meinst du etwa wie Sören und Britt? Die da oben in der Fabrik schuften mussten, als die Schafzucht den Bach runterging? Ist es das, was du willst?«

»Du wirst sehen, ich komme auch noch zum Studieren. Das ist nicht das Wichtigste im Leben.«

»Nicht? Das ist nicht wichtig? Ach was. Das ist ja interessant.«

Mama gibt wieder Gas, sodass die Nadel auf dem Tacho bei 90 klebt, und mehr wird nicht gesagt, bis wir in der Vårgatan halten, um Monika abzusetzen. Da hat Mama hundert Kilometer lang fleißig nachgedacht:

»Es ist Öko-Romantik, aufs Land ziehen und wieder das Leben armer Leute leben zu wollen!«

Monika ist aus dem Auto gestiegen. Auch sie hatte hundert Kilometer Zeit zum Nachdenken. Sie lehnt sich hinein:

»Als ob es so viel besser wäre, als arme Leute in der Stadt zu leben!«

»Ja, das ist besser! Viel besser!«

Und Mama zieht die Tür hinter Monika zu und macht dem Reiskocher Beine.

Monika bringt ihren ländlichen Einfall nicht nochmal zur Sprache, spürt wohl, dass der Zeitgeist in eine andere Richtung unterwegs ist. Schnelles Schafescheren ist out. Schnelles Geld an der Börse ist in. In der Borgar wird ein Aktienclub gegründet. Jakob und ich wollen mitmachen, aber Didrik tut das ab:

»Aktien sind nichts, was man *lernt.*«

»Und was verstehst du davon?«

»Billig kaufen, teuer verkaufen – das ist alles. Dafür braucht man keine Clubs.«

Wir hängen über dem Flipper in der Cafeteria des Hallenbads, ein Automat mit doppelten Fingern an beiden Seiten, den man selten zum Tilten bringt und bei dem man leicht Freispiele bekommt, wir haben es nicht eilig, nach der Freistunde haben wir Psychologie, und es gibt mit Sicherheit irgendeine freudianische Erklärung dafür, warum wir dazu ständig zu spät kommen.

»Weißt du, ich habe einen Kumpel, der in Stockholm im Kino war«, sagt Jakob. »Dann hat er angefangen, sich mit seinem Sitznachbarn zu unterhalten. Am nächsten Tag hatte er einen Job als Makler.«

»An der Börse?«, höhnt Didrik und sieht seine Kugel zwischen den Flipperfingern herabrollen. »Das ist, als würde man Gebrauchtwagen verkaufen.«

»Oder Blumensamen in Konservendosen?«

»Es ist was anderes, wenn man sich *etwas Eigenes* aufbaut.«

Jakob schießt seine Kugel ab.

»Weißt du, was man als Börsenmakler verdient?«

»Willst du nach Stockholm ziehen?«, frage ich.

»Klar, hier bleibe ich nie im Leben.«

»Du auch, Didde?«

»Nee, erst geht's zum Studieren in die USA.«

»In Stockholm, da gibt es die Jobs. Und das Geld.«

Jakob lobbt die Kugel in das Loch am Ende einer langen Rille hinauf. Es rattert in der Spalte für Freispiele im elektronischen Zählwerk.

»Diese Stadt ist doch total tot!«

»Was hast du denn vor, Johan?«

»Ich habe mich noch nicht entschieden.«

»Sag bloß, du willst in diesem Loch hier bleiben.«

»Ich werd wohl auch ins Ausland gehen, glaube ich.«

»Wohin denn?«

»Nach Kanada, vielleicht. Oder Australien.«

»Australien? Supi.«

Mittagspause. Aktienkurs. Zwei ernste Jungen, die jeder ein Exemplar der Wirtschaftswoche aus ihren Aktentaschen holen und beginnen, die »Diskussion« zu leiten. Der Raum füllt sich mit Vokabeln wie Emission, P/E-Zahl, Aktienindex, Quartalsbericht, Ausschüttung und Split, die man beherrschen muss, um morgens die Börsenseiten zu deuten, nicht um etwas anlegen zu können, sondern um in den Pausen etwas sagen zu können, eine Ansicht zu haben, Kurse und Prognosen herunterzuleiern, Perstorp, Swedish Match, SKF, Fagersta, Volvo – Volvo, die Börsenlokomotive, das Zugpferd der schwedischen Industrie, gelb und blau, Holzpantoffeln, Dalapferde, Gustav Vasa, das Jedermannsrecht und hohe Steuern: Schweden, Vaterland – Volvo und sein Vorstandsvorsitzender PG Gyllenhammar, der trotz gescheiterter Geschäfte mit Saab, mit Anders Wall und Beijer Invest und mit Norwegen bei Verhandlungen über den Austausch von Öl gegen Autos glänzende Geschäftszahlen vorlegen kann – ein Botschafter mit einem lustigen Dialekt. Mit diesem lustigen Dialekt im Hinterkopf absolvieren wir den Oberkurs in Finanzsprache. Kommen mit ganz neuen Ideen dazu nach Hause, wie die Haushaltskasse verwaltet werden sollte.

»Du solltest mal ein bisschen investieren.«

Mama, die mich nur anstarrt.

»In Aktien.«

»Bist du verrückt geworden?«

Mit den neuen Worten lernt man, Sätze zu konstruieren über zukünftige Gewinne, die freie Wirtschaft und das Übel der Arbeitnehmerfonds, schaut in das gesunde Auge von Hans Werthén, dem Chef von Electrolux, Marsch am 4. Oktober, Reden, Stalinismus und Diebstahl, man wird in die Maschinerie eingegliedert, die in den Siebzigerjahren anrollt und dazu führen wird, dass die Arbeiter gut zwanzig Jahre später am ersten Mai lieber Überstunden machen, als zu demonstrieren, und die Theater nennen ihre Zuschauer Kunden, Konsumenten werden Akteure, alle klingen wie Unternehmer, Markt, Flexibilität, Outsourcing, soziale Kompetenz, den Markennamen präsent machen, wer die meisten Sachen besitzt, wenn er stirbt, gewinnt, um das ganze Bild zu sehen, muss man aus dem Rahmen steigen, und deshalb sieht man sie erst viel später, die Veränderung, wir stehen mitten zwischen dem Verbot einarmiger Banditen und einem Fernsehcasino als Samstagnachmittagsunterhaltung, mitten zwischen dem *So groß, dass man gerne davon abgibt* eines Schokoriegel-Doppelpacks und dem *Zu gut, um davon abzugeben* eines Magnum, das Volk schreit nach Wahlfreiheit, und am Kiosk an der Ecke vor der Borgarschule streicht Gunnar Gam mit Zwiebelringen unter den Armen und münzenfettigen Fingern dick Butter auf große rosinenschwere Brote, auf die er anschließend Käse hobelt, fünf Mäuse für eins an den Tagen, an denen die Schulspeisung in einem industriescheppernden Keller nicht lockt, und in seiner Gestalt bekommt man einen Vorgeschmack auf das freie Spiel der Kräfte auf dem Markt, das sich anbahnt, auf die Unternehmer, die Monopolherausforderer, die beflissenen Bedürfnisbefriediger, die schnell denkenden Jungen und Mädchen, die uns die Gesellschaft bescheren werden, um die wir bitten, die uns mit Privatsendern und Kinderüberraschungen und antibakteriellen Spülmitteln und einem Radioprogramm füttern und erlösen werden, das von einer Soulmusik kaputtgespielt wird, die seelenlos platt ist wie ein missglückter Knäckebrotteig, bis wir nur noch zwei Schritte davon entfernt sind, dass der öffentliche Dienst sich Sponsoren sucht, hellblaue Feuerwehrautos mit dem Signal des Eismanns in den Sirenen, Arztkittel mit dem Logo der Arzneimittelproduzenten auf dem Rücken, unsere Kinder lernen rechnen mit Ronald McDonald, das Pflegeheim Bayer, wartet's nur ab, wartet's ab, wir sind nur zwei Schritte davon entfernt, Halloween, »die neue schwedische Tradition«, dieses Land ist dabei, sich in Echtzeitübertragung in ein Low-end-Amerika im Taschenbuchformat zu verwandeln, die Sonderausgabe, sind wir denn so viel klüger, glücklicher geworden, face it, die Händler sind die Gewinner, das ist die Rache der Hausierer, wir verbringen die Mittagspausen in einem schlecht gelüfteten Klassenzimmer und lesen Börsenspalten und lassen uns die Gehirne verdrehen durch die kollektiven Träume von einem zukünftigen individuellen Vermögen, wir sind unterwegs in die New Economy, zu intellektuellem Kapital und der IT-Revolution und einer Euphorie, als alles vom Boden abhebt wie auf einem Bild von Chagall, denn hier tut sich was, und als man das entdeckt und was die Veränderung mit einem gemacht hat, sitzt man vollkommen fucked-up mit einem Betonarsch in der Mittelklasse, hat den Schritt in eine neue Zugehörigkeit getan und bekommt einen neuen Schlag ins Gesicht, Gedanken, von denen ich weiß, dass sie mich heute Nacht wach halten werden: auch hier nicht hinzugehören, nirgendwo hinzugehören, einem Zusammenhang entschwebt und in einen anderen gepfropft worden zu sein mit einer Pfropfkerbe, die nicht verheilen will, was bedeutet, mit der Mütze in der Hand dazustehen, mit gesenktem Kopf, immer mit gesenktem Kopf, sein ganzes Leben lang, und nicht zu wissen, wo man politisch, sozial, kulturell, moralisch steht, Loyalitäten, Loyalitäten, weil es keine Geborgenheit gibt, es gibt keine Basis, es gibt keinen Grund, auf dem man stehen kann, wenn man sich einmal auf den Weg gemacht hat, *das* ist es, woran ich heute Abend denke, wenn wir in unserem teuren Bett liegen, während leise Swingmusik im Nachtprogramm aus dem Radio ertönt, zwei Wirtschaftsjuristen mit einem breiten Kontaktnetz und randvollen Time-managers, Nouveau riche, ja sicher, und ich lese einen Vertragsentwurf zu Urheberrechten im Internet, Helena einen Roman von Marianne Fredriksson, und sie schlägt das Buch zu und meint, dass wir uns dieses Haus einmal ansehen sollten, das auf der anderen Seite des Bellevuevägen zum Verkauf steht, ein Unterschied von 75 Metern und einer halben Million für ein fast identisches Haus, um zu einem anderen Schulbezirk zu gehören und Hannes und Agnes dadurch in bessere Schulen schicken zu können, mit besseren Lehrern, besserer finanzieller Ausstattung, ihnen einen besseren Start zu ermöglichen, und ich drehe mich zu ihr um und antworte, dass es trotz der niedrigen Zinsen schwierig werden könnte, sowohl umzuziehen als auch das Sommerhaus zu kaufen, das sie in einem Katalog von Mats Uppvik und Töchter in Kivik am Meer gefunden hat, ein kleiner, von Nachbarhäusern umgebener Bauernhof außerhalb von Sankt Olof, bei dem ein gewisser Renovierungsbedarf besteht, während der eigentliche Grund ist, dass es mir unangenehm wäre, dort in weißen Leinenkleidern herumzustelzen, kühle Erdbeerdrinks zu trinken, im Garten des Nachbarn zu grillen, oh!, diese seidendünne Konversation, die in der sommerlichen Abenddämmerung umherschwebt, organisierte Ausflüge zu Künstlerateliers, immer im Trend zu sein, la dolce vita – das bedeutet, mit den Füßen in saugendem Lehm festzustecken, ja, ich weiß, das bedeutet, sich nicht von seinen Vorstellungen lösen zu können, und Helena wird natürlich sauer und schlägt ihr Buch auf und liest so intensiv, dass nichts hängen bleiben kann, und ich stehe aus dem ehelichen Bett auf und schleiche in das Zimmer von Hannes, setze mich an seine Seite, streichle sein Haar, höre, wie er schnorkelt, eine eigene Welt träumt, und was kann ich ihm geben, damit er ein ganzer Mensch wird und nicht gespalten wie sein Vater, ein Vater, der sich irgendwo zwischen den Tatsachen, dass Hasse Ericson, der Vorsitzende der Transportgewerkschaft gefeuert wurde, weil er Urlaub auf den Kanaren gemacht hat, und dass der größte schwedische Traum darin besteht, in den Big-Brother-Container zu kommen und wieder hinausgeworfen zu werden, verirrt hat, und ich bilde mir nicht ein, dass jemand wie Jakob, der nie einen Sommer in einer überhitzten Traktorkabine verbracht hat, der nie gesehen hat, wie seiner Mutter ein Platz am Rande der Weihnachtstafel zugewiesen wird, und nie ein geerbtes Hemd mit Kartoffeldruck auftragen musste, auch nur ansatzweise versteht, wovon ich rede, oder sich in meiner Beschreibung wiedererkennt, ich verlange das nicht von ihm, als er auf seinem Stuhl schaukelt, den Kugelschreiber klicken lässt und laut verkündet:

»Ich glaube, ich werde bei Volvo einsteigen.«

Und Jakob »steigt bei Volvo ein« für ein paar Tausend, die er sich von seinem Vater leiht. Verkauft zwei Monate später und hat dabei einen Gewinn von dreihundert Mäusen gemacht, eine lächerliche Summe in diesem Zusammenhang, aber Jakob, der sich mit Feuereifer in den Handel gestürzt und sich die Haltung eines Finanzanalytikers angeeignet hat, schafft es, den Eindruck zu erwecken, es handele sich um eine Schwindel erregende Summe, und das reicht, um selber auf den Geschmack zu kommen und zu verstehen, wie viel Geld sich auf diese Weise machen lässt. Ich muss Mama noch einmal auf die Sache ansprechen.

»Aktien?«

»Weißt du, was man da verdienen kann?«

»Oder verlieren. Was glaubst du, welche Folgen es hätte, wenn wir das Geld verlieren würden.«

»Man verliert nicht, wenn man auf dem Laufenden bleibt. Die Kurse steigen.«

Es ist jugendliche Naivität, die sich zu viel herausnimmt, die

die Weisheit mit Löffeln gefressen hat und die, als Mama sich wieder ihrem Buch zuwendet:

»Sei doch nicht so geizig!«

»Geizig!?«

Das Buch landet auf der Couch – Mama ist auf den Beinen, eher zielstrebig als wütend, macht vier große Schritte in ihr Schlafzimmer, wo sie aus der Schublade des Nachttischs zwei Blätter hervorzieht:

»Und was ist das? Lies!«

Ihr Sohn hält sich ausnahmsweise mit seiner jugendlichen Naivität zurück, und seine Aufmüpfigkeit bleibt ihm im Hals stecken, denn den Kontoauszügen der Bank entnimmt er, dass seine Mama schon seit geraumer Zeit jeweils einen Hunderter im Monat für ihn und seine Schwester in einen Sparvertrag einzahlt.

Mama sagt:

»Eigentlich sollte es eine Überraschung werden. Ein Grundstock für euch, wenn ihr eine Familie gründet. Oder euch eine Wohnung kauft.«

Sie faltet die Blätter wieder zusammen und legt sie in die Schublade zurück.

»Aber sag Monika noch nichts davon. Sie würde wütend werden, wenn sie davon erfahren würde.«

»Ich glaube, sie würde sich freuen.«

»Sie ist so stur. Sie will alles auf ihre Art machen.«

Sagt Mama und kehrt cool zu ihrem Buch zurück.

Ich meine mich erinnern zu können, diese Geschichte mit der Bemerkung begonnen zu haben, dass es einem Halt gibt, Geschwister zu haben. Sie sollen nicht nur eine Stütze sein, sie sollen außerdem die Vorhut bilden, die Schläge einstecken, die Konflikte zwischen Eltern und Kindern, die immer matter werden, je weiter man in der Rangfolge nach unten kommt. Und Monika hat viele Schläge eingesteckt, so viele, dass man meinen sollte, sie sei an keinen weiteren Konflikten mit Mama interessiert, aber jetzt kommt sie stattdessen nach Hause und fängt an, Ansichten darüber zu haben, was Mama macht. So entwickelt sich ein Kampf zwischen Mutter und Tochter über die Frage, wer was in wessen Leben bestimmt, ein ungleicher Kampf, den die Tochter meistens gewinnt und in dem zu viele Wunden aufgerissen werden, es ist ein Kampf, den Söhne nicht ausfechten müssen, insbesondere keine kleinen Brüder, weil die Mütter uns ohnehin niemals ziehen lassen werden, und angesichts solcher Zukunftsaussichten besteht letztlich kein Grund, die Hölle vom Zaun zu brechen. Jedenfalls nicht, wenn einem dazu die Veranlagung fehlt.

Mama und Monika brauchen nie lange, um sich in die Haare zu geraten, immer gibt es etwas, worüber sich streiten lässt, was mir unbegreiflich ist. Und ich glaube, es sind solche Momente, die uns Männer formen, die das Finnische in uns hervorlocken, das Wortkarge, das Schweigen, die uns dazu bringen, uns ausgeschlossen zu fühlen und die Tür hinter uns zuzuziehen und auf die Rolle zu gehen.

Ich lande zu Hause bei Didrik, dessen Vater uns eine Flasche Gilbey's und zwölf Flaschen Krombacher gekauft, aber die Hausbar abgeschlossen hat, ehe er und seine Frau zu einem Golf-Weekend aufgebrochen sind. Das bereitet uns keine größeren Probleme. Als es nichts mehr zu trinken gibt, heben wir den Schrank mit der Hausbar von der Wand und schrauben die Rückwand ab, und ein paar Stunden später schleust Jakob uns ins Trocadero, mit glasigen Blicken gleiten wir an der Warteschlange am Eingang vorbei, verteilen uns hinter der Garderobe.

Ich bin zum ersten Mal da, treibe im Strom der Menschen, die sich längs der Tanzfläche bewegen, *I will survive,* eine Treppe hinauf, in die Bar, wo Jakob schon mit einem Bier in der Hand steht und sich über ein Mädchen beugt, drauflosquatscht und grinst und eine Hand auf ihre Hüfte legt, die er dort liegen lassen darf, er lehnt sich zu ihr, sagt etwas, das sie zum Lachen bringt, ihre Augen dabei, ich zwänge mich hinter ihnen durch, bestelle, bekomme eine Art Gespräch mit einem Mädel zu Stande, das gerade aus New York zurück ist, Zwischenlandung, unterwegs nach Paris oder vielleicht auch London, Modelaufträge, hier ist es great, sagt sie, und nachdem ich sie auf einen Drink eingeladen habe, fragt sie, ob ich was habe oder besorgen kann, was denn? Ich verstehe nicht, und dann ist sie fort, und ich drehe mich in die andere Richtung, stoße mit dem Zinken gegen eine Bodybuildingbrust, reiner Beton, lasse mich erneut vom Fluss der Leute mitziehen und nehme aus den Augenwinkeln wahr, dass Didrik sich zu einer Gang von Transen und dick gespachtelten Faghags gesellt, er weiß nicht richtig, was er glauben soll, wer welches Geschlecht hat, und fährt einer von ihnen mit der Hand in den Schritt, um sich zu vergewissern, er lacht, und sie lacht auch und macht das Gleiche bei ihm, drückt zu, und als Letztes sehe ich von ihm, wie er vor Schmerzen in die Knie geht, dann bin ich auf der Galerie über der Tanzfläche, kühler, nicht solch ein Gedrängel, stelle mich an die Balustrade und schaue herab, *It's raining men,* Rauchmaschine und pulsierendes Licht, entdecke Jakob und glaube erst, dass er allein tanzt, wild, hemmungslos, aber er hält ein kleines Mädchen fest, ein richtig kleines Mädchen, hat sie hochgehoben und dreht sich mit ihr wie mit einer Puppe, wirft sie hoch und fängt sie wieder auf, und neben mir steht jetzt eine Frau um die vierzig, hautenge Leopardenhose, Stilettabsätze, ich lege einen Arm um ihre Taille, vielleicht landet die Hand auch etwas tiefer, und versuche ihr schelmisch in die Augen zu sehen und frage, ob sie vorher noch tanzen möchte, und sie dreht sich zu mir um, mustert mich, sagt nichts, nimmt nur meine Hand fort und schüttet ihr Glas in meine Richtung aus, verpiss dich! aber ich ducke mich, und der Rotwein landet auf dem Rücken des Mannes hinter mir, und es kommt zu einem Tumult, Türsteher und Bullen in Zivil eilen herbei, jemand bekommt einen Schlag ab, dass er zu Boden geht, da bin ich schon wieder auf dem Weg zur Bar, wo ich weder Didrik noch das Fotomodell finde, nicht weiß, wo ich hin soll, ich drehe eine Runde, verliere Geld beim Roulette und bin anschließend wieder auf der Galerie, vielleicht auch auf der Suche nach einer Toilette, als jemand nach meinen Schultern greift.

»Verdammt, was machst du denn in so einer Schwulenkneipe?«

Lasse und Rolle, sie haben ordentlich einen im Kahn. Lasse lacht und will grüßen, aber seine Hand verpasst meine, und er fällt nach vorn, und wir fangen ihn auf und können ihn an die Wand lehnen.

»Und was tut ihr hier?«

»Wir machen einen Zug durch die Gemeinde.«

Rolle nickt zu den Tanzenden hinunter: »Was für ein Scheißladen!« Zeigt auf einen blondierten Jungen in Lederhose und mit nacktem Oberkörper: »Seht euch dieses Ekelpaket an!«

»Wir hauen ab!«, schreit Lasse in den Raum hinein.

»Kommst du mit? Wir wollen ins Baldis.«

»Nee, ich bin mit ...«

»Klar kommst du mit, Kraft!« Lasse schießt von der Wand vor. »Wo ist Persson?«

Im Grunde habe ich gar nichts dagegen einzuwenden, dass sie mich die Treppe hinunter mitschleifen. Irgendwie treiben wir Persson auf, oder er uns, als wir die Tanzfläche passieren, geht er vor, die Fluppe im Mundwinkel, das Lachen eingeschaltet, Arme dick wie Lichtmasten, er schaufelt brutal die Leute zur Seite, damit wir mit Lasse vorankommen, bis wir an der Garderobe im Stau stehen. Dort herrscht Gedrängel und Ungeduld, Schreie, es wird mit Garderobenmarken gewedelt. Dann wogt die ganze Masse, und plötzlich habe ich Jakob vor mir, klopfe ihm auf den Rücken.

»Wir ziehen weiter. Kommst du mit?«

Sein Lächeln, als er sich umdreht und mich entdeckt, das gleiche Lächeln, das heute auch im Fernsehen auf seinem Gesicht spielt, wenn er erklärt, warum das Unternehmen, dessen Direktor er ist, eines der am schnellsten wachsenden in der schwedischen Telekommunikationsbranche ist, blendend, das Lächeln, das alle verzückt, auch das Mädchen, das er umarmt.

»Zum Teufel, Jakob, sie ist ja ein Zwerg!«

Sein Lächeln: »Möse ist Möse.«

Sein Lächeln, das ausradiert wird, als er die drei Musketiere entdeckt, die mich umgeben. Lasses Pranke schießt vor, hallo, aber Jakob macht keine Anstalten zu grüßen, sieht mich nur irgendwie intensiv an, dann bewegen sich die Wartenden wieder schlängelnd, und er landet weit entfernt von uns.

Draußen steht Jerry William, ist nicht reingelassen worden, zu voll, du musst eine Runde um den Block drehen und frische Luft schnappen, er ist dreizehn Runden gegangen, vierzehn, es macht keinen Unterschied, er hat die Hände tief in den Taschen vergraben, friert, den Kopf vorgeschoben, den Blick auf das Kopfsteinpflaster gerichtet, schwankend.

»Komm mit, Jerry William!«

Er nimmt Fahrt auf und folgt uns zum Baldakin, Einlass für sie ab 23, für ihn ab 25, gepflegte Kleidung erbeten, und alle fünf auf direktem Weg in die Toilette im Eingangsbereich, wo die Reihenfolge festgelegt wird, Rolle ist als Erster draußen, gibt seinen Mantel ab, bekommt eine Garderobenmarke, kehrt zurück, wir helfen Lasse in Rolles Jackett und seinen Mantel, knöpfen ihn zu, du musst dann wieder hierher kommen, schärft Persson ihm immer wieder ein, sonst müssen wir hier die ganze Nacht stehen, und Lasse verspricht es und nimmt Anlauf durch die Tür, lässt dann jedoch auf sich warten, und Rolle schreit laut verdammt!, sodass sich Persson gezwungen sieht, ihm eine zu langen, und als Lasse endlich zurückkommt, ist er doch erst drinnen gewesen und hat sich ein Bier hinter die Binde gekippt, dann bin ich an der Reihe, und ich glaube, Persson ist der Letzte an der Garderobe, ehe wir alle reingehen.

Aus irgendeinem Grund hoffe ich, dass mich keiner aus meiner Schule hier sieht, als ob das etwas ausmachen würde, ich meine, wenn sie selber hier sind, ist dazu nicht viel zu sagen, und wir wissen doch alle, warum wir hierher kommen.

Jerry William und Lasse fallen an einen Tisch, bestellen große Bier und doppelte Jägermeister. Ich hänge mich an Persson, wir drehen eine Runde um die Tanzfläche, Paartanz zur Tanzcombo, sechs Sonnenscheinstimmchen in Silberhemden, kundschaften aus, wie das Angebot ist, annehmbar, und wir machen Daumen hoch zu Rolle, der sich in der Schnäppchenecke niedergelassen und eine Flasche Sekt in einem Eiskübel und zwei Gläser serviert bekommen hat, er ist vorausschauend, dieser Rolle, und auf dem Rückweg stoßen wir auf zwei Pastellbräute, die machbar aussehen.

Zwei obligatorische Tänze – danach die Bar. Ich lege mich bei der einen mächtig ins Zeug, lasse zwei Grüne Teufel kommen. Sie kippt ihren sofort herunter. Am Glas bleiben rosa Lippenstiftspuren zurück. Persson lehnt sich zu mir herüber:

»Alles klar? Sollen wir zu mir nach Hause?«

»Wo habt ihr eure Jacketts?«

Hinter uns steht breitbeinig der Türsteher. Während ich mich zu ihm umdrehe, fällt mein Blick auf ein dunkelblaues Jackett, das über einem Stuhlrücken hängt.

»Da drüben.«

»Und wo ist deins?«

Persson hat ihm noch den Rücken zugekehrt, wirft einen Blick über die Schulter, die Kippe im Maul, steckt sie an, die andere Hand auf dem Hintern der Braut, übles Timing, ihn jetzt zu stören.

»Was ist?«

»Wo ist dein Jackett?«

»Mein Jackett? Was glaubst du?«

Aber Persson, der im Moment mehr an der Braut als an einem Fight interessiert ist, sondiert rasch die Lage, zeigt überheblich auf das gleiche wie ich.

»Seid ihr siamesische Zwillinge, oder was?«

Aber der Türsteher wird von Lasse unterbrochen, der zu uns gestolpert ist. Er verliert fast das Gleichgewicht, als er den Türsteher auf den Arm schlägt, wesentlich kräftiger als beabsichtigt.

»Was ist denn los? Was zum Teufel ... zum Teufel haben die gemacht?«

»Und warum hast *du* kein Jackett an?«

Lasse streckt beide Arme aus, betrachtet sie, als er sie zuletzt sah, steckten sie in einem Paar Jackettärmel.

»Das hängt wohl da hinten«, bringt er heraus und macht eine Geste mit dem ganzen Arm.

»Dann gehört das euch dreien?«

Lasse macht eine Art Bewegung in eine andere Richtung, vielleicht ist es auch ein Manöver, um nicht in sich zusammenzufallen:

»Dann ist es bestimmt das da!«

Das ist unser Signal. Wir hauen in verschiedene Richtungen ab. Exakt drei Sekunden später bekomme ich engen Kontakt zum Fußboden, spüre, wie der Teppich in meine Wange gepresst wird, die Türsteherstimme im Ohr:

»Schön ruhig!«

Er packt mich an den Haaren und am Arm und reißt mich hoch, und so schlau bin ich schon, dass ich weiß, jetzt heißt es, die Schnauze halten, um nicht zu einem Ausflug hinter die Küche eingeladen zu werden, wo ich zufällig hinfallen und mir Schnittwunden im Gesicht holen und mir selber große blaue Flecke, gebrochene Rippen zufügen würde, diese Stürze sind wirklich unerklärliche Unfälle.

»Hast du nun ein Jackett, oder nicht?«

»Nee.«

»Dann fliegst du raus.«

»Immer mit der Ruhe. Ich wollte sowieso gerade gehen.«

Gefügig lasse ich mich über die Tanzfläche schieben, auf der gerade nicht getanzt wird, aber als wir uns dem Foyer nähern, stoppt uns jemand. Ein Mann in einem beigen Anzug, der sagt:

»Er gehört zu mir.«

Ich habe den Typen noch nie gesehen, sehe im Moment jedoch keinen Grund, etwas einzuwenden.

»Es wäre nett, wenn du ihn loslassen würdest«, bittet er und gibt dem Türsteher die Hand, und es gibt nicht viel, was klar und deutlich für mich ist, aber eins sehe ich doch, und das sind gefaltete Geldscheine, die bei diesem Handschlag den Besitzer wechseln, und in der nächsten Sekunde bin ich in eine andere Richtung unterwegs, am Arm geführt von diesem Mann.

»Was willst du?«

»Wir sitzen da hinten.«

Er knufft mich vorwärts, denn jetzt bin ich weniger kooperativ und versuche, mich loszureißen.

»Mach keinen Ärger«, kommandiert er und packt meinen Arm fester. »Du hast schon genug Probleme gemacht.«

Und als ich Monika von einem Tisch am hinteren Ende des Lokals winken sehe, höre ich auf, mich zu sträuben.

»Du kannst mich loslassen. Ich sehe sie.«

Aber er hält mich fest, bis wir bei Monika sind, die mich umarmt, sie ist wohl auch ein bisschen voll, mein Schwesterherz, umarmt mich, als würden wir uns nach einer langen Reise auf dem Bahnsteig wiedersehen.

»Was treibst du denn da?«

Sie hilft mir auf einen Stuhl. Und sie stellt mich ihm vor, Stig, der die Kellnerin herbeiruft und für sich und Monika neue Schirmchendrinks, für mich Limonade bestellt, du hast genug getrunken, ein bisschen ärgerlich ist er schon darüber, plötzlich mich zwischen sich und Monika zu haben. Kein schlechtes Gefühl, ihn so zu stören, aber besonders viel habe ich nicht zur Konversation beizutragen, ich lasse sie plappern, es ist doch sonnenklar, was sie vorhaben, mein Schwesterherz und dieses Schnäppchen, das mir den Abend versaut hat. Denn lieber werde ich rausgeschmissen, als hier zu sitzen, jetzt gibt es keine Geschichten zu erzählen, nur eine Wahrheit zu verschweigen. Gerettet von einem Schwachkopf in einem beigen Anzug.

Monika ist smart genug zu kapieren, dass ihre Affäre sich nicht totschweigen lässt und Mama von ihr erfahren wird und dass es deshalb besser ist, ihr selber zu erklären, wie die Dinge liegen. Am nächsten Tag sitzt sie am Küchentisch, während Mama am Herd steht und Koteletts brät. Sie strahlt, als sie vom Helden der Nacht erzählt.

Aber Mama erlischt, legt den Küchenfreund weg, schaltet den Herd aus, zieht den Stuhl gegenüber ihrer Tochter heraus:

»Was willst du mit einem Mann, der verheiratet ist?«

»Ich hab doch gesagt, er will sich scheiden lassen.«

»Und das glaubst du?«

»Er hat es mir versprochen!«

Dies ist der Moment, in dem ich aufstehen und fliehen, finnisch werden, in die Stadt laufen und trinken sollte, aber es ist Sonntag, und mein Schädel brummt, ich muss sitzen bleiben und mir ein Gespräch anhören, dass Wunden zwischen Mutter und Tochter aufreißt, höre Mama:

»Glaubst du wirklich, dass er sich scheiden lässt, wenn er drei Kinder hat?«

Sehe sie nach Monika greifen, die jedoch ihre Hand vom Tisch zieht, Mama lässt ihre liegen, meinem Schwesterherz engegengestreckt, das die Lippen vorschiebt, gleich anfängt zu flennen, aus dem Fenster starrt.

»Denk an deine Zukunft, Monika. Kannst du nicht erst dein Studium beenden, ehe du mit jemandem zusammen bist?«

Keine Antwort.

»Monika, hör mir zu. Er ist fast doppelt so alt wie du.«

»Du laberst dir da was zusammen!«

Monika fährt hoch, stürzt zur Tür.

»Als ob du selber immer ein Unschuldsengel gewesen wärst!«

Sie knallt die Tür so zu, dass unser ganzes Haus vibriert, sie nimmt die Treppen nach unten, und dann das Geräusch ihrer hastigen Schritte auf den Steinplatten zu dem Bus, von dem sie glaubt, dass er sie woanders hinbringen wird, in einen anderen Zusammenhang, ein anderes Leben. Und während ihre Schritte noch zu hören sind, steht Mama auf, unendlich langsam, und geht ins Wohnzimmer, wo sie auf der Couch, die Hände vor dem Gesicht, in sich zusammensackt.

Mama verbringt eine schlaflose Nacht, und am Morgen, vor dem Frühstück, ruft sie Monika an und gießt Öl auf die Wogen, bittet um Entschuldigung, sicher, es ist dein Leben, du musst tun, was du willst, ich will doch nur dein Bestes, und bittet darum, Stig treffen zu dürfen, was Monika ihr schluchzend verspricht, wenn Mama ihr garantiert, nicht nach seiner Familie zu fragen.

Während ich flehe:

»Muss ich wirklich dabei sein?«

»Wie würde das sonst aussehen?«

»Er ist ein Idiot!«

»Woher willst du das wissen?«

»Er heißt *Stig*.«

»Jetzt sei nicht so. Vielleicht mögt ihr euch ja.«

Mama steht wie eine Hausangestellte im Flur und nimmt die beiden in Empfang, als sie sich zum Abendessen und Begutachten einfinden. Monika mit einem Lächeln auf den Lippen, einem Goldkettchen um ihr Handgelenk und den Arm in seinem, Stig, der Mama einen Strauß Blumen überreicht, die er hinter seinem Rücken versteckt hat. Mir gibt er einen Klaps auf die Schulter:

»Heute Abend lassen wir es ruhiger angehen, was?«

Einmal Schwachkopf, immer Schwachkopf. Und der Schwachkopf trägt seinen beigen Anzug, darunter ein offenes weißes Hemd und Loafers mit Troddeln. In dieser Ausstattung betritt er geradewegs ein Familienleben, das sich von seinem eigenen nicht sonderlich unterscheiden dürfte, außer dass wir zehn, fünfzehn Jahre Vorsprung haben.

Das Abendessen steht seit einer Stunde auf Restwärme. Mama macht zum Schein kurz einen Abstecher an den Herd, lässt mich und Monika auf dem Parkett stehen, wo Mr. Beige mit seinen Fünfundvierzigern kleine braune Schuhcremespuren macht, ehe er sich auf die Couch fallen lässt, den Arm auf der Rückenlehne ausklappt wie ein Schirmchendrinkpascha im Nachtclub, die Beine unter den Couchtisch wirft.

»Und, alles klar, Junior?«

»Alles klar bei dir?«

»Alles im Lack.«

Monika, die leise lacht. Ich, der wirklich nicht glaubt, dass wir uns mögen werden, beiße die Zähne zusammen. Mama kehrt mit den Blumen in einer Vase zurück, die auf dem Tisch landet.

»Schaut mal, wie schön die sind!«

Stig, der zufrieden lächelt.

»Ja, nicht wahr?«

Und Mama.

»Wenn ihr dann bitte.«

In der Küche warten das Alltagsgeschirr und Mamas Paradegericht, Hähnchen mit Sahnesauce, Gurkensalat und Johannisbeergelee, vorhersehbar wie die Nachrichten um acht, aber Mama hat eine Überraschung in petto: Stig wird neben Monika auf meinem Stuhl platziert. Sie sitzen so gerade wie Charles und Diana. Mama wirft mir einen Blick zu: Mach jetzt keinen Ärger, setz dich – und beginnt, die Weingläser zu füllen. Sie schenkt mir ein halbes Glas ein.

»Damit du auch mal probieren kannst.«

»Klar, er soll auch ein Glas bekommen«, sagt Stig.

»Er ist keinen Alkohol gewöhnt«, meint Mama.

Stig grinst mich an:

»Nicht?«

»Stig!«

Monika streichelt seine Hand. Dann hält sie ihm die Schüssel hin:

»Fang du an.«

Und Mama kann sich nicht beherrschen:

»Monika hat mir erzählt, dass du in der Baubranche bist.«

»Das ist richtig. Ich bin Ingenieur.«

»Es muss wunderbar sein, wenn man handwerklich so geschickt ist.«

»Ach was. Ich sitze ja meistens im Büro.«

»Wohnst du in der Stadt?«

»Nein, in Staffanstorp.«

Das ist das Tüpfelchen auf dem i! Und allen, die noch nie im Malmöer Vorort Staffanstorp gewesen sind, sei gesagt: Es ist die Mittelklasseutopie vom einen Fuß auf dem Land, dem anderen in der Stadt, identische Kästen, hochgezogen in schnurgeraden Häuserblocks auf exakt gleich kleinen quadratischen Grundstücken, ein dichtes, braun gebeiztes Fertigbaugewimmel, umgeben von der gesamten schonischen Ebene.

»Und wenn ich recht verstanden habe, hast du Kinder?«

»Was soll das sein, Was bin ich!?«, platzt Monika heraus, und Mama traut sich nicht, weitere Fragen zu stellen.

Aber Stig zeigt unerwartete Qualitäten. Er macht Konversation mit Mama, fragt sie nach allem Möglichen, scherzt mit ihr, lässt sie gut gelaunt werden, hebt sein Glas, am Kelch, und stößt mit ihr an, und er stellt Monika dämliche Fragen, Fragen, auf die er die Antwort schon kennt und die er nur stellt, um sie ins Gespräch einzubeziehen, damit sie nicht dasitzt und sauer wird, wenn sich herausstellt, dass er und Mama mehr gemeinsame Gesprächsthemen haben, und mir stellt er ebenfalls Fragen, bekommt aber nur ein Stone Face, keine Antwort, und wenn jemand Anlass hätte, ein wenig verschnupft zu sein, dann ist es Mama, weil er ihre Kochkünste nicht im gebührenden Maße würdigt. Mama sagt:

»Nimm dir noch etwas, Stig, es ist herrlich, wenn man Gäste hat, die essen können.«

Und er kaut und nimmt sich und redet weiter.

»Auch noch etwas Johannisbeergelee?«

Dann gibt es Kaffee und Mandelkuchen im Wohnzimmer. Stig lässt sich nieder, wo er eben schon gesessen hat, und verstellt seine Stimme:

»›Habt ihr auch norwegischen Kaffee‹?«

Aber Mama begreift nicht.

»Das ist Gevalia. Schonenröstung.«

»Ach, du weißt schon. ›Gibt es auf der Fiesta schwedischen Kaffee‹?«

Finnland hat die Kalevala, Dänemark hat Holberg und Hans-

Christian Andersen, Norwegen hat Ibsen, Island seine Sagas und Laxness, Schweden hat eine Filmkomödie namens »Die Pauschalreise« als gemeinsame kulturelle Referenz und Ausdeuter der schwedischen Volksseele, und Mama hat den Film nicht gesehen. Monika schon. Sie lacht ein bisschen verlegen über die Albernheiten. Stig lacht auch und nippt an seinem Likör, hätte sicher etwas Stärkeres vorgezogen, aber er plappert weiter, spielt die sorgsam einstudierte Rolle als Traum einer jeden Schwiegermutter und kommt auf sein Hobby zu sprechen, versucht mir einzureden, dass Gokart fahren etwas für mich ist.

»Komm doch mal mit nach Lockarp und probier es aus.«

»Das ist irgendwie nicht mein Ding.«

»Du kannst dir mein Gokart leihen. Overall und Helm haben sie da.«

»Aber das wäre doch nett!«, findet Mama. »Das solltest du ausnutzen!«

Monika scheint zu begreifen, was ich denke, sagt aber nichts. Stig erzählt, in welch einem tollen Verein er im Vorstand sitzt, in dem man zusammenhält und gemeinsam Feste feiert und verreist, und Mama trampelt weiter.

»Du brauchst ein Hobby, Johan.«

»Tue ich das?«

»Es ist dann später einfacher für dich, den Führerschein zu machen.«

»Denkst du, ich mache den Führerschein für Gokart?«

Mama verzieht wortlos den Mund: nicht in diesem Ton, bitteschön.

»Wir machen es so«, entscheidet Stig, während er sich gleichzeitig nach der Milch streckt, die Mama in ein Kännchen gegossen hat, das neu sein muss. »Ruf mich an, wenn du mitkommen willst. Du bist jederzeit willkommen.«

Er schaut in das Kännchen:

»Das hier reicht doch nur für mich.«

Und gießt sie in seinen Kaffee.

Monikas Blick zu Mama, und Mamas zurück, als Monika aufsteht und in die Küche geht und die Milchtüte holt, sie mit einem beschwichtigenden Lächeln auf den Tisch knallt:

»Wir haben genug Milch.«

Mama, die in ihrer Tasse rührt, gibt sich unberührt:

»Wenn du so ein guter Fahrer bist, könntest du dann nicht mal eine Übungsfahrt mit Johan machen? Ich selber bin so unsicher.«

»Wann willst du denn den Führerschein machen?«

»Ich werde in die Fahrschule gehen.«

»Ja, das wirst du auch müssen«, sagt Monika, die ihrem Bruder endlich zu Hilfe eilt, oder vielleicht auch nur findet, dass sie etwas zu sehr vom Gespräch ausgeschlossen ist.

»Wenn du jemandem das Autofahren beibringen willst, musst du schon bei mir anfangen.«

»Willst du jetzt auch noch fahren können?«, sagt Mama. »Reicht es nicht, dass du dein Abendessen im Auto serviert bekommst?«

Sie lächelt und entlockt Monika ein minimalistisches Lachen.

»Was ist los?«, sagt Stig.

»Schon gut, nichts für dich«, erwidert Monika.

»Nun sag schon!«

»Du würdest es doch nicht verstehen.«

»War das ein Insiderwitz?«

»Ja, könnte man sagen.«

Hilflos sieht er Monika an. Und sie und Mama und ich lachen noch ein wenig.

Nachher, als Monika und Stig sich bedankt haben und er Mama einen Kuss auf die Wange und mir die Hand gegeben hat, helfe ich, den Tisch abzudecken. Mama sagt:

»Er war doch richtig nett. Und dafür habe ich mir vorher solche Sorgen gemacht.«

»Mama, er ist blöd«, sage ich, muss auf meinem Standpunkt beharren, auch wenn ich vielleicht gleicher Meinung bin wie Mama.

»So etwas sagt man nicht, Johan. Er ist der Verlobte deiner Schwester.«

Mama beißt sich auf die Unterlippe, saugt sie gleichsam in den Mund, nachdenklich:

»Aber er ist nichts für sie.«

Monika verbringt jetzt all ihre Zeit mit Stig. Sie fährt zu den Vorlesungen nach Lund, studiert wieder mit Volldampf, beteiligt sich aber nicht am studentischen Leben und trifft sich auch nicht mit ihren Kommilitonen. Gelegentlich springt sie ein und arbeitet außer der Reihe, wenn ihr Chef anruft und Verstärkung braucht, und ab und zu trifft sie sich auch noch mit Annelie, aber nicht mehr so oft, denn an den Freitag- und Samstagabenden bleiben sie und Stig zu Hause und glucken für sich.

Und ich muss vorher anrufen und hören, ob es ihr passt, dass ich vorbeikomme.

»Was hat Mama gesagt?«, will Monika wissen.

»Sie fand, es war ein netter Abend.«

»Hat sie das wirklich gesagt?«

Monika, die im staatlichen Alkoholgeschäft Wein für mich kauft, den ich am *Donnerstag* abholen muss, unter begleitenden Ausführungen darüber, was mit den Hirnzellen und dem zentralen Nervensystem geschieht, während man noch im Wachstum ist.

»Halb so wild, wir teilen uns die Flasche zu dritt.«

»Heißt das, du und deine reichen Freunde?«

»Ich bin volljährig, Monika.«

»Soweit ich weiß, bist du noch siebzehn.«

»*Jetzt* bist du wie Mama.«

»So habe ich es nicht gemeint. Entschuldige.«

Dass Monika Annelie nicht mehr so häufig trifft, bedeutet auch, dass ihr Musikgeschmack sich allmählich wieder bessert, sie nimmt Jackson Browne und John Mellencamp für mich auf

Kassette auf und schenkt mir Springsteens *Nebraska*, als es bei einer Klausur besonders gut für sie gelaufen ist. Monika, meine Schwester.

»Bist du zufrieden mit Stig?«

»Was ist das denn für eine Frage? Er ist sehr süß.«

»Er ist auch sehr verheiratet.«

»Nicht mehr lange. Möchtest du was trinken?«

»Du machst Mama traurig, merkst du das nicht?«

»Und das hast du noch nie getan?«

»Nicht so.«

»Sie muss einfach lernen, loszulassen. Ich bin erwachsen und lebe mein eigenes Leben.«

»Und was willst du dann mit Stig?«

»Weißt du was, Johan, du weißt wohl immer, was richtig ist und wie man sein soll.«

»Musst du gerade sagen.«

»Du solltest dir eine Freundin suchen, dann siehst du das vielleicht anders.«

»Aha.«

»Du denkst, dass alles so einfach ist, das ist dein Problem.«

»Und was ist dann dein Problem? Du findest ja nicht einmal einen Typen in deinem Alter.«

»Ich bin in Stig *verliebt.* So was kann man nicht steuern.«

»Sicher, Hauptsache, du bist glücklich.«

»Ja, das bin ich. Willst du nun einen Tee, oder?«

»Ja, gern. Können wir *Nebraska* noch einmal hören?«

Stapel sauteurer medizinischer Fachliteratur auf dem Tisch, Romane auf dem Fußboden, Monika ist Mitglied eines Buchclubs geworden und vergisst immer wieder zu kündigen, und Stigs Sachen in Kartons, die sich im Flur vor dem Spiegel stapeln. David Bowie ist durch Tafeln von der menschlichen Anatomie an der Wand über dem Schreibtisch ersetzt worden, und in der Kochnische hängt ein Bild von einer Treppe, deren Stufen für die Lebensabschnitte der Frau stehen. Es ist unübersehbar, dass Mama, die jetzt etwas länger im Badezimmer bleibt, um Gesicht und

Haare in Ordnung zu bringen – die Linien um den Mund, die sich vertieft haben, der Lippenstift, der häufiger gebraucht wird –, begonnen hat, die Treppe hinabzugehen. Es ist, als wäre etwas in ihrem Wesen, in ihrem Inneren, abgeschliffen worden. Es gibt da eine Langsamkeit oder auch Nachdenklichkeit, die offensichtlicher geworden ist. Als würde die Schwerkraft ihre Energie nach unten saugen, was sich in ihren Brüsten manifestiert, die nach Süden ziehen. Das geschieht stufenweise und unmerklich, und plötzlich ist die Veränderung da. Sie hat begonnen, ihr Aussehen zu kommentieren, als sähe sie es aus einem anderen Blickwinkel, nicht länger, wie es werden könnte, sondern wie es hätte sein können, und sie kann den ganzen Abend damit verbringen, Papiere und Unterlagen zu ordnen, die sie aus irgendeiner Kiste herauswühlt.

»Das ist wegen Großmutter«, sagt Monika, die Allwissende. »Weil sie bald sterben wird.«

»Deshalb ist Mama so zerstreut geworden?«

»Sei nicht albern. Wer ist am ältesten im Familienclan?«

»Nennst du uns einen Familienclan?«

»Du weißt, was ich meine.«

»Da kommen nicht viele in Frage.«

»Sie ist next in line.«

»Und darüber denkt sie nach?«

»Ist das nicht ganz natürlich? Ihr läuft allmählich die Zeit weg.«

»Sie bereitet sich auf ihren Tod vor?«

»Das habe ich nicht gesagt. Ich habe gesagt, sie spürt, dass die Uhr abläuft.«

»Und das ist nicht das Gleiche?«

»Was denkst du?«

»Was du alles weißt.«

»Jede Wette, bald fängt sie an, über Enkelkinder zu reden.«

Aber Monika weiß eben doch nicht alles. Denn Mama sagt:

»Ich glaube, ich suche mir eine neue Stelle.«

Mama ist jetzt sonntagmorgens schon früh auf den Beinen und holt sich die Zeitung ins Bett, wo sie sich in die Stellenanzeigen vertieft (und, oh ja, auch in die Heiratsanzeigen, das erkenne ich daran, wie sie die Zeitung gefaltet hat), sie mit einem Rotstift einkreist, beim Frühstück noch einmal durchliest und sie herausreißt, während ich mich des Sportteils annehme. Vielleicht hängt es mit Monikas Vermutung zusammen, vielleicht aber auch damit, dass sie sich beim Provinziallandtag nicht mehr wohl fühlt:

»Ich halte das Gewieher von Thatcher keinen Tag länger aus.«

Sie hat auch angefangen, die Einladungen zu den »Frauenabenden« auszuschlagen:

»Ohne Männer wird es immer so albern.«

Und sie ist das Kuschen vor dem Chef leid und macht sich ständig Sorgen, was über sie erzählt wird, weil in ihrer Abteilung so viel hinter den Rücken anderer getratscht wird. Es wird so viel gequatscht, dass nichts Produktives mehr getan wird.

»Es ist wie in der Politik«, konstatiert sie scharfsinnig.

Die Siebenen ohne Strich am Bauch, bei denen sie es bis zur Perfektion gebracht hat, nützen ihr angesichts der fortlaufenden Computerisierung der Abteilung überhaupt nichts. Sie fährt auf neue Kurse, um die neuesten Dinge zu lernen, kehrt frustriert zurück:

»Wenn man uns damit hätte arbeiten lassen, hätte es nicht halb so lange gedauert, es zu lernen! Und wir hätten gleichzeitig noch was getan bekommen!«

Die langen Kaffeepausen und das Nicht-Tempo des öffentlichen Dienstes, wie Mama es nennt, der gemächliche Dreivierteltakt-Trott der Korridorschlurfer ist nichts für sie, die aus der Strumpffabrik gewohnt ist, hart zu arbeiten, und vom elterlichen Hof mitbekommen hat, dass man am besten schläft, nachdem man ein redliches Tagwerk vollbracht hat. Aus dem gleichen Grund mag Mama keine staatlichen Hilfen, sie widersprechen ihrem Ehrgefühl, sie hat zwei Kinder ohne eine Krone Unterstützung aufgezogen – das Kindergeld hat sie niemals angerührt, sondern auf Sparbücher für Monika und mich eingezahlt, »zum zukünftigen Gebrauch«. Geld, dass nicht »verprasst« werden darf – so durfte Monika es beispielsweise nicht anrühren, um sich Möbel davon zu kaufen:

»Es kann nicht schaden, wenn man es später hat.«

Und ich darf es nicht für ein Auto ausgeben, als ich angefangen habe, in Lund zu studieren, und mir ersparen will, mit dem Zug zu den Vorlesungen zu fahren. 18 Jahre des Sparens (minus 500: Abhebung für ein Fest im Golfclub Falsterbo) – wofür? Klar, dass auch das Geld aus den Sparverträgen nicht unter die Leute gebracht werden darf. Das Geld ist heilig geworden, ein Monument über eine wirtschaftliche Gesinnung, über die Aufzucht zweier Pflänzchen mit einem mageren Lohn. Ein Ehrendenkmal darüber, »seine Frau zu stehen«.

»Ich will in die freie Wirtschaft«, sagt Mama jetzt. »Da muss es doch etwas flotter zugehen.«

Sie holt die Facit Privat aus dem Schrank und knattert Bewerbungen hinein, stellt ihren beruflichen Werdegang zusammen, ein sehr kurzer Werdegang, aber ein solcher Werdegang wird eben verlangt, den sie heimlich in der Mittagspause kopiert. Sie schreibt die Adresse von Hand auf das Kuvert, strengt sich an, sie so hübsch hinzubekommen, wie sie nur kann. So als würde jemand schon bei der Durchsicht des Poststapels herausplatzen: »Nein, wie schön! Die nehmen wir!«

Die Arbeitslosenzahlen erreichen jeden Monat neue Rekordmarken. Bogdans Eltern sind jetzt auch aus der Strumpffabrik gefeuert worden, und es gibt keine Umschulungsplätze für sie. Die Strumpffabrik wird von der gleichen Hand am Leben erhalten, die ihr die Gewinne wegnahm – staatliche Geschäftsmoral. Es kursieren Gerüchte, dass die gesamte Produktion ins Ausland verlegt werden soll, weil das schwedische Humankapital einen so hohen Krankenstand hat. Es geht bergab mit der Strumpffabrik, es gibt keine Rettung mehr, die letzte Strumpfhose wird Anfang der Neunzigerjahre verpackt, und die Fabrik verstummt, die Frauen stehen auf der Straße, herzlichen Dank und tschüss, keine Ausbildung, keine Zukunft, Statistik, kommt schon Mädels,

Frauen schaffen das, und nachdem es jahrelang leer gestanden hat, wird das solide, schöne Backsteingebäude zu Beginn des neuen Milleniums umgebaut zu einem schicken Bürokomplex für Dienstleistungsbetriebe, Unternehmensberatungen und Geschäfte, die Mobiltelefone, Computer und andere Haushaltswaren verscherbeln, das globale Dorf ist in die Stadt gekommen, schnurlos in der alten Strumpfhalle, das ist nur logisch, die linke Tageszeitung *Die Arbeit* ist in Konkurs gegangen, Malmö FF ist in die Zweite Liga abgestiegen, nach 63 Jahren in Folge in der Ersten, Flaggschiffe der Arbeiterbewegung, die beide unter der Leitung des gleichen pensionierten Bankdirektors versenkt werden, der Kockumskran steht zum Verkauf, und das Hafengelände wird zu einer Hochschule und einem Viertel mit luxuriösen Wohnungen und einem 187 Meter hoch geschraubten Wohnturm umgebaut, der mentale Charakter der Stadt verändert sich. Du sollst glauben, dass du etwas Besonderes bist.

Bogdans Eltern gehen stempeln. Herr Havlicek konnte nicht in Anderssons Musikalienhandlung bleiben. Er und sein Bruder arbeiten nun als Nachtwächter auf dem Rangierbahnhof der Schwedischen Eisenbahn. Mama wird zu einigen wenigen Vorstellungsgesprächen eingeladen. Und bekommt kurze, standardisierte Antwortschreiben, in denen für das entgegengebrachte Interesse gedankt wird. Sie zuckt resigniert mit den Schultern:

»Wie ich mir gedacht habe. Ich bin schon zu alt.«

Ja, Mama hängt durch, fühlt sich immer unwohler beim Provinziallandtag, je länger sie darüber nachdenkt, dass sie dort bleiben muss. Es ist der Klumpen in der Brust, der sich wieder in Erinnerung bringt.

»Kannst du dich nicht noch auf andere Stellen bewerben?«, schlage ich vor.

»Das hat keinen Zweck. Sie wollen jüngere, gut ausgebildete Leute haben.«

»Aber bewerben solltest du dich auf jeden Fall.«

»Mal sehen. Es gibt eh kaum Stellen.«

Aber später in diesem Frühjahr ruft ein Mann an und bittet darum, Mama sprechen zu dürfen. Er möchte sie treffen. Und Mama, die in der Stadt sonst nie Auto fährt, nimmt den Reiskocher zum Citadellvägen. Kommt triumphierend nach Hause, mit einer Anstellung als Büroangestellte in der Dahlgrensgruppe:

»Es war nicht die Stelle, auf die ich mich beworben hatte. Aber sie hatten meine Bewerbungsunterlagen aufbewahrt für den Fall, dass eine andere Stelle frei würde.«

Auf dem Heimweg hat sie auch noch eine Flasche Sekt gekauft. Sie ruft Monika an und erzählt ihr freudestrahlend die Neuigkeit, lädt sie ein, und Stig, zu einem Glas am Abend, damit wir das feiern können.

Nach dem ersten Arbeitstag strahlt sie:

»Sie waren alle so freundlich zu mir. Dort werde ich mich wohl fühlen.«

Sie soll sich um die Kassenberichte von Hallbergs Juweliergeschäften kümmern. Jeden Montag schicken die einzelnen Filialen die Buchführung über ihre Einnahmen und die Quittungen über ihre Ausgaben in der vergangenen Woche ein. Mamas Job ist es, die Angaben zusammenzustellen und zu kontieren, zu kontrollieren, dass alles stimmt, und wenn das nicht der Fall ist, das Problem gemeinsam mit dem Filialleiter zu lösen. Jemand, mit dem sie dadurch jede Woche in Kontakt stehen muss, ist – Lisbeth.

Und Mama wird von Lisbeth plötzlich ganz anders behandelt. Es kommen Glückwunschkarten zu Geburtstagen und ähnlichen Anlässen, die von der *ganzen* Familie in Uddevalla unterschrieben worden sind, und Mama muss nicht länger anrufen, wenn sie mit ihrem Bruder sprechen will. Stattdessen ist es Lisbeth, die sich fast jeden Sonntagabend meldet, nur anruft, um »zu hören, wie es euch so geht«, mit Mama plaudert und die Gelegenheit nutzt, etwas über die Zahlen der Woche einzuflechten, wegen denen sie am Montag und Dienstag noch fünfmal anrufen wird, ehe Leif den Hörer übernehmen darf.

»Sie ist ein hoffnungsloser Fall!«, stöhnt Mama. »Sie begreift einfach nicht, dass sie den Endpreis nicht als Barzahlung eintippen kann, wenn der Kunde mit einem Geschenkgutschein zahlt. Dann wird der Verkauf zweimal verbucht.«

»Willst du das nicht deinem Chef sagen?«

»Nee, das kann ich nicht machen. Ich muss es in der Buchführung glatt bügeln.«

Mama frisiert die Zahlen so, dass Lisbeths Fehler nicht sichtbar werden. Kein Wunder, dass Lisbeth so viel daran gelegen ist, sich gut mit ihr zu stellen.

Mamas Laune ändert sich, ist niemals besser gewesen. Sie findet neue Freunde, kauft Schmuck zum Personalpreis und freut sich, Arbeitsaufgaben zu haben, die mit vielen persönlichen Kontakten verbunden sind, ist im Grunde eben doch eine kontaktfreudige Person. Ist natürlich auch hier unterbezahlt, die Frauen machen die Drecksarbeit, während die Männer eine Krawatte tragen und einen Dienstwagen fahren, obwohl sie hier der Leiter der Finanzabteilung lobt und ihr zuhört, als Mama Vorschläge macht, wie die Buchführung effektiver gestaltet werden könnte. Er hört nicht nur zu, er sorgt sogar dafür, dass die Arbeitsabläufe geändert werden. Mama überträgt er die Verantwortung für die Entwicklung neuer interner Formulare, und sie sitzt abends am Küchentisch und skizziert Spalten auf einem A4-Block.

Monika kommt sonntags immer nach Hause und isst mit uns zu Abend, während Stig, der bei ihr eingezogen ist, sich mit seinen Kindern trifft. Mama, die neugierig ist:

»Bist du ihnen schon einmal begegnet?«

»Nein, noch nicht. Stig meint, sie sollen sich erst einmal daran gewöhnen, dass er nicht mehr bei ihnen wohnt.«

»Das klingt vernünftig«, sagt Mama. »Ich muss sagen, dass er einen immer besseren Eindruck macht.«

Monika wird rot, weiß nicht, was sie sagen soll. Es wird:

»Danke.«

Dann zeigt Mama uns ihre Entwürfe für die Formulare, will

Vorschläge hören, wie sie noch weiter verbessert werden können, und möchte von uns wissen, ob wir glauben, dass sie sich bewähren werden. Monika sagt:

»Sie sind toll. Es ist so schön zu sehen, dass es dir dort gut gefällt.«

»Ja, es gefällt mir wirklich.«

Mama legt die Skizzen zur Seite, damit sie keine Flecken bekommen, wenn das Essen auf den Tisch kommt. Sagt:

»Ratet mal, mit wem ich diese Woche zu Mittag gegessen habe. Fredrik Roos!«

»Der Finanzmann?«, sage ich. »Dem die schonische Bank gehört?«

»Ja, der. Ihm gehört der ganze Konzern!«

Während Monika skeptischer ist:

»Ihr zwei habt zusammen zu Mittag gegessen? Ihr zwei?«

»Na ja, er hat sich an unseren Tisch gesetzt, Frikadellen mit Bratkartoffeln gegessen.«

»Worüber habt ihr euch denn unterhalten?«

»Um ehrlich zu sein, über Fußball.«

»Über Fußball? Ihr zwei?«

»Ja, warum denn nicht? Und dann hat er von einer Kunstausstellung erzählt, die er sich angeschaut hat.«

»Hat er nichts über die Börse gesagt?«, frage ich.

»Nein, sollte er?«

Monika verdreht die Augen:

»Er ist ein Yuppie, Mama!«

»Was ist das?«

»Ein Börsenhai.«

Mama, die ein verständnisloses Gesicht macht:

»Aber nein, er ist überhaupt nicht so. Er ist richtig süß.«

Und ich frage Monika:

»Willst du damit sagen, dass es unanständig ist, Geld zu verdienen?«

»Es ist nicht unanständig. Aber er ist ein Megakapitalist. Die einen schuften, er sahnt ab.«

»Jetzt hör aber auf! Wie kann man nur derart von gestern sein?«

Und Mama, die ihn auch verteidigt:

»Wenn du ihn kennen würdest, dann würdest du so was nicht sagen.«

»Ich will ihn gar nicht kennen.«

»Aber ich«, sage ich. »Ich würde gerne ein paar Börsentipps von ihm bekommen.«

»Monika, du bist doch nur neidisch, weil ich ihn kennen gelernt habe.«

Monika schluckt alle Kommentare herunter, will Mama nicht den Spaß verderben. Mama, die nicht einmal einen Realschulabschluss hat, die gearbeitet hat, seit sie fünfzehn ist, auf dem Johanneshof, die auf die Kinder anderer aufgepasst und Hotellaken in einer Wäscherei in Örkelljunga geschrubbt hat, bevor sie beschloss, in die Stadt zu ziehen, und in der Industrie landete. Jetzt sitzt sie am gleichen Tisch wie Fredrik Roos, der größten Ikone des Kapitals und der Yuppieära in Schweden, dem sterbenden Dandy, denn er wird jung sterben, und Mama findet ihn süß!

Union Special – Fredrik Roos.

Mama!

Um das Geld für die Interrailtour mit Jakob und Didrik zusammenzubekommen, habe ich seit Weihnachten nebenher im Altenheim gearbeitet, bin samstagsmorgens dort und leere die Mülleimer und kümmere mich im Frühjahr um die Blumenbeete. Und ich brauche wirklich jede einzelne Krone. Jakob hat die Pläne geschmiedet, auf der Karte die griechischen Inseln eingekreist, die gerade in sind, Italien, Marseille, Paris und auf dem Rückweg einen Abstecher über den Ärmelkanal nach London geplant, wo wir uns von guten Freunden seiner Eltern eine Wohnung am Trafalgar Square leihen können.

»Wie willst du das alles schaffen?«

Das ist Mama, der es Sorgen bereitet, ihren Sohn ins Unbekannte zu schicken, denn sie hat so viele schlimme Geschichten darüber gehört, was in den Zügen passiert, Geschichten, die Monika von ihren Reisen nach Hause geschleppt hat, die jedoch nie dazu geführt haben, dass Mama sich Sorgen um *sie* gemacht hätte. Monika, die mich ermahnt:

»Nimm Kondome mit.«

Was im Großen und Ganzen das Gleiche ist, wie zu bestätigen, dass ich mit meiner Vermutung darüber, was sie in Paris getrieben hat, Recht hatte. Aber sie fügt hinzu:

»Damit du kein Aids bekommst.«

»Ich bin nicht schwul.«

»*Jeder* kann Aids bekommen.«

»Nimmst du welche mit?«

»Wenn ich mit Stig verreise?«

Monika und Stig haben nämlich einen zweiwöchigen Pauschalurlaub an der Algarve gebucht. Und sie will mir ihren alten versifften Rucksack mit der schwedischen Flagge auf dem Deckel ausleihen, aber ich kaufe mir lieber einen neuen, denn ich will Jakob und Didrik nicht schon einen Grund zum Lachen geben, noch bevor wir an Bord der Fähre nach Kopenhagen gegangen sind.

Mats Wilander erreicht zum ersten Mal das Finale der French open. Wir sitzen bei Didrik im Keller und sehen uns das Match an, werden von seiner Mutter mit Eis und Coca-Cola versorgt, und sein Vater kommt herunter, begrüßt uns und hat vergessen, dass wir uns schon einmal begegnet sind, als die Klasse zu einem Studienbesuch in seiner Firma war, und jetzt haben wir keine große Lust, aufrecht dazusitzen und seine Fragen zu beantworten. Wilander hat das Match gedreht und ist dabei, Guillermo Vilas vom Platz zu fegen. Silence, s'il vous plaît!

Als Wilander den dritten Satz zu null gewonnen hat und ein gutes Stück im vierten ist, wirft Jakob gleichsam by the way in die Runde:

»Wir hauen in der ersten Ferienwoche ab.«

»Aber wir haben doch Ende Juli gesagt! Ich muss erst noch jobben.«

»Dann jobbst du eben hinterher.«

»Und London? Wir haben doch die Wohnung ...?«

»Das ist abgeblasen. Sie brauchen sie selber.«

Didrik hat nicht reagiert. Er verfolgt das Match. Es ist sonnenklar, dass er schon vorher davon gewusst hat. Für mich ist es völlig unmöglich, früher zu fahren.

»Ich muss erst noch mehr Geld zusammenbekommen.«

»Leih dir doch was. Du findest schon eine Lösung.«

Ich überlege, dass ich noch mehr von dem Kindergeld abheben oder mir vielleicht etwas von Monika leihen könnte, aber das nützt alles nichts.

»Bei meinem Job kann ich jetzt nichts mehr ändern.«

Aber Jakob hört gar nicht zu. Er fällt vor dem Fernseher auf die Knie – Jaa! –, als Wilander seine schmächtigen jugendlichen Arme zu einer Siegergeste hebt.

Ich erkenne ihn wieder, denn ich habe ihn auch früher schon gesehen, den Verrat, der vor mir Gestalt annimmt, er ist mir bekannt, ist ein guter alter Freund, der regelmäßig zu Besuch kommt, die Unzuverlässigkeit als das einzig Zuverlässige, doch, darin liegt durchaus eine gewisse Geborgenheit, auch das ist ein Grund, auf dem man stehen kann, denn bei ihrem Gegenteil, dem Vertrauen, ist es schwerer zu wissen, wie man zu ihm stehen soll.

»Dann könnt ihr also nicht noch ein paar Wochen warten?«

»Wir müssen doch nach Spanien. Zur Fußball-WM.«

Und Didrik, der mit der Fernbedienung den Fernseher leiser stellt:

»Kannst du nicht tauschen?«

»Nee. Dafür ist es jetzt zu spät.«

»Sorry.«

»Okay.«

»Du bist doch nicht sauer, oder?«

»Ach was. Ist schon okay.«

Aber eines ist sicher. Es widerstrebt einem zu gestehen, dass man für die nicht zählt, deren Freund man geworden ist, von denen man *geglaubt* hat, ihr Freund geworden zu sein. Und als ich gezwungen bin, es zu gestehen, mir selber, Mama, begreife ich auch, wie es kam, dass Mama die Geschäftsführung der Strumpffabrik Großmutter gegenüber verteidigte. Mama, die sagt:

»Und so was nennt sich Freunde!«

»Sie wollen zur WM. Das ist alles.«

»Das spielt keine Rolle. So was tut man nicht.«

»Es ist halb so wild. Ich kann nächsten Sommer immer noch Interrail machen.«

Aber ich höre natürlich selber, wie fadenscheinig das klingt. Und Mama sieht mich mit einem Gesichtsausdruck an, der bedeutet: Ich habe das auch erlebt, denn ich verspreche euch, wenn jemand weiß, wie es ist, hereingelegt zu werden, gründlich hereingelegt zu werden, dann ist es Mama, sie weiß, die einzige Möglichkeit, seine Selbstachtung zu bewahren und nicht verbittert zu werden, besteht darin, den Verrat zu verteidigen, sich auf die Seite der Verräter zu schlagen und ihre Argumente zu den eigenen zu machen, und dass ich dies nicht zuletzt deshalb tue, um sie davor zu schützen, meinetwegen verletzt oder traurig zu sein, und sie weiß, was man braucht, ist Trost, aber kein Trost von der mitleidigen Sorte. Sie sagt:

»Jetzt kannst du mit dem Geld stattdessen den Führerschein machen.«

Mama belässt es dabei, sie sagt nicht: Der sicherste Weg, enttäuscht zu werden, ist Freunde zu haben, oder etwas anderes Neunmalkluges, das man nicht hören will. Es tut gut, mit ihr zusammenzusitzen und nicht mehr viel sagen zu müssen. Auf Mama ist Verlass. Aber in der Nacht, als das ganze Ausmaß des Verrats wie in lodernder Schrift an der Decke geschrieben steht und der Sommer sich auf einen Schlag in eine drei Monate lange Takla-Makan-Wüste verwandelt, die durchlitten werden muss und die man schnellstmöglich hinter sich bringen will, kann man nicht einschlafen ... der Rucksack, der an die Wand gelehnt steht, gepackt mit Erwartungen, Vorstellungen, Träumen, die bekannt leichtsinnigen Interrailmädchen auf Mykonos, die Finger zerstochen an Rosendornen, der Gestank von Müll, Ehrensvärds Meckerei im Ohr, zollfreier Alkohol auf der Fähre Rødby-Puttgarden, Cosa-Nostra-Bars in Neapel, die Discothek Hippodrome in London ... das Klacken, als Mama überprüft, dass die Tür abgeschlossen ist, und ich drehe mich zur Wand, aber das nützt rein gar nichts ... Ich würde jetzt gerne losziehen und finnisch werden, finnischer als je zuvor, finnischer als Präsident Kekkonen, Karelien und die Sauna zusammen, aber mir fällt niemand ein, mit dem zusammen ich finnisch werden könnte, und im Übrigen ist Mama niemand, der unnötig Alkohol im Haus hat.

Folglich beginnt der Sommer damit, dass ich eine Runde um den Block drehe, die übliche Runde, wenn der Klumpen in meiner Brust zusammengepresst, noch eine weitere Drehung angezogen wird. Ich mache auch einen Abstecher in die Stadt, aber dort gibt es natürlich erst recht niemanden, mit dem man reden kann, denn ich suche verzweifelt nach jemand, an den ich mich in diesem Sommer halten kann, einen Freund, finde keinen in der Stadt, finde keinen unten auf dem Hof, mittlerweile auch keinen mehr am Kiosk. Am großen Spielplatz hängt ein Rest der Gang herum.

»Schön, dich zu sehen, Johan. Wo bist du gewesen?«

Wie, gewesen? Jungs ... Johan hat sich eine Weile fern gehalten. Er hat keine Zeit gehabt. Er hat versucht, sich von seinen Freunden zu lösen. Er hat sich unwohl gefühlt. Ist zwischen der alten Gang und seinem neuen Leben mit anderen Freunden eingeklemmt worden. Jetzt ist er wieder da, wo er hingehört. Aber tut er das auch? Nein, er steht mit einem Fuß in einer anderen Welt, mit dem anderen noch in der ihm bekannten, denn die Kehrseite davon, sich klassenlos zu fühlen, besteht darin, nirgendwo hinzugehören, und indem er sein Gewicht nun auf diesen, seinen zweiten Fuß verlagert, kann er die Schultern eine Weile senken und mit den anderen in der Sommerdämmerung quatschen, denn hier beherrscht er wenigstens die Regeln und die Witze – man muss nur mal schnell aufs Lager gehen.

Sobald er in den Blumenbeeten fertig gejätet hat, trifft er sich mit der Gang am Strand. Rolle hat eine Frisbeescheibe dabei, aber niemand hat Lust zu werfen, er selber im Grunde auch nicht. Es ist zu heiß. Rolle rollt das Badehandtuch aus und legt sich hin, fragt:

»Habt ihr das von Lasse gehört?«

»Was denn?«

»Die Bullen haben ihn bei einem Bruch geschnappt. Da hat seine Mutter ihn rausgeworfen.«

»Ist er denn nicht in den Bau gekommen?«

»Er hat einen Monat in einer Jugendanstalt bekommen, dann haben sie ihn laufen lassen.«

»Und jetzt?«

»Tja, gute Frage.«

»Und Roger, wo ist der?«

Rolle weiß auch über ihn Bescheid:

»Der ist total abgedreht, arbeitet den ganzen Sommer mit Kindern in einem Ferienlager.«

Persson hat eine Kühltasche mit Quark und Milchtüten dabei. Andauernd schiebt er ab und quatscht Proteinpulver und Aminosäuren mit den aufgepumpten Fleischklöpsen unter dem Turm der Strandaufsicht.

»Musst du die ganze Zeit Milch trinken?«

»Das stärkt das Knochengerüst.«

»Drei Liter am Tag?«

Jerry William, mit dem sich jetzt noch am leichtesten eine gemeinsame Sprache finden lässt, liegt auf dem Bauch und erklärt gedruckte Schaltungen und Computerprogramme. Es geht um Einsen und Nullen und ihre Verteilung und mehr brauche ich beim besten Willen nicht zu wissen, meine Kenntnisse über Computer reichen bis zum ABC 80 der Schule mit externer Festplatte in der Form eines Kassettenrekorders. Man braucht zwei Schulstunden, um ihn so »programmieren« zu können, dass der eigene Name 336 Mal in acht Spalten auf dem Bildschirm erscheint. Für Jerry William ist das eine schöne neue Welt. Er redet von der Firma, die er gründen will. Leeres Geschwätz, tut man das ab und glotzt träge zu den Wolken hinauf, die landeinwärts treiben, und konzentriert sich darauf, in den letzten Sonnenstrahlen des Tages eine hübsche Bräune zu bekommen, aber genau wie andere todsichere Aussagen über die Zukunft der übrigen Mitglieder unserer Gang wird einem auch das wieder aufs Brot geschmiert werden, und zwar gründlich – im nächsten Jahr bricht Jerry William die Schule ab und bringt sich selber das Programmieren bei, kämpft Tage, Abende, Nächte und Wochenenden, um etwas zu lernen, das so neu ist, dass man es nicht lernt, sondern *erschafft,* dann eine eigene Firma, ein Kellerverschlag, der zu schnieken Büroräumen in der City wächst, zu einer Etage in dem alten Fabrikgebäude in der Bergsgatan, das zu einem IT-Haus restauriert wird und zu einer Tochterfirma in einem der Hitech-Hochhäuser am Hötorget in Stockholm, Visitenkarte: William Hanelund, Geschäftsführender Direktor ComProg (ehemals JW Computer Programming), ein aufstrebendes Unternehmen, das die akademischen Genies vom Technologiezentrum Ideon in Lund auf der linken Spur überholt, Swisch, und Jerry William wird ein fünfminütiges Vieraugengespräch mit Bill Gates gewährt, als dieser ein Seminar im Konzerthaus hält, während der Wirtschaftsminister sich draußen im Flur ungeduldig die Beine in den Bauch steht, aber jetzt platzt er heraus, also Jerry William:

»Ein letztes Bad, dann gehen wir zu mir!«

Elternlose Wochen. Jerry Williams Eltern machen Urlaub am Gardasee. Rolles sind in ihr Häuschen in dem Schrebergarten gezogen, den sie auf Ärtholmen gepachtet haben. Mama hat Zettel mit Anweisungen zum Blumengießen und eine Handkasse auf dem Tisch hinterlassen und die Gefriertruhe für den Fall voll gestopft, dass ich es satt haben sollte, Hamburger zu braten, und ist zu Großmutter ins Altersheim gefahren, um ihr schlechtes Gewissen zu beruhigen, weil sie ihre Mutter nicht oft genug besucht. Auf dem Flurboden landet eine Ansichtskarte von Monika und Stig mit einem Bild von nackten Bräuten, die sich im Gegenlicht im Sand wälzen, um das Bruderherz ein bisschen zu ärgern.

Auf dem Steg sitzen Åsa und Laila. Laila im Badeanzug, trockene Haare und die Hände unter die Schenkel geschoben. Åsa oben ohne! Nicht, dass wir deshalb zu ihnen hinüberschauen würden, und sie nicht zu uns. Wir kennen uns jetzt fast unser ganzes Leben, und nun grüßen wir uns nicht einmal mehr ... oder? Nur Rolle:

»Sollen wir sie nicht heute Abend einladen?«

»Zwei Loser?«

»Sollen wir heute Abend etwa schon wieder ohne Mädchen rumhängen?«

»Dann häng du doch mit ihnen rum.«

»Jetzt kommt schon. Sie sind in Ordnung.«

Aber Rolle geht natürlich nicht zu ihnen rüber. Es ist nur das übliche Gelaber. Wir baden, bis es dunkel wird, dann springen wir vom Dach der Umkleidekabinen, trotz des Stacheldrahts, der jetzt dort ist. Warme Sommerabende, die damit enden, dass wir auf Jerry Williams Balkon sitzen und spanischen Landwein und Selbstgebrannten trinken, und Rolle hat aus Vogelsamen Marihuana gezüchtet, und die Pfeife geht rund.

»Jetzt bekommt ihr was zu hören!«

Jerry William legt Springsteens *Darkness on the edge of town* auf und geizt nicht mit der Lautstärke, lässt die ganze Siedlung in den Genuss von *Adam raised a Cain* kommen, und die balkonienurlaubenden, kaffeetassenklirrenden Nachbarn hinter den Geranien auf den Balkonen bekommen die Krönung in den falschen Hals und fliehen ins Haus. In diesem Sommer ist es, als würde man die Platte zum ersten Mal hören, das ist kein Supertrampschrott, das ist die Kraft, das ist die Energie einer schäbigen Rockgang, die über uns hinwegschwappt, es ist einfach, es ist direkt, unwiderstehlich, es sind Boots auf Asphalt und ein Holzfällerhemd mit abgerissenen Ärmeln, eine Gitarre, die gegen die Schenkel klatscht, es ist fast so stark wie Bogdan im Jugendzentrum von Lorensborg, es ist Rock für alle mit einem Klumpen in der Brust, und man mag sich später in seinem Leben einreden, man wäre ein kultivierter Feinschmecker, weil man findet, dass

Kind of blue von Miles Davis die beste Jazzplatte aller Zeiten ist und weil man in den Klassikregalen botanisiert, Bachs Werkverzeichnis büffelt oder, genauso intellektuell High Brow, wenn auch am anderen Ende der Skala, zu wissen behauptet, worum es bei Bob Dylan geht, aber hier, genau hier fängt alles an, das sind Texte für alle, denen der Geschmack vom Bodensatz des Daseins im Maul klebt, zu einer Musik, in der die vorbehaltlose Freude, der Sex, die Lust, die Sehnsucht deiner Seele liegt ... so ein Sommer kann trotz allem etwas Schönes sein!

Da meine European Tour abgesagt wurde, stehen drei Monate in grünen Hausmeisterhosen auf dem Programm. Josef schnippelt Möhren für die Kaninchen. Der alte Ehrensvärd kratzt in der Hitzewelle um Mittsommer ab. Man ist erleichtert, obwohl es kompliziert ist, sich diese Erleichterung einzugestehen. Es muss doch trotz allem etwas Gutes in ihm gesteckt haben – nein, wenn man es recht bedenkt, kein Fünkchen. Nur der Geschäftsführer scheint ein wenig um ihn zu trauern.

Frau Gröndahl lässt mich herein, als ich unter dem Vorwand klingele, die Toilette überprüfen zu wollen. Ich bin neugierig, ob sie wirklich jeden Tag ein Essen für acht Personen kocht. Das tut sie. Ich bleibe und esse mit ihr. Wir sitzen an dem gedeckten Tisch und essen den etwas trockenen Braten, während wir darauf warten, dass ihr Mann und seine Geschäftsfreunde die Aktentaschen im Flur abstellen und die Servietten auf dem Schoß ausbreiten – den Abschluss endlich unter Dach und Fach! Sie strahlt vor Gastgeberinnenglück und tut mir noch etwas auf, es ist Miss Sophie, die James bedient, Miss Sophie, die fragt, wie der Vormittag von James gewesen ist, und sagt:

»Um diese Jahreszeit pflegen wir nach Verona zu reisen und uns Opern anzuhören. Gefallen ihm Opern?«

»Ich höre lieber Rockmusik.«

»Ist das Elvis Presley oder wie der heißt?«

»Nee, das ist was anderes. Ich höre Bruce Springsteen.«

»Ach der. Von dem habe ich noch nie etwas gehört. Aber mein Mann weiß bestimmt, wer das ist.«

Als ich abends davon erzähle, will mir keiner aus der Gang glauben. Rolle:

»Du machst Witze, was? Sie kocht doch nicht jeden Tag ein Essen, mit Suppe und Nachtisch?«

»Ich schwöre es.«

»So müsste man es haben«, meint Janis, der Träumer.

»Du hast es doch so!«

»Ist es nicht ziemlich schwierig, Mädchen zu treffen, Janis? Gibt nicht so viele, die an der Küchenbank vorbeischauen, was?«

»Ich hab die Schule satt, das ist alles.«

»Zwei Jahre lang!?«

»Ja, und?«

Wir liegen auf dem Wall um die Rasenfläche des Hofs, sind wieder dort, wo alles begann. In der Abenddämmerung haben wir etwas gekickt. Persson hat seinen Ghettoblaster dabei und einen Grashalm zwischen seinen Zähnen verkeilt:

»Johan, du hast noch ein Jahr, was? Was willst du dann machen?«

Die Frage, die man lieber nicht hören will. Es ist der Sommer der Faulheit. 1982, der letzte Sommer, in dem alles ein Spiel ist, noch muss ich mich nicht damit beschäftigen, was man den Ernst des Lebens und die Zukunft nennt, aber sie machen sich bemerkbar und gehören, abgesehen davon, dass wir inzwischen ganz offensichtlich verschiedene Wege eingeschlagen haben, zu den Dingen, die dazu führen, dass sich das Verhältnis zwischen uns verändert hat. Wir sind Freunde, die wissen, dass bald etwas anderes vor der Tür steht. Und es ist die Frage, die man nicht hören will, weil man nicht die geringste Ahnung hat, was man machen soll, außer dass es einem gut gehen soll und man Kohle in der Tasche und viel freie Zeit haben möchte, um sie zum Fenster hinauszuschmeißen, und ganz bestimmt nicht das Leben führen will, das unsere Eltern geführt haben. Ich antworte:

»Ich geh vielleicht nach Stockholm.«

»Dahin? Du?«

»Läufst du dann auch mit einer Aktentasche rum?«

Die Gang bricht in schallendes Gelächter aus, hält sich den Bauch und wälzt sich im Gras. Ich gönn es euch, Jungs.

»Was willst du denn da?«

»Da gibt es die Jobs und das Geld.«

»Was sagt denn deine Mutter dazu?«

»Weiß ich doch nicht! Kannst sie ja fragen!«, zische ich, denn die Fragen dieser Holzköpfe fangen an, ein wenig aufdringlich zu werden. »Was ist denn mit dir, Persson? Jobbst du jetzt als Automechaniker?«

»Nie im Leben. Aber es war halt das Einzige, wo ich reingekommen bin.«

Er spuckt den Grashalm aus.

»Lehrer scheint kein übler Job zu sein, da hat man viel Zeit zum Trainieren und so.«

»Ein neuer Palin werden?«

»Willst du eine geklebt bekommen?«

Und wir haben einen neuen, prächtigen Grund zum Lachen.

Während Janis so abwesend dagelegen und in den Nachthimmel gestarrt hat, wie nur er es kann. Fledermäuse schwirren durch die Luft. Er setzt sich auf.

»Das ist doch eh alles scheißegal.«

Er breitet die Hände aus. Und wir wissen, was er meint. Es hat keinen Sinn, sich Sorgen zu machen oder Pläne zu schmieden. Nicht heute Nacht. Nicht in diesem verzauberten Sommer. Es ist scheißegal. Der Fußball wird wieder rausgeholt. Wir spielen in der Dunkelheit, werden betrunken und verrückt. Rolle spielt Katz und Maus mit uns. Das ist auch scheißegal. Wir sehen den Ball nicht, laufen aber trotzdem, tackeln, fallen hin, flitzen herum und lachen über alles und nichts in der lauen Nacht, vielleicht laufen wir aber auch, weil wir glauben, das, was wir für die Zukunft halten, würde uns sonst einholen. Persson dreht den Ghettoblaster auf. *Adam raised a Cain.* WM-Star Paolo Rossi kann uns gestohlen bleiben. Beckenbauer ist zurück, Gerd Müller und Bosse und Tapper, Janis im Tor als Ronnie Hellström, die Idole halten sich, ein Leben lang, wir jedoch nicht. Ausgepumpt sinken wir auf den Graswall und machen jeder eine Büchse Bier auf. Herrlich, euch wieder zu sehen, Jungs! Zukunft, here we come.

Achtzehn. Volljährig. Die Hälfte der Fahrstunden abgehakt und ein ganzes Leben, das vor einem liegt. Die Spiele des Sommers sind vorbei. Die alte Gang wird einem unangenehm, sobald die Herbstwinde einen erfassen, aber es ist auch unangenehm, wieder in der Borgarschule zu sein. Ich finde keinen natürlichen Platz, keine selbstverständliche Gemeinschaft. Aber hallo! Was tust du? Suchst du Roger auf und entschuldigst dich bei ihm damit, dass du eine Zeit lang ziemlich down warst? Oder tust du so, als wäre zwischen dir und Jakob und Didrik nichts vorgefallen, und hörst dir munter die Geschichten von ihrer Interrailtour an? Jakobs:

»Das war ein Strand auf Mykonos! Nachts war er voller Paare, die es miteinander trieben. Da brauchte man keine Schlafsäcke.«

»Und die WM? Welche Spiele habt ihr euch angesehen?«

Didrik:

»Nee, nach Spanien sind wir nicht gekommen.«

Du lässt trotzdem nicht locker? Ja, du lässt nicht locker. Es ist wie damals, als du mit der Gang am Kiosk rumhingst, du willst nicht verlieren, was du erreicht hast, und nun hast du nichts im Rücken, wozu du zurückkehren könntest. Du triffst dich weiter mit denen, deren Lebensbedingungen anders sind als deine, auch wenn du jetzt etwas zurückhaltender geworden bist. Du gehst zu ihren Herrenabenden, Seeschlachten mit Tischkarten und Smokings aus dem Secondhand in der Baltzarsgatan. Und du begleitest sie ins Rathaus, um den ultraabgeschmackten, TV-gestylten Wahlkampf des konservativen Parteivorsitzenden Ulf Adelsohn zu sehen, Ballons und Jubel und eine Botschaft, die sich an die Jugend richtet und in der Manege zu Gunsten eines zukünftigen Rechtsrucks scharrt. Billige Rhetorik, wenn du dein erwachsenes

Ich fragst. Aber jetzt stehst du neben Jakob und Didrik und lauschst der Wahrheit einer neuen Zeit.

Hinter Adelsohn stehen die kommunalen Hotshots Parade, die danach lechzen, Malmö, die Wiege der schwedischen Arbeiterbewegung, in ein konservatives Versuchslabor zu verwandeln. Im Publikum entdeckt ihr euren Sozialkundelehrer, der sich die Hände feuerrot applaudiert, und du begreifst, auf der Grundlage welcher Werte er seine Noten verteilt.

Du applaudierst auch, weil alle anderen applaudieren, und weil du auch den betongrauen Überdruss satt hast, der das Land wie Nebel im November einhüllt, den Trott, den Mangel an Ideen, das Fehlen von Visionen, die dich und deinen Willen, dich freizukämpfen, ansprechen. Du packst deinen Schädel voller Argumente, Grillen, von denen du glaubst, dass sie etwas für dich tun werden, und mit der Ironie der neuen Wahrheit lernst du, Sozi als ein Schimpfwort zu benutzen, nicht im politischen Sinne, sondern für alles, das für Ödnis, Mittelmaß, Willenlosigkeit, ein retardierendes Nicht-nach-vorne-Schauen steht.

Adelsohn glänzt, dreht eine letzte Runde mit seinen abgedroschenen Phrasen. Er reckt die Arme in die Höhe. Ballons und Applaus.

Oder misstraust du dem Ganzen? Kann sein. Ja?

Aber du bist da.

Es gibt andere, neue Kapitel, die sich mit einem ganz anderen Stolz schreiben lassen. Denn zum gymnasialen Leben und Heranwachsen gehören Schulfeten, bei denen man in einer Ecke steht und den Blick über die Tanzfläche schweifen lässt, denn auch wenn man inzwischen zur angesagten Gang gehört, nimmt man doch die Position ein, an die man sich gewöhnt hat, am Rande, das macht nichts, zum richtigen Zirkel von Leuten zu gehören ist wie ein starkes Markenzeichen.

Die mit der blonden Pagenfrisur und den schmalen Handgelenken, die jetzt zum zweiten Mal hier vorbeikommt, warum habe ich sie vorher noch nie gesehen? Ich habe sie zwei Jahre lang täglich gesehen, aber nicht *so.* Sie geht in die Parallelklasse, hat eine Klammer getragen und ist mit Sonja befreundet, und wenn sie noch einmal vorbeikommt, muss mir was Smartes einfallen, das ich sagen kann.

»Hallo.«

»Hallo«, sagt sie, Charlotte.

»Möchtest du tanzen?«

»Es ist zu heiß.«

»Später vielleicht?«

»Sollen wir nicht lieber rausgehen und was frische Luft schnappen?«

Wir sind draußen und »schnappen frische Luft« im schweinekalten Blasenentzündungswind, der über den Parkplatz streicht, rauchen ihre letzten sechs Camel unter dem Porsche, der zu Reklamezwecken auf das Dach über dem Eingang gehoben worden ist. Das hier ist was anderes als im Baldis, das hier ist Ernst, und es ist erstaunlich, dass der Ernst so einfach sein kann nach einer so schweren Zeit für Johan, den Qualen im Sommer, den Wahlen im Herbst.

Wir bibbern uns verlegene Fragen zu, kurze Blicke, wir frieren so, dass wir zittern, spannen den ganzen Körper wie einen krampfenden Muskel an, um unbeeindruckt von der Kälte zu erscheinen, ehe wir uns wieder in die umarmende Dunkelheit begeben und die letzten Tänze tanzen, drei Schmusenummern am Stück, eng umschlungen, sie drückt den Bauch gegen meinen Ständer, wir küssen uns.

»Darf ich dich nach Hause begleiten?«, frage ich.

»Das ist keine so gute Idee. Aber wir können uns morgen treffen.«

»Okay. Ich ruf dich morgen früh an.«

Ich rufe Charlotte so früh am Morgen an, dass sich bezweifeln lässt, ob es überhaupt schon Morgen ist, bevor ich eingeschlafen bin, denn ich kann nicht einschlafen, ich brauche keinen Schlaf, und am hellichten Tag und mit klarem Kopf wird mir der Mut fehlen, so früh, dass nur ihr Vater aufgestanden ist, falls er das überhaupt schon ist, er klingt nicht sehr wach, jedenfalls ist es so früh, dass er sich weigert, seine Tochter zu wecken, und mir verspricht, dass sie *morgen früh* zurückruft.

Es wird der längste Morgen im Leben des Johan Kraft, und als Charlotte endlich anruft, zwanzig nach neun, sagt sie:

»Hast du Lust, was zu unternehmen?«

»Was denn?«

»Weiß nicht. Was meinst du? Spazieren gehen am Strand?«

Wir treffen uns an der Kaltbadeanstalt, gehen schüchtern am Wasser entlang, am Behindertenbad vorbei und zu den Masten, die wie eine stachlige Punkfrisur vom Yachthafen auf der anderen Seite der Hügel hochstehen, wiederholen unsere verlegenen Fragen von gestern und geraten im Sand ins Stolpern, sodass wir einander näher kommen, fassen einen Arm an, legen ihn um den Rücken, deshalb sind wir schließlich hier, oder etwa nicht?

Charlotte schlägt Kaffee und Zimtschnecken im Café der Kaltbadeanstalt vor, am Abend Kino, am nächsten Tag Tee bei ihr daheim, im Haus auf dem Sannavägen, einem asphaltierten Darm am Rande von Limhamn, wo ich den Eltern vorgestellt werde, einer Mutter, die herumfährt und 100 % Freundlichkeit ist, und einem Vater, der sich mit einer Lesebrille auf der Nasenspitze aus seinem Sessel erhebt.

»Du bist also der, der nachts anruft?«

Wir trinken Tee mit ihnen, es ist die reinste Abba-Veranstaltung, und ihr Vater, leitender Versicherungsangestellter, fragt mich über meine Familienverhältnisse und Zukunftspläne aus.

»Vater!«, fleht Charlotte. »Johan ist nicht gekommen, um eine Versicherung abzuschließen.«

»Aber Lottie«, erwidert er, »wir Männer müssen uns doch kennen lernen.«

Doch mehr erfährt er nicht, denn Charlotte nimmt mich stattdessen mit auf ihr Zimmer. Und alles ist wieder ganz einfach, wir küssen uns unter der Reislampe, und sie sagt:

»Wenn du willst, kannst du diese Nacht hier schlafen.«

Montagmorgen warten Jakob und Didrik auf dem Schulhof schon auf mich. Noch bevor ich vom Fahrrad gesprungen bin und es abgestellt habe, weiß ich, was Jakob fragen wird.

»Bist du jetzt mit Charlotte zusammen?«

»Wieso?«

»Natürlich bist du das.«

»Na und, ist was dabei?«

»Und, hast du sie gebumst?«

»Wie lief es denn eigentlich mit Sonja?«

»Ach komm! Na ja, good luck.«

Johan und Charlotte. Ich habe nicht die Absicht zu fragen, ob wir zusammen sind, so etwas *fühlt* man. Beispielsweise wenn ich in der Pause dorthin zockele, wo sie mit den anderen Mädchen vor der alten Turnhalle steht und raucht und ihre Stimmen leiser werden, Mädchen in Markenkleidern, die sich so schminken können, dass man nichts davon merkt, und denen zu nähern ich mich niemals getraut hätte, wenn Charlotte sich nicht umdrehen und auf mich zukommen würde, während die Blicke der anderen ihr folgen, sie nimmt meine Hand, und wir marschieren davon. Denn zusammen zu sein, ist eine Art Zwischenposition, weil man gleichzeitig etwas außerhalb des Zirkels steht, der es überhaupt erst ermöglichte, dass man einander entdeckt hat.

Man spürt das auch, wenn wir die Samstage in der Stadt verbringen. Wenn wir Hand in Hand ins Kaufhaus schweben und prüfend an den Polohemden von Benger ziehen und uns die Hemden von Matinique ansehen, ehe wir weiterziehen zu Eis und Kaffee in den Markthallen.

Und man spürt es, wenn wir die Samstagabende mit ihren Freunden auf einer Fete verbringen, oder eigentlich keiner Fete, jedenfalls nicht das, was ich unter einer Fete verstehe, es sind vier, fünf Paare, die sich bei jemandem treffen, dessen Eltern verreist sind, gesittete Veranstaltungen, bei denen die Mädchen sich in der Küche versammeln und bei einem Glas Weißwein kichern, während sie das Essen vorbereiten, und die Jungen mit Bier auf der

Couch sitzen und über Skifahren und den BMW 525 reden, den immer irgendein Vater gerade als Dienstwagen bekommen und übers Wochenende seinem Sohnemann ausgeliehen hat, während sich im Hintergrund ein Sampler mit Barry White oder Hits von Tamla Motown in verzagter Lautstärke dreht.

Veranstaltungen, die damit enden, dass wir paarweise auf den Couchen sitzen und uns zärtlich umarmen, während die Kerzen herunterbrennen und mit einem Zischen verlöschen, und einer, der aussieht, als hätte er gründlich nachgedacht, lässt den Blick über uns alle schweifen und sagt in einem beinahe religiösen Tonfall:

»Kann es uns jemals besser gehen als in diesem Augenblick?«

Es gehört zu Charlottes Eigenarten, dass sie Konsequenzen aus dem indiskutablen Schulessen gezogen hat. Sie isst nie in der Schule, und das allein reicht im Grunde schon aus, um sich in sie zu verlieben. Stattdessen sitzt sie bei einer Tasse Kaffee und einem Käsebrötchen in Hämmerleis Konditorei und zündet sich eine Kippe an, die im Aschenbecher ihrem Schicksal überlassen wird.

Ich schaue auf die Uhr und sage, dass es bald weitergeht.

»Ich habe eine Freistunde.«

»Aber ich habe eine Doppelstunde in Buchführung.«

»Musst du da hin? Es ist so langweilig, hier allein zu sitzen.«

Ich schwänze eine Stunde, zwei, diverse Stunden, die Stunden, in denen Charlotte etwas anderes machen möchte. Natürlich tue ich alles, um mit dem wunderbarsten Mädchen der Welt zusammen sein zu dürfen, die über meine Scherze lacht, die detailliert erzählen kann, wann sie mich zum ersten Mal gesehen hat, im Golfclub von Falsterbo.

»Du hattest ein weißes Hemd an.«

»Tatsächlich?«

»Erinnerst du dich nicht? Wir saßen am gleichen Tisch.«

»Ach ja, stimmt, ja.«

Wie lange hat sie schon ein Auge auf mich geworfen? Eine Ewigkeit.

»Dich sieht man doch überall. Ja, oder eher euch drei.«

»Wieso uns drei?«

»Na ja, dich und Didde und Jacke. Ihr hängt doch immer zusammen.«

»Ja, wir sind die besten Freunde.«

Wie ein schwanzwedelnder Köter mit sabbernder Zunge vor dem Maul sitzt man schmachtend da und bettelt um Aufmerksamkeit und Zärtlichkeit, flüstert der Hollywoodromantik entlehnte Worte, klebrige Süßigkeiten, lässt sich alles Mögliche einfallen, um hinter den Ohren gekrault, unter dem Kinn gekitzelt zu werden, sitzt brav da und begnügt sich damit, ab und zu ein Leckerchen von ihrem Tisch zu bekommen, ein Lächeln, ein Küsschen, ein »Liebling«, irgendetwas, das die Liebe bekräftigt, und man liebt es, liebt es, man wird diese Frau sein ganzes Leben lang lieben, will sie heiraten, sein Leben an ihrer Seite verbringen, denn man hat keine Ahnung, wie das Verliebtsein, das Highsein von dem Versprechen in guten wie in bösen Zeiten eingeebnet wird, und kommt einem jemals eine solche Ahnung, redet man sich einfach ein, dass so etwas nur anderen passiert, niemals einem selber, nicht uns, die Routine des Alltags wird diesen Druckkochtopf niemals verkalken, der Schlendrian steht nicht im Wörterbuch, Überdruss ist eine unbekannte Region in einem fernen Land. Dass einmal ein Tag kommen wird, an dem man fantasiert, sich von seiner Leine zu befreien und wieder wie ein streunender Hund herumlaufen und an den jungen Hündinnen schnüffeln zu dürfen, auf diesem Kanal empfängt man nicht, das kommt viel später, ein bisschen viel später, nach Jahren im Hafen der Ehe, z. B. als ich und Helena zum Brückenkopf in Lernacken fahren, um als Abonnenten der Südschwedischen Zeitung freien Eintritt zu der Ausstellung über die Brücke zu haben, die unsere Stadt zu einem Vorort Kopenhagens machen soll, und dort Cissi an der Information steht und aussieht, wie sie es immer getan hat, außer in den Punkjahren, und ich sage zu Helena, geht ihr schon mal vor, ich komm gleich nach, und zu Cissi sage ich, lange her, dass wir uns gesehen haben, wie lange? zehn Jahre, fünfzehn? arbeitest du hier? und sie antwortet Ja, und ist das deine Familie?, worauf ich bejahend nicke und wissen will, ob sie selber eine hat, und sie hebt die Hand mit gespreizten Fingern und der Ringfinger ist ohne Ring, aber ich habe eine Tochter, die elf ist, ergänzt sie, eine Tochter, erzählt sie, die sie während der Jahre in New York bekommen hat, Kunsthochschulen, Workshops, eine harte Stadt, wenn man in ihr was werden will, zu hart, dann Marktstudien und ein Jahr an einer Marketing Management University in Lausanne, ehe sie allein mit einem Kind in ihre Heimatstadt zurückkehrte, gut für die Hämischen, die Schadenfreudigen, die Freudegeschädigten, dass sie bekam, was sie verdiente, die bitch ist ordentlich zusammengestaucht worden, sie, die immer geglaubt hat, sie wäre etwas Besonderes, das große Leben in der großen Welt und dann gedemütigt nach Hause, heute lacht sie darüber, lass sie reden, aber damals war es bitter, und aus heiterem Himmel sagt sie, hast du schon mal eins von Carinas Büchern gelesen, Carina, die nach dem Abitur sofort nach Stockholm abgehauen ist, die Unterschrift des Rektors auf dem Zeugnis war noch nicht ganz trocken, als sie auch schon mit dem Standbyticket auf dem Flughafen stand, und ich muss zugeben, dass ich nichts von ihr gelesen habe, sie aber auf Fotos, Kulturseiten, bei Interviews, im Bücherjournal im Fernsehen gesehen habe, das wir geguckt haben, weil Helena den Schriftsteller Björn Ranelid sehen wollte, von dem sie maßlos begeistert ist, ein Mann, der mit seiner verbalen Vitalität locker das gesamte schwedische Korps geschliffener Strafverteidiger hinter sich und mich eifersüchtig werden lässt, oder wenn Carina z. B. bei Gleerups in Lund gewesen ist und einen Literaturpreis in Empfang genommen hat oder in der Weihnachtszeit bei irgendeinem Buchhändler in unserer Stadt gesessen und das Buch signiert hat, das von unserer Kindheit handeln soll, und wie sie mit ihr gebrochen hat, ich lese nicht viel Belletristik, gebe ich zu, habe keine Zeit, meistens bleibt es bei Verträgen und klein gedruckten Dokumenten, und Cissi meint, das sei schade, und dass Carinas Bücher mir gefallen, ich mich in ihnen wiedererkennen würde, was immer sie damit meint, und sie fährt fort: Wir sollten uns mal wieder treffen, die ganze Gang, wir haben uns so viel zu erzählen, sollten vielleicht ein Klassentreffen organisieren, und ich pflichte ihr widerstrebend bei, um nicht als Stubenhocker dazustehen, und Hannes kommt und zieht mich am Arm, beeil dich, Vater, und an Cissi gewandt bringe ich das vollkommen sinnlose wir können ja mal telefonieren, ich stehe im Telefonbuch, ich muss jetzt gehen, sonst fragt meine Frau sich, wo ich abgeblieben bin, heraus, und wir sagen tschüss und wissen gleichzeitig, dass keiner von uns anrufen wird, so wie wir auch kein Treffen organisieren werden, aber als ich mich schon umgedreht habe, fragt sie, was ich denn heute so mache, und ich antworte, dass ich Jurist bin, huch! sagt sie überrascht, darauf wäre ich nie gekommen, dass du einmal Jurist wirst, und während Hannes mich in die Ausstellungshalle schleift, schießt mir der Gedanke durch den Kopf, dass ich zur Information zurückkehren sollte, um zu hören, was sie denn dachte, was aus mir einmal werden würde, aber drinnen warten Agnes, und Helena: wo bleibst du denn, wer war das? und ich sage, das war eine alte Nachbarin, Helena will wissen, wie sie heißt, Cecilia, ich frage: Habt ihr euch schon alles angesehen? Und Helena: Ist das alles? Du erzählst einem nie etwas! Und ich nehme Agnes an der Hand, weil sie etwas gefunden hat, das sie mir zeigen möchte, lasse mich durch sie von Fragen und Vorwürfen wegführen, Helena wird nicht mehr auf sie zurückkommen, den Rest des Tages nur reserviert sein, das heißt, kein Wort zu viel zu mir sagen, ich kann mich nicht einmal mehr darüber aufregen, es ist ein Stück der freudlosen Geborgenheit einer Ehe, ein Nachmittag, an dem die Kinder um einen herumflattern wie weite Hosenbeine, keine Zeit mehr für Intimität, übrigens auch keine Lust, Sex jeden zweiten Samstag schon halb schlafend, ein bisschen betrunken und vor allem, weil es eben dazugehört, damit es nicht ganz so offensichtlich wird, dass es schon *so weit* gekommen ist, aber davon habe ich wie gesagt keine Ahnung, als du noch eine Camel herausziehst, Charlotte, du bist so wunderbar, so bezaubernd, wenn du die Schachtel auf den

Tisch fallen lässt, und ich, der Verzauberte, beeile mich, das Streichholz über die Reibfläche zu ziehen und sie anzuzünden, ich liebe all deine Launen, wie du den Kopf schief legst, die Nase rümpfst, lächelst und in den Pausen meine Hand hältst, am Flipper bei Gunnar Gam, in deinem Bett, wenn deine Eltern in ihrem Wochenendhaus in Beddinge sind, wir lernen die Sprache der Liebe, die weltumspannende, die Zeichensprache, wir sprechen das Love-Lingo aller Menschen. In aller Welt wird es gerufen. Von dir und mir geflüstert. Und das Aufblitzen von Lust in deinen Augen, als du dich zur Flamme vorbeugst.

»Kannst du Buchführung nicht ausfallen lassen?«

»Letztes Mal war ich auch schon nicht da.«

»Mir zuliebe?«

»Na schön, okay.«

»Warte, setz dich nicht. Wo du gerade stehst, Liebling, hol mir doch noch eine Tasse Kaffee.«

Glücklich wedele ich mit dem Schwanz und trippele zur Kanne.

Mama macht den ganzen Herbst Überstunden. Wird in die Filialen im ganzen Land geschickt, um die von ihr entwickelten Buchführungsformulare vorzustellen, die den Mitarbeitern die Berichterstattung und ihr letzten Endes die Arbeit erleichtern sollen. Sie verbringt eine Woche in Stockholm, die folgende in Göteborg, überlässt die Wohnung mir und Charlotte für eigene Abenteuer ... Und der Leiter der Finanzabteilung sorgt dafür, dass sie zu einem Masseur gehen kann, der ihre Schultern wöchentlich eine Stunde lang behandelt.

»Ich habe es immer schon gewusst. Hier wollte ich hin!«

Sagt Mama, die findet, dass es jetzt anfängt, Spaß zu machen, und uns in ihrem Freudentaumel ins Theater einlädt, mich und Charlotte, Monika und Stig, Mama im Mittelpunkt, wie immer, zufrieden, uns um sich versammelt zu haben als die große Familie, die sie sich immer gewünscht hat. Mama, die sich niemals sonderlich für Theater interessiert hat, aber die ganze Stadt spricht über »Nacht, Mutter des Tages« – und das ist weiß Gott kein Wunder! Es ist Lars Noréns Familiendrama, und es ist die Inszenierung von Göran Stangertz. Norén ist ein Genie. Stangertz ist ein Genie. Wir brauchen keine Theatergurus im ersten Parkett, die uns das erklären. Der Hochdruck, der von der Bühne ausstrahlt, nietet uns in unsere Sitze. Pures Uddevalla! Bereits zur Pause ist der Schock in unsere Gesichter montiert. Und Monika will nach Hause.

»Mir geht es nicht gut.«

Mama legt ihr die Hand an die Stirn.

»Am Stück kann es nicht liegen. Ist es die Brille?«

Monika hat nämlich eine Brille bekommen, die sie dauernd auf und ab zieht.

»Es ist der Bauch«, sagt sie. »Mir ist einfach nur schlecht.«

Und Stig, der vermutlich schon genug Familiendramen hat, ohne sie sich auch noch zur Unterhaltung im Theater ansehen zu müssen, scheint eher erleichtert zu sein, Monika nach Hause begleiten zu dürfen.

Während ich und Charlotte und Mama uns hinsetzen, um noch mehr Schläge einzustecken.

Als Monika am folgenden Sonntag zu uns kommt, ist sie vielleicht ein klein wenig blass, aber es geht ihr wieder besser. Mit ihrem untrüglichen Gespür für Timing stürmt sie herein, als es gerade Zeit ist, sich an den Essenstisch zu setzen. Sie lässt sich auf ihren Platz fallen.

»Schade, dass ich den zweiten Akt verpasst habe! Wir müssen noch mal rein.«

»Musst du die Brille immer anziehen?«

»Nee, vor allem, um weit zu gucken. Zum Beispiel beim Autofahren.«

Große runde Dinger mit schwarzen Bügeln bedecken die halbe Wange, ziehen das Gesicht gleichsam nach unten.

»Aber du hast doch gar keinen Führerschein.«

»Ich mache ihn aber vielleicht. Oder im Kino.«

Mama stellt Teller und Gläser auf den Tisch. Monika ist guter Dinge hinter ihrem Visier, protestiert nicht, als Mama ihr auftut, oder als Mama sie drängt, mehr Möhren zu nehmen, damit ihre Wangen Farbe bekommen, oder als Mama:

»Wie geht es Stig?«

»Gut. Er lässt grüßen.«

»Kann er nicht öfter mitkommen?«

Aber Monika stochert im Essen herum, fährt mit einer Kartoffelhälfte durch die Zwiebelsauce, schiebt das Fleisch zur Seite. Das ist Kritik, und Mama reagiert, wie gesagt, empfindlich auf Kritik. Mama sagt nichts, isst, sagt minutenlang kein Wort, betrachtet Monika, ihren Teller, sagt dann:

»Was ist los, Monika?«

»Nichts.«

»Irgendwas ist. Das sehe ich dir doch an.«

»Nee, es ist nichts. Ich hab nur keinen Hunger.«

»Iss wenigstens noch ein paar Möhren.«

»Mama ...«, setzt Monika an. Sie macht eine Pause. Es ist keine Kunstpause, sie legt die Gabel mit der aufgespießten Kartoffel weg:

»Wir bekommen ein Kind.«

»Wow! Gute Arbeit, Schwesterherz. Gratuliere!«

»Das ist doch jetzt nicht dein Ernst?«

Mamas Stimme ist neutral; es ist eigentlich mehr ein Ausruf als eine Frage.

»Wie weit bist du?«

»Ich bin bei einer Hebamme gewesen.«

Mama nimmt die Serviette von ihrem Schoß.

»Weiß Stig davon?«

»Klar.«

»Was meint er dazu?«

»Er hofft, dass es ein Junge wird.«

»Das hat er gesagt?«

Monika, die ihre Stimme erhebt:

»Was ist denn los mit dir? Er würde sich genauso freuen, wenn es ein Mädchen wird.«

»Und du, hast du dir das auch gut überlegt?«

»Gibt es da was zu überlegen?«

Mama holt Luft, so als wollte sie einen Stoßseufzer von sich geben, und das Folgende wird nicht Bild für Bild vor mir abgespult, weil es schwer ist, davon zu erzählen, sondern weil ich es unzählige Male auf meinem inneren Projektor gespielt habe, wie ein italienisches Drama in verblichenen Farben, immer wieder lege ich diese Sequenz ein, sehe sie in Zeitlupe, friere das Bild ein, um zu verstehen, was Mama meint, was sich hinter ihren Worten verbirgt, denn es kommt kein Seufzer, sondern:

»Ich weiß nicht, wie ich es sagen soll, Monika ... aber du hast doch nicht vor, es zu behalten?«

Jetzt lässt Monika auch das Messer fallen. Und Mama:

»Ich weiß, das klingt hart, aber ich sage das deinetwillen.«

»Du kannst doch nicht mehr ganz dicht sein!«

»Nur deinetwillen.«

Monika brüllt:

»Du bist verdammt nochmal nicht mehr ganz dicht!«

Aber es ist Mama, die auf den Beinen ist, die sich mit einem Satz auf der Zunge erhebt. Sie schluckt ihn herunter. Stattdessen deckt sie den Tisch ab, mit ruckhaften Bewegungen, spült die Teller unter einem harten Wasserstrahl ab, lässt Spülwasser mit einem tüchtigen Schuss Spülmittel einlaufen. Aus der Spüle erhebt sich eine Wolke aus Schaum. Mama dreht sich halb um:

»Wie willst du dich denn jetzt um ein Kind kümmern können?«

»Wir sind zu zweit! Und Stig kennt das schon!«

Monikas Wangen haben Farbe bekommen. Möhren waren da gar nicht nötig.

»Sei nicht so verdammt naiv!«, flucht Mama – flucht! – und beginnt die Teller mit der Spülbürste zu bearbeiten, knallt sie mit einem Klirren auf den Geschirrtrockner.

»Du begreifst nicht, was das bedeutet.«

»Ach nein? Dann sag's mir.«

Aber Mama sagt nichts, sie spült frenetisch, so ist sie noch nie gewesen, es lässt sich nicht einmal ansatzweise damit vergleichen, als sie nach einem demütigenden Gespräch mit Lisbeth wutrot herumgelaufen ist oder als Großmutter sie beschimpfte, weil sie nicht oft genug nach Hause kam. Sie schrubbt und schrubbt, rubbelt die Glasur von den Tellern.

»Was bedeutet es denn? Sag's mir, du weißt doch alles.«

Mama schrubbt vor lauter Schwung noch ein paar Runden, ehe sie ihre Bewegungen unter Kontrolle bekommt und die Hände stillhält, sich sammelt, mit dem Rücken zu Monika:

»Man hat keine Zeit, erwachsen zu werden.«

»Nee, das merkt man!«

Monika verlässt Mama mit diesen Worten, folgt ihrem alten Verhaltensmuster, schießt hoch und aus der Küche, aber nicht zur Tür hinaus, sie nimmt Kurs auf mein Zimmer, auf halbem Weg fällt ihr ein, dass sie dort nichts mehr zu suchen hat, und sie bleibt auf der Couch stecken. Während Mama dasteht, die Hände ins Spülwasser hält, sie nicht bewegt, sie denkt nach, oder vielleicht denkt sie auch überhaupt nicht, jedenfalls zügelt sie sich, ehe sie Monika folgt:

»Monika –«

»Ich will doch nur glücklich werden!«

»Glücklich? Wo hast du denn das her? Der Sinn des Lebens ist, zu leben und dabei nicht unglücklich zu werden!«

Schweigen. Die Tropfen, die auf den rostfreien Stahl klatschen. Im Wohnzimmer lauschen die beiden den Worten, die zwischen ihnen verklingen, ich auch. Mama hat den steinharten Klumpen entblößt, der in ihrer Brust steckt, die Verhärtung, die ihre Natur geformt hat.

»Ich bitte dich, Monika. Dir selber zuliebe.«

»Kannst du mir erklären, warum?«

Jetzt kommt der Seufzer, bleischwer, aus Mamas innersten Kammern.

»Du willst, dass ich studiere, was? Das ist das Einzige, was für dich zählt.«

»Das ist es nicht.«

Das Geräusch, als etwas – die Brille? – auf dem Tisch landet.

»Nee, dann ist ja gut.«

»Monika –«

»Es spielt überhaupt keine Rolle, was du denkst.«

»Wenn du nur versuchen wolltest, mir zuzuhören.«

»Stell dir vor, ich würde es abtreiben lassen und könnte später keine Kinder mehr bekommen.«

»Du willst es wirklich behalten?«

»Ja!«

»Dann gibt es nichts, was ich dazu noch sagen könnte.«

»Du sagst doch auch gar nichts.«

»Monika, begreifst du ...«

»Was?«

»Glaubst du wirklich ...«

Aber Mama bringt auch den zweiten Versuch zu keinem Ende. Sie kehrt ins Bild zurück, zerrt die Teller wieder herunter und spült sie noch einmal, erklärt den letzten Resten der Glasur den Krieg.

»Was kann ich nur tun, damit sie versteht?«

Das ist Mama am Abend, nachdem wir die Nachrichten gesehen haben, die Auswirkungen eines Monats mit 16 % Abwertung und Preisstopp, Olof Palme ist übrigens wieder am Ruder, Breschnew stirbt in Moskau ... Sie sagt es nicht so, als wollte sie darauf eine Antwort. Sie sagt:

»Sie ist vollkommen verhext von Stig. Schwanger zu werden mit 23.«

Sie sagt:

»Ich mache mir Sorgen um *sie,* nicht nur um ihre Ausbildung.«

Und:

»Du und Charlotte verhütet doch wohl?«

»Mama!«

»Ja, ja, ich frag ja nur.«

Sie schaltet mit der Fernbedienung den Fernseher aus.

»Das Geld ist heutzutage nichts mehr wert«, murrt sie.

Dann setzt sie sich auf.

»Ich muss sie anrufen und mit ihr reden.«

»Lass sie in Ruhe, Mama.«

Mama sieht mich an, nimmt die Fernbedienung in die andere Hand, trägt ein neues Armband, das auf den Tasten rasselt, schiebt es den Arm hinauf, zieht den Rock über den Knien straff, lehnt sich zurück.

»Dann warte ich noch was.«

Ein paar Tage später sitze ich zu Hause bei Monika, damit sie mir bei Französisch hilft, die letzten spanischen Vokabeln aus dem Rotwelsch aussortiert, versunken in ihrem wahnsinnigen Ikeamöbel. Monika sitzt mir auf einem Küchenstuhl gegenüber, die Hände auf dem Bauch gefaltet, so als würde sie schon einen unförmigen Medizinball in der Achtmonatsklasse in sich tragen. Immer noch verwirrt nach Mamas Wutanfall.

»Was ist nur in sie gefahren?«

»Sie hat wohl einen kleinen Schock bekommen. Du musst etwas behutsamer mit ihr umgehen.«

»Sie mag Stig nicht, das ist es.«

»Sie hat gesagt, dass er jetzt zur Familie gehört«, beteuere ich – erwähne jedoch nicht, dass Mama hinzugefügt hat, wir müssten deshalb das Beste aus der Situation machen.

»Hat sie?«

»Ja.«

»Das ist kein Scherz?«

»Wo denkst du hin?«

»Jetzt?«

»Nee, vorher.«

»Was ist dann mit ihr los?«

Nein, sie verstehen einander nicht, Mutter und Tochter, die eine bedrückt, weil sie Großmutter werden soll, die andere davon beseelt, Mutter zu werden, und Monika weiß, dass sie eine gute Mutter werden wird, und Stig ein guter Vater. Sie hat ihn zufällig in der Stadt mit seinen Kindern gesehen, wie gut er mit ihnen umgeht, spielerisch, aber dennoch bestimmt, er hat Wurst gekauft, das kleinste getragen, als es müde war, und sie haben auf dem Spielplatz vor der Kunsthalle Halt gemacht, und die Kinder sind um seine Beine gesaust wie kleine Engel, während Monika sie aus der Ferne beobachtet hat und ihr »ganz warm ums Herz davon wurde, sie zu sehen«. Diese Wärme liegt noch in ihrer Stimme, als sie davon erzählt.

»Dann war sie also auch dabei?«

»Ja, wieso? Sie ist immer noch ihre Mutter.«

»Aber wie oft trifft er sich eigentlich mit ihnen?«

»Fängst du jetzt auch noch an? Er ist immer noch ihr Vater.«

»Ich werd dir mal was sagen, Monika.«

»Ja?«

»Du bist verdammt blöd.«

»Und?«

»Nee, das war's schon.«

Monika steht auf. Geht mit wiegenden Schritten durchs Zimmer. Bleibt stehen und legt die Hände auf den Bauch, fühlt nach, fühlt natürlich noch nichts, es gibt keinen Bauch, den man fühlen könnte. Aber ihr Gang hat sich schon verändert. Und ihre Brüste, wenn man genauer hinsieht. Auf dem Tisch liegt *Ein Kind entsteht* zuoberst auf einem Stapel Bücher über Schwangerschaft und Kinder aus der Bücherei. Oh ja, mein Schwesterherz ist vorbereitet.

»Wir haben uns Häuser angesehen«, sagt sie.

»Häuser?«

»Nur so.«

»Ihr zieht doch nicht etwa aufs Land?«

»Es ist nicht gut für Kinder, in der Stadt aufzuwachsen.«

»Tatsächlich. Hast du irgendwelche Schäden davongetragen?«

»Sicher nicht gleich, aber mit der Zeit«, sagt sie und stemmt die Hände ins Kreuz.

»Aber sag Mama bitte nichts davon. Sonst bekommt sie wieder einen Anfall.«

Existenzmaximum. Die Nachmittage in Charlottes Zimmer, an denen wir im Bett liegen und knutschen und uns Zärtlichkeiten und Vorschläge zuflüstern, die uns erröten lassen, zu Synthipop und dem Geräusch der schleichenden Schritte ihrer Mutter hinter der Tür.

»Was macht deine Mutter?«, habe ich Charlotte gefragt.

»Wie, macht?«

»Ja, was macht sie tagsüber?«

»Sie ist zu Hause.«

Ist zu Hause? Immer? Hält sich einfach hier auf, die ganze Zeit? Wie das? Kann sie sich frei bewegen? Darf sie in den Garten hinausgehen? Kommt es vor, dass sie wegläuft?

Jedenfalls kann sie an die Tür klopfen, als Charlottes Vater nach Hause kommt:

»Wollt ihr nicht mit uns Kaffee trinken?«

Mit heraushängenden Hemdzipfeln bummele ich hinter Charlotte die Treppe herab, an der die Wand von Kopien alter militärischer Karten hinter Glas und in dünnen Goldrahmen geziert wird, ins Wohnzimmer, wo es nach frisch gebackenen Scones duftet, die wir mit Lemon-Curd darauf mampfen, und ihr Vater zieht seine Strickjacke vor dem Bauch zu und bringt neue Fragen zu meiner Familie auf den Weg.

In den Schoß der Familie aufgenommen zu werden, heißt auch zu entdecken, wie das Mädchen, das man liebt, sich verändert. Anfangs sieht man darin noch etwas Charmantes, einen Teil ihrer Persönlichkeit, dann nimmt man es als etwas wahr, das man nicht begreift, und am Ende als etwas Irritierendes, das nicht aufhören will zu jucken. Um zu vertuschen, dass sie raucht, lutscht Charlotte Pfefferminzdrops, und in der Nähe ihres Vaters wird sie zu The Girl Next Door, die ihm seine Filzpantoffeln holt, die nicht widerspricht, wenn er eine Bemerkung über Frauen macht, die sie von keinem anderen akzeptieren würde, die ihm zwei Stücke Zucker in den Kaffee gibt – denn er will Kaffee, während wir anderen Earl Grey bekommen –, und mit mir neben sich wird sie sich dessen selber bewusst, und sie merkt, dass ich es gesehen habe und mir diese Seite an ihr fremd ist.

»Kannst du nicht du selber sein?«, schlage ich vor.

»Ich *bin* ich selber. Wenn auch auf eine andere Art.«

»Wie das?«

»Ich bin, wie ich zu Hause bin.«

»Und was bedeutet das?«

»Das bedeutet, dass du dich damit abfinden musst.«

Auch in diesem Jahr wird es Weihnachten. Weihnachtstage, die klirrend kalt sind und vor einem offenen Kaminfeuer verbracht werden sollten. Wir haben keinen Kamin. Wir haben uns einen Videorekorder angeschafft. Mit einem Trackingknopf, an dem Stig dauernd herumdreht, so oft, dass Mama es leid ist:

»Es macht nichts, wenn es ein bisschen unscharf ist, Stig!«

»Diese Linien müssen doch wegzukriegen sein ...«

»So lange du im Weg sitzt, sehen wir sowieso nichts.«

Stig, der sicher findet, dass Mama ihn in letzter Zeit ganz schön herumkommandiert, so wird ihm z. B. der Auftrag erteilt, zu untersuchen, was auf den Videokassetten ist, die Mama bespielt hat, ohne sie zu beschriften. Mama, die bereits jede Menge Sendungen aufgenommen hat, die sie sich sonst niemals ansehen würde, die sie sich auch jetzt nicht ansieht, keine Zeit, weil sie Neues aufnehmen muss. Immerhin hat er ihrer Tochter ein Kind gemacht, sodass man wohl sagen darf, dass er noch ganz gut davonkommt, während Mama und ich den Glühwein probieren und Monika Malzbier trinkt und den Tisch deckt, bevor sie sich hinlegen und ein wenig ausruhen darf.

Ja, Stig ist Heiligabend bei uns, bringt unangemessen teure Geschenke für uns alle drei mit, als ob sich so eine bessere Position aushandeln ließe, aber ihn selber erwartet unter dem Weihnachtsbaum keine größere Dividende. Am ersten Weihnachtstag bleiben er und Monika allein in der Vårgatan, haben von Mama Weihnachtsschinken und Reisspeise à la Malta mitbekommen, und am zweiten Weihnachtstag ist Monika zurück, da

Stig nach Staffanstorp fährt und noch einmal Weihnachten feiert.

Während Mama sich nach den Weihnachtstagen auf den Weg zu Großmutter ins Heim macht und Charlotte und ich die Wohnung für uns alleine haben. Und es schneit. Wir sind in der nachmittäglichen Dunkelheit draußen auf dem Hof und wälzen uns in dem schweren nassen Schnee, essen Schnee, frieren, reiben uns warm, die Mützen bis über die Augenbrauen hinuntergezogen, und machen Schnee-Engel im Lichtschein der Kerzen des aufgestellten Weihnachtsbaums und lachen über die ländlichen Launen, die Pseudofenstersprossen, die Epidemiesterne und die formgepresste Gemütlichkeit der treppenförmigen Kerzenständer aus Plastik. Die Kinder haben tagsüber Schneemänner gebaut, wir bauen auch einen Schneemann, vollenden ihn, indem wir zwei Möhren in ihm festdrücken, eine als Nase und eine abstehend weiter unten ... und dann nach Hause, raus aus den durchnässten Klamotten und hinein in ein wärmendes Schaumbad. Es ist das schönste Weihnachtsfest, das ich je erlebt habe, wir schlafen und lieben uns und frühstücken nackt im Bett in meinem Zimmer, sind schamlos in unserem Genuss – es gibt so vieles, was man mit Großmutters Erdbeermarmelade machen kann ...

Charlotte bewegt sich unbekümmert nackt in der Wohnung, streckt sich und posiert vor dem Spiegel im Flur, kämmt ihre nassen Haare mit den Fingern nach hinten und hockt sich mit dem Rücken zu mir hin und blättert in den Platten.

»Hast du nichts anderes?«

»Roxy Music?«, antworte ich und kann mich nicht vom Anblick der Grübchen über ihren Pobacken losreißen. »Avalon?«

»Der ist so schleimig.«

»Bryan Ferry?«

»Wie ist es mit O. M. D.? Oder Culture Club?«

Weder das eine noch das andere, sondern ein Johan, der sich aus der Koje bequemt und seine Freundin auf dem Fußboden von hinten umarmt. Wir treiben es auf dem Teppich. Wir treiben es halb liegend auf der Couch vor dem Fernseher, in dem ein französischer Film mit Jean Gabin im dänischen Fernsehen läuft, Wein und Nüsse und Feigen und die Balkontür einen Spaltbreit offen, sodass die kalte Zugluft über das Parkett leckt, denn es ist gemütlich, zusammen unter den Decken zu frieren – und es kommt zu neuen Aktivitäten.

Die Schneemassen haben zur Folge, dass Mama einen Tag länger als geplant im Altersheim bleiben muss. Das macht nichts. Wir haben ohnehin die Zeit vergessen. Aber Mama kehrt verzweifelt zurück, bemerkt nicht einmal das Chaos im Schlafzimmer. Großmutter ist so verwirrt gewesen, dass sie ihre Tochter zeitweise nicht mehr erkannt hat. Mama hat ein langes Gespräch mit dem Arzt geführt, ein noch längeres am Telefon mit Leif, und sie hat viereinhalb Stunden gebraucht, um im Schneematsch nach Hause zu fahren, hinter einem Streuwagen. Mama, die ganzjährig Sommerreifen fährt, weil es »nicht nötig« ist, dem Auto Winterreifen zu gönnen.

Sie setzt Kaffee auf und dreht eine Runde mit dem Finger in den Blumentöpfen. Sagt:

»Die Amaryllis hätte etwas Wasser vertragen können.«

Beschämt trotte ich hinter ihr her, als sie die Blumen gießt, denn im Moment können *alle* Pflanzen Wasser vertragen. Aber meine Gedanken sind ganz woanders.

»Charlotte hat mich für morgen zu ihrer Fete mit der Verwandtschaft eingeladen«, sage ich.

»Wirklich, das ist ja nett«, antwortet Mama. »Du glaubst nicht, dass Charlotte Lust hat, stattdessen herzukommen und mit uns zu feiern.«

»Es ist eigentlich schon beschlossen.«

Sie füllt die Wasserkanne:

»Dann bleiben wohl nur noch ich und Monika und Stig.«

Aber Monika ist es nicht gut, als sie am nächsten Morgen anruft. Sie und Stig haben beschlossen, alleine zu Hause zu bleiben. Und mir bleibt keine andere Wahl:

»Dann sage ich Charlotte ab.«

»Das kannst du jetzt nicht mehr machen!«

»Aber du kannst Silvester doch nicht alleine herumsitzen, Mama.«

»Das kann ich an vielen anderen Abenden auch. Natürlich sollst du bei deiner Freundin sein.«

Und dann, als ich auf dem Weg in die Dusche bin, fügt sie hinzu:

»Den Lachs gönnen wir uns eben ein anderes Mal.«

Nicht mehr. Kein einziges Wort. Nur genau so viel, dass man seine Meinung nicht mehr ändern und zu Hause bleiben kann. Den ganzen Silvesterabend sitzt man angespannt beim Essen, mit einer von Charlottes Tanten als Tischdame, einer alten Schachtel, die nach Hering riecht und ihren Pekinesen mit kleinen Bissen Rinderfilet füttert, die sie ihm heimlich unter der Tischdecke zusteckt, und man ist mit draußen auf der sauglatten Straße und oh!t über die kostspieligen Raketen, die Charlottes Vater, betrunken und mit einer Zigarre mitten in seinem Grinsen, zusammen mit den Nachbarn abfeuert, bis man sich endlich nach dem Kaffee verabschieden und nach Hause radeln kann, durch die sternenklare Nacht, während die Eiskristalle unter den Reifen knirschen, zu Mama, die noch auf ist, das Einläuten des neuen Jahres in Stockholm auf Video aufgenommen hat, fragt:

»War es eine nette Fete?«

Jetzt muss man sich wirklich am Riemen reißen. Die ganze Schullaufbahn ist ein Taumeln zwischen Ambitionen und Anarchie gewesen, und auf den letzten Metern eines zwölfjährigen Anstiegs kann man einfach nicht länger schwänzen. Ich beiße die Zähne zusammen und muss Charlotte erklären, dass sie von nun an leider auf meine Gesellschaft im Hämmerleis verzichten muss, wenn sie eine Freistunde hat, denn gleichzeitig habe ich das Raffinierte an Buchführung entdeckt: Im ersten Jahr begreift man absolut nichts, vom zweiten Jahr begreift man auch nichts, aber man begreift, was man im ersten Jahr durchgenommen hat, und im dritten Jahr bekommt man die zweite Luft, und alles passt zusammen, wie ein Jahresabschluss, bei dem Soll und Haben sich in jedem Konto aufheben, und außerdem begreift man endlich, was Palin mit der »Schönheit der Mathematik« meinte.

Mama sagt:

»Nun, Bernt hat ja ein gutes Abitur gemacht.«

Es ist ein ständiger Vergleich. Berichte, die in den Telefonaten mit Uddevalla die Spannung aufrechterhalten. Hat Mama einen Sprössling auf die Universität bekommen, soll der zweite nicht völlig scheitern:

»Sieh zu, dass du eine gute Ausbildung bekommst. Anschließend kannst du machen, was du willst. Du bewirbst dich doch zum Herbst in Lund?«

»Wohl kaum, Mama. Ich werde ein Sabbatjahr einlegen.«

»Ein Sabbatjahr! Von was?«

»Ich will mich ausruhen, irgendwo jobben.«

Ich sehe, wie die Bremsen in Mamas Gesicht angezogen werden. Ein Sabbatjahr. Das gibt es nicht auf ihrer Weltkarte. Das ist nichts, was Mama auf der Arbeit oder unten in der Waschküche vorbringen kann:

»Mein Jüngster hat ein Sabbatjahr eingelegt, er entspannt sich.«

Nein, ein Sabbatjahr verhöhnt jemanden, der seine Arbeit niemals mit Entspannung verbunden hat. Mama kann das nur auf eine Art auffassen: als eine glatte Beleidigung.

»Mit was für einem Job hast du denn vor, dich auszuruhen?«

»Vielleicht was im Hafen. Da wird gut bezahlt.«

»Als Hafenarbeiter?«

»Ja, warum nicht?«

»Du willst in aller Herrgottsfrüh aufstehen, um unten im Hafen zu stehen und um einen Job für den Tag zu betteln? Nennst du das ein Sabbatjahr?«

»Reg dich nicht auf, Mama. Das war ein Witz.«

Mamas Gesichtszüge, die sich entspannen, zumindest eine Spur.

»Hab ich mir doch gedacht.«

»Erst kommt der Wehrdienst, dann sehen wir weiter.«

Und als Aufgalopp zum Wehrdienst geht es zur zweitägigen Musterung nach Kristianstad, der Diskussionen mit Jakob vorausgehen, weil es mir unbegreiflich ist, dass er ein Lauftraining absolviert und 200 Liegestütze und 500 Situps am Tag macht, um zu den Küstenjägern eingezogen zu werden, während man selber die Absicht hat, alle Tests so *schlecht* wie möglich zu machen, nur knapp über der Grenze zu bestehen, um nicht in der Schreibstube zu landen – worin man ziemlich gut ist, weil es im Grunde nichts anderes ist, als eine Umkehrung der Technik, die man sich angeeignet hat, um sich während des zwölfjährigen Anstiegs nicht in die andere Richtung auszuzeichnen.

Wir werden Siedlung für Siedlung abgeholt. Die ganze alte Gang besteigt den Bus. Ausgerüstet mit frohem Mut wie vor einem Schulausflug. Jerry William auf dem Sitz ganz vorn, labert mit dem Fahrer, das Lachen zwischen die Ohren gekleistert. Neben mir landet Janis, den schmutzig grauen, filzigen Malmö-FF-Schal eng um den Hals geschlungen, und mit einem immer abwesenderen Gesichtsausdruck.

Es ist wie letzten Sommer. Man tritt nicht direkt in die Gemeinschaft ein und redet drauflos. Am schlimmsten ist es mit Roger, bei dem ich nicht weiß, was ich zu ihm sagen soll, vielleicht bereue ich den einen oder anderen Umweg, den ich genommen habe, um einer Begegnung mit ihm aus dem Weg zu gehen. Wir stehen mit nacktem Oberkörper in der Warteschlange vor einem Tisch, an dem wir ein Holzgewehr hochheben sollen – damit festgestellt werden kann, ob wir Rechts- oder Linksschützen sind, gemäß der militärischen Methode, die der Auffassung ist, dass es umständlich wäre, uns zu fragen, und einem einen Vorgeschmack auf die Verdummung gibt, die einen erwartet – und Bogdan, arrogant und mit üppig gelockten Haaren auf dem Rücken, ist in Nyhavn bei Tattoo Jack gewesen und hat sich Beethovens Visage auf die Schulter tätowieren lassen und weigert sich, das Holzteil auch nur anzurühren, weigert sich recht oft in letzter Zeit, z. B. auf einer Platte von Dan Hylander mitzuspielen, mit der nonchalanten Begründung, das sei zu sehr Mainstream, Zuckerrock, ist selber vollauf damit beschäftigt, Bach zu elektrisieren.

Bogdan ist fest entschlossen, seine Monate in einem Kindergarten abzuleisten, und der arme Kerl, der den Test durchführt, ist wie gelähmt, hängt fest zwischen seinem Mitgefühl und der Verantwortung, die ihm aufgebürdet wurde, er und Bogdan glotzen sich an, und in diesem Moment, während des Waffenstillstands, klopft mir Roger auf die Schulter:

»Siehst du Lasse noch ab und zu?«

»Lasse, nee.«

»Er ist nicht hier.«

Lasse war am Morgen nicht im Bus. Hat ihn einer gesehen, seit seine Mutter ihn rausgeworfen hat? Jemand hat gehört, er hätte im Jesuspark gesessen, ein anderer, er sei ins Östra eingeliefert worden, geschlossene Abteilung ... außerdem sind Berichte eingegangen, dass zwei Typen aus der Pausenhallengang an einer Überdosis draufgegangen sein sollen ... aber Lasse, nein, nicht einmal Rolle weiß, wo er hin ist.

»Ich hoffe, es ist ihm nichts passiert«, meint Roger.

»Wie geht es dir denn so?«, sage ich, denn Roger ist ein echter Kumpel, trotz allem.

Während Bogdan von einem Offizier zur Seite genommen wird. Am nächsten Tag kommt er nicht mehr zum Bus. Janis auch nicht.

Mama bildet sich ein, dass in dem Scherz ihres Sohns, im Akkord auf dem Verladekai zu arbeiten, ein Fünkchen Wahrheit verborgen liegt, so wie sie auch seine weiteren Studien ernst nimmt. Während er in Kristianstad war, hat sie seine Klassenlehrerin angerufen und ein Gespräch mit ihr geführt:

»Sie sagt, dass du gut mit Zahlen umgehen kannst, aber dass du dich ins Zeug legen musst. Möchtest du vielleicht Wirtschaftsprüfer werden?«

»Das ist saulangweilig!«

»Fluch nicht so, Johan.«

»Das war kein Fluchen.«

»Na ja, eine solche Sprache möchte ich jedenfalls hier nicht hören.«

Die Noten in Geschichte und Sozialkunde müssen besser werden, unter anderem. Es ist, als wollten gewisse Fakten, beispielsweise Jahreszahlen und Könige, Staatsformen und Verfassungen, einfach nicht hängen bleiben, ihnen fehlt eine Kontaktfläche zu meiner Wirklichkeit. Und Monika hat jetzt keine Zeit, sie muss packen. Ich radele trotzdem zu ihr und helfe ihr dabei.

Denn Stig ist weiterhin für eine Überraschung gut. Er steckt hinter ihrer Rochade. Er hat ihnen eine größere Wohnung besorgt, eine Zweizimmerwohnung in der Kilian Zollsgatan, bis eine Dreizimmerwohnung im gleichen Haus frei wird.

»Ribersborg?«, sagte ich, als Monika es mir erzählte. »Das ist aber nicht besonders alternativ und links, was? Ist das nicht eher wie Upper West Side Manhattan?«

»Spielt das denn eine Rolle?«, erwiderte sie. »Stig findet, dass es eine bessere Umgebung für das Kind ist.«

Von Värnhem nach Ribersborg umzuziehen, ist nämlich schwerer, als sich frei zwischen Ost- und Westberlin zu bewegen. Die Stadtteile liegen ähnlich zentral, haben gleichwertige Häuserblocks und den gleichen Mangel an Geschäften, doch mental liegen Galaxien zwischen ihnen, die überbrückt werden müssen, es ist das Dilemma einer sozial gespaltenen Kleinstadt.

Also packe ich für Monika, und zum Monatswechsel helfen Charlotte und ich, ihre und Stigs Sachen zu dem Anhänger hinauszutragen, den sie an einer Tankstelle gemietet haben, und wieder hoch in den vierten Stock in einem Treppenhaus ohne Aufzug. Monika sitzt auf einem Stuhl im Flur, die Hände auf dem Bauch, den man jetzt allmählich sieht, und dirigiert die Sachen an ihren Platz, bei so wenigen Habseligkeiten wird es eine ... luftige Möblierung. Mama steht in der Küche, kocht das Umzugsessen und legt die Regalbretter mit Schrankpapier aus.

Monika und Stig, mit beiden Nachnamen auf dem Briefeinwurf. Einen Balkon gibt es hier auch, mit Aussicht auf den Öresund. Stig führt uns auf ihn hinaus, damit wir die Aussicht bewundern können.

»Da drüben ist die Strandpromenade, und in die andere Richtung liegt der Kungspark. Kann man einem Kind eine bessere Kindheit bieten?«

»Stig«, sagt Monika, die die Wahrheiten ein wenig ausbalancieren möchte. »An der Vårgatan war auch nichts auszusetzen.«

»Nicht? Da hätten wir mit dem Kinderwagen auf der Autobahn spazieren gehen müssen.«

»Du bist wirklich fürsorglich«, meint Charlotte.

Während Mama murrt:

»Vier Stockwerke mit dem Kinderwagen?«

Folglich muss ich zu einer neuen Adresse radeln, wenn ich Hilfe in Geschichte und Sozialkunde benötige. Aber Monika ist längst nicht mehr so entgegenkommend wie früher:

»Ich schaff das jetzt nicht. Stig kommt bald.«

»Stig, ist das alles, was du im Schädel hast?«

»Was musst du denn wissen?«, stöhnt Monika, hat einen kleinen Bruder satt, der es gewohnt ist, nicht selber denken zu müssen.

»Triffst du ihn jeden Tag?«

»Triffst? Wir wohnen zusammen.«

»Du weißt schon, was ich meine. Ist er jetzt nie bei seinen Kindern?«

Aber das ist er bestimmt, jedenfalls hat er sie hinter Glas und gerahmt an die Wand gehängt, Kinder mit Zahnlücken und einem gesunden Lächeln, und sie haben bei ihm und Monika übernachtet, damit Monika sie kennen lernen kann.

»Du hast doch das Lexikon«, sagt Monika. »Benutz es.«

Und auf der Treppe hinter mir her:

»Ruf an, wenn es nicht drinsteht.«

Also tritt man durch die Stadt nach Hause, die schwache Steigung des Mariedalsvägen hinauf, über die Regementsgatan im Gegenwind, der einem immer entgegenschlägt, unabhängig davon, welche Himmelsrichtung man einschlägt, und unabhängig davon, in welchem Teil der Stadt man sich befindet, über den Köpenhamnsvägen, links abbiegen in die Stadiongatan: Gegenwind, und über das Stadiongelände, wo Garrincha und Dinge David schon lange nicht mehr gesehen worden sind.

Nach Hause. Durchgeschwitzt sinke ich vor dem Bücherregal auf die Knie, wo die grünen Lexikonbände mir den Rücken zukehren als eine höhnische Erinnerung an Mamas Niederlage an jenem Weihnachtsfest. Und jetzt, in diesem Moment, kapiere ich, *kapiere* es wirklich, dass Mama auf lange Sicht dennoch gewonnen hat, dass die Zeit für sie gearbeitet hat, und sie das natürlich immer gewusst hat, das Lexikon ist das Einzige, was sie ohne Rücksicht auf die Fast-Philosophie angeschafft hat. Ich ziehe die Bücher heraus und beginne zu lesen, und hat man einmal angefangen, in einem Nachschlagewerk zu lesen, hängt man fest, es macht süchtig. Ich lese weiter, suche aufs Geratewohl und finde neue Artikel, neue Worte, Worte, von denen ich nicht einmal wusste, dass es sie gibt.

Mama geht vorbei, sieht ihren Sohn auf der Erde sitzen, umgeben von grünen Lexikonbänden. Sagt nichts. Geht weiter in die Küche.

»Im Hafen, was?«

Monika, die nicht Anpassungsfähige, die begonnen hat, sich anzupassen, daran, in Ribersborg zu wohnen, mit Stig zusammenzuleben, Mutter zu werden. Alle Aufmerksamkeit ist nun auf Monika und ihren Bauch gerichtet, denn man will Tag für Tag wissen, was für ein Gefühl das ist, ob sie Tritte gespürt hat, das hat sie nicht, jetzt sind es Charlotte und ich, die auf dem Heimweg von der Schule kurz »vorbeischauen«, bevor Stig aus dem Ingenieurbüro nach Hause kommt, wir legen die Hand auf den wachsenden Bauch, um zu fühlen, Monika hat Recht, man spürt nichts, erst Ende des Winters spürt Monika selber etwas, und wir besuchen sie noch öfter, so oft, dass sie schließlich sagt:

»Wie wäre es, wenn ihr ausnahmsweise mal fragen würdet, wie es *mir* geht?«

Als es Frühling wird, dreht man sich um – und da steht Mama! Und plötzlich sieht man, dass unter der Freude an der Arbeit nicht alles zum Besten steht. Mama macht sich Sorgen um Großmutter und wird von dem Gedanken gleichsam beschwert, dass ihre Tochter schwanger von einem Mann ist, der, um die Wahrheit zu sagen, nicht der unmittelbare Traum jeder Schwiegermutter ist. Hinzu kommt eine Wohnung, für die man abends noch Zeit finden muss, in der Wohnung sitzt der Sohn und hört Musik über Kopfhörer.

»Johan?«

»Was?«

»Kannst du mir nicht ein bisschen helfen? Putz wenigstens dein eigenes Zimmer.«

»Keine Zeit, Mama. Ich schreib morgen Klausur.«

Aber trotz des Kopfhörers – eine Eierhälfte an jeder Seite des Schädels – ist der Sohn aufnahmefähig genug, um zu begreifen, dass seine Mama ein Tief hat. Er findet, dass er tut, was er kann, um sie aufzumuntern.

»Sollen wir nicht einen Ausflug ans Meer machen?«

»Nur du und ich?«

»Und Charlotte. Wir können ja auch Monika fragen.«

»Sie will bestimmt Stig mitnehmen.«

»Ja und?«

»Uns geht es doch gut hier, oder etwa nicht?«

Er lässt eine Woche verstreichen, dann macht er einen weiteren Versuch:

»Du arbeitest ununterbrochen, solltest du dir nicht auch mal freinehmen?«

»Und was soll ich dann tun? Mit dem Hund rausgehen?«

Zu all dem Sonderbaren an Mama in diesem Frühjahr gehört, dass sie sich Lisbeth zuwendet, mit der sie sich mittlerweile gut versteht, »wir können jetzt anders miteinander reden«, und bei den Telefonaten mit ihr einiges mehr als nur die Arbeit abhandelt, und zum ersten Mal höre ich Mama lachen, wenn Uddevalla am anderen Ende der Leitung ist.

»Das ergibt sich einfach so, wenn man zusammenarbeitet«, antwortet sie, als ich frage, wie diese Veränderung möglich ist: »Wir haben andere Seiten aneinander entdeckt.«

Als ob das noch nicht genug wäre, kommt Lisbeth ein paar Tage zu Besuch, muss in einem Feldbett nächtigen, denn die neue Couch aus geblümtem Cretonne, in die Mama den Verdienst aus ihren Überstunden investiert hat, ist nicht dafür vorgesehen, bezogen zu werden, hielt die alte 27 Jahre, soll diese sich nicht schlechter schlagen. Die vorige hält übrigens immer noch, bei Monika und Stig, weil ihre Ikea-Couch den Umzug nicht überlebt hat.

»Dienstreise«, nennt Lisbeth es, um den Leiter der Finanzabteilung zu treffen und einige Unklarheiten in der Buchführung aufzuklären, die so gelagert sind, dass Mama nicht mit ihnen jonglieren kann, aber vor allem, um von zu Hause wegzukommen. Denn in Uddevalla ist ein Krieg entbrannt. Kristina hat sich über Nacht aus einem scheuen kleinen Mädchen mit Zöpfen und Baumwollkleid in eine Jugendliche mit orangen Haaren verwandelt, die wütend gegen das verstockte Regiment ihres Vater rebelliert, einen 20-jährigen irakischen Freund hat und abends mit einem Haufen älterer Jugendlicher im Stadtzentrum rumhängt. Ein Haufen, der bei Leif im Verdacht steht, zu schnüffeln und sich unsittlichen Dingen hinzugeben, insbesondere seit er bei einer Routineuntersuchung von Kristinas Schreibtischschubladen Zigaretten, Uhu und Kondome ausgegraben hat. Leif seinerseits weicht keinen Millimeter von dem Rahmen ab, den er für Ausgehzeiten, Hausaufgaben, Kleidung abgesteckt hat ...

»Mit Bernt hatten wir nie solche Probleme«, beklagt Lisbeth sich, die das Rauchen aufgegeben hat und stattdessen konstant Kaugummi kaut.

An dieser Stelle würde ich gerne einwerfen, dass Bernt ein Schwachkopf ist und das ein Riesenproblem ist, mit dem man sich einmal auseinander setzen müsste, aber Lisbeths trauriger

Ernst sagt mir, dass ich mich lieber zurückhalten sollte. Mama muss eingreifen.

»Vielleicht solltet ihr euch mal zusammensetzen und mit ihr darüber reden, was ihr von einer 14-Jährigen erwartet, und euch anhören, was sie von euch als Eltern erwartet«, schlägt sie vor.

»Das habe ich Leif auch schon gesagt«, antwortet Lisbeth. »Aber er findet, Kristina sei zu jung, um überhaupt selber etwas zu entscheiden.«

Mama lauscht geduldig Lisbeths Berichten von der Front und ruft anschließend Leif an und versucht zu erklären, dass es Mädchen in Kristinas Alter gut tun kann, wenn man die Zügel ein wenig lockert, worin er erst nach langen Überredungskünsten ein Quäntchen Wahrheit zu entdecken vermag, schwieriger ist es, ihn davon zu überzeugen, dass eine weiße Ratte als Haustier von Bedeutung für den Emanzipationsprozess einer jungen Frau sein kann.

»Was haben wir nur falsch gemacht? Wir haben ihr doch nie etwas verwehrt. Sie hat alles bekommen, was sie wollte.«

Das ist Lisbeth zu mir, während Mama und Leif beratschlagen.

»War Monika nie schwierig?«

»Monika? Nee, die hat immer nur gelernt.«

»Kann ich mir vorstellen. Und du bist auch immer brav gewesen.«

Leider funktioniert es nicht, eine Frau Blöde Kuh! anzuschreien, die eingesehen hat, dass sie eine blöde Kuh war und tatsächlich versucht hat, sich zu bessern, mit dem Lacoste-Hemd ankam und so ... Aber wie soll ich ihr klar machen, dass Monika und ich in unseren vier Wänden niemals etwas hatten, gegen das wir rebellieren mussten, jedenfalls nichts, was eine Revolution erfordert hätte, und außerdem hat Mama nie den Fehler gemacht, uns mit einer Menge teurer, unnötiger Sachen zu verwöhnen (es ist einmal mehr die Fast-Philosophie, die den Sieg davonträgt!).

Mama kehrt zurück:

»Sie haben Frieden geschlossen.«

»Oh danke, Bodil!«

Lisbeth steckt sich noch einen Kaugummi in den Mund.

»Ich ertrage es einfach nicht, wenn sie sich so streiten!«

Gleichzeitig vermutet Mama, dass der Grund für dieses Chaos ebenso sehr darin zu suchen ist, wie es Leif selber geht. Leif, mit Gliederschmerzen, vor allem wenn es nasskalt ist, und das ist es ständig in Uddevalla, dem es immer schwerer fällt, mit dem Tempo der jüngeren Männer mitzukommen, Männer, die von der Schulbank kommen und ihm gleich vor die Nase gesetzt werden, und die Auftragslage wird immer schlechter, die Japaner sind dabei, die schwedische Werftindustrie vom Teppich zu fegen, es mussten schon welche gehen, und es ist die Rede von weiteren Freistellungen gewesen – das berichtet Mama, nachdem sie und Lisbeth einen Abend bei einer Flasche Rotem zusammengesessen haben.

Aber ich gebe mich nicht der Illusion hin, dass Mama damit ihr ganzes Gespräch wiedergegeben hat, denn auch wenn es ihr sicher schwer gefallen sein dürfte, hat sie natürlich im Gegenzug ihre Sorgen wegen Monika angeboten. Vielleicht sagt Lisbeth etwas, das Monikas Schwangerschaft andere Proportionen schenkt, vielleicht findet Mama es auch einfach schön, offen mit jemandem darüber sprechen zu können, wenn es in der Familienmaschinerie hakt und sie Sorgen hat, die sie Frau Havlicek nicht zum Kaffee servieren kann. Jedenfalls scheint die Last auf ihren Schultern um einige Kilo leichter geworden zu sein.

Freundinnen? Sicher.

Es ist zwanzig nach fünf am nächsten Morgen, als Leif mit einer affektierten Stimme anruft, die ins Falsett steigt. Kristina hat die Nacht nicht zu Hause verbracht! Und ich muss Lisbeth zum ersten Zug fahren, Lisbeth, deren Blick auf der Fahrt zum Bahnhof starr nach vorn gerichtet ist, kaut, während Mama alle Hände voll zu tun hat, ihren Bruder zu beruhigen und davon abzuhalten, den Iraker anzuzeigen. Oh ja, Mama regelt auch das noch.

»Wie war's?«, sage ich hinterher hoffnungsvoll, als die Aufregung sich etwas gelegt zu haben scheint. »Hat sie bei der Buchführung gepfuscht?«

»Gepfuscht, nee, aber sie kommt mit den neuen elektronischen Kassen nicht zurecht.«

»Kommt sie denn mit deinen Formularen klar?«

»Ja klar. Nein, vielleicht doch nicht richtig. Aber ich habe sie Fredrik Roos vorgestellt«, sagt Mama und schielt zu dem Regal hinüber, auf dem die alten Schulfotos von Monika und mir stehen. Monika, den Kragen des Polohemds über den roten Sweater geschlagen, mit Mittelscheitel und der Halskette mit dem Goldherz, und ich mit einem zerzausten Seitenscheitel und in dem Hemd mit Kartoffeldruck, das bis zum Hals zugeknöpft ist.

Ein Foto fehlt auf diesem Regal. Eins von Mama. Aber es hat nie eins gegeben, so wie es hier auch nichts anderes gibt, was eine persönliche Spur von ihr ist.

»Vielleicht sollten wir doch diesen Ausflug machen«, meint Mama. »Rufst du Monika an?«

Während sich mir immer stärker das Gefühl aufdrängt, dass Charlotte wegdriftet.

Beispielsweise an einem späten Abend im *Kockska krogen,* der in diesen Jahren das reinste Jugendzentrum für junge Leute mit Drinks in den Händen, Oliven an Zahnstochern und Lagerfeld auf der Wange ist.

Wir stehen an der Theke, halten Ausschau nach jemandem, den wir kennen und dem wir einen Gruß zunicken können. Hier unten in dem dunklen Kellergewölbe habe ich mit Jakob und Didrik tagaus, tagein gefeiert, genau wie Charlotte mit ihren Freunden. Jetzt will es nicht klappen.

»Ist der Wein gut?«

»Ausgezeichnet. Und dein Bier?«

»Schmeckt lecker.«

Die Worte sind verschwunden, wenn man als Paar in die Kneipe geht, sie sind auf den Grund des Glases gesunken, aber so tapfer ich auch trinke, erwische ich sie doch nicht.

»Ich bestell mir noch ein Bier. Willst du auch was?«

»Danke, aber ich hab noch ein halbes Glas.«

Niemand in der Nähe, den ich kenne, und Charlotte schaut in ihre Richtung, winkt ein paar Freundinnen zu. Ich wünschte mir, mich ins Getümmel stürzen und losziehen zu können, aber wir sind zu zweit, und ich muss etwas gegen die frostige Situation tun, und mir fällt keine einzige erlösende Replik ein, kein einziger Scherz, den sie nicht schon siebzehn Mal gehört hat. Charlotte, die zu zwei Typen mit V-Rücken hinüberschaut, deren Ellbogen stabil auf der Theke verankert sind, blond, wettergebräunt, besonders der eine mit einer Tolle, die wie ein windgefülltes Segel über das halbe Gesicht herabwischt, und einem Grinsen, das so breit ist wie die Narbe nach einer Blinddarmoperation. Sie sind braun gebrannt im April, well done. Surfer. Die Hosen voller Ständer. Und sie gucken ungeniert zurück, verleiben sich Charlotte Stück für Stück ein.

Ich verstumme völlig, bringe kein Wort mehr heraus, Schweiß auf der Stirn, und suche Zuflucht auf der Toilette, um Bedenkzeit zu gewinnen und mit ein paar saftigen Oneliners zurückzukehren, um die Stimmung zu bessern.

Ich bespritze mein Gesicht mit Wasser, starre mich im Spiegel an und sehe mich selber zum ersten Mal! Denn was mir in dem Spiegel begegnet, ist das Bild eines Jungen, der das Mädchen bereits verloren hat, das er liebt, und dem nichts entgegenzusetzen hat, aber seine Niederlage nicht eingestehen will, noch nicht. Er geht wieder in die Kneipe – wo das Blinddarmgrinsen die Ellbogen von der Theke geschraubt hat und die Freundin an das Backsteingewölbe gepresst steht, während er obszön nah herumhängt. Und es gefällt ihr!

Doch er stürzt nicht hin. Er zieht die Qual in die Länge, dreht eine Runde um die Bar, versucht sich einzureden, dass sie sich unterhalten darf, mit wem sie will, er ist doch nicht eifersüchtig, aber es gelingt ihm nicht, also steht er bald da und wird dem anderen vorgestellt. Er klingt beinahe religiös. Die Brettersekte? Außerdem ist er ein gewiefter Taktiker: wendet sich an Johan, um ihn lockerer zu machen, aber stellt die Fragen an Charlotte, um *sie* lockerer zu machen. Sie kichert fröhlich:

»Johan hat keine Ahnung vom Surfen!«

»Lass uns gehen, Charlotte. Hier tut sich nichts.«

»Ich bleib noch was, aber geh ruhig, wenn du müde bist. Ist schon okay.«

Doch so leicht soll es der blondierte Blinddarm nicht haben. Ich erniedrige mich, bleibe bis zum bitteren Ende, verteidige mein Revier, nicke zustimmend, höre ihm aber gar nicht mehr zu, lache, wenn sie lachen, Charlotte, die über seine Scherze immer hysterischer lacht und über meine Kommentare überhaupt nicht, und als er endlich zu neuen Jagdgründen aufbricht, ist sie plötzlich hundemüde und will nach Hause.

Es ist das erste Anzeichen dafür, dass einem etwas langsam aus den Händen gleitet. Eine kurze Zeit des Glücks für Johan Kraft.

Das zweite ist dies:

Am nächsten Wochenende setzen Charlottes Eltern ihr Haus in Beddinge für den Sommer in Stand, und ich übernachte bei ihr. Wir liegen plaudernd im Bett, bevor wir wach genug sind, um aufzustehen, als Charlotte mir vorwirft, ein Muttersöhnchen zu sein, obwohl sie das Wort nicht benutzt, sie sagt gebunden, abhängig, dass ich loslassen muss.

»Wieso loslassen?«

»Du musst dich freimachen.«

»Frei von was, Charlotte?«

»Ja, merkst du denn nicht, dass du alles genauso machst, wie du glaubst, dass deine Mutter es haben will. Nicht so, wie du es willst. Oder ich.«

»Seit wann ist es ein Verbrechen, ein gutes Verhältnis zu seinen Eltern zu haben?«

»Es ist krank. Ich komme mir bei euch immer ausgeschlossen vor. Ihr steht euch so nahe wie ein altes Ehepaar!«

»Was denn, Mama mag dich doch! Ich kann darin nichts Falsches sehen.«

»Aber ich! Deine Mutter hat überhaupt keine Chance, sich zu entwickeln, wenn du so abhängig von ihr bist.«

»Entwickeln? Das musst ausgerechnet du sagen. Deine Mutter ist zu Hause!«

»Ja, weil Vater so einen wichtigen Job hat!«

Wir haben uns am Morgen nicht geliebt, gestern Abend oder in der Nacht auch nicht, und Charlotte hat in Unterhose und T-Shirt geschlafen, Charlotte, die gerne nackt ist und die Decke wegzieht und sich mit den Armen zum Bettende streckt. Es ist ein trübes und missgelauntes Wochenende für uns beide gewesen, und das jetzt macht es auch nicht gerade besser. Ich denke an Charlottes Verhältnis zu ihrem Vater – und sehe wieder das Gesicht im Spiegel, mich selbst! Dass ich auch nicht in der Lage gewesen bin, mich in den älteren Menschen zu transformieren, der ich zu sein glaubte, die Geborgenheit meiner Kindheit mit Mama ist nun ein Anker, der einen daran hindert, den Heimathafen zu verlassen, da haben wir wieder den Aktienclub und die Sparverträge – die jugendliche Naivität, die einem ein zweites Mal mit voller Wucht unter die Nase gerieben wird, jetzt jedoch viel schwerer zu schlucken ist!

Ich greife nach einem letzten Strohhalm:

»Was sollen wir an Walpurgis machen?«

Charlotte zieht die Decke bis zum Kinn hinauf.

»Warum fragst du mich? Warum soll ich immer alles organisieren?«

»Wenn ich es tue, änderst du es sowieso wieder, deshalb.«

»Ach Quatsch. Also, ich weiß jedenfalls, was ich tun werde. Ich werde mit Sonja und einer Freundin von ihr nach Beddinge fahren.«

»Nur ihr drei?«

»Es wird ein Frauenabend.«

»Und da kann ich nicht mitkommen?«

»Wenn es ein Frauenabend ist?«

Ich stopfe mir das Kissen in den Rücken, sitze halb im Bett, sehe, wie sehr die Situation Charlotte unter Druck setzt, und muss mich für eine Seite entscheiden – aber habe ich nicht schon verloren? Doch, das habe ich.

»Und wer ist ihre Freundin?«

»Sie heißt Madeleine.«

»Du kennst sie nicht?«

»Nicht besonders.«

»Bist du ihr *jemals* begegnet?«

»Sie reist aus Stockholm an.«

»Liebst du mich?«

»Was du da laberst. Das weißt du doch.«

»Aber an Walpurgis feierst du lieber mit jemandem, den du nicht einmal kennst, als mit deinem Freund?«

»Ich möchte gerne mit dir zusammen sein, aber ... Du verstehst das nicht. Sonja und ich haben das jetzt beschlossen, und es ist etwas anderes, ob ein Junge dabei ist oder nur Frauen mitkommen.«

»Nein, ich versteh das wirklich nicht. Ich darf also nicht mitkommen, weil ich das falsche Geschlecht habe?«

»Ja, wenn du es unbedingt so sehen willst«, antwortet Charlotte. »Wie gesprächig du heute bist. Man stelle sich vor, du hättest genauso viel zu sagen, wenn wir ausgehen.«

»Du hast doch nur diesem blondierten Deodorant zugehört!«

»Ja, weil er höflich und interessant war – im Gegensatz zu dir!«

Das ist kein Zeichen. Es ist eine Abfertigung. Ich komme in die Unterhose und aus dem Bett, in die restlichen Kleider, und wir frühstücken bei laufendem Radio, ehe ich mich verabschiede. Und als ich die Tür hinter mir zuknalle, denke ich daran, wie sie, Familie Vornehm, am Abend vor dem Fernseher sitzen werden, in ihrem netten Haus an ihrer netten Adresse, und ihren wohl temperierten Tee trinken und weiches Lemon-Curd auf frisch gebackene Scones streichen werden. Es wird genauso prächtig sein wie früher, ohne mich, die Ordnung ist wiederhergestellt, und falls sie überhaupt einen Unterschied bemerken, wird ihr Vater seine Strickjacke vor dem Bauch zuziehen und vorschlagen, dass

Charlotte morgen mit auf den Golfplatz kommt und ihn ein paar Löcher begleitet, die frische Luft wird ihr gut tun.

So ist das.

Ich radele nach Hause, nein, ich steige ab und schiebe das Rad ab der Rudbecksgatan, denn ich will es so lange wie möglich hinauszögern, jemandem davon erzählen zu müssen, der versuchen wird, mich zu trösten, indem er sagt, dass es andere Mädchen gibt, die sicher besser für mich sind, d. h. bis ich es meiner nicht-entwickelten Mama erzählen muss, und weil ich sonst nirgendwo hinkann.

Ich halte den Lenker ganz fest und kicke Steine vor mir her, dieses ganze verdammte Leben habe ich Steine vor mir hergekickt, Steine, die Persgård, Porsfyr, Palin, Folke, Lundblad, der Aal, Ehrensvärd hießen, nun heißen sie Charlotte, und wenn ich einen von ihnen kicke, dann kicke ich gleichzeitig auch all die anderen, davon kann man sich nicht frei machen, man ist zum Steinekicker geboren, stammt aus der Steinekickerklasse, zu den Steinekickern wird man immer gehören, denn so sehr man auch kickt und sich freizustrampeln versucht, es werden einem doch immer Steine in Hülle und Fülle im Weg liegen, Berge aus Steinen, die sich vor einem auftürmen, egal, welche Richtung man einzuschlagen versucht.

Am Abend ruft Jakob an:

»Hab gehört, es ist aus mit Charlotte.«

»Mmh. Und?«

»Durftest du sie jetzt bumsen?«

»Was geht das dich an? Wie läuft es übrigens bei dir und Sonja?«

»Schon gut! Aber was habe ich gesagt? Good luck.«

Aber Mama hat keine Zeit, mich zu trösten. Denn Monika bringt eine Tochter zur Welt. Als wir auf der Entbindungsstation eintreffen, stillt Monika sie gerade, aufgebockt mit Kissen im Rücken und in einem aufgeknöpften Krankenhaushemd. Monika strahlt vor Müdigkeit und Glück. Auf einem Stuhl neben ihr sitzt Stig, bartstopplig und mit dunklen Ringen unter den Augen, sieht wesentlich mitgenommener aus als Monika, so als hätte er keine Kraft mehr zum Strahlen. Außerdem klingt er matt:

»22 Stunden Lieferzeit. Seit wir hergekommen sind, haben wir kein Auge zugemacht.«

»Du solltest nach Hause fahren und dich ausruhen«, meint Mama.

Stig steht auf, damit Mama sich setzen kann, ist so verwirrt, dass er sowohl ihr als auch mir die Hand gibt, aber sie geht weiter zu der Kleinen und berührt ihren flaumigen Kopf. Erhält von Monika eine erste Instruktion:

»Sei vorsichtig. Hast du kalte Hände?«

Mama nimmt ihre Hand nicht fort. Sie streichelt die Wangen des Mädchens und sagt, was alle Großmütter in aller Welt sagen, wenn sie zum ersten Mal ihr neugeborenes Enkelkind sehen:

»Wie süß sie ist, ganz die Mutter. Schau mal, was für kleine Hände! Mein Gott. Und die Nase, wie niedlich! Wie soll sie denn heißen?«

»Nathalie.«

»Nathalie?«

Mama kostet den Namen. Aber Monika hat sich darauf vorbereitet, was Mama davon halten wird:

»Und Gerda nach Großmutter.«

»Nathalie Gerda Kraft?«

»Gerda Nathalie Kraft. So klingt es besser.«

»Mit der Zeit dann wohl Forsberg«, sagt Stig mit schleppender Stimme.

Er dreht sich mit müden, gereizten Augen zum Geräusch eines schreienden Babys und einer besuchenden Familie auf der anderen Seite des Vorhangs um. Sechs frisch gebackene Mütter liegen auf der Station.

Nathalie macht eine Armbewegung, und Mama lässt sich nicht lumpen:

»So warst du auch. Genau so!«

»Hast du jemals ein hübscheres Baby gesehen?«, sagt Stig zu mir.

Ich schiebe den kleinen Finger in das Knubbelhändchen.

»Darf ich sie mal halten?«

»Wenn sie getrunken hat«, antwortet Monika und rückt ihre Tochter zur zweiten Brust, hält die Brustwarze an den kleinen Mund.

»Sie trinkt die ganze Zeit.«

»Trinkt und kackt«, meint Stig.

»Fahr nach Hause und leg dich hin, Stig«, sagt Mama. »Du siehst aus, als könntest du etwas Schlaf gebrauchen. Wir sind ja jetzt bei Monika, sie kommt schon klar.«

»Ich komme auch klar.«

»Dann setz dich wenigstens. Hast du einen Kaffee bekommen?«

»Ich bin das gewohnt«, sagt er leise, verschluckt fast das letzte Wort.

Als Nathalie satt ist, überlässt Monika sie mir. Sie kneift sanft die Augen in ihrem runzligen Gesicht zu. Ich halte sie, atme ihren warmen Duft im Nacken ein, und Mama steht daneben und sieht vollkommen selig aus, Großmutter, knickt den Rand der Decke um, damit sie besser sehen kann, und auf der anderen Seite habe ich Stig, jedoch gleichsam distanziert, oder vielleicht ist es auch die Müdigkeit, die jetzt mit voller Wucht durchschlägt.

Die Atemzüge der Kleinen, die feinen Zuckungen im Gesicht, als sie einschläft. Mama darf sie auch halten. Erhält von Monika eine zweite Instruktion:

»Fass sie vorsichtig an. Halte ihren Kopf.«

»Ich habe zwei Kinder großgezogen, und soweit ich sehe, haben sie es vortrefflich überstanden.«

Dann streckt Monika die Arme nach ihrer Tochter aus, Sehnsucht, schließt sie in ihre Arme, wiegt sie, schnuppert an ihrem Nacken, atmet tief ein, strahlend, und ich ertappe mich dabei, zum ersten Mal zu sehen, wie schön Monika ist, ja, richtig schön. Monika, mein Schwesterherz. Was für eine Mama!

Monika muss übers Wochenende noch im Krankenhaus bleiben. Montagnachmittag ruft sie an und bittet Mama, sie abholen zu kommen. Stig hat soeben bei einer Krankenschwester die Nachricht hinterlassen, dass er an einer dringenden Besprechung teilnehmen muss und sich nicht freimachen kann.

Ich lenke den Reiskocher, während Monika auf der Rückbank Nathalie fest an sich drückt, die in eine Decke gehüllt ist, die Mama dabeihatte, und obwohl ich im Schleichtempo fahre:

»Fahr doch nicht so schnell! Wir haben ein Kind hier hinten!«

In der Kilian Zollsgatan lassen die Blumen die Köpfe hängen. Aber Mama fühlt in den Töpfen nach und stellt fest, dass Stig sie erst kürzlich gegossen hat, viel zu viel, laut Mama, und er hat die Post sortiert, Zeitungen und Reklame in einem Stapel auf den Couchtisch gelegt, Briefe und Rechnungen in einem Stapel daneben. Zehn rote Rosen stehen in einer Vase, und an der Vase lehnt ein gelbes längliches Kuvert – »zu Händen von Monika«.

»Hältst du sie mal«, bittet Monika mich und legt mir Nathalie in die Arme.

Sie riecht an den Rosen und blättert den spärlichen Poststapel durch, ehe sie das gelbe Kuvert mit in die Küche nimmt, um es mit einem Obstmesser aufzuschlitzen, und sie den Brief mit dem Rücken zu uns liest. Sie liest lange. Dann steckt sie ihn wieder hinein und legt ihn weg, und dann geht sie zum Schlafzimmer, die letzten Schritte läuft sie, sie weint, prustend, sie kauert sich auf dem Bett zusammen wie ein Embryo, zieht die Knie an die Brust und schlägt die Arme um sie, weint mit einer Urkraft, als wären alle Dämme gebrochen und als stünden die Schleusen in den Tränenkanälen weit offen.

»Was hast du, Monika?«

Mama bekommt natürlich keine Antwort. Zwischen den Weinkrämpfen hechelt Monika nach Luft, ringt ein paar Mal nach Atem, dann bricht es wieder aus ihr heraus. Sie zittert. Mama legt eine Hand auf ihre Wange, Monika schlägt sie weg. Immer wieder. Und Nathalie fängt an zu schreien. Ich gehe mit ihr herum, weiß nicht, was ich tun soll, summe beruhigend, versuche sie unbeholfen in den Schlaf zu wiegen, aber sie beruhigt sich nicht, sie schreit noch mehr, so als hätte sich Monikas vollkommene Untröstlichkeit auf sie übertragen. Aber Monika hört auch das nicht.

»Darf ich lesen?«

Mama nimmt den Brief aus dem gelben Kuvert, in dem auch ein paar Geldscheine liegen, die sie zählt, fünf Tausender, und sie liest, es ist ein kurzer handgeschriebener Brief. Sie blickt davon auf:

»Er hat nicht darum gebeten, mit dir selber zu sprechen, was? Als er anrief.«

Monika schluchzt. Versucht sich zusammenzureißen. Es gelingt ihr nicht sonderlich gut.

»Soll ich einen Tee aufsetzen?«, sagt Mama.

Monika schüttelt schwach den Kopf.

Nathalie gibt mittlerweile alles, was in ihr steckt, und ich habe die Befürchtung, dass sie auch noch in die Windel gemacht hat.

»Was soll ich tun?«

»Gib sie mir«, sagt Mama und übernimmt. Sie steckt einen Finger in die Windel und riecht:

»Da ist noch alles in Ordnung.«

Sie wiegt Nathalie, heftig, und schafft es so, dass sie nicht mehr brüllt. Mama setzt sich zu Monika und darf sie jetzt mit ihrem freien Arm umarmen. Sie bleibt so sitzen, wartet darauf, dass Monika die Fassung wiedergewinnt.

»Er hat versprochen ...«, setzt Monika nach einer Weile an, aber ihre Stimme erstirbt. Ein neuer Weinkrampf überkommt sie. Sie weint ohne Tränen.

»Du kommst jetzt mit nach Hause«, bestimmt Mama. »Ich werde für euch packen.«

»Nee ...«

»Du und Nathalie nehmt mein Zimmer. Ich lasse euch hier nicht allein.«

»Sein dreckiges Geld kann er behalten!«

»Denk jetzt nicht daran.«

»Ich werde es ihm zurückschicken! Ich will es nicht haben ... Seiner Frau!«

»Ganz ruhig. Du wirst es noch brauchen können.«

»Niemals!«

Mama überlässt Nathalie wieder mir. Sie packt Monika an den Schultern und hilft ihr, sich langsam aufzusetzen. Monika sitzt auf der Bettkante, starrt ins Leere, ausdruckslos, sitzt die ganze Zeit starrend da, während Mama einen Koffer aus der Kleiderkammer heraussucht und packt. Sie zeigt die Kleider Monika, die nicht reagiert, ihre rot verheulten Wangen werden blass, dann weiß. Monika atmet durch den Mund, zieht die Nase hoch, hat die Hände unter die Oberschenkel gepresst, die Arme dicht am Körper – und hunderte von Jahren später steht sie entschlossen auf und holt das Telefonbuch.

Mama, die augenblickblich bei ihr ist:

»Was hast du vor?«

»Er hat die Schlüssel nicht dagelassen!«

»Aber Monika, jetzt? Du solltest ...«

Mama beendet den Satz nicht. Monika bekommt ihren Willen. Sie ruft mit brüchiger Stimme einen Schlosser an, der kommt und den Zylinder austauscht und ein neues Sicherheitsschloss einsetzt, und Mama bittet ihn, auch noch einen Spion einzubauen, ehe sie einen Scheck ausstellt.

Als der Monteur gegangen ist, holt sie Monika, die sich wieder hingelegt hat.

»Willst du Nathalie selber nehmen?«

Aber Monika hakt sich bei Mama ein und schüttelt den Kopf:

»Jetzt nicht. Johan macht das schon.«

Charlotte ruft ein paar Mal an, findet, dass wir »Freunde bleiben« sollen, fragt mit zögerlicher Stimme, wie es mir geht, bekräftigt, es sei ihr wichtig zu wissen, dass es mir gut geht, als ich meine, es sei ein bisschen spät, *jetzt* daran zu denken. Denn diese

Gespräche erfüllen im Grunde einen ganz anderen Zweck: ihre Schuldgefühle zu betäuben und die plötzliche Einsamkeit auszufüllen. Vermutlich finde ich nicht, dass ihre Schuldgefühle tief genug sitzen. Denn ich muss hart sein, habe nicht vor, sowohl den verschmähten Liebhaber als auch ihren Trostspender zu geben. Ich halte die Telefonate unanständig kurz – was das einzig Anständige uns beiden gegenüber ist.

Als ich sicher bin, dass sie nicht zu Hause ist, und ihr Vater auch nicht, hole ich ein paar Sachen von mir, die noch in ihrem Zimmer liegen, und höre mir geduldig die Ausführungen ihrer Mutter an, wie traurig sie darüber sei, dass wir uns getrennt haben. Aber das ist nicht die Art von Verständnis, die man braucht, nachdem man abgefertigt worden ist, und gleichzeitig muss ich gestehen, dass es bei aller Bitterkeit auch ganz schön befreiend ist, wieder man selber sein zu dürfen und sich nicht mehr verstellen zu müssen, um zu gefallen.

Monika ist es, die mir die rechte Art von Verständnis zukommen lässt. Monika, die wieder in die Kilian Zollsgatan gezogen ist, eine Sicherheitskette an die Tür montiert hat und sie einen Spaltbreit öffnet und kontrolliert, dass ich wirklich der bin, der ich neunzehn Jahre lang gewesen bin – nachdem sie durch den Spion geschaut hat –, wieder zuzieht und die Kette öffnet. Außerdem hat sie sich noch eine Geheimnummer besorgt.

»Du wohnst ja regelrecht in Fort Knox, Monika.«

Monika, die abgezehrt aussieht, ist die Nächte hindurch auf den Beinen, und die Nachwirkungen des Schocks sitzen tief. Sie hebt Nathalie aus dem Gitterbett, das Mama aus dem Keller gewühlt hat, und wechselt ihre Windel. Nathalie ist quengelig, will an die Brust, bekommt die Brust.

»Du musst dich zusammenreißen« – schlägt der vor, der selber kein Weltmeister darin ist, sich zusammenzureißen.

»Ich scheiße auf Stig«, sagt Monika. »Das solltest du übrigens mit Charlotte auch tun.«

Aber das sind Dinge, die man sagt, wenn man nicht meint, was man sagt. Monika scheißt nicht auf Stig. Sie will ihn umbringen.

Und ich scheiße auch nicht auf Charlotte (ebenso wenig wie auf Cissi, und auch nicht auf Birgitta, wenn ich ehrlich sein soll).

Und so lernen wir beide gleichzeitig eine Realität des Lebens: sich weniger auf die Liebe zu verlassen, die einen blind macht, und jedes Mal, wenn einem die Tür vor der Nase zugeschlagen wird, stumpft man ein bisschen mehr ab, und wenn es dann oft genug passiert ist, fühlt man nichts mehr und kann sie, die Liebe, mit weit offenen Augen sehen, manche nennen es abgehärtet werden, ich finde, es bedeutet, sie aus einer Kosten-Nutzen-Perspektive anzugehen. Genau wie Mama, als Monika noch schwanger war und ein abgedroschenes Thema zur Sprache brachte und behauptete, Mama sollte sich einen Neuen suchen:

»Unsinn. Was soll ich mit einem Mann?«

»Damit du nicht mehr so allein bist.«

»Ich habe mich daran gewöhnt, allein zu leben. Ein Mann wäre mir nur im Weg.«

»Johan sagt, dass du die Heiratsanzeigen liest.«

»Ich will sehen, wie das Angebot ist. Es ist mager.«

Mama taucht jetzt jeden Nachmittag bei Monika auf, schafft es zudem meistens, auch noch mittags auf einen Sprung vorbeizuschauen. Monika protestiert. Aber Mama ist Mama, sie kommt trotzdem.

»Ich komme schon klar, Mama.«

»Glaub mir, das tust du nicht.«

Wir dürfen vermuten, dass auch in Mama gemischte Gefühle herumschwappen, die Freude über das Enkelkind, das man besinnungslos verwöhnen kann, ohne die Verantwortung zu tragen, dass aus dem Kind ein richtiger Mensch wird (denn wie sich herausstellt, gilt die Fast-Philosophie für Enkelkinder nicht), eine neue Rolle in den Aufführungen der Familie, einer Familie, die von unten aufgefüllt wird und Mama – wie Monika es so gescheit ausdrückte – next in line stellt, Großmutter ... während sie ihre Tochter gleichzeitig einen Weg beschreiten sieht, den sie selber nur allzu gut kennt.

Mama hat wieder angefangen zu stricken, sie strickt abends vor dem Fernseher Kinderkleider in Puppengröße am laufenden Band, trägt Kleider und Lebensmitteltüten zu Monika. Stellt sich in die Küche und brät Hackbraten, spült, trocknet ab, räumt das Geschirr auf das Schrankpapier in den Schränken und schrubbt die Spüle mit dem neuen Lappen und dem Scheuerpulver, das sie mithatte, bis die Platte blinkt, als hätte der Handwerker sie erst vor einer Stunde angebracht, wie neu, wenn da nicht die Fugenmasse wäre – obwohl, die scheuert sie auch. Mama dreht sich um, wirft ein Auge auf das Enkelkind.

»Ja, ja. Das wird schon werden.«

Und wie üblich bei Mama kommt nicht mehr über ihre Lippen, keine Erklärung, was schon werden wird, ja, vielleicht auch ein schwaches Seufzen, eher aus alter Gewohnheit, bevor sie den Lappen auswringt und ihn über den Wasserhahn hängt.

»Nee, ich sollte wohl zusehen, dass ich nach Hause komme.«

Monika hebt Nathalie zur anderen Brust, beherrscht jetzt die Technik des Stillens, verbirgt die Brust hinter der Bluse, so schüchtern wie damals, als sie bei gelöschtem Licht im Etagenbett unter die Decke kroch. Mir fällt auf, dass sich im Hintergrund keine Platte dreht, der Tandbergverstärker ist ausgeschaltet, die Platten stehen alphabetisch geordnet in einem Getränkekasten – die Schreie der Möwen von den Häuserdächern gegenüber dringen schneidend durch die aufgehakte Balkontür herein.

»Sollen wir spazieren gehen?«

Nathalie bekommt einen Klaps auf den Rücken, als sie satt ist. Monika legt sie in den Wagen, der unten im Eingang steht, den gleichen Kinderwagen, in den Mama früher Monika gelegt hat, und später mich, auch er aus dem Keller.

Die Sonne scheint. Die ersten Badenden rufen sich mit dem Sund bis zu den Knien Torheiten zu. Ein älteres Paar lächelt uns verschwörerisch zu, ich verstehe nicht, wieso, bis ... sie glauben, dass ich der Vater bin! Wir gehen am Strand entlang bis zum Gelände des Bogenschützenvereins und wieder zurück, der Wind kommt aus westlicher Richtung, die Luft ist hoch und klar und die Silhouette Kopenhagens deutlich zu erkennen, wir setzen uns auf eine Bank im Öresundspark. Ich beuge mich über den Kinderwagen.

»Schau mal, wie sie das genießt! Darf ich sie rausnehmen?«

Die Kleine brabbelt ein wenig und schläft anschließend in den Armen ihres Onkels ein.

»Verdammt, Johan«, sagt Monika, »der Sinn des Lebens ist es, Kinder zu bekommen.«

In diesem Moment sehe ich es, oder sehe, dass es verschwunden gewesen ist und nun den Weg zurück findet, Monikas Lachen – sie lacht, na ja, lächelt. Sie lächelt, und in den dunkelsten Ecken ihrer Augen blitzt es.

»Du bist glücklich, was? Trotz allem.«

»Glücklich? Ja, glücklicher als jetzt werde ich wohl niemals sein.«

Sie beißt sich auf die Lippe, blinzelt in die Sonne.

»Stell dir vor, ich hätte den Johanneshof übernommen ...«

»Mach es doch jetzt.«

»Mit Nathalie? Da oben im Wald hocken? Nee, niemals.«

Monika nimmt die Kleine aus meinem Arm und legt sie wieder in den Kinderwagen, zieht die Decke hoch, dreht den Wagen so, dass die Sonne wärmt, bleibt über ihn gebeugt stehen.

»Nee, das ist das Beste, was ich je gemacht habe.«

»Glaubst du, Mama denkt genauso?«

»Über uns? Ja klar. Warum sollte sie nicht?«

»Es war sicher nicht immer so toll für sie.«

»Was denkst du denn, wie toll es ihr *ohne* uns gegangen wäre?«

»Aber kein Vater, der da war und sie unterstützt hat, du weißt schon ... ja, entschuldige ...«

»Ist schon okay. Abwesende Väter – warum sagt eigentlich nie einer was über das Tolle an anwesenden Müttern?«

Monika lässt sich wieder neben mich fallen. Sie setzt eine Sonnenbrille auf.

»Es sind ohnehin immer die Mütter, die die Hauptlast zu tragen haben, egal, ob ein Vater da ist oder nicht.«

»Ist das so?«

»Ihr seid nicht unersetzlich, ihr Jungen.«

Nathalie bewegt sich im Schlaf, atmet mit einem schwachen Pusten aus.

»Wird sie schon wach?«

»Sie träumt bestimmt.«

»Vielleicht hätte ich mit Charlotte ein Kind bekommen sollen.«

»Du und sie? Wer ist hier eigentlich bescheuert?«

»Na ja, das bin wohl ich.«

Der kleine Bruder ist immer noch der Kleinste, hinkt einen Schritt hinterher, so ist es immer. Aber er hat sich jetzt daran gewöhnt. Ja, es gibt einem Halt, Geschwister zu haben.

Juni. Monika macht mit Nathalie lange Spaziergänge am Strand. Während ich mein Abitur mit Noten bestehe, die – wenn sie auch nicht direkt glänzend sind – mich irgendwohin bringen können sollten. Mama lädt uns zum Essen ins Olgas im Pildammspark ein. Wir sitzen draußen auf der Holzveranda, die in den Teich hineinragt, und die Kellner kommen und turteln mit Nathalie, die auf Mamas Schoß sitzt. Monika mit Farbe auf den Wangen und Leben in den Augen. Ich in meinem ersten Anzug. Mama bestellt sich ein Glas Likör zum Kaffee. Die Sonne sticht. Enten auf dem Teich und in ihrem Kielwasser die Kinder. Idylle. Morgen ziehe ich die grüne Nylonhose an, quittiere den Empfang des Hausmeisterschlüsselbunds und trete die Sommerschicht an.

Und einer von uns fährt in diesem Sommer in Urlaub.

Von der Straße wallt das dumpfe Geräusch einer dicken Trommel im Zweivierteltakt durch die sommerlich aufgeschlagenen Balkontüren. Der König ist in der Stadt. Leif fabriziert einen Dreher auf dem Wendehammer und parkt seinen neuen Volvo 740 vor dem Hauseingang. Aus dem 4 x 35-Watt-Boxensystem spritzt Musik. Lisbeth auf dem Beifahrersitz mit rosabügeliger Sonnenbrille und heraushängendem Unterarm. Das gibt mir eine ausgezeichnete Gelegenheit, den Aufzug in den Siebzehnten zu nehmen, um herauszufinden, wohin Pascha Lasse mit den Stones und den Playboybräuten verschwunden ist, und ich werde vom unsentimentalen Bescheid seiner Mutter empfangen, als sie das letzte Mal von dem Taugenichts gehört habe, sei er aus einer Bude in der Ystadsgatan rausgeschmissen worden.

»Und Thomas, weiß der nicht, wo Lasse ist?«

»Thomas!? Der liegt bestimmt unter einem Haufen Schrott und schraubt!«

Ich nehme die Treppe nach unten.

Leif und Lisbeth haben die Fähre nach Dragør gebucht und weiter über Rødby-Puttgarden und danach: der Kontinent – und Lisbeth hat Mama *gebeten*, mitzukommen! Mama, mit einem 19-jährigen Sohn, einer 24-jährigen Tochter und einem Enkelkind, die vorher noch nie im Ausland Urlaub gemacht hat, die nie weiter als nach Kopenhagen gereist ist, um dort Bacon und Schweinehack beim Irma zu kaufen, wenn wir von einigen amourösen Eskapaden in Hamburg während der frühen Bronzezeit absehen, die sie höchst ungern aufs Tapet gebracht sehen möchte, Mama, die nie etwas davon gesagt hat, dass sie selber auch ins Ausland will, als Monika Interrail gemacht hat, als ich meine Interrailreise geplant, als ich von Jerry Williams Eltern am Gardasee erzählt habe, sagt jetzt:

»Ich will mehr von der Welt gesehen haben als Schweden.«

Mama hat sich Monikas Fotoapparat ausgeliehen, einen neuen Pass besorgt und in der Fernsehzeitschrift angekreuzt, welche Sendungen sie aufgenommen haben will (Sommerwiederholungen). Die Koffer stehen gepackt im Flur. Leif hebt sie prüfend hoch, vergewissert sich, dass Mamas minimales Gepäck nicht die Hinterachse hinunterdrückt, sodass sie am Zoll herausgewunken werden, grimassiert, was jedoch eher an seinen Gliederschmerzen liegt, der Schnurrbart ist übrigens abrasiert, wodurch er aussieht wie ... wie Leif ohne Schnurrbart. Während Lisbeth alle Details über Monikas Entbindung und Nathalie hören will und nicht verhehlt, dass sie ziemlich sauer ist, weil sie die Kleine nicht sehen dürfen, etwas, das Mama vor der Abfahrt durchaus bedacht hat, weshalb sie Monika überreden wollte, zu kommen und ihre Tochter vorzuführen. Aber Monika hat endlich einmal ehrlich ihre Meinung gesagt:

»Sie hat Johan und mir so viel Freude genommen! Sie kommt mir nicht in Nathalies Nähe!«

Mama, die mich ansah, einen Vermittler suchte, aber:

»Tut mir Leid, Mama. Monika hat Recht.«

Lisbeth ergeht sich in einer einstudierten Entschuldigung dafür, dass sie nicht zu meiner Abiturfeier kommen konnten. Als ob mich das interessieren würde.

»Hast du gute Noten bekommen?«

»Doch, schon.«

»Johan hatte wirklich schöne Noten«, bestätigt Mama. »Er kann mit Zahlen umgehen.«

Was Leif dazu veranlasst, neue Fotos von seiner Brut herauszuzerren.

»Hier, du. Hier kannst du jemanden sehen, bei dem es richtig gut läuft!«

In der Ausgehuniform der Marine und mit frisch gestutztem Crew Cut starrt Bernt treuherzig in die Kamera. Mit Namen und Nummer auf einem Schild auf der Brust erinnert die Aufnahme an die Fotos von Häftlingen. Zu meiner Freude sieht seine Visage aus wie Pimple's Paradise.

Leif:

»Er soll auf der Carlskrona fahren, dem neuen Marineschulschiff. Zu den Seychellen und nach Indien und ... was war es noch gleich?«

Auf dem Weg zu uns ist Kristina (Pullover in mehreren Lagen, mageres Gesicht, dicke Kajalstriche um die Augen) zum Flughafen Landvetter kutschiert worden, um von dort aus zu einem Sprachkurs in Brighton weitertransportiert zu werden, ausgestattet mit einer unverschämt bemessenen Reisekasse und den sehnlichsten Hoffnungen ihrer Eltern, dass die Wochen in England den Iraker aus ihren Gedanken löschen werden.

»Hat Mama die gesehen?«, fragt Mama. »Sie würde sich so darüber freuen, wenn du ihr die Bilder schicken würdest.«

Leif steckt die Fotos in den Umschlag zurück.

»Hast du was von ihr gehört?«

»Es geht ihr schlechter, viel schlechter«, erwidert Mama.

»Noch schlechter?«

»Die Schwestern sagen, dass sie nur noch für kurze Momente klar ist.«

»Was ist das nur für ein Gift, mit dem die sie da voll stopfen? Morphium? Ja, dann nützen ihr die Fotos auch nicht viel.«

»Leif! Du musst Mama ab und zu anrufen. Begreifst du nicht, wie viel ihr das bedeutet?«

Und Lisbeth, mit Kaugummi:

»Ja, das sage ich auch immer. Dass du dich nicht bei deiner eigenen Mutter melden kannst!«

»Ja, schon gut. Ich werde anrufen!«

Aber damit gibt Mama sich nicht zufrieden. Sie weiß, was Leifs Worte wert sind.

»Versprichst du es mir? Gibst du mir dein Ehrenwort?«

»Können wir jetzt mal langsam fahren?«

»Wenn wir wieder zu Hause sind? Leif?«

»Leif, antworte deiner Schwester«, sagt Lisbeth.

»Ja! Ich werde anrufen! Wenn wir wieder zu Hause sind.«

»Gut, dann bin ich fertig«, sagt Mama.

»Kann ich dir bei etwas helfen, Bodil?«, bietet sich Lisbeth an.

»Was sollte das sein?«

Mama überprüft zum hundertsten Mal, dass ihr Pass da ist, wohin sie ihn in der Handtasche gelegt hat. Dann umarmt sie mich und nimmt einen Koffer in jede Hand, um zu ihrer ersten Auslandsreise aufzubrechen.

Ich sehe die drei in den Volvo steigen, Mama, hinten, sorgt augenblicklich dafür, dass Leif leiser dreht. Sie rollen auf den Pildammsvägen und verschwinden Richtung Fährhafen. Und ich schaue vom Balkon aus auf die Siedlung hinab, aha, sommerlich verlassen, vom Küchenfenster das gleiche Bild, die enorme Rasenfläche, auf der jetzt nie einer ist, keiner spielt, niemand Fußball spielt, der Hof ist vollkommen leer, keine Gang hängt an der Ecke bei den Papierkörben herum, die Rolle schief getreten hat, keine Mutter, die Einkaufstüten aus den Geschäften heranschleppt, keine Familien mit Kindern, die jetzt hierher ziehen, keine neuen Kleinen in Sicht, die hier aufwachsen und ihr Leben geformt bekommen, bis meine eigene Generation zurückkehren und die gleiche Runde auf dem Karussell drehen wird wie unsere Eltern ... was sagt mir das? ... unser Revier, unsere frühe Welt, mit den Koordinaten der Kindheit: Stadion und Mobilia, Allans Wurstbude und der Kreisverkehr am Teich des Pildammspark, alle Orte, alle Städte, die man später besucht, werden in dieses Koordinatensystem gepresst, um vermessen und beurteilt zu werden.

Zwei Wochen später drängeln sich die Urlauber wieder im Flur, braun gebrannt und in reisezerknittertem Zustand, mit müden Augen und ausgehungert, nachdem Leif Mama und Lisbeth mitten in der deutschen Nacht aus dem Bett gezwungen hat, um 900 Kilometer am Stück abzureißen und damit einen Tag früher schwedischen Boden zu betreten, und sie sind voller Geschichten – per Bleifuß nach Genua, wo sie rechts geblinkt haben und die französische Riviera entlanggerollt sind und die Schwägerinnen auf der Rückbank saßen und Cola-Rum tranken, fünf Nächte in einem Hotel an einer Hauptverkehrsstraße in Nizza, und ein Abstecher in das Tax-Free-Paradies Andorra, ehe sie den Kühlergrill wieder nach Norden drehten, und auf dem Heimweg gelang es Mama, die anderen von der Notwendigkeit zu überzeugen, auf der Insel Mainau Halt zu machen, um die Rosen im Schlosspark zu bewundern.

Unter der Müdigkeit ist die normale Mama, die Europa gesehen und den Film voller Bilder hat. Lisbeth ist hinter ihrer rosa Sonnenbrille genauso aufgekratzt.

»Es ist so nett gewesen!«

Sie versetzt Mama einen schwesterlichen Knuff in die Seite: »Wir haben nicht ein einziges Mal über die Arbeit geredet!«

»Gott sei Dank«, lässt sich Leif vernehmen, der Mamas Koffer abstellt.

Mama bringt die Kaffeemaschine auf Touren. Sie fühlt in den Blumentöpfen, oh ja, diesmal hat ihr Sohn die Vegetation gepflegt. Dann lässt sie die Bombe platzen, die sie während des gesamten Urlausbstrips auf dem sonnengemarterten Rücksitz des Volvos in petto gehalten hat, sie hat sie sich die ganze Gerade nach Süden auf der Autobahn, am Mittelmeer vorbei und durch Frankreich hinauf verkniffen, während die Landschaft, durch die sie gefahren sind, sich verändert hat und sie sich Lisbeths und Leifs endlose Kabbeleien anhören musste, Frühstücke, Mittagessen, Abendessen, während der ganzen Zeit, die sie zusammen verbracht haben, und sie schafft es, dass es klingt, als wäre es ihr gerade eben erst wieder eingefallen:

»Ach übrigens, ich werde in Zukunft nicht mehr für die Filialbuchhaltung zuständig sein.«

»Was sagst du da?«

»Ich ziehe eine Etage höher.«

Lisbeth pflückt die Sonnenbrille herab. Mama verdeutlicht:

»In die Marketingabteilung.«

»Herzlichen Glückwunsch! Es läuft gut bei dir, Schwesterherz.«

Das ist Leif, der überrascht.

»Ja, wirklich«, sagt Lisbeth, trockener. »Wie schön für dich.«

Mama macht eine abwehrende Geste, als wäre das nicht so wichtig.

»Ich glaube, der Kaffee ist fertig. Sollen wir ihn in der Küche trinken?«

Mama, Monika und Nathalie, und dann ich, Johan. Der vorhatte, dieses Familienbild damit enden zu lassen, dass ich den ganzen Sommer als Hausmeister arbeite, Schwimmer austausche und bei Frau Gröndahl vier Mal in drei Wochen das Klo freimache, Gras schneide und mir viel Zeit nehme, mit den alten Tanten über Kompostierung zu plaudern, und ich bleibe auch noch den Herbst, den langen, tristen nordischen Winter, der einen in die Stiefelschäfte haut, und das Frühjahr, bis zum folgenden Sommer, in dem es an der Zeit ist, grüne Hosen anderer Art anzuziehen und für ein derart hartes und düsteres Jahr bei einem Regiment einzuchecken, das es eigentlich nicht verdient hat, erwähnt zu werden, nur so viel, dass es bedeutet, noch einmal von vorn anzufangen, mit dem Grundkurs, nicht aufzufallen, wird von neuem ein Selbstzweck, um durchzukommen.

Aber dann ruft sich jetzt, da es langsam Zeit wird, abzurunden, noch eine Sache in Erinnerung, so wie einem immer einfällt, was man hätte sagen sollen, nachdem man den Hörer aufgelegt hat oder wenn man bereits dabei ist, sich zu verabschieden. Und es schmerzt mich natürlich, nicht vor heimischem Publikum abschließen zu dürfen, obwohl auch *das* eine der großen Ironien des Lebens ist, der nicht-lineare Schluss.

Denn hier sitzen wir nun im Sommer '85 mit Bier auf dem Tisch eines Straßenlokals in der Küstenstadt, in der man das Meer nicht sieht, also Göteborg, ich und Jerry William und Persson haben am Morgen den Zug genommen, um Springsteen im Ullevi-Stadion zu sehen, genau wie Bogdan, dem wir in Malmö zufällig auf dem Bahnsteig begegnet sind.

»Was denn, Bogdan, du fährst zum Konzert? Ist Springsteen für dich nicht Schlagermusik?«

»Nee, wieso, ich will es vor allem abchecken, die Schwingungen spüren.«

Jerry William blättert in einer Abendzeitung, schlägt einen Artikel auf und liest, hat ein verschmitztes Grinsen in Lauerstellung, das Lachen, das man ihm im vergangenen Jahr aus dem Gesicht befohlen hat, er hatte ohnehin keine Verwendung dafür: Die Armee hat kein Verständnis für The Hard Facts of Life, die Wirtschaft und selbstständig denkende Rekruten, und dieser Mangel an Verständnis hätte Jerry William fast in den Wahnsinn getrieben, lange Nächte in der Stube mit abgelehnten Urlaubsgesuchen und Deadlines für Aufträge, das Lachen, das er jetzt also wieder hervorholen kann:

»Seht mal! Das hätte ich echt nicht gedacht!«

Er hält uns die Zeitungsseite hin. Überschrift: »Friberg neuer Stammspieler«. Und der Text unter dem großen Foto: »Nachdem er bereits einer der Leistungsträger in der Reservemannschaft gewesen ist, wird Roland Friberg im Herbst neben Ingemar Erlandsson in der Erstligamannschaft von Malmö FF spielen«.

»Wer hätte gedacht, dass einer von uns mal so erfolgreich sein würde, was?«, sagt Jerry William, der Unternehmer.

Oh nein, unser Wertesystem, dessen Grundlagen bei Palin gelegt wurden, haben wir noch nicht über Bord geworfen – eine Zwei in Sport ist mehr wert als eine Eins in Mathe.

Und wir verlieren uns in einer Disskussion über die Chancen von Malmö FF, wieder schwedischer Meister zu werden. Während die Göteborger Flaniermeile Avenyn ein Jahrmarkt ist, ein fortlaufender Wahnsinn, wie eine riesige Zeltkarawane, die sich in Bewegung gesetzt hat, als eine Generation von Schweden ihr größtes kollektives Erlebnis verabreicht bekommen soll, eine Erinnerung, die wir in der ersten eigenen Wohnung, die wir inzwischen haben, an die Wand pinnen können, ein siedender, singender Kessel, der vor Erwartungen, Freude und Erregung in der vorsommerlichen Wärme flirrt. Stände mit Merchandise-Artikeln, Platten, T-Shirts, Halstüchern, Postkarten, Postern, allem Möglichen, worauf man Springsteens Gesicht drucken kann, und aus Boxen, die auf die Straße hinausgetragen worden sind, stampft die Musik, *born down in a dead man's town,* ein vom Straßenbahnlärm der Innenstadt kaputtgesampelter The Boss, *the first kick I took was when I hit the ground.*

Persson hält vier Finger in Richtung der Kellnerin hoch – große Bier! –, und wir lehnen uns mehr als zufrieden auf den weißen Plastikstühlen zurück, *you end up like a dog that's been beat too much,* prosten uns zu und nippen am Bier, als es kommt, mit Schaumkrone und so kalt, dass die Gläser beschlagen und die Außenseite voller Tropfen ist, *till you spend your half life just covering up.*

Persson, der ein frisch erworbenes Shirt mit dem Boss auf der Brust und den Tourneedaten auf dem Rücken trägt:

»Stellt euch mal vor, um die ganze Welt zu reisen und zu spielen und in coolen Hotels zu wohnen.«

Und Jerry William kontert damit, dass in der Zeitung gestanden hat, Springsteen und Clarence Clemons seien gestern über die Avenyn spaziert.

»Ich wette, sie wollten Weiber aufreißen«, sagt Persson.

Worüber Bogdan verstohlen grinst, er könnte eine Menge schauderhafter Geschichten über Bands auf Tournee erzählen, Storys, die in Musikerkreisen zirkulieren, über Groupies, Drogen und demolierte Hotelzimmer – vermuten wir mal, denn Bogdan war noch nie dafür zu haben, uns in Geheimnisse einzuweihen. Er hält sich ziemlich zurück, Bogdan, ist schon seit Jahren nicht mehr mit der Gang unterwegs gewesen und hat vermutlich auch jetzt keine große Lust, hier zu sitzen.

Persson lässt nicht locker:

»Entspann dich, Bogdan. Wie war es eigentlich im Kindergarten? Haben die Kleinen so an deinen Haaren geschaukelt, dass du die Sprache verloren hast?«

Bogdan trinkt Bier. Andere Geschichten werden in Umlauf gebracht, natürlich von der Armee. Ich nehme einen Schluck und schaue hoch, die Kumuluswolken in feinen Linien, wie Rippen am Himmel, ein Sportflugzeug mit einer Reklamebanderole im Schlepptau, und es ist wunderbar, wieder frei zu sein, die Mädchen in Shorts oder rosa Jogginganzügen oder abgewetzten Jeans zu sehen, die um die Taille mit einem einfachen Ledergürtel straff gezogen sind, die Vuarnet-Sonnenbrille an einem neongelben Senilbändchen um den Hals, das Haar hochgesteckt – mein Gott!, wo seid ihr dieses ganze lange Jahr gewesen, in dem junge Menschen einander am meisten brauchen? Wo sind *wir* dieses ganze lange deprimierende Jahr gewesen? Im Irrenhaus!

Wir lachen. Wir stoßen an. Wir sind freigelassen und glücklich und fühlen uns wieder wild, und es ist ein guter Tag, es tut gut zu leben, und es ist ein gutes Leben mit fünfzehnhundert Entlassungsgeld in der Tasche und einer Sommersaison im Anmarsch, in der alles passieren kann, und die Zukunft ist noch eine weite öde Ebene, auf der man in die Richtung schlendern kann, die einem gerade zusagt.

Die Sonne kommt heraus, es ist warm in dem Lokal, und Jerry William ist drinnen an der Theke und macht der Kellnerin Dampf, damit wir vier neue kalte Gläser auf den Tisch bekommen. Da murrt Persson:

»Guckt euch mal diese Großkotze an!«

Aus dem Restaurant treten drei Typen in sandfarbenen Slacks, Clubjacken und Krawatte, und einen von ihnen erkenne ich, obwohl ich ihn schon seit Jahren nicht mehr gesehen habe und auch jetzt lieber nicht sehen will, mich in die andere Richtung drehen und so tun möchte, als hätte es ihn nie gegeben, doch im gleichen Moment bemerkt er mich, und auch er will mich natürlich nicht sehen, aber unsere Blicke begegnen sich, und es ist unvermeidlich, dass er zu mir kommen und mich begrüßen muss. Er sagt etwas zu seinen Kameraden und bahnt sich einen Weg zwischen den Tischen hindurch, und ich stehe auf, und wir geben uns die Hand, kalt, höflich, ohne Lächeln, den Eltern zuliebe, um der alten Zeiten willen, und ich stelle ihn den anderen vor:

»Das ist Bernt, mein Cousin.«

Und ihn frage ich: »Gehst du auch zum Konzert?«

»Springsteen? Bestimmt nicht. Ich bin mit einem halben Dutzend Reserveoffizieren hier, die übers Wochenende zu einem Kadettenball angereist sind.«

Und ich kann es mir natürlich nicht verkneifen:

»Dann willst du also Krieger werden?«

»Kann ich mir nicht denken. Und du?«

»Bin gerade entlassen worden. Ich war beim Panzerregiment 2 in Hässleholm.«

»Bei der Dungtruppe? Na ja, nicht weit von zu Hause, nehme ich an.«

Ich spüre, dass mir das Gespräch aus den Händen gleitet, deshalb sage ich:

»Du bist nicht zum Johanneshof gekommen.«

»Ich konnte mich leider nicht freimachen. Wie war's?«

»Tja, was denkst du? Wie sind Beerdigungen denn so im Allgemeinen?«

»Nee, nee. Schon klar. Dann eben ein anderes Mal.«

Er zieht die Lippen zu einem schiefen Grinsen hoch. Jetzt, da Großmutter gestorben ist und Lisbeth und sie keine täglichen Telefongespräche mehr führen müssen, hat Mama nur noch sporadisch Kontakt zu Uddevalla. Vereinzelt sickern Berichte durch, beispielsweise, dass sie mit Kristina zu einem Jugendtherapeuten gehen, alle drei, oder:

»Ich hab das von Leif gehört. Wie läuft's denn auf der Schulbank?«

Bernt, der sofort strammer wird:

»Er ist nicht der Einzige. Die ganze Werft wird geschlossen.«

Er wendet sich ab, schaut über das Lokal hinweg auf die Avenyn hinaus, rückt seine Krawatte zurecht, die Krawattennadel, auf der YCDBSOYA steht, und über seine Schulter hinweg sehe ich für Sekundenbruchteile eine Pagenfrisur und eine Zahnreihe, die mal eine Klammer getragen hat und die ich zwei Jahre lang nicht mehr gesehen habe, dann ist sie wieder im Getümmel verschwunden.

»Was hast du jetzt vor?«, fragt Bernt.

»Ich habe mich für einen Studienplatz in Jura beworben.«

»Jurist? Ich dachte, du hältst dich nie an die Regeln.«

Das schiefe Lächeln wird wiederholt.

»Das da wirst du dann aber abnehmen müssen«, sagt er und meint den goldenen Ring, den ich am Ohr habe.

»Ich gehe ab dem Herbst auf die Handelshochschule in Stockholm«, fährt er fort. »Wenn man da studiert hat, kann man anschließend jeden Job bekommen.«

»Aha, dann kann ich dich also anrufen, wenn kein warmes Wasser kommt?«

Er schenkt mir seine spöttischste Miene:

»Du wirst doch bestimmt in Lund studieren.«

»Ja, da habe ich mich jedenfalls beworben.«

»Kann ich mir denken. Und Monika, wie geht es ihr?«

»Sie hat es nicht leicht. Sie ist allein mit Nathalie.«

»Ja, das war traurig, dieses Intermezzo. Ich denke mal, es kommt darauf an, welche Ambitionen man hat.«

»Wie meinst du das?«

»Na ja, einfach, was man will. Womit man sich zufrieden gibt.«

Es zuckt im rechten Fuß, er ist bereit für eine Finte, der Sog im Körper, das Adrenalin, das einschießt, und ich balle die Hand zur Faust. Aber ich lasse es bleiben. Stattdessen gebe ich ihm wieder die Hand, und wir richten unseren Familien gegenseitig Grüße aus. Und ich lasse mich wieder auf meinen Stuhl fallen und nehme einen dringend benötigten Schluck Bier, zwei dringend benötigte Schlucke, während ich sehe, wie er vom Menschengewimmel verschluckt wird, jemandem nachschaue, der nie begriffen hat, worum es geht, der es auch niemals begreifen wird, einem 12-Jährigen, der an den Schlägern seines Eishockeyspiels ruckt und glaubt, es wäre von Bedeutung, wer die meisten Pucks versenkt. Ich leere mein Glas und stelle es mit einem Knall auf dem Tisch ab.

»Wer übernimmt die nächste Runde?«